KNAUR

Kimberley Wilkins

Das Haus am Leuchtturm

Roman

Aus dem Englischen
von Susanne Goga-Klinkenberg

KNAUR

Die englische Originalausgabe erschien 2012 unter dem Titel »Lighthouse Bay« bei Hachette Australia, an imprint of Hachette Australia Pty Limited, Sydney.

Besuchen Sie uns im Internet:
www.knaur.de

Wenn Ihnen dieser Roman gefallen hat und Sie auf der Suche sind nach ähnlichen Büchern, schreiben Sie uns unter Angabe des Titels »Das Haus am Leuchtturm« an:
frauen@droemer-knaur.de

FSC
www.fsc.org
MIX
Papier aus verantwortungsvollen Quellen
FSC® C006701

Ein Unternehmen der Droemerschen Verlagsanstalt
Th. Knaur Nachf. GmbH & Co. KG, München

Redaktion: Sabine Thiele
Umschlaggestaltung: ZERO Werbeagentur, München
Umschlagabbildung: FinePic®, München
Satz: Adobe InDesign im Verlag
Druck und Bindung: CPI – Ebner & Spiegel, Ulm
Printed in Germany
ISBN 978-3-426-65290-9

2 4 5 3 1

Für Mary-Rose: Was auf dem Berg gesagt wird,
bleibt auf dem Berg.

Die Times

Brisbane, Mai 1901

Es wird angenommen, dass alle zweiundzwanzig Seelen, die sich an Bord der Bark Aurora befanden, in einem Hurrikan vor der Ostküste Australiens ums Leben gekommen sind. An Bord des Schiffes befand sich auch Mr. Arthur Winterbourne, der älteste Sohn Lord Winterbournes, des verstorbenen Londoner Juweliers. Mr. Winterbourne und seine Frau sollten dem neuen australischen Parlament ein Geschenk Ihrer Majestät Königin Victoria überbringen. Angeblich handelt es sich bei diesem Geschenk um einen Amtsstab von unschätzbarem Wert, der aus Gold und kostbaren Edelsteinen gefertigt wurde. Wahrscheinlich wird Mr. Percy Winterbourne, der zweitgeborene Sohn, nach Australien reisen, um den Wertgegenstand zu suchen.

Prolog

Die weiße Haut der Frau schimmert im grellen Sonnenlicht. Ihr blassblaues Kleid haftet nass an ihren Knöcheln. Der Himmel tut ihren Augen weh; es ist, als könnte sie hinter dem Blau den gewaltigen Bogen des Kosmos erkennen. Der Sand knirscht unter ihren nackten Füßen. Ihre Schuhe wurden vom Meer verschlungen. Ihr ganzes Hab und Gut, ihr Ehemann. Alles verloren, hinuntergewirbelt ins kalte, dunkle Salzwasser. Alles außer der Kiste, die sie hinter sich über den Sand schleift.

Ein Schritt nach dem anderen. Sie hat kein menschliches Gesicht gesehen, seit sich der Griff ihres Mannes löste und er zwischen dem Schiff und dem Rettungsboot verschwand. Er wirkte beinahe überrascht.

Ihre Arme schmerzen, doch sie wird die Kiste nicht loslassen, nicht solange noch Atem in ihren Lungen ist. Darin befindet sich etwas so Kostbares, dass ihr Herz bei dem Gedanken, es zu verlieren, fast den Brustkorb sprengt. Das Meer rollt donnernd heran und zieht sich zurück, rollt wieder heran und zieht sich zurück, wie seit ihrem ersten Schritt. Zuerst fand sie das Geräusch beruhigend, doch nun ärgert sie sich darüber. Sie will Stille in ihrem Kopf. Stille, um in Ruhe nachzudenken – über das, was geschehen ist, was sie verloren hat und was um alles in der Welt sie als Nächstes tun soll.

Eins

2011

Libby saß ganz hinten in der kleinen Dorfkirche und trauerte um den Mann, den sie zwölf Jahre lang geliebt hatte. In einer Trauergemeinde von beinahe achtzig Menschen bot ihr niemand eine warme Berührung oder ein mitfühlendes Lächeln an. Sie wussten nicht einmal, wer sie war. Und wenn doch, zeigten sie es nicht.

In mancher Hinsicht war es eine Erleichterung. Immerhin gab es keine Seitenblicke, kein Gemurmel, das hinter vorgehaltenen Händen von Lippen zu Ohren wanderte, keine kalten Schultern rechts und links von ihr in der Bank. Andererseits war es aber auch ein trauriger Beweis für die schmutzige Wahrheit. Niemand wusste, dass der Mann, von dem sie sich heute verabschiedeten – der Mann, dessen starken Körper und strahlende Lebenskraft man irgendwie in die schmale Kiste vorn am Altar gezwängt hatte –, für sie der wichtigste Mensch der Welt gewesen war. Mark Winterbourne, mit achtundfünfzig an einem Aneurysma gestorben. Betrauert von seiner Familie: von seiner Frau Emily und den beiden erwachsenen Töchtern.

Libby war sich nicht sicher, welche Regeln für eine heimliche Geliebte galten. Vermutlich musste diese in der hintersten Kirchenbank sitzen, während ihr Herz weh tat, als könnte es in tausend Stücke brechen, und gleichzeitig gegen den Impuls ankämpfen, aufzustehen und laut zu rufen: »Aber keiner von euch hat ihn so geliebt wie ich!«

An ihrem Geburtstag. Ihrem vierzigsten Geburtstag.

Wieder wischte Libby diskret die Tränen weg. In der Kirche war es kühl. Draußen lag noch Schnee. Sie zitterte in ihrem Blazer. Mark hätte nicht gefallen, was sie anhatte. Er hatte sie in Kostümen nie gemocht und gesagt, er verbringe schon genügend Zeit mit Leuten in Anzügen. Er mochte sie in Jeans, weiten Kleidern oder nackt. Als sie heute Morgen den Blazer angezogen hatte, um in der tadellos gekleideten Menge nicht aufzufallen, hatte sie sich daran erinnert, wie sie ihn das letzte Mal getragen hatte. Mark hatte gefragt: »Wo ist denn das Spitzen-Shirt, das ich so gerne mag? Zieh das doch an.« Der Gedanke, dass Mark sich nie wieder über den Blazer beschweren würde, hatte sie tief getroffen. Nie wieder würde Mark mit ihr sprechen. Nie wieder würden sich Fältchen um seine Augen kräuseln, wenn er leise lachte. Nie wieder würden seine Hände ihre umschließen, seine Lippen ihre fordern, sein Körper sich gegen ihren drücken …

Libbys Kopfhaut tat weh, weil sie sich so anspannte, um das Schluchzen zu unterdrücken. Es gehörte sich nicht, dass die unbekannte Frau in der letzten Bank zusammenbrach und ein Geheimnis preisgab, das sie so lange bewahrt hatte. Darin war Mark stets unerbittlich gewesen: Seine Frau und die Kinder durften niemals verletzt werden. Sie waren unschuldig und hatten diesen Schmerz nicht verdient. Mark und Libby mussten die ganze Last alleine tragen. Und was für eine furchtbare Last es gewesen war, was für ein erschöpfender Tanz aus hochfliegenden Hoffnungen und wahnsinniger Schuld die letzten zwölf Jahre gewesen waren.

Dann begann die erste Trauerrede, und Libby hörte eine Weile zu, bevor sie feststellte, dass diese Beschreibungen überhaupt nichts mit *ihrem* Mark zu tun hatten. Also schloss sie die Augen und dachte darüber nach, was sie sagen würde, wenn sie es dürfte.

Mark Winterbourne starb mit achtundfünfzig, aber Sie sollten nicht den Fehler begehen, ihn für einen typischen Mann mittleren Alters zu halten. Er war groß und gepflegt, mit vollem Haar und flachem Bauch und muskulösen Oberschenkeln, die von seiner gesunden Lebensweise und seiner Liebe für Langstreckenläufe zeugten. Er war klug und witzig und entschlossen. Er ließ sich von nichts aufhalten. Er hatte als Kind Krankheiten durchgestanden, mit seiner Dyslexie zu kämpfen gehabt und den Vater verloren, als er erst fünfzehn war. Wir hatten schöne Zeiten miteinander, auch wenn sie gestohlen waren und im Verborgenen stattfanden. Selbst nach zwölf Jahren war er immer noch atemberaubend. Er war großzügig, lieb und freundlich. So freundlich. Der freundlichste Mensch, den ich je gekannt habe. Heiße Tränen quollen unter ihren Augenlidern hervor und liefen über ihre Wangen. Sie öffnete die Augen und sah, dass Marks Frau in der ersten Bank mit gesenktem Kopf dasaß und in die Hände schluchzte. Der Vikar war die Stufen heruntergekommen und hatte den Arm um sie gelegt. Libbys Brust wurde eng, sie hatte ein schlechtes Gewissen. Sie hätte niemals herkommen dürfen.

Der Zug, mit dem sie durch den Kanaltunnel nach Paris fuhr, war weitestgehend leer, so dass sie die Tasche auf den Sitz neben sich stellen und den Kopf darauf ablegen konnte. Die große Leere konnte kommen. Mark war begraben; sechs Fuß Erde markierten die Grenze zwischen ihrem alten und ihrem neuen Leben. Sie versuchte, nicht an die Dinge zu denken, die sie und Mark nie getan hatten, die er hatte tun wollen, die sie ihm aber verweigert hatte. Dinge, die sie nun, da sie allein war, selbst angehen musste. Nun, da sie so schmerzlich begriffen hatte, wie zerbrechlich das Leben war. Der Zug holperte und schwankte, und Libby atmete tief durch. Ein, aus, achtsam gegenüber ihrem Atem, der nur vorübergehend in ihrem warmen Körper wohnte.

»Claudette will dich sprechen.«

Libby blickte auf. Sie nahm gerade ihren Schal ab und hängte die Handtasche an die Stuhllehne. Die Arbeitsnischen bei Pierre-Louis Design waren nichtssagend, während der Empfangsbereich strahlend hell wirkte. Libby arbeitete den ganzen Tag an ihrem Mac mit dem großen Bildschirm, umgeben von grauen Möbeln und beigefarbenen Raumteilern, und entwarf Hochglanzbroschüren für Schmuck und Modehäuser. Das ganze Gebäude war nach und nach renoviert worden, aber irgendwie hatte man es nie bis in ihre Ecke geschafft.

»Weshalb denn?«

Ihre Sekretärin Monique schaute sie überrascht an. »Das weiß ich nicht. Aber sie hat gemeint, ich soll dir Bescheid sagen, sobald du hereinkommst.«

Libby seufzte. In der kleinen Wohnung in Levallois war schon das Aufstehen mühsam gewesen. Ihre Gliedmaßen hatten sich schwer angefühlt. Nach Marks Tod hatte sie sich fünf Tage krankgemeldet, was sie in gewisser Weise ja auch war. Ein Schmerz von den Zehenspitzen bis zur Kopfhaut. Und er würde nie vergehen. Sie würde nie wieder arbeitsfähig sein. »Na schön, ich bin gleich da.«

Als Libby vor zwanzig Jahren nach Paris gekommen

war, hatte sie ein unbeholfenes Schulfranzösisch gesprochen. Jetzt beherrschte sie die Sprache fließend, konnte auf Französisch denken und vermisste dennoch ihr Englisch. Sie vermisste die vielen Nuancen, die die ganzen Synonyme boten, sie vermisste es, Adjektive wie Perlen auf eine Schnur reihen zu können, und es fiel ihr noch immer schwer, sich in Französisch auszudrücken, wenn sie aufgeregt war. Ihre Chefin Claudette hatte den Ruf, ihre Mitarbeiter aufzubringen, also musste Libby auf der Hut sein.

Claudettes Büro hatte deckenhohe Fenster, durch die sie den ganzen Tag auf die Seine blicken könnte. Doch Claudette hatte ihren Schreibtisch bewusst so plaziert, dass sie mit dem Rücken zum Fenster saß. Es war die einzige Veränderung, die sie bei ihrer Ankunft vor acht Monaten vorgenommen hatte, aber sie sprach Bände. Ihrer Ansicht nach hatte man nämlich keine Zeit, um aus dem Fenster zu schauen, und die entspannte Atmosphäre, die Libby früher so geschätzt hatte, war allmählich verschwunden.

»Ah, Libby«, sagte Claudette und deutete auf den Stuhl neben ihrem Tisch. »Setz dich. Wir müssen uns ein bisschen unterhalten.«

Libby setzte sich, obwohl ihr Herz raste, und versuchte, tief durchzuatmen, ohne dass Claudette es bemerkte. Sie schlug die Beine übereinander und wartete, während ihre Chefin sie mit eisblauen Augen musterte. Das Fenster stand offen, und sie konnte den Verkehr auf den beiden Brücken hören, die die Spitze der île Saint-Louis umrahmten.

»Herzlichen Glückwunsch zum Geburtstag«, sagte Claudette schließlich.

»Vielen Dank«, antwortete Libby verblüfft.

Pause. Claudette hatte noch immer nicht gelächelt.

»Ist das alles?«

»Ich bin etwas misstrauisch«, fuhr Claudette fort. »Du hast dir um deinen vierzigsten Geburtstag herum fünf Tage freigenommen.«

»Mir ging es nicht gut.«

»Trotzdem siehst du heute Morgen gut aus.«

Tatsächlich? »Weil ich fünf Tage freihatte.«

Claudette kniff die Augen zusammen und lehnte sich zurück, wobei sie einen Bleistift unablässig zwischen den Fingern drehte. »Ich muss dir wohl glauben. Doch ich lasse mich nicht gern zum Narren halten. Fünf Tage Arbeitsausfall kosten mich eine Menge Geld. Die Vorstellung, dass du deine Arbeitgeberin ausnutzt, nur weil du einen runden Geburtstag zu feiern hattest, ist nicht sonderlich erfreulich.«

Da Claudette für ihre spitzen Bemerkungen berühmt war, ließ Libby sich nicht aus der Ruhe bringen. »Ich versichere dir, dass ich nicht in der Lage war zu arbeiten.«

»Und doch hat dich Henri gestern im Gare du Nord gesehen.«

»Ich bin aus London zurückgekommen, ich war bei meinem Spezialisten.«

»Spezialist?«

Libby ließ sich nicht aus der Ruhe bringen. »Das ist privat.«

Claudette runzelte die Stirn. Libby kämpfte gegen ihr schlechtes Gewissen. Es lag nicht in ihrer Natur zu lügen, auch nicht nach zwölf Jahren mit Mark.

»Ich kann nur davon ausgehen, dass du die Wahrheit sagst«, erwiderte Claudette schließlich mit einem kleinen Schulterzucken.

»Es ist die Wahrheit«, log Libby.

Claudette schaute in ihren Terminkalender. »Da du

gerade hier bist ... heute Morgen habe ich erfahren, dass Mark Winterbourne gestorben ist. Du warst doch für seinen Etat verantwortlich, oder?«

Libbys Herz schrie auf, doch sie versuchte, sich nichts anmerken zu lassen. »Ja.«

»Könntest du in seinem Büro anrufen und fragen, wer seine Position übernimmt? Wir haben seinen Etat seit zwölf Jahren, und ich möchte ihn nicht verlieren. Der Winterbourne-Katalog ist eines unserer Markenzeichen.«

»Ich soll heute dort anrufen? Normalerweise unterzeichnen wir den Vertrag doch erst Ende März.«

»Dort wird Chaos herrschen. Alles ist in der Schwebe. Wir können nicht riskieren, dass eine andere Agentur den Vertrag bekommt.« Claudette schüttelte den Kopf. »Er ist an einem Aneurysma gestorben. Angeboren, wie ich hörte. Er ist wohl nicht der erste Winterbourne, der davon betroffen war.«

Libby zuckte zusammen. Das hatte sie nicht gewusst. Obwohl sie einander so nahe gewesen waren, hatte er nie erwähnt, dass er jederzeit tot umfallen konnte. Hatte er es verschwiegen, damit sie sich keine Sorgen um ihn machte? Oder weil sie nur seine Geliebte war?

Claudette zuckte mit den Schultern. »Das Leben ist kurz. Wir brauchen den Auftrag. Ruf heute an.«

Libby kehrte mit weichen Knien an ihren Platz zurück. Wie sollte sie die vertraute Nummer wählen, wo er nicht mehr da war, um den Anruf entgegenzunehmen? Wie sollte sie an dem Katalog arbeiten, ohne ihn mit Mark zu planen? Ihr Job, einst ein Zufluchtsort, an dem der Kontakt mit Mark erlaubt war, erschien ihr plötzlich leer. Er bot nichts als beigefarbene Raumteiler und eine nörgelnde Chefin. Sie schaute lange auf ihren leeren Bildschirm – sie hatte den Computer noch gar nicht eingeschaltet – und fragte sich, ob man sich jemals von einem solchen Verlust erholen konnte. Dann stand sie auf, griff nach Handtasche, Schal und Mantel und verließ wortlos das Büro.

Sie würde nicht die Firma Winterbourne anrufen, sondern ihre Schwester.

Libby hockte auf dem Rand der gemieteten Couch in ihrer gemieteten Wohnung in der Villa Rémond und wählte die Telefonnummer ihrer Kindheit; vertraut und doch halb vergessen, verlängert durch die internationale Vorwahl. Als es klingelte, bemerkte sie, dass sie den Atem anhielt. Sie zwang sich, die Schultern zu entspannen.

»Hallo?«, krächzte eine Stimme, und ihr wurde klar, dass sie die Zeitverschiebung vergessen hatte. Sie hatte Juliet geweckt.

Sprachlos vor Scham und Schuldgefühl, dehnte sie das Schweigen zu sehr aus.

»Hallo?«, sagte Juliet noch einmal, diesmal mit einem Hauch von Angst in der Stimme.

Libby legte auf. Sie wusste nicht, was sie tun sollte. Wem wollte sie etwas vormachen? Juliet würde sie nicht zu Hause willkommen heißen. Wenn sie gewusst hätte, was Libby vorhatte, würde sie es ihr sogar ausreden. *Komm nicht zurück. Niemals.* Das hatte Juliet zu ihr gesagt. Und Libby hatte geantwortet: *Das werde ich auch nicht. Niemals.* Und hatte dieses Versprechen zwanzig Jahre gehalten.

Doch was Teenager einander versprechen, sollte nicht fürs ganze Leben gelten, und es gab gute Gründe, nach Hause zu fahren. Marks Stimme drängte sich in ihre Phantasie. *Du wirst malen. Wir schauen zusammen aufs Meer. Vielleicht ergründen wir das Familiengeheimnis der Winterbournes. Wie könnte ich das Cottage* nicht *kaufen? Unser Rückzugsort, einmal im Jahr.* Dann hatte er ihr die Schlüssel gegeben, die nie zu benutzen sie geschworen hatte, und dazu die Besitzurkunde, die nie zu lesen sie geschworen hatte. Ab und an hatte er es erwähnt, wenn er nach Australien reiste, um Opale zu kaufen. Hatte nachgefragt, ob sie wirklich nicht mitkommen wolle. Doch sie war eisern geblieben. Wenn Juliet sie mit Mark gesehen hätte – mein Gott, wenn Juliet Mark *erzählt* hätte …

Libby schaute sich in ihrer Wohnung um. Sie war immer zu teuer gewesen, doch sie hatte sie behalten, weil Mark wollte, dass sie zentral wohnte. Sie konzentrierte sich auf die Schlafzimmertür, hielt die Luft an, war sich sicher, dass Mark jeden Augenblick herauskommen würde, groß und stark, nur in Boxershorts und blauem Morgenrock, das dunkle Haar fiele ihm lockig über die Ohren. Und er würde sie anlächeln und ihr Haar berühren, und er wäre Fleisch und Blut und Atem. Aber er würde nicht herauskommen. Nie wieder.

Und Juliet war einer der wenigen Menschen, die einen solchen Verlust nachempfinden konnten.

Das Lieblingscafé von Libby und Mark am Boulevard Saint-Germain war im Art-déco-Stil eingerichtet und hatte sich seit den 1930er Jahren kaum verändert. Sie saßen immer am Eingang, links vor der Tür. Mark ärgerte sich, wenn der Tisch besetzt war. Er hatte immer eine Ausgabe des *Guardian* bei sich, die er im internationalen Presseladen kaufte oder aus London mitbrachte.

Heute kam Libby allein ins Straßencafé, legte die gefaltete Ausgabe des *Guardian* dorthin, wo Mark gesessen hätte, und bestellte das Übliche: einen Café au Lait für sich und einen Espresso für ihn. Dann wartete sie auf die Getränke und registrierte den vertrauten Blick auf die cremefarbenen und weißen neoklassizistischen Gebäude in der Rue Saint-Benoît, den Verkehr, die Fußgänger in ihren dunklen Mänteln. Sie atmete die Gerüche von Paris ein – Abgase, geschnittene Lilien, Regen auf Pflaster – und fragte sich, wie sie es über sich bringen sollte, von hier wegzugehen. Die Abschiedsparty im Büro schien für jemand anderen bestimmt zu sein, für eine glückliche Frau, die mit sich im Reinen war, eine Frau ohne dunkle Vergangenheit und mit einer leuchtenden Zukunft.

»Warten Sie auf Ihren Freund?«, erkundigte sich der Kellner, als er Marks Espresso neben die Zeitung stellte.

Libby zwang sich zu lächeln, doch ihr Herz tat weh. *Nein, er kommt nie wieder.* Sie trank von ihrem Kaffee, während Marks in der frischen, morgendlichen Frühlingsluft abkühlte. Sie schloss die Augen und stellte sich ein Gespräch mit ihm vor, das sich aus vielen gemeinsamen Gesprächen zusammensetzte.

»Wie war die Fahrt?«

»Gut«, sagte er. »Im Zug habe ich eine Menge geschafft.«

»Hast du viel zu tun?«

»Wie immer.« Ein leichtes Lächeln, er klopfte mit den Knöcheln auf die Zeitung, was so viel hieß wie: *Lass mich lesen.*

Libby öffnete die Augen. Über ihr hatten sich graue Wolken gesammelt, in der Luft hing Feuchtigkeit. Der Flug ging in drei Stunden. Ihr schmerzendes Herz pulsierte kalt hinter den Rippen. Alles tat weh. Sie trank langsam ihren Kaffee. Zum letzten Mal. Dann nahm sie Tasche und Schlüssel und stand auf. Zum letzten Mal. Als sie das Café verließ, setzte Nieselregen ein. Sie drehte sich um. Marks Kaffee stand unberührt auf dem Tisch, seine Zeitung flatterte im Wind.

»Leb wohl«, sagte sie und ließ Paris und Mark hinter sich.

Zwei

Der Ozean

Libby stockte der Atem, als sie vom Highway auf die Straße zur Küste abbog, um einen ersten Blick auf den weiten Pazifik zu werfen. Es war ein perfekter Februartag. Der blaue Himmel war wolkenlos, und die Sonne schien weiß-gelb aufs Wasser. Der Ozean funkelte in Blau- und Grüntönen, die mit Gold unterlegt waren. Die Nachmittagsbrise frischte auf, setzte dem Wasser weiße Schaumkronen auf und zerzauste die Flügel der Möwen. Hoch oben auf einer Klippe hielt Libby an. Sie überquerte die Straße und blieb auf dem Grasstreifen stehen, um alles auf sich wirken zu lassen.

Der Geruch. Er war vertraut und weckte tief vergrabene Gefühle in ihr. Algen. Salz. Ein Geruch, der gleichzeitig belebend und überwältigend war. Sie nahm ihn tief in ihre Lungen auf. Von hier aus konnte sie nach Norden bis zu der felsigen Landzunge sehen, die sich um die Nordspitze der Lighthouse Bay schmiegte, wo sie als Kind gelebt hatte. Die Sonne fiel auf die getünchten Ziegel des alten Leuchtturms. Ihr stockte der Atem.

Libby drehte sich um und kehrte zum Auto zurück. Sie hatte es erst vor zwei Tagen gekauft und litt noch unter dem Jetlag. Sie war seit Jahren nicht Auto gefahren. In Paris war das nicht nötig gewesen, und wenn sie die Ferien mit Mark verbracht hatte, war er gefahren. Sein Mercedes war ihm heilig gewesen, und er hatte jeden Vorstoß ihrerseits, einmal das Steuer zu übernehmen, sanft, aber entschieden abgelehnt. Es war eine interessante Erfahrung gewesen, mit dem kleinen Subaru vom Parkplatz zu fahren. Sie hatte die Kupplung zu schnell kommen lassen und war förmlich in die Ausfahrt gehüpft. Dann musste sie sich in Erinnerung rufen, wie man am Berg anfuhr, bevor sie sich an der Steigung in den Verkehr einfädeln konnte. Bald aber kehrte das Gefühl dafür zurück, und das machte ihr Mut.

Libby ließ den Motor an und fuhr wieder auf die Straße, die sich am Rand der Klippen nach Norden zog. Als die Gegend flacher wurde, kam der weiß-goldene Strand in Sicht. Er war verlassen, nur einige Fischer und verrückte Sonnenanbeter trotzten der Mittagshitze. Lighthouse Bay lag zu weit im Norden, um sich der gleichen Beliebtheit zu erfreuen wie die berühmten Strände von Noosa und Peregian. Als Libby Ende der achtziger Jahre die Stadt verlassen hatte, war sie provinziell gewesen, ein Ort, aus dem die jungen Leute nach Brisbane oder Sydney flohen. Als sie die Straße in die Stadt hinauffuhr, bemerkte sie, dass sich auch hier einiges verändert hatte. Die Hauptstraße war zu einer Einkaufsmeile geworden. Geschäfte mit Strandartikeln, Straßenrestaurants, ein edles Eiscafé, schicke Imbisse, ein großer Getränkemarkt. Der langsame, aber unaufhaltsame Fortschritt zeigte sich auch in einem kleinen Einkaufszentrum mit weiß verputzten Mauern und vielen Fenstern und einer Smoothie-Kette in bester Lage.

Dann sah sie es, fast wie früher, nur frisch gestrichen: das Bed & Breakfast ihres Vaters. In ihrer Kindheit waren im Sommer alle vier Gästezimmer belegt gewesen, während sie und Juliet im Winter darin spielen und sich vorstellen konnten, es sei ihre Burg. Heute führte ihre Schwester die Pension. Auf dem Fenster zur Straße, auf dem einmal *Reggie's* gestanden hatte, war heute *Juliet's* zu lesen. Libby fuhr langsamer, hielt aber nicht an. Sie würde noch genügend Zeit haben, ihre Schwester zu besuchen. Aber nicht jetzt. Nicht solange sie noch mit dem Gefühl der Fremdheit zu kämpfen hatte. An dem Ort, an den sie nie zurückkehren wollte. Niemals.

Die Straße gabelte sich. Eine Abzweigung führte zum Strand und dem Cottage, die andere weiter ins Landesinnere, durch den Vorort, in dem sie aufgewachsen war, und vorbei am Friedhof, auf dem ihr Vater begraben lag.

Libby setzte den Blinker und bog zum Friedhof ab.

Der Lighthouse Bay Lawn Cemetery war klein und schattig. Sie parkte an der Straße und ging den niedrigen eisernen Zaun entlang bis zum Tor. Es öffnete sich quietschend und fiel scheppernd hinter ihr ins Schloss. Einen Moment lang war sie verwirrt. Er war irgendwo hier, aber wo? Sie ging zwischen den Grabsteinen entlang und suchte nach dem vertrauten Namen. Um den Fischteich herum und den schmalen Pfad zum hinteren Zaun entlang. Dann endlich fand sie das Grab.

Reginald Robert Slater. 1938 – 1996. Ruhe in Frieden.

Wieder und wieder las Libby die schlichte Inschrift. Er war erst achtundfünfzig gewesen, als er starb, genauso alt wie Mark. Doch bei ihm hatte sie es als normales Alter empfunden, ein Alter, in dem man sterben konnte, hatte sie damals gedacht. Er war nicht lange krank gewesen, so dass sie gar nicht erst in Versuchung geriet, nach Hause zu fliegen und sich von ihm zu verabschieden. Sie war nicht einmal zur Beerdigung gekommen, es war einfach zu weit von Paris entfernt.

Auf einem Baum in der Nähe begann ein Metzgervogel zu singen und riss sie aus ihrer schuldbewussten Grübelei. Sie wünschte, sie hätte ein paar Blumen für das Grab mitgebracht, wusste aber, dass es eine leere Geste gewesen wäre. Sie schaute sich auf dem Friedhof um. Ihre Mutter lag auch hier, aber sie war vor Libbys zweitem Geburtstag gestorben, nur drei Tage nach Juliets Geburt. Libby konnte sich nicht an sie erinnern und hatte sie nie vermisst. Ihren Vater hingegen vermisste sie auf einmal sehr.

In der Ferne konnte sie das Meer hören. Plötzlich überkamen sie so starke und überwältigende Gefühle, dass sie fast in die Knie gesunken wäre: Trauer, Reue, schmerzhafte Liebe, kaltes Schuldgefühl. In den Tagen nach Marks Tod hatte sich Libby manchmal gefragt, weshalb sie noch am Leben war. Warum hatte der Schmerz sie nicht getötet? Es schien unmöglich, dass man sich so fühlen und dennoch nicht daran sterben konnte.

Doch sie ging weiter. Innerlich zerbrochen, aber immer noch atmend, bewegte sie ihren Körper vorwärts. Sie ging durch die Reihen der Gräber zum Auto und las dabei flüchtig die Inschriften. Die meisten Namen waren unbekannt. Doch unter den ausladenden Ästen eines Baumes fand sie einen, den sie gut kannte. *Andrew Nicholson.* Sie fragte sich, ob Juliet noch immer sein Grab besuchte.

Libby stieg ins Auto. Heute konnte sie es nicht ertragen, ihr gegenüberzutreten. Sie würde sich nur der einfachen und doch überwältigenden Aufgabe stellen, sich das Cottage anzusehen, das Mark für sie – sie beide – gekauft hatte.

Sie erkannte das Cottage auf den ersten Blick wieder. Es stand allein am Ende des Kiesweges, der zum Leuchtturm führte. Mark hatte ihr nicht nur Fotos gezeigt, sie erinnerte sich auch aus ihrer Kindheit daran. Das Cottage war in den 1940er Jahren für den Leuchtturmwärter erbaut worden. Als sie in Lighthouse Bay gelebt hatte, stand das Cottage leer. Pirate Pete wollte lieber im Leuchtturm selbst leben, der noch aus dem 19. Jahrhundert stammte. Der Gedanke an ihn weckte weitere Erinnerungen. Für sie und ihre Freundinnen war es eine Mutprobe gewesen, zum Leuchtturm zu laufen und kichernd an die Tür zu klopfen. Pirate Pete mit dem langen grauen Bart und den eiskalten Augen riss dann die Tür auf und brüllte: »Zum Teufel noch mal, lasst mich in Ruhe!« Sie hatten sich bei ihren Übernachtungspartys gerne Gruselgeschichten über ihn erzählt. Natürlich war er kein Pirat. Er war nur der Leuchtturmwärter und vermutlich ein einsamer alter Mann.

Sie hielt in der überwucherten Einfahrt und stellte den Motor ab. Dann blieb sie ein paar Minuten einfach sitzen, die Hände am Lenkrad, und überließ sich ganz ihren Gedanken und Erinnerungen. Sie hatte die Schlüssel in der Handtasche – Schlüssel, die sie nie hatte benutzen wollen. Libby seufzte. Sie hatte sich diese Woche ihres Lebens anders vorgestellt. Sie hatte nicht damit gerechnet, in Trauer nach Hause zurückzukehren, ohne Arbeit, in ein Cottage, das ihr zwar gehörte, das sie aber noch nie betreten hatte.

Mark war einmal im Jahr nach Queensland gereist, um Opale zu kaufen. Vor sechs Jahren hatte er einen Abstecher zum nahe gelegenen Winterbourne Beach gemacht, der nach seiner Familie benannt und bei Tauchern beliebt war, weil seine Vorfahren bei einem Schiffbruch Anfang des 20. Jahrhunderts dort einen legendären Schatz verloren hatten. »Wie hätte ich nicht dorthin fahren und mir den Ort ansehen können, an dem mein kleines Mädchen geboren und aufgewachsen ist?«, hatte er gesagt. »Das Cottage stand zum Verkauf, und ich wollte dir zeigen, wie sehr ich dich liebe.«

Sie kämpfte mit den Tränen, griff nach ihrer Handtasche und stieg aus. Der erste Schlüssel passte gleich an der Tür, und schon stand sie im Haus.

Muffig. Alter Kram. Juckender Staub. Die Fensterscheiben waren mit einer dünnen Salzkruste überzogen, die den Blick nach draußen verschleierte. Erste Aufgabe: putzen. Sie ging durchs Wohnzimmer – braune Fliesen, fadenscheiniger brauner Teppich, alter quadratischer Holztisch, keine Stühle – und entriegelte die Fenster. Dann schob sie sie mit einem heftigen Ruck auf, um die Meeresluft hereinzulassen. Das Haus mochte in den 1940ern gebaut worden sein, doch die Einrichtung stammte komplett aus den siebziger Jahren. Die Sitzbank in der Küche war mit leuchtend grünem Laminat überzogen, der Spritzschutz hinter der Spüle bestand aus winzigen Kacheln, die aussahen wie der schmutzige Schaum auf einem Teich. Der Gasherd war mit Spinnweben überzogen und mit dem Kot von Küchenschaben übersät. Zweite Aufgabe: alles mit Industriereiniger säubern.

Ein kleiner Flur führte zu einem altmodischen Badezimmer, einer Waschküche mit Hintertür und zwei Schlafzimmern. Das erste war größer und in einem blassen Rosa gestrichen. Darin stand ein schmiedeeisernes Doppelbett, dessen Matratze noch in Folie verpackt war. Ein rascher Blick in die Schränke enthüllte blassgrüne Bettwäsche, ebenfalls originalverpackt. Sie hielt inne und holte tief Luft.

Einmal wären sie fast hergeflogen. Mark hatte sich freigenommen, und Libby hatte die Farben für das Schlafzimmer ausgesucht. Genau diese Farben. Doch eine Woche vor dem Flug hatte sie kalte Füße bekommen. »Gib mir noch sechs Monate«, hatte sie gesagt. »Ich schreibe Juliet und frage nach, was sie davon hält. Es hat viel böses Blut zwischen uns gegeben.«

»Wieso böses Blut?«

Doch sie hatte es ihm nie erzählen können. Ihre Bindung war so zerbrechlich: Sie hatte Angst gehabt, ihn zu verlieren, wenn sie ihre Scham und ihre Schuldgefühle eingestand. Aus sechs Monaten wurde ein Jahr. Aus einem Jahr wurden zwei. Sie hatte Juliet nicht geschrieben, und er hatte nicht mehr gefragt: Vielleicht glaubte er, er könne sie allmählich überzeugen. Doch ihnen war die Zeit davongelaufen.

Das zweite Schlafzimmer war sehr klein; eher ein Hinterzimmer, dessen eine Wand komplett aus Schiebefenstern bestand. Es war als Atelier eingerichtet. Zwei leere Leinwände auf Staffeleien, mit Spinnweben überzogen. Plötzlich überwältigte sie die Trauer, und sie musste sich weinend auf den Boden setzen.

Als Mark das Cottage gekauft hatte, hatte sie sich gefragt, weshalb sie an einen Ort zurückkehren sollte, den sie unter gar keinen Umständen wiedersehen wollte. Doch in Wirklichkeit hatte er sich nur gewünscht, dass sie den Job bei Pierre-Louis aufgab und das Leben ein bisschen leichter nahm, sich entspannte und malte, wovon sie schon als Kind geträumt hatte. Und hier war nun alles: ein kleines Cottage, der Blick aufs Meer, ein Anfang. Doch Mark konnte nicht sehen, wie dankbar sie war, wie sehr sie diese Geste der Liebe zu schätzen wusste.

Libby weinte eine halbe Ewigkeit, bevor sie sich aufrappelte und die Tränen abwischte. Sie betätigte den Lichtschalter: nichts. Kein Strom. Sie ging in die Küche. Der leere Kühlschrank stand offen. Auch der Vorratsschrank war leer. Keine Reinigungsmittel oder Spültücher vorhanden. Sie brauchte eine Grundausstattung. Mit anderen Worten, sie musste einkaufen gehen. Je länger sie sich in der Stadt aufhielt, desto größer war die Gefahr, ihrer Schwester zufällig über den Weg zu laufen. Aber sie konnte sich noch nicht überwinden, zu ihr zu fahren. Noch eine Nacht darüber schlafen, dann wäre sie so weit. Definitiv.

Die klebrige Hitze machte sie müde. Libby wollte sich einfach nur zusammenrollen und schlafen, musste aber zuerst das Haus in Ordnung bringen. Sie zog ein ärmelloses Top und Shorts an, band das lange, dunkle Haar nach hinten und nahm ihre ganze Energie zusammen. Bei Sonnenuntergang war sie mit einer dünnen Schicht aus Schweiß und Spinnweben bedeckt. Sie spielte mit dem Gedanken, unter die Dusche zu gehen, doch dann fiel ihr ein, dass sie ja am Meer war. Also holte sie ihren Badeanzug und ging zum Strand hinunter.

Sie hatte viele Jahre in der Stadt gelebt, weit weg vom Meer, und war misstrauisch geworden. Wenn es nun Quallen gab? Oder Haie? Doch das blaugrüne Wasser war warm und klar und umspülte sie sanft. Sie watete bis zur Taille hinein und stürzte sich in eine Welle. Das Geräusch der Brandung wurde von dem Wasser verdrängt, das in ihren Ohren plätscherte. Dann tauchte sie auf und rang lachend nach Luft. Die Vorstellung, um diese Tageszeit im Meer zu schwimmen, war einfach unglaublich. In Paris würde sie jetzt Handschuhe und Schal anziehen, zur Metro gehen und sich zwischen die anderen Pendler zwängen. Hier am Strand war niemand außer ihr und einem Fischer, der einen halben Kilometer entfernt bis zu den Knöcheln im Wasser stand.

Sie ließ sich eine Weile auf dem Rücken treiben und von den Wellen tragen. Salzwasser auf den Lippen, ihr Haar breitete sich fächerförmig hinter ihr aus. Dann setzte sie sich in den Sand, um an der Luft zu trocknen. Die Dämmerung färbte den Himmel; grelles Rosa und Gold wichen allmählich einem dezenteren Violett und Zinngrau. Sie war wie in Samt gehüllt: der weiche Sand, der Dunst über dem Festland, die milde Brise und ihre eigene menschliche Weichheit, ihr Fleisch, ihre Muskeln und ihr schmerzendes Herz. Libby schloss die Augen.

Als sie sie wieder öffnete, war der Fischer verschwunden, und es war Abend geworden. Sie stand auf und klopfte sich den Sand ab, bevor sie zum Cottage zurückschlenderte. Der Strand war durch einen Grünstreifen von der Zivilisation getrennt: Banksien, Schraubenbäume, Mangroven. Geisterkrabben huschten davon, als sie den Sandweg zur Straße hinaufging. Im Cottage stellte sie erfreut fest, dass der muffige Geruch verschwunden war. Die Meeresbrise strömte durch die Fenster herein und ließ die zarten Spitzengardinen flattern. Sie machte sich ein Sandwich mit Erdnussbutter, spülte das Salz unter kaltem Wasser ab und spielte mit dem Gedanken, eine Leinwand vorzubereiten und einige Farbtuben zu öffnen. Doch ihre Müdigkeit war größer, und sie legte sich stattdessen ins Bett.

Gegen elf wachte sie auf und fragte sich, was sie aus dem Schlaf gerissen hatte. Ein Automotor. Sie lag im Dunkeln und horchte. Der Wagen schien im Leerlauf zu warten.

Sie stand auf und zog den Vorhang beiseite. Tatsächlich, auf der Straße vor ihrem Haus stand ein Auto mit eingeschalteten Scheinwerfern und laufendem Motor. Bewegungslos. Libby schaute neugierig hinaus. Spürte ein ängstliches Kribbeln. Es war zu dunkel, um den Wagen zu erkennen, geschweige denn das Nummernschild. Fünf Minuten vergingen. Zehn. Dann schließlich fuhr er los, wendete und schoss dröhnend davon, dass der Kies am Straßenrand nur so spritzte.

Drei

Es war nicht der ideale Tag für eine Mutter-Kind-Gruppe. Cheryl hatte sich um sieben Uhr krankgemeldet, und Juliet hatte Melody noch nicht erreicht, um zu fragen, ob sie früher kommen konnte. Vielleicht könnte sie die Teestube bis Mittag, wenn Melody zum Dienst kam, allein bewältigen, sofern sie die schmutzige Wäsche in Zimmer 2 warten ließ. Nach dem Mittagessen könnte sie rasch nach oben laufen, die Betten frisch beziehen und das einzige vermietete Zimmer staubsaugen. Dann wäre sie bereit für die Nachmittagsgäste. So funktionierte es allerdings nur an einem normalen Morgen.

»Ich hoffe, es macht Ihnen nichts aus«, sagte die junge Frau mit dem runden Gesicht und dem ebenso rundgesichtigen Baby auf der Hüfte, »wir wollten uns eigentlich bei mir treffen. Leider hatte ich vergessen, dass die Handwerker heute kommen, um einen neuen Wäscheschrank aufzubauen. Das ist einfach zu laut.«

»Natürlich macht es mir nichts aus«, erwiderte Juliet und stellte im Kopf hektisch Berechnungen an. Es waren insgesamt zwölf Frauen. Selbst wenn jede von ihnen Scones mit Erdbeermarmelade und Rahm bestellte, blieben immer noch vierzehn Scones für die Stammgäste übrig. Sollte sie schon jetzt neuen Teig anrühren? Bevor alle zehn verschiedene Arten Kaffee bestellten und ihre Babyflaschen aufgewärmt haben wollten?

Schon kamen die Bestellungen herein, und Juliet

eilte geschickt und anmutig zwischen Tischen und Küche hin und her und warf dabei einen betrübten Blick auf die vier ungeöffneten Toastpackungen, aus denen sie eigentlich die Sandwiches für die Mittagszeit zubereiten wollte. Der heutige Tag würde ein Alptraum werden. Augen zu und durch, anders ging es nicht. Zum Glück war Juliet harte Arbeit gewohnt. Sie band die langen, braunen Haare nach hinten und legte los.

Juliet's B & B und Teestube oder einfach *Juliet's* verdankte seinen Erfolg der günstigen Lage: unmittelbar am Strand gelegen, mit einer breiten, überdachten Holzterrasse, auf der Kleinkinder Möwen füttern und gehetzte Mütter ihre müden Augen mit einem Blick aufs Meer entspannen konnten. Doch der Erfolg stand und fiel mit Juliet. »Sie ist ein wahres Wunder«, hörte sie die Leute oft sagen. Manchmal sagten sie auch: »Sie ist mit ihrem Job verheiratet.« Allerdings erst nachdem sie die Annäherungsversuche von Sergeant Scott Lacey, dem früheren Unruhestifter der Bay High und jetzigen Ortspolizisten, zurückgewiesen hatte. Doch Juliet war weder ein Wunder noch mit ihrem Job verheiratet. Als ihr Vater vor fünfzehn Jahren starb, hatte er ihr das Geschäft hinterlassen, irgendjemand musste ja die Zügel in die Hand nehmen. Sie war erst dreiundzwanzig gewesen, wusste aber, dass das Lebenswerk ihres Vaters nicht vor die Hunde gehen durfte. Sie hatte die Teestube eröffnet, den Namen *Juliet's* außen angebracht und seitdem nicht einen einzigen Tag Urlaub gehabt. Selbst als sie drei Wochen in einem Meditationszentrum in Neuseeland verbracht hatte, hatte sie Cheryl täglich angerufen, um sich einen Lagebericht geben zu lassen, Probleme zu lösen und die enorme Aufgabenliste zu erweitern, die sie nach ihrer Rückkehr abarbeiten musste.

Um halb zwölf räumte Melody gerade die Tische auf der Terrasse ab, während Juliet im Eiltempo Sandwiches schmierte und das Telefon im Hintergrund endlos klingelte. Dann läutete es an der Tür. Juliet dachte nur: *Bitte nicht noch mehr Gäste. Gib mir nur zehn Minuten, bis ich diese Sandwiches fertig habe.*

Doch dann trat Melody in die Küchentür. »Du hast Besuch.«

Juliet blickte auf, wischte sich mit dem Handrücken den Schweiß von der Stirn und schob sich eine Haarsträhne aus den Augen. »Wen denn?«

»Sie sagt, sie heißt Libby.«

Trotz der stickigen Wärme, die in der Küche herrschte, wurde Juliet eiskalt. »Nein. Bist du dir sicher?«

»Das hat sie jedenfalls gesagt«, antwortete Melody argwöhnisch. »Alles in Ordnung?«

Juliet fluchte nie. Nicht weil sie prüde gewesen wäre, nur wurden solche Worte oft derart zornig und heftig ausgesprochen, dass sie innerlich zusammenzuckte. Jetzt aber legte sie das Buttermesser hin, drückte die Handflächen auf die Arbeitsplatte aus Edelstahl und brüllte: »Verdammte Scheiße!«

Melody war erst neunzehn und wich, mehr erschreckt als verwirrt, vor ihr zurück. »Schon gut, ich sage, du bist zu beschäftigt.«

Juliet nahm die Schürze ab. »Nein, nein. Ich komme. Sie ist meine Schwester. Ich habe sie seit zwanzig Jahren nicht gesehen.« Ihr Herz schlug schneller. Zwanzig Jahre. Nicht seit … Juliet schüttelte den Kopf. »Hier«, sie reichte Melody die Schürze. »Du machst vier mit Schinken und Salat, vier mit Truthahn, Emmentaler und Cranberries und vier … Ach, lass dir was einfallen. Wo ist sie?«

»Auf der Terrasse. Ich bin noch nicht fertig mit Aufräumen, seit die Krabbelgruppe gegangen ist.«

Juliet schluckte mühsam. Ihr Mund war trocken. Sie ging nach draußen auf die Terrasse. Libby saß mit dem Rücken zu ihr, ihr schwarzes Haar glänzte in der Sonne. Sie trug ein ärmelloses, dunkelblaues Kleid, das einen starken Kontrast zu ihrer Elfenbeinhaut bildete. Juliet betastete unsicher ihr verschwitztes Haar. Die Tische waren voll mit schmutzigem Geschirr. Die Möwen taten sich an den halb zerkauten Resten gütlich, die die Kleinkinder hatten fallen lassen. Juliet verscheuchte sie.

Libby drehte sich um. »Juliet.« Sie sprang auf.

»Ich hatte nicht mit dir gerechnet.« Klang das zu kalt? Hätte sie sagen sollen: »Ich freue mich, dich zu sehen?« Freute sie sich denn *wirklich*, ihre Schwester zu sehen – nach zwanzig Jahren und acht Weihnachtskarten, die immer erst im Februar angekommen waren? Nein, eigentlich wollte sie fragen: »Was machst du hier«? Plötzlich bekam sie Angst, dass Libby ihren Anteil am Geschäft einfordern würde, das ihr Vater ihnen beiden vermacht hatte.

»Es tut mir leid«, sagte Libby mit dem gewinnenden Lächeln, das die Herzen der Jungen an der Bay High hatte höherschlagen lassen. Aller Jungen außer Andy. Sie breitete die Hände aus. »Jetlag. Ich kann nicht klar denken. Ich hätte vorher anrufen sollen.«

»Ich habe Zimmer frei, aber sie sind noch nicht fertig. Heute Morgen war furchtbar viel zu tun und …«

»Ich brauche kein Zimmer. Alles in Ordnung.«

»Wo willst du denn wohnen?« Wenn ihre Schwester eine Ferienwohnung gebucht hätte, hätte sie gewiss davon erfahren.

»Im Leuchtturm-Cottage auf dem Hügel. Komm, lass uns reden.«

Juliet ärgerte sich, weil Libby nicht zu begreifen schien, wie viel sie zu tun hatte. »Das geht nicht. Gleich ist Mittagszeit, ich habe jede Menge Arbeit. Das Cottage ist nicht zu vermieten. Irgendein englischer Geschäftsmann hat es gekauft.«

»Wir waren befreundet.«

»Juliet?«

Sie drehte sich um. Melody stand in der Tür.

»Entschuldige, aber gerade hat der Lighthouse Ladies Book Club angerufen. Sie möchten um halb zwei zum Essen kommen. Achtzehn Personen.«

Juliet ließ die Schultern hängen und wandte sich wieder Libby zu. »Es tut mir leid, aber ich kann jetzt nicht mit dir reden.«

Libbys Pupillen zogen sich zusammen. Sie war gekränkt. Juliet wurde wütend. Wenn ihre Schwester nicht begreifen konnte, dass sie den denkbar schlechtesten Zeitpunkt ausgewählt hatte, um nach zwanzig Jahren wieder aufzutauchen, war das nicht ihr Problem. »Wie lange bleibst du? Können wir uns vielleicht unterhalten, wenn ich nicht so viel zu tun habe?«

»Sicher«, sagte Libby und hängte ihre Tasche um.

Juliet schaute ihr nach. Jahre der Bitterkeit und Reue, des Kummers und der Angst tobten in ihr. Andererseits hatte sie zu viel zu tun, um jetzt darüber nachzudenken.

Im Breakers Room des Lighthouse Bay Surf Clubs fanden sämtliche Hochzeitsempfänge, die Bankette anlässlich des Melbourne-Cup-Rennens und Gemeindeversammlungen statt. Als Teenager hatte Juliet hier ihren ersten Kellnerjob gehabt und Häppchen und

Gläser mit dem zweitbilligsten Champagner serviert. An diesem Nachmittag saß sie jedoch auf einem harten Plastikstuhl mit zwei Dutzend weiteren engagierten Bürgern und hörte sich den Vortrag eines gutaussehenden, aalglatten Herrn namens Tristan Catherwood an. Er vertrat eine Firma namens Ashley-Harris Holdings, die seit Jahren wie ein Wolf um Lighthouse Bay herumschlich. Alle Bauvorhaben der Firma waren von der Bezirksregierung abgelehnt worden: die achtstöckige Ferienanlage, die fünfstöckige Ferienanlage und, erst kürzlich, die dreistöckige Ferienanlage. Allerdings schienen Catherwood und seine Leute den Wink mit dem Zaunpfahl nicht zu begreifen: Niemand wollte überhaupt irgendein Ferienresort in Lighthouse Bay.

Doch auch das war nicht ganz richtig. Einige Leute glaubten daran, dass eine richtige Anlage – mit Fitnessstudio und schickem Pool, reetgedeckten Pergolen und Geldspielautomaten in der Bar – den Ort bekannt machen könnte. Dann wäre dies keine verschlafene Kleinstadt mehr, in der es gerade genügend Ferienwohnungen und Pensionen gab, um den familienorientierten Tourismus am Laufen zu halten. Großes Geschäft, großes Geld.

Doch Juliet wollte keine großen Geschäfte in der Bucht. Diese bedeuteten Einzelhandelsketten, und sie fürchtete, dass sie ihren Betrieb schließen müsste, sobald sich eine Kaffeehauskette ansiedelte. Bei dem Gedanken kribbelten ihre Füße, als würden sie in ein Loch fallen. Alle wussten, dass es bei *Juliet's* den besten Kaffee der Stadt gab. Ihr Frühstück war berühmt. Doch in den dunklen Winkeln ihrer Phantasie sah sie, wie ihre Kunden davonzogen, um an Tischen aus Holz und Chrom Caffè Latte aus logobedruckten Tassen zu schlürfen, während sie auf vier leeren Gästezimmern und selbstgebackenen Scones sitzenblieb.

Sie zitterte. Vermutlich war die Klimaanlage zu hoch eingestellt.

Nachhaltig. Das war Tristan Catherwoods Lieblingswort. Als wüsste er, was es bedeutete. Als hätte er auch nur die geringste Ahnung davon, dass ein Küstenstädtchen ein empfindliches Ökosystem besaß, das nur allzu leicht kippen konnte.

»Wir bei Ashley-Harris Holdings haben uns Ihre Sorgen *angehört* und arbeiten *sehr hart* daran, eine *nachhaltige Zukunftsvision* für Lighthouse Bay zu entwickeln, während wir gleichzeitig den Nutzen für Ihre *Gemeinde* und unsere Investoren *maximieren.*« Die dramatische Betonung war beleidigend, er sprach, als hätte er es mit einem Raum voller tauber Rentner zu tun.

Juliet schaute sich um. Gut, es gab einige taube Rentner unter ihnen, aber trotzdem …

Nach diesen Versammlungen lud Ashley-Harris immer zu Tee und Gebäck ein, doch Juliet konnte es nicht ertragen, dazubleiben und zu plaudern. Sie empfand Teebeutel und gekaufte Kekse als Beleidigung. Hätte es die Firma denn umgebracht, einheimische Produkte zu kaufen? Sie ging durch die Bar und musste sich zwingen, nicht schnell einen Scotch zu trinken. Draußen machte sie einen Spaziergang durch den Park zum Strand, um einen klaren Kopf zu bekommen, bevor sie wieder an die Arbeit ging. Warum quälte sie sich überhaupt zu diesen Gemeindeversammlungen? Danach hatte sie tagelang ein schmerzhaftes Gefühl in der Kehle. Irgendwann würde Ashley-Harris Holdings einen Weg finden, um die Ferienanlage zu bauen. Sie würden ein Grundstück finden und eine Möglichkeit, die Bezirksregierung zu beschwichtigen, und dann würde die

Zukunft über Lighthouse Bay hereinbrechen, so wie die Flut nachts über den Strand hereinbricht: wirbelnd und unentrinnbar, und sie würde sie in eine Richtung zerren, in die sie eigentlich nicht wollte.

Vor sich bemerkte sie eine dunkle Gestalt am Strand. Zuerst dachte sie, jemand hätte seine Kleider im Sand gelassen, um schwimmen zu gehen, doch dann erkannte sie, dass es sich um eine große Meeresschildkröte handelte.

Juliet lief auf sie zu. Falls sie noch lebte, wäre es im Grunde sogar schlimmer. Eine so große Schildkröte konnte sie nicht hochheben, und falls sie wegen einer Krankheit gestrandet war, würde sie vermutlich ohnehin nicht überleben. Aber die Schildkröte war schon tot, ihre schwarzen Augen blickten ins Leere, und aus ihrem Maul ragte ein Stück von einer blauen Plastiktüte. Sie hatte die Tüte für eine Qualle gehalten und war daran erstickt. Müll, vor allem Plastikmüll, tötete in dieser Gegend die meisten Meeresschildkröten.

Juliet wünschte sich, dass Tristan Catherwood genau jetzt neben ihr stünde. »Nachhaltig, Tristan?«, würde sie ihn fragen. »Wie wollen Sie die ganzen Touristen daran hindern, unsere einheimische Meeresfauna versehentlich zu vernichten?«

Sie schaute seufzend aufs Meer hinaus. Die Brise ließ ihr langes braunes Haar flattern und riss an ihrem weiten Baumwollkleid. Sie verstand nicht, weshalb die ganze Welt immer alles größer und besser machen und von allem mehr haben wollte. Was war denn so falsch daran, wenn kleine Dinge so blieben, wie sie waren? Sie warf einen Blick zu dem alten Leuchtturm und dachte an Libby. Für sie war Lighthouse Bay immer zu klein und Juliet heilfroh gewesen, als sie weggegangen war.

Nie hätte sie damit gerechnet, dass ihre Schwester zurückkommen würde, die immer noch nicht hierherpasste mit ihrem schimmernden, dunklen Haar und der faltenlosen weißen Haut. Sie sah aus, als hätte sie sich noch nie um etwas Sorgen gemacht. Zwanzig Jahre in Paris als ... nun, Juliet wusste nicht, was Libby in Paris gemacht hatte. Doch wenn sie glaubte, sie könne einfach so herkommen und die Hälfte des Geschäftes übernehmen, hatte sie sich geirrt. Juliet hatte die ganze Arbeit gemacht. Vielleicht könnte sie eine neue Hypothek aufnehmen und Libby auszahlen. In ihrem Kopf kreisten die verrücktesten Gedanken, wie immer, wenn es um Geld ging. Sie zwang sich, sich ganz auf die Gegenwart zu konzentrieren.

Die Spätnachmittagsschatten krochen über den Sand. Juliet ging nach Hause, um den Küstenschutz anzurufen. Sie würden die Schildkröte mitnehmen, sezieren und überprüfen, woran sie gestorben war. Doch eigentlich war der Grund offensichtlich: Sie war am Fortschritt um des Fortschritts willen gestorben, der rücksichtslos und ohne jegliches Gewissen war. Und dies war die Ware, mit der Tristan Catherwood handelte.

Abends um zehn war es gewöhnlich vollkommen still. Die Arbeit war erledigt, Küche und Teestube waren sauber, die Gäste schliefen, Formulare waren ausgefüllt und abgeheftet. Dann konnte sich Juliet endlich bei einer Kanne Tee entspannen, bevor sie eine Stunde später ins Bett ging. An diesem Abend hatte sie einen Übernachtungsgast: die siebenjährige Tochter ihrer Freundin und Mitarbeiterin Cheryl. Cheryl arbeitete eine Nachtschicht pro Woche im Surfclub, um Katies Privatschule zu finanzieren. Für eine alleinerziehende Mutter gab es um diese Uhrzeit kaum Betreuungsmöglichkeiten, also sprang Juliet ein. Katie schlief seit acht Uhr tief und fest im Gästebett in Juliets Schlafzimmer.

Juliet schloss die Tabellenkalkulation, ging ins Internet und rief die üblichen Seiten auf. Es war ein warmer Abend, und sie beugte sich vor, um ein Fenster zu öffnen. Es störte sie, dass sie das Meer zwar hören, aber nicht sehen konnte. Vor zehn Jahren war sie aus der Wohnung mit Meerblick ausgezogen und hatte sie in zwei Gästezimmer umgewandelt. Damals hatte sie gehofft, dass es nur vorübergehend wäre; dass sie bald heiraten und Kinder bekommen und in ein größeres Haus ziehen würde. Aber sie war noch immer hier. Die Größe der Wohnung war eigentlich kein Problem. Unten gab es eine geräumige Küche, falls sie etwas Aufwendiges kochen wollte, und der kleine Raum hier oben war leichter sauber zu halten, was angesichts ihrer Arbeitsbelastung kein Nachteil war. Dass sie nicht verheiratet und Mutter war, störte sie hingegen sehr. Sie war achtunddreißig und kam sich vor, als zerrte man sie durch ein Fenster, das immer enger wurde. Eigentlich hätte sie schon vor vier Jahren den Richtigen kennenlernen müssen, damit sich das Fenster nicht vor ihrer Nase schloss.

Die Schlafzimmertür ging auf. Katie stand im Schlafanzug da und kniff die Augen zu.

»Was ist denn los, Liebes?«

»Ich habe schlecht geträumt.« Das kleine Mädchen tapste herüber und kuschelte sich auf ihren Schoß. »Wo ist Mummy?«

»Sie arbeitet noch. Sie holt dich morgen früh ab.« Juliet strich über Katies blondes Haar. »Hilfst du mir morgen beim Frühstück?«

Katie zuckte schlaftrunken mit den Schultern.

»Mach dir keine Sorgen wegen der schlechten Träume. Die verschwinden, sobald du die Augen aufmachst.«

Katie drückte sich wortlos an sie. Juliet spürte den Herzschlag des kleinen Mädchens. *Tock-tock, tock-tock, tock-tock.*

Schließlich fragte Katie: »Wer sind die ganzen Leute auf den Bildern?«

»Männer.« Juliet warf einen Blick auf den Bildschirm.

»Sind das alles deine Freunde?«

»Nein, ich kenne keinen von ihnen.« Juliet war verlegen. Hoffentlich erzählte Katie ihrer Mutter, die immer noch hoffte, Juliet werde sich irgendwann von Scott Laceys Flehen erweichen lassen, nichts von Datemate. »Das ist nur eine Internetseite, auf der man neue Freunde kennenlernen kann.«

Katie hatte jedoch bereits das Interesse verloren und gähnte.

»Komm, ich bringe dich wieder ins Bett.«

Sie hob Katie hoch und trug sie zurück zum Gästebett, deckte sie zu und sang ihr noch ein Schlaflied vor. Dann schloss sie leise die Tür und kehrte zu den Männergesichtern auf dem Bildschirm zurück. Sie hatte nie mit einem von ihnen Kontakt aufgenommen. Nicht ein einziges Mal. Dennoch verbrachte sie viel Zeit damit, sie nacheinander anzuklicken, über ihre Interessen, politischen und religiösen Überzeugungen zu lesen. Manche wirkten sehr nett und natürlich, andere waren hemmungslose Egomanen. Manche sahen gut aus, andere unscheinbar, aber freundlich. Doch bei keinem Einzigen hatte sie den Wunsch verspürt, sich mit ihm auf einen Kaffee zu verabreden. Sie warf einen Blick auf das gerahmte Bild von Andy im Bücherregal, auf dem er ewig neunzehn Jahre alt war.

»Juliet?«

Sie drehte sich um. Katie stand schon wieder in der Tür.

»Legst du dich zu mir? Ich habe Angst.«

Juliet schaltete den Computer aus und stand auf. »Na, komm.« In der Dunkelheit zu liegen und einer Siebenjährigen etwas vorzusingen, war eigentlich nicht ihre Vorstellung von einem perfekten Freitagabend, aber es ließ sich nicht ändern. Cheryl war sieben Jahre älter als Juliet und hatte irgendwann beschlossen, dass es besser wäre, eine alleinerziehende als gar keine Mutter zu sein. »Das Problem ist«, hatte sie damals gesagt, »dass Männer um die vierzig Frauen um die zwanzig haben möchten.«

Juliet wusste nicht, wie viele von Cheryls Weisheiten über Männer und ihre Wünsche der Wahrheit entsprachen, und versuchte daher, positiv zu denken. *Wenn es passieren soll, passiert es,* sagte sie immer.

Doch in den dunkleren Stunden der Nacht fürchtete sie manchmal, dass es nie passieren würde. Sie hatte ihre Chance gehabt. Sie hatte eine wahre, verrückte, tiefe Liebe erlebt. Vielleicht wäre es anmaßend, das noch einmal zu verlangen.

Katie wickelte eine ihrer langen, braunen Haarsträhnen um den Zeigefinger. Von fern grollte Donner. »Geh nicht weg«, sagte sie.

»Das werde ich nicht«, erwiderte Juliet sanft. »Mach die Augen zu.«

Sie sah zu, wie das Kind einschlief, und blieb noch ein bisschen bei ihr, während das Gewitter heranzog. Sie war froh, im Dunkeln Gesellschaft zu haben.

Es dauerte Tage, bis Libby den Jetlag überwunden hatte, und sie konnte immer noch nicht richtig schlafen. In ihrem Kopf kreisten die Gedanken. Manche waren praktischer Natur, zum Beispiel wann ihre Sachen aus Paris eintreffen würden. Andere waren komplizierter. Sie fragte sich, wie sie sich an dieses neue Leben gewöhnen und sich mit ihrer Schwester versöhnen sollte. Sie schloss die Augen, versuchte es auf der linken Seite, dann auf der rechten und stand schließlich auf. In der Ferne zog ein Gewitter herauf. Sie schaltete die Taschenlampe ein, ging ins Hinterzimmer – das Atelier, wie sie es schon bei sich nannte – und öffnete das Fenster. Die kühle Meeresluft und das Rauschen der Wellen fluteten herein. In der Ferne zeichneten sich Blitze vor den Wolken ab. Sie stellte die Taschenlampe in eine Tasse, so dass sie an die Decke leuchtete. Das reichte, um die Malutensilien auszupacken. Vielleicht würde sie davon müde genug, um endlich zu schlafen. Mark hatte natürlich an alles gedacht. Nicht nur an die Aussicht und das Licht, das durch die Fenster fiel. Auch an die Staffeleien, die Leinwände auf Keilrahmen aus Zedernholz, einen Rollschrank voller Farben, Pinsel, Paletten, Palettenmesser, Flaschen mit Leinöl, Gummi arabicum, Terpentin und Firnis, zusammengerollte Lappen, die mit einem blauen Band verschnürt waren, sogar Gläser mit Schellack, Bienenwachs und Bimssteinpulver. Die Gerüche von Öl, Lösungsmitteln, Holz und Erde stiegen ihr zu Kopf. Auf einem Regal waren Tinte, Schreibfedern und Aquarellpapier angeordnet, dazu Kunstbücher über Cézanne, Monet und Turner. Während der Wind böiger wurde und der Donner näher rückte, packte sie alles aus und verstaute es ordentlich in den Schubladen. Sie arbeitete mechanisch, weil sie einerseits müde war und andererseits das alles ohne Mark nicht richtig genießen konnte. Er hatte all diese

Dinge gekauft und sich vorgestellt, sie eines Tages mit ihr auszupacken. Dass er ihr Gesicht sehen und ihre Freudenschreie hören würde, dass sie mit Champagner auf ihr neues Atelier im Strandcottage anstoßen würden. Doch in ihrer Sturheit und Angst hatte sie sich immer wieder geweigert, mit ihm herzukommen. Jetzt war es zu spät, um ihm für seine Großzügigkeit zu danken und vor allem dafür, dass er ihren Traum vom Malen ernst genommen hatte.

Als es richtig anfing zu regnen, fiel ihr ein, dass im Wohnzimmer und in der Küche die Fenster offen standen. Sie schnappte sich die Taschenlampe und eilte hinaus. Der Wind wehte heftig und schlang die Vorhänge zu Knoten, erfüllt vom süßen, feuchten Geruch des Regens. Libby schob die Fenster zu. In den Räumen blieb eine stickige Feuchtigkeit zurück. Sie hätte sie am liebsten wieder geöffnet, aber dann müsste sie am Morgen das Regenwasser vom Boden wischen. Sie ging zur anderen Seite des Hauses und öffnete die Haustür. Von hier aus konnte sie den Gewitterhimmel sehen, ohne nass zu werden. Eine Zeitlang sah sie zu, wie die Blitze über den Himmel zuckten und der Wind die Bäume in alle Richtungen bog. Dann schaute sie zum Leuchtturm hinüber.

In einem der Fenster flackerte ein schwaches Licht. Libby blinzelte angestrengt, weil sie ihren Augen nicht traute. Der Leuchtturm stand ganz sicher leer. Und doch war da Kerzenlicht. Wer mochte um diese Uhrzeit mit einer Kerze in dem alten Gebäude sein? In ihrem Bauch kribbelte es, als ihr einfiel, wie unheimlich sie den Leuchtturm als Kind gefunden hatte. Pirate Pete warf einen langen Schatten.

Aber nein, die Müdigkeit und das Gewitter hatten sie nervös gemacht. Sie kehrte ins Bett zurück, trat die

Decke beiseite und versuchte, nackt in der stickigen Wärme zu schlafen, was ihr allerdings mehr schlecht als recht gelang, denn sie träumte von flackernden Lichtern in Fenstern und einem kalten Ozean, der wie ein Ungeheuer brüllte.

Vier

1901

Isabella kann nur dem Meer vertrauen. Sie hat keinen Boden unter den Füßen, daher krallt sie die Zehen vorsichtig in die Planken des Decks, während sie die gewaltigen Wellen unter sich dahinrollen sieht. Die Sonne scheint hell, und der Wind lässt die Segel flattern und die Klemmen rasseln. Still fleht sie den Ozean an: Bewahre uns, denn wir sind keine Fische; wir sind Männer und Frauen und weit entfernt vom Land. Bei jedem Wetter kommt sie morgens nach draußen und spricht ihr kleines Gebet. Bisher sind sie sicher gewesen. Und während ihr Verstand ihr sagt, dass nicht das Gebet dafür verantwortlich ist, vermutet sie es dennoch in einem abergläubischen Winkel ihres Herzens.

»Stellst du dich wieder zur Schau, Isabella?«

Isabella dreht sich um. Ihr Mann Arthur steht nur wenige Schritte entfernt vor dem Deckshaus. Er hat die Arme verschränkt und die Stirn unter dem dünnen, hellen Haar gerunzelt. Sein üblicher Gesichtsausdruck, jedenfalls ihr gegenüber.

»Du brauchst dich nicht zu ärgern«, sagt sie, gewiss ein wenig zu kühn für seinen Geschmack, »niemand kann mich hören.«

»Alle wissen, dass du hier stehst, die Lippen bewegst und mit dem Himmel redest.«

»Eigentlich rede ich mit dem Meer«, erwidert sie und geht zur Treppe.

»Schuhe, Isabella. Wo sind deine Schuhe?«

Heute sind es also die Schuhe. Gestern war es das offene Haar. Vorgestern waren es die Handschuhe. Handschuhe! Warum besteht er darauf, dass sie sich wie zum Nachmittagstee kleidet, wenn sie einfach nur an Deck frische Luft und Sonnenschein genießen will? Gewiss interessiert sich auf diesem elenden Schiff niemand dafür, was sie anhat. »Meine Schuhe sind in unserer Kabine, Arthur.«

»Hol sie. Zieh sie an. Ich kann es ertragen, dass du ohne Hut und Handschuhe gehst, aber Schuhe sind eine Notwendigkeit.« Er senkt wie so oft den Blick zu dem schwarzen Band, das sie ums Handgelenk trägt. Seine gewöhnlich frische Gesichtsfarbe vertieft sich zu einem dunklen Rot.

Sie zieht den Ärmel darüber. Heute will sie nicht deswegen streiten. *Warum bestehst du darauf, diesen alten Fetzen zu tragen? Die Winterbournes sind weltberühmte Juweliere, und du hast ein Band aus Stoff am Arm? Du trägst nicht einmal deinen Ehering.* Sie will ihm nicht noch einmal sagen, dass er ihr nicht passt, denn sie vermutet, dass er ihn absichtlich so eng gemacht hat, damit ihre Hand in der Falle sitzt.

Er schüttelt leicht den Kopf. »Kümmere dich um dein Aussehen, Isabella. Denk an den guten Ruf des Namens Winterbourne.«

»Na schön, Arthur.« Sie interessiert sich überhaupt nicht für den Namen Winterbourne und kaum mehr für ihren Ehemann. Früher war sie genau wie andere Frauen; früher hatte sie ein weiches Herz. Doch die Zeit und der Kummer haben ihre Gefälligkeit zerstört, haben sie ausgehöhlt, bis kaum noch etwas davon übrig ist. Sie geht unter Deck, denkt aber nur halbherzig an ihre Schuhe und bleibt zögernd vor dem Salon stehen. Von hier aus kann sie zum dunklen Ende des Schiffes blicken, einem Ort, der so erfüllt ist von der eingefangenen Düsternis und dem Geruch ungewaschener Männer, dass sie kaum atmen kann. Die Mannschaft besteht aus siebzehn Leuten, und selbst nach acht Wochen auf See kennt sie nur den Namen des Kapitäns und des Ersten Offiziers. Sie ist gleichzeitig verängstigt und gefesselt von ihrer rauhen Männlichkeit. Meggy, die im Salon sitzt und strickt, ruft nach ihr.

Isabella dreht sich um und lächelt ihrer Freundin zu. Ein Schiff ist kein Ort für eine Frau, für zwei Frauen ist es immerhin erträglich. »Schuhe.«

Meggy verzieht ihr hübsches Gesicht. »Ja, man muss Schuhe tragen. Überall liegen scharfe und harte Gegenstände herum.«

»Aber ohne Schuhe kann man viel leichter die Treppen steigen.« Die Treppe zwischen Haupt- und Zwischendeck hat Ähnlichkeit mit einer Leiter. Durch die kleinen, runden Fenster fällt Licht in den Salon. Der Esstisch aus Mahagoni, die bestickten Kissenhüllen und die Hängelampe bieten einen Anschein zivilisierter Behaglichkeit. Der ordentlich aufgeräumte Schreibtisch des Kapitäns steht unter einem Bullauge. Darauf liegen Bücher und Landkarten, obwohl es Isabella überraschen würde, wenn er tatsächlich läse, und noch mehr, wenn er angesichts der furchterregenden Mengen Whisky, die er täglich konsumiert, eine Landkarte studieren könnte. Isabella setzt sich, noch immer barfuß, neben Meggy und greift nach ihrem Stickrahmen.

»Du willst doch nicht auf einen Nagel treten«, sagt Meggy. »Das blutet viel mehr, als wenn du die Treppe hinunterfällst.« Sie spricht mit der müden Autorität eines Menschen, der viele Schiffsreisen erlebt und viele Verletzungen gesehen hat. Was auch stimmt. Denn Meggy Whiteaway ist einer der Gründe, aus denen Isabella hier ist. Meggy reist viel mit ihrem Mann, dem Kapitän, und sehnt sich nach weiblicher Gesellschaft. Das Leben auf einem Frachtschiff ist keine natürliche Umgebung für eine Frau, und Meggy hat Isabella seit Jahren bedrängt, eine Reise mit ihnen zu unternehmen. Arthur und der Kapitän sind alte Schulfreunde. Isabella hat Meggy am Tag ihrer Hochzeit kennengelernt und immer gemocht oder Mitleid mit ihr gehabt oder vielleicht auch beides.

Ein weiterer Grund, aus dem Isabella hier ist, ist natürlich der Amtsstab. Er wurde von der Königin in Auftrag gegeben, von Arthur Winterbourne entworfen, liebevoll auf britischem Boden angefertigt und soll in Sydney der neuen australischen Regierung übergeben werden, um den Zusammenschluss der Kolonien zu feiern. Arthur wollte ihn persönlich überbringen, also ist Isabella mitgekommen. Es schien besser, als in Somerset zu bleiben und seiner giftigen Familie ausgeliefert zu sein.

Doch Isabella kennt den dringendsten Grund, aus dem sie sich an Bord der Bark *Aurora* befindet. Sie ist hier, weil es zumindest zeitweise die Frage beantwortet, was aus Isabella werden soll, eine Frage, über die hinter vorgehaltener Hand im Empfangszimmer ihrer Schwiegermutter getuschelt wird und die sie auch in den Augen ihres Ehemannes liest. Es hat eine Zeit gegeben, in der sie sich für die ganze Sorge und Schande geschämt hätte, die sie über die Familie gebracht hat. Doch die gesellschaftliche Scham wurde völlig bedeutungslos, als sie Daniel verlor.

»Geht es dir gut, Isabella?« Meggys runde blaue Augen sind weich vor Sorge. »Du siehst sehr blass aus.«

Isabella kämpft mit den Tränen. Isabella kämpft immer mit den Tränen. Sie springt von ihrem Stuhl hoch. »Meine Schuhe«, sagt sie halb zur Erklärung und begibt sich in ihre stille Kabine.

Isabella wird früh wach. Sie liegt in ihrem schmalen Bett und denkt an die kalte Übelkeit, die nur Mütter erleben, die ein Kind verloren haben. Jeden Tag beim Aufwachen verschont sie das Gefühl für wenige Sekunden, doch dann bricht die Traurigkeit wieder über sie herein und erinnert sie daran, dass ihr Leben zerstört ist. Der Sturz von der Unwissenheit ins Wissen ist qualvoll. Sie würde lieber aufwachen und sofort traurig sein. Doch diese wenigen Sekunden verspotten sie jeden Morgen: Sie sind eine falsche Zeit, das grausame Versprechen von Glück, das nicht gehalten werden kann, so wie die fünfzehneinhalb Tage, die Daniel gelebt hat.

Doch das Leben geht weiter, und Isabella weiß, dass sie aufstehen und an Deck muss, um ihr kleines Gebet für den Ozean zu sprechen. Sie schlüpft durch die vordere Luke und sieht Meggy mit verzweifelter Miene im Freien sitzen. Das Morgenlicht fängt sich in ihrem rotgoldenen Haar. Neugierig geht Isabella näher heran und setzt sich neben sie. Arthur beklagt sich oft darüber, dass sie und Meggy »wie Kinder auf dem Schiff hocken«. Damen, so denkt er, sollten niemals woanders als auf einem Stuhl sitzen. Doch vor dem Steuerrad des Schiffes kann man wunderbar kauern, die Knie unters Kinn ziehen und sich vorstellen, man bewege sich am äußersten Rand der bekannten Welt entlang, den Sonnenschein im Haar.

Anfangs hatte Isabella noch auf Anstand und Schicklichkeit geachtet, doch je weiter sie sich von zu Hause entfernte, desto schneller legte sie ihre Manieren ab. Als sie von Bristol den Avon hinuntersegelten, vorbei an den St. Vincents Rocks, trug sie noch Hut und Handschuhe. Als sie nur zwei Tage später mit heftigen Winden zu kämpfen hatten und sie nicht aufstehen konnte, ohne sich zu übergeben, entfernte sie alsbald alles, was sie daran hinderte, schnellstmöglich zur Reling zu gelangen. Nach drei Wochen hatten sie die Passatwinde erreicht, und die Schnelligkeit des Schiffes und die drückende Wärme brachten sie dazu, ihr Korsett abzulegen. Zum ersten Mal seit ihrer Kindheit konnte sie frei atmen.

»Schon so früh auf, Meggy?«

Meggy blickt zum Achterdeck, nicht zum Bug. »Konnte nicht schlafen.« Ihre Augen folgen jemandem auf dem Hauptdeck, auf der anderen Seite des Steuerrads. Isabella betrachtet sie kurz, bevor sie merkt, dass Meggy den Ersten Offizier beobachtet.

»Interessierst du dich heute Morgen für Mr. Harrow?«, fragt sie sanft und lehnt sich flüchtig an ihre Freundin.

Deren Augen kehren mit einem Zucken zu Isabella zurück. »Ist er nicht prachtvoll?«

»Prachtvoll ist vielleicht nicht das Wort, das ich verwenden würde.« Isabella dreht sich um, um ihn in Augenschein zu nehmen. Er spricht mit zwei Seeleuten weiter unten auf dem Achterdeck. Er ist ein kleiner Mann, kleiner als Isabella, doch das ist Meggy vielleicht egal, denn sie ist eine winzige Frau mit glockenförmigem Körper. Isabella trägt einen inneren Kampf aus. Sie will Meggy schützen, ist aber auch entrüstet über deren Torheit. Frauen, die mit dem doppelten Fluch von Schönheit und guter Familie geschlagen sind, entscheiden nicht selbst, wen sie lieben. »Meggy, du weißt, wie gefährlich es ist, ihn heimlich zu lieben.«

»Ich liebe ihn nicht, Isabella. Ich bewundere ihn nur so sehr. Seine Frau Mary ist letztes Jahr gestorben. Er hat sie bis zum Ende gepflegt; er war dabei, als sie ihren letzten Atemzug tat.«

»Woher weißt du das?«

»Ich habe auf unserer letzten Reise gehört, wie er Francis davon erzählt hat. Findest du es nicht wunderbar, wenn ein Mann so sehr liebt? Männer sind angeblich so stark und hart, können aber tief im Herzen ganz weich sein.«

Isabella antwortet nicht. Sie stellt sich vor, sie wäre krank und läge im Sterben. Arthur würde sich einfach fernhalten, bis es vorbei ist. Genau wie damals, als Daniel starb. Isabella sah ihn erst nach der Beerdigung, die ohne ihr Wissen stattfand. Arthur hatte befürchtet, sie könnte eine Szene machen.

»Wie furchtbar traurig für ihn, so jung Witwer zu werden«, haucht Meggy. »Welches Unglück er erleiden muss.«

Isabella schaut sie an. Tränen schimmern in den Augen ihrer Freundin. Sie spürt einen zornigen Knoten in sich. Meggy hat nicht einmal mit ihr um Daniel geweint, und ein Kind zu verlieren ist viel schlimmer, als eine Frau zu verlieren. Meggy, die nie ein eigenes Kind hatte, sagte nur: »Du wirst noch eins bekommen, und dann verwandelt sich die Traurigkeit in Sonnenschein.« Als wäre ein Kind ein zerbrochenes Teeservice, das man ohne weiteres ersetzen kann.

Dann überkommt Isabella ein teuflischer Impuls.

Sie steht auf und ruft: »Mr. Harrow!«

Meggy zieht die Knie an die Brust und erinnert Isabella an eine Spinne, die man mit dem Besen bedroht. »Isabella, nicht!«, zischt sie.

Aber es ist zu spät. Mr. Harrow wendet sich zu ihnen und winkt. Meggy steht auf, will fliehen. Isabella winkt Mr. Harrow mit einer Hand, während sie Meggy mit der anderen am Oberarm packt. Isabella ist groß, stark und königlich; Meggy kann ihr nicht entkommen. Mr. Harrow nähert sich neugierig, sein rosiges Gesicht glänzt.

»Ja, Mrs. Winterbourne?«

Meggy hat sich abgewandt, tiefrot vor Verlegenheit. Ein erstes Bedauern regt sich in Isabella, doch es ist zu spät. Ihr Mund hat die Worte schon geformt. »Mrs. Whiteaway und ich haben ein wenig geplaudert, und wie es scheint, bewundert Mrs. Whiteaway Sie sehr.«

Nun ist es an Mr. Harrow, vor Verlegenheit zu erröten, und Isabella spürt, dass der boshafte Funke, der sie zu diesem Unsinn getrieben hat, unwiderruflich erloschen ist. Die Scham kriecht über ihre Haut. Sie lässt Meggy los, die an ihnen vorbeiläuft und schluchzend in der Luke verschwindet. Mr. Harrow schaut ihr nach und wendet sich zu Isabella. Sie kann seine Miene nicht deuten. Ist er wütend? Verwirrt? Oder auch in Meggy verliebt?

Natürlich ist er das. Sie reisen gemeinsam um die Welt, und es heißt immer »Mrs. Whiteaway« dies und »Mr. Harrow« das, und sie senken die Augen, wenn sie in den schmalen, holzgetäfelten Gängen aneinander vorbeigehen.

»Es tut mir leid«, stößt Isabella hervor. »Ich weiß nicht ...« Sie verstummt, nickt einmal und begibt sich auf das hintere Deck, um dem Ozean ihr Morgengebet darzubringen.

Vermutlich wird Meggy den Rest der Reise über

nicht mehr mit ihr sprechen, und einige heiße Augenblicke lang kümmert es sie nicht. Doch dann verzweifelt sie, weil sie so zerbrochen ist, dass sie sich selbst dann nicht mehr zusammenfügen kann, wenn es die Situation erfordert. Sie ist zu zerbrochen, um sich unter Menschen zu bewegen, deren Herzen noch heil sind.

Das Schiff ist groß, aber die Räume liegen sehr eng beieinander. Isabella und Arthur haben schmale Kojen in dem Raum, der sonst dem Bootsmann als Kajüte dient und der auf auf dieser Reise mit der Mannschaft am dunklen Ende des Schiffes schläft. Nachts knarrt das Schiff. Draußen tobt der Wind. Die See klatscht gegen die Planken. Dennoch hat Isabella in ihrem Leben noch nie so gut geschlafen, weil sie der Ozean jeden Abend in den Armen wiegt.

Wenn sie nachts auf ihrem Bett liegt, kann sie Arthur und den Kapitän im Salon reden hören. Sie wissen nicht, dass sie sie hören kann, denn sie sprechen klar und deutlich über sie. Ihr Körper verkrampft sich, als ihr Name genannt wird.

»Meine Frau ist heute Abend untröstlich, Winterbourne. Isabella hat wohl etwas Albernes getan.«

Arthur räuspert sich. Getränke werden eingegossen. »Hat Meggy gesagt, was es war?«

»Nein, sagte sie nur, es sei ihr furchtbar peinlich, und sie sei fuchsteufelswild.«

Isabellas Herz fällt in sich zusammen. Meggy hat sich gegen sie gewandt. Sie weiß, warum, fühlt sich aber dennoch hintergangen. Warum kann niemand freundlich zu ihr sein? So freundlich, wie sie es nötig hat? Ist da etwas in ihrem Gesicht oder ihrer Haltung, das Menschen zur Unfreundlichkeit einlädt?

»Ach. So ist Isabella«, knurrt Arthur. »Sie war nicht immer so, Francis. Als ich sie geheiratet habe, war sie viel umgänglicher. Der Tod des Säuglings …«

»Ich will offen mit dir sein, Winterbourne. Sie kann das nicht ständig als Entschuldigung benutzen.«

»Manche Frauen erholen sich nie davon.«

»Weil sie es nicht wollen. Sie sind verliebt in ihren eigenen Kummer. Du sagst, Isabella sei früher viel umgänglicher gewesen, aber sie hatte damals schon einen eigenen Willen. Als das Kind starb, hat nichts und niemand sie daran gehindert, zu toben und wirr daherzureden. Alle haben sie entschuldigt, und so hat sie schnell gelernt, dass sie tun und lassen konnte, was sie wollte, selbst wenn es andere vor den Kopf stieß.«

Isabella weiß nicht, was sie beleidigender findet: die Vorstellung, sie habe gelernt, sich schlecht zu benehmen wie ein misshandelter Hund. Oder die Tatsache, dass sie so offen über ihre angeblichen Charaktermängel sprechen. Aber nein, am meisten schmerzt die Art und Weise, in der sie die Worte »das Kind« und »der Säugling« verwenden. Er hatte einen Namen. Daniel.

»Ich weiß nicht, was ich noch machen soll, Francis. Ich habe sie eines Tages mit der Frau eines Freundes losgeschickt und alle Spuren des Kindes beseitigt. Die Wiege, die Kleidung, das kleine Kaninchen, das meine Mutter gestrickt hatte. Sie hat natürlich getobt. Ich musste sie recht fest an beiden Händen halten, damit sie mir nicht die Augen auskratzte.«

Recht fest. Er hatte zwei schwarze Flecken auf ihren Armen hinterlassen, die eine Woche lang zu sehen waren.

Und dann spricht der Kapitän aus, was Isabella schon befürchtet hat. »Meggy sagt, das Band um ihr Handgelenk sei sehr bedeutungsvoll.«

»Tatsächlich?«

Sie kann förmlich hören, wie es ihm dämmert.

»Wir haben gerade heute noch darüber gesprochen. Isabella, das Baby, dass sie sich weigert, darüber hinwegzukommen. Und Meggy hat mir eröffnet, dass an der Innenseite des Bandes ein Kinderarmband eingenäht ist, das Sie wohl übersehen haben. Aus Koralle, angefertigt von Isabella und ihrer Schwester, als sie noch Kinder waren.«

Während er die Worte ausspricht, fährt Isabella mit den Fingern über die vertrauten Kügelchen unter dem Stoff. Ja, er hatte alles weggeworfen. Sie war mit Mrs. Evans nach einem endlosen Tag in Bath zurückgekehrt und hatte das Kinderzimmer völlig kahl vorgefunden. Nur dieses Armband, das hinten in einer Schublade lag, war ihm entgangen. Als Kinder hatten sie und ihre Schwester Victoria gerne Schmuck gebastelt. Ihr Vater war Juwelier gewesen, natürlich kein so bedeutender wie die Winterbournes. Er hatte eine kleine Werkstatt in Port Isaac, dem Küstenort, in dem Isabella aufgewachsen war. Er verkaufte handgemachte Einzelstücke an reiche Kunden aus der Bohème, häufig europäische Adlige, und hatte seinen Töchtern alle Techniken gezeigt, mit denen man Steine ohne Löten in Draht fassen konnte. Sie und ihre Schwester waren elf und zwölf gewesen, als sie das Korallenarmband angefertigt hatten. Jedes Glied war fest in Silberdraht gewickelt, und es war winzig klein. Victoria hatte es jahrelang in ihrem Schmuckkasten aufbewahrt, denn sie hatten vereinbart, dass diejenige es bekommen sollte, die zuerst Mutter wurde. Es war einen Tag vor Daniels Geburt in einem Päckchen aus New York eingetroffen, wo Victoria jetzt verheiratet, aber noch kinderlos lebte.

»Du musst sie dazu bringen, es abzunehmen, Winterbourne. Wirf es ins Meer. Sie wird sich nie erholen, solange sie es bei sich trägt.«

Isabella spürt heiße Furcht im Herzen. Sie hat gewusst, dass er das vorschlagen würde, und sie weiß, dass Arthur zustimmen wird. Aber es ist das Einzige, das ihr von Daniel geblieben ist, das Einzige, das sie noch zusammenhält. Es ist ganz einfach: Wenn sie das Korallenarmband verliert, verliert sie sich selbst. Also nimmt sie das Band sofort ab und schiebt es unter ihr Kopfkissen. Lange wird es dort nicht sicher sein. Es dürfte die zweite oder dritte Stelle sein, an der er sucht, wenn er es ihr wirklich wegnehmen will.

Es gibt nur einen Ort, an dem das Armband sicher ist. Falls sie es wagt, es dort zu verstecken.

Fünf

Das Abendessen wird immer im Salon serviert, und dort beginnt auch der Plan für diesen Abend. Isabella muss vor ihrem Mann zu Bett gehen, um ihr Vorhaben durchzuführen. Als der Steward einen Klumpen halbgares, zu stark gesalzenes Schweinefleisch mit Soße aufträgt, in der einige einsame Kartoffeln schwimmen, schützt sie plötzliche Übelkeit vor. Angesichts des Essens kostet sie das keine allzu große Mühe. Wie sehr sie sich nach frischem Fleisch und neuen Kartoffeln sehnt.

»Oh«, sagt sie und schlägt die Hand vor den Mund.

»Isabella?«, fragt Arthur in seinem üblichen misstrauischen Ton.

»Mir ist plötzlich übel.«

Meggy, die ihr in versteinertem Schweigen gegenübersitzt, weicht ihrem Blick aus. Der Kapitän ist damit beschäftigt, Rotwein in sein Kristallglas zu gießen. Also muss Arthur reagieren.

»Wirst du mit uns essen?«

»Ich glaube nicht. Ich gehe sofort zu Bett.«

Arthur öffnet den Mund und will sie zum Bleiben ermuntern. Er ist ein Mann, der sich ständig darum sorgt, was andere Leute von ihm denken, und wenn sie in seinen Augen gegen die guten Manieren verstößt, schnauft und keucht er wie eine Dampflok. Allerdings ahnt er wohl, dass die Übelkeit ihr Benehmen nur verschlimmern würde, und behält seine Gedanken für sich. Er winkt sie mit teigiger weißer Hand davon.

Nachdem sie die Kajütentür hinter sich geschlossen hat, knöpft sie ihr Mieder auf und löst die Haken am Korsett. Sie streift den Rock ab und hängt alles in den schmalen Kleiderschrank, der in den Winkel hinter den Kojen eingebaut ist. Sie zieht ihr Nachthemd an und bleibt einen Augenblick lang mit klopfendem Herzen stehen, horcht auf Schritte. Nichts. An der Tür hängt die Weste ihres Mannes. Isabella greift in die Tasche. Als sie gefunden hat, was sie sucht, legt sie sich aufs Bett. Aber sie schläft nicht. Sie liegt ganz still da und hört ihnen zu. Silberbesteck klirrt gegen Porzellan. Ihr Gespräch: immer das Wetter, obwohl sie die Besessenheit hier auf See verstehen kann. Gerade vorige Woche, als sie Ostindien verließen, war ein Sturm so rasch und unerwartet aufgezogen, dass sie gefürchtet hatte, sie alle müssten sterben. Das Wetter entscheidet über Leben und Tod.

Isabella hört Meggys sanfte Stimme, die sagt, sie wolle erst baden und dann schlafen gehen. Isabella entspannt sich ein wenig: Meggy mit ihrem geradezu unheimlich scharfen Gehör darf nicht im Salon sein. Dann nehmen Arthur und der Kapitän das Gespräch wieder auf. Das wiederholte Entkorken der Rotweinflasche, das Klirren der Gläser auf poliertem Holz. Jeden Abend nach dem Essen trinkt Arthur mit dem Kapitän. Und der Kapitän trinkt eine Menge. Je betrunkener sie werden, desto geringer ist die Gefahr, dass sie sie hören.

Isabella lauscht lange. Die Männer reden über das Wetter, alte Freunde, Isabella. Arthur berichtet dem Kapitän von dem neuen Haus, das er nach ihrer Rückkehr in England bauen will, und klingt vorübergehend aufgeregt und glücklich. Isabella hat kein Mitleid mit ihm. Sie will das neue Haus nicht, weil Arthurs Mutter dann bei ihnen einzieht. Und wenn sie da ist, wird auch Percy häufiger kommen, und Isabella will Percy nie wiedersehen.

Schließlich kehrt Arthur zu seinem üblichen säuerlichen Tonfall zurück. »Wie sehr vertraust du eigentlich deiner Mannschaft?«, fragt er den Kapitän.

»Ziemlich. Warum?«

»Es sind siebzehn Männer und ganz schön niedere Gesellen. Kannst du sicher sein, dass niemand dich bestiehlt?«

»Sie könnten es nirgendwo verstecken, Winterbourne«, nuschelt der Kapitän, wobei es ihm gelingt, jedem Wort einen Zischlaut zu entlocken.

Es ist eine von Arthurs Hauptsorgen im Leben, dass ihn jemand bestehlen könnte. Zu Hause in Somerset fielen mehrere Dienstboten dieser Angst zum Opfer. Tatsächlich scheint seine gesamte Familie diese unbegründete Furcht zu teilen: unbegründet, weil ihres Wissens niemals einer von ihnen bestohlen worden ist. Vielleicht liegt es daran, dass sie mit Edelsteinen zu tun haben, mit kleinen, kostbaren Dingen, die sich leicht verstecken und transportieren lassen. Doch Isabella hat es immer fürchterlich gefunden, dass Menschen, die so viel besitzen, so große Angst davor haben, ein wenig davon zu verlieren.

»Falls einer von ihnen auf die Idee kommen sollte, den Amtsstab zu berühren …«, fährt Arthur fort, und Isabella merkt, wie betrunken er ist. Der Alkohol lockt seine morbiden Gedanken ans Licht wie verschreckte Fledermäuse, die aus einer Höhle flattern.

»Niemand wird deinen Amtsstab berühren.«

»Ich bin wachsam. Ich trage den Schlüssel Tag und Nacht bei mir.«

Isabella lächelt, da sie in ebendiesem Augenblick den Schlüssel in der Hand hält. Er steckt ihn in seine Westentasche und hängt die Weste jeden Abend vor dem Essen an ihre Zimmertür. Dann rollt er die Hemdsärmel auf und wäscht sich Gesicht und Hände in der Porzellanschüssel neben ihren Betten. Der Tag ist vorbei, der Abend hat begonnen. Arthur ist ein Mann der festen Abläufe.

Der Kapitän murmelt noch etwas, dann wechseln sie das Thema. Isabella wartet kurz ab und entscheidet, dass sie nicht zu lange warten darf, sonst ist Arthur so betrunken, dass er nur noch ins Bett fallen will. Sie schlägt leise die Decke zurück und klettert die Leiter hinunter.

An das ständige Schwanken des Schiffes unter ihren Füßen musste sie sich erst gewöhnen. Daher wartet sie, bis sie sicher steht, und geht erst dann zur Tür. Es gibt keinen Riegel, sie öffnet sich schon mal von allein. Auch jetzt steht sie einen Zoll weit offen: genug, um zu hören, wenn sich jemand nähert, und ein wenig Lampenlicht aus dem Salon hereinzulassen. Ihr Puls hämmert dumpf in ihren Ohren. Als sie sicher ist, dass die Männer sich nicht von den Samtpolstern rühren werden, an denen ihre betrunkenen Hintern kleben, weicht sie zurück und kauert sich neben die Koje ihres Mannes. Sie tastet darunter nach der Kiste aus Walnussholz.

Ihre Finger legen sich um die Messinggriffe an beiden Seiten, und sie zieht langsam, ganz langsam daran.

Das Schiff gerät plötzlich ins Schlingern, als es in ein Wellental stürzt; die Kiste schabt über den Holzboden, und Isabella fällt nach hinten, wobei sich ihre Finger von den Griffen lösen. Sie stürzt unelegant und nicht ganz lautlos auf den Boden.

»Was war das?«, fragt Arthur.

Isabella steht rasch auf und schiebt die Kiste mit dem

Fuß unter die Koje. Dann geht die Kabinentür auf, und Arthur schaut sie im Dunkeln an.

»Isabella?«

»Ich wollte mir etwas Wasser holen und bin von der letzten Sprosse gefallen.« Sie deutet auf die Leiter.

Sein Blick fällt auf ihr nacktes Handgelenk, an dem sie das schwarze Band getragen hat. »Ist dir immer noch schlecht?«, fragt er schließlich.

Sie nickt. Der Schlüssel zur Kiste brennt ein schuldbewusstes Loch in ihre Handfläche.

»Geh wieder ins Bett. Ich bringe dir Wasser.«

Sie kann nichts tun, als sich in ihre Koje zu legen. Kurz darauf kommt er mit einem Becher Wasser zurück, das sie trinkt, während er wartet. Der Kapitän tritt in die Tür. »Ich gehe jetzt schlafen, Winterbourne.«

»Gute Nacht, Francis. Das werde ich auch tun.«

Nein! Ihr Plan ist gescheitert, und sie hält den verfluchten Schlüssel immer noch in der Hand. Wie soll sie ihn in seine Westentasche stecken, bevor er sein Fehlen bemerkt?

Arthur zieht sich aus und wünscht ihr eine gute Nacht. Grunzend und keuchend legt er sich in die Koje unter ihr. Sie dreht sich auf die Seite und wartet, bis er schläft, damit sie in Ruhe nachdenken kann.

Endlich verrät ihr das vertraute trompetende Schnarchen, dass er in einen trunkenen Schlaf gefallen ist. Der einzig sichere Weg ist, hinabzusteigen, den Schlüssel in die Westentasche zu stecken, sich hinzulegen und das Vorhaben zu verschieben.

Wieder schlägt sie die Decke zurück. Wieder steigt sie die Leiter hinunter. Als ihre nackten Knöchel seinen schlafenden Körper streifen, überläuft sie ein Schauer, wie man ihn in Gegenwart einer Schlange spürt.

Sobald ihre Füße den Boden berühren, will sie den verfluchten Schlüssel nicht mehr zurücklegen. Noch nicht. Sie steht im Dunkeln neben ihm, er hört sie nicht. Er wacht nicht auf. Ein verrückter Mut überkommt sie. Sie kniet sich hin und greift unter seine Koje.

Wenn er aufwacht, ist sie ertappt. Das weiß sie und tut es dennoch.

Behutsam zieht sie die Kiste heraus, bis sie ihre Knie berührt. Sie ist schmal und drei Fuß lang. Isabella muss sie auf ganzer Länge nach den fünf Schlössern abtasten. Sie fingert im Dunkeln mit dem Schlüssel herum. Es dauert eine Ewigkeit, von einem Schloss zum nächsten zu gelangen, den Schlüssel ins Schloss zu stecken und mit einem leisen Klick herumzudrehen. Die ganze Zeit über wagt sie kaum zu atmen. In dem dunkelgrauen Zimmer gibt es kein Licht. Sie ertastet sich ihren Weg.

Endlich klappt sie die Kiste auf. Zwei dünne Goldketten verhindern, dass der Deckel nach hinten auf den Boden schlägt. Sie hebt den schwarzen Samt hoch und sieht den Amtsstab dumpf schimmern: Gold, mit kostbaren Edelsteinen besetzt. Vorsichtig tastet sie in der Kiste nach dem Samtkissen, auf dem der Amtsstab ruht, hebt eine Ecke an, zieht ihr kostbares schwarzes Band aus dem Nachthemd und schiebt es darunter. Dann lässt sie das Kissen los und schließt die Kiste.

Klack.

Sie war zu selbstbewusst und hat den Deckel einen halben Zoll herunterfallen lassen. Das Geräusch erscheint ihr unglaublich laut in der Dunkelheit. Ihr Körper wird eiskalt, sie kann sich nicht bewegen. Das Herz springt ihr fast aus der Brust; selbst ihre Augäpfel scheinen zu pulsieren. Arthur hält inne und grunzt.

Dann setzt das Schnarchen langsam und rhythmisch

wieder ein. Noch nie war sie so froh, ihn schnarchen zu hören. Sie muss beinahe lachen.

Wieder tastet sie nach den Schlössern, schließt eins nach dem anderen ab. Eine kühne Gewissheit hat sie ergriffen. Alles wird gut, daher lässt sie sich Zeit, schiebt die Kiste langsam unters Bett und steckt den Schlüssel in Arthurs Westentasche.

Dann die Leiter hinauf. Ins Bett. Sie liegt stundenlang wach, bis ihr erregtes Blut abgekühlt ist.

Fürs Erste ist Daniels Armband in Sicherheit. Es wird wenigstens auf die andere Seite gelangen, nach Sydney, wo Arthur Mr. Barton den Amtsstab im Namen der Königin überreichen soll. Isabella wird vor der Zeremonie natürlich noch einmal den Schlüssel stehlen und heimlich, still und leise die Kiste öffnen müssen, doch im Augenblick ist sie einfach nur froh, dass das schwarze Band nicht über Bord gehen wird. Alles andere wird sich finden, wenn sie dieses stinkende Schiff erst verlassen hat.

Die nächsten Tage sind trostlos. Eine schwarze Wolke senkt sich auf sie herab. Zuerst denkt sie, das fehlende Armband sei der Grund für die Dunkelheit, und vielleicht ist etwas Wahres daran. Vor allem aber liegt es am Wetter, das bleigrau und windig und rauh geworden ist.

Bei stürmischer See hält man sich am besten an Deck auf. Unter Deck, wo man sich nicht am Horizont orientieren kann, kann die Seekrankheit den Körper aufwühlen. Also verbringt sie Stunden auf dem Achterdeck, wo die Männer hinter ihr brüllen und fluchen, betrachtet das graue Meer und den grauen Himmel und versucht, sich unter einer Leinwand vor dem Regen zu schützen. Normalerweise wäre Meggy bei ihr, doch die weicht ihr jetzt aus und zieht es vor, die Zeit mit Stickarbeiten im Salon zu verbringen. Unter Deck geht das Leben weiter, dehnt die Zeit zu einer Linie. An Deck, wo nichts zu sehen ist außer dem endlosen Meer, bleibt die Zeit in einem ewig währenden, grauen Augenblick stehen. Die endlose Reise ist wie ihre Traurigkeit. Sie sieht kein Land, kann kein Ende vorhersagen, alles ist vom Sturm umtost.

Und manchmal, wenn der harte, aber niemals kalte Regen niederprasselt, verkriecht sie sich in der letzten trockenen Ecke hinter dem Steuerrad des Schiffes und hört Mr. Harrow Befehle brüllen und denkt daran, was Meggy ihr erzählt hat. Er hat seine Frau verloren. Und hier funktioniert er einwandfrei. Sie selbst würde kein Schiff segeln können. Sie würde es in ihrer Trauer gewiss auf Grund laufen lassen. Aber während der Kapitän durch seine Aufgaben stolpert, bleibt Mr. Harrow ruhig und geschickt. Manchmal wirft sie ihm einen Blick zu, sucht nach dem Schmerz in seinem Gesicht, kann ihn aber nicht finden. Dann wird ihr klar, dass sie ebenso schlimm ist wie Meggy, und sie legt den Kopf auf die Knie und wartet und wartet, durch Zeit und Entfernung und stürmische See hindurch.

***

Dann schimmert das erste graue Licht am Saum der Dunkelheit.

Isabella bemerkt Mr. Harrow in der Kombüse. Genau wie sie sucht er nach etwas, um bis zum Mittagessen den Hunger zu vertreiben. Er kniet vor dem Schrank.

Als sie ihm einen guten Morgen wünscht, zuckt er zusammen und stößt sich den Kopf.

»Oh, tut mir leid.«

»Schon gut«, sagt er und steht auf, wobei er sich den Kopf reibt. »Suchen Sie auch etwas zu essen?«

Sie nickt. »Ich habe in der Dose hinter dem Mehl ein paar getrocknete Äpfel versteckt.«

Er wendet sich wieder dem Schrank zu und lächelt. »Aha, sehr schlau.« Er holt die Dose heraus und versucht, den Deckel zu öffnen. »Haben Sie den selbst zugemacht?«, fragt er angestrengt.

Sie lacht und breitet die Hände aus. »Meine Mutter hat immer gesagt, ich hätte als Junge zur Welt kommen sollen. ›Stark wie eine Ziege, wild wie eine Amsel.‹« Sie wird traurig, als sie sich an Mutters altes Sprichwort erinnert. Heute fühlt sie sich nicht mehr stark und wild.

Er hat die Dose schließlich geöffnet und hält sie ihr hin. Sie nimmt eine Handvoll Apfelscheiben heraus. Mr. Harrow will an ihr vorbei aus der Kombüse schlüpfen, doch sie hält ihn zurück.

»Warten Sie.« Sie betrachtet ihre Hand auf seinem Unterarm, als wäre es nicht ihre. Ihr war nicht klar, dass sie mit ihm sprechen würde, ein plötzlicher Impuls hat sie überkommen.

Er wartet, und ein kleines Stück Zeit bindet sie erwartungsvoll aneinander.

Dann sagt sie: »Meggy hat mir von Ihrer Frau erzählt.«

Und da ist er: der nackte Schmerz, den sie unbedingt auf seinem Gesicht sehen wollte. Endlich hat sie jemanden gefunden, *der Bescheid weiß*. Zu ihrem Entsetzen kräuseln sich ihre Mundwinkel nach oben, als wollte sie lächeln. Sie wird rasch ernst.

Doch dann ist die Verletzlichkeit in Mr. Harrows Gesicht verschwunden, verborgen hinter einer sorgfältig gekünstelten Akzeptanz. »Ja, ich habe Mary verloren. Es war schwer. Aber das Leben muss weitergehen.«

»Muss es das?«

Ihre Frage verblüfft ihn. Er will etwas sagen, tut es aber nicht. Er schweigt, die Lippen leicht geöffnet.

»Mein Sohn Daniel ist vor beinahe drei Jahren gestorben«, stößt sie hervor. »Er war fünfzehn Tage alt. Vollkommen gesund, er gedieh gut. Dann habe ich eines Morgens spät die Augen geöffnet – zu spät, es war zu hell – und mich gefragt, weshalb er mich nicht geweckt hatte. Er hatte mich nicht geweckt, weil er tot war, Mr. Harrow, tot und kalt.« An dieser Stelle bricht ihre Stimme, und sie legt die Hand auf den Mund, um die Tränen zu unterdrücken. »Weil ich außer mir vor Kummer war, hat die Familie meines Mannes dafür gesorgt, dass das Kind in meiner Abwesenheit begraben wurde. Ich hatte nicht einmal die Gelegenheit, mich von ihm zu verabschieden.«

»Oh, meine liebe Mrs. Winterbourne«, sagt er und löst sanft ihre Hand vom Gesicht und hält sie in seinen rauhen Fingern. »Es ist schrecklich, einen geliebten Menschen zu verlieren, aber die Sonne wird *ganz bestimmt* wieder scheinen.«

»Das kann sie nicht.« Sie zweifelt an ihm. Er hat nur seine Frau verloren, nicht sein Kind. Was kann er von ihrem Schmerz wissen?

Mr. Harrow sucht nach Worten. Das Schiff kippt in ein tiefes Wellental, dass die Kochtöpfe gegeneinanderschlagen. Schließlich sagt er: »Diese Traurigkeit hinterlässt nicht nur blaue Flecken, die irgendwann verbleichen. Sie zerstört. Man kann nur alles Stein für Stein wieder aufbauen. Und manchmal hat man nicht die Kraft oder den Willen und sitzt zwischen den Ruinen und wartet, dass sich etwas ändert. Aber es wird sich nichts ändern, solange wir nicht wieder aufstehen und die Steine aufsammeln.«

Ihr Herz wird heller und wieder dunkler, während er spricht: Hoffnung, Verzweiflung, Hoffnung, Verzweiflung, Wolken, die rasch an der Sonne vorbeiziehen. Er versteht sie, sagt aber, dass sie versuchen müsse, sich zu erholen. Weiß er denn nicht, dass sie Daniel ein zweites Mal verliert, wenn sie sich von seinem Tod erholt? Es wäre wie Vergessen.

Doch sie hat sich nach solch tröstlichen Worten gesehnt, und vielleicht hat auch Mr. Harrow sich eine verwandte Seele gewünscht, mit der er seinen Kummer teilen kann. Sie stehen einen Augenblick lang da, die Hände verschränkt, Tränen in den Augen. Und dann kommt Meggy herein.

»Oh«, sagt sie und registriert mit blassen Augen ihre Haltung, die verschlungenen Hände, den suchenden Blick. Zuerst versteht Isabella nicht, was das bedeutet: Der Augenblick, den sie und Mr. Harrow miteinander teilen, hat nichts Romantisches. Doch, bei Gott, es sieht so aus.

Mr. Harrow lässt entsetzt ihre Hände fallen – denn Isabella argwöhnt, dass er für Meggy schwärmt –, weicht einen Schritt zurück und stößt sich den Kopf an einer Kupferpfanne.

»Warte, Meggy«, sagt Isabella, doch diese hat schon auf dem Absatz kehrtgemacht und ist davongeeilt.

Mr. Harrow reibt sich den Kopf. »Ich sollte besser gehen.«

Isabella nickt und bleibt allein in der Kombüse. Sie fragt sich, wann sie die unvermeidlichen Konsequenzen zu spüren bekommt.

***

Der Geruch nach geschmortem Fleisch dringt aus der Kombüse bis in den Salon, wo Isabella alleine mit ihrem Stickrahmen sitzt. Sie hat an diesem Abend viele Fehler gemacht und so viel Zeit damit verbracht, falsche Stiche aufzutrennen, dass sie gar nicht erst mit der Arbeit hätte beginnen müssen. Meggy ist nirgendwo zu sehen. Isabella hat die schwache Hoffnung, dass sie die Szene mit Mr. Harrow für sich behalten wird. Doch diese Hoffnung ist nicht von Dauer, denn in der Dämmerung poltert Arthur die Treppe herunter und steht kurz darauf vor ihr, die Augenbrauen so stark zusammengezogen, dass finstere Schatten über sein Gesicht fallen. Isabella legt den Stickrahmen beiseite und versucht, nicht zu blinzeln oder zusammenzuzucken oder in irgendeiner Weise zu zeigen, dass sie weiß, was ihr bevorsteht.

»Was ist denn los, Arthur?« Sie zwingt ihre Hände, still zu sein, greift nach einem Streichholz und entzündet die Öllaterne über ihrem Kopf, bevor sie leise die Klappe schließt.

Einen Moment lang fehlen ihm die Worte. Er stottert und spuckt und sagt dann schließlich: »Ich werde nicht dulden, dass du einem anderen Mann solche Aufmerksamkeit entgegenbringst.«

Sie täuscht weiterhin Verwunderung vor, spürt Meggys Verrat jedoch wie einen Stich. »Ich habe dir keinen Anlass dazu gegeben und werde es auch nicht tun«, erwidert sie gelassen.

»Jetzt spiel hier nicht die Unschuld!«, brüllt er, und sie stellt sich vor, dass es alle unter Deck bis hin zum Mannschaftsquartier hören können. Das Schiff mag hundertsechzig Fuß lang sein, aber unter Deck ist alles eng beieinander. Arthur spürt, dass er sich kompromittiert, und senkt die Stimme. »Meggy hat dich mit Harrow gesehen.«

»Mr. Harrow hat mich getröstet«, sagt sie. »An seiner Berührung war nichts, das die Grenzen ganz gewöhnlichen menschlichen Mitgefühls überschritten hätte.«

»Weswegen hat er dich getröstet?« Er sagt es in einem so verblüfften Ton, als glaubte er tatsächlich, dass sie keines Trostes bedürfe.

In diesem Moment verspürt sie einen brennenden Hass, weil er so blind und gänzlich ohne Mitgefühl ist. »Mr. Harrows Frau ist gestorben. Ich dachte, er könnte verstehen, was ich wegen Daniels Tod empfinde.«

»Was du empfindest, Isabella, solltest du nicht fremden Männern auf einem Schiff …«

»Einem Mitmenschen, der ebenfalls einen schweren Verlust erlitten hat«, sagt sie und schneidet ihm damit das Wort ab, obwohl sie weiß, dass er diese Eigenschaft am meisten an ihr verachtet. *Isabella, du solltest mir zuhören und weniger reden.*

Arthur stottert noch ein bisschen und läuft in dem kleinen Raum auf und ab, seine Schuhe klappern auf dem Holz. Der Geruch von Regen und Rauhreif ist stark, und sie denkt an das ruhelos tosende Meer dort draußen, und auch in ihren Eingeweiden tost es ruhelos.

Schließlich sagt er: »Der Tod des Kindes hat dich nicht zu etwas Besonderem gemacht, Isabella. Du bist immer noch die Frau, die du warst. Du verdienst keine besondere Behandlung, du stehst nicht über den Regeln der Gesellschaft.« Sein Blick wandert zu ihrem Handgelenk. »Immerhin hast du das verschlissene Band abgenommen.«

Sie sträubt sich, beißt aber nicht.

Er reckt die Schultern und zuckt mit den Nasenflügeln. »Du wirst unter Deck bleiben, bis wir Sydney erreichen.«

»Was? Nein!«

»Du bleibst im Salon oder in unserer Kajüte. Leistest Meggy Gesellschaft. Mir ist egal, was du tust. Aber halte dich von der Mannschaft fern. Wahre den Anstand. Und suche nicht Trost für alte Wunden, die längst verheilt sind, nur um die Aufmerksamkeit auf dich zu lenken.«

»Ich bin nicht verheilt!«, schreit sie. Doch er hat sich schon abgewandt und ist durch die vordere Luke verschwunden. Sie will ihm die Stickschere in die Stirn rammen; vielleicht Daniels Namen dort einritzen, damit er sich an das Baby erinnert, das er verloren hat, das *sie* verloren haben. Isabella ist, als verlöre sie den Verstand. Jeder Nerv in ihrem Körper kribbelt vor Frustration. Der Zorn staut sich in ihr, unter ihren Rippen und um ihr Herz herum. Sie will irgendetwas zerstören. Gerade jetzt ist es Arthur, doch wenn Meggy in diesem Augenblick durch die Luke käme, würde sie auch ihr Gesicht zerfetzen. Woher kommt diese Gewalt? Sie war einst eine freundliche Frau. Wie sanft ihre Hände waren, wenn sie die leichten, zarten Gliedmaßen ihres Sohnes hielten.

Unter Deck gefangen. Die stehende Luft und die Gerüche aus dem Laderaum, ganz zu schweigen vom Mannschaftsquartier. Ihr wird schlecht werden. Doch Arthur interessiert es nicht, ob ihr übel ist. Weshalb will er sie überhaupt noch, wenn sie nur eine Enttäuschung und ein Ärgernis für ihn darstellt? Wie kann er es ertragen, mit ihr verheiratet zu sein, wenn sie es kaum ertragen kann, mit ihm verheiratet zu sein?

Isabella bemerkt, dass sie ihren Stickrahmen zerdrückt und dass die Nadel sich in ihre Handfläche gebohrt hat. Sie zieht sie vorsichtig heraus, und es bildet sich ein kugelrunder Blutstropfen. Sie starrt wie gebannt darauf, auf die zarten Linien in ihrer Handfläche. Sie drückt neben der winzigen Wunde in die Haut, und die Kugel verwandelt sich in einen Tropfen, der über ihr Handgelenk rinnt.

Flucht.

Sie ist weit von zu Hause entfernt. Wenn sie in Australien verschwände, wie sollte er sie jemals finden? Sie könnte eine Überfahrt nach Amerika buchen, wo Victoria lebt. Schon nimmt ihr Plan deutlichere Gestalt an. Im letzten Brief hat ihre Schwester erwähnt, sie erwarte ein Baby. Isabella könnte ihr Daniels Armband bringen, so ungern sie sich auch davon trennt, und dann würde sein Geist im Kind ihrer Schwester weiterleben. In diesem Augenblick, in dem sie von einem Brennen ergriffen wird und erkennt, wie richtig diese Idee ist, wünscht sie sich nichts mehr als das.

Zum ersten Mal seit Jahren fühlt Isabella sich leicht.

Sechs

Isabella sitzt auf ihrem Bett. Die Kajütentür ist geschlossen und mit einem Schrankkoffer voller Kleider blockiert. Sie hat einen Füllfederhalter und ein Stück Papier bereitgelegt und stellt ein Verzeichnis der Schmuckstücke auf, die sie vor sich ausgebreitet hat.

1 Armband mit Rubinen und Diamanten
1 goldener Anhänger mit Saphiren
1 goldener Anhänger mit Perlen
1 Platinanhänger mit Perlen und Amethysten
1 Paar Ohrringe mit Diamanten und Peridoten
1 Paar französische Ohrringe mit Gold und Opalen
1 ungarische Smaragdbrosche
1 Stiefmütterchen-Brosche aus Emaille mit Diamant
1 Platinbrosche mit Rubinen und Perlen
1 Ring mit Diamant und Mondstein
1 Saphirring

Das ist alles, was sie an Wertsachen besitzt. Schuhe und Kleider lassen sich nicht so leicht verkaufen, Schmuck hingegen schon. Jedes einzelne Teil war ein Geschenk ihres Mannes oder seiner Familie, aber sie trägt nichts davon. Wenn Arthur sie bei besonderen Anlässen dazu drängt, lässt sie sich von ihm beraten, was im Kerzenlicht am schönsten glitzert, doch meist bleiben die Schmuckstücke in der mit Seide bezogenen Schmuckdose, ein verborgener Hinweis darauf, dass

Isabella der Familie Winterbourne gehört, denn jedes dieser Stücke ist ein Winterbourne-Original. Sie gehört ihnen, seit die Familie das Geschäft ihres Vaters zu einem »maßlos überhöhten Preis« gekauft hat, wie es Arthurs Mutter auszudrücken pflegt.

Jedes dieser Stücke gehört also auch ihr. Man kann ihr keinen Diebstahl vorwerfen. Da ist sie sich so gut wie sicher.

Nachdem sie das Verzeichnis fertiggestellt hat, packt Isabella die Juwelen wieder nach unten in den Schrankkoffer, faltet das Blatt und schiebt es unter ihr Kopfkissen. Sie legt sich mit verschränkten Armen hin und schließt die Augen. Die Kabine hat kein Fenster, so dass es trotz des Tageslichts grau bleibt. Das Schiff schlingert dahin.

Wieder und wieder genießt sie den köstlichen Gedanken, dass ihr der Verkauf des Schmucks in Sydney genügend Geld einbringen wird, um eine Überfahrt nach New York zu buchen und ihre Schwester zu besuchen. Und zwar nicht auf einem elenden Segelschiff wie diesem, sondern auf einem schönen, großen, soliden Dampfer. Ihre Phantasie wird immer detaillierter, und mit jedem Detail wächst auch ihre Überzeugung, dass es irgendwie vorherbestimmt ist. Sie erfüllt nur ihr Schicksal. Die Winterbournes halten sie für labil und verrückt, und vielleicht ist sie das auch. Warum also sollte sie dann nicht davonlaufen? Sowohl ihr als auch Arthurs Vater sind tot, und die haben diese Verbindung arrangiert. Törichterweise. Die anderen Verwandten ihres Mannes wollen sie nicht: Sie würde ihn für eine andere Frau frei machen, vielleicht eine, die noch ein Kind gebären kann. Ihr Körper weigert sich, noch einmal Leben hervorzubringen. Sie vermutet, dass er sich noch immer nach Daniel sehnt, genau wie sie. Vielleicht würde seine neue Frau sogar seine wöchentlichen Aufwartungen genießen. Obwohl sie sich das kaum vorstellen kann. Sie weiß noch, wie sie mit fünfzehn oder sechzehn über die Geheimnisse der Liebe nachgedacht und sich alles sehr aufregend vorgestellt hat. Entweder hat sie sich geirrt, oder Arthur ist einfach unfähig.

Das Wetter ist schlechter geworden. Vielleicht kommt es ihr auch nur so vor, da sie schon seit zwei Tagen in ihrer Kabine eingesperrt ist. Sie könnte im Salon sitzen, wo das Salzwasser an die Fenster spritzt, aber dann wäre sie mit Meggy und Arthur zusammen. Das Meer ist stürmisch, der Regen prasselt unablässig nieder. Im Gang hat sie einen Blick auf Mr. Harrow und den Kapitän erhascht, die beide trotz ihrer Moleskin-Mäntel bis auf die Haut durchnässt waren. Sie kämpft gegen die abergläubische Furcht, sie selbst könne das schlechte Wetter heraufbeschworen haben, weil sie ihren täglichen Pakt mit dem Meer gebrochen hat.

Vor allem der Kapitän wirkt gehetzt und ruhelos. Sie kann sich nicht vorstellen, warum das so ist; er hat doch schon öfter schlechtes Wetter durchgestanden. Sie würde gerne Mr. Harrow fragen, was vorgeht, wagt es aber nicht, da Arthur sie dabei beobachten könnte. Sie könnte auch Arthur fragen, aber dann müsste sie ja mit ihm sprechen.

Isabella versucht manchmal, sich an eine Zeit zu erinnern, in der sie Arthur nicht gehasst hat, und vielleicht gab es einen flüchtigen Augenblick, damals, als sie Daniel erwartete. Für wenige Monate rundeten sich seine Ecken und Kanten. Er freute sich, dass so schnell ein Kind unterwegs war. Er freute sich wie jemand, dessen Hund ihm die Pantoffeln gebracht hat. Aber Freude war es dennoch. Eines Tages hatte er die Stiefmütterchen-Brosche aus Emaille von der Arbeit mitgebracht und ihr aus einer Laune heraus geschenkt. Sie war so erleichtert gewesen, mildere Züge an ihm zu entdecken, dass sie sie eine Zeitlang getragen hatte. Sie hatte sogar gehofft, dass eine lebenslange Ehe mit ihm nicht das Elend wäre, das sie erwartet hatte.

Ja, sie hatte ihn eine Zeitlang gemocht. Er wirkte immer noch distanziert und kurz angebunden, aber sie sah den Keim zu einem guten Vater in ihm, einem Vater, der das Baby in ihrem Körper lieben würde. Doch als Daniel geboren wurde, zerbrach dieser zärtliche Traum.

Als Arthur Daniel zum ersten Mal sah, lag Isabella im Bett und döste. Es war am späten Nachmittag, und Daniel schlief friedlich. Er war drei Tage alt, hatte die winzigen Fäuste sanft um die Ohren gelegt, den kleinen Mund verzogen und saugte an einer imaginären Brust. Arthur polterte zur Tür herein und fragte: »Warum liegst du um vier Uhr im Bett?«

Sie wachte mit einem Ruck auf, doch Daniel schlief weiter. »Es tut mir leid, Arthur. Ich bin so furchtbar müde. Der Kleine hält mich die ganze Nacht lang wach.«

»Dann hättest du eine Amme nehmen sollen, wie ich es vorgeschlagen habe. Du kannst nicht den ganzen Tag wie eine Schlampe im Bett liegen.«

Die Vorstellung, dass jemand anders ihr Kind ernähren sollte, war ihr zuwider. Sie setzte sich auf und versuchte, Haltung anzunehmen: eine schwierige Aufgabe, da sie erst vor wenigen Tagen niedergekommen war und sich wund fühlte und am ganzen Körper auszulaufen schien. »Bitte, Arthur. Lass mich so für ihn sorgen, wie ich es wünsche.«

»Nun, wenn du entschlossen bist, und ich sehe, dass

du es bist, musst du auf jeden Fall mit meiner Mutter sprechen. Sie hat zwei Söhne großgezogen, und ich möchte wetten, dass sie tagsüber nie geschlafen hat.«

Isabella würde lieber Gift nehmen, als seine Mutter um Rat zu bitten. Mrs. Winterbourne sieht aus wie ein Engel: sanfte Kurven, blonde Locken, große blaue Augen und ein einfältiges Lächeln, doch unter dieser Oberfläche besteht sie aus Stahl. Isabella hat Arthur nie erzählt, wie Mrs. Winterbourne sie am Abend ihres Hochzeitsmahls beiseitegenommen und ihr gesagt hat, Arthur habe ihres Erachtens unter seinem Niveau geheiratet, und sie solle sich daher größte Mühe geben, um sich die Haltung und die Manieren anzueignen, an die ihre Söhne gewöhnt seien. Sie hat nie mit ihm darüber gesprochen, weil sie vermutet, dass er seiner Mutter zustimmen würde. Seine ganze Familie würde ihr zustimmen, vor allem der salbungsvolle Percy und das zitternde Mäuschen, das er seine Frau nennt.

Arthur ging zur Wiege hinüber. Die Spätnachmittagssonne fiel durch die Läden und beleuchtete die cremeweiße Spitzenbettwäsche und die unglaublich weiche Wange ihres Sohnes. »Er soll kein Schwächling werden.«

»Er ist doch noch neu auf dieser Welt«, murmelte sie. »Lass ihn eine Weile schwach sein.«

Arthur verschränkte die Hände hinter dem Rücken, als fürchtete er, das Kind sonst auf den Arm zu nehmen. Er verzog missbilligend die Lippen, während er seinen Sohn musterte, ein Blick, mit dem er auch den Schliff eines Diamanten betrachtete. »Er ist kleiner als erwartet.«

»Etwas über sechs Pfund.«

Und das war's. Er drehte sich um, die Hände noch immer hinter dem Rücken, und verließ das Zimmer.

Sie stand auf und beugte sich über Daniels Wiege, streichelte den Flaum auf seinem warmen Kopf, atmete den süßen Milchgeruch ein und schwor, dass sie ihn für zwei lieben werde.

Isabella öffnet die Augen. Es ist zu viel: Die Erinnerung an Daniel – warm und atmend, nicht kalt und still – hat ein Messer in ihrem Herzen herumgedreht. Wie sehr sie sich wünscht, die Kiste aus Walnussholz zu öffnen, ihr schwarzes Band wieder herauszuholen und den Nachmittag damit zu verbringen, jedes einzelne Glied des Korallenarmbands zwischen Daumen und Zeigefinger zu drehen und die letzte lebendige Wärme ihres Babys herauszusaugen. Aber sie wagt es nicht. Es muss versteckt bleiben, bis sie in Sydney ankommen. Dort wird sie es zurückholen und irgendwie aus dieser elenden Ehe fliehen und Arthur und seine giftige Familie hinter sich lassen. Dann wird auch dieser verfluchte Sturm aufhören, und die ruhige See und der Sonnenschein werden wieder ihr gehören.

Am übernächsten Morgen sucht Mr. Harrow sie klugerweise auf, während Arthur mit dem Kapitän und Meggy im Frachtraum beschäftigt ist, wo es um eine Auseinandersetzung wegen irgendwelcher Marmorfliesen geht. Arthur transportiert nämlich nicht nur den Amtsstab, er exportiert auch kostbare Fliesen und Teppiche. Je weniger Isabella über seine Geschäfte weiß, desto glücklicher ist sie. Doch Arthur ist angespannt wegen der Transaktion und auch weil er fürchtet, dass die Mannschaft die Ware stehlen oder beschädigen könnte.

Als Mr. Harrow an die Kabinentür klopft, macht ihr Herz einen Sprung. Sie will nicht noch eine von Arthurs Lektionen ertragen.

»Mr. Harrow?«, fragt sie misstrauisch.

»Es tut mir leid, Mrs. Winterbourne, ich werde mich kurzfassen. Ist es möglich, dass Sie wegen unseres ... Zusammentreffens in der Kombüse unter Deck gehalten werden?«

Isabella weiß, dass eine Frau ihrer Position ihn mit einer leichthin gesprochenen Bemerkung davonschicken müsste, ohne die Aufmerksamkeit auf die Privatangelegenheiten ihres Mannes zu lenken. Doch sie sieht keinen Sinn in solchen Verhaltensregeln. »Ja. Ich habe es ihm erklärt, aber er ist ein zorniger Narr.«

»Ich fühle mich schrecklich. Soll ich mit ihm sprechen?«

»Nein, es würde die Sache nur verschlimmern.«

Er schaut sich um. »Wenn ich irgendetwas tun kann ... Ihr Verlust hat mich tief berührt.«

»Und mich der Ihre«, sagt sie und meint es aufrichtig. Ein kleines Funkeln erwacht in ihrem Herzen, Hoffnung keimt auf. Vielleicht ist das Eis doch nicht von Dauer.

»Es tut mir leid, dass ich so lange gebraucht habe, um zu begreifen, was passiert ist. Das Wetter hat uns ziemlich durcheinandergebracht.«

Die Erwähnung des Wetters weckt in ihr ein leises Unbehagen. Sie erinnert sich plötzlich, dass sie vergangene Nacht geträumt hat, wie sich die graue See hob und senkte, dass sie durch die Planken, durch die Kabine spürte, wie sie Arthurs Koje überflutete, um ihre Decken schwappte und das schwarze Band davontrug, während sie mit Händen danach zu greifen versuchte, die so glitschig waren wie Fischschuppen. Ja, das Wetter beschäftigt sie in der Tat. Wenn sie doch nur an Deck gehen und mit dem Meer reden könnte.

»Das Wetter ist doch normal, oder? Für diese Gegend und Jahreszeit?«

Mr. Harrow schüttelt den Kopf. »Ich muss gestehen, Mrs. Winterbourne, dass der Kapitän und ich darin nicht einer Meinung sind. Mir kommt es vor, als befänden wir uns in der Nähe eines Hurrikans. Er behauptet, es sei zu spät im Jahr für einen Hurrikan, aber …« Er senkt die Stimme. »Captain Whiteaway mag schlechtes Wetter nicht.«

Heißes Eis kribbelt auf ihrer Haut. »Warum besteht er dann auf der Weiterfahrt? Sollten wir nicht lieber in einem Hafen ankern, bis wir sicher sein können, dass wir nicht in einen Hurrikan geraten?«

»Er bewältigt seine Abneigung gegen schlechte Witterung, indem er sie ignoriert.« Mr. Harrow schließt rasch den Mund, er glaubt wohl, er habe schon zu viel gesagt, und zwar gegen seinen Kapitän. »Machen Sie sich keine Sorgen. Wir sind alles gute Männer und werden das Schiff sicher steuern.«

»Der Kapitän trinkt zu viel«, sagt sie schlicht.

Er antwortet in einer nahezu perfekten Imitation von Whiteaways Stimme: »So löse ich die Knoten in meinem Magen.«

»Die Menge, die er beim Abendessen trinkt, lässt darauf schließen, dass es sehr viele Knoten sein müssen.«

Mr. Harrow versucht sich an einem Lächeln. »Wie gesagt, keine Sorge. Die Männer an Bord werden sich um das Wetter kümmern und Sie um Ihre eigenen Angelegenheiten unter Deck.« Als Stimmen vom anderen Ende des Gangs erklingen, zieht er sich rasch und ohne ein Wort des Abschieds zurück.

Isabella wagt sich in den Salon und bleibt stehen, um die Landkarte auf dem Tisch des Kapitäns zu betrachten. Captain Francis Whiteaway befährt seit zwanzig

Jahren den Globus von Norden nach Süden und Osten nach Westen. Soweit sie weiß, hat er immer stark getrunken, schlechtes Wetter überstanden und ist heil und gesund nach England zurückgekehrt. Wenn er sagt, dass es zu spät im Jahr für einen Hurrikan sei, hat er vermutlich recht. Immerhin ist Mr. Harrow nur wenige Jahre älter als Isabella. Sie betrachtet die halbleere Whiskykaraffe. Wie oft hat sie sie schon gesehen, dass sie gefüllt und wieder geleert wurde? Ihre Finger fahren die Ostküste von Australien nach, blassrosa neben dem türkisen Meer. Sie sind irgendwo hier. Doch auf dieser Karte sind keine Sturmwolken zu sehen, und das Meer ist so flach und still wie der Deckel einer Gruft.

Isabella glaubt, sie sei allein. Das Frühstück ist vorbei, und ihr wird schlecht von dem Wetter. Das Meer hebt sie unablässig hoch und lässt sie wieder fallen. Sie ist unter Deck gefangen und hält es nicht noch einen langen Tag in ihrer Kabine aus, muss aber Meggy und Arthur aus dem Weg gehen. Also begibt sie sich ans dunkle Ende des Schiffes. Sie hat ihren Füllfederhalter und das Schmuckverzeichnis dabei. Sie hofft, dass sie in einer stillen Ecke unbemerkt den Wert berechnen und einen Plan aufstellen kann, wie viel sie für die Reise nach New York, Essen, Kutschfahrten und so weiter benötigt … Es gibt viel zu organisieren, und nachts halten ihre kreisenden Gedanken sie wach. Sie niederzuschreiben wird sicher hilfreich sein. Außerdem kann sie sich damit vom Wetter ablenken.

Die ganze Mannschaft ist an Deck mit den Segeln beschäftigt. Isabella geht in den Frachtraum und setzt sich auf einen Stapel Fliesen, die mit einem Netz aus Stricken abgedeckt sind. Es ist dämmrig, aber sie streicht den Zettel auf ihrem Schoß glatt und macht sich Notizen.

Das Schiff zittert und schaukelt. Sie holt tief Luft und schreibt weiter.

Ihre Sinne kribbeln. Plötzlich bemerkt sie, dass sie nicht allein ist. Sie blickt auf und legt instinktiv die Hand über die Seite.

»Schreiben Sie einen Liebesbrief, Mrs. Winterbourne?«, fragt Captain Whiteaway.

Isabella faltet rasch den Papierbogen. »Nein, ich stelle eine Liste auf.«

»Wovon?«

»Private Gedanken. Es geht Sie nichts an.« Sie betrachtet ihn im Dämmerlicht. Er ist schon betrunken. »Warum sind Sie nicht bei den anderen an Deck?«

»Ich wollte sehen, ob sich die Ladung bewegt hat. Das war ein ganz schöner Ruck vorhin.«

»Ich habe ihn gespürt.« Sie würde ihn gerne fragen, weshalb er persönlich gekommen ist, statt einen der Seeleute zu schicken, doch die Antwort müsste lauten, dass er betrunken oder faul ist oder sich vor dem schlechten Wetter fürchtet und es ignorieren will. Er ist hier, weil er unfähig ist, und das würde kein Mann je eingestehen.

Seine Augen ruhen noch immer auf dem Blatt in ihrer Hand. »Welche Geheimnisse verbergen Sie vor mir, Isabella?«

»Keine Geheimnisse.« Er streckt die Hand aus, sie soll ihm das Blatt geben.

»Es ist privat.«

Er ragt über ihr auf, ein fleischiger Mann von sechs Fuß Größe mit heißem Brandyatem, und die furchtbaren Erinnerungen werden wieder wach. Sie will protestieren, doch es kommen nur kleine Knacklaute aus ihrem Mund.

Die Erinnerung blitzt auf: der Wintergarten im Haus ihrer Schwiegermutter. Früher Morgen, bevor die anderen aufgewacht waren. Ihr Herz von Trauer zerrissen, ihre Brüste noch von Milch geschwollen. Und Percy Winterbourne, Arthurs jüngerer Bruder, der ihr Gewalt antat.

Frost auf dem Gras draußen, der säuerliche Geruch von Asche im Kamin. Seine Hand über ihrem Mund, der Geschmack seiner Haut, ihr hektischer Atem, der in den Nasenlöchern brannte. »Ein bisschen hiervon?«, hatte er gefragt und ihre empfindlichen Brustwarzen durch das Kleid hindurch rauh geknetet. Schmerz und Scham. Ihre Gegenwehr hatte ihn nur wütender und brutaler gemacht. Dann war das Hausmädchen hereingekommen, und er war von ihr weggesprungen, hatte seine Weste glatt gestrichen und getan, als wäre nichts geschehen.

Und als sie es Arthur erzählte, hatte er sie eine Lügnerin gescholten.

»Lassen Sie mich in Ruhe!«, kreischt Isabella verängstigt und, zu ihrer eigenen Überraschung, beschämt.

Captain Whiteaway weicht zurück. Sein Gewissen erwacht; Isabella ist blass und zittert. Er lässt die Hand sinken. Wahrt das Gesicht, indem er sagt: »Ich interessiere mich ohnehin nicht für solchen weiblichen Unsinn. Aber wenn ich herausfinde, dass Sie und Harrow einander Briefe schreiben, werde ich ihn feuern und Sie am nächsten Hafen aussetzen. Arthur ist ein guter Freund von mir.«

»Es ist kein Liebesbrief«, stößt sie hervor. »Es ist eine Liste. Nicht mehr.« Aber sie hätte ebenso gut schweigen können. Er streicht sich mit der Hand über den Bart und wendet sich ab.

Denn es ist nicht »nur eine Liste«. Es ist ein Plan, eine Fahrkarte aus dem Elend, der erste Schritt, um ihrem Mann und ihrem gemeinsamen Leben zu entfliehen.

Es ist drei Uhr morgens, die tiefste Stunde des Schlafes. Isabella hört ein Klopfen und Rufen, braucht aber einen Augenblick, um zu erkennen, dass sie gemeint ist. Arthur ruft: »Wach auf, Isabella!«

Sie öffnet die Augen. Alles bewegt sich. Sie setzt sich auf und versucht, das Gleichgewicht zu halten. Das Schiff stöhnt, es torkelt und schlingert. Draußen heult der Wind. Angst flammt in ihrem Herzen auf. »Was passiert hier?«

»Zieh dich an. Francis bringt uns in sichere Gewässer. Er will auf den Strand laufen.«

»Auf den Strand ...«

»Zieh dich einfach an, Frau!«, donnert er. »Ich komme in zwei Minuten zurück.« Dann ist er verschwunden, hat die Kabinentür hinter sich zugeschlagen. Seine Stimme ertönt im Salon, ebenso die von Meggy. Sie hört sie die Leiter hinaufsteigen, während sie mit zitternden Händen ihr Kleid zuschnürt.

Das Meer hat Zähne. Isabella hat es immer gewusst; die Schönheit des Meeres konnte sie nie über seine Grausamkeit hinwegtäuschen. Es hat Zähne, und sie schnappen nach dem Schiff. Arthur hätte sie nie unter Deck einsperren dürfen. Sie hat mit ihrem Morgengebet für ihrer aller Sicherheit gesorgt, ihren Respekt bezeugt und das Meer daran erinnert, dass sie diese Sicherheit niemals als selbstverständlich erachtet hat. Isabella ist kalt. Das kann nicht passieren. Das Schiff fährt seit Jahrzehnten zur See; warum sollte so etwas gerade jetzt passieren, während sie an Bord ist? Das ist so ungerecht. Isabella bückt sich, um ihre Schuhe zu binden. Das Schiff taumelt, hat starke Schlagseite und prallt dann wieder aufs Wasser. Alles um sie herum fällt herunter, sie selbst auch. Die Luke über dem Salon schlägt zu. Sie steht auf und läuft aus der Kabine und die Leiter hinauf, drückt gegen die Luke, doch sie ist blockiert. Sie hämmert mit den Fäusten gegen das Holz. Um ihre Füße rollt zerbrochenes Geschirr.

»Hilfe!«, schreit sie. »Hilfe! Etwas blockiert die Luke.«

Doch wie sollen sie sie beim Donnern des Meeres hören?

»Arthur!«, schreit sie. »Arthur!«

»Isabella!« Seine Stimme klingt gedämpft durchs Holz. »Hol den Amtsstab. Ein Balken ist gebrochen und liegt auf der Luke. Wir räumen ihn jetzt beiseite. Hol den Amtsstab und halte dich bereit.«

Sie kehrt in die Kabine zurück und zieht die Kiste aus dem Versteck unter dem Bett. Hebt sie schwankend hoch. Der Schlüssel steckt in Arthurs Tasche, also kann sie sie nicht öffnen und ihr kostbares Andenken herausholen. Sie schleppt sie zum Fuß der Leiter und wartet. Mahnt sich, nicht in Panik zu geraten. Sie werden das Schiff auf den Strand laufen lassen. Dann haben sie festen Boden unter den Füßen. An Land werden Wind und Regen nicht so furchterregend sein. Wieder schlingert das Schiff heftig. Leewärts zersplittern plötzlich alle Fenster, und das Meer ergießt sich herein. Isabella schreit auf. Die Laterne ist erloschen. Kaltes, dunkles Wasser wirbelt um ihre Füße, reißt ihr die Schuhe weg, das Herz hämmert in ihrer Brust.

»Helft mir! Helft mir!«, schreit sie. Die Geräusche

über ihr sind entsetzlich. Holz zerbricht, Taue spannen sich zum Äußersten. Wann immer sich das Schiff hebt und senkt, schäumt Wasser herein, aber sie sinken nicht.

Noch nicht.

»Drück gegen die Luke, Isabella!«, ruft Arthur.

Isabella drückt, dass die Sehnen in ihren Armen hervortreten. Auf der anderen Seite mahlt Holz gegen Holz, dann springt die Luke auf.

Arthurs Hände. »Der Amtsstab!« Zum ersten Mal, seit sie verheiratet sind, haben sie ein gemeinsames Ziel: die hölzerne Kiste davor zu bewahren, dass das Meer sie verschlingt.

Sie hievt sie die Treppe hoch, setzt sie geräuschvoll auf jeder Stufe auf. Schiebt sie zu Arthur hinauf, der sie durch die Luke zieht und ihr die linke Hand entgegenstreckt. Jetzt ist sie an Deck, überall herrscht Chaos. Das schäumende Meer, zerfetzte Segel, vom Wind verschlungene Taue, der Sturm kreischt in der Takelage.

»Was hat das zu bedeuten?«

»Francis bringt uns an den Strand. Aber er muss das Schiff vor den Wind drehen.«

Isabella schaut sich um. Der Regen läuft ihr in die Augen. Um sie herum ist nur das Meer. »Ich sehe kein Land.«

»Da drüben.« Arthur macht eine ausholende Geste. »Irgendwo da.« Die Kiste steht zwischen seinen Füßen.

Dann schreit ein Mann: »Sturzwellen! Sturzwellen!«

Isabella bleibt nur der Bruchteil eines Augenblicks, um den Kopf zu wenden und die weiß schäumenden Sturzwellen zu sehen, bevor das Schiff mit einem Übelkeit erregenden Mahlen, das Herz und Rippen vibrieren lässt, auf die Felsen läuft.

»Verlasst das Schiff! Verlasst das Schiff!«, ruft der Kapitän, der am Steuer steht, umgeben von zerfetzten Segeln und kaputtem Holz. »Rette sich, wer kann!«

Isabellas Gelenke werden zu Wasser. Arthur zerrt die Kiste schon zu einem Rettungsboot. Sie stolpert hinter ihm her, durch Chaos und Lärm und Salzwasser und Regen. Er nestelt an Seilen, und sie hilft ihm. Menschen kriechen auf der Steuerbordseite in Rettungsboote. Sie sucht nach Gesichtern, nach Meggy oder Mr. Harrow, als eine gewaltige Welle das Schiff um fünfundvierzig Grad kippt und wieder auf das Riff schlägt. Das Holz zerbirst in einer gewaltigen Schaumfontäne. Wo eben noch Männer und Bewegung waren, ist jetzt nur die tosende See. Ihr Herz wird zu groß für ihren Körper.

»Schnell, Arthur!«, ruft sie. Sie schaut sich um, sucht nach dem Kapitän, nach Meggy, nach irgendjemandem.

Arthur lässt ihr Rettungsboot hinab, und wie durch ein Wunder sitzen sie jetzt beide darin und hüpfen auf dem flachen Wasser über das Riff. Arthur ergreift ein Ruder und Isabella das andere, und sie arbeiten sich in tieferes Wasser vor, die Kiste aus Walnussholz zwischen sich. Die Wellen wollen sie zurück zum Schiff tragen, das in der Mitte zerborsten ist. Isabella denkt an ihren Schmuck, der noch an Bord ist, spürt aber kein Bedauern über den Verlust. Wenn sie überlebt, kann sie sich glücklich schätzen. Wenn Daniels Korallenarmband auch überlebt, wird sie über die Maßen reich sein.

Dann erhebt sich Arthur halb, um sich mit dem Ruder von einem Felsen wegzustoßen. Eine Welle ergreift das kleine Boot, und er fällt ins Wasser.

»Arthur!«, schreit Isabella. Sein Ruder ragt noch aus

dem Wasser, sie greift danach. Er hält das andere Ende fest, schluckt Wasser und strampelt.

»Zieh, nutzloses Weib, zieh!«, schreit er.

»Das tue ich doch!«

Doch dann schlägt das Wasser über seinem Gesicht zusammen, und sosehr sie auch zerrt, er kommt nicht näher heran. Plötzlich kehren sich die Kräfte um, und sie spürt, dass er sie zu sich zieht. Wenn er ertrinkt, wird er sie mit sich reißen. Doch bevor sie das ganz erfassen und das Ruder loslassen kann, schießt es in die Höhe. Wird leicht. Arthur ist weg.

Isabella spürt ihre eigene Leichtigkeit, fühlt sich körperlos. Der Tod ist nur eine Armlänge entfernt. Eine Welle hebt das Rettungsboot an und stößt es vom Schiff weg. Sie schießt hinunter ins Wellental, schreit vor Angst, kann im Sturm die eigene Stimme nicht hören.

Doch jetzt sieht sie Land und beginnt zu rudern.

Trotz der wahnsinnigen Strömungen.

Trotz der Felsen.

Denn in der Kiste befindet sich die letzte Erinnerung an ihren Sohn.

Sie rudert. Durch das schwarze Wasser. Durch den Sturm. Durch die eisigen Nadeln des Regens, die auf sie niederprasseln. Für Daniel.

Sieben

Isabella geht eins nach dem anderen an, denn wenn sie über die unmittelbare Gegenwart hinausdenkt, überkommt sie das Entsetzen. Sie muss ein Obdach suchen, doch jenseits des gewaltigen, verlassenen Strandes sieht sie nur ein dunkles Gewirr aus stacheligen Bäumen, die schwarz und alptraumhaft in der Dunkelheit aufragen. Bei ihrem Anblick verkrampft sich ihr Magen. Sie zerrt das Rettungsboot bis zu einem Felsen, der sich aus dem weißen Sand erhebt. Einmal, zweimal, beim dritten Versuch gelingt es ihr, das Boot mit schmerzenden Armen umzukippen. Eine Seite ruht auf dem Fels, so kann sie darunterkriechen und die Kiste mit dem Amtsstab an ihren Körper drücken.

Der Regen hämmert über ihr auf den Boden des Bootes. Sie rollt sich zu einer Kugel zusammen. Ein Spalt zwischen Boot, Fels und Sand, an der breitesten Stelle nicht mehr als ein Fuß, verhindert, dass sie in vollkommener, luftloser Dunkelheit kauert. Das Meer bricht sich donnernd am Strand. Sie wartet auf die anderen. Ihr Körper zittert unkontrolliert; ihr ist kalt von Regen und Meerwasser, kälter noch vor Angst und Schock. Niemand kommt. Sie hält die Augen aufs Wasser gerichtet. Keine anderen Boote. Keine tapferen Schwimmer. Niemand.

Arthur kommt nicht. Auch Meggy nicht. Oder Captain Whiteaway. Oder Mr. Harrow.

Die schwarze Nacht verblasst nach etwa einer Stunde zu Grau. Die Dämmerung ist nicht fern. Wo sind sie? Sie brauchen lange, um vom Wrack an Land zu gelangen.

Sie wartet unter dem Boot.

Regen und Wind lassen ein wenig nach, aber es ist immer noch zu stürmisch, um sich aus dem Unterschlupf zu wagen. Sie bleibt auf der Seite im Sand liegen, die Augen aufs Meer gerichtet, während sich das schwache Tageslicht durch die Wolken kämpft. Und noch immer kommt niemand.

Gegen Mittag hört der Regen auf. Isabella kriecht unter dem Boot hervor, um die Beine zu strecken, und stellt fest, dass sie sich kaum aufrecht halten kann. Sie setzt sich in den Sand und weint. Die Tränen lassen alles vor ihren Augen verschwimmen. Weiß irgendjemand, dass sie hier ist? Wird ein Rettungsschiff kommen? Isabella weiß nicht, wie solche Dinge ablaufen. Doch sie fürchtet, dass kein Schiff kommen wird. Sie sitzt auf einem gewaltigen Strand und schaut auf eine Bucht, die wie ein Kessel geformt ist. Irgendwo da draußen, im sturmumtosten Wasser, ist ihr Mann. Er ist tot. Sie sind alle tot. Ihr wird eiskalt. Sie steht mühsam auf und zwingt ihre Beine vorwärts, über den Sand, und murmelt: »Sie sind alle tot«, murmelt es wieder und wieder, um zu sehen, ob der Gedanke in ihr Wurzeln schlagen, ob sie sich daran gewöhnen kann.

Sie sind alle tot.

Sie tritt an den Rand des Wassers, hebt die Röcke und watet bis zur Taille hinein. Das Wasser ist wärmer als die Luft. Sie erleichtert sich, wobei ihr die Schamröte in die Wangen steigt, obwohl keine Menschenseele in der Nähe ist. Dann kehrt sie an den Strand zurück, in den Schutz des umgedrehten Bootes. Das reicht für heute. Ihr Magen knurrt; sie ist hungrig, hat aber keinen Appetit. Um Essen wird sie sich morgen kümmern. Den Rest des Tages verbringt sie im Sand unter dem Boot. Neue Regenwolken ziehen heran. Dann überkommt sie die Erschöpfung. In der Dämmerung schläft sie ein.

Isabella erwacht und sieht, dass sich der Regen verzogen hat. Am dämmrigen Himmel sind nur wenige, violett geränderte Wolken zu sehen. Es wird Sonnenschein geben. Das Licht bessert ihre Stimmung, aber nur vorübergehend, denn die Nacht hat etwas an den Strand gebracht.

Körper.

Zuerst macht ihr Herz einen Sprung, weil sie glaubt, dass sie schlafen. Doch dann begreift sie schnell, dass die beiden Männer in einem unnatürlichen Winkel übereinanderliegen. Ihre Beine werden von den Wellen bewegt, die sich am Strand brechen.

Isabella kehrt abrupt um und geht in die andere Richtung; sie will nicht wissen, ob es ihre Freunde oder nur Seeleute sind. Eine große Leere macht sich in ihr breit. Sie kriecht unter ihr Boot und schluchzt stundenlang.

Aber sie weiß, dass es Zeit ist zu gehen.

Außer den Leichen sind auch Trümmer des Wracks an Land gespült worden. Sie sucht nach etwas Nützlichem, findet jedoch nichts. Nur zersplittertes Holz. Keine Flaschen oder Fässer, Kleidungsstücke oder Schuhe. Sie schaut wieder hinüber zu den Leichen, wendet sich aber rasch ab. Sie wird einer Leiche nicht die Kleider stehlen. Isabellas Augen wandern zum Ende der Bucht. Wenn sie bis an die Spitze läuft, wird sie vielleicht besser erkennen können, wo sie sich befindet. Womöglich gibt es sogar eine Stadt. Der Gedanke muntert sie auf. Vielleicht wird sie Häuser sehen.

Oder einen endlosen Strand, gesäumt von einem dornigen Wald.

Isabella holt tief Luft. Zuerst muss sie Daniels Armband aus der Kiste holen.

Um das Boot herum liegen Steine im Sand. Isabella wählt einen aus und zieht die Kiste unter dem Boot hervor. Sie zielt und schlägt mit dem Stein gegen das Schloss. Der Aufprall lässt ihre Arme und Schultern erzittern. Die Schließe aus geprägtem Messing fällt ab, doch das Schloss hält stand. Weil ihr Mann solche Angst vor Dieben hatte, bevorzugte er solide Schlösser, die von innen und außen fest angeschraubt sind.

Isabella überlegt, ob sie wohl eine Diebin ist, während sie ein Stück von ihrem Unterrock abreißt und zu einem Seil dreht, das sie durch einen Messinggriff fädelt. Sie steht auf und zieht die Kiste hinter sich her.

Langsam geht sie über den Sand. Die Sonne ist heiß und steht hoch am Himmel. Sie bleibt stehen, zieht den zerrissenen Unterrock aus und wickelt ihn wie ein Tuch um den Kopf. Sie zupft den weißen Baumwollstoff ein wenig nach vorn, um ihr Gesicht zu schützen. Dann greift sie wieder nach dem Seil und geht weiter. Der Sand knirscht unter ihren Füßen. Der Rhythmus des Meeres begleitet sie: fünf Schritte, wenn es sich zurückzieht, fünf Schritte, wenn es heranbrandet. Sie erreicht das Ende des langen Arms, der die Bucht umfängt, und klettert hinauf, wobei sie die Kiste hinter sich herzieht. Langes, hartes Gras bedeckt den Boden und sticht in ihre Füße. Die Bäume, die den Strand einrahmen, sind grau und oliv. Plötzlich überkommt sie eine ungeheure Sehnsucht nach England, wo die Sonne sanft ist und die Bäume dunkelgrün sind, wo sie

Schuhe hatte und wusste, was als Nächstes geschehen würde.

Sie schleppt sich weiter die Landzunge hinauf. Die Sonne erreicht den höchsten Stand und beginnt langsam wieder zu sinken, wodurch sich die Schatten des Grases im Sand verändern. Dann schließlich steht sie an der Spitze der Landzunge. Noch wagt sie nicht, hinüberzuschauen. Sie entdeckt einen Felstümpel. Er ist so hoch gelegen, dass es nur Regenwasser sein kann. Sie trinkt, obwohl Sand zwischen ihren Zähnen knirscht. Sie wünscht sich, sie hätte gestern Regenwasser gesammelt, doch dann fällt ihr ein, dass sie kein Gefäß hat.

Sie stellt die Kiste ab, richtet sich auf und wirft einen tapferen Blick hinüber. Zuerst nach Norden. Nichts. Endloser Sand, in der Ferne eine weitere Landzunge, die im Meeresdunst verschwimmt. Dann blickt sie nach Süden. Auch nichts. Noch mehr Dunst. Noch mehr blaugrüner Ozean, der jenseits der schützenden Bucht wild herandonnert.

Endlos. Endlos.

Sie kommt sich so klein vor, spürt die ungeheure Größe der Welt, die schweigende Gleichgültigkeit Gottes. Sie spürt die Macht des Ozeans und ihre eigene Kraftlosigkeit. Isabellas Knie geben unter ihr nach. Sie setzt sich in das stachelige Gras, das sich durch ihr Kleid bohrt, legt die Stirn auf die Knie und wünscht sich sehnlichst, wie alle anderen zu sterben.

So bleibt sie lange sitzen. Ihr Herz hämmert in den Ohren, das Meer brandet um sie herum, und sie sehnt sich nach einem kleinen, ruhigen Platz und Unterkunft und Essen. Sie hebt den Kopf. Sie kann hier nicht ewig sitzen bleiben, dann wird sie ganz sicher sterben. Im Norden sind Wolken zu sehen, die zu Sturmwolken werden könnten. Das Schiff fuhr nach Süden, also muss es im Süden etwas geben. In schmerzhafter Ferne, vielleicht Hunderte Meilen von hier. Doch *irgendetwas* ist dort, und dort muss sie hin. Sie kann nicht hierbleiben, wo es gar nichts gibt. Ihr Magen knurrt schon vor Hunger, und die Sonne lässt das Regenwasser verdunsten. Sie fürchtet sich, zwischen den Bäumen hindurchzugehen; allein der Anblick lässt sie zusammenzucken. Also wird sie in Richtung Süden über den Strand gehen.

Sie möchte weinen, doch das wird ihr nichts nützen. Weinen bringt Daniel nicht zurück. Es wird nicht sein Armband retten oder ihr einen Weg nach New York zu ihrer Schwester weisen. Sie steht auf, greift nach dem improvisierten Seil und steigt an der anderen Seite des grasbewachsenen Abhangs hinunter, bis sie auf den glatten, nackten Sand gelangt. Sie geht weiter und zieht die Kiste aus Walnussholz hinter sich her. Es ist besser, in der Abendkühle zu gehen und sich während der heißesten Stunden des Tages auszuruhen. Sie geht, bis die Sterne zu sehen sind, Tausende von ihnen, die in fremden Mustern am schwarzen Himmel glitzern. Sie geht, bis die Nacht die letzte Hitze vom Land verjagt. Sie geht, bis ihre Beine und Füße sich anfühlen, als wären sie flüssig, und steigt hinauf zum Saum des stacheligen Waldes und legt sich zum Schlafen in den Sand.

Isabella erkennt, dass sie nie zuvor wirklichen Hunger verspürt hat. Vielleicht kennt sie das schwache Nagen eines leeren Magens, das man vor dem Frühstück empfindet. Aber Hunger ist viel umfassender als das. Ihre Eingeweide fühlen sich wund an. Die Sonne brennt herab, als sie aufwacht, und sie weiß, dass es Selbstmord wäre, jetzt weiterzulaufen. Sie hat weniger Angst vor dem Wald als zuvor und geht ein kleines Stück, um den kargen Schatten zu nutzen. Hier gibt es noch Pfützen mit Regenwasser, und sie kann immerhin ihren Mund benetzen, damit er sich nicht wie ein Stück Stoff anfühlt. Obwohl ihr Gesicht jetzt im Schatten liegt, ist die Haut schon rissig und trocken vom Salz und dem Wind und dem Meer, das die Sonne reflektiert. Ihre Hände sind sonnenverbrannt und wund, weil sie die schwere Kiste schleppt. Sie hält die Finger vors Gesicht und fragt sich, wo ihr Ehering jetzt sein mag.

Er liegt zusammen mit dem anderen Schmuck in der mit Seide ausgekleideten Schatulle auf dem Meeresgrund. Erst vor wenigen Tagen hat sie den Wert geschätzt, ihre Flucht geplant, das Verzeichnis aufgestellt. Alles weggespült.

Sie setzt sich hin, umfasst die Knie und beugt sich vor, will es sich auf Sand und Laub bequem machen. Aber ihr Magen tut weh, sie muss essen. Egal was. Sie dreht sich um. Die Bäume wachsen dicht. In England würde sie wissen, wo sie wilde Heidelbeeren oder einen Pfirsichbaum suchen kann. Beim Gedanken an Obst läuft ihr das Wasser im Mund zusammen. Sie steht auf und lässt die Kiste allein. Wer sollte sie schon stehlen? Sie geht ein Stück zwischen die Bäume, die Zweige zerkratzen ihre Arme. Sie wird von einem eindringlichen, fremdartigen Geruch überwältigt. Die Bäume und Büsche sehen aus, als würden sie nie und nimmer Früchte tragen. Alles wirkt verdorrt, vertrocknet, verhungert.

Sie erstarrt, als ein gleitendes Geräusch im Gebüsch ertönt, und weicht zurück. Eine Schlange? Oder etwas noch Schlimmeres? Sie kehrt zu der Kiste zurück, setzt sich daneben und versucht, nicht an Essen oder Wasser zu denken.

Isabella weiß natürlich, dass die Winterbournes nach dem Amtsstab suchen werden. Sie will ihn loswerden, damit sie endlich frei ist. Vor allem frei von Percy. Ihr Entsetzen ist groß genug, sie muss sich nicht noch ausmalen, wozu Percy fähig wäre, wenn er wüsste, dass sie den Amtsstab bei sich hat. Während der heißesten Zeit des Tages versucht sie wieder und wieder, die Kiste zu öffnen. Sie benutzt Steine und Stöcke und Muscheln mit scharfen Kanten. Sie quetscht sich eine Fingerspitze, die blau anläuft, doch der Kasten ist immer noch verschlossen. Der Schlüssel steckt in der Westentasche ihres Mannes. Vielleicht ist er inzwischen angespült worden, vielleicht liegt er auch tief im Ozean. Sobald sie die Zivilisation erreicht, kann sie das Ding öffnen. Schließlich ist sie nur aus Holz. Sie muss sich Werkzeuge leihen und die Kiste öffnen und Daniels Armband herausholen. Dann muss sie zu einem Hafen gelangen, von dem aus sie nach New York fahren kann. Die Winterbournes werden sie für tot halten und nicht verfolgen. Sie ist frei, sofern sie überleben und den verfluchten Amtsstab loswerden kann.

Die Schatten werden länger, und sie steht auf und geht weiter. Heute ist sie langsamer: Sie schafft jeweils nur vier Schritte beim Heranbranden und Zurückweichen der Wellen. Der Hunger schwächt sie, doch kurz vor der Dämmerung entdeckt sie eine Furche, die ein brauner Wasserlauf in den Sand gezogen hat. Sie geht den Strand hinauf und in den Wald, bückt sich und schöpft Wasser in ihren Mund. Der starke Regen hat den Bach schnell und reißend gemacht. Das Wasser schmeckt seltsam mineralisch, aber das ist ihr egal. Sie trinkt, bis ihr Bauch schmerzt. Sie beschließt, die Nacht und den nächsten Morgen hier zu verbringen, wo sie das Wasser hören und sicher sein kann, dass sie nicht verdursten wird. Der Boden ist weich. Sie liegt lange da, ohne zu schlafen, und schaut zwischen den stacheligen Blättern hinauf zu den fremden Sternen.

***

Am nächsten Morgen wird Isabella vom Hunger geweckt. Ihre Füße sind wund, die Hände voller Blasen, aber sie spürt nur den Hunger. Sie ist keine Frau mehr, nur ein einziger großer Schmerz. Sie muss etwas zu essen finden. Sie weiß, sie muss tapfer sein und sich tiefer in den Wald wagen.

Mit schwachen, zitternden Fingern umwickelt sie die Kiste mit dem Seil aus dem Unterrock und bindet sie auf den Rücken. Sie hat Zeichnungen von Eingeborenenfrauen gesehen, die ihre Kinder so tragen. Langsam folgt sie dem Bachlauf, steigt über Steine und Zweige und morastiges Laub. Trotz des dichten Blattwerks findet sie einen schmalen, sandigen Weg. Sie hört fremdartige Vogelstimmen und sehnt sich nach Amseln.

Dann sieht sie eine Bewegung aus dem Augenwinkel. Sie zuckt zusammen und dreht sich um, wobei sie eine große grün-braune Eidechse entdeckt, die ihre Beine um einen schmalen Baumstamm geschlungen hat. Sie schaut sie an; Isabella erwidert den Blick.

Trotz der Angst und des Ekels begreift sie, dass sie sie fangen, kochen und essen könnte.

Doch die großen Krallen sehen scharf aus, und sie zögert so lange, bis das Tier den Baum hinaufhuscht und auf einen Ast läuft. Jetzt kann Isabella nur noch den Schwanz sehen und wünscht sich, sie wäre entschlossener vorgegangen, denn ihr Magen dröhnt vor Hunger, und sie fühlt sich schwach und schwindlig.

Sie schaut sich um. Die Bäume versperren die Sicht auf den Strand, aber sie kann noch den Ozean hören und weiß, dass sie den Weg zurückfindet. Weiter in den Wald? Aber wieso? Was hofft sie dort zu finden? Die Verzweiflung überkommt sie, aber sie fällt nicht auf die Knie, schlägt nicht mit dem Kopf gegen einen Baum. Sie schleppt sich weiter, verletzt sich die Fußsohlen an Steinen und Ästen. Ihre Augen suchen die ganze Zeit. Sie weiß nicht, was essbar ist und was nicht. Sie entdeckt einen Busch mit gekräuselten gelben Blüten und eiförmigen Beeren. Einige sind auf den Boden gefallen. Isabella hebt eine auf und dreht sie in den Fingern. Wenn sie nun giftig ist?

Wenn sie giftig ist, stirbt sie immerhin schnell.

Isabella isst die süße grüne Beere. Ein Samenkorn knirscht zwischen ihren Zähnen, und sie spuckt es aus. Sie isst alle abgefallenen Früchte und pflückt weitere vom Busch. Die gepflückten sind noch hart und sauer. Sie geht weiter in den Wald hinein und sucht nach herabgefallenen Früchten. Ihr Magen heult auf. Eine Handvoll Beeren kann sie nicht satt machen, doch immerhin hat sie etwas gegessen.

Die Sonne scheint jetzt warm vom Himmel, und sie kann nicht ertragen, wie der Schweiß unter ihren Brüsten hervorsickert. Ihr Rücken tut weh, also nimmt sie die Kiste herunter und stellt sie zwischen dunklen Baumwurzeln ab. Sie setzt sich darauf und versucht, die sonnenverbrannten Hände in den Schattenflecken zu halten.

Eine Bewegung im Unterholz, etwas Weißes blitzt auf. Isabella schaut misstrauisch hin, steht auf und geht darauf zu. Eine Möwe: verletzt oder alt, sie stützt sich auf einen Flügel, kann weder fliegen noch weglaufen.

Der Instinkt ist stärker als alles andere. Sie hat seit vier Tagen nichts anderes als Beeren gegessen. Rasch greift sie nach einem Stein, kneift die Augen halb zu und lässt ihn auf den zarten Schädel des Vogels niedersausen. Er rührt sich nicht mehr.

Isabellas Magen dreht sich bei dem Gedanken an ihre Tat um. Sie hat noch nie etwas getötet, und in ihrem schwachen, verletzlichen Zustand zerreißt es ihr das Herz, weil sie die Möwe, die so um ihr Leben gekämpft hat, grausam ermordet hat. Sie kauert sich neben die zermalmte Leiche, vergräbt die Hände im Haar und schluchzt. Das Schluchzen klingt laut in der frischen Seeluft, donnert durch den stacheligen Wald, sinkt zu Boden und lässt ihn erzittern.

Der Hunger mahnt sie, mit dem Weinen aufzuhören. Sie muss weitergehen. Sie hebt den Vogel an den Füßen hoch und legt ihn vorsichtig auf die Kiste, ohne ihn näher zu betrachten. Sie hat gesehen, wie die Köchin einen Vogel gerupft und ausgenommen hat, also weiß sie, was zu tun ist. Doch sie hat noch nie Feuer gemacht. Sie konzentriert sich auf diese eine Aufgabe, sucht Steine für eine Feuergrube, Reisig und einige gute, trockene Stöcke, die sie aneinanderreiben kann. Sie hat Blut an den Händen und zwingt sich, nicht zimperlich zu sein, es gehört doch zum Essen. In allen Küchen der Welt wird regelmäßig Blut vergossen. Sie reibt die Stöcke aneinander. Nichts passiert. Sie versucht es noch einmal. Sie hockt sich hin und stößt einen frustrierten Schrei aus, der ihr die Kehle zerreißt. Sie reibt die Stöcke weiter aneinander. Wo bleibt das Feuer? *Wo bleibt das verdammte Feuer?*

Ein Geräusch. Sie zuckt zusammen und schießt herum.

Ein Hund. Nein, ein Wolf. Eine Mischung aus Hund

und Wolf steht auf der anderen Seite der Kiste. Sie sieht das Tier, die tote Möwe und springt vor.

Der wilde Hund macht ebenfalls einen Satz. Er reißt die Kiefer auseinander, um nach der Möwe zu schnappen, als ihre Hand die weichen Federn berührt. Der wilde Hund zögert nicht. Er lässt den Vogel fallen und schließt die starken, scharfen Zähne um ihre Hand. Isabella schreit. Ein heißer, reißender Schmerz. Sie will die Hand zurückziehen, aber der wilde Hund hält sie fest. Sie zieht die andere Hand hervor, ballt sie zur Faust und schlägt auf den Kopf des wilden Tieres ein. Er lässt sie los, sie kippt nach hinten, und der Hund ist verschwunden – mitsamt der toten Möwe.

»Nein!«, schreit sie. »Nein, nein, nein!« Blut quillt aus ihrer verwundeten Hand; die Form des Mauls zeichnet sich naturgetreu auf der sonnenverbrannten Haut ab. Sie nimmt den Unterrock vom Kopf und wickelt ihre Hand darin ein, um das Blut zu stillen. Die Leere in ihrem Inneren, um sie herum. Alles ist leer. Sie fällt schwer auf die Kiste und kann sich nicht mehr bewegen.

Am frühen Abend spielt ihr Verstand ihr Streiche, denn sie riecht gebratenes Fleisch. Sie steht auf und schnuppert. Das Wasser läuft ihr im Mund zusammen, doch sie weiß, dass sie es sich einbildet, wie eine Fata Morgana in der Wüste – nur sehnt sie sich nicht nach Wasser, sondern nach Essen. Sie steht auf und schnallt sich wieder die Kiste auf den Rücken, fest entschlossen, etwas zu essen zu finden, selbst wenn ihr davon schlecht wird. Ohne Nahrung kann sie nicht weitergehen. Sie pflückt rücksichtslos die rosa Beeren von den Bäumen, so hoch sie reichen kann, und saugt an ihnen. Sie kämpft sich zwischen Ästen und wucherndem Unterholz hindurch, ohne auf das Netz aus Kratzern zu achten, das sich unter ihren zerrissenen Ärmeln auf der Haut ausbreitet. Sie bleibt häufig stehen, um aus dem Bach zu trinken. Ihr Kopf hämmert, und ihre Gedanken sind dunkel und wirr. »Sch«, sagt sie zu sich. »Sch, sch.« *Nicht daran denken. Sobald du essen kannst, wird alles wieder gut. Alles wird gut.* Wenn ihr Magen erst voll ist, kann sie geradewegs nach Süden laufen. Sie wird eine Stadt finden, und dort wird es Essen geben: gebratenes Rindfleisch und neue Kartoffeln. Yorkshire-Pudding und Bratensoße.

Isabella ist zu sehr in ihre Selbstgespräche vertieft, um die Schritte zu hören. Ein dunkler Schatten lässt sie aufblicken, und das Herz schlägt ihr bis zum Hals. Zwei schwarze Männer stehen vor ihr, sie tragen nichts außer Muschelarmbändern. Jeder von ihnen hält einen langen Speer in der Hand.

Sie kreischt. Weicht zurück, will weglaufen, stolpert aber über einen Ast und fällt mitsamt der Kiste auf dem Rücken zu Boden. Der Aufprall ist hart, Schmerz schießt durch ihren Nacken. Sie schreit und streckt die Arme in die Luft. Die Dunkelheit kommt sofort, sie kann ihr nicht entfliehen.

Acht

Ihr Gesichtsfeld ist nur ein schmaler Spalt, ruckartige Bewegungen, hell und dunkel. Sie schließt die Augen wieder, will zurück an den dunklen, weichen Ort. Etwas ist nicht in Ordnung. Sie zwingt sich, die Augen zu öffnen, Schmerz dröhnt in ihrem Kopf. Sie versucht, Arme und Beine zu bewegen, aber sie sind schlaff und schwach. Sie blinzelt rasch, merkt, dass sie von einem der Eingeborenen in den Armen getragen wird wie ein Kind. Sie wehrt sich, und er drückt sie fester an seine nackte Brust. Sie hebt die Hände, um ihm die Augen auszukratzen, aber er fängt sie mühelos ab und hält sie vor ihren Bauch. Er sagt etwas zu seinem Gefährten, und Isabella erkennt, dass sie die Kiste aus Walnussholz nicht mehr hat. Diebe! Entführer! Was werden sie ihr antun? Sie schreit und flucht und kämpft, ist aber schwach und verletzt.

Der Mann, der sie trägt, sagt etwas in schroffem Ton.

Sie schüttelt müde den Kopf. »Ich verstehe nicht.«

Er greift nach ihrer Kehle, und sie zuckt zurück, doch dann spürt sie seine Finger an ihrem Nacken, und als er sie zurückzieht, sind sie blutig. Isabella tastet nach der Stelle und spürt einen brennenden Spalt, aus dem Blut quillt. Der Schmerz zieht sich durch ihr ganzes Rückgrat.

Der nackte schwarze Mann trägt sie tiefer in den Wald, er und sein Begleiter gleiten förmlich über den unebenen Grund. Ihre Fußsohlen müssen wie Leder sein, denn sie bewegen sich flink und mühelos. Sie kommt sich vor wie die Möwe: zu verletzt, um zu kämpfen. Ihr eigenes schreckliches Ende steht bevor.

Dann aber riecht sie das rauchige, gebratene Fleisch. Die Eingeborenen tragen sie hinunter in ein Wäldchen, durch das der Bach fließt, grünes Laub wölbt sich darüber. Auf der anderen Seite hat sich ein weiteres Dutzend Schwarze um ein Feuer versammelt. An einer Seite stehen fünf kleine Hütten. Frauen kümmern sich um dicke Babys oder halten Fleisch an Spießen über das Feuer; die Männer sitzen auf Felsbrocken, reden, schärfen ihre Speere oder reparieren Waffen. Keiner von ihnen trägt Kleidung. Isabella hat noch nie einen nackten Mann gesehen, im Schlafzimmer zusammen mit Arthur war es immer dunkel. Sie weiß nicht, wohin sie ihren Blick richten soll.

»Was habt ihr mit mir vor?« Essen diese Eingeborenen Menschen?

Doch ihr Entführer legt sie behutsam auf den Boden und ruft etwas. Binnen Sekunden taucht eine große Frau mit sanften Augen und pendelnden Brüsten auf, und ihre Begleiter erklären ihr die Lage. Die Frau hilft Isabella, sich aufzusetzen, und führt die Hand zum Mund. Man fordert sie auf zu essen.

»Ja! Ja. Essen. Ja.«

Einige rufen etwas in ihrer Sprache, dann bietet man ihr einen Speer mit einer gebratenen Eidechse an. Sie reißt ein Stück weißes Fleisch ab und schiebt es bedenkenlos in den Mund. Es ist weich, ein bisschen zäh und schmeckt nach Rauch. Doch sie ist so hungrig, dass es für sie die beste Mahlzeit ist, die sie je gegessen hat.

Während sie isst, redet die Frau sanft auf sie ein, säubert die Wunde und bestreicht sie mit einer scharf riechenden Salbe. Dann kümmert sie sich um den Biss an

Isabellas Hand und sagt etwas dazu. Isabella erwidert, sie könne sie nicht verstehen, doch die Frau spricht einfach weiter. Ein Kind, das gerade laufen lernt, tapst auf sie zu und ergreift Isabellas freie Hand. Isabella lächelt, wie verzaubert von den runden Wangen und den dunklen Augen. Das Kind schiebt ihren Ärmel hoch und betrachtet ehrfürchtig die weiße Haut. Etwas an der Berührung des Kindes hilft ihr, sich zu entspannen. Das Kleine wirkt gesund und glücklich. Also müssen die Leute, die es aufziehen, gute Menschen sein.

Sie wendet sich zu der Frau und sagt mit einem warmen Lächeln: »Danke.« Die Frau mag die Worte nicht kennen, versteht aber die Bedeutung dahinter.

Sie deutet auf die Hütten und dann zum Himmel. Es wird dunkel. Die Frau bietet ihr eine Unterkunft für die Nacht an.

Isabella schaut zu der Hütte mit der offenen Vorderseite. Am Nachmittag sind Wolken aufgezogen, es könnte regnen. Die Kiste liegt noch da, wo sie hingefallen ist. Aber wer sollte sie stehlen? Es könnte gewiss nicht schaden, über Nacht hierzubleiben. An einem weichen, geschützten Ort zu schlafen, am Morgen vielleicht noch etwas zu essen.

Isabella nickt. »Ja, danke.«

***

Isabella liegt auf weichem Laub und Tierhäuten und schläft wie eine Tote. Als sie aufwacht, bietet die Frau mit den weichen Fingern ihr etwas zu essen an und versorgt die Wunde. Als Isabella aufstehen will, drückt sie sie hinunter und schnalzt mit der Zunge. Die Botschaft ist klar und deutlich. *Dir geht es nicht gut. Du musst noch ein bisschen bleiben.* Isabella nimmt dankbar an. Sie verbringt den Tag damit, die Eingeborenen bei ihren Tätigkeiten zu beobachten, sie jagen Fische, Eidechsen und wilde Hunde, bringen Körbe voller Beeren und Früchte, die Isabella von ihrer langen Wanderung kennt. Sie ernähren sie gut. Regen zieht auf. Sie fragt sich, ob es die einzigen Menschen im Umkreis von Hunderten Meilen sind, ob sie einfach ihr Schicksal mit ihrem verbinden und Mitglied ihres Stammes werden soll. Dann würde sie jedenfalls nie wieder hungern. Doch der Wunsch, zu der Kiste, zu Daniels Armband zurückzukehren, ist stark. Sie muss zu ihrer eigenen Familie, zu ihrer Schwester. Sie nimmt sich vor, am nächsten Morgen weiterzuziehen.

Sie schläft tief bis kurz vor der Morgendämmerung, als ein verworrener Traum vor ihren Augen vorbeizieht. Sie ist wieder mit Daniel schwanger, Blut strömt zwischen ihren Beinen hervor, doch als sie hinunter in den Sand schaut, sieht sie kein Baby, sondern nur die kalten Leichen ihrer Reisegefährten. Sie gebiert den Tod. Mit einem Ruck wacht Isabella auf und versucht, sich mit der Tatsache zu trösten, dass sie am Leben und in Sicherheit ist. Aber es gibt keinen Trost, nur Elend, das so grau ist wie das Licht vor der Dämmerung.

Isabella steht auf. Noch ist niemand wach. Sie muss weg von hier; dieser Traum hat sich in den Bäumen über ihr gefangen, ist in den sandigen Grund gesickert und würde den ganzen Tag, die ganze Woche über ihr schweben. Ihr Kopf tut nicht mehr weh, und sie ist stark genug, um allein zu gehen. Sie muss die Kiste holen und nach Süden aufbrechen, wo es gewiss Häuser und gekochte Mahlzeiten auf Tellern gibt. Leise schleicht sie im Dämmerlicht an den Eingeborenen vorbei und zwischen die dunklen Bäume. Die Kiste liegt noch unberührt da, wo die Männer sie mitgenommen haben. Sie zieht wieder das Seil durch den Messinggriff und schleppt sie hinter sich her zum leeren Strand.

Wolken klammern sich an den dunklen, tosenden Himmel. Es wird noch mehr Regen geben, immerhin eine Atempause nach der sengenden Sonne.

Isabella spürt einen Stich im Herzen. War das ein Blitz? Sie schaut nach Süden zu den Wolken hinauf. War es ein Blitz? Oder war es …

Da. Schon wieder. Ein Licht, kaum zu sehen in der grauen Morgendämmerung, streicht über die Wolken und verschwindet wieder.

Ein Leuchtturm. Plötzlich ist sie hellwach. Die Hoffnung wird neu geboren.

Denn wo ein Leuchtturm ist, gibt es auch einen Leuchtturmwärter.

Der Strand zieht sich endlos dahin. Das Meer ist heute fast smaragdgrün, die Schaumkronen weißer als frisch gefallener Schnee. Unaufhörlich rauscht und donnert es, und Isabella setzt einen Fuß vor den anderen und zerrt ihre Last über den Sand. Der Rhythmus des Gehens und Stehens verändert sich. Es gibt genügend Bäche, an denen sie ihren Durst stillen kann; sie weiß jetzt, welche Beeren und Früchte essbar sind, selbst wenn sie hart und trocken schmecken. Aber sie ist nur ein Mensch. Ihre Kraft lässt nach. Die Pausen werden länger. Die Strecken dazwischen immer kürzer. Aus dem Gehen wird ein Dahintrotten, Taumeln, Stolpern, ohne auf den Knien zu landen. Sie versucht, jeden Tag ein wenig weiter zu kommen, zwischen dem späten Nachmittag und dem Einbruch der Nacht, langsam, um Kraft zu sparen. Eine gewaltige, schmerzhafte Leere umgibt sie, durchdringt sie, wohnt in ihr. *Allein, al-*

lein, scheint der Ozean zu sagen. Langsam, nachdenklich, endlos. Wenn sie geht, ist sie still; doch wenn sie stehen bleibt, spricht sie, ohne es selbst zu wissen. Sie hört ihre eigene Stimme und ist erschrocken. Warum spricht sie? Was sagt sie? Sie befiehlt sich aufzuhören, aber wenige Minuten später hört sie wieder ihre Stimme. Isabella lässt es geschehen. Sie ist zu müde, um ihre Gedanken zu kontrollieren. Die Konzentration entgleitet ihr, ihr Geist öffnet sich, und sie kann hinter die Welt blicken, sieht die großen Zahnräder, die sich drehen, sieht das Innere in seiner ganzen strahlend heißen Bedeutungslosigkeit. Nun, da sie es gesehen hat, wird sie es für immer in sich spüren. Sicherheit, Nahrung, selbst das Glück mögen eines Tages wiederkehren, doch es ist zu spät. Sie kennt bereits die Wahrheit über das Leben.

Ihre Arme tun weh. Sie geht weiter.

Immer weiter.

Isabella zählt nicht die Tage. Sie weigert sich, darüber nachzudenken, weil sie dann die pochende Erschöpfung spürt, die verzweifelte Angst, dass es im Süden wirklich nichts geben könnte. Gar nichts. Die Nächte sind wolkenlos. Sie hatte immer eine lebhafte Phantasie; vielleicht war auch der Leuchtturm nur Einbildung. Bevor sie aufbricht, watet sie jeden Tag ins warme Meer, um einen klaren Kopf zu bekommen, ihre Wunden zu waschen, Mut zu sammeln, und lässt sich eine Weile davon tragen. Ihr Kleid, ihr ehemals gutes Kleid für Stadtbesuche, ist zerfetzt, verkrustet mit Blut und Schmutz. Es bläht sich um sie herum wie eine riesige Qualle. Sie schließt die Augen, spürt die Bewegung des Meeres. Dann öffnet sie sie wieder und blickt nach Süden.

Und an diesem Tag kann sie es sehen. Klar und deutlich mit ihren eigenen Augen, nicht halb eingebildet vor den Wolken.

Ein Licht. Den Leuchtturm, der in der nebligen Ferne funkelnd zum Leben erwacht.

Sie schleppt sich aus dem Wasser, dessen Gewicht sie langsam und schwerfällig macht. Sie ist weder hungrig noch müde, noch hat sie Schmerzen. Sie konzentriert sich darauf, zum Leuchtturm zu gelangen. Es sind nur etwa fünfzehn Meilen. Nicht mehr weit, nicht mehr weit. Vielleicht schafft sie es bis morgen, bevor er wieder zum Leben erwacht.

Was danach kommt, weiß sie nicht.

Isabella kann vor Aufregung kaum schlafen. Sie kämpft gegen den Drang, die ganze Nacht zu laufen; sie würde zusammenbrechen, bevor sie dort ist. Schließlich schläft sie ein. Als sie aufwacht, kann sie ihn sehen. Die Landzunge winkt sie durch den zarten Nebelschleier herbei. Sie kann den rot-weißen Leuchtturm jetzt sehen. Nicht mehr weit, nicht mehr weit. Sie sammelt Früchte und trinkt aus einem Bach, ist aber unruhig und will aufbrechen, trotz der unerträglichen Sonne und Hitze. Das Ende ist endlich in Sicht.

Langsam geht sie über den Strand, ruht sich häufig aus, dann noch ein Stück und noch ein Stück.

Aber es ist unmöglich. Sie schafft es nicht an einem Tag. Wenn sie gesund wäre und keine Last mit sich tragen würde und den ganzen Tag im Schatten hoher Eichen gehen könnte, dann vielleicht. Aber sie hat Angst, sich umzubringen, wenn sie sich zu hart antreibt. Am späten Vormittag sucht sie wieder Schutz im Wald. Am späten Nachmittag geht sie weiter. Sie sieht, wie das Licht angeht, und würde am liebsten schluchzen. Eigentlich wollte sie um diese Zeit schon da sein. Sie will nicht kurz vor der sicheren Zuflucht sterben.

Sie schläft lange und tief. Ihr Körper ist an seine Grenzen gelangt. Sie kann es nicht riskieren, in der Hitze weiterzugehen, also wartet sie tagsüber und steht auf, als die Sonne nach Westen gezogen ist. Ihre Beine sind wie Gelee, ihre Füße brennen. Sie rappelt sich auf und zieht an dem verhassten Seil. Fast da, fast da.

Ein Fuß. Der andere Fuß. Der Strand wird zunehmend steinig, als sie sich dem Leuchtturm nähert. Ein Fuß. Der andere Fuß. Jeder Schritt dauert eine Ewigkeit. *Lebe, Isabella,* befiehlt sie sich selbst. *Du darfst jetzt nicht zusammenbrechen.*

Der Leuchtturm ist nur nach einem felsigen Aufstieg von etwa zehn Fuß Höhe zu erreichen. Sie überlegt, ob sie einen Umweg durch das Gebüsch nehmen soll, fürchtet aber, sich ohne den Ozean an ihrer Seite zu verirren. Sie bindet sich die hölzerne Kiste wieder auf den Rücken und beginnt zu klettern.

Die Dämmerung bricht herein. Über ihr segeln Möwen dahin, und der Wind frischt auf. Sie geht gebeugt, ertastet sich mit bloßen Händen und Füßen den Weg über die Felsen, stöhnend und keuchend. Sie rutscht aus, stolpert vorwärts und reißt sich die verletzte Hand an einer scharfen Felskante auf. Doch jetzt kann sie nichts mehr halten, nicht einmal frisches Blut. Vorwärts, vorwärts. Höher und höher. Bis sie schließlich oben steht und der Leuchtturm strahlend hell zum Leben erwacht, gerade als sie hinaufschaut. Ihr Licht in der Dunkelheit. Jetzt ist sie hier. Jetzt muss alles gut werden.

Es muss.

In ihrem Kopf verschwimmt alles. Ihre Ohren klingeln.

Sie geht um den Leuchtturm herum, ihre Füße sind bleischwer, und dann entdeckt sie das Häuschen, kaum mehr als ein hölzerner Verschlag, der an die Seite des Leuchtturms gebaut ist. Mit allerletzter Kraft hebt sie die Hand und klopft schwach an die Tür. Sie fürchtet, keine Antwort zu erhalten, und wartet einige Sekunden, bevor sie erneut anklopft. Diesmal ruft sie: »Hilfe!« Ihre Stimme klingt so schwach, dass es ihr Angst macht. »Ich brauche Hilfe.« Sie sieht, dass sie einen Blutfleck an der Tür hinterlassen hat. Sie dreht ihre Handfläche zu sich. Das Blut sieht dunkel aus im Dämmerlicht.

Die Tür schwingt auf. Isabella blickt in die schwarzen Augen eines großen, schlanken Mannes von etwa vierzig Jahren. Seine Augen werden groß, als er sie sieht.

»Bitte, bitte«, sagt sie. Mehr bringt sie nicht heraus. Alle anderen Wörter sind verschwunden, und sie kippt nach vorn, fällt auf die Knie. Er fängt sie in seinen starken Armen auf und zieht sie mühelos hinein. Sie sieht flüchtig einen dämmrigen Raum, flackerndes Licht, dann wird alles grau.

Als sie die Augen öffnet, ist es Nacht. Eine Kerze brennt, und sie liegt in einem schmalen Bett auf einer rauhen Decke.

Sie blinzelt, um sich zu orientieren. Auf einem Hocker neben ihr sitzt ein bärtiger Mann und schaut sie ernst an. Der Leuchtturmwärter. Endlich ist sie da. Sie stöhnt erleichtert.

»Wie heißen Sie?«, fragt er sanft.

Sie öffnet den Mund, um ihren Namen zu nennen, verstummt aber. Wenn die Winterbournes nun doch nach ihr suchen?

»Mary Harrow.«

»Meinen Sie, Sie können aufstehen, Mary Harrow? Ich habe Suppe und frisches Wasser. Sie sollten essen, um wieder zu Kräften zu kommen.«

»Wie lange habe ich geschlafen?«

»Sechs Stunden. Es ist fast Mitternacht.«

Isabella setzt sich auf und stellt vorsichtig die Füße auf den Boden.

»Kommen Sie, ich helfe Ihnen«, sagt er. Er legt ihr den Arm um die Taille und führt sie eine Wendeltreppe hinunter in einen kleinen Raum mit niedriger Decke. Es gibt ein Spülbecken, einen runden Tisch mit einem Stuhl und einen gusseisernen Herd. Es riecht nach gekochtem Fisch und Tabak. Er hilft ihr auf den Stuhl. Sie sieht die Kiste, an der noch das Seil hängt, neben der Tür auf den nackten Dielen stehen.

Isabella sitzt still da. Der Leuchtturmwärter hat die Führung übernommen; sie kann sich ausruhen. Er holt eine Kiste mit Verbandszeug, zündet eine Laterne an und stellt sie neben ihrer ausgestreckten Hand auf den Tisch. Während er die Wunde säubert und verbindet, schaut er sie nicht an. Er hat den Kopf konzentriert gebeugt, so dass Isabella ihn in Ruhe betrachten kann: sein dunkles, lockiges Haar und den gepflegten, graumelierten Bart, die ernsten Augenbrauen, die geschickten Finger.

»Woher kommen Sie?«, fragt er schließlich.

»Das kann ich nicht sagen.«

»Was ist das für eine Kiste, die Sie auf dem Rücken hatten?«

»Eine Last, von der ich mich hoffentlich bald befreien kann.«

Er beugt sich zu der Kiste, doch sie springt auf und wirft sich dazwischen. »Sie dürfen sie nicht anfassen.«

Verblüfft zuckt der Leuchtturmwärter zurück. Er

spricht mit ihr wie mit einem verletzten Tier, hebt sanft die Handflächen. »Ruhig«, sagt er. »Ich werde sie nicht anfassen, wenn Sie es nicht möchten.«

Isabella ist verzweifelt und unsicher. Es ist, als würden sich ihre Umrisse auflösen, als wäre sie aus Sand und würde allmählich vom Wind verweht. »Ich bin so hungrig.«

Er nickt, steht auf und geht zum Herd. Sie betrachtet ihre bandagierte Hand und kann sich nicht mehr erinnern, wie sie sie aufgeschnitten hat. Sie denkt angestrengt nach. Erinnerungen blitzen auf. Sie hat Eidechse gegessen. Beeren gesammelt. Sich über den Strand vorwärtsgeschleppt. Dann fällt ihr ein, dass sie sich die Hand erst vor Stunden aufgeschnitten hat, als sie über die Felsen geklettert ist. Die Tatsache, dass sich ein Loch in ihrer Erinnerung auftut, versetzt sie in Panik. Was geht in ihrem Kopf vor? Sie springt wieder auf und läuft ruhelos auf und ab.

Der Leuchtturmwärter kommt mit einem Teller dampfender Suppe zurück. Er beobachtet sie und steht ganz still da, als könnte er seine Ruhe auf sie übertragen. Schließlich bleibt sie stehen und schaut ihn in der tiefer werdenden Dunkelheit an.

»Mein Name ist Matthew Seaward«, sagt er.

»Ich bin so hungrig«, wiederholt sie.

Er nickt zum Tisch, und sie setzt sich. Im Leuchtturm riecht es ölig und heiß; stickige Luft, alter Seetang, schimmelndes Holz. Es ist ihr egal. Sie atmet die Gegenwart ein, die ihre Lungen strahlend ausfüllt. Sie ist sicher, fürs Erste jedenfalls. Die Suppe ist dick und salzig. Ihr Mund und ihr Magen sind im Himmel. Sie isst sich satt und trinkt noch ein Glas sauberes, kaltes Wasser. Allmählich fügen sich ihre Gedanken wieder zusammen, klären sich.

»Ich weiß nicht, wohin. Ich weiß nicht, was ich tun soll.«

Er lehnt sich an das Spülbecken und lässt seinen Blick von ihren Haaren über ihr Kleid zu ihren Händen und dann schließlich zu ihrem Gesicht wandern. »Ihre Augen sehen gequält aus. Was haben Sie gesehen?«

Sie wehrt ab. »Bitte fragen Sie mich nicht.« Sie lässt sich auf den Tisch sinken und legt den Kopf auf die ausgestreckten Arme.

Der Leuchtturmwärter lässt das Schweigen zwischen ihnen verweilen, bis er schließlich weiterspricht. »Die Stadt ist nur eine halbe Meile entfernt. Ich bin mir sicher, dass jemand Sie aufnehmen kann.«

»So kann ich nicht dorthin gehen.«

»Im Schlafzimmer sind noch Kleider von der Frau des früheren Leuchtturmwärters. Und Schuhe. Am Anfang der Hauptstraße steht ein großes Haus aus rosagestrichenem Holz. Mrs. Katherine Fullbright wird Sie aufnehmen.«

Isabellas Magen zieht sich vor Enttäuschung zusammen. Sie will nicht in die Stadt. Sie will hierbleiben, völlig still, auf diesem Hocker. Die Qual sollte eigentlich vorbei sein, aber das ist sie nicht. Und sie begreift, dass sie nie vorbei sein wird. Sie war schon zerbrochen, bevor das Schiff unterging.

Dann spricht er mit unendlich sanfter Stimme, obwohl er so groß und stark ist. »Mary, Sie können heute Nacht hierbleiben. Morgen können Sie baden und sich herrichten. Mrs. Fullbright hält viel auf Anstand, ein zerrissenes Kleid und ein schmutziges Gesicht wird sie nicht dulden. Sie können nicht länger als eine Nacht hierbleiben. Das gehört sich nicht.« Isabella bemüht sich, ihn trotz ihrer Verwirrung zu verstehen. Endlich begreift sie, dass er um ihren Ruf besorgt ist. Der interessiert sie nicht länger, aber sie nickt, weil sie begreift, dass er seine Meinung nicht ändern wird.

»Vielen Dank. Vielen Dank.«

Sie isst und kehrt in das schlichte, rauhe Bett zurück. Die Matratze gibt unter ihr nach. Das Zimmer ist eindeutig männlich: keine hübschen Kissen, keine Vorhänge, keine Tischdecke, keine kristallenen Karaffen oder Blumenvasen. Es riecht nach Tabak, Papier, Öl und Staub. Nach den Sachen von Matthew Seaward. Und sie schläft tief und traumlos in seinem Bett.

Neun

2011

Libby nahm sich eine ganze Woche Zeit, um Ordnung in ihr Leben zu bringen und einen festen Tagesablauf einzuführen. Sie kam sich vor wie eine Ameise, deren Wege weggespült wurden und die sich an einem neuen Ort einen neuen Pfad suchen muss. Sie kaufte im örtlichen Lebensmittelgeschäft ein und erfuhr den Namen des Besitzers, während er ihr Gemüse einpackte. Sie ließ Strom und Telefon anschließen und bestellte einen Fensterputzer. Außerdem besorgte sie sich einen Ausweis für die Leihbücherei und reinigte ihr Haus von oben bis unten. Ihrer Schwester ging sie aus dem Weg: Die kühle Begrüßung hatte gezeigt, dass Juliet ihr nach wie vor nicht wohlgesinnt war. Jeden Tag ging sie im Meer schwimmen, wenn es allmählich Abend wurde und die hellen Lichter von Noosa im nebelverhangenen Süden zum Leben erwachten. Und sie zeichnete, verbrachte viele Stunden im gut beleuchteten Atelier, zusammengerollt im Schaukelstuhl, den Zeichenblock auf den Knien. Sie plante, sehr bald mit einem Gemälde zu beginnen.

Zwischen den einzelnen Aktivitäten musste sie sich ausruhen und mit den Tränen kämpfen. Die Trauer lag noch immer schwer über jedem Gedanken und jeder Handlung. Doch sie zwang sich, weiterzumachen und dieses neue Leben zu gestalten. So hätte Mark es sich gewünscht.

Eine Woche nach ihrer Ankunft kaufte Libby eine neue SIM-Karte für ihr Handy und lud es auf, bevor sie sie einsetzte, um zu sehen, ob sie noch irgendwelche Nachrichten erhalten hatte. Überrascht hörte sie die vertraute Stimme von Cathy, Marks Sekretärin, auf der Mailbox.

»Guten Morgen, Libby. Hier ist Cathy von der Firma Winterbourne. Es wäre schön, wenn Sie mich zurückrufen könnten. Ich habe Post für Sie und brauche Ihre Adresse.«

Verwirrt hörte Libby die Nachricht noch einmal ab. In England war es jetzt ein Uhr morgens. Sie würde ihre Neugier acht Stunden lang bezähmen müssen.

Die Fenster boten einen wunderbaren Ausblick: ein breiter Keil blauen Meeres, auf dessen weißen Schaumkronen sich goldenes Sonnenlicht brach. Sie dachte wieder an Mark. Manchmal konnte sie ihn für selige fünf oder zehn Minuten vergessen. Ihr Körper schmerzte noch immer, doch manchmal spürte sie nicht, wie tief erschüttert sie war. Dann kehrte der Schmerz zurück, und sie hasste sich, weil sie vorübergehend nicht an ihn gedacht hatte.

Irgendwie überstand sie den Tag, vertiefte sich in ihre Zeichenarbeit, das Saubermachen und das Schwimmen im Meer. Nach dem Duschen stellte sie eine Tiefkühllasagne in die Mikrowelle und rief in London an.

Ihr Herz hämmerte, während es am anderen Ende klingelte. Als sie die Nummer das letzte Mal angerufen hatte, hatte sie sich noch wie immer gemeldet: »Hallo, Cathy, hier ist Libby Slater. Ich würde gerne mit Mark sprechen.« Sie würde sich einen neuen Satz überlegen müssen.

»Juwelier Winterbourne, Cathy am Apparat.«

»Cathy, hier ist Libby Slater. Ich sollte zurückrufen.« Na bitte, das war doch gar nicht so schwer.

»Ach, hallo, Libby. Wir konnten Sie nicht finden, Sie sind ja nicht mehr bei Pierre-Louis.«

»Ich bin wieder in Australien.«

»Das kam aber plötzlich.« Sie vermutete, dass Cathy als Einzige von ihrer Affäre mit Mark gewusst hatte.

»Ich war dort schon lange unglücklich. Ich habe Ihre Nachricht erhalten, es ging um irgendwelche Post?« Libby merkte, dass sie auf und ab lief, und zwang sich, stehen zu bleiben. Sie lehnte sich an die Küchenbank. Der Geruch von Lasagne breitete sich in der Küche aus.

»Ach ja. Seltsame Sache. Ich habe Marks Papiere durchgesehen. Das ist sehr traurig, wie Sie sich vorstellen können.«

»Es tut mir leid, das muss schwer für Sie sein.« Libby schluckte den Kloß in ihrer Kehle herunter und wünschte sich, sie könnte auch in London sein und Marks Papiere durchgehen, sich irgendein Andenken mitnehmen, auch wenn es nur ein Zettel mit seiner Handschrift wäre.

»Wir vermissen ihn alle ganz schrecklich, Libby.«

»Seine Familie ...?«

»Die Mädchen habe ich nicht gesehen, aber gehört, dass die Älteste schwanger sein soll. Emily hält sich ganz gut. Sie ist natürlich erschüttert, ist aber seit dem Begräbnis jeden Tag zur Arbeit gekommen, und es sieht aus, als würde sie in Kürze Marks Aufgaben übernehmen. Aber nun zu dieser geheimnisvollen Post. Ich habe sechs Briefe gefunden, die alle an Sie adressiert sind, aber an Marks Poststelle geschickt wurden. Er hat keinen geöffnet, sondern sie einfach in eine Schublade gelegt.«

Libby war ebenso fasziniert wie erschrocken. Warum sollte ihr jemand zu Händen von Mark schreiben? Hatte er irgendeine Überraschung geplant? Oder ging es um Erpressung? »Wer ist der Absender?«

»Immer derselbe. Eine Firma namens Ashley-Harris Holdings in Australien.«

Eine Firma. Also keine Erpressung und vermutlich auch keine Überraschung. »Ich habe keine Ahnung, wer das sein soll oder weshalb sie mir an Marks Adresse schreiben. Dürfte ich Sie bitten, mir die Briefe zu schicken?«

»Natürlich.«

Libby gab Cathy ihre neue Adresse. Ihr wurde klar, dass damit wieder eine Verbindung zu Mark durchtrennt wurde.

Doch dann sagte Cathy: »Da wäre noch etwas. Ich weiß nicht, was Sie davon halten, aber Emily meinte, ich müsste Sie unbedingt fragen.«

Libbys Magen verkrampfte sich. In den zwölf Jahren ihrer heimlichen Affäre hatte sie gelernt, den Namen seiner Frau zu fürchten. »Was denn?«

»Pierre-Louis hat angefragt, weil sie sich unseren Etat sichern wollen. Als wir festgestellt haben, dass Sie nicht mehr dort arbeiten, haben wir für dieses Jahr nicht unterzeichnet. Emily ist sehr daran interessiert, dass Sie unseren Katalog weiterhin gestalten, auch freiberuflich. Vielleicht möchten Sie nicht mehr als Designerin arbeiten, aber …«

»Doch! Das würde ich sehr gerne machen«, sagte Libby.

»Super! Emily wird sich sehr freuen. Sie bewundert Ihre Arbeit.«

»Tatsächlich?« Mark hatte Emilys Namen nur erwähnt, wenn es sich nicht vermeiden ließ. Sie kam sich seltsam entblößt vor.

»Zwölf Jahre im selben Job, Libby. Sie sind bei Winterbourne hoch angesehen. Auch wenn Mark nicht mehr da ist, möchte man die Zusammenarbeit fortsetzen.«

»Ich fühle mich sehr geschmeichelt. Ich …« Libby fiel ein, dass sie keinen Computer, keine Internetverbindung und keine E-Mail-Adresse hatte. »Können Sie mir eine Woche Zeit geben? Ich richte hier gerade mein neues Büro ein und …«

»Selbstverständlich. Rufen Sie an, sobald Sie bereit sind, und der Auftrag gehört Ihnen.«

Als sie sich gerade verabschiedet hatten, piepste die Mikrowelle, doch Libby holte ihr Essen nicht heraus. Sie stand in der Küche, schaute aus dem Fenster auf den dämmrigen Himmel und spürte die Entfernung zwischen ihrem alten und neuen Leben. Mark war eine Million Lichtjahre entfernt und würde es immer bleiben. Dann richtete sie sich auf und ermahnte sich, nicht zu jammern. Was würde Mark sich für sie wünschen? Dass sie sich mit ihrer Schwester versöhnte? Nun, das war bis jetzt nicht sonderlich gut gelaufen, aber es gab noch Hoffnung. Dass sie das Familiengeheimnis der Winterbournes lüftete? Dazu wäre sie wohl kaum in der Lage, und doch hätte er sich gewünscht, dass sie nach Winterbourne Beach fuhr und sich alles mit eigenen Augen anschaute. Also morgen.

Sie brach um kurz nach acht auf. In Paris hatte um diese Zeit Rushhour geherrscht. So etwas gab es in Lighthouse Bay nicht. Am Kreisverkehr stauten sich einige Autos, und auf der Strandpromenade waren

Radfahrer unterwegs, doch das war auch schon alles. Libby erinnerte sich an die Menschenmengen in der Metro, wo man am Zigarettenrauch oder dem starken Parfüm anderer Leute fast erstickte. Die verrückten Pariser Autofahrer hupten ständig, während sie sich durch die schmalen Straßen zwängten. Sie ließ das Fenster herunter und atmete Meeresluft und Sonnenschein ein. Die Fahrt nach Norden dauerte eine knappe Stunde und führte schnurgerade durch Zuckerrohrfelder.

Winterbourne Beach war kleiner als Lighthouse Bay, ein winziges Dorf, umgeben von Buschland und einem gewaltigen verlassenen Strand, an dem ein Gemischtwarenladen gleichzeitig als Touristeninformation diente. Sie hielt an, kaufte sich einen Schokoriegel und einen Saft und griff nach einer Broschüre über Freizeitaktivitäten, die in der Bucht angeboten wurden.

Lust auf Schatzsuche? Tauchen Sie zur Aurora! Libby drehte die Broschüre um und überflog sie. Laut Karte wohnte der Eigentümer der Tauchfirma nur vier Häuser weiter. Da sie keinen Handyempfang hatte, beschloss sie, ihn zu besuchen. Bald stand sie im heißen Sonnenschein vor einem Holzhaus, vor dem ein Anhänger mit einem großen Motorboot parkte. Wenn das Boot da war, würde wohl auch der Besitzer zu Hause sein.

Sie war gerade auf dem Weg zur Tür, als ein Mann mit nacktem Oberkörper und gewaltigem Bauch hinter dem Boot auftauchte und unwirsch rief: »Heute kein Tauchen.«

Libby lächelte. »Ich will nicht tauchen, ich wollte Ihnen nur ein paar Fragen stellen. Hätten Sie kurz Zeit für mich?«

Er wischte sich die Hände an einem schmierigen

Lappen ab. Es sah aus, als hätte er am Motor gearbeitet. »Was wollen Sie denn wissen?«

»Die Geschichte des Wracks.«

Er nickte. »Hören Sie, Schätzchen, mein Boot ist seit einer Woche außer Betrieb. Ich habe schon eine Menge Geld verloren. Wenn Sie mir fünfzig Mäuse zahlen, mache ich Ihnen einen Kaffee und erzähle Ihnen alles, was ich weiß. Aber nur gegen Bares.«

Libby spreizte die Finger. »Einverstanden. Ich hoffe nur, es ist guter Kaffee.«

Der Mann grinste und streckte ihr eine fleischige Hand entgegen. »Ich bin Graeme Beers.«

»Libby Slater. Es ist mir ein Vergnügen.«

Er führte sie durch ein helles, luftiges Wohnzimmer und bot ihr einen Tisch auf einer breiten Veranda an, von der man über das Buschland auf den Ozean blickte. Die Sonne schien ihr auf die Schultern, und sie ärgerte sich, dass sie sich nicht eingecremt hatte. Sie schob den Stuhl so weit wie möglich an die Wand, um sich vor der Sonne zu schützen.

Libby konnte sich nicht vorstellen, dass sie den Kaffee in der feuchten Hitze, umgeben von Sandfliegen, genießen würde, doch er schmeckte ausgezeichnet. Genau die richtige Stärke, serviert in einer großen weißen Tasse mit cremiger Milch und einem Keks mit Mangogeschmack. Dann und wann erhob sich eine frische Brise vom Ozean, kühlte ihre Haut und zerzauste ihre Haare. Es war ganz anders, als mit Mark in Paris Kaffee zu trinken, aber sie genoss es.

Graeme hatte ein blaukariertes Hemd übergezogen. Er legte eine Plastikmappe auf den Tisch und setzte sich zu ihr.

»Sind Sie neu in der Stadt?«

»Eigentlich nicht. Ich bin in Lighthouse Bay aufgewachsen. Daher habe ich schon vom Winterbourne-Schatz gehört. Aber als ich noch hier wohnte, habe ich mich nie sonderlich für das Wrack interessiert.«

»Und warum haben Sie Ihre Meinung geändert?«

»Ich habe einige Jahre mit der Firma Winterbourne zusammengearbeitet.« Ein leiser Stich; warum konnte sie es nicht einfach laut aussprechen? *Mark Winterbourne und ich waren ein Liebespaar.* Immer noch ein Geheimnis. Auf ewig ein Geheimnis.

Graeme nickte beeindruckt. »Also, das Wrack der *Aurora.* Es passierte im April 1901. Damals gab es hier noch keinen Ort. Meilenweit nur leere Küste, einige Aborigines und viele wilde Tiere. Die *Aurora* war eine Dreimastbark ...« Er nahm die erste Plastikhülle aus der Mappe und zeigte ihr das verschwommene Foto eines prachtvollen Segelschiffs. »Ein Frachtschiff, das in Glasgow gebaut wurde und sich im Privatbesitz von Captain Francis Whiteaway aus Bristol befand. Er war immer auf See; fuhr zwischen Australien und England hin und her und machte ein Riesenvermögen. Er importierte für die reichen Leute hier unten Fliesen und Vorhänge und solchen Schnickschnack und nahm Wolle für die frierenden Engländer mit. Zum Zeitpunkt des Schiffbruchs war er dreiundvierzig.« Er trank geräuschvoll von seinem Kaffee und erzählte weiter.

»Diesmal hatte er eine ziemlich wertvolle Ladung dabei. Königin Victoria hatte einen Amtsstab als Geschenk für die australische Bundesregierung in Auftrag gegeben.« Er zeigte ihr ein Aquarell, möglicherweise die Kopie eines Entwurfs, den der Goldschmied angefertigt hatte. »Der Amtsstab bestand aus Gold und war mit vier Smaragden, acht Rubinen, vier Saphiren und einem einzelnen Diamanten an der Spitze besetzt. Arthur Winterbourne, der älteste Sohn der Juwelierfamilie, hatte ihn entworfen und die Herstellung überwacht. Er wollte ihn persönlich nach Australien bringen. Winterbourne und Whiteaway waren gemeinsam zur Schule gegangen, daher nahm ihn der Kapitän bereitwillig mit an Bord.« Wieder ein Schluck Kaffee, die nächste Plastikhülle, die diesmal das meteorologische Foto eines Wirbelsturms zeigte.

Graemes Stimme wurde düster, zweifellos war er es gewohnt, die Geschichte für seine Kunden möglichst dramatisch aufzubereiten. »Sie sollten Fracht in Brisbane löschen und dann weiter nach Sydney segeln, gerieten vor der Südostküste jedoch in einen Sturm. Der Leuchtturmwärter auf Cape Franklin berichtete, er habe das Schiff am Abend des 7. April noch gesehen, doch der Leuchtturm von Lighthouse Bay, der nächste an dieser Küste, hat die *Aurora* nie gesichtet. Nur Gott weiß, weshalb sie in die Bucht segeln wollten; vielleicht um Wasser zu tanken, oder sie hofften, das Schiff auf Strand laufen zu lassen. Jedenfalls trafen sie auf ein unter Wasser liegendes Riff.« Er deutete aufs Meer. »Die Wetterbedingungen waren entsetzlich, es war spät in der Nacht, das Schiff zerschellte. Es gab keine Überlebenden. Als die *Aurora* nicht in Brisbane eintraf, schickte die örtliche Polizei einen Suchtrupp los. Hier am Strand wurden Trümmer angespült. In den folgenden Wochen barg man einen großen Teil der Ladung und einige Leichen. Der jüngere Bruder, Percy Winterbourne, reiste hierher, um die Unglücksstelle mit eigenen Augen zu sehen. Er besuchte zahlreiche Orte an der Ostküste, um herauszufinden, ob nicht doch jemand etwas wusste. Doch er fand nie einen Hinweis und starb eines Abends überraschend in einem Hotelzimmer in Tewantin.«

Percy war Marks Urgroßvater gewesen. »Überraschend? Unter verdächtigen Umständen?«

Graeme schüttelte den Kopf. »Laut unseren Heimatforschern nicht. Er fiel einfach tot um.«

Libby dachte an Marks Aneurysma.

»Die Sache ist die, der Amtsstab wurde nie gefunden. Also suchen die Leute immer noch danach. Darum bin ich im Geschäft.« Er blätterte zu einem anderen Foto in seiner Mappe: ein halbes, mit Seepocken bewachsenes Schiff, das unter Wasser auf der Seite lag.

»Meinen Sie, der Amtsstab ist noch irgendwo da unten?«

»Keine Ahnung. Das ist ein Geheimnis. Das Wrack wurde schon von vielen Leuten durchsucht, und niemand hat je etwas entdeckt. Die Leute tauchen immer noch gern hinunter – wer kann einer Schatzsuche schon widerstehen? –, aber ich glaube, die meisten wissen, dass sie nichts finden werden. Sie sollten mal mitkommen und selbst einen Blick riskieren.«

»Ich glaube, Tauchen ist nicht gerade meine Stärke«, meinte Libby. Die Vorstellung, so tief unter Wasser zu sein, machte ihr Angst.

»Wer schwimmen kann, kann auch tauchen. Es ist ganz einfach.«

Mark würde es tun. Und er würde wollen, dass Libby es versuchte.

»Ich gebe Ihnen einen freundschaftlichen Rat«, sagte Graeme, als er ihr Zögern bemerkte. »Sie sollten wirklich einen Blick darauf werfen.«

Sie schüttelte den Kopf. »Tut mir leid, aber zeigen Sie mir doch noch ein paar Bilder.«

Er blätterte in seiner Mappe und präsentierte ihr weitere Aufnahmen der geborgenen Ladung, berichtete von den Gedenkfeiern zum 100-jährigen Jahrestag des Untergangs und lieferte ein bisschen Lokalgeschichte. Die Familie Winterbourne erwähnte er jedoch nicht mehr, und Libby ertappte sich dabei, wie sie Kaffee trank und auf den Horizont schaute und sich wünschte, Mark wäre hier, damit er sie an die Hand nehmen und mit ihr tauchen und sie sicher wieder nach oben bringen könnte.

Als Libby nach Hause kam, schaltete sie den Ventilator über dem Bett ein und legte sich hin. Stunden später erwachte sie orientierungslos und mit hämmernden Kopfschmerzen. Ihr Baumwollkleid klebte feucht am Körper. Sie wärmte sich gebratenen Reis in der Mikrowelle auf und ging ins Atelier. Das Foto von der *Aurora*, das Graeme ihr gezeigt hatte, faszinierte sie. Als Künstlerin liebte sie Tiefe und Details, und die alten Schiffe waren mit einem Netz aus Tauen und Takelage überzogen. Sie blätterte in ihrem Turner-Buch und fand eines seiner Schiffsgemälde. Sie setzte sich mit einem Zeichenblock hin und begann, ein Detail der Takelage zu kopieren. Die Stunden vergingen, die Dämmerung brach herein.

Schließlich legte sie die Zeichnung beiseite und beschloss, am nächsten Tag in der Bücherei einige Werke über Schiffe auszuleihen. Sie würde die *Aurora* malen, als Erinnerung an Mark. Aber sie musste sich sorgfältig vorbereiten und die Fähigkeiten, die sie beim Kunststudium erlernt hatte, wieder auffrischen.

Sie zog Sandalen an und ging an den Strand, wo ihr erst auffiel, wie schnell die Nacht hereingebrochen war. Als ihr die erste Sandkrabbe über die Zehen lief, machte sie kehrt.

In diesem Augenblick bemerkte sie einen Mann, der an der Tür zum Leuchtturm stand. Er hatte blondes Haar und breite Schultern, mehr konnte sie nicht erkennen. Sie spähte um die Ecke des Hauses. Er nestelte am Schloss und öffnete die Tür des alten Gemäuers. Dann schaute er sich verstohlen um und trat ein.

Also war tatsächlich jemand im Leuchtturm, der eigentlich nicht dorthin gehörte. Libby ging ins Cottage und schloss die Tür hinter sich ab. Die Zivilisation schien sehr weit entfernt.

Irgendwann in der Nacht schreckte sie auf und fragte sich einen Moment lang, weshalb sie wach geworden war. Der Jetlag war doch schon seit Tagen vorbei.

Ein Geräusch.

Plötzlich erwachten all ihre Sinne, sie horchte angestrengt.

Heißer Schrecken durchzuckte sie. Jemand lauerte draußen vor dem Fenster.

Sie konnte sich vor lauter Angst nicht bewegen, wollte wieder in den Schlaf des Vergessens sinken. Dann hörte sie Schritte an der Seite des Hauses. Libby erinnerte sich an den Mann, den sie im Leuchtturm gesehen hatte. Sie schlug vorsichtig die Decke zurück, schlüpfte aus dem Bett und lief geduckt in die Küche zum Telefon.

Sie hatte das Handy irgendwohin gelegt – sie tastete über die Arbeitsplatte –, konnte es aber nicht finden. Sollte sie das Licht einschalten? Würde das den Eindringling abschrecken oder ermutigen, würde er dann hereinstürmen und … was? Was hatte er vor?

Libby unterdrückte ein ängstliches Stöhnen. Sie war so weit von der Stadt entfernt, wohnte ganz am Ende der Straße. Ihre Hand stieß gegen einen Teelöffel, der klirrend zu Boden fiel. Sie erstarrte und hielt die Luft an. Nichts zu hören außer dem Wind und dem Meer.

Sie beschloss, mutig zu sein, und schaltete das Licht ein.

Die Schritte draußen beschleunigten sich. Ein Motor sprang an, der Wagen parkte in ihrer Einfahrt. Sie lief zur Haustür und stieß sie auf. In diesem Augenblick wurde sie von Scheinwerferlicht geblendet. Eine dunkle Gestalt – zu groß und breit für eine Frau – setzte sich auf den Beifahrersitz, und der Wagen fuhr dröhnend davon. Libby blieb mit einem geisterhaften Nachbild der Scheinwerfer vor den Augen zurück. In der Ferne hörte sie eine Fehlzündung.

Dann ging sie hinein und verschloss die Tür, bevor sie auf der Polizeiwache anrief.

»Sergeant Scott Lacey«, meldete sich eine schläfrige Stimme.

Libby berichtete atemlos, wo sie war und was sich ereignet hatte.

»Und die sind jetzt weg?«

»Sieht so aus.«

»Ich glaube, Sie müssen sich keine großen Sorgen machen. So ist das, wenn man am Strand wohnt ... da treiben sich zu den seltsamsten Zeiten Leute herum.«

»Er war nicht am Strand. Er ist um mein Haus geschlichen.«

»Es hat lange leer gestanden. Vermutlich dachte er, es sei unbewohnt ... aber ich komme mal vorbei und sehe mich um. Wenn Sie möchten, nehmen wir Ihr Haus in unsere Runde auf.«

Libby entspannte sich. »Dafür wäre ich Ihnen wirklich dankbar.«

»Sicher. Sie haben mir noch gar nicht gesagt, wie Sie heißen.«

»Libby Slater.«

»Libby? Juliets Schwester? Kennst du mich nicht mehr? Wir hatten zusammen Mathe.«

Libby kramte in ihrer Erinnerung. Scott Lacey. Wilde

Surferlocken und nur Unsinn im Kopf. »Ach, ja. Scott.« Es beruhigte sie nicht gerade, dass er jetzt der örtliche Gesetzeshüter war.

»Schön, dass du wieder da bist. Juliet ist eine alte Freundin von mir.«

Dann wusste er vermutlich auch über ihre eigene Vergangenheit Bescheid. Scham durchflutete sie.

»Keine Sorge, Libby, wir behalten dich im Auge.«

Seine Worte sollten tröstlich klingen, doch sie spürte, dass die Sicherheit, nach der sie sich sehnte, weit entfernt war. Wenn Mark sie in Paris besucht hatte, war sie manchmal mit dem Kopf auf seiner Brust eingeschlafen und hatte seinen warmen, männlichen Duft eingeatmet. Dann hatte sie sich sicher gefühlt, beschützt. Es kam ihr vor, als wäre sie von einer undurchdringlichen Blase umgeben, die von Licht und Liebe erfüllt war. Die Vorstellung, nie wieder so zu empfinden, ließ sie erzittern. Sie presste die Füße fest auf den Boden. »Danke«, stieß sie hervor. »Gute Nacht.«

Libby ging wieder ins Bett. Nach einer halben Stunde hörte sie den Streifenwagen kommen und wieder davonfahren, aber sie schlief erst ein, als es dämmerte und sich nichts mehr in den Schatten verbergen konnte.

Libby wollte sich einreden, es sei ihr egal, dass Juliet nicht zurückgerufen hatte. Sie hatte den ersten Schritt getan; jetzt war Juliet an der Reihe. Erst am Samstagnachmittag wurde ihr klar, dass sie keine Telefonnummer hinterlassen hatte und ihre Schwester vielleicht nicht unangemeldet vorbeikommen wollte.

Verdammt, warum war sie nur so *unfähig*, wenn es um Familie ging?

Mit flatterndem Herzen rief sie in der Teestube an. Juliet meldete sich beim dritten Klingeln.

Libby hatte sich ihre Worte genau zurechtgelegt. »Hier ist Libby. Störe ich?«

»Ich schließe gerade.«

»Ich möchte dich gerne sehen.« Klang das zu dominant? Zu sentimental? Libby erinnerte sich an ihre letzte Begegnung. Die schmutzigen Tische. Juliets gehetzter Blick. »Ich kann dir auch beim Aufräumen helfen.«

»Nein, nein, ich komme schon zurecht. So wie immer. Komm doch gegen sieben vorbei, ich mache uns was zu essen.« Juliet klang noch kühler als zuvor. Was hatte sie jetzt wieder falsch gemacht?

»Klingt toll.«

»Ich lasse das Tor an der Seite für dich offen. Wir haben viel zu besprechen.«

Libbys Herz bebte, während sie duschte und sich anzog. *Wir haben viel zu besprechen.* Was meinte Juliet damit? Warum hatte sie so düster geklungen? Oder waren es nur ihre eigenen Schuldgefühle? Libby wusste, dass sie eine schlechte Schwester gewesen war. Sie wusste, dass sie zwanzig Geburtstage und Weihnachten verpasst hatte; sie war nicht einmal zur Beerdigung ihres Vaters gekommen. Sie hatte alles verpasst. Für ihre engsten Angehörigen war sie zur Fremden geworden. Versehentlich? Mit Absicht? Aber es steckt mehr dahinter; manche Wunden waren so tief, dass sie niemals heilten.

Um sieben hielt sie vor der Teestube und ging die Stufen zu der Wohnung hinauf, in der sie, Juliet und ihr Vater damals gewohnt hatten. Die Abendluft roch nach Regen. Juliet rief sie durchs Treppenhaus.

»Hier drüben. Ich habe die alte Wohnung in Gästezimmer umgebaut.«

Und dann standen sie einander gegenüber, während die abendliche Meeresbrise die Wedel der Palmen an der Straße rascheln ließ. Libby wusste nicht, ob sie ihre Schwester umarmen sollte. Welches Protokoll musste sie nach so langer Zeit beachten? Ihre Arme schienen plötzlich schwer und unbeholfen.

»Komm rein«, sagte Juliet und wandte sich ab.

»Du wohnst zur Straße hinaus?«

»Hier ist nachts wenig Verkehr. Ich kann immer noch den Ozean hören.« Es klang ein bisschen defensiv.

»Sieht hübsch aus.« Es fiel ihr nicht schwer, die Wohnung aufrichtig zu loben. Juliet hatte sie in Meeresblau und Blassgelb eingerichtet, auf dem Sofa lagen viele karierte Kissen, und alles wurde sanft von geschickt plazierten Lampen beleuchtet. Eine einladende Wohnung. Gemütlich. Libby spürte den Hauch von Trost, Akzeptanz und Wärme, den man nur in einer Familie findet.

»Setz dich.« Juliet klang distanziert und müde. »Ich habe Risotto gemacht. Es ist fast fertig.«

»Vielen Dank, ich weiß, wie viel du zu tun hast.«

»Was du nicht sagst«, rief Juliet aus der Küche.

Während sie das Essen auftrug, schaute Libby sich im Zimmer um: eine Computerecke mit Schreibtisch, auf dem sich Papierkram türmte, ein Bücherregal mit vielen zerlesenen Taschenbüchern und … Libbys Herz schlug schneller. Ein Bild von Andy. Juliet hatte immer noch ein Bild von Andy. Sie wandte sich rasch ab und schaute auf ihre Fingernägel, die Paspel an den Sofakissen, stand auf und sagte: »Kann ich dir helfen?«

»Nein.« Juliet tauchte aus der Küche auf. »Setzen wir uns aufs Sofa, das ist gemütlicher.«

Sie setzten sich und aßen. Das Schweigen war unangenehm, das Essen aber wunderbar.

»Du kannst hervorragend kochen.«

»Warum bist du zurückgekommen?«, fragte Juliet im selben Augenblick.

Sie lachten verlegen.

»Es wurde Zeit.« Libby hoffte, die rätselhafte Antwort würde ausreichen.

Falsch gedacht. »Was soll das heißen?«

Libby seufzte. »Es ist einiges ... schiefgelaufen. Ich war ...« Nein, das konnte sie Juliet nicht erzählen. Sie konnte ihr nicht erzählen, dass sie zwölf Jahre lang eine Affäre mit einem verheirateten Mann gehabt hatte. »Ein enger Freund von mir – der das Cottage gekauft hat – ist gestorben.« Es war schlimm, ihn zu einem »engen Freund« zu degradieren, aber sie hatte Mark so lange geheim gehalten, dass sie nach außen hin tun konnte, als hätte er ihr nicht viel bedeutet. Nur ihr Inneres zog sich vor Schmerz zusammen, sobald sie an ihn dachte. »Und ich war meinen Job leid. Ich fühlte mich irgendwie fehl am Platz. Ich hatte gehofft, dass ... dass es eine gute Idee wäre, nach Hause zu kommen.«

Juliet spannte sich sichtlich an, und ihre Knöchel schlossen sich weiß um die Gabel. Libby war sich nicht sicher, was diese Reaktion hervorgerufen hatte.

»Du bleibst also?«

»Ich weiß es noch nicht. Ich befinde mich wohl in einer Art Übergangsphase. Lebe von einem Augenblick zum nächsten.«

»Und du willst deinen Anteil am Geschäft?«

»Meinen Anteil ...?«

»Dad hat es uns beiden hinterlassen. Dein Name steht immer noch in den Papieren.«

»Nein! Oh Gott, Juliet, nein. Es gehört dir. Ich habe es nie gewollt und werde es dir ganz sicher nicht wegnehmen. Der Gedanke ist mir nie gekommen.«

Juliet entspannte sich, auch wenn sie immer noch ein bisschen misstrauisch wirkte. »Verstehe.«

»Vergiss das ganz schnell. Ich habe nicht die Absicht, dir irgendetwas wegzunehmen.« Libby wand sich innerlich. Ihre Schwester hatte eine schreckliche Meinung von ihr. Andererseits war das kein Wunder. Juliet kannte sie nur so, wie sie vor zwanzig Jahren gewesen war, und die Erinnerungen waren wenig schmeichelhaft.

»Ich fühle mich nicht gut dabei«, sagte Juliet. »Ich weiß nicht, in welcher finanziellen Lage du dich befindest, aber ich habe sehr hart gearbeitet. Es ist nicht mehr die Pension, die ich damals geerbt habe. Ich habe Geld für die Renovierung der Küche beiseitegelegt, aber ich könnte es dir geben, falls du …«

»Du musst dir wegen mir keine Sorgen machen, ich brauche dein Geld nicht. Das Cottage des Leuchtturmwärters gehört mir.«

Juliet machte große Augen. »Wirklich? Hat dein Freund es dir hinterlassen?«

»Ja«, log sie. Es hatte keinen Sinn zu sagen, dass es ihr schon seit sechs Jahren gehörte und sie nur Angst gehabt hatte, sich der Vergangenheit zu stellen.

»Gehört dir auch der Leuchtturm?«

»Er steht nicht auf der Besitzurkunde. Ich nehme an, er gehört nach wie vor der Regierung. Aber er ist nicht mehr in Betrieb, oder?«

»Nein, er wurde 1999 stillgelegt. Sie haben einen vollautomatischen Leuchtturm an der Spitze von Maroona Island gebaut.«

Juliet zog die Füße unter sich. »Ein Förderverein hat

sich dafür eingesetzt, dass der alte nicht abgerissen wird. Er ist ziemlich baufällig. Aber sie konnten nicht genügend Geld aufbringen, um ihn zu restaurieren, und der Mann, der sich darum gekümmert hat, ist gestorben. Seither ist wohl nicht mehr viel passiert.«

»An der Tür hängt ein Warnschild.«

»Tatsächlich? Das wundert mich nicht. Melody, die junge Frau, die mir hier hilft, hat gesagt, sie sei mal mit Freunden drin gewesen. Sie sind durchs Fenster geklettert. Die Treppen sind wohl ziemlich wacklig, sie hat sich beinahe den Knöchel gebrochen.«

Das beantwortete wohl die Frage, wen sie am Leuchtturm gesehen hatte. Neugierige Teenager fanden selbst in einer Kleinstadt etwas, das ein bisschen Risiko bot.

»So, dann erzähl mal, was du in den letzten zwanzig Jahren so gemacht hast«, sagte Juliet. Sie wirkte viel entspannter, seit Libby ihr versichert hatte, dass sie es nicht auf einen Anteil am Geschäft abgesehen hatte.

Sie redeten lange, doch Libby verriet nicht alles und vermutete, dass ihre Schwester es genauso hielt. Es war kein Problem, über Arbeit, Reisen oder das Tagesgeschehen zu sprechen. Persönlichere Themen wurden ausgeklammert. Keine von ihnen erwähnte Liebe oder Liebhaber, Kinder oder den Wunsch nach Kindern, Hoffnungen oder Träume für die Zukunft. Und schon gar nicht, was vor zwanzig Jahren geschehen war.

Erst beim Abschied, als sie an der Tür standen, nahm Libby endlich ihren Mut zusammen: »Es tut mir wirklich leid, dass ich nicht hier war. Es tut mir leid wegen … allem.« Sie dachte an das Foto von Andy.

Juliet streckte die Hand aus und strich leicht über Libbys Unterarm, als wollte sie etwas sagen, schluckte die Worte aber hinunter. Dann endlich stieß sie hervor: »Schon gut.«

Libby eilte zu ihrem Wagen, halb hoffnungsvoll, halb verzweifelt. Sie standen noch ganz am Anfang. Wenn sie von jetzt an alles richtig machte, könnte sie den Bruch mit ihrer Schwester vielleicht kitten. Und dann würden sie über die Vergangenheit sprechen, und sie könnte alles wiedergutmachen.

Ein frischer Wind wehte vom Meer, als sie vor dem Cottage parkte. Sie hatte den Haustürschlüssel schon in der Hand, als sie hochblickte und bemerkte, dass die Tür des Leuchtturms offen stand. Im obersten Fenster flackerte Kerzenlicht.

Libby merkte, dass sie den Atem anhielt. Sie wollte unbedingt einen Blick hineinwerfen. Sie könnte ja anklopfen. Oder nach Hause gehen und die Sache vergessen.

Aber nein, sie wollte wissen, ob jemand dort war.

Also holte sie ihr Handy aus der Tasche, umklammerte es wie ein Ritter sein Schwert und marschierte entschlossen zum Leuchtturm hinüber. Auf dem Schild an der Tür stand: »Warnung: einsturzgefährdet.« Sie klopfte.

»Hallo?«

Im Inneren war alles dunkel. Sie konnte zwei große Schränke auf dem kahlen Boden erkennen und eine Wendeltreppe, die nach oben führte. Es roch nach Öl, Fisch und Algen.

»Hallo?«, wiederholte sie.

Keine Antwort.

Sie schaltete ihr Handydisplay ein, damit sie ein bisschen Licht hatte, und trat ein. Die beiden Schränke waren oben verglast und enthielten eine Sammlung von Muscheln und Meerestieren, die wie wissenschaftliche Ausstellungsobjekte auf Pappschildern befestigt waren. Zwischen den Schränken bemerkte sie eine mit Brettern vernagelte Tür. Libby stand unten an der Treppe in der feuchten Dunkelheit und schaute hinauf. Ein gutes Stück über ihr verschwanden die Stufen in einer geschlossenen Bodenluke. Sie spielte mit dem Gedanken, kurz hinaufzusteigen, doch dann verließ sie der Mut, zumal die Treppe nicht sicher war. Sie sah sich ein letztes Mal um und ging nach Hause.

Als sie am nächsten Morgen hinüberschaute, war die Tür des Leuchtturms wieder geschlossen.

Zehn

Libby hatte seit zwölf Jahren keine Geldsorgen mehr gehabt. Obwohl die Miete den größten Teil ihres Gehalts verschlang, hatte Mark dafür gesorgt, dass es ihr an nichts fehlte. Er hatte immer bezahlt, wenn sie zusammen essen gingen, ebenso den heimlichen Urlaub, ihre Schuhe, Handtaschen und Kleider. Seine Großzügigkeit hatte es ihr ermöglicht, einen gewissen Betrag zu sparen, doch sie war nicht sorgsam damit umgegangen. Hatte nicht investiert. Wie die meisten Geliebten hatte sie von einem Tag zum nächsten gelebt. Sie konnte nicht für die Zukunft planen, solange sie den Gedanken an eine Zukunft verdrängte. Ihre lange Beziehung mit Mark war eine Reihe von Momenten gewesen. Er selbst hatte es wieder und wieder gesagt: »Lass uns im Augenblick leben, ihn genießen.«

Doch dieser Augenblick war vorbei. Das Auto war teuer gewesen, ebenso der Computer und die Software, die sie brauchte, um den Winterbourne-Katalog zu erstellen. Ohne festes Einkommen wären ihre Ersparnisse bis Weihnachten aufgebraucht.

Libby saß auf ihrem neuen Drehstuhl und schwang langsam hin und her. Sie hatte den Tag damit verbracht, die Software zu installieren, die Internetverbindung und einen E-Mail-Account einzurichten und Sicherheits- und Back-up-Programme herunterzuladen. Sie war sehr mit sich zufrieden. Jahrelang hatte sie sich darauf verlassen, dass Mark den Computerkram für sie erledigte.

Beim Gedanken an ihn kamen ihr die Tränen. Sie musste weiterarbeiten, damit es nicht so weh tat.

Der alte Esstisch wackelte, wenn sie sich darauf stützte. Sie faltete ein Stück Papier und klemmte es unter das zu kurze Bein. Zum Glück würden ihre Klienten nie erfahren, dass sie an einem wackligen Tisch in der Ecke eines hässlichen Wohnzimmers arbeitete. Sie lehnte sich auf dem Stuhl zurück und legte die Füße auf den Tisch, bevor sie Cathy in London anrief.

»Juwelier Winterbourne, Cathy am Apparat.«

»Hallo aus Australien, hier spricht Libby Slater.«

»Schön, dass Sie sich melden. Ich verbinde Sie mit Emily, dann können Sie alles besprechen.«

»Ich …« Doch es klickte schon in der Leitung, und die Warteschleifenmusik, ein Walzer von Chopin, erklang. Jeden Moment würde sie mit Marks Frau sprechen. *Marks Frau.*

»Hallo, Libby?« Sie klang kultiviert, aber auch ein bisschen unsicher.

»Hallo, Emily. Es ist schön … hm … Sie kennenzulernen.«

»Gleichfalls. Ich habe so viel von Ihnen gehört.«

»Tatsächlich?«

»Oh, ja. Mark war ganz begeistert von Ihrer Arbeit für uns. Als ich hörte, dass Sie bei Pierre-Louis aufgehört haben, musste Cathy Sie unbedingt für mich aufspüren. Die Dinge … gerade verändert sich einiges, und ich …« Sie verstummte. Libby spürte einen Stich im Herzen. »Ich möchte, dass so viel wie möglich beim Alten bleibt. Dazu gehört auch, dass Sie unseren Katalog entwerfen.«

»Verstehe«, sagte Libby, obwohl es ihr vorkam, als betrachtete sie sich selbst aus großer Entfernung. *Das ist Marks Frau.* Die Rivalin. Der Feind. Der Mensch, den

Libby sich um jeden Preis kalt oder schrill oder eitel gewünscht hatte. Doch schon nach wenigen Sekunden war ihr klargeworden, dass Emily nichts davon war. Plötzlich fielen ihr die angemessenen Worte ein: »Mein aufrichtiges Beileid. Mark war ein wunderbarer Mann.« Oder klang das zu vertraulich? »Jedenfalls kam es mir so vor, wenn ich mit ihm zusammengearbeitet habe.«

»Er war nur ein Mann, Libby. Manchmal war er wunderbar, dann wieder eine Nervensäge.« Sie lachte leicht. »Mit seinem Perfektionismus komme ich einfach nicht zurecht.«

Na bitte. Emily hatte in der Gegenwart von ihm gesprochen. Das empfand Libby als seltsam tröstlich, denn auch sie dachte noch so an Mark.

»Aber ich habe ihn trotz seiner Fehler sehr geliebt und vermisse ihn mehr, als ich sagen kann.«

Libby kämpfte mit den Tränen. »Geht es Ihren Töchtern gut?«

»Oh, ja. Sie führen ihr eigenes Leben. Und ich freue mich darauf, im Juli Großmutter zu werden. Ich lebe von Tag zu Tag. Aber Schluss jetzt! Als wenn Sie an diesem ganzen Unsinn interessiert wären. Seit er gestorben ist, jammere ich Fremden und Leuten, denen er völlig egal war, etwas vor.«

Libby fuhr sich mit der Zunge über die Lippen und legte sich die nächsten Worte sorgfältig zurecht. »Ich bin keine Fremde, und er war mir nicht egal.«

Sie hörte, wie die Frau am anderen Ende mit den Tränen kämpfte. Dann hatte Emily sich wieder in der Gewalt. »Trotzdem. Das Geschäft geht vor. Das Geschäft hält mich am Leben. Wie funktioniert das jetzt? Schicken wir Ihnen die Bilder?«

»Mark hat den Fotografen beauftragt und mir die Dateien geschickt. Dann haben wir uns zusammengesetzt und das Thema der Saison besprochen, wie der Katalog aussehen soll, welche Stücke präsentiert werden und so weiter.«

»Das hat er alles gemacht? Kein Wunder, dass er so oft in Paris war. Libby, Sie haben zwölf Jahre mit Mark zusammengearbeitet. Schaffen Sie das auch allein?«

»Natürlich.«

»Ich bezahle extra.«

»Nicht nötig.« Im nächsten Moment hätte sich Libby ohrfeigen können. Winterbourne war eine große Firma. Doch sie brachte es nicht über sich, Emily mehr Geld als gewöhnlich abzunehmen, denn Emily war Marks Frau. Die Frau, von der sie sich zwölf Jahre gewünscht hatte, sie möge nicht existieren.

»Können Sie auch den Fotografen auswählen?«

Jetzt wurde es heikel. »Ich kenne einige gute Leute in London und Paris, aber zuerst müsste ich die neue Kollektion sehen. Könnten Sie mir ein paar Fotos schicken? Die Qualität muss nicht hervorragend sein. Nehmen Sie sie ruhig mit dem Handy auf, dann sehe ich sie mir an und maile Ihnen ein paar Ideen.«

»Ja, das müsste gehen. Dann habe ich wenigstens etwas zu tun. Ich hoffe, Sie haben nichts dagegen, wenn ich mich von jetzt an direkt an Sie wende. Bei dieser Sache bin ich ganz auf Sie angewiesen.«

»Jederzeit.« Sie gab Emily ihre Telefonnummer und die neue E-Mail-Adresse und verabschiedete sich. Dann zog sie Flip-Flops an und ging an den Strand.

Es war dunkel und kühl, aber nicht kalt. Sie ließ die Wellen ihre Knöchel umspielen. Was war das nur für ein unangenehmes, lauerndes Gefühl, das sie aus dem Haus getrieben hatte? Trauer, das auf jeden Fall. Angst: ganz normal, aber sie würde den Job problemlos bewältigen, sofern sie den richtigen Fotografen fand.

Schuld.

Die hatte sie auch früher schon verspürt. Zwölf Jahre lang, verschwommen, von Zeit zu Zeit, wie eine leise, unterschwellige Übelkeit. Doch dies war eine andere Art von Schuld. Mark hatte eine Frau. Ihr Name war Emily. Sie hatte Mark geliebt. Wenn sie von Libby erfahren hätte, hätte das ihr Glück zerstört.

Libby hätte ihr Glück zerstört.

Das konnte sie noch immer. Und plötzlich wünschte sie sich verzweifelt, dass dieses Geheimnis niemals, *niemals* ans Licht käme. In der Vergangenheit hatte sie es manchmal gehofft, weil Mark sich dann hätte entscheiden müssen. *Verlass sie, bleib bei mir!* Auf einmal erschien es ihr unmöglich, dass sie es für immer geheim halten könnte. Cathy war bereits misstrauisch geworden. Die Briefe waren zusätzliche Beweise. Wer sonst hatte Verdacht geschöpft? Wer sonst würde reden, nun, da Mark nicht mehr da war, um die Leute zum Schweigen zu bringen? *Lass es bitte nie herauskommen. Lass nie jemanden erfahren, was für ein selbstsüchtiger Mensch ich bin.* Libby blieb fast eine Stunde am Strand, während die Flut ihre Beine umspülte und das Meer ihr beschämtes Schluchzen übertönte.

Am nächsten Nachmittag um vier parkte Libby wieder vor Graeme Beers' Haus. Sie hatte den Tag mit Zeichnen verbracht und Spaß daran gefunden, die Einzelheiten der Taue und Segel richtig zu treffen: das komplexe Zickzackmuster, Struktur und Schatten. Bisher hatte sie meist Bilder aus Büchern abgezeichnet, war aber fest entschlossen, die *Aurora* zu malen. Das einzige Bild, das im Internet zu finden war, war zu klein, und sie hoffte, dass Graeme ihr sein eigenes kopieren könnte. Daher war sie spontan nach Winterbourne Beach gefahren.

Kein Boot zu sehen. Trotzdem stieg sie aus und klopfte an die Tür. Nichts.

Libby seufzte. Vielleicht hätte sie zuerst anrufen sollen. Dann kam ihr der Gedanke, dass er mit einer Tauchgruppe unterwegs war. Es war schon spät, also musste er bald zurückkommen. Sie stieg ins Auto und fuhr zum Strand hinunter.

Ein Schild leitete sie zur Bootsrampe und dem Parkplatz. Dort entdeckte sie Graeme, der das Boot gerade auf dem Anhänger befestigte.

»Hallo!« Sie winkte ihm zu.

Er blickte auf. Offenbar erkannte er sie nicht wieder, wartete aber, dass sie näher kam.

»Graeme, ich bin's, Libby. Wir sind uns ...«

»Ja, ich erinnere mich. Haben Sie es sich mit dem Tauchen doch überlegt?«

»Nein, es geht um etwas anderes. Sie hatten in Ihrer Mappe ein Bild von der *Aurora*. Ich wollte fragen, ob Sie mir eine Kopie machen können, da ich das Schiff gerne malen möchte.«

»Verstehe«, sagte er, zog einen Riemen fest und ging zur anderen Seite des Bootes hinüber. »Sind Sie Künstlerin?«

»Das wäre ich gern.«

»Wir treffen uns in zehn Minuten bei mir. Ich habe etwas für Sie.«

Libby wartete neugierig vor dem Haus, als er mit dem klappernden Boot auf dem Anhänger vorfuhr und den Wagen abstellte. Sie gingen zusammen hinein.

»Warten Sie hier«, sagte er und deutete auf das Sofa.

Mit leisem Unbehagen setzte sie sich. Sie war allein

im Haus eines fremden Mannes, und niemand wusste, wo sie steckte. Dann aber kehrte er mit einem so großzügigen Geschenk zurück, dass sie sich schämte, weil sie an ihm gezweifelt hatte.

Er setzte sich neben sie und gab ihr eine Fotokopie des Fotos. Dann entrollte er auf dem Couchtisch mehrere alte, muffige Blätter.

»Was ist das?«

»Schiffspläne.«

Libby machte große Augen. »Von der *Aurora?*«

»Yep.«

Ihr Blick wanderte über die Seite. Alle Abmessungen und Details waren genau wiedergegeben. »Wie sind Sie daran gekommen?«

»Mit List und Tücke«, erwiderte er grinsend. »Sie haben früher Percy Winterbourne gehört. Er brachte sie aus England mit, zweifellos, um sich im Wrack zurechtzufinden. Soweit ich weiß, hat ein Zimmermädchen aus dem Hotel, in dem er starb, alle seine Papiere mitgehen lassen. Dann bekam sie vermutlich ein schlechtes Gewissen und stopfte sie ganz hinten in ihren Kleiderschrank. Vor ein paar Monaten habe ich das alles auf einem privaten Flohmarkt entdeckt. Das alte Mädchen, das dieses Zeug verkauft hat, hatte keine Ahnung, worum es sich handelt. Also habe ich es ziemlich billig bekommen.«

»Und Sie haben sie benutzt, um nach dem Amtsstab zu suchen?«

»Natürlich.«

»Aber Ihren Tauchern haben Sie sie nicht gezeigt?«

»Damit würde ich mir selbst schaden. Sobald jemand den Amtsstab findet, ist das da draußen nur noch irgendein Wrack. Bis dahin aber birgt es einen potentiellen Schatz.«

»Und Sie würden mir die Pläne ausleihen?«

»Ich kann sie Ihnen für fünfzig Dollar leihen, solange Sie keine Kopien machen und sie zurückgeben, sobald Sie fertig sind. Sie müssen mir Ihre Adresse geben, damit ich weiß, wo ich Sie im Notfall finde.«

Libby musste ein Lachen unterdrücken. Trotzdem, er würde sie nur herausrücken, wenn sie dafür bezahlte. »Na schön, Graeme, abgemacht.«

Er verabschiedete sich an der Haustür von ihr und sagte in letzter Minute: »Hätten Sie nicht doch Lust, mal zu tauchen, wenn Sie die Pläne zurückbringen? Für den Dritten hat jemand abgesagt.«

»Ich bin noch nie getaucht.«

»Macht nichts. Ich habe viele Anfänger dabei. Es ist wunderschön da unten. Eine Künstlerin wie Sie würde die Farben lieben. Sie brauchen auch keine Miete für die Ausrüstung zu bezahlen. Einmal runter und wieder rauf für zweihundert.«

Seine Geschäftstüchtigkeit war bewundernswert. Sie wollte schon nein sagen, als ihr ein anderer Gedanke kam: *Wieso? Wieso sage ich nein?* Mark hätte nicht nein gesagt. In diesem Augenblick vermisste sie ihn so heftig und mit jeder Faser ihres Körpers, dass es keine andere Antwort als »Ja, in Ordnung« geben konnte.

Er zwinkerte ihr zu. »Sie werden es nicht bereuen, Schätzchen. Wir sehen uns dann am Dritten. Seien Sie um neun hier. Und denken Sie an die Pläne.«

Als Libby am späten Mittwochnachmittag vom Strand zurückkam, sah sie ihn. Einen Mann, der in der Nähe ihres Hauses herumlungerte. Sie erstarrte, doch dann gewann ihr Zorn die Oberhand.

Sie hatte einen furchtbaren Tag gehabt, weil die Nacht furchtbar gewesen war. Motorlärm um ein Uhr morgens, dann konnte sie nicht mehr einschlafen. War halb eingedöst und hatte Alpträume von Mark gehabt und von Leuten, die bei ihr einbrechen wollten. Sie war den ganzen Tag müde und nervös gewesen. Und da stand er nun groß und breit vor ihrem Haus.

Es war noch hell genug, um tapfer zu sein. Sie konnte einfach hingehen und ihn wegschicken, statt sich nachts in ihrem eigenen Haus zu verkriechen. Sie vergaß, dass sie nur einen nassen Badeanzug und ein gestreiftes Handtuch trug, und eilte den Hang hinauf. Doch er ging schon in Richtung Leuchtturm. Also hatte sie es sich nicht eingebildet: Jemand wohnte dort. Und es war vermutlich dieselbe Person, die sie nachts mit dem Auto weckte. Libby rannte los. Der Mann machte sich am Schloss zu schaffen und wollte gerade im Leuchtturm verschwinden, als sie rief: »Hey! Sie da!«

Er schaute sich erschrocken um und wollte schnell hineinlaufen, ließ aber den Schlüssel fallen und musste sich bücken.

Libby stand keuchend vor ihm, mit tropfnassem Haar, die Füße mit feuchtem Sand bedeckt, und ergriff seinen Unterarm. »Stop«, sagte sie. »Wer zum Teufel sind Sie?«

Der Mann schaute sie aufmerksam an, seine Augenbrauen zuckten. Er hatte grüne Augen, sein rötlich blondes Haar war zu einem Pferdeschwanz gebunden, und er trug einen gepflegten Spitzbart. Libbys Herz hämmerte, als sie versuchte, seinen Gesichtsausdruck zu deuten.

Dann lächelte er und fragte: »Elizabeth Slater?«

Libby ließ seinen Arm los und schaute ihn prüfend an.

»Ihre Schwester Juliet war meine Babysitterin.« Er

streckte ihr die Hand entgegen. »Damien Allbright. Erinnern Sie sich an mich?«

Ja, natürlich. Als sie Damien das letzte Mal gesehen hatte, war er acht gewesen. Jetzt also achtundzwanzig. Aber sie konnte das magere Kind nicht mit dem hochgewachsenen Mann in Verbindung bringen, der vor ihr stand. Und es erklärte auch nicht, weshalb er um ihr Haus geschlichen war. »Was geht hier vor? Was haben Sie nachts an meinem Haus zu suchen?«

»Sie wohnen im Cottage?«

Sie nickte.

»Ich war nur in der Nähe, wenn ich nachts gekommen oder gegangen bin.«

»Da war auch ein Auto. Ein Mann …«

»Das Auto habe ich auch gehört, aber es gehört mir nicht. Ich habe kein Auto. Ich habe kein … Hören Sie, Elizabeth, Sie sind gerade erst vom Strand gekommen. Sollen wir uns später ein bisschen bei mir unterhalten? Ihnen ist sicher kalt.«

Ihr wurde unangenehm bewusst, dass sie kaum etwas anhatte, und sie verschränkte die Arme vor der Brust. »Alle nennen mich Libby. Wohnst du im Leuchtturm?«

»Das ist eine lange Geschichte.«

Libbys Neugier wuchs. Der Wind fuhr über ihre Arme, sie bekam eine Gänsehaut. »Na schön.«

»Dann bis gleich.« Er nickte und ging hinein, ließ die Tür aber offen stehen.

Libby eilte davon, in ihrem Kopf drehte sich alles. Also wohnte Damien Allbright heimlich im Leuchtturm. Sollte sie ein Auge zudrücken, nur weil Juliet einmal seine Babysitterin gewesen war? Er war jeden Freitagabend zu ihnen nach Hause gekommen, und sie hatte ihm vorgelesen und mit ihm gespielt, während

Libby sich schminkte und in den Surfclub ging, um mit Freunden zu trinken. Er war immer ein reizender Junge gewesen, klug und nachdenklich. Aber das hieß noch lange nicht, dass sie ihm jetzt trauen konnte.

Sie duschte, zog sich an und fuhr sich mit dem Kamm durch die Haare. Als sie wieder an der Tür des Leuchtturms stand, war es fast dunkel.

»Hallo?«

»Warte. Ich komme runter«, rief er. Ein schwaches Licht bewegte sich auf der Treppe, und Damien tauchte mit einer Laterne vor ihr auf, in der eine Kerze brannte. »Tut mir leid, es gibt keinen Strom. Halte dich am Geländer fest, wenn wir nach oben gehen. Die Treppe ist ein bisschen wacklig.«

Die Stufen waren schmal und steil, fast wie bei einer Leiter. Sie hielt sich am Geländer fest, als sie Damien durch die Luke in den nächsten Stock folgte. Der kreisförmige Raum wurde von Laternen mit Kerzen erhellt. Auf dem Boden lagen eine Matratze, Decken und ein großer Rucksack, außerdem gab es einen zerkratzten Schrank und zwei Kisten, aus denen Papiere quollen.

Damien deutete auf die Matratze. »Das ist leider der einzige Sitzplatz.«

Libby hockte sich auf die Ecke und schaute sich im Kerzenlicht um. »Ich verstehe nicht ganz. Wohnst du hier?«

»Nicht ständig. Und nicht mehr lange, hoffe ich.«

»Wie kochst du denn? Und wo duschst du?«

»Am Strand gibt es jede Menge öffentliche Toiletten und Duschen, und ich ernähre mich sehr einfach. Manchmal benutze ich die Gasgrills im Park hinter dem Surfclub. Schade, dass sie die ursprüngliche Unterkunft des Leuchtturmwärters abgerissen haben. Als ich ein Kind war, gelangte man durch die Tür, die jetzt zugenagelt ist, in zwei kleine Räume.« Er zuckte mit den Schultern. »Aber es ist schon in Ordnung. Ich komme zurecht.«

Sie schaute ihn an. Er saß ganz in ihrer Nähe auf dem Boden und hatte die Knie unters Kinn gezogen. »Ich habe dich kaum wiedererkannt.«

Er streckte den rechten Arm aus und drehte die Handfläche zum Licht. »Weißt du noch?« Er zeigte ihr eine tiefe weiße Narbe an seinem Unterarm, und Libby fiel es sofort wieder ein. Eines Abends hatte er sich in der Küche zu schaffen gemacht und war gegen den Vorratsschrank gefallen, wobei ein Honigglas zerbrach. Eine Scherbe war in seinem Unterarm stecken geblieben. Juliet hatte damals noch keinen Führerschein, und Libby musste beide zum Krankenhaus fahren.

»Aber ja. Die Nacht voll Blut und Honig. Ich habe die Flecken nie wieder aus dem Autositz bekommen.«

Er schlang den Arm ums Knie. »Wie geht es Juliet?«

»Sie ist … na ja … ich bin gerade erst nach Lighthouse Bay zurückgekommen. Es scheint ihr gutzugehen.«

»Hat sie Andy Nicholson geheiratet? Ich weiß noch, wie sie eines Abends erzählt hat, sie seien verlobt. Es hat mir das Herz gebrochen. Ich habe so für sie geschwärmt. Aber das war unmittelbar bevor Mum und ich weggezogen sind, also weiß ich nicht, was danach passiert ist.« Er lächelte, doch als er ihren Blick sah, wurde er ernst.

»Andy ist gestorben.«

»Das ist ja furchtbar.«

»Am Tag vor der Hochzeit. Er … er ist ertrunken. Unmittelbar draußen vor dem Surfclub.«

»Was für ein Alptraum.«

Jede Einzelheit war ein Alptraum. Es war zwanzig Jahre her, und dennoch erinnerte sie sich, als wäre es gerade erst geschehen. »Die beiden waren bis über beide Ohren verliebt. Ich meine, wer sonst würde mit achtzehn heiraten wollen? Aber sie und Andy waren zusammen, seit sie auf der Highschool waren, und Dad war einverstanden, und Juliet … sie hat Andy so sehr geliebt.« Ihre Stimme versagte, und die Schuldgefühle überkamen sie wie eine plötzliche Übelkeit.

Damien nickte feierlich. »Ist sie denn jetzt glücklich? Ist es gut für sie gelaufen?«

»Sie hat nie geheiratet oder Kinder bekommen. Aber ihr gehört die Teestube, und sie managt sie und das B & B ganz allein. Sie ist sehr erfolgreich.« Libbys Worte klangen hohl, und das wusste sie. Das Einzige, was Juliet sich gewünscht hatte, war eine Familie. »Na los. Wir haben lange genug über traurige Sachen geredet. Sag mir, warum du hier bist.«

»Es gibt zwei Gründe.« Er lehnte sich auf den Unterarmen zurück. »Zum einen weiß ich nicht, wo ich sonst hingehen sollte. Ich habe einfach …« Er zuckte mit den Schultern. »Eine schwierige Zeit hinter mir, könnte man sagen. Es ist nicht so gelaufen, wie ich gehofft habe, also bin ich zurückgekommen.«

»Das kann ich verstehen. Aber warum lebst du hier, ohne Strom?«

»Mein Geld liegt im Moment auf Eis, juristische Angelegenheiten, und ich bin gerade arbeitslos. Im Augenblick will ich einfach nicht arbeiten. Aber das ist alles nur vorübergehend. Ehrlich. Ich will draußen sein, solange es noch warm ist.«

Libby dachte darüber nach. Sie fragte sich, welche juristischen Angelegenheiten er wohl meinte. War er ein Kleinkrimineller? Er war fast dreißig, hatte keinen

Job und wohnte illegal in einem Leuchtturm. »Was ist der zweite Grund?«

»Erinnerst du dich noch an Pirate Pete?«

»Den verrückten alten Leuchtturmwärter?«

Damien zuckte zusammen. »Genau den. Er war mein Großvater.«

»Pirate Pete war dein Großvater? Bitte entschuldige, ich wollte nicht unhöflich …«

»Schon gut. Ich habe mich daran gewöhnt, dass die Leute gemeine Dinge über ihn sagen. Und zugegeben, er war ein bisschen verrückt. Als ich ein Junge war, hat er mir die ganzen geheimen Schränke in dem Raum oben gezeigt, wo das Leuchtfeuer ist.«

»Geheime Schränke?«

»Ja, sie sind in die Wandtäfelung eingebaut. Es gab nicht viel Interessantes für einen kleinen Jungen, nur alte Papiere und so was.« Er deutete auf die Kisten, die im Raum standen. »Erst als Erwachsener bin ich neugierig geworden. Nachdem Großvater gestorben war – er ist neunzig geworden –, ist mir die Geschichte mit den Schränken wieder eingefallen. Niemand außer mir wusste, dass es sie gab. Leider fallen sie inzwischen auseinander. Überall lagen Papiere herum. Ich hatte einfach das Gefühl, ich müsste bleiben, bis ich alles geordnet habe.«

»Es liegt sicher an der Feuchtigkeit. Davon quellen die Türen auf. Das ist zumindest mit meinem Wäscheschrank passiert. Also hast du die ganze Geschichte gelesen? Nachts? Bei Kerzenlicht?«

Er lächelte. »Manchmal. Meistens aber tagsüber. Nachts schlafe ich einfach.«

»Und du bist nie nachts unten am Cottage gewesen?«

Er schüttelte den Kopf. »Nein, nie.«

»Ein paarmal waren da Leute. Ziemlich spät. Der Wagen hat ewig draußen gewartet. Es macht mir Angst.«

»Verstehe. Hör mal, ich kann gerne ein bisschen aufpassen und runterkommen, wenn sie wieder auftauchen. Du brauchst keine Angst zu haben.«

Libby war gerührt. »Danke, das ist ein sehr nettes Angebot.« Sie stützte sich auf die Ellbogen. »Und, gibt es etwas Interessantes in diesen Dokumenten?«

»Das meiste ist ziemlich langweilig. Aber ein bisschen Gold ist auch darunter. Die Tagebücher der Leuchtturmwärter reichen bis in die Mitte des 19. Jahrhunderts zurück. Einige haben nur das Wetter und wichtigen Schiffsverkehr aufgezeichnet, aber einer von ihnen lässt sich endlos darüber aus, wie schön seine Frau sei. Sieh mal.« Er wühlte in der Kiste und holte ein altes, in Leder gebundenes Tagebuch heraus. Er suchte eine Seite, die er mit einem Post-it markiert hatte: *»18. Dezember 1878. Letzte Nacht blies ein Sturm und ließ die Fensterscheiben erzittern. Meine liebe, zarte Eliza war recht beunruhigt, und ich musste sie nah bei mir halten, damit sich ihr flatternder Puls wieder beruhigte. Als ich am Morgen erwachte, war sie schon seit einer halben Stunde auf und hatte mir mein Lieblingsfrühstück, nämlich Speckpastete, zubereitet, und sie sagte, es sei aus Dankbarkeit geschehen, weil ich sie so wunderbar getröstet hätte. Ich bin gesegnet in der Liebe meiner teuren Frau.«*

Libby musste lächeln. »Das ist süß.«

Ermutigt suchte Damien nach einem anderen Tagebuch. »Das hier aus den 1930er Jahren ist auch gut. Ich glaube, der Leuchtturmwärter war irgendwie geisteskrank. *›Ich gehe in die Stadt und sehe, wie mich alle beobachten. Ich weiß, was sie wollen. Solange Atem in meinem Körper ist, werden sie mir niemals meine Gedanken stehlen.‹«*

Libby hob überrascht die Augenbrauen. »Gibt es noch mehr davon?«

»Das ist der einzige derartige Eintrag. Zwei Wochen später kam ein neuer Leuchtturmwärter. Und dieser hier ist auch sehr mysteriös. Der Typ, Matthew Seaward, schreibt meist sehr nüchtern. Und dann plötzlich das: ›*An diesem Abend überraschte mich das Erscheinen einer fremden Frau, barfuß und blutend, die an der Tür des Leuchtturms Schutz suchte. Ihre Kleidung war zerrissen, doch ihr Verhalten zeugte von guter Herkunft. Ich gab ihr etwas zu essen und ein altes Kleid, das der Frau des früheren Leuchtturmwärters gehört hat. Dann schickte ich sie in die Stadt, um sich eine angemessenere Unterkunft zu suchen.*‹«

»April 1901?«

»So steht es hier.«

»Gibt es noch mehr über diese Frau?«

»Das weiß ich nicht. Mag sein. Ich habe nicht alles gelesen.«

»In Lumpen, verletzt, barfuß.« Libbys Verstand arbeitete auf Hochtouren. »Die *Aurora* ist im April 1901 gesunken. Könnte sie eine Überlebende gewesen sein?«

»Das hätte sie sicher erwähnt.«

»Vielleicht hat sie das ja, und er hat es nur nicht aufgeschrieben.« Ihr wurde ganz schwindlig angesichts dieser ungeahnten Möglichkeiten. »Sagst du mir Bescheid, wenn du etwas findest?«

»Natürlich.«

Libby zögerte einen Augenblick und sagte dann: »Falls du abends mal auf ein warmes Essen vorbeikommen möchtest …«

»Sehr gern«, sagte er rasch. »Wie wäre es mit dieser Woche?«

»Wunderbar. Donnerstag um sieben? Bis dahin kannst du ja sehen, was du über die ›fremde Frau‹ findest.« Libby stand auf und reckte sich.

»Komm, ich helfe dir die Treppe hinunter.« Er griff nach der Laterne.

An der Tür schaute sie zu ihrem Cottage hinüber. »Ich hoffe, sie lassen mich heute Nacht in Ruhe.«

»Was glaubst du, was sie wollen?«

Einen Moment lang war Libby sprachlos. Darüber hatte sie gar nicht nachgedacht. Sie war viel zu ängstlich und wütend gewesen. »Keine Ahnung. Mich erschrecken?«

»Wieso? Wenn sie dich erschrecken wollten, gäbe es effektivere Möglichkeiten.«

Libby überlegte, bis ein unangenehmes Kribbeln sie überkam. »Vielleicht suchen sie etwas.« Falls das stimmte, würden sie nicht aufgeben, bis sie es gefunden hatten.

»Kann sein. Aber keine Sorge, ich passe auf. Und wenn du Angst bekommst, klopf einfach an die Tür.«

»Ich danke dir.«

»Dürfte ich dich trotzdem bitten, niemandem zu verraten, dass ich hier bin?«

Sie zuckte mit den Schultern. »Natürlich, wem auch?«

»Zum Beispiel Juliet. Du weißt schon.«

»Verstehe. In Ordnung.«

»Es ist nicht für immer, und irgendwann schicke ich die ganzen Papiere an ein Museum oder eine Bibliothek.«

Libby hätte gern gefragt, weshalb er als Hausbesetzer in einem Leuchtturm wohnte, unterließ es aber. »Dein Geheimnis ist bei mir sicher.«

In dieser Nacht träumte sie, sie wäre auf einem Schiff. Die Wellen schlugen so hoch, dass ihr übel wurde, und sie war davon überzeugt, dass Mark im Wasser trieb und von ihr gerettet werden musste. Doch wann immer sie sich der Seite des Schiffes näherte und das Rettungsboot herunterlassen wollte, baute sich eine gewaltige Welle auf und warf sie wieder nach hinten, bis das Deck fast senkrecht stand und sie sich mit schmerzenden Fingerspitzen daran entlanghangeln musste.

Mitten in der Nacht erwachte sie von ihrem eigenen Schluchzen. In der Ferne das Rauschen des Meeres, Leere in ihrer Brust. Mark war ihr längst entglitten.

Elf

Als Libby am nächsten Morgen ihre E-Mails abrief, hatte Emily Material geschickt. Achtzig Fotos, die allesamt aussahen, als hätte sie sie tatsächlich mit dem Handy aufgenommen. Auf vielen erkannte Libby das klassische Winterbourne-Design, aber es waren auch ein paar neue und überraschende Entwürfe dabei. Sie ging die Bilder durch und las dann Emilys E-Mail:

Ich möchte, dass der Katalog eine Hommage an Mark und die Geschichte der Winterbournes wird, doch er soll auch eine neue Hoffnung und den Weg in die Zukunft widerspiegeln. Sie werden mir sicher zustimmen, dass unsere neuen Entwürfe sehr modern gehalten sind, und ich würde sie gerne im Zentrum des Katalogs sehen. Aber ich lasse mich jederzeit von Ihnen beraten. Was halten Sie davon?

Libby begriff, dass Emily den Katalog und die neue Linie benutzen wollte, um aus ihrem eigenen Kummer herauszufinden und sich der Zukunft zu stellen. Mark hätte niemals eine solche künstlerische Entscheidung getroffen. In seinen Augen lebte Winterbourne von seiner Geschichte, so verstaubt sie manchmal auch erscheinen mochte. Neue, vor allem experimentelle Entwürfe wurden immer weit hinten im Katalog versteckt. Libby verspürte eine spontane Zuneigung, weil Emily in der Lage war, über die Tradition hinauszublicken und in so viel Negativem dennoch die Chance auf einen Neuanfang zu sehen. Sie antwortete begeistert auf die E-Mail und begann sofort damit, Ideen in ihr Notizbuch zu zeichnen. Dann schickte sie E-Mails an einige Fotografen, mit denen sie in Paris und London gearbeitet hatte, und stellte einen Zeitplan für die Produktion des Katalogs auf. Sie war verrückt: Sie hätte sich von Emily für die zusätzliche Arbeit bei der Koordinierung bezahlen lassen sollen. Es würde ganz schön aufwendig werden.

Dann hörte sie das Motorrad des Briefträgers und merkte, dass sie seit Stunden die Beine nicht bewegt hatte. Sie stand auf und ging nach draußen, wobei sie tief die frische Seeluft einatmete. Die Arbeit hatte ihr gutgetan. Sie vermisste Mark natürlich noch immer, doch Emily hatte ihr heute gezeigt, dass es noch etwas jenseits der Trauer gab. Sie wusste nicht, was das für sie war, würde es aber auch nie herausfinden, wenn sie sich nicht selbst in diese Richtung bewegte.

Sie holte einen großen gelben Umschlag von Winterbourne aus dem Briefkasten, in dem sich die ungeöffneten Briefe befanden, die Cathy in Marks Büro entdeckt hatte.

Libby setzte sich an den Schreibtisch und sortierte sie chronologisch; sie stammten alle von Ashley-Harris Holdings. Der erste war zwei Jahre alt. Er begann mit den Worten: »Vielen Dank für den Briefwechsel. Wir verstehen die Gründe, aus denen Sie nicht verkaufen möchten. Dennoch möchte ich mich vorstellen …«

Es war also gar nicht der erste Brief. Mark musste davor schon ein Schreiben erhalten haben, in dem die Firma anbot, das Cottage zu kaufen, was er abgelehnt hatte. Rasch las sie die anderen Briefe. Die Firma hatte zwei Jahre lang um ein Treffen mit Libby ersucht, sich bereit erklärt, nach London zu fliegen, hatte Pläne und Zeichnungen schicken wollen. Alle Briefe waren von einem gewissen Tristan Catherwood unterzeichnet. Er wirkte hartnäckig, aber nicht unangenehm. Der letzte Brief war auf vier Monate vor Marks Tod datiert.

Libby lehnte sich zurück und dachte nach. Ein kleiner Teil von ihr, auf den sie nicht sonderlich stolz war, ärgerte sich, weil Mark ihr diese Briefe nie gezeigt hatte. Natürlich hätte sie das Haus nicht verkauft, doch er hatte ihr sonst alles weitergeleitet: die Mitteilungen über die Raten – die er natürlich zuvor bezahlt hatte – und die jährlichen Wertfestsetzungen für die Immobilie. Hatte er befürchtet, sie würde an den erstbesten Bauunternehmer verkaufen? Andererseits, konnte sie es ihm verdenken? Sie war so zögerlich gewesen, als er das Haus für sie gekauft hatte. Vermutlich war sie ihm undankbar erschienen. Er hatte ihr ein Haus geschenkt, doch sie hatte es es eher als Last denn als Segen empfunden.

Sie war neugierig. Weshalb wollte Ashley-Harris Holdings unbedingt das Cottage kaufen? Es gab doch viele andere Stellen, an denen man ein Hotel errichten konnte.

Da Tristan Catherwood so lange geduldig auf eine Antwort gewartet hatte, setzte sie sich hin, um eine Absage zu formulieren. Dann bemerkte sie die örtliche Telefonnummer auf dem Briefkopf. Die Firma hatte ihren Sitz in Noosa. Also rief sie ihn auf dem Handy an.

»Tristan Catherwood.« Er hatte eine sanfte Stimme, nicht so tief und polternd, wie sie erwartet hatte.

»Hallo. Ich heiße Elizabeth Slater. Ich …«

»Das Cottage am Leuchtturm! Wie schön, von Ihnen zu hören, Elizabeth.«

»Es tut mir leid, dass Sie mir so oft geschrieben haben. Aus Gründen, die ich auf die Schnelle nicht erklären kann, habe ich die Briefe erst jetzt erhalten. Ich möchte Ihnen nur mitteilen, dass ich an einem Verkauf nicht interessiert bin, Sie brauchen mir also nicht mehr zu schreiben. Ich bin in Lighthouse Bay sehr glücklich und werde hier wohnen bleiben.«

»Sie wohnen im Cottage?«

»Ja, seit einigen Wochen.«

»Es ist ein wunderschönes Fleckchen. Der Blick vom Leuchtturm geht mir immer ans Herz. Wenn Sie schon in der Stadt sind, würde ich Sie gern zum Mittagessen einladen. Hätten Sie morgen um eins Zeit?«

»Morgen? Ich ... ich weiß noch nicht, was ich da vorhabe.«

»Dann heute. Es ist kurz nach zwölf. Ich könnte Sie um eins abholen, dann fahren wir nach Noosa. Es gibt einen Italiener in der Hastings Street, der unglaubliche Spaghetti alla puttanesca macht.«

Libby wusste, dass er ihr Honig ums Maul schmierte. Dennoch gefiel ihr die Vorstellung, zu einem teuren Essen eingeladen zu werden, und sie war neugierig, welche Pläne Tristan für Lighthouse Bay hatte.

Juliet musste es ja nicht erfahren.

»Na gut«, stotterte sie. »Es kann wohl nicht schaden.«

Um Punkt eins fuhr er in einem schwarzen Audi vor. Aus dem Spalt zwischen ihren Schlafzimmervorhängen beobachtete Libby, wie er aufs Haus zukam. Er sah völlig anders aus als erwartet. Zum einen war er jünger, als sie gedacht hatte, etwa in ihrem Alter. Er war lässig gekleidet, in verblichene Jeans und ein graues Hemd, das er über der Hose trug. Er klopfte, und sie ließ sich Zeit mit dem Öffnen. Er sollte bloß nicht auf die Idee kommen, sie hätte auf ihn gewartet, obwohl genau das der Fall war.

»Hallo«, sagte sie.

Er nahm die Sonnenbrille ab und lächelte warm. Er hatte dunkelbraune Augen, die sanft und freundlich blickten, und Libby ertappte sich dabei, wie sie ebenso warm zurücklächelte. »Sie sind also Elizabeth.« Er streckte die Hand aus.

»Libby.« Sie ergriff sie. Er roch wunderbar, ein holziges Parfüm mit Moschusnote.

»Aus irgendeinem Grund hatte ich Sie älter geschätzt.«

»Geht mir genauso.« Sie war froh, dass sie die dunkelrote Bluse angezogen hatte, die ihrer blassen Haut schmeichelte. Sie genoss seinen anerkennenden Blick.

»Sollen wir? Ich verhungere.«

Libby folgte ihm zum Wagen und setzte sich auf den cremefarbenen Ledersitz. Dann fuhren sie die Strandpromenade entlang nach Süden, vorbei an Juliets Teestube. Libby duckte sich kurz in ihrem Sitz, was Tristan jedoch nicht zu bemerken schien. Dann bogen sie auf die Hauptstraße.

»Sie waren also in London?«

»Nein, in Paris. Die Adresse in London war die eines Freundes. Er hat Ihre Briefe nicht weitergeleitet.«

»Am Ende schon.«

»Er ist gestorben.«

»Das tut mir sehr leid«, sagte Tristan und senkte ernst die Stimme. »Wie lange sind Sie schon in Australien?«

»Seit ein paar Wochen. Ich stamme ursprünglich von hier. Meiner Schwester gehört das B & B.«

»Juliet? Natürlich. Das hätte mir klar sein müssen. Sie haben ja den gleichen Nachnamen.«

»Ach, Sie kennen Juliet?«

»Ich kenne viele Leute in der Stadt, leider aus den

falschen Gründen. Ich bin derjenige, der die Eingaben der Gemeinde durchlesen muss, wenn wir Baugenehmigungen beantragt haben. Daher weiß ich, wie sehr mich manche hassen.« Er verzog das Gesicht und lachte dann. »Es macht keinen großen Spaß, der Buhmann zu sein.«

»Warum geben Sie nicht auf? Wenn die Stadt wirklich kein Hochhaus will?«

»Das Hochhaus ist längst vom Tisch«, sagte er mit einer weit ausholenden Geste. »Die Bevölkerung hat sich dagegen ausgesprochen. Die Gemeinde will es nicht, und unsere Firma arbeitet nach ethischen Grundsätzen. Letztes Jahr haben wir sogar einen Preis für Ethik im Baugewerbe gewonnen. Darauf sind wir stolz.«

»Dann wollen Sie das Cottage also nicht mehr kaufen?«

»Und ob. Aber lassen Sie uns beim Essen darüber reden. Ich will nicht als aufdringlicher Verkäufer erscheinen und würde gerne mehr über Sie und Paris und die Gründe für Ihre Rückkehr erfahren.«

Libby lieferte ihm eine Kurzfassung, bei der sie fast alle wichtigen Punkte ausließ – die zwölf Jahre dauernde Affäre, die lange Fehde mit ihrer Schwester –, aber voller Stolz erwähnte, dass sie jetzt freiberuflich für Winterbourne arbeitete, wenn sie nicht gerade malte.

»Ich habe kreative Menschen immer bewundert«, sagte er. »Ich habe nichts Kreatives mehr gemacht, seit ich in der Schule schlechte Gedichte geschrieben habe. Ich habe Geotechnik studiert.«

»Und das ist nicht poetisch?«

Er presste nachdenklich die Lippen aufeinander. »In gewisser Hinsicht schon. Es geht um die Geologie von

Baufundamenten, dass man die Harmonie mit der Erde herstellt. Aber ich habe es nie als poetisch betrachtet. Und heutzutage arbeite ich meistens im Büro und beschäftige mich mit Geld, darin steckt nicht viel Poesie.«

Er sprach noch ein wenig über sich selbst – es stellte sich heraus, dass seine und ihre Highschool in den späten achtziger Jahren bis aufs Blut um Fußballpokale gekämpft hatten. Dann parkten sie in Noosa vor dem italienischen Restaurant, dessen Einrichtung aus viel Chrom bestand und das geschmackvoll beleuchtet war.

»Mr. Catherwood«, rief der Oberkellner. »Der übliche Tisch? Für Sie und Ihren reizenden Gast?«

»Bitte, Mario. Und eine Flasche von meinem Lieblingswein.«

Nachdem sie bestellt hatten, schenkte Tristan ihr ein Glas Wein ein. Er erinnerte sie in vielem an Mark, besaß das gleiche angeborene Selbstbewusstsein. Das Personal schien ihn zu mögen, und auch sie fand ihn sympathisch. Er wirkte nicht wie der typische erfolgsorientierte Verkäufer, sondern fröhlich und gelassen. Der Wein und der sanfte Jazz im Hintergrund halfen ihr, sich zu entspannen. Sie fühlte sich angenehm leicht und merkte bald, dass sie den Augenblick genoss.

Während des Essens kam er endlich zum Geschäftlichen. Er arbeitete seit zehn Jahren für Ashley-Harris Holdings und hatte sich zum stellvertretenden Abteilungsleiter für die Entwicklung hochgearbeitet. Er träumte von einer exklusiven Öko-Ferienanlage in Lighthouse Bay, genau an der Landzunge, wo das Cottage stand. Falls sie es kaufen konnten, würden sie auch Geld in Kauf und Restaurierung des Leuchtturms investieren, der der Ferienanlage das entscheidende Etwas verleihen und, wie er es ausdrückte, der Gemeinde »etwas zurückgeben« würde. Er holte aus seiner Brieftasche Fotos einer ähnlichen Anlage, die er in Tasmanien gebaut hatte, und Libby musste gestehen, dass sie wirklich eindrucksvoll aussah.

»Dieses Resort bedient eine ganz bestimmte Klientel. Wir verlangen neunhundert Dollar pro Nacht und haben selten Leerstand. Nicht einmal im Winter.«

Libby nickte. »Warum wollen Sie mein Cottage?«

»Weil es meine letzte Chance ist. Der Gemeinderat und die öffentliche Meinung haben verhindert, dass ich irgendwo anders baue. Gegenüber von Ihrem Haus ist nur Gebüsch, also kann sich niemand beschweren, dass ihm die Sicht verbaut wird. Und es liegt abseits des Gewerbegebiets, also gelten die dortigen Regelungen auch nicht. Ich gebe zu, zuerst waren wir zu ehrgeizig. Ein Komplex mit fünfzig Zimmern würde hier nicht funktionieren, und auch kein Hochhaus. Aber eine hochklassige Öko-Ferienanlage mit nur achtzehn Zimmern? Lighthouse Bay ist wie dafür geschaffen. Es wäre gut fürs Geschäft. Gut für den Tourismus. Gut für alle. Es würde Lighthouse Bay zu einem Begriff machen.«

Für alle? Sie überlegte, was Juliet wohl davon halten würde.

»Ihr Gesichtsausdruck verrät mir, dass Sie immer noch nicht verkaufen wollen.«

»Ich danke Ihnen, dass Sie sich die Zeit genommen und mir das alles gezeigt haben. Aber vielleicht sollten Sie sich lieber woanders umsehen.«

»Lighthouse Bay ist wie dafür geschaffen. Es muss erschlossen werden. Unbedingt.« Dann kehrte er die Handflächen nach außen. »Aber ich verstehe. Darf ich Ihnen wenigstens ein paar Zahlen zusammenstellen und ein Angebot schicken?«

Wieder war Libby neugierig. Doch sie spürte auch

eine leise Angst. Angesichts ihrer Geldprobleme könnte die Versuchung zu groß werden.

»Bitte.«

Sie schaute ihn an. Sein Lächeln war so aufrichtig. »Es kann nicht schaden. Aber machen Sie sich auf eine Enttäuschung gefasst.«

»Natürlich. Nachdem Sie einmal ein offizielles Angebot abgelehnt haben, lasse ich Sie in Ruhe. Ich bekomme trotzdem einen goldenen Stern, weil wir uns überhaupt getroffen haben. Das hat mein Boss schon seit Jahren vergeblich versucht.«

Sie lächelte. »Vielen Dank für das Essen.«

»Das Vergnügen war ganz auf meiner Seite.« Er hielt ihren Blick flüchtig gefangen und wandte sich dann beinahe schüchtern ab, worauf Libbys Herz einen unerklärlichen Sprung machte. »Ich habe einen Termin um drei. Ich fahre Sie jetzt besser nach Hause.«

Abends fand sie das Angebot in ihrer Mailbox, als Anhang einer Nachricht von einem gewissen Yann Fraser. Tristans Name tauchte nirgendwo auf. Libby war seltsam enttäuscht. Als sie die Datei öffnete, blieb ihr fast das Herz stehen.

Das Angebot belief sich auf zweieinhalb Millionen Dollar.

Zwölf

1901

Matthew fühlt sich immer wieder zu der Frau hingezogen. Er versorgt das Leuchtfeuer, stellt das Signal ein, betätigt die Kurbel für die Gewichte, horcht auf das vertraute Rasseln des Mechanismus, der das Prisma in Bewegung setzt, das das Leuchtfeuer übers Meer schickt. Im Telegrafenraum schreibt er bei Lampenlicht in sein Tagebuch und füllt die Vordrucke für die Regierung und die Schifffahrtsgesellschaften aus. Doch zwischen diesen Aufgaben kehrt er zum Bett zurück und schaut auf sie hinunter, und in ihm regt sich Traurigkeit. Nein, sie ist nicht Clara, aber sie ist ihr so ähnlich. Das blonde Haar, der weich geschwungene Mund. Mehr noch. Die Wildheit in ihren Augen, das Gefühl, dass sie ein gefangener Vogel ist, mit dem man freundlich und sanft umgehen und den man letztlich – unweigerlich – freilassen muss.

Ein gefangener, sehr hübscher Vogel.

Vielleicht ist er ein Narr. Zwanzig Jahre Alleinsein können einen Mann brechen, auch wenn die Isolation nicht aufgezwungen, sondern selbst gewählt ist. Er weiß nichts über diese Frau. Woher ist sie gekommen, barfuß und blutend? Wie weit ist sie gereist? Kommt sie aus einer der Goldgräberstädte im Landesinneren? Warum hat sie nicht einfach den Zug nach Brisbane genommen? Warum ist sie hier, und was hat sie durchgemacht?

Auch die lange Kiste – auf die sie wie eine Wildkatze zugesprungen ist, als müsse sie ihre Jungen verteidigen – macht ihn neugierig.

Matthew stellt einen Hocker neben das Bett und betrachtet sie im flackernden Lampenschein. Sie sieht friedlich aus, ihre Brust hebt und senkt sich sanft. Morgen muss er sie aus dem Leuchtturm locken, bevor jemand merkt, dass sie hier ist. Er steht auf, geht ans Fenster und schaut aufs Meer hinaus. Das Licht bricht sich im großen Prisma und funkelt auf den Wellen, streicht von Norden nach Süden und wird wieder dunkel. Heute Abend ist das Meer still. Keine Schiffe, keine Stürme, kein starker Wind. Hell, dunkel, hell, dunkel, das vertraute Muster, das er in all den Jahren in Lighthouse Bay so tröstlich gefunden hat. Doch während das Leuchtfeuer noch immer seinem Rhythmus folgt, spürt er, dass sein eigener unterbrochen wurde. Er ersehnt und fürchtet die vertraute Einsamkeit.

Isabella erwacht noch vor der Dämmerung. Der Raum ist von aromatischem Pfeifenrauch erfüllt. Matthew steht an dem schmalen Fenster. Er pafft an seiner Pfeife, die flüchtig sein Gesicht erhellt. Sie blinzelt rasch, bis sich ihre Augen an die Dunkelheit gewöhnt haben. Sein Gesicht sieht irgendwie friedlich aus. Matthew will ihr nichts Böses. Er ist ihr Leuchtfeuer in der Dunkelheit.

»Es tut mir leid. Sie hatten gar keinen Platz zum Schlafen.«

Er dreht sich um. »Ich schlafe nicht nachts, sondern nachmittags. Nachts habe ich sehr viel zu tun.«

Die Schrecken der letzten Tage drängen in ihr Bewusstsein, doch der tiefe Schlaf in einem warmen Bett hat der Grausamkeit die Schärfe genommen. Die Zukunft ist noch nicht da, die Vergangenheit liegt hinter ihr. In diesem Augenblick ist sie sicher.

Er nimmt die Pfeife aus dem Mund und klopft die Asche in einer Untertasse aus Ton aus, die auf dem Tisch steht. »Schlafen Sie noch ein bisschen, Mary.«

»Ich heiße nicht Mary«, sagt sie spontan. Sie kann es nicht ertragen, Matthew zu hintergehen. »Ich heiße Isabella.«

»Verstehe.«

»Bitte verlangen Sie nicht, dass ich mehr sage.«

Er presst die Lippen aufeinander, so dass sein Gesicht im Dunkeln grimmig wirkt. Dann sagt er sanft: »Das werde ich auch nicht. Ich frage nicht nach Ihrer Vergangenheit. Um Ihnen zu helfen, muss ich aber wissen, was Sie als Nächstes vorhaben.«

Was hat sie als Nächstes vor? Noch vor einer Woche war sie sich so sicher: Sie wollte ihrem Mann entkommen, ihren Schmuck verkaufen und ihre Schwester in New York besuchen. Ihrem Ehemann ist sie entkommen. In England wartet ein Haus auf sie, Reichtum, ein angenehmes Leben, doch all das hat einen hohen Preis: die Bindung an seine Familie. Die alte Mrs. Winterbourne würde ständig um sie sein und versuchen, Isabella das Leben zur Hölle zu machen. Und Percy … ist zu allem fähig. Sie muss sich nur daran erinnern, wie er sie behandelt hat, als sein Bruder noch am Leben war.

»Ich bin auf der Flucht«, sagt sie. »Ich will nach Amerika, zu meiner Schwester.« Als sie es ausspricht, spürt sie eine neue Entschlossenheit. »Ich bin einer lieblosen Ehe entflohen. Ich habe mein Kind verloren, und mein Mann wollte mich für meine Trauer bestrafen. Ich fahre nach New York, wo ich ein bisschen Trost finden und meiner Schwester Victoria beistehen kann, die selbst ein Kind erwartet. Und ich werde frei sein, um …« Isabella merkt, dass sie sich aufgesetzt und die Hände vor sich auf der Decke zu Fäusten geballt hat. Ihre Stimme wird schrill. »Ich will frei sein, um zu empfinden, was immer in meinem Herzen ist«, flüstert sie.

Sie schaut zu Matthew auf. Die Dunkelheit im Raum löst sich allmählich auf. Sie sieht die Sanftheit in seinen Augen. Er tritt ans Bett und kniet sich hin. Er ergreift ihre Hand, nimmt ihre Finger in seine, seine andere Hand umschließt ihr Gelenk. »Isabella, das tut mir furchtbar leid. Wie hieß Ihr Kind?«

»Daniel. Sein Name war Daniel.«

»Es tut mir so leid, dass Sie Daniel verloren haben. Das ist ein großer Verlust für jeden Menschen, vor allem aber für eine Mutter. Ihr Herz muss schwerer sein als der Ozean.«

Der Kummer drängt wie eine Faust in Isabellas Kehle. Niemand hat das je zu ihr gesagt. Man hat ihr erzählt, Daniel lächle vom Himmel auf sie herab; sie werde noch ein Kind bekommen, um ihn zu ersetzen; wenn sie sich sehr anstrenge, werde die Sonne wieder scheinen; sie werde ihre Freunde verlieren und ihre Familie verärgern, wenn sie die Traurigkeit nicht überwinde. Doch in den ganzen drei Jahren hat niemand einfach nur gesagt: *Es tut mir so leid, dass du Daniel verloren hast.* Meist wollten die anderen nicht einmal seinen Namen aussprechen. Als würde es die Sache verschlimmern, wenn man den Namen eines toten Kindes ausspricht. Fünfzehn Tage sind kaum ein Leben. Besser, ihn zu verlieren, bevor er ein richtiger Mensch mit einem Namen und einer Persönlichkeit wurde. Sie weiß, dass die anderen so denken. Sie weiß, dass sie glauben, sie sei maßlos in ihrer Trauer und weigere sich, nach vorn zu blicken.

Matthew denkt das nicht.

Er steht auf und tritt beiseite, und sie spürt den warmen Druck, den er auf ihrer Haut hinterlassen hat. Er steht wieder am Fenster und schaut aufs Meer hinaus. Die Wellen rollen heran, doch heute ist das Geräusch der Brandung beruhigend. In der Ferne herrscht Chaos, aber sie ist sicher und geborgen. Zum ersten Mal seit dem Schiffbruch begreift sie, dass sie wieder festen Boden unter den Füßen hat.

»Ich muss baden, Matthew«, sagt sie.

Er nickt. »Natürlich.« Er zeigt ihr, wo das Bad ist, und holt ihr ein blassgelbes Kleid und braune Schuhe. Sie sieht sofort, dass die Schuhe zu klein sind. Als sie sauber und angezogen ist, kann sie ihn nirgendwo finden. Vorsichtig schaut sie sich im Cottage um. Es gibt den Wohnraum, das winzige Schlafzimmer und ein weiteres Zimmer voller Drähte, Metallgegenstände, Spulen und anderer Geräte, die sie nicht kennt.

»Der Leuchtturm ist gleichzeitig die Telegrafenstation«, sagt er, worauf sie zusammenzuckt.

»Ich wusste nicht, dass Sie hier sind.«

»Ich war oben und habe das Leuchtfeuer gelöscht. Meine Schicht ist beendet.«

»Bedienen Sie den Telegrafen? Oder arbeitet noch jemand hier?«

»Nein, nur ich. Lighthouse Bay besitzt kein eigenes Postamt. Ich empfange und sende Telegramme für die ganze Stadt.«

»Lighthouse Bay? So heißt das hier?«

»Ja.«

»Bin ich in der Nähe von Sydney?«

Er schüttelt den Kopf. »Nein, aber ein Stück weiter südlich gibt es einen Hafen, von dem aus Sie dorthin gelangen können. Wenn Sie nach New York wollen, müssen Sie zuerst nach Sydney«, erklärt er.

»Ich brauche Geld, um nach Amerika zu fahren«, antwortet sie und denkt an ihren Schmuck, der auf dem Meeresgrund liegt. »Ich habe nichts Wertvolles, das ich verkaufen könnte.« Wenn sie versuchen würde, den Amtsstab zu veräußern, würde sie die Winterbournes sofort auf ihre Spur locken.

»Mrs. Fullbright wollte kürzlich ein Kindermädchen für ihren kleinen Sohn Xavier einstellen. Vor einer Woche hat die junge Frau abgesagt, ich habe ihr das Telegramm persönlich überbracht. Wenn Sie ehrliche Arbeit suchen, werden Sie sie finden.«

Schon wieder Mrs. Fullbright. Matthew scheint fest entschlossen, dass sie in die Stadt gehen soll, und nun, da der Nachtschlaf ihre Sinne geschärft hat, erkennt sie, dass er recht hat. Sie kann nicht im Leuchtturm darauf warten, dass sich die Dinge von selbst ändern. Sie muss den ersten Schritt machen, selbst wenn sie für eine Frau arbeitet, die vermutlich weniger reich ist als sie selbst. Der Gegenstand in der Kiste ist von so ungeheurem Wert, dass sie Mrs. Fullbright an Reichtum vermutlich weit übertrifft. Gold. Edelsteine. Sie denkt an Daniels Armband mit dem bescheidenen schwarzen Bändchen, das tief unten in der Kiste vergraben liegt. Dann erkennt sie, dass alles Schlimme geschehen ist, *nachdem* sie es abgenommen hat.

Nach dem Streit mit Arthur wurde sie unter Deck gefangen gehalten und konnte nicht mehr ihr Gebet ans Meer richten.

Es folgte der unbarmherzige Sturm.

Der Schiffbruch. Der Kampf ums Überleben. Die Verletzungen.

Das Pech würde erst aufhören, wenn sie ihr Armband wieder am Handgelenk trug. »Sie müssen mir helfen, die Kiste zu öffnen«, sagt sie mit zitternder Stimme.

»Haben Sie keinen Schlüssel?«

»Nein.« Er ist schon auf dem Weg zum Hauptraum, in dem die Kiste neben der Tür steht.

Er runzelt die Stirn, als er sich neben sie kniet. »Ist das …?«

»Gestohlen? Nein. Nicht … direkt gestohlen.« Angst beschleicht sie. Nun wird Matthews Freundlichkeit verfliegen, verschwinden wie die letzten Sandkörner in einem Stundenglas.

Ein Moment der Ungewissheit. Dann nickt er. »Ich sagte, ich würde keine weiteren Fragen stellen, und ich halte mein Wort.«

»Danke.«

»Na, kommen Sie. Ich habe oben auf der Plattform eine kleine Axt.«

Er hebt die Kiste hoch und geht die Treppe hinauf. Auf der ersten Stufe zögert Isabella und schaut nach oben in das Schneckenhaus der Wendeltreppe. Doch Matthew steigt schon hinauf, und sie folgt ihm, vorbei an lang herabhängenden Ketten, durch eine Luke und in den obersten Raum des Leuchtturms. Eine gewaltige Lampe, umgeben von prismatischen Linsen, konzentrischen Kreisen aus Messing und Glas, nimmt den meisten Raum ein. Es riecht ölig, aber nicht unangenehm.

Matthew öffnet eine kleine Tür und lässt frische Morgenluft herein. Sie tritt auf eine runde Plattform hoch über der Welt, von der man meilenweit zum dunklen, fernen Horizont sehen kann. Motten, Käfer und eine tote Möwe liegen herum. Matthew stößt sie mit der Fußspitze über den Rand und lässt die Kiste polternd auf den Metallboden fallen.

Er öffnet einen Werkzeugkasten und holt eine kleine Axt heraus.

»Ich werde versuchen, die Kiste nicht zu sehr zu beschädigen.«

»Das ist mir egal. Ich will sie und fast alles, was darin ist, so schnell wie möglich loswerden. Sie ist nichts als eine Last, die ich nie wiedersehen möchte.« Ihr Herz schlägt schneller, und ihr Kopf ist ganz leicht.

Matthew hebt die Axt, zielt und schlägt damit auf das erste Schloss. Holz splittert, das Schloss fällt zu Boden. Dann noch ein Schlag und noch einer. Insgesamt fünf, einer für jedes verfluchte Schloss. Dann steht er auf, tritt zurück und wendet sich demonstrativ ab. »Ich sehe mir besser nicht an, was darin ist.«

Isabella kann vor Dankbarkeit kaum atmen. Sie klappt rasch den Deckel auf. Helles Sonnenlicht schimmert auf Gold und Edelsteinen. Sie schiebt die Hände darunter, hebt den Samt hoch und findet das Band.

Sie zieht es heraus und lässt den Deckel wieder zufallen. Mit dem Daumen streicht sie über die Korallenperlen des Armbands, und eine seltsame Ruhe legt sich über sie und löst die Knoten in ihrem Gehirn. Alles ist ganz einfach: Sie wird so lange für Mrs. Fullbright arbeiten, bis sie genügend Geld für die Überfahrt nach Amerika verdient hat. Mit Daniels Armband kann sie alles ertragen.

»Sie können sich jetzt umdrehen.«

Er gehorcht. Sie streckt die Hand aus. »Könnten Sie mir das umbinden?«

»Natürlich.« Behutsam und geschickt bindet er ihr das Band ums Handgelenk.

»Es ist die letzte Erinnerung an Daniel«, sagt sie sanft, und ihre Stimme wird fast von Wind und Sonnenschein davongetragen. Sie blickt auf die Kiste. »Die sollte ich irgendwo verstecken, wo sie nie gefunden wird.« Ihr Blick wandert zum Meer. Dorthin gehört sie, auf den Grund des Ozeans.

Matthew folgt ihrem Blick. »Ich kann ein Stück hinausrudern und sie ins Wasser werfen.«

»Ist es tief?«

»Ich rudere so weit wie möglich hinaus, während der Ozean noch halbwegs still ist.«

Sie nickt. »Tun Sie es.«

Sie tragen die Kiste wieder hinein, wickeln sie in Isabellas zerrissenes, blutbeflecktes Kleid, und dann nimmt Matthew sie mit, um sie aufs Meer hinauszubringen. Isabella läuft die Treppe hinauf und auf die Plattform, um zu sehen, wie ihre letzte Verbindung zu den Winterbournes für immer durchtrennt wird.

Matthew sagt sich wieder und wieder, dass er nicht hineinschauen wird. Er wird es nicht tun. Er muss nicht erfahren, was in der Kiste ist. Und doch … sie hat ihn gebeten, sie ins Meer zu werfen. Sie ist müde, verwirrt, bedrückt von einem Kummer, der offensichtlich ihren Verstand getrübt hat. Wenn sie es nun bereut? Wenn sie irgendwann bedauert, dass sie den Inhalt der Kiste im Meer versenkt hat? Er erinnert sich, dass Clara ihn einmal beauftragt hat, einen Brief ihrer Mutter zu verbrennen, bevor sie ihn gelesen hatte. Er gehorchte und musste sich später tränenreiche Vorwürfe anhören.

Also muss er hineinschauen. Er muss Vernunft wahren, wenn sie es nicht kann. Wenn er hineinschaut und eine Sammlung alter Bücher oder Kleider oder Flaschen oder Uhren oder … anderer wertloser, beliebiger Dinge findet, wird er sie entsorgen. Doch wenn es etwas Bedeutsames ist, von dem sie sich später vielleicht wünschen wird, sie hätte es behalten, wird er es heimlich für sie aufbewahren.

Die Tür zum Leuchtturm schließt sich hinter ihm. Er geht um die Ecke des Häuschens zu dem Blechverschlag, der sein Feuerholz trocken hält. Im Schatten des Verschlages wickelt er die Kiste aus und klappt sie auf, bevor er es sich anders überlegen kann.

»Oh, nein. Nein, nein, nein«, murmelt er. Denn in der Kiste liegt etwas so Wunderschönes und Wertvolles, dass er es zunächst gar nicht begreifen kann. Der schimmernde Stab, der verzierte Kopf, das geprägte Gold. Edelsteine in Rot, Grün, Blau. Er weiß nicht, um was für einen Gegenstand es sich handelt, aber er ist nicht wertlos oder beliebig. Und er weiß, dass sie ihn nicht wegwerfen darf. Sie wird es bereuen. Ganz sicher.

Er nimmt ein passendes Holzscheit vom Stapel und wickelt das Kleid darum. Dann schließt er die Kiste und versteckt sie sorgsam im Holzstapel. Er nimmt den schmalen Weg, der an der geschützten Seite der Felswand entlangführt, und steigt die moosbewachsenen Stufen zum Ruderboot hinunter. Er schaut hoch. Isabella beobachtet ihn von der Plattform aus. Er winkt ihr zu, und sie winkt zurück, das schwarze Band ums Handgelenk. Nach einem kurzen Anflug von schlechtem Gewissen rudert er gegen die Wellen. Die Aufgabe wäre am Nachmittag unmöglich, wenn der Wind frisch und das Meer wild ist, doch am Morgen ist es oft ruhiger. Er rudert so weit hinaus wie möglich, bevor der Sog zu stark wird. Die Sonne scheint auf seine Unterarme. Er hebt deutlich sichtbar das Holzscheit hoch und wirft es ins Wasser. Sie beobachtet ihn bestimmt. Bereut sie es schon? Egal. Falls sie es sich anders überlegt, wird er den Stab an einem sicheren Ort für sie bereithalten.

Was immer es auch sein mag.

Wann immer das auch sein mag.

Wo immer das auch sein mag.

Matthew besteht darauf, dass sie sich den Tag über noch ausruht, bevor sie zu Mrs. Fullbright geht. Ihre Wunden müssen heilen, ihre Füße sind aufgerissen. Den Morgen verbringt sie im Bett, und als Matthew mittags schlafen muss, setzt sie sich nach draußen auf die Plattform, blickt auf den Ozean und lässt ihre Gedanken schweifen. Sie fürchtet sich davor, zu Mrs. Fullbright zu gehen, da sie nicht weiß, ob sie dort willkommen ist. Doch Matthew wirkt zuversichtlich, und sie vertraut ihm. Sie vertraut ihm, obwohl sie ihn nicht kennt. Irgendetwas an ihm kommt ihr bekannt vor, und seine Gegenwart wirkt tröstlich. Sie weckt ein längst vergessenes Gefühl von Sicherheit. Sie trennt sich ungern von ihm, begreift aber, dass es sein muss. Sie weiß, wie die Gesellschaft denkt: Eine junge Frau kann nicht mit einem alleinstehenden Mann in einem Haus wohnen, in dem es nur ein Bett gibt. Sie muss tun, was die Gesellschaft ihr vorschreibt, wenn sie die Stelle bei Mrs. Fullbright bekommen, ehrliches Geld verdienen und zu ihrer Schwester reisen will.

Der Nachmittag schwindet dahin. Bald dämmert es, und Matthew muss wieder an die Arbeit gehen. Sie holt ein paarmal tief Luft, hoch oben über der Welt, und steigt die steile Wendeltreppe hinunter.

Matthew ist auf, er trägt Hose, Unterhemd und Hosenträger und zündet sich gerade die Pfeife an. Als sie hereinkommt, dreht er sich um und zieht lächelnd einen Mundwinkel hoch.

»Ich nehme an, ich muss gehen.«

»Es ist am besten so. Sie finden schon Ihren Weg.«

Sie nickt und geht zur Tür, um die zu engen Schuhe anzuziehen. Matthew hat ihr eine kleine Tasche gepackt: zwei Kleider, die beide zu groß sind. Immerhin hat sie etwas zum Anziehen. Das Herz schlägt ihr bis zum Hals, sie fühlt sich hilflos.

»Ich bin hier, wenn Sie mich brauchen, Isabella«, sagt er, lächelt und korrigiert sich. »Ich meine, Mary Harrow.«

»Danke. Für alles.«

Dann schließt sich leise die Tür hinter ihr, und sie steht auf dem Weg, der in die Stadt hinunterführt.

Wenngleich ihre Füße brennen, geht sie entschlossen los. Der Weg ist sandig und auf beiden Seiten von dichten, scharf riechenden Pflanzen gesäumt. Sie erkennt die essbaren Beeren, braucht diesmal aber keine zu pflücken. Sie hat heute drei anständige Mahlzeiten gegessen, und Mrs. Fullbright wird sicher noch mehr für sie haben. Der Weg verbreitert sich, die Stadt kommt in Sicht. Der Waldstreifen schützt die hölzernen Häuser mit den Blechdächern vor dem Wind, der vom Meer herüberweht. Es sind etwa zwanzig Gebäude. Eine Kneipe. Ein großer Schuppen, der vielleicht mit dem Zucker- und Holzhandel zu tun hat, den Matthew erwähnt hat. Eine kleine, unscheinbare Kirche mit verputzten Wänden.

Von der Anhöhe aus sucht sie nach dem großen Haus am Anfang der Straße. Hellrosa Holz. Zwei Stockwerke mit einer großen Veranda, die sich ums ganze Haus zieht. Es steht auf einem grünen Viereck mit säuberlich angeordneten Blumenbeeten. Hier wohnt Mrs. Katherine Fullbright mit ihrem Sohn Xavier, dazu vermutlich ein Ehemann und einige Dienstboten. Isabella hat insgeheim gehofft, dass Mrs. Fullbright ihr die Stelle nicht geben würde. Dass sie in die Sicherheit des Leuchtturms zurückkehren könnte. Doch nun, da sie das Haus, den Rasen und die Blumen gesehen hat, möchte sie gern dort wohnen. Sie möchte ihre Füße in das Gras drücken, in einem richtigen Haus mit Teppichen und Vorhängen wohnen. Es ist Monate her, dass sie diesen ganz normalen Luxus genossen hat.

Isabella geht entschlossen die grasbewachsene Böschung neben der ungepflasterten Straße entlang, durchs Tor und die Stufen hinauf zur Haustür. Die Fensterbänke sind weiß gestrichen. Es gibt Spitzengardinen. Sie mag Mrs. Fullbright schon jetzt.

Isabella ordnet ihr Haar, damit es den Schnitt an ihrem Hals verdeckt. Sie möchte Mrs. Fullbright keine Angst einjagen. Die Handschuhe, die der Frau des früheren Leuchtturmwärters gehört haben, bedecken die Verletzungen an ihren Händen. Gegen den Sonnenbrand kann sie nichts ausrichten, wendet aber das Gesicht ein wenig von der Lampe ab.

Dann betätigt sie die Messingglocke und wartet.

Schließlich öffnet sich die Tür einen Spalt weit, und eine dunkelhaarige Frau mit dunklen Augen und vollen Lippen späht heraus.

»Guten Tag, ich möchte gerne Mrs. Fullbright sprechen.«

Die Tür wird ganz geöffnet. »Ich bin Katarina Fullbright«, sagt die Frau mit einem leichten Akzent, den Isabella nicht einordnen kann.

Sie hat damit gerechnet, dass ein Hausmädchen öffnen würde, und begreift erst allmählich, dass diese unglaublich schöne junge Frau mit der glatten, olivbraunen Haut und den leicht geweiteten Nasenlöchern Mrs. Katherine Fullbright ist. Sie hat eine Dame mittleren Alters erwartet, natürlich Engländerin, die Wert auf Manieren legt und ein konservatives Kleid trägt. Keine karmesinrote Katarina.

Sie erinnert sich an den Grund für ihr Kommen und gibt Katarina die Hand. »Ich bin Mary Harrow. Wie ich hörte, suchen Sie ein Kindermädchen. Ich bin Kindermädchen und suche eine Stelle.«

Katarinas vollkommen geschwungene Augenbrauen schießen in die Höhe. »Sind Sie das?«

»Ja, das bin ich. Leider habe ich meine Referenzen verloren.«

»Kommen Sie herein, Mary«, sagt sie ungerührt und führt Isabella in ein Wohnzimmer mit hoher Decke und holzgetäfelten Wänden. Ein großes Sofa mit einem gehäkelten Überwurf, zwei Ledersessel, Bücherregale, ein Sideboard an der Wand. Isabella kann ein kleines Esszimmer und dahinter die Küche sehen. Das Haus ist sauber und riecht nach einer Möbelpolitur mit Zitrone und Öl. Es wird nur von zwei großen Kerzen erhellt. »Setzen Sie sich. Das ist eine willkommene Überraschung.«

»Vielen Dank«, antwortet Isabella und hockt sich mit der Tasche zwischen den Füßen aufs Sofa.

»Ich hatte damit gerechnet, dass ich noch eine Anzeige aufgeben und monatelang warten müsste«, sagt Katarina. »Es ist schwer, jemanden zu finden, der bereit ist, so weit zu reisen. Und Xavier ist … ein schwieriges Kind. Haben Sie etwas gegen schwierige Kinder?«

Zum ersten Mal begreift Isabella, dass sie für das bescheidene Gehalt, das sie sich vorstellt, arbeiten muss. Zu Hause in Somerset verbrachte sie ihre Tage mit Handarbeiten, schnitt und arrangierte Blumen, lud zum Tee ein und begleitete ihren Mann in die Stadt. Sie hat noch nie im Leben wirklich gearbeitet. »Selbstverständlich habe ich nichts dagegen.« Sie spürt, welche Kluft zwischen ihren Worten und ihren Gefühlen liegt. Sie hätte noch ein paar Tage im Leuchtturm bleiben sollen, nicht so überstürzt herkommen dürfen. Sie kann nicht klar denken. Das Gefühl der Hilflosigkeit kehrt zurück, ein dunkles Schluchzen in ihrem Kopf.

»Xavier ist nicht hier«, sagt Katarina. »Er ist für ein paar Tage mit Mr. Fullbright verreist.«

»Soll ich später wiederkommen?«

»Nicht nötig. Sie sind jetzt hier. In der Stadt kann man nirgendwo sonst wohnen. Die Köchin hat Feierabend, also kann ich Ihnen nichts Warmes anbieten. In der Küche ist aber noch Brot und Bratenfett.«

»Ich habe keinen Hunger. Ich …« Isabella fasst sich an die Stirn. »Ich bin furchtbar müde.«

Katarina lächelt. »Ach so, eine lange Reise? Ich sehe, Sie haben von der Fahrt im Wagen Sonnenbrand. Kommen Sie von den Goldfeldern? Haben Sie dort zuletzt gearbeitet?«

Isabella nickt.

»Kommen Sie, Mary, ich zeige Ihnen das Bad und das Kinderzimmer. Sie werden im selben Zimmer schlafen wie Xavier. Heute können Sie früh schlafen gehen, und morgen besprechen wir die Einzelheiten.« Isabella hat das Gefühl, als wollte Katarina dringend weg. Vielleicht erklärt das auch das prachtvolle Kleid.

Isabella nickt, und Katarina führt sie durch einen mit einem Teppich ausgelegten Flur, von dem rechts und links Türen abgehen. Sie bleibt am Ende des Flurs stehen und zeigt nach rechts. »Das Badezimmer.« Dann links. »Das Kinderzimmer. In der großen Kommode ist Bettwäsche. Ich gehe heute Abend aus, Sie müssen verzeihen.«

Dann verschwindet sie in einem Wirbel aus rotem Stoff und dunklem Haar. Isabella geht ins Bad. Im Dämmerlicht kann sie kaum ihr Gesicht im Spiegel erkennen, doch was sie sieht, erschreckt sie. Sie ist tatsächlich sonnenverbrannt. Ihr Gesicht leuchtet, auf der

Nase hat sie Blasen. Ihre Wangen sind eingefallen, die Schatten unter ihren Augen tief und dunkel. Ihr Haar ist strähnig und ungekämmt. Im Vergleich zu Katarinas frischer Schönheit sieht Isabella aus wie eine Hexe. Sie hat zu viel Entsetzliches gesehen, es steht ihr ins Gesicht geschrieben. Sie wendet sich ab, spritzt sich Wasser ins Gesicht und wäscht sich die Hände, dann geht sie ins Kinderzimmer.

Links und rechts der Tür stehen Laternen, die sie mit langen Streichhölzern anzündet, die auf dem Toilettentisch liegen. An einer Wand befinden sich ein Kinderbett mit Gittern und ein weiteres kleines Bett. Gegenüber eines für Erwachsene. Dazwischen liegt ein großer blauer Teppich, eine Kiste mit Spielzeug steht herum. Isabella hebt einen Plüschbären vom Boden auf und legt ihn auf das kleine Bett. Sie hat nicht einmal gefragt, wie alt Xavier ist. Wieder überwältigt sie die Frage, was sie eigentlich will. Es geht zu schnell. Sie muss sich erst daran gewöhnen, dass die anderen alle tot sind und sie allein in einem fremden Land ist.

Gestern Abend haben die Gefühle sie auch überwältigt, doch der lange Nachtschlaf brachte Erholung. Das Erlebte hat sie erschöpft, bis tief in die Seele hinein. Sie lässt die Tasche neben dem Bett fallen und zieht das Kleid aus.

Die Haustür schlägt zu. Schritte verklingen auf den Stufen. Sie ist allein in einem fremden Haus. Die Neugier macht sie unruhig. Sie öffnet die Tür des Kinderzimmers und horcht angestrengt. Nichts. Am Ende des Flurs führt eine Tür ins Wohnzimmer. Sie drückt die Klinke hinunter. Abgeschlossen.

Isabella ist gereizt, obwohl sie weiß, dass sie kein Recht dazu hat. Katarina ist ihr vor einer Stunde zum ersten Mal begegnet, natürlich darf sie sich nicht frei und ungehindert im Haus bewegen. Sie ist nur eine bezahlte Hilfe.

Isabella kehrt in ihr Zimmer zurück, kniet sich aufs Bett und stützt die Hände aufs Fensterbrett. Sie kann den Leuchtturm über den Bäumen sehen. Sein Leuchtfeuer ist zum Leben erwacht und malt ein Muster aufs Meer, meilenweit über den wütenden Ozean, der Isabellas altes Leben von diesem seltsamen, neuen trennt. Lange sieht sie nach draußen, während der Abend tiefer wird und die Dunkelheit sie umschließt.

Um drei Uhr vergräbt Matthew einen großen Gegenstand im Wald. Es ist keine Leiche, aber er hat ein so schlechtes Gewissen, als wenn es eine wäre. Er hat die Gewichte aufgezogen, damit das Leuchtfeuer weiter blitzt; es ist das erste Mal, dass er den Leuchtturm während des Betriebs verlässt. Es ist natürlich nicht verboten, das Leuchtfeuer kurz allein zu lassen, aber er geht ein Risiko ein, und Matthew mag keine Risiken. Auch gefällt es ihm nicht, dass er Isabella bezüglich des wertvollen Stabes belogen hat, den er in seinen Sarg aus Walnussholz gelegt und sorgfältig in Öltuch gewickelt hat, um ihn hier zwischen den Knopfmangroven zu vergraben.

Als er fertig ist, richtet er sich auf und stützt die Hand in den Rücken. Er ist nicht mehr jung. Als sich der Schmerz gelegt hat, lässt er die Kiste in das drei Fuß tiefe Loch fallen und bedeckt sie mit Erde. Währenddessen fragt er sich, wieso er das eigentlich macht. Wieso er seine Pflichten vernachlässigt und sich in der dunkelsten Stunde der Nacht abmüht, etwas Kostbares zu vergraben, das vermutlich illegal erworben wurde, und zwar von einer Frau, die er kaum vierundzwanzig Stunden kennt. Ist er ein so törichter alter Kerl, dass eine Frau, nur weil sie ihn an Clara erinnert, seinen moralischen Kompass durcheinanderbringen kann?

Nein. Er hilft einem Menschen in Not, das ist alles. Sie kam verzweifelt und blutend zu ihm, hatte nicht einmal Schuhe an. Nun hat sie die kostbare Erinnerung an ihr verlorenes Baby zurückerlangt und ein Dach über dem Kopf und eine ehrliche Arbeit. Die Kiste zu vergraben ist auch nicht schlimmer, als sie in den Ozean zu werfen. So kann sie, wenn sie ihre Meinung ändert, irgendwann dorthin zurückkehren, woher sie gekommen ist. Und er möchte ihr diese Möglichkeit offenhalten.

Matthew klopft die Erde fest, damit sie sich nicht von der Umgebung unterscheidet. Dann streut er welkes Laub darüber, als hätte dort nie jemand gegraben. Es ist Zeit, zum Leuchtfeuer zurückzukehren.

Dreizehn

Percy Winterbourne kann nicht lesen. Natürlich hat er es gelernt. Natürlich ist er nicht dumm, keineswegs. Aber wenn er Buchstaben und Zahlen betrachtet, verwandeln sie sich manchmal in Hieroglyphen, drehen sich auf den Kopf und von vorn nach hinten. Mit Konzentration und schlauen Tricks – einige Buchstaben abdecken, während er andere entziffert, sie mit oder ohne Taschenspiegel betrachten – kommt er meistens zurecht. Doch am besten geht es ihm, wenn er gar nicht erst am Schreibtisch sitzen, kein Buch oder Register aufschlagen und nicht im Beisein anderer etwas lesen muss.

Wenn Arthur endlich von seiner Reise zurückkehrt, kann ihm Percy den ganzen Papierkram überlassen und muss nie wieder einen Blick darauf werfen.

Er sitzt am großen Mahagoni-Schreibtisch seines Bruders, vor dem Fenster erstreckt sich ein Kastanienwald. Die Weidenkätzchen blühen, und weiße Wildblumen schimmern golden in der Spätnachmittagssonne. Wie gern wäre er jetzt mit seinen Hunden da draußen, würde wandern oder jagen oder einfach nur eine fröhliche Melodie pfeifen. Stattdessen sitzt er hier drinnen und versucht zum vierten Mal, die Zahlen am Ende der Spalte mit den Zahlen am Ende der anderen Spalten auf einen Nenner zu bringen. Er könnte schwören, dass sie zwischen den Spalten hin und her springen, nur um ihn zu ärgern, weil er sie heute so oft verflucht hat.

Es klopft. Percy schiebt das Hauptbuch unter einen Stapel Schmuckbestellungen. Niemand soll merken, dass er Ende April noch mit den Zahlen vom März kämpft.

»Herein«, sagt er und bemüht sich, nicht frustriert oder schwach oder niedergeschlagen zu wirken.

Die Tür geht auf, und Charles Simmons, der Leiter der Handelsabteilung, steht in der Tür. Er ist weiß wie ein Laken. Furcht regt sich in Percys Magengrube. »Mylord, ich …«

»Machen Sie die Tür zu, und setzen Sie sich«, sagt Percy. Es sind schlechte Neuigkeiten. So sieht niemand aus, der etwas Gutes zu berichten hat.

Charles geht über den dicken Teppich und setzt sich auf den Lederstuhl vor dem Schreibtisch. Er faltet die zitternden Hände über den Knien.

»Heraus damit.«

»Vorhin habe ich das Telegramm eines wütenden Geschäftsmanns aus Brisbane in Australien erhalten. Er erwartete eine Lieferung. Es scheint, dass die *Aurora* nicht in Brisbane eingetroffen ist.«

Percy ist verwirrt. »Wo ist Brisbane? Ich dachte, Arthur führe nach Sydney.«

»Es ist der letzte Hafen vor Sydney. Sie wurden dort erwartet, um eine Ladung Teppiche und Tapeten zu löschen.« Charles wirft einen Blick auf die grüne Flocktapete.

»Sie haben sich verspätet. Da braucht man doch nicht so bleich zu werden.«

»Ich habe ein Telegramm an den Hafen in Townsville geschickt. Die *Aurora* hat dort am 29. März eine Ladung abgeliefert, kurz vor einer Schlechtwetterperiode. Das ist fast einen Monat her, Sir. Von Townsville nach Brisbane braucht man nur wenige Tage.«

Percy versucht, die aufsteigende Panik zu unterdrücken. Eine Katastrophe! Der unschätzbare Amtsstab, der Gegenstand, der ihnen endlich einen Auftrag der Königin eingebracht hat. Und wie soll er Mutter erklären, dass Arthur auf See verschollen ist? Seit dem Tod des Vaters verehrt sie ihren erstgeborenen Sohn. Sie verehrt ihn so sehr, dass Percys Gefühle für seinen Bruder und die verrückte Schwägerin längst erkaltet sind.

Dann durchzuckt ihn ein Gedanke: Muss er für den Rest seines Lebens über Zahlen und Buchstaben im Büro sitzen, falls Arthur nicht zurückkommt?

Er springt auf. »Erzählen Sie niemandem davon. Vielleicht tauchen sie doch noch auf. Telegrafieren Sie den Leuchtturmstationen entlang der Küste. Nehmen Sie Verbindung zur Polizei in Brisbane auf. Tun Sie alles, um die *Aurora* zu finden. Wir dürfen nicht gleich das Schlimmste annehmen. Noch nicht.« Bei dem Gedanken, dass der unschätzbar wertvolle Amtsstab tief auf dem Meeresgrund liegt, nur geschützt von den Händen seines toten Bruders, wird ihm übel.

»Das werde ich, Sir.« Charles erhebt sich. »Ich werde nicht ruhen, bis wir wissen, was geschehen ist. Und ich bedauere es außerordentlich, dass ich Ihnen die beunruhigende Mitteilung machen muss, dass etwas so Kostbares womöglich verlorengegangen ist.«

»So kostbar«, wiederholt Percy. »Das Kostbarste, was wir je hergestellt haben.«

Charles räuspert sich. »Ich meinte Ihren Bruder, Sir.«

Das kurze, verlegene Schweigen macht Percy wütend. »Na los, gehen Sie. Und geben Sie mir Bescheid, wenn Sie etwas hören.«

Isabella erwacht sehr früh, doch die Tür am Ende des Flurs ist noch verschlossen. Sie steht auf, wäscht sich, zieht sich an und setzt sich aufs Bett. Sie ist nicht die Herrin in ihrem eigenen Haus. Sie ist eine Dienstbotin. Dienstboten sollen den Launen anderer dienen. Das ist der allgemeinen Stellung einer Frau gar nicht so unähnlich, und sie hofft, sich rasch daran zu gewöhnen. Gewiss wird sie nur einige Monate brauchen, bis sie das Geld für ihre Reise zusammenhat. Isabella streicht vorsichtig mit den Fingern über das schwarze Band. Sie kann es ertragen.

Als die Sonne auf das Fenster trifft, hört sie, wie sich im Haus Leben regt. Vorsichtig steht sie auf und verlässt das Kinderzimmer. Die Tür am Ende des Flurs steht jetzt offen, und es riecht nach gekochtem Obst und Zimt. Sie biegt um die Ecke ins Esszimmer und sieht eine breithüftige Frau am Herd stehen, die in einem Topf rührt. Isabella räuspert sich leise.

Die Frau dreht sich um. »Oh, guten Morgen«, sagt sie mit einem knappen Lächeln. »Mrs. Fullbright hat mir gesagt, dass du hier bist.«

»Ist Mrs. Fullbright in der Nähe?«

»Sie ist unten. Sie wird gleich zum Frühstück aufstehen, aber wenn du Hunger hast, kannst du mit mir essen.« Die Köchin deutet auf den kleinen runden Tisch, der mitten in der Küche steht. »Hier isst das Personal.«

Isabella setzt sich. Der Stuhl ist hart und ungemütlich. »Ich bin Mary«, sagt sie.

»Ich bin Bessie, aber man nennt mich nur Köchin.« Sie löffelt Porridge mit Apfelkompott in eine Schüssel und stellt sie Isabella hin.

»Gibt es noch weitere Dienstboten?«

Die Köchin schaut sich um und sagt mit leiser Stimme: »Die Fullbrights haben nicht mehr so viel Geld wie früher. Sie hat vor zwei Monaten das Mädchen entlassen und noch nicht für ein neues inseriert. Wir beide werden wohl Staub wischen und putzen müssen.«

Staub wischen? Putzen? »Ich verstehe.«

»Es ist nicht so viel, Liebes. Das haben wir im Nu geschafft, und wenn Master Xavier zurück ist, wirst du sehen, dass er nicht viel Arbeit macht. Er kann sich stundenlang selbst beschäftigen.«

»Wirklich? Mrs. Fullbright hat angedeutet, er sei ein schwieriges Kind.«

»Schon, aber nicht laut oder fordernd. Er spricht nicht.«

»Wie alt ist er?«

»Ach, drei oder vier, schätze ich. Sollte inzwischen reden wie ein Wasserfall, hat aber noch kein Wort gesagt. Nicht mal Mama oder Papa.« Die Köchin wendet sich wieder ihrem Topf zu. »Aber du darfst das nicht in Gegenwart der Fullbrights erwähnen. Sie sind da sehr empfindlich. Können die Vorstellung, er könnte nicht normal sein, nicht ertragen. Mr. Fullbright hat sich in den Kopf gesetzt, der Junge sei einfach nur ungezogen.«

Isabella muss die Neuigkeiten verdauen. Sie ist neugierig darauf, Xavier und Mr. Fullbright kennenzulernen. Sie ist auch gespannt, Katarina bei Tageslicht zu begegnen. Sie erinnert sich an eine glanzvolle Schönheit, die im Lampenlicht dunkel schimmerte. Vielleicht sieht sie bei Tag eher wie eine normale Frau aus. Aber Isabella hat auch Angst: Sie hat sich nicht mehr um ein Kind gekümmert, seit sie ihr eigenes verloren hat.

Die Köchin setzt sich mit einer Schale Porridge ihr gegenüber und beginnt geräuschvoll zu essen. Isabella hört Schritte auf der Treppe und dann Katarinas Stimme. »Ist Mary schon wach?«

»Ich bin hier, Ma'am«, ruft Isabella, schiebt den Stuhl zurück und geht zu Katarina ins Wohnzimmer.

Sie trägt die Haare heute straff zurückgekämmt. Ohne die dunkle Mähne fehlt ihr die Wolke aus üppiger Sinnlichkeit, die Isabella in Erinnerung geblieben ist. Sie ist auch nicht in Rot, sondern in dunkelblauen Serge gekleidet. Immer noch schön, aber nicht mehr so überwältigend. Isabella fragt sich, wo Katarina gestern Abend ohne ihren Ehemann und in solch aufsehenerregender Pracht hingegangen sein mag.

»Ah, Mary, dein Gesicht ist nicht mehr so gerötet, und du hast dir die Haare gekämmt. Zum Glück. Xavier würde sich erschrecken, wenn er dich in diesem Zustand sähe. Komm, ich führe dich durchs Haus, und wir sprechen über deine Arbeit.«

Katarina zeigt ihr all die Zimmer, die sie schon gesehen hat oder an denen sie vorbeigekommen ist, darunter auch die beiden neben dem Kinderzimmer. Das eine ist ein Nähzimmer, das andere ein Gästeschlafzimmer. Auf der anderen Seite des Wohnzimmers gibt es ein prachtvolles Schlafzimmer, das Mr. und Mrs. Fullbright gehört. Isabella wird nach unten und durch ein hölzernes Tor in das Untergeschoss geführt.

»Hier befinden sich das Schlafzimmer und der Wohnraum der Köchin«, sie zeigt auf eine Tür zu ihrer Linken. »Da drüben schläft das Hausmädchen, aber sie ist nach Schottland zurückgekehrt, und wir haben noch keinen Ersatz gefunden.« Dann nickt sie zu einem schmalen Flur, an dessen Ende eine Tür zu sehen ist. »Dorthin darfst du nicht gehen.«

Isabella will schon nach dem Grund fragen, erinnert sich aber daran, dass sie eine Dienstbotin ist und keine Fragen stellen darf. »Ja, Ma'am«, sagt sie stattdessen.

»Und du gehst auch nicht mit Xavier dorthin.« Sie

öffnet eine weitere Tür. »Die Waschküche. Im Augenblick erledigt die Köchin die Wäsche, bis wir ein neues Mädchen finden. Ich möchte, dass du dich um die oberen Zimmer kümmerst. Jeden Morgen Betten machen, am Samstag die Teppiche ausklopfen, Staub wischen und polieren. Die Köchin wird dir zeigen, wo alles ist. Du kannst heute anfangen, solange Xavier noch weg ist.«

»Ja, Ma'am«, sagt Isabella noch einmal und schaut zurück in den verbotenen Flur zu der verbotenen Tür.

»Hier geht es in den Garten, aber du kannst auch die Treppe von der Küche aus nehmen.« Katarina öffnet eine Tür, die den Blick auf den sonnendurchfluteten Garten freigibt.

Isabella kann das Gras riechen, die Blumen. Es ist so lange her. Ohne zu überlegen, macht sie einen Schritt nach vorn, streift die Schuhe ab und vergräbt ihre Zehen im Gras. Der Herzschlag der Welt donnert durch ihre Fußsohlen.

»Bitte zieh die Schuhe an, Mary«, sagt Katarina stirnrunzelnd und geht wieder die Treppe hinauf.

Isabella schreckt aus ihren Träumen hoch. Schuhe. Sie zieht sie an und eilt hinter Katarina die Treppe hinauf.

Matthew ist auf der Wendeltreppe, als er hört, wie der Telegraf klappernd zum Leben erwacht. Es ist kurz vor acht, und er hat gemächlich die toten Käfer von der Plattform gefegt und sich gefragt, wie es Isabella heute gehen mag. Hat sich nach ihr gesehnt wie ein Junge. Er ist dankbar, dass ihn der Morsecode ablenkt. Er holt den Vordruck für ein Telegramm heraus und beginnt, das Signal zu entschlüsseln. Da er Telegramme übertragen muss, die nicht für ihn bestimmt sind, hat er sich daran gewöhnt, nur zu schreiben, was er hört, ohne auf den Inhalt zu achten. Als er die erste Zeile übertragen hat, begreift er, dass die Nachricht diesmal für ihn ist.

Vermisstes Schiff Aurora. Dreimastbark, zuletzt gesehen am 29. März, Townsville. Erwartet in Brisbane spätestens am 12. April. Erbitten dringende Nachricht über Sichtungen.

In seiner Zeit als Leuchtturmwärter hat er zweimal erlebt, wie Schiffe untergegangen sind. Für die Hinterbliebenen ist es eine langsame Katastrophe, für die Leute an Bord geht es schnell und brutal. Familien, Geschäftspartner und Polizei erleben das Unglück aus der Ferne. Zuerst den Verdacht, etwas könne geschehen sein; dann die wachsende Gewissheit, das allmähliche Begreifen, dass ein grausamer Tod ihnen teure Menschen längst entrissen hat. Das Grauen kommt schrittweise. Und während Matthew für alle Beteiligten hofft, dass es gute Neuigkeiten von der *Aurora* geben wird, ahnt er bereits, was geschehen ist.

Schließlich hat er das Telegramm übertragen und schaut traurig auf den Namen des Mannes, der es geschickt hat: Charles Simmons im Auftrag von Percy Winterbourne. Er fragt sich, ob es Angehörige sind, ob sie ängstlich und mit heißem Herzen auf und ab laufen und auf Nachricht von den geliebten Menschen warten.

Matthew wendet sich dem Register zu, in das er alle Schiffe einträgt, die er sieht, versehen mit dem jeweiligen Datum. Möglicherweise ist die *Aurora* weit draußen, außerhalb seiner Sichtweite, vorbeigesegelt, doch wenn sie nach Brisbane wollte, würde sie vermutlich nicht weiter als drei Meilen vor der Küste fahren. Er überprüft das Datum. *Extrem schlechtes Wetter.* Er erschauert, hätte bei diesen Verhältnissen nicht dort draußen sein wollen. Er schickt sich an, die Wahrheit zu telegrafieren: dass er die *Aurora* nicht gesehen hat. Vielleicht ein anderer Leuchtturm. Doch dann hält er inne, seine Hand schwebt in der Luft.

Isabella.

Wenn die *Aurora* untergegangen ist, muss es in den vergangenen drei Wochen geschehen sein. Isabella ist aus dem Nichts aufgetaucht, mit zerfetzter Kleidung, die Kiste im Schlepptau. Die sonnenverbrannte Haut an Gesicht und Armen, die geschwollenen Blasen an den Füßen – wie weit ist sie gelaufen? War sie eine Schiffbrüchige?

Matthew lehnt sich zurück. Er denkt nach und schickt dann eine Nachricht an Clovis McCarthy im benachbarten Leuchtturm von Cape Franklin. Eine Stunde später kommt die Antwort.

Ja, wir haben sie am 7. April gesehen. Habe Simmons Bescheid gegeben.

Am 7. April hat die *Aurora* Cape Franklin passiert. Nach realistischen Schätzungen müsste sie längst in Brisbane angekommen sein. Sie ist untergegangen; daran zweifelt Matthew nicht. Er ist sich auch sicher, dass Isabella auf dem Schiff war, ebenso wie der Schatz, den er im Wald vergraben hat.

Aber er wird nichts sagen. Noch nicht. Vielleicht nie. Sie hat ihm gestanden, dass sie davongelaufen ist. Er schickt ein Telegramm zurück und liefert die Informationen, um die sie gebeten haben. Mehr nicht. Nein, er hat das Schiff nicht gesehen. Sie haben von Cape Franklin gehört und werden sich denken können, was geschehen ist. Die *Aurora* ist verloren. Es gibt keine Überlebenden. Zumindest keine, die gefunden werden wollen.

Nachdem sie fünf Tage lang mit Schuhen und einem Dach über dem Kopf gelebt hat, sind Isabellas äußerliche Wunden fast verheilt. Der tiefe Schnitt an ihrem Hals ist nicht mehr blutunterlaufen, an ihrer Hand ist nur noch Schorf zu sehen, der Sonnenbrand schält sich und gibt frische weiße Haut frei. Sie ist damit beschäftigt, Messing und Silber zu polieren, zu fegen und zu wischen und aufzuräumen. Am Nachmittag hilft sie der Köchin bei der Vorbereitung des Abendessens und schickt Katarina eine gewaltige Mahlzeit nach oben, an der diese nur hier und da ein wenig knabbert. Sie isst gut, sie schläft gut, sie findet eine Nische für sich, für ein neues, provisorisches Leben. Es erinnert sie ein bisschen an die Stücke, die sie und ihre Schwester als Kinder für die Familie aufgeführt haben. Sie trägt eine Art Kostüm und spielt die Rolle von Mary Harrow, Kindermädchen und Hausmädchen. Und das macht sie gut, bis auf wenige Ausrutscher – etwa als sie zugibt, dass sie noch nie Messing und Silber poliert hat und nicht weiß, wie man die Vorhänge zum Waschen von der Stange nimmt.

Am Nachmittag hält ein leichter Einspänner vor dem Haus, worauf Katarina sofort eine Flut von Befehlen erteilt. »Das ist Mr. Fullbright«, sagt sie atemlos zu Isabella und der Köchin, die gerade am Küchentisch Erbsen schälen. »Ich möchte in einer halben Stunde den Tee.«

Die Köchin nickt und bedeutet Isabella aufzustehen. Katarina ist zur Tür gegangen, um ihren Mann und das Kind zu begrüßen, doch Isabella kann ihre Neugier nicht bezähmen und schaut aus dem Wohnzimmerfenster. Mr. Fullbright hat eine tiefe, dröhnende Stimme, doch der kleine Xavier hat gar keine. Isabella nimmt an, dass er da ist, einen Beweis hat sie noch nicht erhalten.

Sie und die Köchin holen den Rest des Früchtekuchens, den es zum Frühstück gab, schneiden Äpfel und Käse, kochen Tee, rösten Brot und träufeln Honig darüber. Dann eilt die Köchin mit einem Tablett hinaus und stellt es auf den Esstisch. Isabella zögert auf der Schwelle und wartet auf weitere Anweisungen.

»Mary, komm und begrüße Xavier«, ruft Katarina.

Isabella geht nach vorn. Mr. Fullbright, der sich gerade Butter auf seinen Früchtekuchen streicht, hält inne und schaut sie stirnrunzelnd an. »Wer bist du?« Er hat einen dichten schwarzen Schnurrbart, der sich so weit vorwölbt, dass es aussieht, als hätte er keine Oberlippe.

»Das ist Mary Harrow, unser neues Kindermädchen. Mary, mein Ehemann, Ernest Fullbright.«

Ernest Fullbright stupst den kleinen Xavier an. »Los, Junge, begrüße dein neues Kindermädchen.«

Xavier, der sich eng an seinen Vater gedrückt hat, wirft einen Blick auf Isabella und beginnt zu weinen. Sie spürt, wie wichtig der erste Eindruck ist, kniet sich vor ihn hin und ergreift sanft seine Hand. »Hallo, mein Kind.«

Xavier ist so entsetzt über die Berührung, dass er zu weinen aufhört und sie anstarrt. Seine Augen sind sehr dunkel. Isabella sieht die Angst in ihren tiefen Teichen. Sie versucht nicht, ihn aufzumuntern, sondern respektiert seine Gefühle. »Ich heiße Mary und werde sehr gut zu dir sein.«

Katarina nimmt ihre Hand von Xaviers. »Keine Umarmungen und so etwas.«

Xavier schaut auf seine Finger und dreht sie vor seinem Gesicht hin und her, als sähe er sie zum ersten Mal.

»Immerhin hat er aufgehört zu weinen«, murmelt Ernest in seinen Schnurrbart.

»Dafür sind Kindermädchen da. Dafür bezahlen wir Mary.«

Isabella kauert weiter vor dem Jungen und hält seinem Blick stand. »Wie alt ist er?«

»Er wird im Juli drei.«

Juli? Isabellas Herz schlägt schneller. »An welchem Tag?« Dabei denkt sie: *Was, wenn es der 18. ist?*

»Am 18.«, sagt Katarina.

Isabellas Gesicht bleibt regungslos, doch Xavier bemerkt die Veränderung in ihren Augen und beginnt schnell zu blinzeln, als wolle er wieder weinen. Der 18. Juli. Xavier ist am selben Tag geboren wie Daniel. Er steht vor Isabella, so hätte ihr Kind aussehen können. Natürlich nicht mit dunklem Haar und dunklen Augen, aber mit dicken Fäusten und kräftigen Beinen, glänzendem Blick und samtiger Haut. Er ist Daniels lebender Zwilling, und sie ist einen Moment lang wie eingefroren, aber das Kind sieht ängstlich aus, also nimmt sie ein Stück Apfel vom Tisch und gibt es ihm. Das lenkt ihn ab, und er entspannt sich wieder.

»Er ist ein schwieriges Kind«, erklärt Katarina. »Er will nicht sprechen, obwohl er eindeutig versteht, was wir sagen.«

»Verwöhne ihn nicht«, fügt Ernest hinzu. »Sorge dafür, dass er lesen und rechnen lernt.«

»Und nicht am Daumen lutscht.«

Isabella erhebt sich und winkt Xavier. »Sollen wir ins Kinderzimmer gehen?«

Er steht auf, um ihr zu folgen. Sie schließt die Tür am Ende des Flurs und streckt ihm sofort wieder die Hand hin. Er ergreift sie rasch und bereitwillig – seine Finger sind weich und etwas klebrig –, und sie weiß, dass er genau das Gleiche spürt wie sie: dass sie irgendwie füreinander bestimmt sind.

Isabella wacht auf und blinzelt in der Dunkelheit. Stimmen. Schreie. Sie liegt still in ihrem schmalen Bett und horcht. Draußen ist es windig, die Bäume biegen sich vor dem nächtlichen Himmel, werfen im Mondlicht Schatten durch die Spitzengardine. Sie kann nicht hören, was sie sagen, aber sie weiß, dass es Katarina und Ernest sind. Katarina kreischt, Ernest dröhnt. Anschuldigungen fliegen hin und her. Isabella steht auf und geht an Xaviers Bett vorbei. Er atmet leicht und ruhig, die Stimmen stören ihn nicht. Sie öffnet die Tür des Kinderzimmers und horcht in den Flur, fängt ein paar Worte auf, keins davon harmlos: *Säufer, Hure, Lügner, Bastard.* Dann ein ohrenbetäubender Knall, und das ganze Haus erzittert, als einer von ihnen herausstürmt und die Tür mit mörderischer Gewalt hinter sich zuschlägt. Isabella weicht rasch ins Kinderzimmer zurück und schließt die Tür, doch es ist zu spät. Xavier regt sich und beginnt zu wimmern.

»Sch«, sagt sie, kniet sich neben das Bett und streichelt ihm über die Stirn. Sie ergreift seine kleine Hand und legt sie an seine Lippen. Mit traumwandlerischer Sicherheit findet er den Daumen und saugt heftig daran. Das Wimmern hört auf, der Schlaf kehrt zurück. Sie bleibt noch ein paar Minuten bei ihm, bis er sich endgültig beruhigt hat. Dann kehrt sie in den Flur zurück.

Sie kann jemanden schluchzen hören. Katarina, sie weint herzzerreißend. Isabella nähert sich der Tür am Ende des Flurs und drückt die Klinke. Verschlossen. Sie weiß, dass es sie nichts angeht, erinnert sich aber, dass sie selbst einmal so geschluchzt hat und niemand zu ihr gekommen ist. Sie klopft leise.

Das Weinen hört auf. Isabella hört leichte Schritte, dann geht die Tür auf. Katarina steht mit tränennassem Gesicht vor ihr. »Was ist?« Isabella sieht, dass sie einsam und gefangen ist. Isabella weiß genau, wie sich das anfühlt.

»Lassen Sie mich Tee machen, Ma'am«, sagt Isabella.

Katarina schüttelt den Kopf, doch Isabella ist schon auf dem Weg in die Küche. Katarina folgt ihr und lässt sich auf einen der harten Stühle am Tisch sinken. Dann legt sie den Kopf auf die Arme, um noch ein bisschen zu weinen. Isabella zündet das Herdfeuer an und setzt den Kessel auf, gibt Tee in die Kanne und holt Milch aus der Eiskiste. Schließlich stellt sie das Tablett vor Katarina hin. Dampf steigt aus den Tassen, als sie den Tee eingießt.

Katarina hebt den Kopf. »Danke, Mary. Ist das Kind aufgewacht?«

»Ja, als die Tür zugeschlagen ist, aber nur kurz. Er schläft jetzt wieder tief und fest.«

»Ich bin so unglücklich.«

»Ich weiß.«

»Woher?«

Isabella sagt nicht, dass auch sie in einer Ehe gefangen war, die ihr Herz mit Hass statt mit Liebe erfüllte. Sie sagt nicht, dass ihr Mann erst vor wenigen Wochen gestorben ist und dass sie nicht ein einziges Mal um ihn geweint hat. Sie antwortet nur: »Einfach so.«

»Er ist eifersüchtig. Er meint, ich schaue andere Männer an. Er denkt, ich wolle ihre Aufmerksamkeit erregen und ihn blamieren.« Sie senkt die Stimme. »Manchmal frage ich mich, ob er mir irgendwann weh tut. Er hat sich in den Kopf gesetzt, ich hätte einen Liebhaber. Er will mich umbringen.«

Isabella schaut sie an und erinnert sich an die Zeiten, in denen Arthur so wütend war, dass sie fürchtete, er könnte mit den Fäusten auf sie losgehen. Der Zorn der

Männer ist furchterregend. Katarina schluchzt wieder, und etwas in Isabella rührt sich. Sie steht auf, beugt sich vor und umarmt Katarina. Katarina klammert sich an sie und schluchzt nur noch lauter.

»Ganz ruhig.«

»Ich hasse ihn.«

»Ich weiß, ich weiß.«

»Wie soll ich so weiterleben?«

»Das werden Sie. Ganz ruhig.« Isabella richtet sich auf. »Trinken Sie Ihren Tee. Dann geht es Ihnen besser.«

»Nichts wird sich jemals ändern.«

»Trinken Sic Ihren Tee.« Isabella setzt sich wieder.

»Sie sind seltsam, Mary«, erwidert Katarina schließlich und greift nach ihrer Tasse.

Schweigend trinken sie ihren Tee. Dann sagt Katarina: »Er wird nachher betrunken nach Hause kommen. Keine Sorge, er ist ein fröhlicher Trinker. Halte die Kinderzimmertür geschlossen, damit Xavier ihn nicht hört.« Dann steht sie auf und kehrt ohne ein weiteres Wort ins Schlafzimmer zurück.

Isabella trinkt ihren Tee aus, leert die Kanne und spült die Tassen. Sie ist nicht müde, daher öffnet sie die Hintertür und setzt sich oben auf die Treppe. Die Nacht riecht weich und frisch; die Brise spielt mit ihrem Haar. Der Leuchtturm ist zum Leben erwacht, und sie denkt an Matthew. Ist er ebenso zornig wie andere Männer? Würde er eine Frau jemals ansehen, als wolle er ihr die Knochen brechen? Wäre er jemals herablassend, kalt oder grausam? Sie kann es sich nicht vorstellen, doch vielleicht ist sie töricht. Vielleicht machen Frauen Männer wild, weil sie Beachtung fordern. Vielleicht kann man nur mit einem Mann zusammenleben, wenn man das nicht tut. So wie die Frau von Percy Winterbourne, die so selbstverständlich Söhne wirft, wie andere Frauen Scones backen. Isabella lässt den Kopf auf die Knie sinken. Nein, Matthew ist nicht wie andere Männer. Das spürt sie tief in ihrem Inneren. Sie hofft, dass sie ihn bald wiedersieht.

Am nächsten Morgen frühstückt Xavier glücklich seine Toaststreifen mit Tee, als Katarina in die Küche segelt und verkündet: »Mary, Xavier kann mit seinen Eltern im Esszimmer frühstücken.«

Sie wirkt kühl. Die Köchin ist unten in der Waschküche, also ergreift sie die Gelegenheit. »Geht es Ihnen besser?«

»Besser? Ich weiß nicht, wovon du sprichst.« Sie zieht Xavier vom Stuhl und aus der Küche, er wehrt sich nicht. »Sorge dafür, dass er jeden Morgen bereit ist, um mit seinen Eltern im Esszimmer zu frühstücken«, sagt sie über die Schulter gewandt. »Familie und Dienstboten sollten nicht miteinander verkehren.«

Isabella spürt deutlich die Zurechtweisung.

Vierzehn

Matthew bekommt ein schlechtes Gewissen, als er den Einspänner von Clovis McCarthy vor dem Exchange Hotel in der Shore Road entdeckt. Er hat sich verspätet. Um sich heute Nachmittag mit Clovis zu treffen, hätte er zwischen zehn und drei Uhr schlafen müssen, war aber zu angespannt. Und als er endlich einschlummerte, schlief er zu tief und zu lange. Er war eine halbe Stunde zu spät aufgewacht, hatte sich schlaftrunken aufgerappelt, schnell angezogen und war zur Kneipe gelaufen, wobei er einen hoffnungsvollen Blick auf das Haus der Fullbrights geworfen hatte.

Er öffnet die grüngestrichene Tür mit der Glasscheibe, worauf ihm der Geruch von Holztäfelung, Bier und Tabakrauch entgegenschlägt. Er schaut sich in dem dämmrigen Raum um. Ernest Fullbright steht mit Abel Barrett, dem Zuckerfabrikanten, an der Theke. Die beiden sind enge Freunde. In der hintersten Ecke, unter dem Porträt der Königin, sitzt eine lärmende Gruppe von fünf Wanderarbeitern, die schmutzige Mützen und Stiefel mit Bindfaden statt Schnürsenkeln tragen. Hinter der Theke trocknet die hübsche Eunice Hand Gläser mit einem Tuch ab, das an ihrem Rockbund befestigt ist. Eunice hat schon immer für Matthew geschwärmt und wäre ihm eine gute Frau geworden, doch trotz ihres guten Herzens findet er sie ein bisschen dümmlich; Clara hat ihn für alle anderen Frauen verdorben. Clovis sitzt am Fenster, zwei große Gläser Bier warten schon.

Matthew tritt lächelnd näher. Clovis steht auf, steif in den Gelenken, er ist ein alter Mann geworden, seit Matthew ihn vor drei Jahren zuletzt gesehen hat.

»Alter Freund«, sagt Clovis.

»Ich bin spät dran.«

»Ich habe alle Zeit der Welt.« Clovis war sechzehn Jahre lang Leuchtturmwärter in Cape Franklin. Jetzt ist er auf dem Weg nach Süden, nach Brisbane, in den Ruhestand.

Nach einem festen Handschlag setzt sich Matthew und trinkt von seinem Bier, während Clovis den Gehstock an die Wand lehnt und ebenfalls Platz nimmt.

»Die Treppe hat mich geschafft, Seaward.«

»Wie ist der Neue?«

»Jung. Schlau. Hat Familie, eine mollige Frau und drei kleine Jungs. Redet schon darüber, das Öl durch Azetylen-Behälter zu ersetzen. Ich selbst habe mich geweigert. Hatte immer Angst, die verdammten Dinger könnten in die Luft fliegen.«

»Geht mir genauso. Bei der letzten Lieferung haben sie mir Azetylen statt Kerosin geschickt. Der Behälter steht noch immer da, aber ich fürchte, selbst der Lieferant traut sich nicht, ihn wieder mitzunehmen.«

Clovis zieht die Augenbrauen hoch. »Es kommt noch schlimmer. Seine Frau kennt den Code. Sie wird den Telegrafen betätigen.«

Matthew lächelt. Er weiß, was Clovis von Frauen hält. »Wirklich?«

»Das sollte keine Frau erledigen. Die klatschen zu gern. Sie wird genau wissen, was in der Stadt vorgeht, und sich einmischen. Denk an meine Worte.« Clovis schüttelt den Kopf. »Die Zeiten ändern sich zu schnell für mich, Seaward.«

Sie trinken, während die Nachmittagsschatten länger werden. Ein Bier. Dann noch eins. Clovis will ihm noch ein drittes ausgeben, doch er lehnt ab. In weniger als einer Stunde muss er das Leuchtfeuer entzünden. Er kennt seine Grenzen und überschreitet sie nie.

Matthew hat es peinlich vermieden, über die *Aurora* zu sprechen, weil er niemanden direkt anlügen will, vor allem nicht Clovis. Doch es ist unvermeidlich.

»Die Polizei war bei mir, um über das verschollene Schiff zu reden«, sagt Clovis und macht sich an sein drittes Bier. »Die werden mir nun wirklich nicht fehlen. Der örtliche Constable ist ein armseliger Idiot. Der könnte seine eigenen Füße nicht finden, geschweige denn ein Schiff.«

»Meinst du die *Aurora?* Haben sie mit der Suche begonnen?«

»Es war voll beladen, wertvolle Fracht. Und es hatte einen wichtigen Adeligen an Bord. Arthur Winterbourne und seine Frau.«

»Seine Frau?« Matthews Ohren klingeln leise. »Weißt du, wie sie heißt?«

Clovis schüttelt den Kopf. »Keine Ahnung. Sie sind ohnehin alle tot. Der Kapitän muss ein Schwachkopf gewesen sein. Warum er nicht weiter nördlich Schutz gesucht hat, ist nicht zu begreifen. Das Wetter war furchtbar.«

»Hat die Polizei etwas gefunden?«

Clovis zuckt mit den Schultern. »Zwischen unseren Leuchttürmen liegen mehr als hundert Meilen Küste. Der Constable meint, sie hätten unmittelbar südlich einige Trümmer gefunden, aber ich hätte das Schiff gesehen, wenn es so nah gewesen wäre. Vermutlich hat irgendjemand alten Kram ins Meer geworfen, um Ballast loszuwerden, weil sein Kahn volllief.« Clovis senkt die Stimme. »Ich habe etwas gehört, das nicht für mich bestimmt war.«

»Nur zu.« Matthew wünscht sich, er hätte doch das dritte Bier genommen.

»Sie hatten ein Geschenk von Königin Victoria für das australische Parlament an Bord.« Er deutet auf das Porträt. »Unschätzbar wertvoll.«

Matthews Herz schlägt schneller. »Und was war das?«

»Ein Amtsstab. Kannst du dir das vorstellen? Gold und Edelsteine, irgendwo da draußen im Meer, wo die Fische draufscheißen.«

Gold und Edelsteine. Guter Gott, Isabella hatte ihm eine Kiste voller Probleme dagelassen.

»Die Juweliere, die ihn angefertigt haben, also diese Winterbournes, sind sehr darauf erpicht, ihn zurückzubekommen.«

»Das wundert mich nicht.«

Clovis redet weiter und spekuliert und wechselt das Thema, doch Matthews Fröhlichkeit ist verflogen. Der Amtsstab hat nicht Isabella gehört. Man hätte ihn der Polizei aushändigen müssen. Aber wie soll er das tun, ohne sie zu verraten? Jetzt ist ihm klar, dass es töricht war, den Amtsstab zu vergraben. Illegal.

»Es dämmert gleich, mein Freund«, sagt Clovis schließlich und deutet auf die langen Schatten und das goldene Licht draußen.

»Zeit für die Arbeit.«

»Ich beneide dich. Ich wünschte, ich wäre wieder jung.«

Doch in diesem Augenblick fühlt sich Matthew sehr alt und müde. Er sagt seinem Freund Lebewohl und geht den Hügel hinauf nach Hause. Er macht einen kleinen Umweg zu der Stelle, an der er die Kiste vergraben hat, und schaut auf seine Stiefel. Unter ihm liegt ein Gegenstand von unschätzbarem Wert, der einer adeligen Familie oder der Königin oder dem Parlament oder allen dreien gehört. Menschen, die viel wichtiger sind als er selbst. Hätte er nur nie in die Kiste hineingesehen. Hätte Isabella sie nie mitgebracht. Wäre sie nie gekommen.

Doch dafür ist es zu spät. Passiert ist passiert. Und was geschehen wird, geschieht.

Isabella ist seit einer Woche und zwei Tagen bei den Fullbrights und weiß noch immer nicht, wie sie bezahlt wird. Wöchentlich? Monatlich? Am Ende ihrer Dienstzeit? Wie soll sie den Fullbrights vertrauen? Sie hat nicht einmal mit ihnen über die Bezahlung gesprochen. Sie geben ihr Kost und Logis, also wird sie nicht sonderlich viel verdienen, aber sie braucht das Geld. Matthew hat einen elektrischen Telegrafen in seinem Häuschen; sie möchte ihrer Schwester ein Telegramm schicken, um ihren Besuch anzukündigen. Sie hofft insgeheim, dass ihre Schwester ihren Ehemann davon überzeugen kann, Isabella Geld zu schicken, damit die Schufterei nicht ganz so lange dauert.

Obwohl sie den kleinen Xavier vermissen wird.

Er sitzt ihr gegenüber in der Küche und hilft, Wolle zu sortieren. Das Kind ist überaus intelligent, auch wenn es nicht spricht. Sie hat gesehen, wie er ihr mit den Augen folgt, wenn sie ihm abends vorliest, und gebieterisch den Zeigefinger hebt, wenn sie ein Wort überspringt oder zu früh umblättert. Er trennt mühelos das Dreifach-Garn vom Vierfach-Garn, die dunklen Augen konzentriert auf die Wolle gerichtet, den

Daumen fest zwischen den Lippen. Sie horcht auf Katarina, die das Daumenlutschen entschieden ablehnt, weil es angeblich daran schuld ist, dass er nicht spricht.

»Gut gemacht, Xavier.«

Er schaut sie nicht an, doch sie sieht das Lächeln in seinen Mundwinkeln. Vermutlich beginnt er sie zu mögen.

Schritte. Isabella zieht ihm rasch, aber sanft den Daumen aus dem Mund. Er scheint zu verstehen, dass sie Komplizen sind, und wischt den Speichel an der Hose ab.

»Mary?«, fragt Katarina und bleibt auf der Schwelle zur Küche stehen. »Mr. Fullbright hat heute Mittag Gäste und möchte Xavier ohne sein Kindermädchen dabeihaben. Du kannst der Köchin helfen.«

»Ich bin seit über einer Woche hier, Mrs. Fullbright. Die Köchin hat einen Nachmittag in der Woche frei. Kann ich das nicht auch haben?«

Katarina schaut sie an. »Vermutlich schon. Die Köchin wird auch alleine zurechtkommen. Es ist ja nur ein Gast.«

»Und wann werde ich bezahlt, Mrs. Fullbright?«

»Du bist ganz schön geradeheraus.«

Isabella ist sich nicht sicher, ob es ein Tadel oder ein Kompliment ist, also schweigt sie. Sie hat zum ersten Mal in ihrem Leben nach Geld fragen müssen.

»Diese Woche ist es etwas knapp. Ich kann dir jetzt zwei Shilling geben. Den Rest bekommst du von Mr. Fullbright am Ende des Monats, wenn seine Gläubiger bezahlt haben.« Katarina wendet sich ab, als wäre ihr das Gespräch über Geld peinlich. »Künftig solltest du nur mit ihm über deinen Lohn sprechen.«

Das Haus steht kopf, als die Köchin angewiesen wird,

einen Braten für den Gast, einen sehr reichen Freund von Ernest namens Abel Barrett, zuzubereiten. Isabella hilft ihr mit dem Gemüse und dem Teig für den Yorkshire-Pudding, während sie zwischendurch mit Xavier und seinen Holzpferden im Kinderzimmer spielt.

Kurz vor dem Mittag sucht Ernest sie dort auf.

»Du brauchst Geld?« Er hat die Mundwinkel missbilligend herabgezogen.

Sie würde gerne sagen: »Nein, Sie *schulden* mir Geld«, aber das würde ihn nur erzürnen. Sie muss sich als Bittstellerin geben, was sie im Grunde auch ist. »Ja, Sir. Und Mrs. Fullbright sagt, ich könne den Nachmittag freihaben.«

»Ha. Es ist gefährlich, eine Frau mit Geld in der Tasche und ohne Beschäftigung in die Stadt zu schicken. Dennoch, wenn Katherine es dir versprochen hat ...« Er holt einige Münzen heraus.

»Danke, Sir.« Sie nimmt sie entgegen.

Er faltet die Hände hinter dem Rücken und beugt sich zu Xavier, der nicht von seinen Holzpferden aufgeblickt hat. »Komm mit, junger Mann. Wir haben Besuch.«

Xavier schaut sehnsüchtig zu seinen Pferden und dann zu Isabella, die ihm aufmunternd zulächelt. »Geh nur, Xavier. Ich mache den Teig nur für dich. Wir sehen uns heute Abend.«

Dann sind sie weg, und Isabella begibt sich ins Badezimmer, um sich zu waschen, bevor sie sich auf den Weg zum Leuchtturm macht. Sie wird Matthew zum ersten Mal sehen, seit sie von dort weggegangen ist. Es scheint ewig her, obwohl es kaum mehr als eine Woche zurückliegt, und sie versteht auch nicht ganz, weshalb sie sich unbedingt für ihn waschen und kämmen will. Sie war nie eitel, doch Matthew hat sie nur zerlumpt und sonnenverbrannt gesehen. Dabei galt sie einmal als schön.

Um das Haus zu verlassen, muss sie durchs Wohnzimmer gehen. Sie hält an der Haustür inne und wirft einen Blick ins Esszimmer, wo Abel Barrett mit Ernest ins Gespräch vertieft ist. Abel blickt auf, ihre Augen begegnen sich. Er wendet sich an Ernest, und sie weiß, dass er nach ihr fragt. Sie zögert: Soll sie warten und sehen, ob man sie holt, um ihn zu begrüßen? Doch dann kommt Katarina dazu und verscheucht sie mit einer theatralischen Geste. Isabella schlüpft aus dem Haus und läuft die Stufen hinunter.

Der Himmel ist grau, eine bleierne Decke zwischen Erde und Sonne. Trotz seines Gewichts fühlt sie sich leicht, weil sie frei von allen Pflichten ist. Früher hat sie immer so gelebt, ohne zu wissen, wie süß es ist, unbelastet zu sein. Sie ist versucht, in die Stadt zu gehen und sich die Schaufenster anzusehen. Doch sie wird sich ohnehin nichts leisten können. Also nimmt sie den zugewucherten Weg, der bergauf zum Leuchtturm führt.

Sie klopft entschlossen und wartet. Einige Augenblicke vergehen, und ihr fällt ein, dass Matthew nachmittags schläft. Es ist ihr furchtbar peinlich, dass sie ihn womöglich aufgeweckt hat; zugleich wäre sie enttäuscht, wenn er weiterschliefe und sie nicht mit ihm sprechen könnte.

Schritte ertönen im Inneren. Die Tür geht auf. »Isabella?« Er streicht sich mit der Hand über den Bart.

»Es tut mir leid. Habe ich Sie geweckt?«

»Nein. Ich habe nur Büroarbeit erledigt.«

»Ich muss meiner Schwester ein Telegramm schicken.«

»Dann kommen Sie herein. Kommen Sie herein.«

Der Geruch überwältigt sie: Sie assoziiert ihn mit der sicheren Zuflucht, die sie nach Tagen des Leidens gefunden hat. Sie fühlt sich sofort sicher und ist auch ein bisschen traurig, als sie sich an die Zeit im Leuchtturm erinnert. Sie setzt sich an den Tisch.

Matthew bringt ihr ein Formular und einen Füllfederhalter. »Hier. Schreiben Sie die Adresse und die Nachricht hinein.«

»Wie viel kostet das?«

Matthew schüttelt den Kopf. »Ich berechne Ihnen nichts.«

Isabella trägt die Adresse ein und zögert. Was soll sie schreiben? Dann setzt ihr Herz eine Sekunde lang aus: Wenn ihre Schwester nun die Winterbournes verständigt?

Matthew bemerkt ihr Zögern. »Was ist los?«

»Vielleicht ist es nicht sicher, ihr zu sagen, wo ich bin.«

»Vertrauen Sie ihr?«

Isabella überlegt und nickt dann.

»Vertrauen Sie ihrem Mann?«

»Ich bin ihm nur einmal begegnet. Aber er schien ein reizender Mensch zu sein.«

Matthew zuckt mit den Schultern. »Das können nur Sie entscheiden.«

Isabella schüttelt sich. »Ich bin dumm. Wenn ich bei ihr Zuflucht suchen will, muss ich ihr vertrauen.« Immerhin vertraut sie auch Matthew. Dann beginnt es zu regnen, die Tropfen prasseln auf das Blechdach des Häuschens, und sie schreibt: *Komme so bald wie möglich zu dir. Kann noch einige Monate dauern. Habe Arthur verlassen und kein Geld. Schreibe mir an den Leuchtturm von Lighthouse Bay, Australien, aber verrate keiner Seele etwas.* Dann legt sie den Füllfederhalter hin und reicht

Matthew das Formular. Er geht damit in den Telegrafenraum. Sie folgt ihm und bleibt abwartend auf der Schwelle stehen. Sie fragt sich, ob er von dem Schiffbruch der *Aurora* gehört hat, sich aber an sein Versprechen hält, keine Fragen zu stellen. Die Morsetaste klappert, als er die Nachricht übermittelt. Isabella versteht nicht, wie es funktioniert oder wohin ihre Botschaft jetzt gegangen ist, doch als Matthew fertig ist, dreht er sich um und hält ihr das Blatt hin.

»Ich kann es nicht mitnehmen.«

Matthew zerreißt es und wirft es in den Papierkorb.

»Wie lange dauert es, bis es ankommt? Kann ich warten?«

»Oh, nein. Es kann eine Weile dauern, bis Ihre Nachricht dort eintrifft. Das geht nicht in Sekunden. Obwohl das alles sehr modern ist, bleibt es im Grunde eine primitive Art der Kommunikation. Ähnlich wie im Mittelalter, als man von Hügel zu Hügel Fackeln entzündete. Wenn ein Posten das Signal nicht bemerkt, kann die Nachricht tagelang ungelesen auf einem Schreibtisch liegen.«

Sie kämpft gegen ihre Enttäuschung. »Lassen Sie es mich wissen, wenn sie antwortet?«

»Ich werde Ihnen die Nachricht bei Mrs. Fullbright überbringen.«

»Aber nur mir. Keiner darf davon erfahren. Mrs. Fullbright glaubt, ich heiße Mary.«

»Ich werde diskret sein.« Er lächelt. »Geht es Ihnen gut?«

»Ich war zu beschäftigt, um mich unwohl zu fühlen.« Sie möchte noch ein bisschen bleiben, sich tief in die Behaglichkeit des Leuchtturms sinken lassen. Draußen fällt kalter, schwerer Regen. »Dürfte ich um eine Tasse Tee bitten? Es ist noch zu nass, um nach Hause zu gehen.«

Er zögert.

»Es tut mir leid«, sagt sie, als ihr klarwird, dass sie seinen Tagesablauf gestört hat. »Sie brauchen Schlaf.«

»Das ist es nicht …« Sie weiß genau, was er denkt. Es geht nicht. Wenn jemand merkt, dass sie sich länger als nötig hier aufhält, wird es Gerede geben. Doch Isabella teilt diese Angst nicht. Niemand hat sie kommen sehen, und es ist unwahrscheinlich, dass man sie auf dem Heimweg beobachtet. Sie hat keinen Regenschirm dabei, also kann er sie nicht hinausschicken. Sie findet seine Sorge liebenswert. Offenbar ist er ein verantwortungsvoller Mann und will sie schützen.

»Bitte. Ich trinke ihn auch rasch aus und gehe, sobald es aufhört zu regnen.«

Er muss lachen, dabei kräuseln sich reizende Falten in seinen Augenwinkeln. »Eine Kanne also. Bitte, machen Sie es sich bequem.«

Er entzündet den Herd und setzt den Kessel auf. »Wie gefällt es Ihnen bei den Fullbrights?«

»Es ist ein bisschen anstrengend. Ich bin nicht an diese Arbeit gewöhnt. Aber der kleine Junge ist reizend.« Sie zögert und wagt sich dann vor. »Er ist am selben Tag wie Daniel geboren.«

Matthew dreht sich halb zu ihr um und zieht eine Augenbraue hoch. »Das muss …«

»Ich dachte, es sei schwierig. Ich dachte, ich würde immerzu an Daniel denken, wenn ich ihn ansehe. Doch er ist eine eigene Persönlichkeit. Aber finden Sie es nicht seltsam? So ein Zufall. Sogar ihre Namen sind ähnlich, nur die Konsonanten sind unterschiedlich. Von allen Menschen, denen ich begegnet bin, nachdem ich so viele Meilen gereist bin …« Sie verstummt.

Sie hört sich wohl ein bisschen verrückt an, aber daran ist sie gewöhnt.

»Er ist eine eigene Persönlichkeit. Wie Sie schon sagten«, beendet er den Satz für sie. »Er ist nicht Daniel.«

»Natürlich nicht.« Eine unerwartete Traurigkeit überwältigt sie, als hätte man in einem warmen Zimmer das Fenster geöffnet und einen bitterkalten Wind hereingelassen.

Das Wasser kocht, und Matthew bereitet wortlos den Tee zu. Isabella sitzt da und wartet und wünscht sich etwas, das sie nicht in Worte fassen kann. Noch vor einer Stunde hat sie sich angenehm leicht gefühlt. Jetzt schließt sich das dunkle Netz der Erinnerungen um sie, so wie die dunklen Wolken draußen das Licht verdrängen.

Doch der Tee hilft. Er ist heiß und süß.

»Erzählen Sie mir von Ihrer Schwester«, sagt er sanft. »Stehen Sie einander nahe?«

Isabella lächelt, als sie an Victoria denkt, sie ist so dunkel, wie sie selbst blond ist. »Als Kinder standen wir einander sehr nahe. Wir sind an der Nordküste von Cornwall aufgewachsen, obwohl Papa und Mama aus London stammen. Papa ist der Sohn eines Abgeordneten. Also haben wir anders gesprochen als die Leute dort. Vater war Juwelier. Er war ziemlich verrückt. Hat bis spät in die Nacht gearbeitet, dabei standen ihm die Haare zu Berge.« Sie deutet auf ihre eigenen Haare. »Er hatte seltsame Kunden: Barone und solche Leute aus europäischen Städten, von denen er noch nie gehört hatte. Er war äußerst beliebt. Alle seine Schmuckstücke wurden ohne Löten hergestellt. Wissen Sie, was das bedeutet? Jede Schließe wurde von Hand gebogen und umhüllt. Seine Hände waren so stark, dass er eine Teebüchse mit den Fingerspitzen zerdrücken konnte.

Nach Mamas Tod ließ er uns alle Freiheiten. Wir verbrachten den ganzen Tag am Strand und sammelten Muscheln und Steine und bastelten zu Hause Broschen und Armbänder daraus.« Isabella senkt die Augen, als sie an Arthur denkt. Früher einmal hat sie irrtümlich geglaubt, sie und er hätten viel gemeinsam. Aber Arthur hatte nie Spaß daran, Schmuck herzustellen, nicht so wie Papa. Alles, was er tat, war leidenschaftslos. Blutleer.

»Finden Sie es nicht seltsam«, fragt sie, nachdem sie schweigend von ihrem Tee getrunken hat, »dass ich meinen Mann überhaupt nicht vermisse?«

»Nein. Ich nehme an, Sie haben ihn verlassen, weil er Sie nicht gut behandelt hat.«

»Manchmal mache ich mir Sorgen, dass etwas mit meinem Herzen nicht stimmt.«

Matthew antwortet nicht. Er scheint sich wohl zu fühlen, wenn er einfach nur dasitzt und wartet, dass sie weiterspricht.

»Vielleicht ist es gebrochen. Nicht im üblichen Sinn, kein Riss in der Mitte. Aber zerbrochen wie eine Uhr, die man vom Kaminsims genommen und mit grober Hand zerlegt und in Einzelteilen auf dem Boden liegengelassen hat. Zerbrochen, so dass sie nicht mehr richtig funktioniert.« Sie reißt sich zusammen. Sie redet zu viel Unsinn. Wenn Arthur hier wäre, würde er sie tadeln, weil sie mit ihren wilden Ideen die Aufmerksamkeit auf sich lenkt.

Doch Arthur ist nicht hier, er liegt tot auf dem Meeresgrund.

»Mein Mann ist tot, Matthew«, sagt sie leise.

»Wovor laufen Sie dann fort?«

»Vor seiner Familie.«

Er nickt und scheint etwas sagen zu wollen, besinnt

sich aber. »Sie brauchen mir gar nichts zu sagen. Vielleicht ist es sogar besser, wenn Sie es nicht tun.«

Sie gibt sich fröhlich. »Aber dann halten Sie mich für mysteriös. Für eine Frau mit einem Geheimnis. Vielleicht sogar für eine Lügnerin.«

Er hält ihren Blick in diesem Moment gefangen, noch einen Moment, die Zeit verrinnt. Sie ist sich seiner männlichen Gegenwart nur zu bewusst, des Geruchs von Öl und Meer, der Dunkelheit in seinen Augen.

»Ich könnte nicht schlecht von Ihnen denken«, sagt er schließlich. »Nie und nimmer.«

Etwas in ihr erwacht lodernd zum Leben, etwas, das sie noch nie so empfunden hat, es ist zuerst verwirrend. Eine Wärme, tief unten. Eine ungeheure Sehnsucht überkommt sie, sie will sich am liebsten mit ihrem ganzen Körper an ihn schmiegen. Das ist Begehren. Sie begehrt Matthew, den Leuchtturmwärter. Es überrascht sie, ist aber nicht unangenehm. Sie weiß nicht, was sie machen soll, also bleibt sie, wo sie ist. Er wird wohl kaum genauso empfinden und würde es für unanständig halten, wenn sie ihre Gefühle zeigte. Sie trinkt ihren Tee aus. Es hat aufgehört zu regnen. Zeit zu gehen.

»Ich bin schon zu lange geblieben. Das war sehr selbstsüchtig von mir.«

»Ich habe Ihre Gesellschaft genossen«, sagt er, und sie meint, ein leichtes Unbehagen zu erkennen. Zweifellos hat er ihr Begehren bemerkt und ist deshalb verlegen.

Sie schiebt den Hocker zurück und steht auf. »Ruhen Sie sich aus.«

»Sie hören von mir, sobald sich Ihre Schwester meldet.«

Sie stehen einen Augenblick da und schauen einander an. Dann geht Isabella zur Tür hinaus und den regennassen Weg hinunter in die Stadt.

Eine Woche vergeht, ohne dass sie von ihrer Schwester hört. Sie versucht, es zu verstehen. Vielleicht wird sie einen Brief statt eines Telegramms schicken und Geld beifügen. Vielleicht ist ihre Schwester verreist und hat die Nachricht noch nicht erhalten. Vielleicht ist sie auch mit ihrem kleinen Baby beschäftigt und hat es vergessen. Oder vielleicht … vielleicht will ihre Schwester gar nicht, dass sie kommt. Isabella hofft Tag um Tag. Es wird ohnehin etwas dauern, bis sie genügend Geld gespart hat. Sie arbeitet fleißig und versucht, für Xavier fröhlich zu bleiben, und dabei wartet sie.

Katarina und Ernest streiten jeden Abend. Isabella bringt Xavier um sechs Uhr ins Bett, hilft der Köchin bis sieben beim Saubermachen, begibt sich ins Kinderzimmer und fällt erschöpft ins Bett. Eine Stunde später, wenn die beiden glauben, dass sie schläft und sie nicht hören kann, geht es los. Sie kann die Worte nicht verstehen, hört nur die Stimmen, also weiß sie auch nicht, wieso sie damit anfangen. Doch es kommt so sicher wie das Amen in der Kirche. Die meiste Zeit schreien sie nur ein bisschen. Manchmal werden Türen geschlagen. Dann wieder kreischt Katarina, als müsste ihre Kehle bluten. Isabella hat gelernt, sich nicht einzumischen. Sie muss Xavier beschützen. Sie ist froh, nachts in dem verschlossenen Flur zu sein.

An diesem Abend liegt sie in ihrem Bett in Lighthouse Bay, doch in Gedanken ist sie weit weg in Amerika bei ihrer Schwester. Sie trinken zusammen Tee. Victorias Baby gurrt leise auf Isabellas Schoß. Sie malt sich die Szene in allen Einzelheiten aus, so dass sie sich fragt, ob sie es ertragen kann, die Augen zu öffnen und zu sehen, wo sie sich wirklich befindet. Dann aber dringt langsam der Lärm in ihre heimlichen Phantasien. Stimmen im Haus. Der Streit beginnt, zunächst bemerkt sie es kaum. Dann aber eskaliert die Situation, und nach wenigen Minuten wird Glas oder Geschirr zerschlagen. Jeder Knall wird von Katarinas teuflischen Schreien begleitet, daher weiß Isabella, dass Ernest Ziel der Anschuldigungen ist. Xavier regt sich, und Isabella springt aus dem Bett, um ihm über das Haar zu streichen.

Diesmal aber schläft er nicht wieder ein. Er setzt sich auf, und sein innerer Kampf zeichnet sich auf dem kleinen Gesicht ab. Ernest brüllt Katarina so laut an, dass man die Worte verstehen kann. »Hure! Höllenkatze!«

Xavier sucht Isabella mit den Augen und beginnt zu weinen.

»Sch«, sagt sie und streicht ihm wieder über den Kopf.

Xavier wirft sich in ihre Arme, und sie drückt seinen warmen Körper an sich und hält ihn ganz fest. Der Streit geht weiter. Es hört sich an, als würden alle Gegenstände im Haus herumgeworfen. Isabella drückt eins seiner Ohren an ihre Brust und bedeckt das andere mit der Hand. Er schluchzt eine Weile und scheint sich dann zu beruhigen.

Das Geschrei hat sich gelegt. Man hört, wie Scherben aufgesammelt werden, wütende Stimmen, aber nicht mehr den mörderischen Zorn. Isabella trägt Xavier behutsam zu ihrem Bett. Katarina würde das niemals dulden, aber sie erschreckt das Kind auch mit ihrem Zorn und berührt ihren Sohn fast nie. Ein Kind braucht Trost, und Isabella hat so viel Trost zu geben.

Sie rollen sich auf der Seite zusammen, sein fester Körper in der Kurve des ihren. Sie legt den Arm um ihn, riecht an seinem Haar, spürt die weiche Hitze und den Schlag seines kleinen Herzens. »Keine Sorge, ich passe auf dich auf.«

Sein Puls beruhigt sich, er drückt sich an sie. Sie hört, wie er rhythmisch am Daumen lutscht. Kurz darauf ist er eingeschlafen.

Doch Isabella liegt noch länger wach. In der Dunkelheit kann sie sich vorstellen, er wäre Daniel. Ihr eigenes Kind. Er würde auch Trost bei ihr suchen, und den würde sie ihm geben. Sie würde nur dafür leben, ihm Trost zu spenden. Sie würde ihn so sehr lieben und dafür sorgen, dass er sich sicher und geschätzt fühlt …

Sie döst ein, und der Schleier zwischen Wirklichkeit und Phantasie hebt sich. Sie ist bei Daniel, zusammengerollt im Bett, während es gegen Mitternacht dunkelt und alles gut ist.

Percy fürchtet sich vor seiner Mutter. Viele Männer fürchten sich vor seiner Mutter. Die einzige Ausnahme war sein Vater, und der ist seit mehreren Jahren tot.

Mutter glaubt noch immer, Arthur könne am Leben sein. Sie will einfach nicht hinnehmen, dass das Schiff nicht nur verspätet, sondern gesunken ist. Sie glaubt, selbst wenn es gesunken sei, habe Arthur sich irgendwie an ein Stück Holz geklammert und eine Hütte am Strand errichtet und würde Kokosnüsse essen und auf seine Rettung warten.

»Das sind unfähige Narren«, tobt sie, als Percy ihr berichtet, dass die Polizei von Cape Franklin nicht mit Sicherheit sagen kann, welche Trümmer von der *Aurora* stammen. »Ein guter britischer Marineoffizier könnte das im Nu erkennen. Arthur wäre inzwischen gefunden worden! Der Amtsstab wäre geborgen! Ich will nicht, dass unser Familienname auf immer durch die Tatsache beschmutzt wird, dass wir ein Geschenk der Königin verloren haben!«

Es ist Sonntag, spät am Abend. Die Sonntage ermüden Mutter furchtbar, sie muss in die Kirche, und dann gibt es das große Sonntagsessen mit Braten. Percy sitzt ihr im Wintergarten gegenüber und lässt sie gegen die Marinebehörden von Queensland wüten. Er weiß, sein Augenblick wird kommen. Letzte Woche hat er einen schrecklichen Fehler begangen. Er hat die falschen Zahlen an die Bank geschickt, das hat die Firma fünfhundert Pfund gekostet. Mutter hat es noch nicht entdeckt, aber er weiß, wenn er es heute Abend richtig anstellt, wird er weit weg sein, bevor sie es herausfindet.

»Weißt du, was am besten wäre?«, wirft er rasch ein, als sie in ihrer Tirade innehält. »Wenn ein Vertreter der Familie nach ihm suchen würde.«

»Wer denn bitte? Charles Simmons? Er könnte auf einem Schiff keine Sekunde überleben, geschweige denn auf einer einsamen Insel.« Sie hält Australien für einen kleinen Ort mit einer einzigen Palme und einer Lagune.

Percy wartet einen Augenblick. »Ich bin bereit. Simmons kann meine Aufgaben übernehmen. Ich werde Arthur und den Amtsstab finden und beide sicher nach Hause bringen.«

Percy glaubt nicht, dass Arthur noch lebt, will aber den Amtsstab unbedingt finden, bevor ihm jemand zuvorkommt. Jemand, der meint, er sei so weit von Gesetz und Zivilisation entfernt, dass er ihn stehlen kann. Er kann die Vorstellung, ein behaarter Wilder könnte mit dem Amtsstab in seiner Hütte leben und seinen

Lendenschurz mit den Juwelen schmücken, nicht ertragen. Oder dass ein einfacher Matrose ihn aus dem Schiffswrack birgt, mit nach Hause nimmt und einschmilzt und die Winterbournes auslacht.

»Wir können nicht auf dich verzichten, und deine Frau und die Kinder auch nicht«, sagt Mutter, doch Percy hört den Zweifel in ihrer Stimme. Arthur bedeutet ihr viel; Percy nicht. »Es wird zu lange dauern.«

»Ein Dampfer bringt mich in sieben oder acht Wochen hin, Mutter«, er spricht so leise, dass sie sich vorbeugen muss, um ihn zu hören. »Wer sonst sollte die Sorgfalt und Umsicht aufwenden, die nötig sind, um einen verschollenen Bruder zu finden? Wem sonst können wir vertrauen? Niemandem. Ich bin Arthurs Fleisch und Blut.«

Mutter überlegt und knetet ihre dicklichen Finger. Schließlich sagt sie: »Du hast recht. Du solltest hinfahren.«

Percy seufzt erleichtert. Auf und davon. Kein Büro mehr, keine Zahlen. »Sehr gut. Ich werde es gleich morgen veranlassen.«

Fünfzehn

Xavier schläft seit einem Monat in Isabellas Bett. Beide finden Trost darin. Isabella weiß, dass Katarina nicht erfreut wäre, doch sie schließt sie immerhin jede Nacht zusammen hier ein; sie wird es nicht erfahren. Und es ist ja nicht so, als würde Katarina das Kind mit körperlicher Zuneigung überschütten. Sie fasst den Jungen kaum an. Sie hat kein Recht, eifersüchtig auf die Umarmungen zu sein, die Isabella von ihm bekommt. Etwas, das nicht geschätzt wird, kann auch nicht gestohlen werden.

Isabella wähnt sich sicher, hat aber nicht mit dem unzuverlässigsten aller Gefäße gerechnet: der Blase eines dreijährigen Kindes. Eines Morgens erwacht sie noch vor der Dämmerung in einer warmen Lache.

»Oh, nein«, sagt sie leise.

Xavier wacht wimmernd auf.

»Alles in Ordnung, Kleiner.« Sie zündet eine Laterne an und hebt ihn hoch. Alles ist durchweicht – ihr Nachthemd, das Bett, das Kind. »Komm, wir ziehen dir etwas Sauberes, Trockenes an.«

Sie holt einen Schwamm, zieht ihm die durchnässte Kleidung aus und säubert ihn, während er ins Licht blinzelt. Er bekommt eine Gänsehaut, und sie reibt fest über seine Arme. Ihr wird auch kalt, das nasse Nachthemd klebt an ihren Beinen. »Na bitte, ein frischer Schlafanzug, und dann kannst du dich in dein eigenes Bett legen.«

Er schüttelt den Kopf und streckt die Arme in die Höhe. Er will bei ihr schlafen.

»Aber das Bett ist ganz nass. Du musst in dein eigenes gehen.« Sie zieht ihn wieder an und legt ihn schlafen. Er hält ihre Hand fest, also kniet sie sich neben ihn, kalt und nass, wie sie ist, und wartet, bis er eingeschlafen ist. Dann löst sie vorsichtig ihre Hand aus seiner, zieht sich aus und das Bett ab. Die Matratze ist nass, und sie reibt mit dem Schwamm darüber, aber es ist natürlich nutzlos. Sie muss draußen an der Sonne trocknen. Außerdem muss sie die Waschküche benutzen, und zwar dann, wenn die Köchin nicht da ist und sie erwischen kann.

Aber sie ist eingeschlossen. Isabella hält die Laterne vors Schlüsselloch. Katarina hat den Schlüssel von der anderen Seite stecken lassen. Sie braucht nur ein Blatt Papier ... eine Zeichnung von Xavier. Sie schiebt sie unter der Tür durch und drückt den Schlüssel mit einem Pinsel durchs Schlüsselloch. Er landet mit einem leisen Geräusch auf dem Papier, und sie zieht ihn zu sich und schließt die Tür auf. Leise trägt sie die feuchte Wäsche hinunter in die Waschküche.

Sie entzündet das Feuer unter dem Kupferkessel und füllt ihn mit Wasser. Durch die Bodenbretter dringt das erste Licht der Dämmerung. Vögel singen, aber es sind die rauhen Stimmen der australischen Vögel. Keine Rotkehlchen und Amseln. Einer, den Katarina Kookaburra nennt, macht ein Geräusch, das wie wahnsinniges Gelächter klingt. Isabella ist so damit beschäftigt, auf die Vögel und das einlaufende Wasser zu horchen, dass sie nicht hört, wie die Köchin hereinkommt.

»Mary?«

Isabella zuckt schuldbewusst zusammen und dreht sich um. »Oh, es tut mir leid. Habe ich dich geweckt?«

»Nein, ich stehe immer um diese Zeit auf. Du aber nicht. Und du hast noch nie das Feuer unter dem Waschkessel angezündet.« Die Köchin betrachtet den Wäschehaufen. »Deine Bettwäsche?«

Isabella weiß, dass sie ihr Geheimnis bewahren muss. »Ich … ich habe sie beschmutzt.«

Die Köchin wendet sich verlegen ab und murmelt: »Nun, das kann wohl jedem passieren.« Sie beugt sich vor und hebt zaghaft eine Ecke des Bettlakens hoch. Dabei fällt Xaviers durchweichter Schlafanzug auf den Boden. Die beiden Frauen blicken sich an. Isabella hält die Luft an.

»Das ist falsch«, sagt die Köchin. »Du darfst dem Kind nicht so nahe kommen.«

»Es war nur das eine Mal. Er hatte schlecht geträumt.«

»Wenn Mrs. Fullbright das herausfindet, schickt sie dich weg, dann siehst du das Kind gar nicht mehr.«

»Verrate es ihr bitte nicht.«

Die Köchin presst die Lippen fest aufeinander, bis sie ein umgedrehtes Hufeisen bilden.

»Bitte«, sagt Isabella noch einmal und wirft rasch den Schlafanzug, ihr Nachthemd und die Bettwäsche in den Kessel. »Es ist nichts Schlimmes passiert. Xavier bekommt von seinen Eltern keine Zuneigung, und ich …«

»Wage es nicht, über sie zu urteilen. Warst du denn noch nie in Diensten?«

Isabella schüttelt langsam den Kopf.

Die Köchin kneift die Augen zusammen. »Ich hätte es mir denken können. Also, woher kommst du?«

»Das spielt keine Rolle. Ich bin jetzt ein Kindermädchen und will es richtig machen und Geld verdienen. Und ich will das Beste für Xavier.«

»Seine Eltern entscheiden, was das Beste für ihn ist. Du musst nur ihre Anweisungen befolgen. Mrs. Fullbright will nicht, dass wir ihr Kind anfassen, und sie will schon gar nicht, dass du mit ihm in einem Bett schläfst. Ich werde es ihr nicht sagen, dieses Mal nicht. Aber sorge dafür, dass es nicht mehr vorkommt.«

»Natürlich. Natürlich.«

Die Köchin gibt nach und berührt Isabella am Ärmel. »Mary, du darfst dem Kind nicht zu nahe kommen. Nicht nur seinetwillen, auch deinetwillen. Kindermädchen bleiben nicht lange in diesem Haushalt. Irgendwann gibt man ihnen die Schuld, weil Xavier nicht spricht, und dann werden sie entlassen. Wenn du das Geld brauchst, solltest du dich zurückhalten und ihnen keine zusätzliche Veranlassung geben, dich wegzuschicken. Lass ihn nicht in dein Bett. Es wird nichts Gutes dabei herauskommen.«

Isabella nickt, doch sie ist nicht überzeugt. Sie hat vor, genauso weiterzumachen. Sie ist nur nicht geschickt genug gewesen. Beim nächsten Mal wird sie es besser machen. Sie werden sie nicht daran hindern, bei ihrem Jungen zu schlafen.

***

Isabella kauert wartend hinter dem Sofa und lächelt angestrengt. Sie hört Schritte, weich und unsicher. Xavier sucht nach ihr. Er kommt näher, sie hält die Luft an …

»Buh!«, ruft sie und springt hinter dem Sofa hervor.

Er zuckt zusammen, gackert laut und hämmert mit dem Holzlöffel auf den Topfdeckel, den er beim Versteckspiel mit sich herumträgt. Auf diese Weise sagt er ohne Worte: »Ich habe dich gefunden.« Er läuft lachend und scheppernd davon, seine Füße hämmern auf die Dielenbretter. Sie läuft ihm lachend hinterher.

Die Tür zu Katarinas Schlafzimmer öffnet sich.

»Mary«, sagt sie scharf.

Isabella dreht sich um und ist sofort still. Xavier bleibt zögernd in der Küche stehen und schaut sie aus großen, angstvollen Augen an.

Katarina deutet auf das Kind. »Warum muss er solchen Lärm machen? Nimm ihm den Topfdeckel weg.«

»So zeigt er mir, dass er mich gefunden hat.«

In Katarinas Gesicht arbeitet es. Isabella meint, Zorn, Scham, vielleicht auch eine Spur von Traurigkeit zu entdecken. Dann fasst sie sich und sagt: »Er sollte Wörter benutzen.«

Das Schweigen dehnt sich aus. Isabella wird nicht in Xaviers Gegenwart über seine vermeintlichen Mängel sprechen. Sein Daumen steckt im Mund.

»Nimm den Daumen heraus«, schreit Katarina ihn an. »Und dann geht ihr beide nach draußen. Ich habe Kopfschmerzen. Ich will jetzt nicht diesen lauten Unsinn hören.«

Etwas in Isabella sträubt sich. Wie herzlos muss diese Frau sein, um so mit einem kleinen Kind zu sprechen? Aber es geht auch um sie selbst: dass man sie in einem solchen Ton zurechtweist. Wenn Katarina wüsste, wer sie ist, wie reich die Familie ihres Ehemannes war …

Aber es ist nicht ihre Familie, sie will nicht zu ihr gehören. Sie ist allein auf der Welt und besitzt gar nichts.

»Komm, Xavier«, sagt sie zu dem kleinen Jungen. »Lass uns im Garten Verstecken spielen.«

Sie gehen leise die Hintertreppe hinunter und spielen eine Zeitlang ganz vorsichtig. Doch Xavier liebt das Versteckspiel, und bald hämmert er glücklich auf seinen Topfdeckel. Die Sonne steht hoch am Himmel. Hier verlaufen alle Jahreszeiten rückwärts: Es ist Mai, aber der Herbst hat begonnen. Der Himmel wirkt kühler, und die Blätter der Birke am Ende des Gartens färben sich gelb. Es riecht nach Meersalz und Holzrauch, und Xaviers Gelächter klingt bis zum Himmel hinauf. Sie verstecken sich, suchen, jagen und fangen einander. Grasflecken an den Knien, gerötete Gesichter.

Dann zählt Isabella am Gartenzaun bis zehn und hält sich die Hände vors Gesicht. Sie dreht sich um – Xavier ist verschwunden. Sie schaut in sein letztes Versteck, doch er ist nicht da. Sie versucht es hinter den anderen Büschen und Bäumen, aber da ist er auch nicht.

Sie verlässt den sonnigen Garten und geht in die Waschküche. Keine Spur von ihm. Dann entdeckt sie, dass ein Dielenbrett am Ende der Waschküche fehlt. Sie nähert sich und stellt fest, dass das Brett daneben zerbrochen und lose ist. Man kann es beiseiteschieben, und es tut sich eine Öffnung auf, durch die sich ein kleiner Junge hindurchzwängen und an der Seite des Hauses hinauskriechen kann. Isabella windet sich mit Mühe hindurch und findet sich in einem Teil des Gartens wieder, in dem sie noch nie gewesen ist. Ein Stück weiter hockt Xavier und spielt mit etwas, das auf dem Boden liegt. Das Gras wächst hier unregelmäßig und ist von Unkraut überwuchert. Ein hoher Zaun trennt diesen Bereich vom Rest des Gartens. Es ist ein Niemandsland, und doch hat Xavier etwas sehr Interessantes gefunden.

»Was hast du denn da?« Sie kniet sich neben ihn.

Er hält zwei Zigarrenstummel hoch, einen in jeder Hand.

Isabella nimmt sie ihm rasch und sanft aus der Hand.

Sie fallen auf den Boden, und sie bemerkt, dass unter einem Fenster Dutzende weitere Stummel liegen. Sie geht im Kopf den Grundriss des Hauses durch und erkennt, dass sie sich unter dem Fenster des verbotenen Zimmers befinden. Es wird Ärger geben, wenn man sie entdeckt. Sie hebt Xavier hoch. »Nein, die sind schmutzig. Die darfst du nicht anfassen.«

Er streckt ihr die Hände entgegen, ein Zeichen, dass er sie waschen will. Sie führt ihn rasch und leise zurück in die Waschküche, schiebt ein leeres Fass über das Loch im Boden, damit er nicht noch einmal hindurchkriechen kann, und geht mit ihm zur Wanne, um ihm die Hände einzuseifen. Während sie sich um ihn kümmert, überlegt sie, was sie da gerade gesehen hat. Eine Ansammlung von Zigarrenstummeln draußen vor dem Fenster, als hätte jemand sie hinausgeworfen. Ist das Katarinas schreckliches Geheimnis? Dass sie gerne Zigarren raucht? Es ist keine Sünde, aber Isabella kann sich vorstellen, wie Arthur reagiert hätte: Er hätte sie mit seiner scharfen Zunge grausam zurechtgewiesen. Also kann sie die Heimlichtuerei in gewisser Weise verstehen.

Sie trocknet Xavier energisch die Hände ab und schaut nach unten. Er hat ihr sein kleines Gesicht zugewandt, es leuchtet vor Glück. Sie lächelt, und die Worte kommen ihr über die Lippen, bevor die Weisheit es ihr verbietet. »Mein kleiner Junge«, sagt sie. Er wirft sich gegen sie, umschlingt ihre Beine und vergräbt sein Gesicht in ihrem Rock. Er gehört ihr, so wie sie ihm gehört. Sie gehören zueinander.

Isabella bemüht sich tagsüber, Matthew zu vergessen, gibt abends aber manchmal ihre Zurückhaltung auf und gestattet sich, an ihn zu denken. Sie hat ihn so lange nicht gesehen, dass er fast zu einer fiktionalen Gestalt in ihrer Welt geworden ist: der dunkeläugige, nach Moschus riechende Mann, der sie gerettet hat, der sie um ihrer selbst willen auf Distanz hält. Als sie ihn eines Morgens im Lebensmittelgeschäft trifft, ist sie beinahe überrascht, einem echten Menschen gegenüberzustehen.

Sie hält Xaviers warme Hand in ihrer, als sie sich ihm nähert. Die Kartoffeln, die sie fürs Abendessen kaufen sollte, sind vergesen. »Mary«, sagt er vorsichtig. »Und das muss der kleine Master Fullbright sein.«

»Xavier«, erwidert sie und legt dem Kind schützend die Hand auf die Schulter. »Darf ich dir Mr. Seaward, den Leuchtturmwärter, vorstellen?«

Xavier ist schüchtern oder ängstlich oder beides und verbirgt sein Gesicht in Isabellas Rockfalten. Sie streicht ihm sanft über den Rücken. »Komm, Liebling, du brauchst keine Angst zu haben.«

»Hallo, Xavier. Freut mich, dich kennenzulernen.« Matthew kniet sich, um mit dem Jungen auf Augenhöhe zu sein.

Xavier riskiert einen Blick, erschauert, als er Matthews warmes Lächeln sieht, und verbirgt wieder sein Gesicht. Matthew steht auf und lacht. »Kinder haben mich noch nie auf den ersten Blick gemocht.«

»Sie sind ziemlich groß und furchteinflößend«, sagt Isabella und bedauert es sofort. Wird er es als Beleidigung auffassen? Sie wechselt rasch das Thema. »Ich nehme an, Sie haben noch nichts von meiner Schwester gehört?«

Er runzelt besorgt die Stirn. »Nein. Kein Telegramm. Ich hoffe, sie hat Ihnen einen Brief geschrieben, der hierher unterwegs ist. Sobald ich etwas weiß, melde ich mich.«

»Ja, ein Brief wird eine Weile brauchen. Es ist ja erst sechs Wochen her.«

Er nickt. »Es kommt mir länger vor, dass ich …« Er beendet seinen Satz nicht, und sie kennt auch den Grund. *Es kommt mir länger vor, dass ich Sie zuletzt gesehen habe*, klingt nicht sachlich, sondern romantisch. Und sie weiß, Matthew Seaward ist ein sachlicher Mensch. Isabella merkt, dass er mehr sagen möchte, doch sein Blick wandert zu Xavier, und er schweigt. Das Schweigen hält an. Sie will nicht, dass er geht, doch er wird es tun.

»Ich muss los.«

»Es war sehr schön, Sie zu sehen.« Sie möchte mehr. Sie möchte, dass er sie zum Tee einlädt. Dass er sie einlädt, in der Dämmerung auf der Plattform des einsamen Leuchtturms zu stehen und zuzusehen, wie die Nacht über den Himmel rollt, während er ihre Hand hält. Woher kommen diese fehlgeleiteten Gedanken?

»Auf Wiedersehen, Master Fullbright«, sagt er, und der Junge wagt ein leichtes Nicken.

Dann ist Matthew verschwunden. Sie drückt Xaviers Hand. »Komm, Kleiner. Die Köchin braucht noch ein paar Sachen fürs Abendessen.«

Matthew läuft auf und ab.

Auf der Treppe. Um die Plattform. Durchs Haus. Schließlich bleibt er im Telegrafenraum stehen, seine langen, stumpfen Finger zeichnen zarte Muster auf den Schreibtisch. Die Nacht ist hereingebrochen, das Leuchtfeuer arbeitet, er hat ein wenig Zeit für sich.

Isabella hat nichts von ihrer Schwester gehört. Matthew weiß das, doch ihr enttäuschtes Gesicht hat etwas in ihm ausgelöst. Isabella sitzt in Lighthouse Bay fest, und sie nennt das Fullbright-Kind »Liebling«, als wäre es ihr eigenes.

Das bereitet ihm die größten Sorgen. Sie sah so glücklich aus mit Xavier. Sie sah aus wie eine Mutter, die stolz auf ihr Kind ist. Aber Xavier ist nicht ihr Kind; er gehört den Fullbrights, die ebenso wankelmütig wie reich sind. Matthew hätte eigentlich wissen müssen, dass Isabella, die ihren Sohn verloren hat, nicht die Richtige ist, um das Kind einer anderen Frau zu versorgen. Er hätte ihr die Stelle niemals empfehlen dürfen. Isabella braucht ihre Schwester; sie braucht einen Grund, um von hier wegzugehen.

Er hat die Adresse natürlich behalten. Diesmal schickt er das Telegramm selbst, eine einzige Zeile, in der er fragt, ob dies noch die Adresse von Mrs. Victoria King sei. Er schickt es, um sich zu vergewissern, dass das erste Telegramm angekommen ist. Jeder Telegrafierende verlässt sich auf den Nächsten in der Kette.

Er schiebt seinen Stuhl zurück und steigt die steile Wendeltreppe hinauf zur Plattform. Das Meer ist seit zwanzig Jahren sein einziger Begleiter; diese Aussicht seit den letzten sechs. Heute Abend aber kann ihn auch das Umherlaufen nicht beruhigen. Es tut ihm nicht gut, Isabella zu sehen, gar nicht gut. Ihre wilde Lieblichkeit dringt ihm bis ins Mark. Er fühlt sich von innen wund.

In der Ferne fängt das Leuchtfeuer die geisterhaften Umrisse eines Schiffs unter vollen Segeln auf. Immer weniger Segelschiffe kommen nach Australien, immer öfter tuckern plumpe Dampfer über den Horizont. Er spürt, wie eine Zeit endet und eine neue beginnt; wie sich die Eleganz der hässlichen Sachlichkeit beugt. Er denkt an Clovis McCarthy, der zum letzten Mal die Treppe seines Leuchtturms hinabgestiegen ist. Eines Tages wird auch er zu alt sein, um das Leuchtfeuer zu bedienen, ein Relikt aus der Vergangenheit. Und was dann? Welche Einsamkeit und Leere erwarten ihn danach?

Jetzt wird er sentimental. Er reißt sich zusammen, geht wieder die Treppe hinunter und erfüllt seine üblichen abendlichen Pflichten. Doch drei Nächte darauf wird das Antworttelegramm eintreffen. *Empfänger verzogen. Keine Nachsendeadresse angegeben.*

Matthew schließt die Augen und reibt sich den Nasenrücken. Isabellas Schwester ist umgezogen. Deshalb hat sie nicht geantwortet. Sie weiß nicht, dass Isabella sie braucht. Matthew spürt ihre Hilflosigkeit. Was wird sie tun, wenn sie nicht zu ihrer Schwester reisen kann? Zurückkehren zu der Familie ihres Mannes, die sie verachtet? Bei den Fullbrights bleiben, bis sie sie hinauswerfen, weil sie Xavier zu nahe gekommen ist? Sie ist zerbrechlich wie ein Vogel. Diese Dinge könnten sie zerstören. Er erinnert sich, wie sie an jenem ersten Abend auf der Straße zusammengebrochen ist. Und obgleich er weiß, dass dieser Zusammenbruch auf die strapaziöse Wanderung zurückzuführen war, sieht er ihn auch als ein Symbol ihres Wesens: nur noch wenige Schritte, dann wird sie einfach stehen bleiben, in sich zusammenfallen, sich auflösen.

Seufzend öffnet Matthew die Augen. Er hat einen Telegrafen zur Verfügung. Er wird tun, was immer er kann, um Isabellas Schwester zu finden.

***

Der Himmel brennt blau über Isabella und Xavier, als sie Hand in Hand über den Strand gehen und Muscheln sammeln. Erst seit kurzem kann Isabella über den Sand laufen, ohne kaltes Entsetzen zu verspüren. Die Erinnerung an ihre lange Wanderung wirft noch immer alptraumhafte Schatten. Doch es hilft, dass Xavier den Strand und den Sand liebt. Bevor die Nachmittagshitze hereinbricht, zieht sie ihm Hut und Schuhe an und holt seinen kleinen Bastbeutel, dann geht es los.

Am meisten liebt Xavier die schlanken, dunkelrosa Muscheln. Isabella sucht immer nach den vollkommen weißen. Sie spazieren gemeinsam über den festen Sand nahe des Wassers und waten manchmal bis zu den Knöcheln durch die Brandung. Die blaugrünen Brecher heben und kräuseln sich, tragen weiße Pferde auf ihrem Rücken, prallen donnernd gegeneinander. Die Sonne scheint warm, aber nicht grell. Xavier findet ein langes Stück Treibholz und zeigt es ihr. Das Ende ist spitz wie bei einem Stift.

»Das ist ein sehr schöner Stock. Braver Junge.«

Xavier bohrt die Spitze in den Sand, dreht sich langsam um sich selbst und zeichnet einen Kreis. Isabella klatscht und holt ein Stück Tang, das sie als Haare auf dem Kreis drapiert. Xavier schaut zu, wie sie aus Muscheln Augen bastelt und dann ein breites Grinsen aus moosgrünen Pipi-Muscheln. Xavier vollendet es mit zwei unregelmäßigen Ohren.

Das Meer donnert. Eine Möwe flattert laut schreiend über ihnen dahin.

Sie lächeln einander im Sonnenschein an. Isabella erinnert sich an Daniels Gesicht und versucht, sich vorzustellen, wie er jetzt aussähe. Doch seine Gesichtszüge waren noch nicht ausgeprägt genug, und sie malt sich einfach aus, dass er wie Xavier aussehen würde. Dass Xavier und Daniel, die am selben Tag geboren sind, ein und derselbe Mensch wären. Ihr ist unterschwellig bewusst, dass es nicht rational ist, aber ihrem Herzen tut es gut. Es ist richtig, dass sie und Xavier zusammen sind, allein am Strand im Sonnenschein, während die Welt mit ihrer kleinlichen Trivialität jenseits der Schraubenbäume und Akazien weitertickt.

Dann deutet Xavier auf die Zeichnung und sagt so deutlich, wie der Schrei der Möwe vorhin geklungen hat: »Das ist ein lächelndes Gesicht.«

Zuerst traut Isabella ihren Ohren nicht. Xavier ist fast drei und hat noch nie gesprochen. *Noch nie.* Nicht »Mama« oder »Dada« oder »Essen« oder »Spiel mit mir«. Und jetzt hat er einen vollständigen Satz gesprochen. Sie ist so schockiert, dass sie zuerst nicht antwortet, doch dann begreift sie, dass sie antworten *muss*, sonst spricht er vielleicht nie wieder.

»Ja. Es muss glücklich sein.« Dann fügt sie noch hinzu: »So glücklich, wie ich mit dir bin.«

»Es muss glücklich sein«, wiederholt Xavier und steckt den Daumen in den Mund.

»Bist du glücklich?«, fragt sie.

Er nickt schweigend, als wäre nichts Besonderes geschehen, und sucht weiter nach seinen rosa Muscheln.

Isabella fasst sich wieder. Sie weiß, sie müsste mit ihm nach Hause gehen und es Katarina erzählen, genießt aber den Gedanken, als einzige Frau die süße Stimme des Kindes zu kennen. Sie ist etwas Besonderes für Xavier, dies ist sicher der Beweis. Er hat nicht mit seiner Mutter gesprochen, sondern mit Isabella.

In diesem Moment wird ihr klar, dass sie es Katarina nicht erzählen wird. Soll sie doch genügend Zeit mit ihrem Sohn verbringen und es selbst herausfinden.

Isabella unterdrückt ein Lächeln. Vielleicht wird Xavier mit niemandem außer ihr sprechen. Die Sonne scheint nur für sie.

»Warte auf mich, Liebling«, ruft sie ihm nach, als eine Welle über den Strand rollt und ihr Sandbild wegspült.

Sechzehn

Isabella liegt bäuchlings auf dem Boden und gibt vor, ein Wurm zu sein. Xavier kichert wie verrückt, süß wie ein klingelndes Glöckchen. Eigentlich soll er der Vogel sein, aber er lacht zu sehr, um seine Rolle zu spielen. Von hier aus kann Isabella Teile eines Puzzlespiels unter dem Bett sehen und weiß, dass es nicht mehr lange dauert, bis die Köchin oder Katarina oder vielleicht sogar Ernest ihr sagen werden, dass sie zu viel Zeit mit Spielen und nicht genug mit Saubermachen verbringt. Doch wenn sie mit Xavier zusammen ist, wird Aufräumen unwichtig. Nur die Gegenwart zählt und daran festzuhalten, solange es nur möglich ist.

»Wurm«, sagt Xavier und zeigt auf sie. »Wurm.«

Sie ist jetzt daran gewöhnt, ihn sprechen zu hören, obwohl es nur wenige Worte am Tag sind. In Gegenwart seiner Eltern hat er noch keinen Ton von sich gegeben. Sie zeigt auf ihn. »Vogel. Komm. Du bist dran.«

Als sich Schritte nähern, schrumpft er in sich zusammen und steckt sich den Daumen in den Mund. Isabella steht auf und wischt sich den Staub vom Kleid. Die Tür zum Kinderzimmer geht auf, und Katarina steht auf der Schwelle.

»Tut mir leid, falls wir zu laut …«, setzt Isabella an, doch Katarina hebt die Hand, um sie zum Schweigen zu bringen.

»Mr. Seaward vom Telegrafenamt ist da, um dich zu sehen.« Sie klingt etwas verwirrt, vielleicht auch missbilligend, vor allem aber gereizt.

Isabella springt auf. Er muss Neuigkeiten von ihrer Schwester haben. Sie will nicht, dass jemand es mithört, also sagt sie zu Katarina: »Würde es Ihnen etwas ausmachen, bei Xavier zu bleiben, während ich mit Mr. Seaward spreche?«

Katarina schaut den Jungen an, als hätte sie Angst vor ihm, und zwingt sich zu lächeln. »Nein, es macht mir nichts aus.« Als Isabella das Zimmer verlässt, fügt sie hinzu: »Aber nicht lange.«

Matthew wartet vor der Tür. Isabella weiß nicht, ob Katarina ihn nicht hereingebeten hat oder ob er nicht eintreten wollte. Vermutlich Letzteres. Er setzt an, ohne sie zu begrüßen. »Ich habe kein Telegramm für Sie. Es tut mir leid.«

Isabella begreift, dass er keine falschen Hoffnungen wecken will. Sie fragt mutlos: »Kein Wort?«

Er schüttelt den Kopf, breitet die Hände aus und sagt leise: »Es tut mir leid, aber Ihre Schwester wohnt nicht mehr unter dieser Adresse.«

Stille. Nein, keine Stille. Sie kann in der Ferne das Meer hören, den Wind in den Wipfeln der hohen Eukalyptusbäume, die Krähen im Garten. Und über allem hört sie das laute Hämmern des Blutes, das durch ihren Körper jagt. Das Leben legt eine Pause ein, so als würde sich alles, an das sie glaubt, in etwas Neues verwandeln. »Nicht mehr?«

»Sie muss umgezogen sein.«

»Aber warum hat sie mir das nicht gesagt?«

»Vielleicht hat sie das getan. Vielleicht hat sie Ihnen nach England geschrieben.«

So muss es sein. Vermutlich wartet der Brief in jenem Haus auf sie, das sie mit Arthur geteilt hat. »Aber wie soll ich sie jemals wiederfinden?«

Matthew will ihre Hand berühren, zieht seine aber im letzten Moment zurück. Sie spürt das Bedauern, das zwischen ihnen schwebt. »Ich tue, was ich kann, um sie zu finden.«

»Falls Sie sie nicht finden ...« Trostlosigkeit steigt in ihr auf, schlägt wie eine Welle über ihr zusammen. Was soll sie machen? Wohin soll sie gehen? Sie streckt die Hände aus und tastet nach dem Türrahmen, um sich abzustützen. Sie verliert das Gleichgewicht, doch er ergreift ihre Hand und hält sie ganz fest. Er stützt sie mit seinem Griff, und sie sieht, wie sich sein Unterarm unter dem Baumwollstoff anspannt. Sie steht wieder auf eigenen Füßen, doch er lässt nicht los. Er lässt nicht los. Immer noch nicht. Seine Hitze breitet sich von ihren Fingern in ihrem ganzen Körper aus. Sie errötet. Er will die Hand wegziehen, doch sie hält seine Finger umklammert. »Lass mich nicht los«, flüstert sie.

»Ich werde sie finden«, erwidert Matthew. Er zieht sanft seine Hand weg, und diesmal lässt sie es zu. »Hab Geduld, Isabella, und verliere nicht den Mut.«

Isabella denkt an Xavier, der im Kinderzimmer auf sie wartet. Sie versucht, sich mit dem Gedanken an ihn zu wärmen, doch selbst das gelingt ihr kaum, denn wenn sie sich auf die Suche nach ihrer Schwester macht, sobald sie genügend gespart hat, wird sie ihn verlassen müssen. Sie fühlt sich verloren in der Welt. Sie schließt die Augen und spürt, wie die Zeit durch sie hindurchfließt und sie von den Füßen reißt.

»Isabella? Geht es dir gut?«

»Ich sollte zu meinem kleinen Jungen zurückgehen.« Sie wendet sich zur Tür.

»*Dein* kleiner Junge?«

Sie ist gereizt. »Was willst du damit sagen? Xavier liebt mich und verlässt sich auf mich.« Sie senkt die Stimme und beugt sich vor, obwohl Matthews Gesicht auf einer Höhe mit ihrem ist. »Er hat gesprochen. Mit mir. Mit niemandem sonst.«

Matthew will etwas sagen, bremst sich aber. Es ist zu spät; sie weiß, was er denkt.

»Ich bin für ihn verantwortlich. Das ist alles. Warum sollte ich ihn nicht als ›meinen‹ Jungen bezeichnen? Das schadet keinem.«

»Du hast sicher recht«, gibt er nach und senkt den Kopf. »Auf Wiedersehen. Ich sage Bescheid, sobald ich etwas höre.«

Sie schaut ihm nach, als er die Treppe hinunter-, über den Rasen und zum Tor hinausgeht. Er dreht sich nicht um.

Isabella bleibt einen Moment lang stehen, um sich zu sammeln. Ihre Gelenke fühlen sich locker an, als könnten sie sich in alle Richtungen biegen. Eine Erinnerung blitzt in ihr auf, sie ist mit Arthur zu Hause, sitzt an einem kalten Februarabend am Kamin. Arthur liest Zeitung, Isabella arbeitet, sie hat den Stickrahmen auf ihrem gewölbten Bauch abgestützt. Ein ganz gewöhnlicher Abend. Alles ist verlässlich. Sie war gewiss nicht glücklich, aber auch nicht unglücklich. Der Alptraum sollte erst noch kommen. Noch hatte sie festen Boden unter den Füßen.

»Mary? Geht es dir gut?«

Isabella sieht Katarina durch den Flur kommen, die Hand fest um Xaviers Handgelenk geschlossen.

»Jaja«, sagt Isabella. »Ich erwarte ein Telegramm von meiner Schwester. Mr. Seaward hat mir nur mitgeteilt, dass sich die Übermittlung verzögert hat.«

Katarina schiebt ihr den Jungen hin. »Geh mit ihm an die frische Luft. Ich habe Kopfschmerzen davon bekommen, ihn zu unterhalten. Ich muss mich hinlegen.«

»Sollen wir im Garten Blätter sammeln?« Sie sehnt sich danach, ihn an sich zu drücken und sich von seinem kleinen, warmen Körper trösten zu lassen, aber erst, wenn Katarina weg ist.

Xavier nickt feierlich, und Isabella führt ihn mit unsicheren Schritten vom Haus weg, hinein in den seltsam warmen Winter, der so weit von der Heimat entfernt ist.

Der Einspänner rattert den Bergpfad hinauf. Xavier sitzt zwischen Isabella und Katarina. Vor ihnen fährt Ernest in einem weiteren Einspänner, zusammen mit seinem Freund und Geschäftspartner Abel Barrett und dessen Frau Edwina. Die Sonne scheint hell, und die fremden Gerüche des australischen Waldes umgeben sie. Isabella kennt inzwischen den scharfen medizinischen Duft von Eukalyptus und Teebaum, andere Gerüche kann sie nicht einordnen. Vögel zwitschern irgendwo fern des Weges. Es ist Sonntag, sie unternehmen ein Picknick. Der Korb mit dem Essen steht zwischen Isabellas Füßen. Die Köchin hat ihn heute Morgen gepackt und schien erleichtert, dass sie nicht mitkommen muss.

Katarina prahlt damit, sie könne gut reiten, sie habe in ihrer Jugend in Costa Daurada Preise gewonnen. Gewiss versteht sie sich gut auf Peitsche und Zügel. Sie trägt ein weißes Rüschenkleid und einen großen weißen Hut. Isabella trägt das gelbe Kleid, das sie aus dem Leuchtturm mitgebracht hat. Sie hat versucht, es an der Taille enger zu nähen, mit wenig Erfolg. Sie denkt an das blaue

Musselinkleid, das in ihrem Koffer auf dem Meeresboden liegt, und erinnert sich dann daran, dass sie nicht mit Katarinas Schönheit Schritt halten muss. Sie drückt mehrfach Xaviers Hand. Dies ist kein Wettbewerb.

Sie sind seit einer Stunde unterwegs und immer noch auf den unteren Berghängen. Der Zigarrenrauch der Männer driftet nach hinten zu Isabella. Sie hört nur Gesprächsfetzen und findet Ernest und Abel ungemein langweilig. Gelegentlich lacht Abels Frau gackernd und bemüht sich, mit den plumpen Witzen mitzuhalten. Wann immer Edwina lacht, verkrampft sich Katarinas Kiefer, und Isabella fragt sich, ob sie lieber mit den Männern im Wagen sitzen würde statt bei dem Jungen und seinem Kindermädchen.

»Ist es noch weit?«

»Nein, der Weg ist bald zu Ende. Man kann nur zu Fuß auf den Berg steigen, und das werden wir heute nicht tun. An der nördlichen Seite gibt es eine kleine Lichtung, die sich für das Picknick eignet. Von dort aus kannst du den Ozean und die Berge sehen. Es ist sehr schön.«

Isabella ist begeistert, dass Katarina den Ort schön findet. Sie hatte vermutet, dass sie sich eher nach der vertrauten Landschaft der Heimat sehnt. »Ist es schöner als dort, wo Sie herkommen?«

Katarina schaut sie an und lächelt knapp. »In Spanien war ich nicht reich. Ich glaube, Geld macht manches schöner.« Sie schaut wieder auf den Weg. »Männer, beispielsweise.«

Isabella antwortet nicht. Sie staunt, dass Katarina so in Gegenwart ihres Sohnes spricht. Doch vermutlich unterschätzt sie den Jungen; vielleicht hat sie vergessen, dass er hören und verstehen kann, auch wenn er nicht spricht.

»Woher kommst du, Mary?«

»Aus Somerset, Ma'am. Im Südwesten Englands.«

»Vermisst du es?«

»Manchmal.«

»Träumst du davon, dorthin zurückzukehren?«

»Ich gehe nie dorthin zurück.« Die Endgültigkeit ihrer eigenen Worte macht sie traurig. Wohin wird sie gehen? Lebt ihre Schwester überhaupt noch in New York? Sie könnte eine Straße weiter, aber auch auf einen anderen Kontinent gezogen sein.

»Gut.« Katarina lächelt, doch diesmal sieht es ein wenig grausam aus. »Alle anderen Kindermädchen haben gekündigt. Du musst also verzeihen, wenn ich vorsichtig bin. Es ist gut zu wissen, dass du mit dem Herzen hier bist.«

Doch wo ist Isabellas Herz? Sie denkt kurz darüber nach und tadelt sich selbst, weil sie es vergessen hat. Es ist bei Daniel im Grab. Und während sie das denkt, zieht eine Wolke vor die Sonne, und einen abergläubischen Moment lang fragt sie sich, ob sie die plötzliche Kühle verursacht hat. Doch dann biegt der Wagen mit den Männern ab und rollt über eine kleine Anhöhe hinunter auf eine grasbewachsene Lichtung. Sie folgen und halten bald an. Sie befinden sich auf halber Höhe der Nordflanke des Berges. Er ist nicht sehr hoch, eher wie eine vulkanische Erhebung im flachen Küstenland. Die Lichtung liegt auf einem weiten Felsplateau. Es gibt keine Bäume, die ihnen die Sicht auf den Ozean versperren. Von hier oben sieht alles noch viel unermesslicher aus: die Brecher, lautlos und fern, scheinen sich langsamer und bedächtiger zu bewegen. Die Luft ist klar und kühl. Isabella hilft Xavier aus dem Wagen und kniet sich hin, um seine Jacke zuzuknöpfen. Katarina ist schon zu Ernest, Abel und Edwina gegangen.

Sie rückt ihre Haube zurecht und führt Xavier zu den anderen.

»Soll ich das Picknick hier vorbereiten?«, fragt sie.

»Ja, das wäre famos«, sagt Abel Barrett und zieht die Nase hoch. Er hat einen kräftigen Kiefer, leuchtend blaue Augen und dichtes, lockiges Haar. Seine Frau Edwina ist weit weniger attraktiv – eine Pfauenhenne – und schaut ihn unverwandt an. Ihre Miene ist leicht verwundert, so als könne sie es nicht fassen, dass dieser unglaublich gutaussehende Mann tatsächlich ihr gehört.

Xavier bleibt bei Isabella, als sie die Picknickdecke ausbreitet und Teller, Tassen und Besteck darauf anordnet. Die anderen sind ein Stück weitergegangen, um die Aussicht zu bewundern. Abel erklärt, dass Lighthouse Bay so heißt, weil einer der ersten Entdecker sie aus ebendieser Position gesehen hat. Die Sonne fiel zuallererst auf die Landzunge, auf der jetzt der Leuchtturm steht. Isabella gefällt die Idee, dass Matthew jeden Morgen vor allen anderen von der Sonne begrüßt wird. Sie wirft einen Blick über die Schulter, sieht die weiße Nadel des Leuchtturms und fragt sich, was Matthew jetzt gerade tut.

Die Köchin hat Sandwiches und Obst vorbereitet und einen Apfelkuchen gebacken. Isabella breitet alles fein säuberlich aus. Ernest hat Whisky und Wein dabei, und Isabella sieht verwundert, wie schnell die Frauen trinken. Sie hat in ihrem Leben nur ein Glas Rotwein getrunken, und das Gefühl im Magen hat ihr gar nicht gefallen. Xavier hilft ihr, Servietten zu falten und Silber zu polieren. Die anderen werden schon ungestüm, trunken von der Verheißung, später betrunken zu werden.

Katarina ruft: »Xavier. Komm zu Mama, Kleiner.«

Er sieht entsetzt aus. Dann schaut er fragend zu Isabella.

»Nur zu. Tu, was deine Mama sagt.«

Xavier geht zögernd hinüber, und Isabella sieht aus dem Augenwinkel, wie er eine Fliege verscheucht. Katarina kauert sich mit ausgebreiteten Armen hin. Das hat Isabella noch nie gesehen. Xavier wohl auch nicht, denn er bleibt abrupt stehen. Isabella kann sein Gesicht nicht sehen, doch sie ahnt, dass er sich vor Katarinas plötzlichen Liebesbezeugungen fürchtet.

»Komm her, Liebling. Gibt mir einen dicken Kuss. Sei nicht schüchtern.« Dann schaut sie Edwina an und verdreht die Augen. »Er ist nicht sehr schlau, aber seine Mama liebt ihn trotzdem.«

Isabellas Magen verkrampft sich vor Zorn. Sie versteht jetzt, dass Katarina vor der anderen Frau angeben will. Edwina ist älter als sie und kinderlos. Katarina spielt die liebevolle Mutter, um ihr eins auszuwischen, vielleicht sogar grausam zu sein. Xavier zögert, und Isabella fürchtet schon, er werde zu ihr zurücklaufen, also steht sie auf und schiebt ihn sanft nach vorn. »Nur zu, Xavier.«

Er macht noch ein paar zögernde Schritte, dann schießt Katarina vor und umschlingt ihn mit ihren Rüschenärmeln. Isabella sieht, wie sich seine pummelige Hand um ihren Unterarm schließt, und der Stich der Eifersucht ist so tief und stählern, dass sie zurückweicht. Edwina gurrt Xavier an, während die Männer Whisky trinken und ihre Zigarren im Gras ausdrücken. Isabella bleibt außen vor. Sie gehört nicht hierher. Xavier gehört nicht hierher.

»Das Essen ist fertig«, verkündet sie, und einen Augenblick später reicht Katarina ihr das Kind zurück, sie soll ihn woanders hinbringen, damit er sie nicht stört, und ihm etwas zu essen geben. Isabella schiebt Xavier vor sich her und greift nach der kleinen Papiertüte, die die Köchin eigens für ihn vorbereitet hat. Dann gehen sie ins Gebüsch.

»Ich kann einen Bach hören.« Sie ergreift seine Hand, sobald die Eltern sie nicht mehr sehen können. »Sollen wir mal nachsehen, ob Fische darin sind?«

Xavier nickt, und sie gehen zusammen durchs Gebüsch. Sie zeigt ihm die Beeren, die man essen kann, und er fragt nicht, woher sie das weiß. Auch scheint er nicht sonderlich an ihnen interessiert zu sein, denn sie schmecken bei weitem nicht so süß wie die Banane, die die Köchin ihm eingepackt hat. Die beiden setzen sich auf einen großen Felsbrocken und lassen die nackten Füße in den flachen Bach baumeln. Sie horchen auf die Vögel und lassen sich die Schultern von der Sonne wärmen, während sie Sandwiches mit Honig essen.

Schließlich wagt sie sich vor. »Warum sprichst du nicht mit deiner Mama?«

Er schaut sie an, zuckt mit den Schultern und isst weiter.

»Hast du deine Mama lieb?«

Er antwortet nicht. Seine freie Hand kriecht hervor und umklammert die ihre. Isabella spürt, wie ihr das Herz bis in die Kehle schlägt. Sie ist diesem Kind so tief verbunden, zu tief. »Ich liebe dich, mein kleiner Junge.«

»Mary«, sagt er und spricht es wie seine Mutter aus, mit einem weichen, runden A. Es hört sich beinahe wie »Mami« an.

Sie öffnet den Mund, um ihm zu sagen, dass sie Isabella heißt, damit er weiß, wer sie wirklich ist, unterlässt es aber. Er ist zu jung, um das zu verstehen. Er isst weiter glücklich sein Sandwich, ohne zu merken, dass er ihr Herz zum Singen gebracht hat.

Nachdem sie gegessen haben, spielen sie am Rand des Baches und bleiben so weit wie möglich im Schatten. Hier ist es schlammig, aber den Schmutz kann man im kühlen Wasser abwaschen. Sie spielen mit Stöcken, die können sie hierlassen, wenn sie zu den anderen zurückkehren. Isabella versinkt völlig in dem Glück, mit Xavier zusammen zu sein, ihn zu lieben und von ihm geliebt zu werden. Als sie hören, dass Ernest sie ruft, waschen sie sich rasch Hände und Füße und kehren unwillig auf die Lichtung zurück.

Die anderen sind betrunken, ihre Gesichter von Alkohol und Sonne gerötet. Das Essen ist verschwunden, und Abel Barrett döst auf dem Rücken im Gras. Edwina ist kühn geworden durch den Wein, läuft auf Xavier zu und beginnt ihn zu streicheln. Katarina lässt ihr großzügig den Vortritt und sonnt sich in der Überlegenheit der Frau, die ein so schönes Kind hervorgebracht hat. Xavier beginnt zu weinen, und Edwina setzt ihn sofort wieder auf den Boden.

»Tut mir leid, Kleiner.«

Im Nu ist er zu Isabella gerannt und verbirgt sein Gesicht an ihrer Hüfte. Sie streichelt ihm über die Haare. Katarina kneift die Augen zusammen.

Ernest blickt auf. »Seht euch das an. Er behandelt Mary, wie ein anderer Junge seine Mutter behandeln würde.«

Da ist es. Isabella kann es hören. Den einen falschen Ton in einer wunderschönen Symphonie. Er wurde angeschlagen, und sein Echo wirft einen Schatten über sie alle. Katarina kommt auf sie zu, reißt Xavier von Isabella weg und sagt: »Mary, du kannst mit Ernest und Abel zurückfahren. Sie sind beide betrunken und brauchen eine nüchterne Begleitung. Edwina, du fährst mit Xavier und mir.«

Xavier weint noch immer, doch Katarina scheint ihn nicht zu hören. Isabella packt rasch die Reste des Picknicks zusammen, während Ernest Abel mit der Fußspitze anstößt, um ihn zu wecken. Isabella spricht sich selbst Mut zu. Katarina ist nicht an Xavier interessiert. Sie wird über diese Demütigung hinwegkommen. Wenn Isabella sich zurückhält, wird das alles schnell vergessen sein.

Ernest und Abel sind betrunken, und sie wird in ihrem Sitz zusammengequetscht, erstickt fast am Tabakrauch und ihren männlichen Ausdünstungen. Ernest sitzt neben ihr, hat ihr aber halb den Rücken zugewandt, und sie reden, als wäre sie gar nicht da. Abel beklagt sich über seine Frau, sie sei zu sanftmütig. Ernest beklagt sich über seine Frau, sie sei zu wild. Isabella würde sie am liebsten unterbrechen und fragen, wie viel Temperament eine Frau denn haben müsse, um sie glücklich zu machen, spürt aber, dass die Frage nicht erwünscht ist. Sie fahren zu schnell den Berg hinunter, und Isabella beißt die Zähne zusammen, damit sie nicht aufeinanderschlagen. Dem Gespräch entnimmt sie, dass Abel sein Vermögen nicht nur seinen Geschäften, sondern vor allem der Familie seiner Frau verdankt, und Ernest so hingerissen von Katarinas Schönheit war, dass er erst nach einem Jahr Ehe merkte, welch eine Harpyie sie ist. Isabella schaut zu dem anderen Wagen zurück. Xavier sitzt still und unbemerkt zwischen Katarina und Edwina. Das kostbare Kind, umgeben von Eitelkeit und Käuflichkeit.

Zum ersten Mal schleicht sich ein Gedanke heran: Er

hätte es besser, wenn er mit ihr nach New York zu Victoria reiste.

Sie verbannt den Gedanken sofort. Das ist Wahnsinn. Sie hat sich selbst Angst eingejagt, und das macht sie ungehalten. Warum sollte sie nicht zu diesem Schluss gelangen, wo sie das Kind doch so sehr liebt und alle anderen unfähig scheinen, ihn zu lieben? Sie bezweifelt, dass Katarina ihn überhaupt vermissen würde; Ernest ganz sicher nicht. Und wenn er bei ihnen bleibt, wird er genau wie sie. Das ist unvermeidlich. Er wird lernen, dass Geld wichtiger ist als Menschen, und selbst ein kalter, harter Mann werden.

Wäre Daniel auch so geworden? Sicherlich nicht. Isabella hätte ihn geleitet, ihre Liebe hätte seine Wertvorstellungen geformt und seine Konturen weicher gezeichnet. Sie kann das Gleiche für Xavier tun, zumindest solange er sich in ihrer Obhut befindet.

Sie dreht sich um und fängt seinen Blick auf, winkt ihm lächelnd zu. Er strahlt und winkt zurück. Katarina sieht es und legt schützend den Arm um ihn, lenkt ihn mit einem geflüsterten Wort ab. Doch das ist Isabella egal. Sie spürt, wen das Kind wirklich liebt.

Isabella weiß es eigentlich besser, doch manchmal malt sie sich die lange Reise über den Ozean zusammen mit Xavier aus. Nur sie beide. Die Dinge, die sie sehen würden, bevor sie das andere Ufer erreichen. Seine Hand in ihrer, für immer. Sie nimmt sich vor, jeden Tag nur eine Minute daran zu denken, doch aus der einen Minute werden fünf, und bald bewegen sich ihre Gedanken immer in dieselbe Richtung. Sie versucht, es zu unterdrücken. Sie weiß, dass sie es niemals tun wird. Sie liebt Xavier, und weil sie ihn liebt, wird sie ihn nicht von seinen Eltern und seinem Zuhause wegholen und als Flüchtling in eine ungewisse Welt stoßen. Doch die Phantasie wird zu einem vertrauten Vergnügen, in das sie sich flüchten kann, wenn andere, dunklere Gedanken drohen.

In der folgenden Woche bricht Ernest eines Morgens zu einer Geschäftsreise nach Brisbane auf, einer großen Stadt viele Meilen im Süden. Xavier hat die halbe Nacht wach gelegen, weil er leichtes Fieber und Husten hat. Isabella bemüht sich, ihn warm zu halten, damit er das Fieber ausschwitzen kann; die Krankheit des Kindes macht ihr Angst, ihr wird ganz flau im Magen. Sie hält Katarina tagsüber auf dem Laufenden, doch diese wirkt gleichgültig. Das Wetter ist stürmisch geworden, und das Scheppern der Dachrinne verstärkt nur ihre Angst, so als wäre nichts auf der Welt mehr sicher.

»Vor drei Monaten hatte er das schon einmal«, sagt Katarina. »Nach einem Tag war es bereits besser.«

Isabella weiß nicht, ob sie Katarinas Haltung als hartherzig betrachten soll oder ob es einfach die Weisheit einer Mutter ist, die ihren Sohn seit seiner Geburt kennt. Sie kehrt ins Kinderzimmer zurück und bleibt bei Xavier sitzen, bis die Nachmittagsschatten länger werden. Dann verlässt sie ihn, um der Köchin bei der Zubereitung des Abendessens zu helfen.

Die Tür am Ende des Ganges ist verschlossen. So früh. Isabella hat nicht zu Mittag gegessen, und ihr knurrt der Magen. Es ist doch noch nicht Abend, warum hat man sie eingeschlossen? Egal. Sie weiß jetzt, wie sie hinausgelangt. Sie drückt den Schlüssel durchs Schlüsselloch, zieht ihn auf einem Blatt Papier unter der Tür durch und geht in die Küche.

Weder die Köchin noch Katarina sind da. Das Haus liegt still und dunkel da, man hört nur das Klicken der Reiseuhr auf dem Bücherregal. Isabella horcht auf Geräusche, spürt aber nur den schwachen Widerhall der Stille im Haus, die einen Gegensatz zum draußen tobenden Wind bildet. Sie zündet in der Küche eine Lampe an und geht zur Eiskiste. Xavier schläft, er sollte ohnehin nicht essen, solange er Fieber hat, aber sicher hat niemand etwas dagegen, wenn sie sich Brot und Käse nimmt.

Schweigend isst sie im flackernden Lampenlicht und kehrt zu dem Jungen zurück.

Sie legt ihm die Hand auf die Stirn. Das Fieber ist gewichen, ihre Hand mit kühlem Schweiß bedeckt. Eine Last ist von ihrer Seele genommen, und ihr wird klar, dass sie den ganzen Tag lang nicht richtig durchgeatmet hat. Sie setzt sich auf die Bettkante und streicht ihm sanft das Haar aus der Stirn, spricht leise mit ihm. Er rührt sich, wird aber nicht wach. Sie ist geradezu lächerlich glücklich.

Dann hört sie ein lautes Geräusch von unten – eine Tür? – und denkt an Katarina. Sie wird wissen wollen, dass es Xavier wieder gutgeht. Isabella beschließt, nachzusehen, ob Katarina selbst oder die Köchin da ist. Wenn sie keine der beiden Frauen antrifft, wird sie die Nachricht für sich behalten und sich umso besser fühlen, weil sie die Einzige ist, die davon weiß.

Sie nimmt eine Laterne und steigt die Hintertreppe hinunter. Das Gras ist nass nach dem Regen, die Luft kühl. Ein rauher Wind zerrt an den Ästen der hohen Eukalyptusbäume, sie rauschen, als wollten sie mit der Meeresbrandung wetteifern. Sie geht in die Waschküche und bleibt stehen, horcht. Nichts … nichts …

Dann doch etwas. Eine Frauenstimme. Leise und sanft. Isabellas Haut kribbelt. Ist es die Köchin oder Katarina? Es klingt, als hätte sie Schmerzen.

Isabella drückt sich in den dunklen Bereich unter

dem Haus und erkennt, dass das Geräusch aus dem verbotenen Zimmer kommt. Gleichzeitig wird ihr klar, dass die Frau keine Schmerzen hat. Sie empfindet Lust.

Die Zigarrenstummel vor dem Fenster. Ernest in Brisbane.

Die Teile fügen sich zusammen, und sie erkennt, dass sie umkehren und ins Kinderzimmer gehen und alles vergessen muss. Das ist so bei Dienstboten. Doch Isabella ist keine Dienstbotin. Isabella ist eine Frau wie Katarina, und sie vermutet, dass diese keine gute Mutter ist. Besser gesagt: Isabella *hofft*, dass Katarina keine gute Mutter ist, denn dann wären ihre Phantasien gerechtfertigt.

Sie hat die Finger am Türgriff, bevor sie sie zurückziehen kann. Natürlich abgeschlossen. Aber sie hat noch den Schlüssel in der Schürzentasche. Isabella hört eine rauhe Männerstimme. Sie muss erfahren, wer es ist, welche lasterhaften Dinge in diesem verschlossenen Zimmer vorgehen. Sie muss es *dringend* erfahren, wenn sie Xavier beschützen will. Es ist ihr egal, ob sie ein Geräusch macht; ihr Herz schlägt so laut in ihren Ohren, dass sie nicht mehr die Stimme der Vernunft hört: *Lass, es wird nichts Gutes dabei herauskommen.*

Die Tür schwingt nach innen. Das Zimmer ist dämmrig, doch sie kann einen einzelnen Mann sehen, und es geht um nichts Schlimmeres als den ältesten Akt der Liebe auf dieser Welt.

Katarina stößt einen Laut aus, halb Schrei, halb Kreischen. Abel Barrett zieht sich die Decke zu spät über den Kopf. Isabella erstarrt; das Eis steigt von ihren Füßen durch die Adern hinauf zu den Knien, Oberschenkeln und noch höher, bis es schließlich ihr Herz und ihre Schultern und ihren Kopf erreicht hat. Katarina kreischt, sie solle raus, raus, rausgehen.

Isabella hat alles verloren. Sie hat Xavier verloren. Sie kann nicht mehr zurück ins stille Kinderzimmer, sich auf der Seite zusammenrollen und davon träumen, mit ihm in New York zu sein. Diese Phantasie zerfällt schneller, als sie begreifen kann. Katarina hat sich in ihr Kleid gewickelt, das sie vom Boden aufgehoben hat, und stößt Isabella weg, schreit, sie solle ihre Sachen packen und verschwinden.

Isabella kann sich nicht bewegen. Das passiert nicht wirklich. Die Realität wogt um sie herum.

Dann ist Abel da, hat sich wie der Wind angezogen, während sie nicht auf ihn geachtet hat. Er zerrt sie am Arm in den Garten.

»Du hast fünf Minuten, um deine Sachen zu packen und zu verschwinden. Sonst rufe ich die Polizei, ich bin mit dem Constable gut befreundet.«

Der Selbsterhaltungstrieb rüttelt sie auf. Sie rennt die Treppe hinauf ins Kinderzimmer, so laut, dass Xavier aufwacht. Sie nimmt ihn in die Arme und schluchzt. »Ich muss gehen. Ich finde dich. Sei nicht traurig. Ich kann alles gutmachen, bestimmt. Wir leben ja.« Sie merkt, dass sie Unsinn redet, und verstummt.

Katarina steht angezogen in der Tür. »Raus! Hände weg von meinem Jungen! Raus und komm nie wieder her!« Sie schlägt und boxt Isabella, lässt die Hiebe mit der ganzen Intensität ihrer Angst und ihres Zorns auf sie niederregnen.

Xavier krabbelt aus dem Bett und will nach Isabella greifen, doch Abel schreitet ein, klemmt sich das Kind unter den Arm und sagt, er solle still sein. Xavier beginnt zu schreien, dass es Isabella das Herz zerreißt.

Weiße Hitze blitzt durch ihren Körper. Wenn sie könnte, würde sie beide töten und das Kind nehmen und …

Isabella reißt sich zusammen. Es wird leichter für Daniel sein, wenn sie einfach geht … Nein, nicht für Daniel. Es wird einfacher für Xavier sein, wenn sie rasch und leise geht. Sie kann es irgendwie gutmachen. Sicher. Bitte, Gott, lass es nicht vorbei sein. Lass es nicht vorbei sein.

»Es tut mir leid«, sagt sie zu allen, am meisten aber zu sich selbst. Denn es tut ihr sehr, sehr leid, dass sie so blind gehandelt hat.

Xavier beginnt zu schreien. »Mary! Mary!« Katarina schaut ihn an, verblüfft, ihn sprechen zu hören. Isabella geht, so schnell sie kann, wobei ihr die Stimme des Kindes die Treppe hinunter und bis in den Abendschatten folgt.

»Mary! Mary!« Der Wind und das Meer verzerren den Namen, und es klingt wie »Mami! Mami!«. Und sie muss weg von hier. Ihr bleibt nichts anderes übrig. Sie kann nichts tun. Gar nichts. Er ist weg. Es ist vorbei. Ihre Knie zittern.

Sie wendet sich zum Leuchtturm.

Er scheint eine Million Meilen entfernt, dabei ist es nur eine einzige. Der Regen prasselt nieder. Wolken verdecken die Sterne. Der Wind heult, das Meer donnert, ihr schluchzendes Herz dröhnt. Und die ganze Zeit über scheint Matthews Licht hell und klar über das Meer. Sie stolpert den Weg hinauf, Schlamm in den Schuhen, kalter Regen und heiße Tränen, und hämmert an seine Tür.

Sie wartet.

Sie hört Schritte auf der Treppe. Dann geht die Tür auf, und er steht da, und sie fällt in seine Arme. Er zögert. »Ich habe ihn verloren.« Dann legen sich Matthews Arme eng um sie, und er hat den Kopf in ihrem Haar, und er küsst sie auf den Kopf. »Mein hübscher Vogel«, murmelt er. Nie gekanntes Begehren erwacht in Isabella. Matthew greift über sie hinweg, um die Tür zu schließen, um Wind und Regen auszusperren. Ihre Kleidung tropft, also löst sie die Knöpfe an ihren Handgelenken und das Band an ihrer Kehle. Matthews Hände bewegen sich im Einklang mit ihren, ziehen ihr die nassen Kleider aus. Sie fallen in einer Pfütze auf den Boden, und seine warmen Finger fahren über ihr kaltes Schlüsselbein. Sie bekommt eine Gänsehaut, alles kribbelt, ihre Brustwarzen richten sich auf und werden hart. Er greift nach unten und hebt sie hoch, als würde sie gar nichts wiegen, trägt sie in sein Schlafzimmer und bettet sie sanft auf die Decke. Der vertraute Geruch – sein Geruch: Mann und Seife – überwältigt sie, und sie schließt die Augen. Seine Lippen berühren ihre Kehle. Sie bäumt sich auf. Tränen laufen noch immer über ihre Wangen, tropfen aufs Kissen. Er küsst ihr Gesicht, wischt ihr die Tränen ab. Sie spürt sein Begehren, seinen heißen, angespannten Körper. Als sie die Augen öffnet, steht er nackt im Lampenlicht. Sie greift nach ihm. Sein Herz, ihr Herz, in makellosem Einklang.

Viel später sagt er im Dunkeln: »Ich werde deine Schwester finden. Du kannst nicht bei mir bleiben. Du musst zu ihr fahren.«

»Ich habe kein Geld. Ich habe alles verloren, das mir teuer ist.«

»Ich habe den Amtsstab behalten.«

Sie setzt sich auf und schaut ihn an. Seine Augen sehen schwarz aus.

»Bist du wütend?«

»Nein. Ich bin es müde, das Richtige zu tun. Wenn nötig, nehme ich mir auch etwas, das mir nicht gehört.« Und dabei denkt sie nicht nur an den Amtsstab. Sondern auch an Xavier.

Siebzehn

2011

Nach der Hektik des Nachmittagstees ging ein leichter Schauer nieder. Juliet zögerte, bevor sie nach draußen ging, aber die Wolken waren nur hellgrau. Immerhin würde sie allein am Strand sein. Sie mochte es gar nicht, wenn sie dort ständig über Kinder und Hunde stolperte.

Ausnahmsweise hatte sie Cheryl und Melody die Verantwortung fürs Saubermachen und Abschließen übertragen. Das kam eigentlich nur einmal im Jahr vor. In der Anfangszeit war sie einmal in der Woche an den Strand gekommen, dann einmal im Monat. Doch die Trauer konnte nicht ewig dauern, und jetzt kam sie nur noch, weil es ihr falsch erschien, sich nicht an das Datum zu erinnern.

Es war zwanzig Jahre her, dass Andy gestorben war.

Juliet ging zu der Stelle, an der sie immer saß, oben im grasbewachsenen Teil der Dünen, von wo aus man auf den weichen weißen Sand hinunterblickte. Sie spannte den Regenschirm auf, setzte sich mit überkreuzten Beinen hin, holte tief Luft und schloss die Augen. Die Brise vom Wasser roch durchdringend nach Regen und Salz. Der Wind verfing sich in ihrem Haar und wehte es ihr ins Gesicht. Behutsam schob sie die Strähnen zurück.

Hätte sie vor zwanzig Jahren an dieser Stelle gesessen, hätte sie alles mit ansehen können. Sie hätte die Scheinwerfer auf dem Parkplatz gesehen, deren Licht auf den Sand fiel, hätte die Sirenen gehört. Sie hätte sich selbst am Strand gesehen, wie sie wie eine Wahnsinnige unter Tränen auf und ab lief, während ihre Freunde sie festhalten wollten. Sie riss die Augen auf. Es hatte keinen Sinn, ein altes Unglück noch einmal zu durchleben.

Sie war lange Zeit hergekommen, um mit Andy zu sprechen, so als wäre sein Geist in den Sand und das Meer gedrungen, als er starb. Sie hatte keine sehr festen Vorstellungen von den Geheimnissen von Leben und Tod und glaubte schon lange nicht mehr, dass Andy in irgendeiner Form noch hier war. Heute aber verspürte sie das Bedürfnis, mit ihm zu sprechen, weil er Libby gekannt hatte. Er wusste, was passiert war. Also war er einer der wenigen Menschen, die ihr einen Rat geben konnten.

Was sollte sie bezüglich ihrer Schwester unternehmen? In der kurzen Zeit, seit Libby völlig unerwartet aufgetaucht war, war alles drunter und drüber gegangen. An den seltenen guten Tagen gelang es ihr, nicht an sie zu denken; sie hatte viel zu tun und war es gewohnt, ihr Leben ohne Libby zu bewältigen. An manchen Tagen erschrak sie fast, wenn sie sich daran erinnerte, dass ihre Schwester nur fünf Minuten entfernt wohnte. Dann überkam sie ein schlechtes Gewissen und der Wunsch, etwas wiedergutzumachen. Familie, Blutsbande, die ganze Geschichte. Gelegentlich verspürte sie auch Panik oder Zorn oder eine unerklärliche Furcht, die sie förmlich herabzog. Dass Libby hier aufgetaucht war, hatte ihr Leben schlagartig unberechenbar und kompliziert gemacht. Zugegeben, es war auch vorher nicht einfach gewesen, aber immerhin vorhersehbar. Die Zeit verrann, es war zwanzig Jahre her, dass Andy gestorben war. Zwanzig Jahre, die sie mit Frühstück und Morgen- und Nachmittagstee und Bettenbeziehen verbracht hatte. Sie hatte den Kopf eingezogen und ihr Leben möglichst einfach gestaltet. Doch dann war Libby zurückgekommen.

Sie hatte ein schlechtes Gewissen, weil sie hoffte, dass ihre Schwester möglichst schnell wieder abreiste. Libby war immer selbstsicher gewesen, als Jugendliche auch überheblich. Es würde Juliet nicht überraschen, wenn sie erneut zu dem Schluss gelangte, dass Lighthouse Bay zu klein für sie war, und sie wieder an irgendeinen exotischeren Ort aufbrach. Falls Paris seinen Glanz verloren hatte, wäre es demnächst vielleicht London oder New York. Wenn Libby wegging, könnte Juliet ihr ruhiges Leben weiterführen.

Doch sie wusste instinktiv, dass dieses ruhige Leben sie allmählich erdrückte. Manchmal wachte sie mitten in der Nacht auf und spürte eine weißglühende Angst unter den Rippen: *Du hast nicht gelebt.* Meist gelang es ihr, das Gefühl zu unterdrücken und über sich selbst zu lachen, doch Libbys Ankunft hatte diese Angst spürbarer gemacht. Denn es stimmte: Sie hatte nicht gelebt. Sie hatte Andy verloren und beschlossen, über den Rest ihres Lebens nur dahinzugleiten.

Juliet ließ den Kopf auf die Knie sinken. »Libby ist zurück«, sagte sie. Ihre Stimme wurde fast gänzlich von der Brandung übertönt. »Glaubst du, ich kann ihr verzeihen?«

Andy antwortete nicht, aber das war auch nicht nötig. Er war ein nachdenklicher Mann gewesen und weise für sein Alter. Sie wusste, er hätte etwas gesagt wie: *Verbringe doch ein bisschen Zeit mit ihr. Du brauchst nichts zu übereilen. Erwarte keine Wunder.* Womöglich hätte er auch gesagt: *Du hättest das alles inzwischen hinter dir lassen sollen.*

»Hey, Juliet!«

Sie hob den Kopf und öffnete die Augen. Unten auf dem Sand stand Scott Lacey in Surfershorts und einem weißen T-Shirt. Er kam zu ihr hoch.

»Guten Tag, Sergeant«, sagte sie lächelnd.

Er verzog das Gesicht. »Nenn mich nicht so, sonst frage ich, ob du auf deinen Romeo wartest.« Sein üblicher Witz, den er meist humorvoll anbrachte. Nur in den angespannten Wochen, nachdem sie seine Annäherungsversuche zurückgewiesen hatte, hatte es anders geklungen. »Ich dachte mir, dass ich dich hier finde. Es ist heute zwanzig Jahre her, oder?«

»Ja, genau zwanzig Jahre.«

»Und deine Schwester ist auch wieder in der Stadt.« Scott hob die rötlichen Augenbrauen. »Das muss weh tun.«

»Ich glaube, das ist ihr nicht bewusst. Sie kann die Vergangenheit besser hinter sich lassen als ich.«

»Sicher, wir beide sind jetzt hier die Oldtimer. Wir hüten die Lokalhistorie.« Er drehte sich zum Meer und sagte wehmütig: »Andy war ein toller Kerl.« Dann schaute er wieder zu Juliet. »Deine Schwester ist wohl ein bisschen schreckhaft. Sie hat mich letztens angerufen, weil sie Schritte vor dem Haus gehört hatte und einen Automotor und so.«

Zu ihrer eigenen Überraschung war Juliet besorgt. »Tatsächlich? Das hat sie gar nicht erwähnt. Vielleicht hat sie sich deshalb erkundigt, ob noch jemand im Leuchtturm wohnt.«

»Ich war ein paarmal da, habe aber nichts gesehen. Hoffentlich ist sie mir so dankbar, dass sie mit mir ausgeht.« Er zwinkerte ihr zu.

Juliet hatte es aufgegeben herauszufinden, wann Scott etwas ernst meinte und wann nicht. Er war dreimal verheiratet gewesen, und es mangelte ihm nicht an weiblicher Gesellschaft, also war es vermutlich nur ein Witz. Sie konnte sich sehr gut vorstellen, wie Libby auf jemanden wie ihn herunterblickte, der sein ganzes Leben an einem Ort verbracht hatte. Genau wie sie selbst.

Doch vielleicht stimmte das gar nicht. Vielleicht verwechselte sie die neue mit der alten Libby. Sicher, da war noch ein Hauch des alten Glanzes, der aus ihren besonderen Ambitionen herrührte, doch als sie zum Essen bei ihr gewesen war, hatte sie aufrichtig und wirklich nett gewirkt.

»Meinst du, sie würde ja sagen?« Es regnete jetzt stärker, doch Scott schien es nicht zu bemerken.

»Keine Ahnung. Sie ist wie eine Fremde für mich geworden.«

»Dagegen solltest du etwas unternehmen.«

»Vielleicht hast du recht.«

Am Montagmorgen rief Libby gleich als Erstes bei Ashley-Harris Holdings an, nannte ihren Namen und fragte, ob sie mit Tristan sprechen könne. Kurz darauf hörte sie eine Männerstimme.

»Tristan?«

»Nein, Elizabeth, ich bin Yann Fraser. Ich bin jetzt für diesen Teil des Projektes zuständig.«

»Das verstehe ich, aber ich möchte trotzdem gern mit Tristan sprechen.« Sie hatte sich gut mit ihm verstanden. Da war etwas zwischen ihnen gewesen, und sie wusste, dass er es auch gespürt hatte. Sie wollte nicht mit einem Fremden reden. Sie wollte jemandem, dem sie vertraute, ihre Fragen stellen.

»Tristan ist diese Woche in Sydney. Aber ich helfe Ihnen gerne weiter.«

Frustriert lief sie auf und ab. »Danke, ich komme schon klar. Auf Wiedersehen.«

Sie hängte ein. War Tristan nur ein aalglatter Charmeur, der sie weichkochen sollte? Auf einmal hatte sie keine große Lust mehr, Geschäfte mit Ashley-Harris zu machen.

Aber da war das Geld.

Libby wollte gerade ins Atelier zurückkehren, als das Telefon, das sie noch in der Hand hielt, erneut klingelte.

»Hallo?« Sie merkte, wie ungeduldig sie klang.

»Libby? Hier ist Tristan Catherwood.«

Sie war sofort besänftigt. »Tristan! Wie schön, dass Sie anrufen.«

»Yann hat eine SMS geschickt, dass Sie mich sprechen möchten. Ich bin ein paar Tage in Sydney. Ich muss Ihnen etwas erklären, was möglicherweise ein bisschen heikel ist, also seien Sie bitte gnädig mit mir.«

Libby runzelte die Stirn und sagte langsam: »Okay.«

»Ich habe Ihren Fall an Yann übergeben. Wir haben die gleichen Befugnisse, und er ist durchaus in der Lage, derartige Immobiliengeschäfte zu tätigen. Allerdings hatte ich ganz konkrete Gründe dafür.« Er verstummte.

»Weiter.«

»Ich glaube nämlich, Geschäft und Vergnügen vertragen sich nicht«, sagte er sanft.

»Wie meinen Sie das?« Aber sie ahnte, was er meinte, und spürte, wie Wärme sie durchflutete.

»Ich will damit sagen, dass ich bei unserem Treffen sehr starke Gefühle für Sie entwickelt habe. Es fiel mir schwer, mich von Ihnen zu verabschieden. Und ich kann Sie nicht zum Essen einladen, wenn wir mitten in geschäftlichen Verhandlungen stecken.«

Jetzt fehlten ihr die Worte. Mark war erst zwei Monate tot. Sie war überhaupt nicht bereit, sich mit einem anderen Mann zu treffen.

»Libby?«, fragte er mit einem nervösen Lachen. »Ich habe Sie gerade zum Essen eingeladen.«

»Tut mir leid«, platzte sie heraus. »Ich … der Mann, der gestorben ist. Er war …«

»Ich verstehe. Er war Ihr Partner?«

Nein. Er war nie ihr Partner gewesen, nie ihr Ehemann. Er war ihr Geliebter. Sie trafen sich an einem Wochenende im Monat und verbrachten ab und zu eine gestohlene Woche an einem exotischen Ort, wo niemand sie kannte. Sie hatten nie mit Freunden oder Familie zu Abend gegessen. Sie hatte nie seine Mutter kennengelernt. Sie hatte Mark geliebt, aber er war nicht ihr Partner gewesen. Sie holte tief und zitternd Luft. »Ich würde sehr gern mit Ihnen essen, Tristan.«

»Wirklich? Ich meine, ich kann verstehen, wenn es noch zu früh dafür ist.«

»Nein, wirklich. Wann kommen Sie aus Sydney zurück?«

»Freitagmorgen. Wie wäre es, wenn ich Sie am Freitagabend um sechs abhole?«

»Klingt wunderbar.«

Sie bereute es, sobald sie aufgelegt hatte, aber es war zu spät. Die Zukunft begann. So musste es sein.

Libby fiel erst eine halbe Stunde vorher ein, dass Damien zum Essen kommen würde. Sie wühlte in Vorratskammer und Kühlschrank und fand zu ihrer Erleichterung die nötigen Zutaten für eine Pizza. Dann räumte sie das Haus auf, vor allem den Schreibtisch, an dem sie in den vergangenen vierundzwanzig Stunden fieberhaft an dem Katalog gearbeitet hatte, um sich abzulenken. Ihre letzte falsche Entscheidung lag zwanzig Jahre zurück und verfolgte sie bis heute. Wer konnte schon sagen, wie viele Jahrzehnte sie den Widerhall der Entscheidung spüren würde, vor der sie jetzt stand? Wenn sie das Geld nahm, würde sie es bereuen; nahm sie es nicht, würde sie es ebenfalls bereuen.

Libby war gerade im Bad und bürstete sich die Haare, als Damien klopfte. Sie öffnete und sah ihn mit einem Werkzeugkasten und einer Katze vor der Tür stehen.

»Das ist Bossy. Ich hoffe, du hast nichts dagegen.«

»Ich habe nichts dagegen, aber ich verstehe es auch nicht.« Die zart gebaute rötliche Katze glitt an ihren Knöcheln vorbei.

»Ich möchte sie nicht allein im Leuchtturm lassen. Es gibt zu viele Orte, an denen sie stecken bleiben oder sich verirren könnte.«

Libby bückte sich und kraulte die Katze unter dem Kinn. »Sie ist wunderschön. Hast du sie gerade erst bekommen?«

»Nein, Bossy ist schon seit Jahren bei mir. Es ist kompliziert, und ich möchte eigentlich nicht darüber sprechen. Nur so viel: Ich habe diese Woche endlich meine Katze, meinen Wagen und mein Werkzeug bekommen.« Er hob den Werkzeugkasten. »Du sagtest, du hättest Probleme mit deinem Wäscheschrank.«

»Kannst du ihn reparieren?«

»Ja, ich bin Tischler. Es ist das mindeste, was ich tun kann, wenn du mich schon zum Essen einlädst.«

»Oh, ich dachte …« Doch es hätte beleidigend geklungen, wenn sie gesagt hätte: *Ich dachte, du hättest keinen Job.* »Das wusste ich nicht.«

Er war schon im Flur und überprüfte die Türen des Wäscheschranks. Sie beobachtete ihn. Wo war die Katze gewesen? Und sein Auto und das Werkzeug? Er musste sie irgendwann diese Woche geholt haben, aber wieso? Sie hätte so gern danach gefragt, aber es war offenkundig, dass er es ihr nicht sagen würde.

Sie bereitete die Pizza zu, während er die Türen ausbaute, glatt schliff und wieder in die Scharniere setzte. Er ging sehr ungezwungen mit ihr um, was ihr guttat, und sie unterhielten sich über die Vergangenheit und Leute, die sie gekannt hatten. Als die Pizza im Ofen war, setzten sie sich nach draußen auf die zusammengewürfelten Gartenmöbel. Sie war versucht, ihm von dem Angebot von Ashley-Harris zu erzählen und was es möglicherweise für ihr Verhältnis zu Juliet bedeutete, doch er wäre gewiss keine große Hilfe gewesen. Er besaß kein Geld; er hatte nicht mal einen Job. Große Immobiliengeschäfte waren vermutlich nicht sein Ding.

Außerdem gab es andere Sachen, über die er mit ihr sprechen wollte. »Ich habe mir mal das Tagebuch des Leuchtturmwärters von 1901 angesehen.« Er holte es aus dem Werkzeugkasten. »Auf den letzten Seiten habe ich etwas Interessantes gefunden.«

Libby beugte sich vor. »Und?«

»Zuerst dachte ich, der Wärter – er hieß Matthew Seaward – wäre vielleicht Ausländer gewesen, da einige Sätze sehr merkwürdig klingen. So wie: *›Brachte für I frische Äpfel mit‹* oder *›I heute sehr traurig‹*. Aber dann wurde mir klar, dass es eine Initiale sein muss.« Er blätterte auf der Suche nach einem bestimmten Eintrag.

»Oh. Wie Isaac oder Ivan oder so?«

»Nein. Es geht um eine Frau. Denn es gibt einen Eintrag … da, ich habe ihn gefunden. *›I besorgt. Unsicher, was mit ihr los ist.‹*«

»War er verheiratet?«

»Laut den Unterlagen nicht. Ich habe seine Tagebücher seit 1895 durchgesehen, und es wird kein anderer Mensch erwähnt außer ›I‹. Der Buchstabe taucht erstmals nach dem Tagebucheintrag über die fremde Frau auf, den ich dir vorgelesen habe.«

»Und bleibt sie bis zum Ende bei ihm?«

»Das weiß ich nicht. Ich habe noch nicht alle Bücher gefunden. Dieses hier endet im Juli 1901.«

Libby dachte nach. »Nur weil eine fremde Frau bei ihm auftaucht – die er wohlgemerkt in die Stadt schickt, um sich eine angemessene Unterkunft zu suchen –, heißt das noch lange nicht, dass es dieselbe Frau ist, über die er später im Tagebuch schreibt.«

»Natürlich nicht. Wir arbeiten hier eher mit Möglichkeiten als mit Wahrscheinlichkeiten. Aber es macht doch Spaß, es sich auszumalen. Sie erleidet Schiffbruch, er nimmt sie auf, sie verlieben sich ineinander. Ist doch egal, wenn es in Wirklichkeit anders war; es ist ohnehin Vergangenheit.«

Libby versuchte, sich mit der Vorstellung anzufreunden. Ja, letztlich wurde alles irgendwann Vergangenheit. Wie ihre Liebesaffäre mit Mark. Die Zeit löschte alles aus. Hatte Mark das gewusst? Hat er sie deshalb immer gedrängt, im Augenblick zu leben? Sie versuchte, den Augenblick zu spüren. Die sanfte Brise, den Rhythmus des Ozeans. Das Glück war beinahe da. Doch noch immer trug sie zu viel Traurigkeit im Herzen. Wenn sie könnte, würde sie Damien weg- und Mark herbeizaubern. Sie hätte es erleben, hätte hier mit Mark sitzen können, in der Brise am Ozean, aber sie war zu stur gewesen, und jetzt war es zu spät. Die Zeit war vorbei.

Doch es bedeutete auch, dass die Entscheidung, das

Haus zu verkaufen, irgendwann Vergangenheit sein würde. Sollte das heißen, dass es egal war, was sie tat? Sie runzelte die Stirn, wollte die Gedanken verdrängen.

»Alles in Ordnung?«

Sie blickte auf und versuchte zu lächeln. »Ja. Mir geht es gut. Würdest du mir das Tagebuch anvertrauen? Ich möchte es gern selbst lesen.«

»Sicher.« Er legte es auf den Beistelltisch. »Sollen wir nach der Pizza sehen?«

Damien wollte gern drinnen auf der Couch essen. Er sagte, er habe seit langem nicht mehr auf einer Couch gesessen, was Libby lustig und verwirrend zugleich fand. Doch keiner versuchte, die Geheimnisse des anderen zu ergründen. Es war viel angenehmer, Pizza zu essen, über die Einheimischen zu reden und sich eine aufwendige Erklärung für das Geheimnis des Leuchtturms auszumalen.

»Wenn du möchtest, komme ich irgendwann in der Woche noch einmal vorbei und kümmere mich um die anderen Schränke. Gibt es sonst noch etwas zu tun?«

»Das wäre nicht richtig. Ich kann dich im Augenblick nicht bezahlen und …«

»Ich sage das nicht ohne Hintergedanken.«

Einen Moment lang flatterte ihr Herz; er wollte sich doch wohl nicht an sie heranmachen. Er war nicht ihr Typ und außerdem viel jünger. Doch dann sagte er: »Besteht die Chance, dass ich Bossy bei dir lassen kann?«

Die Idee gefiel ihr sehr. »Natürlich.«

»Und du kannst ab und zu was für mich kochen, ich bezahle dafür mit Hilfsarbeiten. Ich habe … Probleme mit meinen Konten. Ich komme nicht einmal an die Unterlagen, die ich brauche, um mir eine Stelle zu suchen. Ich brauche Jobs, bei denen ich bar bezahlt werde oder etwas tauschen kann. Falls du etwas weißt …«

»Damien, wieso …«

»Es ist noch zu frisch. Ich kann nicht darüber reden.«

Sie nickte. »Du solltest mal bei Juliet vorbeigehen. Sie sagt, in der Küche der Teestube sei etwas zu erledigen.«

»Ehrlich? Gut, das mache ich. Kannst du ihr sagen, dass ich vorbeikomme?«

In Libbys Kopf wirbelten die Gedanken durcheinander. Nein, sie würde nicht mit Juliet sprechen, bevor sie ihre Entscheidung getroffen hatte. Wenn sie Damien erzählte, dass sie mit dem Gedanken spielte, die Aussicht auf eine gute Beziehung zu ihrer Schwester für zweieinhalb Millionen Dollar aufs Spiel zu setzen, würde er das nicht verstehen. Die meisten Leute dachten, Familienbeziehungen seien mit Geld nicht aufzuwiegen.

»Sicher, ich sage ihr Bescheid.« Es war eine harmlose Lüge. »Sie wird sich freuen.«

Als Damien nach Hause gegangen war und Libby aus der Dusche kam, wartete Bossy schon am Fußende des Bettes.

»Hallo, Miez«, sagte sie, schaltete die Nachttischlampe ein und legte sich mit dem Tagebuch des Leuchtturmwärters ins Bett. Bossy putzte sich, kuschelte sich neben sie und begann leise zu schnurren.

Zuerst fiel es Libby schwer, Matthew Seawards Handschrift zu entziffern, doch dann gewöhnte sie sich daran und blätterte weiter, wobei sie nach der Initiale »I« suchte. Damien hatte recht, die meisten Einträge fanden sich auf den letzten Seiten des Tagebuchs, die von Ende Juni stammten. Meist ging es um triviale Dinge. Doch dann entdeckte sie einen interessanten Eintrag im April. *Zurückgekommen, um Schwester zu telegrafieren.* Zurückgekommen. Sprach er von sich selbst oder der geheimnisvollen Frau? Sie wurde neugierig und las jetzt gründlicher, während ein Sturm vom Meer heraufzog und das Dach erzittern ließ. Eine Liste erhaltener Telegramme. Am Ende, ganz unten am Rand der Seite: *Noch immer keine Antwort von Is Schwester.*

Es hörte sich an, als hätte Matthew Seaward sich sehr mit der geheimnisvollen Frau und ihrer Schwester beschäftigt. Ein Stück weiter erregte ein längerer Eintrag ihre Aufmerksamkeit. *I hat nichts von ihrer Schwester gehört. Wäre am besten für I, wenn wir sie bald fänden. Braucht eigene Familie, die sie liebt und leitet.*

Libby las die Zeilen wieder und wieder. Die geheimnisvolle Frau – möglicherweise die Überlebende eines Schiffsunglücks – hatte versucht, ihre Schwester zu finden. Ihre Phantasie spielte mit dem Gedanken, während Bossy neben ihr schlief, der Regen schwächer wurde und sich verzog. Unter den schlimmsten Umständen hatte diese Frau eine Schwester gebraucht, die »sie liebte und leitete«. In Libbys Welt gab es eine solche Beziehung nicht, schon gar nicht zu ihrer Schwester. Und es würde sie auch niemals geben. Seit sie erwachsen war, hatte nur Mark sie geliebt und geleitet. Der Ehemann einer anderen Frau.

Bossy stand auf und streckte sich, sprang leichtfüßig vom Bett und tappte davon, vermutlich auf der Suche nach nächtlichen Abenteuern. Es war schon spät. Libby legte das Tagebuch beiseite und schaltete das Licht aus, lag aber noch lange wach.

Am Freitag war Libby ungeheuer produktiv. Sie buchte einen Fotografen für den Katalog, überarbeitete drei Entwürfe, die sie Emily vorlegen wollte, und widmete sich ihrem Gemälde der *Aurora*. Hauptsache, sie war beschäftigt.

Sie könnte reich werden. Juliet würde sie auf ewig hassen. Zweieinhalb Millionen Dollar. Dreißig Tage Bedenkzeit.

Die Entscheidung würde ihr ganzes weiteres Leben beeinflussen. Während sie am Katalog arbeitete, dachte sie, dass sie sich keine Sorgen mehr um neue Klienten machen müsste. Während sie malte, stellte sie sich vor, dass sie das mindestens ein Jahr lang rund um die Uhr tun könnte. Während sie im Internet nach Fotografen suchte, rief sie eine französische Immobilienseite auf und schaute sich Luxusapartments in Paris an. Sie vermisste Paris, das Tempo, den Esprit. Und als Juliet anrief, um zu fragen, ob sie am Wochenende zum Essen käme, musste sie ablehnen, weil sie ihr nicht in die Augen sehen konnte, bevor die Entscheidung gefallen war.

Libby vermutete, dass Juliets Angst vor Ashley-Harris unbegründet war; ihre Öko-Ferienanlage wäre keine Konkurrenz. Niemand bezahlte neunhundert Dollar pro Nacht für ein Zimmer mit Frühstück. Es war eine völlig andere Branche.

Dann wieder kam es ihr vor, als stellte sie die ganzen Überlegungen nur an, um sich vor sich selbst zu rechtfertigen, falls sie sich für das Geld und gegen die Familie entschied.

Am schlimmsten waren die Nächte. Gewöhnlich konnte sie einschlafen, nachdem sie sich in ihrer Phantasie ein lichtdurchflutetes Zimmer in ihrer Traumwohnung in Montparnasse ausgemalt hatte, doch um drei Uhr morgens riss sie ihr Dilemma aus dem Schlaf, und sie lag bis zum Morgen wach. Inzwischen waren es nur noch dreiundzwanzig Tage.

Libby lief in High Heels und Bleistiftrock im Wohnzimmer auf und ab, als sie den Audi vor dem Haus hörte. Sie wartete, bis Tristan klopfte, holte tief Luft und öffnete die Tür.

»Hi.«

»Sie sehen sehr schön aus.« Er trug einen dunkelgrauen Blazer und Jeans und roch nach einem teuren Aftershave.

Ihr Herz hämmerte. Ein Rendezvous. Sie hatte ein Rendezvous.

Bossy kam durch den Flur und erstarrte, als sie Tristan sah.

»Was ist los, Bossy?«

Tristan kniete sich hin und rieb die Finger aneinander, um die Katze anzulocken, doch diese sauste an ihm vorbei und sprang auf die Couch.

»Gewöhnlich mögen mich Katzen.«

»Keine Sorge«, sagte sie lachend. »Ich würde mir nichts dabei denken.«

Tristan stand auf. »Sind Sie fertig? Ich bin ziemlich ungeduldig, weil ich Ihnen etwas ganz Besonderes zeigen möchte.«

»Tschüss, Bossy.« Sie schloss die Tür hinter sich ab und folgte ihm zum Wagen. Nachdem sie sich angeschnallt hatte, ließ er den Motor an und fuhr zum Leuchtturm hinauf, parkte auf dem Kiesbett neben der Straße und schaltete den Motor aus.

»Wir sind da.«

Sie lächelte neugierig. »Hier?«

Er stieg aus und hielt ihr die Tür auf. Dann öffnete er den Kofferraum und holte zwei Klappstühle und einen

Picknickkorb heraus. »Ich wollte Sie mit tollem Essen, einer tollen Umgebung und einer tollen Aussicht beeindrucken.« Er stellte den Picknickkorb ab, klappte die Stühle auseinander und machte eine einladende Geste. »Mylady.«

Sie grinste. »Vielen Dank, Sir.« Sie imitierte Marks vornehmen englischen Akzent. »Und was dinieren wir heute Abend?«

Tristan öffnete den Picknickkorb und holte eine Plastikdecke heraus, die er auf der Motorhaube des Audi ausbreitete. Dann folgten eine weiße Papiertüte mit Fish and Chips, eine Flasche Champagner und zwei Champagnergläser aus Plastik. »Nur das Beste. Aus dem Dorf.«

»Dem Salty Sealion?«

Er goss ihr Champagner ein. »Ja. Die besten Fish and Chips an der Sunshine Coast.«

Sie stießen mit den Plastikgläsern an.

»Auf die schönste Aussicht der Welt«, sagte Tristan.

Libby schaute sich um. Das Meer lag graublau in der Dämmerung. Nebel verschleierte die Landzunge im Süden. Der Himmel war von einem weichen Blau und Purpur. »Sie könnten recht haben«, erwiderte sie leise. Dann blickte sie zum Leuchtturm hinauf. Kein Kerzenlicht im Fenster.

»Wo wohnen Sie?« Sie war neugierig geworden.

»Ich habe eine Wohnung in Noosa und ein Landhaus in den Bergen hinter Sydney. Da komme ich im Augenblick aber nicht oft hin.«

»Haben wir Besteck?« Sie suchte in der Papiertüte.

»In der Nähe meines Audi? Wohl kaum. Schmeckt ohnehin besser, wenn man mit den Fingern isst.«

Libby brach ein Stück panierten Fisch ab und steckte es in den Mund. Göttlich. Mark hatte nie mit ihr auf der Motorhaube seines Autos Fish and Chips gegessen. Eine Zeitlang vergaß sie ihre Probleme, weil ihr der Champagner perlend zu Kopf stieg und die neue Umgebung sie ablenkte. Sie plauderten zwanglos über Arbeit und Wetter, ihre Vergangenheit und Zukunft.

Dann klingelte ihr Handy. Libby holte es aus der Tasche und las »Juliet« auf dem Bildschirm.

Sie hatte schon zwei Anrufe weggedrückt und ein schlechtes Gewissen dabei, es noch einmal zu tun, doch sie stellte das Telefon auf stumm und schob es wieder in die Tasche.

»Jemand Wichtiges?«

»Meine Schwester.«

»Ah. Juliet.«

»Ja.«

»Sie runzeln die Stirn.«

»Ich habe eine wichtige Entscheidung vor mir.«

»Ich weiß. Es tut mir leid, aber wir können nicht darüber sprechen.«

»Wirklich nicht? Ich habe sonst niemanden.«

»Libby, aus ebendiesem Grund habe ich Yann das Projekt übergeben. Meine geschäftlichen und Ihre persönlichen Entscheidungen müssen streng voneinander getrennt sein. Ich weiß, dass Sie in einem Dilemma stecken, aber ich kann Ihnen dabei nicht helfen.«

»Es ist nur deshalb ein Dilemma, weil Juliet fälschlicherweise annehmen wird, sie würde durch den Verkauf ihr Geschäft verlieren.«

Er machte eine Bewegung, als würde er seine Lippen mit einem Reißverschluss verschließen, und schüttelte den Kopf.

Libby seufzte, füllte ihr Champagnerglas nach und ließ sich auf dem Stuhl zurücksinken.

»Ich sage nur, dass Sie Glück haben, überhaupt vor

einer solchen Entscheidung zu stehen«, meinte er sanft. »Sie haben wunderbare finanzielle Möglichkeiten und eine familiäre Bindung, die Ihnen viel bedeutet. Andere Leute haben weder das eine noch das andere.«

Sie wollte ihm weitere Fragen stellen, schluckte sie aber hinunter. Er hatte recht. Sie war auf sich allein gestellt.

Am Meer wurde es gegen zehn Uhr kühl, und sie hatte keine Jacke dabei. Er setzte sie zu Hause ab und brachte sie noch bis zur Haustür. Sie wusste nicht, ob sie ihn hereinbitten sollte. In ihrer Champagnerlaune fand sie ihn ungeheuer attraktiv, doch der Verstand riet ihr, lieber abzuwarten, bis sie ihn näher kannte.

Tristan nahm ihr die Entscheidung ab. »Ich fahre besser. Meine Maschine geht sehr früh.«

»Wieder eine Geschäftsreise?«

»Zwei Wochen in Perth.«

Zwei Wochen? Sie war enttäuscht, zwang sich aber zu lächeln. »Klingt spannend.«

»Darf ich Sie anrufen?«

»Natürlich.« Bei seiner Rückkehr wären es nur noch neun Tage, bis sie sich entschieden haben musste. »Sehr gern.«

Er umfing ihre Wange leicht mit der rechten Hand und streichelte mit dem Daumen über ihr Kinn. Ihr Herzschlag übertönte alle anderen Geräusche. Dann beugte er sich vor und küsste sie sanft auf den Mund. Ihr Körper reagierte, indem er sich an ihn drückte. Seine Zunge stahl sich zwischen ihre Lippen.

Es war ein seltsames Gefühl, nach all den Jahren jemand Neues zu küssen. Vertraut und doch anders. Sie konnte sich nicht in dem Augenblick verlieren, weil sie sich selbst von außen dabei beobachtete, wie sie einen anderen Mann als Mark küsste.

Dann ertönte ein Motorengeräusch.

Libby löste sich von Tristan. Waren das die Männer, die sich an ihrem Cottage herumgetrieben hatten? Nein, es war ein Streifenwagen. Scott Lacey stieg aus – ein bisschen fülliger um die Taille als zu Schulzeiten, aber immer noch auf Anhieb zu erkennen. Er blieb zögernd stehen, vermutlich weil Tristan den Arm um sie gelegt hatte.

»Scott?«

»Bist du das, Libby?« Er trat vor und streckte ihr die Hand hin. »Du hast dich nicht verändert.«

Sie stellte Tristan vor, doch er sagte sofort: »Ja … wir … kennen einander.«

Libby schaute von Tristan zu Scott, und ihr Magen verkrampfte sich. Scott stand auf Juliets Seite.

»Ich bin alle paar Tage vorbeigefahren, wie versprochen. Dann sah ich das Auto hier und dachte … aber gut, es ist alles in Ordnung.«

»Ja, alles in Ordnung mit mir.«

»Dann lass ich euch mal allein.«

Libby und Tristan schauten ihm nach. Ihr Herz schlug dumpf. Stöhnend legte sie den Kopf auf seine Schulter. »Er wird es Juliet erzählen.«

Tristan sah aus, als wollte er etwas sagen, überlegte es sich aber anders. »Tut mir leid, dass ich nicht helfen kann, aber ich muss jetzt wirklich los. Essen wir zu Abend, wenn ich zurückkomme?«

»Sehr gern.«

Ein rascher Kuss auf die Wange, dann war er verschwunden. Sie ging hinein und zog die Schuhe aus. Eigentlich wollte sie duschen, rollte sich aber mit Bossy auf der Couch zusammen und döste ein. In ihrem Kopf drehte sich alles, ein Cocktail aus Champagner und schlechtem Gewissen.

Achtzehn

Am Samstagmorgen war viel los, und es roch nach gebratenem Speck und Tee. Samstags lief Juliet immer zu Hochform auf. Sie nahm Bestellungen entgegen, bereitete das Frühstück zu, räumte Teller ab und begrüßte neue Gäste, wo gerade noch eben andere gesessen hatten. Ihr Frühstück war in der ganzen Stadt berühmt, so dass sie samstags vier zusätzliche Mitarbeiterinnen beschäftigte.

Sie machte gerade Kaffee, als Scott Lacey in Zivil hereinkam. Zunächst beachtete sie ihn kaum und ging davon aus, dass Melody ihm einen Tisch zuweisen und seine übliche Bestellung aufnehmen würde, bemerkte dann aber, dass er sich an der Kaffeemaschine herumtrieb, um ihre Aufmerksamkeit zu erregen.

»Ich habe wahnsinnig viel zu tun«, sagte sie über das Zischen der Milchdüse hinweg.

»Ich kann warten.«

»Setz dich. Ich bringe dir etwas. Cappuccino und Rosinentoast?«

»Lass dir Zeit.«

Sie war neugierig, aber zu beschäftigt, um länger darüber nachzudenken. Als sie endlich eine Atempause hatte, brachte sie ihm sein Frühstück und setzte sich dazu.

»Danke«, sagte er und gab drei Löffel Zucker in seine Tasse. Ein Sonnenstrahl fiel schräg durchs Fenster und beleuchtete die rötlichen Haare auf seinen Händen.

»Du bist immer willkommen. Was gibt's denn?«

Er zuckte mit den Schultern. »Ich habe etwas gesehen, das dir nicht gefallen wird.«

Ein kleiner, heißer Adrenalinstoß schoss durch ihren Körper. »Tatsächlich?«

Er trank von seinem Kaffee, der einen dünnen Schaumstreifen auf seiner Oberlippe hinterließ. »Gestern Abend bin ich bei Libby vorbeigefahren, wie immer, seit sie angerufen hat. Und weil jemand da war, bin ich ausgestiegen, um nachzusehen.«

»Geht es ihr gut? Sie hat mich nicht zurückgerufen.«

»Ich glaube, ich kenne den Grund. Sie kuschelt nämlich mit Tristan Catherwood.«

Ihr Magen zog sich zusammen. »Sie kuschelte mit ... Was genau meinst du damit?«

»Ich meine kuscheln. Küssen. Leidenschaftlich.«

»Woher kennt sie ihn?« Ihre Stimme schien von weit her zu kommen. Gewiss hatte Scott sich geirrt. Es war einfach nicht möglich, dass ihre beiden größten Probleme – Libby und Ashley-Harris – sich gemeinsam gegen sie verschworen hatten. Das war ein Alptraum. Scott betrachtete sie über den Tisch hinweg, seine grünen Augen waren ruhig und traurig.

»Ich verstehe das nicht«, sagte sie hilflos.

»Ach nein? Sie besitzt ein Grundstück. Und die brauchen eins.«

»Aber wieso ...?«

»Das weiß ich nicht, Juliet. Das fragst du sie besser selbst.«

Juliet stand auf. Zorn stieg in ihr auf. Sie wollte jemanden schlagen, selbst wenn sie sich dabei sämtliche Knöchel brach.

Scott umfasste sanft ihr Handgelenk. »Geht es dir gut?«

»Nein«, fauchte sie und merkte dann, dass sie zu laut gesprochen hatte. Mehrere Gäste schauten neugierig herüber. Sie unterdrückte den Zorn, bis er sich unter ihren Rippen zu einer harten Kugel zusammengerollt hatte. »Nein, mir geht es nicht gut«, sagte sie leise. »Ich bin ein Idiot. Ich hätte wissen müssen, dass sie sich niemals ändert.«

Es war ganz einfach: Juliet würde tun, als hätte sie keine Schwester – dann würde sie auch nicht verletzt. Zugegeben, es war schwierig, das Gespräch abzuwürgen, als Cheryl am nächsten Morgen bei der Frühstücksschicht fragte: »Hast du deine Schwester noch mal gesehen?« Doch sie stellte fest, dass ein »Könntest du bitte die Teekanne an Tisch sechs bringen?« das Problem sehr schnell löste. Abends im Bett war es auch schwierig, wenn die ganze Welt still geworden war und man nur den Rhythmus des Ozeans hörte. Ihre Gedanken kreisten wie in einem trüben Whirlpool.

Am schwersten aber fiel es ihr, so zu tun, als hätte sie keine Schwester, als ebendiese Schwester kurz vor Feierabend in aufwendig gebleichten Jeans und einem Spitzen-Shirt auftauchte. Das dunkle Haar hatte sie lose zu einem Knoten gesteckt. Juliet registrierte, dass sie Lippenstift aufgelegt hatte, was ihr Herz noch härter machte. Libby hätte in der Zeit, in der sie sich aufgetakelt hatte, lieber ein schlechtes Gewissen haben sollen.

Andererseits hatte sie wohl auch in den zwanzig Jahren in Paris kein schlechtes Gewissen gehabt. Juliet versuchte, diese Gefühle zu verdrängen, in der Gegenwart zu leben, sie zu bewältigen.

Libby stand kurz in der Tür und sagte dann: »Wir sollten miteinander reden. Ich kann dir ansehen, dass Scott Lacey mit dir gesprochen hat.«

»Es gibt nichts zu bereden. Du bist erwachsen. Du triffst deine eigenen Entscheidungen.« Juliets Stimme klang sehr laut in ihren Ohren.

»Du bist wirklich wütend, was?«

»Nein«, erwiderte Juliet und wischte energisch einen Tisch ab.

»Doch, das bist du. Du reibst gleich ein Loch in die Tischplatte.«

Juliet richtete sich auf. »Na schön, reden wir.« Sie verriegelte die Tür und schaltete das Licht aus, so dass der Raum nur durch die Lampen in der Küche erhellt wurde. Sie wollte nicht, dass Kunden auf einen letzten Kaffee zum Mitnehmen hereinkamen, während sie eine Aussprache mit ihrer Schwester führte. Sie zeigte auf den Tisch, der der Küche am nächsten war, und Libby setzte sich. Juliet räumte das letzte Tablett ab und kam dann zurück. Einen Moment lang betrachtete sie ihre Schwester im Licht des späten Nachmittags. Libby hatte das Gesicht halb abgewendet, doch Juliet konnte trotzdem das schlechte Gewissen und die Sorge darin lesen. Etwas machte ihr Sorgen, etwas Großes. Juliet bekam Angst. Vielleicht ging es bei der Sache mit Tristan Catherwood um mehr als nur ein Rendezvous.

Sie besitzt ein Grundstück. Und die brauchen eins.

Libby musste gespürt haben, dass sie beobachtet wurde. Sie sah sich um und lächelte, doch es erreichte nicht ihre Augen.

Juliet setzte sich. Sie schwiegen einen Moment, und man hörte nur das Summen des Kühlschranks, das Zischen der Spülmaschine und das Ticken der Uhr. Wenn sie als Erste etwas sagte, würde es hässlich, also beherrschte sie sich.

»Ich glaube, es wäre eine gute Idee, wenn wir meinen Namen aus den Besitzurkunden streichen«, sagte Libby zu ihrer Überraschung.

»Wieso?«

»Weil du annimmst, ich wollte meine Hälfte ausgezahlt haben, was nicht stimmt. Ich will gar nichts von dir.« Libby schluckte schwer.

Juliets Haut kribbelte argwöhnisch. »Verstehe.«

»Könnten wir das bald erledigen? Ich möchte es hinter mich bringen. Ansonsten gibt es, glaube ich, keine Hoffnung, das hier wieder aufzubauen ...« Sie deutete auf den Raum zwischen ihnen.

»Und willst du kein Geld dafür?«

Libby schüttelte den Kopf. »Nein. Ich kann mit eigenen Augen sehen, dass dies nicht das Geschäft ist, das Dad uns hinterlassen hat. Ich würde im Traum nicht daran denken, daraus Nutzen zu ziehen, dass du so viel Zeit und Energie hineingesteckt hast. Ich möchte, dass du mir vertraust«, sagte sie sanft.

Juliet lächelte, doch es war ein hartes, bitteres Lächeln. »Dir vertrauen?«

»Ich wollte es dir erklären. Tristan hat nichts mehr mit dem Projekt für Lighthouse Bay zu tun. Wir treffen uns ganz unabhängig davon.«

»Aber du weißt doch, wer er ist. Er ist der Mann, der seit Jahren versucht, etwas in diese Stadt zu bringen, was wir nicht haben wollen. Seit *Jahren.*« Juliet beherrschte ihre Stimme. »Er ist der Feind, Libby.«

»Das ist er nicht. Er ist nur ein Mann. Ein sehr netter Mann.«

Juliets Augenbrauen zuckten verärgert. »Es geht mich nichts an, mit wem du dich triffst oder wohin du gehst. Du brauchst meine Erlaubnis nicht.«

»Ich möchte nicht, dass die Dinge zwischen uns so angespannt sind. Ich möchte, dass wir uns verstehen.

Dass wir eine Familie sind. Deshalb bin ich zurückgekommen.«

Juliet suchte nach Worten und sagte schließlich: »Du bist zwanzig Jahre lang nicht meine Familie gewesen. Eine Familie ist für einen da. Eine Familie ruft an oder schickt E-Mails. Sie schreibt Briefe, nicht nur ab und zu eine Weihnachtskarte. Eine Familie teilt Höhen und Tiefen miteinander. Sie taucht nicht unangekündigt auf und verkündet fröhlich, dass der jahrelange Kampf gegen diesen großen, gierigen Konzern, der den örtlichen Geschäftsleuten alles wegnehmen will, *nicht zählt!*« Juliet ballte die Fäuste und verfluchte sich, weil sie ihren Zorn so offen zeigte. Tief durchatmen, jetzt. Ein … aus …

Libby saß schweigend da und schaute Juliet an. »Du kannst mir nicht verzeihen, was?«

»Wegen Tristan Catherwood?«

»Wegen allem.« Libby wandte sich ab. »Mein Gott, es gibt so vieles zu verzeihen. Vielleicht kann ich mir selbst nicht vergeben. Du musst glauben, ich hätte dein Leben zerstört.«

Juliet wollte es schon abstreiten, doch der Gedanke war ihr tatsächlich gekommen. Dann aber ließ sie sich Libbys Bemerkung noch einmal durch den Kopf gehen. Ärger stieg in ihr auf. »Mein Leben ist nicht zerstört«, sagte sie aufgebracht. »Ich habe ein gutes Leben. Ich bin glücklich gewesen. Bis du aufgetaucht bist.«

»Soll ich wieder gehen?«

Ja. *Ja.* »Das liegt bei dir.«

»Ich versuche … hat es irgendeinen Sinn? Können wir es reparieren? Oder wirst du mich immer hassen?«

»Dich hassen?« Hasste sie ihre Schwester?

Anscheinend war Libby die Entschuldigungen leid.

Sie schob ihren Stuhl zurück. »Lass uns den Papierkram schnell erledigen. Wenn du mit mir sprechen möchtest, weißt du, wo du mich findest. Ich unterzeichne, was immer du brauchst.«

Juliet sah ihr mit klopfendem Herzen nach. Trübte der Zorn ihr Urteilsvermögen? Vielleicht wollte Libby ihr wirklich die ganze Firma überlassen; vielleicht war ihre Verabredung mit Tristan Catherwood wirklich rein privater Natur. Aber Libby war wie eine Fremde für sie, und bevor sie eine Fremde geworden war, war sie eine Feindin gewesen. Juliet war einfach nicht bereit, ihr zu vertrauen.

Um neun Uhr am Mittwochabend, als Juliet gerade damit fertig war, Rechnungen zu sortieren, und an eine Kanne Tee dachte, klingelte die Nachtglocke. Normalerweise hätte sie auf einen Gast getippt, der seinen Schlüssel vergessen hatte, doch an diesem Abend waren ausnahmsweise alle Zimmer frei.

Neugierig verließ sie die Wohnung und ging nach unten. Auf der anderen Seite des Tors stand im gelben Licht der Straßenlaternen ein hochgewachsener Mann mit langen Haaren.

»Hi, Juliet«, sagte er.

Sie runzelte verwirrt die Stirn. Etwas an ihm kam ihr vertraut vor, aber sie war sich nicht sicher.

»Verstehe. Dann hat Libby also nicht gesagt, dass ich vorbeikomme.«

»Libby?« Was hatte ihre Schwester jetzt schon wieder vor? Argwohn machte sich in ihr breit.

Der Mann lächelte. »Es tut mir so leid. Sie hat gesagt, sie würde dich anrufen und Bescheid geben, dass ich vorbeikomme.« Er streckte die Hand aus. »Damien Allbright.«

Als sie den Namen hörte, wurde ihr alles klar. Sie war seine Babysitterin gewesen. Nur war er kein Baby mehr. Er war ein Mann, muskulös, mit einem Bartschatten und warmen, kräftigen Händen, die ihre umschlossen.

»Du lieber Himmel, bist du groß geworden.« Dann wurde ihr klar, dass sie sich wie ein Idiot anhörte, und zog die Hand weg. »Was hast du mit Libby zu tun?«

»Ich bin ihr am Leuchtturm begegnet und ... Darf ich reinkommen? Ich weiß, ich komme ungelegen, aber es ist ein bisschen kompliziert, es hier draußen zu erklären.«

»Natürlich. Wo sind meine Manieren? Komm mit, ich wollte gerade Tee machen.«

Er setzte sich auf die Couch, seine langen Beine nahmen eine Menge Platz in der kleinen Wohnung ein. Sie holte Tee und Scones, über die er hungrig herfiel, während sie Smalltalk über das Wetter und die Touristen machten.

»Die Scones sind toll. Kein Wunder, dass dein Geschäft boomt.«

»Boomen würde ich es nicht gerade nennen.«

»Das habe ich von Libby gehört.«

»Tatsächlich?« Würde dieses gereizte Kribbeln, das sie verspürte, sobald sie den Namen ihrer Schwester hörte, je verschwinden?

»Ja. Sie hat mich kürzlich abends bekocht. Ich ... ähm ... bin im Augenblick in einer schwierigen Lage. Ich wohne illegal im Leuchtturm.« Er konnte ihr nicht in die Augen schauen. »Entschuldigung.«

»Warum entschuldigst du dich bei mir?«

»Weil mir deine Meinung immer wichtig war.« Er lächelte. »Es ist schwierig, es zwanzig Jahre später einfach abzuschütteln.«

Aus irgendeinem Grund musste sie bei diesem Geständnis lächeln. »Warum bist du hier?«

»Ich bin Tischler. Du brauchst eine neue Küche. Ich habe Probleme mit meinen Konten, meinen Papieren ... Ist wirklich kompliziert. Daher dachte Libby, du wärst vielleicht an einem Geschäft interessiert. Ich nehme Bargeld oder Naturalien.«

Juliet sträubte sich innerlich. Libby hatte wirklich Nerven, ihm so ein Angebot zu machen. Dann aber gab sie nach. Sie hatte vier leere Zimmer, und der Winter stand vor der Tür. Außerdem ärgerte sie sich seit ewigen Zeiten über die alten Küchenschränke.

Sie hatte wohl sehr lange geschwiegen, denn Damien sagte: »Nur keine Eile. Es wäre schon toll, wenn ich für dich ausmessen, ein paar Vorschläge machen und Pläne erstellen könnte. Einige Sachen in Ordnung bringen ...« Er verstummte, und Schweigen senkte sich über den Raum. Juliet wusste, dass sie eigentlich antworten müsste. Aber es war alles so verwirrend. Wollte sie wirklich gerade jetzt renovieren, wo die ganze Sache mit Libby in der Schwebe hing? Oder hatte sie es schon zu lange aufgeschoben, weil sie fürchtete, es sich nicht leisten zu können, weil sie immer jeden Cent zweimal umdrehte, weil sie Angst vor einer finsteren Zukunft hatte?

Und dann war da Damien. Sie erinnerte sich gut an seinen Schlafanzug mit den Piratenschiffen und wie gerne er sich *Die kleine Lokomotive* vorlesen ließ. Seine Männlichkeit – *gib's ruhig zu: seine äußerst attraktive Männlichkeit* – hatte sie etwas aus der Fassung gebracht. Wollte sie ihn wirklich in ihrer Küche haben, wenn sie verschwitzt und gestresst war und eine fleckige Schürze trug?

Aber er war kein gutaussehender Fremder. Er war

Damien Allbright, ein Mensch, den sie aus einer glücklicheren Vergangenheit kannte. Plötzlich wollte sie sich an diese Vorstellung klammern: Hier war jemand, der sie gekannt und gemocht hatte, bevor die schlimmen Dinge passierten. »Sicher«, sagte sie schließlich. »Mach das.« Dann überkamen sie erneut Zweifel, und sie fügte hinzu: »Ich biete dir an, eine Woche kostenlos hier zu wohnen und in dieser Zeit die Renovierung vorzubereiten. Ein Tauschgeschäft. Danach sehen wir weiter.«

Er lächelte übers ganze Gesicht, doch Juliet bemerkte auch die verzweifelte Erleichterung in seinen Augen und fragte sich, wie er in diese Situation geraten sein mochte. Doch sie spürte, dass es noch zu früh war, um ihn danach zu fragen. »Wenn du deinen Tee ausgetrunken hast, zeige ich dir dein Zimmer.«

Er sprang auf, um ihr beim Abräumen zu helfen. »Hat Libby dir von dem Geheimnis unseres Leuchtturms erzählt?«

Juliet lächelte, wollte ihr Unbehagen verdrängen. »Nein. Wir haben nicht viel miteinander geredet.«

Er neigte den Kopf zur Seite. »Wirklich nicht? Aber ihr habt euch so lange nicht gesehen.«

»Das stimmt.« Sie hielt den Kopf gesenkt, während sie die Teller in die Spülmaschine räumte. »Du bekommst das Zimmer an der Seite. Du kannst zwar nur aufs Meer blicken, wenn du genau vor dem Fenster sitzt, aber du hörst es beim Einschlafen. Das finde ich immer am schönsten.«

Sie nahm den Schlüssel aus der Schreibtischschublade und führte ihn den Flur hinunter zu Zimmer 2. Sie zeigte ihm die Schlüssel, wo das Sicherheitslicht war, und öffnete die Tür. Er schaltete das Licht ein. Zimmer 2 war am kleinsten, doch sie hatte es als Erstes renoviert und seither eine besondere Schwäche dafür. Hellblau und sandfarben. Er ließ sich rückwärts aufs Bett fallen und breitete Arme und Beine aus.

»Oh, ein echtes Bett. Ich werde heute Nacht gut schlafen.«

»Frühstück gibt es zwischen sieben und neun.« Sie konnte ihn nicht anschauen, als er so auf dem Bett lag. »Bestelle es einfach bei Melody. Du kannst auch gern in deinem Zimmer essen. Ich habe erst nachmittags Zeit, um über die Küche zu reden, du könntest so gegen vier herunterkommen.«

»Klar doch.« Er stützte sich auf den Ellbogen. »Danke vielmals, Juliet. Ich kann … ich kann dir gar nicht sagen, wie viel mir das bedeutet.«

Ihr Puls raste. Sie freute sich darauf, am nächsten Tag mit ihm zu sprechen, und zwar mehr, als gut für sie war. Sie nickte und schloss die Tür hinter sich. Sicher, er mochte attraktiv und freundlich und ein bisschen geheimnisvoll sein. Aber er war zehn Jahre jünger als sie und würde kein Interesse haben. Es wäre dumm, sich in etwas hineinzusteigern. Sie atmete tief durch und kehrte in ihre Wohnung zurück.

Neunzehn

Der Dienstag, an dem der Tauchgang anstand, versprach perfektes Wetter. Den ganzen Montag lang hatte Libby gehofft, die Sache möge wetterbedingt ins Wasser fallen. Sie wollte nicht dorthin. Sie war mutlos, verängstigt und zerstreut, fühlte sich ganz und gar nicht wie eine Frau, die zu einem Schiffswrack hinuntertauchte. Sie hätte gerne mit jemandem gesprochen, mit jemandem, der sie und ihre Situation wirklich verstand. Doch es gab niemanden. Ihre Beziehung zu Mark hatte sie isoliert. Sie war mit Arbeitskollegen ins Kino oder zum Picknick gegangen, hatte aber keine wirklich engen Freunde, weil sich ihr ganzes Leben um eine geheime Affäre gedreht hatte.

Dennoch, es war Dienstag. Tauchtag. Und sie würde hinfahren, denn Mark hätte sich gnadenlos über sie lustig gemacht, wenn sie in letzter Minute kniff.

Libby zog ein leichtes Sommerkleid über ihren Badeanzug und stieg ins Auto. Als sie auf die Straße zurücksetzte, merkte sie, wie ihre Finger am Lenkrad zitterten. Ihr Magen verkrampfte sich. Sie versuchte, sich mit der Idee aufzumuntern, dass sie das Schiff, das sie in den vergangenen Wochen gezeichnet und gemalt hatte, nun mit eigenen Augen sehen würde. Sicher, es lag zerborsten auf dem Meeresboden, aber sie hätte die Chance, es anzufassen, lebendige Geschichte zu berühren. Marks Geschichte.

Graeme hatte gesagt, er werde an der Bootsrampe

auf sie warten. Und da stand er auch und blinzelte im hellen Sonnenlicht. Sie gab ihm die Pläne zurück, die er ihr geliehen hatte, und er nahm sie augenzwinkernd entgegen.

»Haben sie Ihnen weitergeholfen?«

»Ja, vielen Dank.« Dann fiel ihr Matthew Seawards Tagebuch ein. »Wissen Sie, ob Frauen an Bord der *Aurora* waren?«

»Whiteaways Frau Margaret.«

»Sonst niemand?«

»Ein Schiff wie dieses war kein Ort für eine Frau. Ach, da kommt mein Sohn Alan.« Ein schmächtiger Mann Mitte zwanzig trat zu ihnen. Er hatte störrisches, rötliches Haar, das in alle Richtungen abstand. »Er wird Sie begleiten, weil Sie noch nie getaucht sind. Er hat eine Menge Erfahrung und behält Sie im Auge.«

Libbys Magen schlug einen Purzelbaum. »Ist es denn in Ordnung, ohne vorherige Ausbildung zu tauchen?«

Er wich ihrem Blick aus, was eigentlich Warnung genug hätte sein müssen. »Klar. Ist nur ein kleiner Tauchgang. Die Ausbildung ist teuer und zeitaufwendig. Wir werden Sie problemlos runter- und wieder raufbringen.«

Libby schaute zu Alan, der sich abgewandt hatte und ein leises, hitziges Gespräch mit seinem Vater führte. Ihre Panik wuchs. Er sah nicht gerade vertrauenerweckend aus. Sie wollte einen großen Mann an ihrer Seite, der mutig, stark und ehrenhaft war. Sie wollte Mark. Sie hatte nie einen anderen als Mark gewollt.

Ein Paar fuhr in einem schwarzen BMW vor. Damit war die Gruppe vollständig, und sie gingen an Bord. Graeme ließ den Motor an und fuhr mit ihnen hinaus in die Bucht.

Die Sonne schien hell, aber sanft auf das blaugrüne

Wasser. Libby saß an der Steuerbordseite und blickte über die niedrige Reling. Der Mann und die Frau, die noch hinzugekommen waren, schienen erfahrene Taucher zu sein und unterhielten sich selbstbewusst mit Alan. Graeme stand in der offenen Kabine und steuerte das Boot zum Riff hinaus. Nach zehn Minuten stellte er den Motor ab, und das Boot kam schaukelnd zum Stehen.

Er holte einen Taucheranzug und Flossen, die Libby rasch anzog. Dann redete er wie ein Maschinengewehr auf sie ein, während er sie in eine sogenannte Tarierweste packte und mit Lufttanks und Schläuchen, einem Gürtel und einer Tauchermaske versah, die in die Haut an ihren Wangen kniff. Sie hörte aufmerksam zu, als er ihr alles erklärte, während sich das andere Paar schon ins Wasser fallen ließ. In ihrem Kopf arbeitete es fieberhaft. Es war nicht einfach. Ganz und gar nicht. Und sie würde das ganze Wasser über sich haben. Das war anders als die Runden im Pool des Fitnesscenters. Oder das nachmittägliche Planschen im Ozean. Sie würde ganz tief unten sein.

»Ach, nichts ist zu kompliziert. Sie atmen durch das hier, und wenn das nicht funktioniert, dann durch das hier. Alan bleibt die ganze Zeit bei Ihnen.«

Libby nickte, fürchtete sich aber trotzdem. Dann saß sie an der Seite des Bootes und musste sich ins Wasser fallen lassen.

Sie war eine gute Schwimmerin. Das war nicht immer so gewesen, doch Mark machte gerne Strandurlaub, und sie hatte in dem kleinen Pool des Fitnesscenters geübt, der nur einen Häuserblock von ihrem Pariser Büro entfernt lag. Mark hätte gesagt, stell dich nicht so an. Er hätte gesagt, spring einfach rein.

Doch Mark hatte nicht alles über sie gewusst.

Sie steckte sich den Atemregler in den Mund, nahm allen Mut zusammen und ließ sich ins Wasser fallen.

Alan bedeutete ihr, ihm zu folgen, doch sie musste sich erst daran gewöhnen, durch den Regler zu atmen. Zuerst fühlte sich ihre Brust eng an, doch bald hatte sie den Dreh heraus und schwamm in die blaue Tiefe hinunter. Sanftes Licht drang herunter und überzog alles mit einem rauchigen Schleier. Sie konnte das Wrack schon sehen, auch wenn es kaum noch als Schiff zu erkennen war. Es wirkte künstlich und organisch zugleich, sorgfältig von Menschenhand erbaut und doch überwuchert von verrückten, wolligen Meeresgeschöpfen. Die warmen Farben des Spektrums verschwanden, je tiefer sie schwammen, bis alles nur noch rauchblau war. Staunend schaute Libby sich um. Rochen, Schildkröten und Schwärme silbriger Fische. Sie fühlte sich frei und leicht und lebendig und war wahnsinnig froh, dass sie mitgekommen war. Mark wäre begeistert gewesen. Er wäre stolz gewesen, weil sie ihre Angst überwunden hatte und hinabgetaucht war. Alan deutete zum Wrack und gab ihr ein Zeichen. Sie schwamm auf die *Aurora* zu.

Voller Staunen betrachtete Libby das Wrack, dieses geheimnisvolle Schiff, das sie seit Wochen gezeichnet und gemalt hatte. Es war, als wäre ein mythisches Wesen vor ihren Augen zum Leben erwacht. Nachdem sie es nur in ihrer Vorstellung gesehen hatte, wirkte die tatsächliche Gegenwart elektrisierend. Es lag in zwei Teilen auf dem Meeresboden, in unmöglichen Winkeln geneigt, umgeben von Steinen und Algen. Nur ein Teil des Hauptmastes stand noch und ragte wie ein gezackter Zahn aus dem Deck. Sie vergewisserte sich, dass Alan in der Nähe war, und schwamm dann um das Wrack herum durchs warme blaue Wasser. Ein großer

Rochen zog schattenhaft unter ihr dahin, glitt über die Reling und in die dunkle Tiefe darunter. Libby entdeckte eine Luke und schwamm darauf zu.

Genau darüber hielt sie an, trat Wasser und schaute hinein. Es war dunkel, doch an ihrer Weste war eine Taschenlampe befestigt. Der Strahl fiel in die Luke, die von Algen und Rankenfüßern überwachsen war. Sie sah einige Stufen, Trümmer auf dem Boden. Eine Porzellanscherbe. Langsam wagte sie sich vor.

Es war eng, sie wollte auf der Stelle kehrtmachen. Das war gar nicht so einfach, doch es gelang ihr. Dann plötzlich war sie von winzigen Bläschen umgeben, die vor ihrem Gesicht tanzten. War das normal? Sie tauchte aus der Luke auf und wurde von einer warmen Strömung durchgerüttelt. Sie stieß mit dem rechten Ellbogen hart gegen den Rand der Luke und streckte instinktiv die Hände aus. Zu spät fiel ihr ein, dass Graeme sie gewarnt hatte, nichts mit bloßen Händen zu berühren. Sie spürte kaum, wie die scharfe Kante des Rankenfüßers in ihre Hand schnitt, sah aber das Blut im Wasser. Es wolkte um sie herum wie grüner Rauch.

Libby schaute sich nach Alan um, konnte ihn aber nicht sehen. Sie war allein.

Sie drückte die Hand gegen den Oberschenkel, um die Blutung zu stoppen, und schwamm aus der Luke hinaus. Sie versuchte, das Glücksgefühl wieder zu erwecken, das sie vorhin empfunden hatte. Vergeblich. Sie hatte die Orientierung verloren und konnte nicht erkennen, aus welcher Richtung sie gekommen war. Weder Alan noch das andere Paar waren zu sehen. Sie hatte auch keine Ahnung, wo sich das Boot befand. Und es wurde nur noch schlimmer durch den Schleier aus Blasen, die vor ihren Augen aufstiegen.

Sie beschloss, nach oben zu schwimmen.

Da plötzlich versiegte der Luftstrom.

Gerade noch hatte sie geatmet, jetzt ging es nicht mehr.

Kalte Panik schoss durch ihren Körper. Nicht nur wegen der Lage, in der sie sich jetzt befand, sondern auch, weil eine furchtbar dunkle Erinnerung in ihr aufstieg wie ein Alptraum aus Kindertagen, den ihr Gehirn irgendwo gespeichert hatte. *Ich bin unter Wasser und kann nicht atmen.*

Ihre Kehle war wie zugeschnürt. Ihr fiel ein, dass sie einen zweiten Atemregler irgendwo an der Weste hatte. Sie tastete herum, doch ihre Hände waren ganz taub. Sterne tanzten am Rand ihres Blickfelds.

Das Gewicht ihres Körpers.

Das Blei in ihren Lungen.

Sie reckte hilfesuchend die Arme.

Dann ging in ihrem Gehirn das Licht aus.

Plötzlich riss ihr jemand den Regler aus dem Mund und ersetzte ihn durch einen anderen. Sie öffnete die Augen und sah Alan, der ihr seinen Ersatzregler an die Lippen hielt. Sie atmete gierig und ließ sich langsam von ihm an die Oberfläche ziehen. Sie war dankbar, so dankbar, als sie auftauchte und endlich richtige Luft atmen konnte. Alan rief seinem Vater etwas zu, der sie wie einen rekordverdächtigen Fang ins Boot hievte. Er nahm ihr die Maske ab, und sie blinzelte das Wasser aus den Augen. Die Sonne schien blendend hell.

»Alles klar mit Ihnen?«

»Ich denke schon. Was ist passiert?«

»Alan sagt, Ihr Regler habe nicht funktioniert.«

»Mein … was …?«

»Keine Sorge, alles in Ordnung. Müssen Sie ins Krankenhaus?«

»Ich … nein, mir geht es gut.« Libby setzte sich auf.

»Es war vor allem die Panik.« Sie schluckte schwer. »Ich bin vor Jahren fast ertrunken. Das kam alles wieder hoch.«

Graeme schaute blinzelnd in die Ferne, als fürchtete er, beobachtet zu werden. »Jaja. Ich verstehe. Nun. Wir wollen nicht … so, ich werde Ihnen das heute nicht berechnen. Sie brauchen es ja niemandem zu erzählen.«

Sie begriff, dass er Angst hatte, sie könnte ihn wegen der fehlerhaften Ausrüstung anzeigen. Und weil er sie ohne Ausbildung hatte tauchen lassen. Sie schüttelte den Kopf. »Das will ich nicht. Keine Sorge. Das ist so ziemlich das Letzte, was mich jetzt beschäftigt.«

Er bemutterte sie noch ein bisschen, bis das andere Paar auftauchte, und steuerte das Boot zurück ans Ufer. Libby schaute wieder aufs Wasser, doch ohne die Leichtigkeit im Herzen, die sie auf der Hinfahrt gespürt hatte. Alles erschien ihr zu hell; überbelichtet und grell. Der heutige Tag hatte alles wieder aufgewühlt: warum sie nie hierher zurückkehren wollte, warum Juliet ihr nie verziehen hatte. Vor zwanzig Jahren hatte sie etwas Schreckliches getan, dem sie nie entfliehen konnte.

Juliet saß an einem Tisch in der Teestube, vor sich einen Haufen Rechnungen. Es war spät am Nachmittag, kurz nach Ladenschluss. Normalerweise erledigte sie so etwas oben am Schreibtisch, aber Damien war noch damit beschäftigt, die Küchenschränke auszumessen. Dann klopfte es an die Tür, und als sie aufblickte, sah sie das ältere Ehepaar, das in Zimmer 1 gewohnt hatte.

Juliet schloss die Tür auf, und die beiden gaben ihr den Zimmerschlüssel.

»Gute Heimfahrt.«

»Danke, dass wir so spät auschecken konnten«, sagte der Mann. »Das war wirklich nett von Ihnen.«

»Kein Problem. Es wird allmählich ruhiger, das Zimmer ist ohnehin nicht weitervermietet.« Sie hörte einen Rums aus der Küche und fragte sich, was Damien dort trieb.

Der ältere Mann stieß seine Frau an, die eine Flasche Rotwein aus ihrem Korb holte.

»Die ist für Sie. Es war sehr schön bei Ihnen, und das Frühstück war ein Genuss.«

Juliet strahlte. »Oh, vielen Dank.« Sie klemmte sich die Flasche unter den Arm und gab den beiden die Hand. Dann verabschiedeten sie sich, und sie schloss die Tür wieder ab, stellte die Flasche auf den Tisch und ging in die Küche.

»Alles in Ordnung mit dir?«

Damien hockte auf dem Boden, den Kopf in einem Schrank. Als sie hereinkam, blickte er auf. »Ja, tut mir leid. Ich habe eine Schublade fallen lassen. Sie ist jetzt wieder an Ort und Stelle.« Er stellte sich hin und streckte sein Bein aus. »Sie ist allerdings auf meinem Fuß gelandet.«

»Autsch. Brauchst du Eis?«

»Geht schon.«

Sie beugte sich vor und schaute sich den Fuß genauer an. Eine rote Schwellung war zu sehen. »Nein, das muss gekühlt werden. Und du brauchst Arbeitsschuhe, keine Flip-Flops.«

»Habe ich doch. Aber …«

»Ich weiß, es ist kompliziert. Das hast du schon ein paarmal gesagt.«

»Ich wollte nicht geheimnisvoll klingen.« Er schaute sich um. »Mit dem Ausmessen bin ich fertig. Sollen wir jetzt mal über meine Ideen sprechen?«

Juliet zögerte, schluckte dann und warf alle Vorsicht über Bord. »Ich habe eine Flasche Wein geschenkt bekommen. Sollen wir sie aufmachen?«

Er lächelte. »Das wäre toll.«

Sie holte eine Tüte Tiefkühlerbsen für seinen Fuß, und dann setzten sie sich im sanften Lampenlicht in die Teestube und tranken den Wein aus Tassen. Sie hatte die Seitenfenster geöffnet, damit man das Meer hören konnte. Bei der ersten Tasse sprachen sie über seine Ideen für die Küche, bei der zweiten darüber, wie sie die letzten fünfzehn Jahre das Geschäft geführt hatte. Bei der dritten Tasse gewann ihre Neugier die Oberhand.

»Du solltest mir besser erzählen, was los ist. Warum du keinen Zugang zu deinen Bankkonten und deinen Stiefeln hast.«

Damien schüttelte den Kopf. »Eine sehr, sehr schlimme Trennung.« Der Schmerz in seinem Gesicht wurde einen Moment sichtbar, bevor er ihn sorgfältig verbarg. Juliet erinnerte sich, wie es vor zwanzig Jahren gewesen war, als er sich vor Alpträumen gefürchtet hatte. Bei Kindern ging es darin meist um Ungeheuer. Bei Erwachsenen um weit weltlichere Dinge. Ein gebrochenes Herz, Geldsorgen, familiäre Probleme.

»Wir haben viel gemeinsam angeschafft«, fuhr er fort. »Sie hat mich praktisch ausgesperrt. Ich komme nicht an die Konten oder in unser Haus … Ich musste in meine eigene Garage einbrechen, um das Auto zu holen. Die Katze habe ich bei der Gelegenheit auch geklaut. Habe sie bei Libby gelassen.«

»Das tut mir wirklich leid.«

Er schüttelte den Kopf. »Wow. Ich habe zum ersten Mal mit jemandem darüber gesprochen.« Er lachte. »Ich weiß nicht, ob es am Wein liegt oder weil ich dich schon so lange kenne. Ich habe dir meine Gefühle anvertraut …«

Ihr wurde warm ums Herz. Vielleicht war sie auch ein bisschen betrunken.

»Ich habe es nicht mal meiner Mutter erzählt. Sie mag Rachel nicht und hat mich vor ihr gewarnt.« Er zuckte mit den Schultern. »Tut mir leid, ich höre mich wohl ziemlich jämmerlich an.«

»Ganz und gar nicht. Aber du solltest sie nicht einfach … damit durchkommen lassen. Kannst du dir keinen Anwalt nehmen?«

»Es wird schon. Irgendwann. Im Laufe der Zeit wird sie sich abregen und … man kann nie wissen, was die Zukunft für einen bereithält. Ich versuche, optimistisch zu sein, aber es war ein bisschen hart, in einem Leuchtturm auf einer Matratze zu schlafen. Daher bedeutet es mir auch so viel, endlich eine richtige Unterkunft zu haben.«

Juliet betrachtete ihn im Lampenlicht. Das Meer donnerte in der Ferne. Mit ihm zusammen zu sein, fühlte sich vertraut und gleichzeitig fremd an, als würden sich Vergangenheit und Gegenwart überlagern. Sie kannte Damien, aber gleichzeitig auch wieder nicht; sie kannte ihre Schwester, aber gleichzeitig auch wieder nicht. Warum passierte all das zur selben Zeit? Es war, als hätte Andys zwanzigjähriger Todestag längst vergrabene Dinge an die Oberfläche geholt.

»Egal.« Er rutschte auf seinem Stuhl herum und rückte die Tiefkühlerbsen zurecht. Er schien sich sehr wohl und ungezwungen zu fühlen. »Tauschgeschäft. Ich habe dir mein dunkles Geheimnis erzählt. Was ist deins?«

Sie lächelte. »Ich habe keins.«

»Oh, doch. Was ist mit dir und Libby los?«

»Nichts«, sagte sie automatisch.

»Na, komm schon. Es steht dir ins Gesicht geschrieben, dass etwas nicht stimmt. Du zuckst jedes Mal zusammen, wenn ich ihren Namen ausspreche.«

Juliet seufzte. Libby. Sie konnte ihr einfach nicht entkommen. »Die Kurzversion ist, dass ich sie seit zwanzig Jahren nicht gesehen habe. Dann taucht sie plötzlich auf und macht mir das Leben schwer.«

»Schwer? Immerhin hat sie dir einen kostenlosen Tischler besorgt.« Er breitete die Hände aus.

Sie lachte. »Na ja, dann sollte ich ihr wohl eine Danksagung schicken.«

»Du kannst dich glücklich schätzen, eine Schwester zu haben. Ich habe mir immer Geschwister gewünscht.«

Juliet musste daran denken, wie oft sie sich gewünscht hatte, keine Schwester zu haben. »Es ist kompliziert.«

»Warum ist sie zwanzig Jahre weggeblieben?«

»Lighthouse Bay war ihr nicht genug.«

»Aber sie ist nicht mal zu Besuch gekommen. Hat keinen Kontakt zu dir gehalten.«

Dunkle Gefühle. Sie wünschte, sie hätte nicht so schnell getrunken. Ihr Hirn war wie vernebelt.

Damien schien ihre Stimmung zu spüren und sagte leise: »Juliet? Alles in Ordnung?«

Sie schüttelte den Kopf.

Er schwieg einen Moment und sagte dann sanft: »Was ist passiert?«

»Andy ist ertrunken.«

»Das hat mir Libby auch erzählt. Aber was ist *wirklich* passiert?«

Juliet holte tief und zitternd Luft, bevor sie die furchtbare Wahrheit – die seit Jahren verschwiegene

Wahrheit – laut aussprach. Würde sie es wirklich sagen? Doch dann stürzten die Worte aus ihrem Mund, und sie konnte sie nicht zurücknehmen. »Andy ist ertrunken, und es war Libbys Schuld.«

Damien war verblüfft, einen Moment lang fehlten ihm die Worte. »Okay«, sagte er dann, »ich glaube, du musst mir alles erzählen.«

Und sie erzählte es ihm. Alles.

Juliet und Andy waren füreinander bestimmt gewesen, das wusste jeder. In der neunten Klasse hatte sie im Matheunterricht einen Platz für den neuen Jungen mit dem rötlich blonden Haar und den dunkelbraunen Augen frei gehalten, und er hatte von da an immer neben ihr gesessen. In der letzten Klasse waren sie schon wie ein altes Ehepaar. Andere Beziehungen kamen und gingen. Libby mit ihrem aufsehenerregenden Äußeren und der koketten Eitelkeit eines Teenagers verschliss einen Freund nach dem anderen, doch bei Juliet und Andy blieb alles gleich.

Gleich, aber nicht langweilig. Langweilig war es nie. Er besaß eine einzigartige Intelligenz. Sah Dinge aus einem interessanten Blickwinkel. Mit ihm konnte sie stundenlang über alles reden: die Natur, die Gesellschaft, Geschichte, Philosophie, Kochen, Malerei, egal was. Er konnte zu allem etwas sagen. Und gerade wenn sie glaubte, sie sei nicht interessant oder klug genug für ihn, lachte er über einen ihrer Witze, und sie begriff, dass es mit Andy immer leicht sein würde. Er liebte sie mühelos und war mühelos zu lieben.

Einmal hatten sie Angst gehabt, sie könnte schwanger sein. Es war ein falscher Alarm, aber sie waren ins Grübeln gekommen. *Warum warten?* Sie wussten, dass sie zusammenbleiben, eine Familie und eine gemeinsame Zukunft wollten. Dad hatte ihnen seinen Segen gegeben, er vergötterte Andy. Eine Hochzeit am Strand in einem schlichten, hübschen Kleid, danach ein gemeinsames Leben mit schlichten und abenteuerlichen Momenten. Seelengefährten.

Die Idee mit der Party am Vorabend stammte von Libby. Juliet hatte keine Lust auf einen Junggesellinnenabschied gehabt, so wie sich auch Andy nicht sonderlich für Männerabende in der Kneipe interessierte. Libby hatte ein paar alte Schulfreunde in den Surfclub eingeladen. Juliet wollte bei ihrer eigenen Hochzeit keinen Kater haben, außerdem trank sie nie besonders viel. Andy leistete ihr Gesellschaft und blieb ebenfalls nüchtern. Alle anderen aber tranken zu viel, so wie es bei jungen Erwachsenen üblich war.

Libby trank am meisten. Juliet hatte sie schon öfter wild erlebt, aber an diesem Abend war es anders. Sie trug ein enges, blaues Kleid, ihren üblichen knallroten Lippenstift und hatte das dunkle Haar hochgesteckt. Alle Männer im Surfclub schauten sie an. Doch es war nicht nur ihr Aussehen, das Aufmerksamkeit erregte. Sie lachte laut, flirtete mit jedem und suchte ständig Augenkontakt. Juliet fragte sich, ob Libby eifersüchtig auf ihre Hochzeit war; immerhin war sie es gewohnt, im Mittelpunkt zu stehen. Vielleicht aber war sie auch nur aufgeregt und glücklich.

Es war definitiv Libbys Idee, nackt schwimmen zu gehen. Es gab gemurmelte Zustimmung, aber eigentlich war es nicht ernst gemeint. Sie gingen an den Strand, lachten und redeten und spritzten mit Wasser, doch niemand wollte wirklich schwimmen.

Bis jemand Libby herausforderte. Es war einer der Jungs, der vermutlich von ihrem provokanten Verhalten angestachelt worden war.

»Und ob ich mich traue«, rief Libby. »Warte nur ab!«

Es ging eine Weile so weiter, bis Juliet müde wurde. Sie drückte Andys Hand und lehnte sich an seine warme Schulter. Der Aprilwind strich sanft über ihre Haut. »Zeit fürs Bett.«

»Und wenn wir aufwachen, ist es morgen.«

Sie drehte ihr Gesicht, um ihn zu küssen, und sein warmer Mund legte sich über ihren. Ein plötzliches Kreischen unterbrach sie. Hundert Meter weiter schlängelte sich Libby gerade aus ihrem blauen Kleid. Die anderen lachten und grölten. Juliet und Andy traten zurück.

»Sie ist verrückt geworden.«

»Sie sollte nicht so ins Wasser gehen. Sie ist zu betrunken.«

Juliet verspürte ein erstes Unbehagen.

Libby watete ins Wasser, nur mit Slip und schwarzem BH bekleidet. Dann tauchte sie unter und kam wieder hoch, das Haar nass und glatt, das Make-up lief ihr übers Gesicht, und sie konnte gar nicht mehr aufhören zu lachen.

»Na, kommt schon! Das Wasser ist toll.«

Sie tauchte wieder unter.

Die Zeit dehnte sich wie Gummi. Juliet atmete schwer.

»Wo ist sie?«, fragte Andy.

Ein weißer Arm schoss hoch, weit entfernt von der Stelle, an der Libby verschwunden war. Panische Schreie am Ufer. Andy rannte zum Wasser – er war als Einziger nüchtern und stark genug, um sie zu retten –, zog sich das Hemd aus und sprang hinein.

Und kam nie wieder heraus.

Juliet hörte das Schweigen, das ihrer Erzählung folgte. Es dauerte lange, und sie konnte Damien nicht in die Augen schauen. Sie fühlte sich auf unerklärliche Weise verlegen. Weil sie zu lange geredet hatte, weil es ihr die Kehle zuschnürte, weil sie nach zwanzig Jahren nicht vergeben und vergessen konnte. Weil sie zu sehr geliebt hatte. Weil sie es nicht überwunden hatte. Weil sie es diesem attraktiven jungen Mann erzählte, der sie vermutlich bemitleidete, weil sie ihre besten Jahre hinter sich hatte und auf dem Weg war, eine verbitterte alte Jungfer zu werden. Ihr Selbsthass war so gewaltig, dass er sie zu ersticken drohte.

Doch dann legte sich Damiens Hand vorsichtig über ihre. Er ergriff ihre Finger und drückte sie fest. »Es tut mir so schrecklich leid.«

Sie beobachtete seine Hand auf ihrer. Seine starken gebräunten Finger. Doch dann löste er den Kontakt und lehnte sich auf seinem Stuhl zurück. Sie sah hoch und begegnete seinem Blick.

»Wie ist Libby herausgekommen?«

»Andy hat es geschafft, sie auf die Sandbank zu schieben, bevor ihn die Strömung hinuntergezogen hat.«

Er hielt kurz inne. »Für Libby tut es mir auch leid. Sie hat eine schwere Last zu tragen.«

Zorn, Trauer und ihr schlechtes Gewissen ließen Juliet verstummen.

Er hob lächelnd sein Glas.

Neugierig tat sie es ihm nach. »Worauf trinken wir?«

»Darauf, dass wir lange genug gelebt haben, um unser Leben kompliziert zu machen.«

Sie kämpfte lachend mit den Tränen. »Ja. Ich nehme an, du hast recht. Immerhin sind wir noch hier, ein Opfer ungünstiger Winde.«

»Aber der Wind kann sich jeden Augenblick drehen. Dann wird das Wetter schöner. Ja, immerhin sind wir noch hier.« Er trank seinen Wein aus. »Nun, Juliet, darf ich dir eine neue Küche bauen?«

»Ja. Ich bin froh, dass du hier bist.«

Libby gab den Gedanken an ruhigen Schlaf auf. Sie beschäftigte sich Tag und Nacht mit der Arbeit an dem Katalog und der Malerei. Allmählich kam wieder Ordnung in ihre Gedanken, und die Entscheidung nahm Gestalt an.

Juliet würde ihr ohnehin nie verzeihen, eine Versöhnung schien unmöglich. Also gab es keinen Grund, das Geld nicht anzunehmen. Libby würde Juliet nicht schaden, wenn sie das Grundstück an Ashley-Harris verkaufte, das würde ihre Schwester irgendwann begreifen.

Dann war es sechs Uhr. Sie hatte vielleicht zwei Stunden geschlafen und selbst das nicht an einem Stück. Wenn sie nur blinzelte, tat ihr Kopf weh. Sie konnte sich kaum auf die winzigen Tasten ihres Telefons konzentrieren, als sie Tristan die SMS schrieb: *Ich habe mich entschlossen zu verkaufen.*

Ihr Daumen schwebte über der Senden-Taste. Ihr Herz setzte einen Schlag aus. Dann schickte sie sie ab.

Nach wenigen Minuten klingelte ihr Handy.

»Du hast die Zeitverschiebung nicht berücksichtigt«, meinte er lachend. Sie hörte eine Störung in der Leitung. Er war irgendwo draußen, wo Wind wehte.

Sie zuckte verlegen zusammen. »Wie spät ist es denn?«

»In Perth vier Uhr morgens.«

»Es tut mir so leid.«

»Zum Glück bin ich nicht in Perth. Bin gestern zurückgekommen. Die Angelegenheit war früher erledigt.«

Libby ließ sich schwer in den Sessel im Atelier fallen. Die aufgehende Sonne tat ihr in den Augen weh. »Bist du in Noosa?«

»Soll ich vorbeikommen?«

»Das wünsche ich mir sehr.« Klang sie verzweifelt?

»Du weißt, ich kann nicht mit dir übers Geschäftliche reden.«

»Ich möchte nur, dass mich jemand festhält. Das ist die schwerste Entscheidung, die ich je getroffen habe.«

»Machst du mir Frühstück?«

»Natürlich.«

Doch dazu kamen sie nicht. Als er klingelte, zog sie ihn herein, und er drückte sie gegen die Tür. Sie zogen eine Spur aus Kleidungsstücken hinter sich her. Sie verlor sich eine Zeitlang in dem harten, leidenschaftlichen Sex, vergaß alles außer dem brennenden Verlangen ihres Körpers. Danach schliefen sie ineinander verschlungen ein.

Endlich schlief sie. Wenn auch mit dem Feind.

Zwanzig

1901

Vor der Morgendämmerung ist das Licht weich und blau. Isabella hat sich noch nicht an die eindringlichen Gerüche der australischen Landschaft gewöhnt: feuchte Erde, scharf prickelndes Laub und der herbe Geruch des Meeres. In der feuchten Luft hängt ein salziger Nebel. Von der Plattform des Leuchtturms aus konnte sie am Morgen das verlassene Meer und den Strand sehen; Orte, an die sich weder Mensch noch Tier je zu verirren schienen. Doch hier unten im Wald herrscht reges Leben: Die Vögel erwachen, Tiere kriechen aus ihren Höhlen. Es ist tröstlich zu wissen, dass auch andere Lebewesen beschäftigt sind. So beschäftigt wie sie und Matthew. Kühle Feuchtigkeit liegt auf ihren Wangen.

Matthew stößt den Spaten in die Erde. Hier im Boden liegt der Amtsstab. Die Vorstellung, dass es ihn noch gibt, ist schrecklich und wunderbar zugleich. Schrecklich, weil sie sich vor Arthurs Familie fürchten muss, solange sie den Stab bei sich hat. Wunderbar, weil er ihr die Flucht von diesem schrecklichen Ort und ein neues Leben ermöglichen kann, wenn sie geschickt und behutsam vorgeht.

Ja, sie muss geschickt und behutsam sein.

Sie steht daneben und sieht Matthew bei der Arbeit zu. Seine körperliche Nähe fasziniert sie. Seine rauhen

Hände am Spaten, wie sich seine Schultern heben und senken, die starken, ruhigen Beine. Noch vor wenigen Stunden waren diese Hände und Schultern und Beine sanft, aber unablässig damit beschäftigt, ihr körperlichen Genuss zu bereiten. Sie kann es noch immer kaum glauben. Früher schien ihr Körper nur geliehen; er gehörte ihrem Mann, ihrem Kind, ihrer Familie. Doch Matthew hat ihr bewiesen, dass sie in ihren Gliedmaßen und Organen und ihrer Haut zu Hause ist. Das Begehren erwacht aufs Neue in ihr.

Er blickt hoch, als würde er spüren, dass sie an ihn denkt. Er lächelt, und ihr Herz macht einen Sprung.

»Was denkst du, hübscher Vogel?«

Sie lächelt, antwortet aber nicht. Durch die Bäume schiebt sich der erste Finger der orangegoldenen Dämmerung. Der Gesang der Vögel wird lauter. Er gräbt weiter. Dann endlich ertönt ein dumpfer Laut, als sein Spaten auf die Kiste trifft.

Matthew wirft den Spaten beiseite und fällt auf die Knie. Gräbt mit den Händen in der Erde. Isabella kniet sich neben ihn und wischt den Schmutz vom Deckel. Matthew hat ein Ende der Kiste ergriffen und zieht sie keuchend nach oben.

Dann hebt er sie hoch und sagt: »Komm mit, Isabella.«

Sie kehren in den Leuchtturm zurück. Matthew trägt die Kiste die Treppe hinauf und stellt sie neben dem Werkzeugschrank auf den Boden. Am Tisch im Telegrafenraum könnte man besser arbeiten, doch Isabella weiß, dass er fürchtet, jemand könne wegen eines Telegramms hereinkommen und den Amtsstab entdecken.

Er öffnet die Kiste und tritt zurück.

Isabella kniet sich auf den Boden und streicht mit

den Fingern über die Edelsteine. Acht Rubine, vier Saphire, vier Smaragde und ein Diamant. Siebzehn Edelsteine, jeder einzelne gehalten von einer handgefertigten Kralle.

»Ich brauche eine Zange«, sagt Isabella. »Die kleinste, die du hast.«

»Das findest du alles in diesem Schrank.« Er setzt sich zu ihr auf den Boden. »Tut mir leid, dass du hier arbeiten musst.«

»Ich möchte ebenso wenig wie du, dass wir entdeckt werden.«

»Allein der Diamant dürfte genug einbringen, um die Fahrkarte nach New York zu bezahlen.«

Zwei Fahrkarten. Sie braucht zwei. »Es ist eine lange Reise. Ich möchte bequem untergebracht sein, in einer Kabine. Außerdem brauche ich Kleidung, Schuhe und Geld für drüben. Ich habe Victoria noch nicht einmal gefunden. Irgendwo muss ich wohnen. Nein, ich werde sie alle verkaufen.«

»Aber es ist doch sicher verdächtig, wenn du plötzlich mit diesen Edelsteinen auftauchst. Ich weiß nicht, wie das gehen soll, Isabella.«

Der Plan nimmt nur langsam Gestalt an, und sie spürt Matthews Bedenken wie einen dumpfen Schmerz im Kopf. Es stimmt, dass sie, Mary Harrow, zuletzt noch ein einfaches Kindermädchen, viel Aufmerksamkeit erregen würde, wenn sie plötzlich Edelsteine zum Kauf anböte. Vor allem diese siebzehn Edelsteine, die genau zu denen des verschwundenen Amtsstabs passen. Sie muss sie irgendwie tarnen und kann sie auf keinen Fall hier in Lighthouse Bay verkaufen. Ganz abgesehen von der Tatsache, dass es verdächtig wäre, gibt es hier auch nicht genügend Leute, die das nötige Geld hätten.

»Lass mich überlegen«, sagt sie, will sich nicht entmutigen lassen.

Matthew geht seinen morgendlichen Pflichten nach. Isabella findet eine Zange mit kleinen Spitzen und löst vorsichtig den ersten Saphir aus der Fassung. Gold ist ein weiches Material, aber ihre Hände schmerzen trotzdem. Sie spürt Matthews Gegenwart, während der Morgen heller wird. Sie ist müde, so müde. Sie hat kaum geschlafen, leidet unter der Trennung von Xavier und ist schockiert über die Tatsache, dass sie sich von Matthew hat lieben lassen. Schließlich aber hält sie alle Saphire in der Hand.

Matthew hockt sich neben sie. »Läuft es gut?«

»Ich werde Schmuckstücke daraus machen. Das habe ich schon immer gern getan und durch die Ehe mit einem Winterbourne viel dazugelernt. Kein Mann würde einen Saphir kaufen, wohl aber eine Saphirbrosche für seine Frau.«

»Aber wo willst du sie verkaufen?«

»Das muss ich mir noch überlegen. Ich bin noch nicht fertig mit Nachdenken.« Ihre Stimme verblasst zu einem Murmeln.

Matthew betrachtet sie aufmerksam. »Geht es dir gut?«

Sie schüttelt den Kopf. »Nein. Ich bin müde und kann nicht glauben, was mir das Leben beschert hat. Aber ich weiß, was ich zu tun habe, und das macht mir Mut.«

Er berührt ihre Hand, und der Funke zündet erneut. Sie schaut ihm in die Augen. Seine Pupillen weiten sich, dann presst er seine Lippen auf ihre. Isabella verliert sich in Instinkt und Vergnügen. Sie ist des Nachdenkens müde. Nachdenken macht ihr Angst.

***

Matthew kommt aus der Stadt zurück. Er trägt einen Beutel mit Kartoffeln und Bohnen. Seltsam, wie bedeutungsvoll der Heimweg von der Stadt geworden ist, voller Verheißung und Sorge. Früher hat er sich nichts dabei gedacht. Da war er in Gedanken versunken und nahm seine Umgebung kaum wahr. Jetzt aber kehrt er zu Isabella zurück. Der Weg ist nicht länger neutral; er ist ein glücklicher Ort, umgeben von der Musik der Vögel und des wild brandenden Ozeans.

Sein Herz ist froh. So froh.

Sicher, es gibt diese dunklen Zweifel. Aber sie sind tief vergraben. Isabella ist entschlossen, so viele Edelsteine wie möglich zu verkaufen, indem sie sie zu Schmuck verarbeitet. Das wird eine Weile dauern. Also wird sie nicht morgen oder übermorgen weggehen. Er weiß, er kann sie nicht für sich behalten – das wusste er vom ersten Moment an –, doch er kann sich glücklich schätzen, eine Weile sein Leben mit ihr zu teilen. Er hat nicht damit gerechnet, das noch einmal zu erleben.

Sie ist seit einer Woche bei der Arbeit. Es gibt viele Fehlversuche. Manchmal ist sie so frustriert, dass sie einen kostbaren Edelstein einfach auf den Boden wirft. Dann hebt sie ihn auf und beginnt ruhig und still von neuem.

Matthew öffnet die Haustür. Diesmal begrüßt ihn keine leere Stille, so wie es all die Jahre gewesen ist; diesmal spürt er einen anderen warmen Körper. Bei dem Gedanken wird er rot. Ihre Weichheit macht ihn hart.

»Isabella?«

»Komm und sieh dir das an!« Ihre Stimme klingt hell vor Aufregung.

Er steigt die Treppe hinauf. Sie hat auf dem Boden

neben dem Werkzeugschrank weitergearbeitet. Die ganzen Utensilien sind um sie herum ausgebreitet. Jeden Morgen nach dem Frühstück kehrt sie an ihren Platz zurück, arbeitet mit jener verzweifelten Konzentration, die sie auch den langen Marsch zum Leuchtturm hat durchstehen lassen. Diesmal jedoch steht sie da und wartet auf ihn, als er durch die Luke steigt. Sie hält ihm strahlend die Hand entgegen.

Auf ihrer Handfläche liegt eine Brosche. Ihr Einfallsreichtum ist wunderbar. Eine Muschel vom Strand, ein Satinband von ihrem Kleid, die feine Goldkette, mit der der Deckel der Kiste befestigt war. In der Mitte des Schmuckstücks glitzert ein dunkelblauer Saphir. Die Brosche ist hübsch, ungewöhnlich. Genau wie Isabella.

»Sehr gut gemacht.«

»Nicht wahr? Victoria und ich haben als Mädchen oft Broschen aus Muscheln gebastelt. Obwohl wir nie mit Saphiren arbeiten konnten.« Sie runzelt die Stirn. »Ich brauche mehr Zubehör. Silberdraht, aus dem ich Schließen und Ketten machen kann. Ich möchte diese hier gerne verkaufen und davon das Material für das nächste Stück bezahlen.«

Er hört sie kaum. Ihre Wangen sind leicht gerötet, das Haar fällt ihr lose ins Gesicht. Das Begehren wirft ihn beinahe um. Er zwingt sich, bei der Sache zu bleiben. »Wo kannst du das bekommen? Jedenfalls nicht hier in Lighthouse Bay. Nicht einmal in Tewantin. Holz und Zucker schon, aber Silberdraht …«

»Brisbane.«

»Du willst nach Brisbane?« Dazu müsste sie mit dem Schaufelraddampfer fahren und über Nacht bleiben. Seine Eingeweide ziehen sich zusammen, als er sich vorstellt, dass sie allein und weit von ihm entfernt ist.

Doch sie schüttelt bereits den Kopf. »Nein. Ich kenne jemanden, der oft dorthin fährt, der reiche Leute kennt, die vielleicht Schmuck kaufen wollen.«

»Wen denn?«

»Abel Barrett.«

Matthew ist verwundert. »Du kennst Abel Barrett?«

»Ja, und ich weiß mehr über ihn als die meisten Leute. Ich habe einen Plan.«

»Bring dich nicht in Gefahr. Es wäre am besten, wenn niemand in Lighthouse Bay erfährt, dass du noch hier bist. Mrs. Fullbright wird zweifellos schlimme Dinge über dich verbreitet haben, und …« Er verstummt, schämt sich plötzlich. Dass Isabella hier bei ihm im Leuchtturm schläft, muss auch ein Geheimnis bleiben. Er fühlt sich hin- und hergerissen zwischen dem heftigen Beschützerinstinkt und der Scham darüber, dass er sie in diese Lage gebracht hat.

Doch sie winkt schon ab. »Keine Sorge, ich bin nicht leichtsinnig.«

Er zögert. Er will nicht, dass sie in die Nähe von Abel Barrett geht. Dann aber sagt er: »Geh nicht zu ihm nach Hause. Seine Frau ist mit Mrs. Fullbright befreundet. Er trinkt jeden Nachmittag im Exchange, meist mit Ernest Fullbright, aber der ist zurzeit verreist. Am besten erwischst du ihn allein und unbemerkt auf der Shore Road, kurz nach Sonnenuntergang.«

Sie strahlt ihn an. »Wir sind ein gutes Paar, wir beide, nicht wahr?«

Obwohl er weiß, dass sie etwas anderes meint – dass sie Komplizen sind –, kommt ihm der Gedanke an ein Ehepaar. Doch es wird keine Heirat geben. Isabella kann nicht ewig in Lighthouse Bay bleiben, und er … er kann nicht weg. Dafür ist es zu spät. Die Traurigkeit droht ihn zu überwältigen. »Ja, wir sind ein gutes

Paar«, erwidert er düster. »Ein gutes Paar, das schlechte Dinge tut.«

Isabella macht eine wegwerfende Handbewegung. »Wir begehen kein Verbrechen. Ich habe den Winterbournes nur Gold und Edelsteine genommen. Sie hingegen haben mir meine Freiheit und mein Glück genommen, ohne auch nur einmal darüber nachzudenken. Arthur hätte mit Freuden mein Leben auf dem Meer hingegeben, um sein eigenes zu retten. Er hat so fest an dem Ruder gezerrt, dass ich geglaubt habe, er will mich zu sich ins Wasser holen.« Als sie das sagt, mischt sich ein kalter Ton in ihre Stimme, und Matthew ist besorgt. »Du solltest dich nicht mit Schuldgefühlen quälen«, fährt sie fort und streicht mit weichen Fingern sanft über seine Hand. »Der Zweck heiligt die Mittel.«

Der Wind vom Meer ist kalt und schwer vom Salz. Isabella drückt sich mit dem Rücken gegen den kräftigen Stamm eines Mangobaums. Sie wartet im Schatten und beobachtet die Eingangstür des Exchange Hotels. Sie trägt Matthews dunklen Mantel und hat die Haare unter einem Tuch verborgen. Die Sonne ist untergegangen. Das Herz schlägt dumpf in ihrer Kehle. Zwischendurch erscheint ihr der Plan unmöglich, doch sie mahnt sich, einen Schritt nach dem anderen zu tun. Sie hat das erste Schmuckstück fertig: Der erste Edelstein der Winterbournes ist bereit, wieder das Licht der Welt zu erblicken. Ein Anfang ist gemacht.

Sie schaut zum Himmel empor. Sterne blinken zwischen dahinjagenden Wolken. Sie war so damit beschäftigt, die Edelsteine vom Amtsstab zu lösen und die Brosche anzufertigen, dass sie nicht nachgedacht hat. Jetzt aber kommen die Gedanken. Gedanken an Daniel und Xavier und Arthur und Matthew. Gedanken an Victoria, nach der Matthew in Amerika sucht. Isabella würde sagen, dass sie Heimweh hat, aber sie weiß nicht, nach welchem Heim. Sie treibt in der Welt dahin. Vielleicht ist es ihr bestimmt, eine Frau zu sein, die nur zu bestimmten Zeiten bestimmte Orte flüchtig berührt. In diesem Augenblick ist der Leuchtturm ihr Zuhause, aber sie weiß, dass es nicht von Dauer ist. Matthew weiß es auch.

Sie möchte so gern eine andere Frau sein: eine Frau mit Familie und Wurzeln und Ziegelsteinen unter den Füßen, die noch da sein werden, wenn sie stirbt. Die Melancholie überkommt sie, aber sie sagt sich, dass jetzt keine Zeit dafür ist. Sie muss den Schmuck verkaufen und genügend Geld für eine bequeme, sichere Überfahrt in ihr neues Leben zusammentragen.

Die Tür schwingt auf, dann steht er da. Aber er ist nicht allein. Isabella verlässt der Mut. Sie muss mit Abel Barrett allein sprechen, sonst ist es unmöglich. Er zündet sich eine Zigarre an und plaudert mit einem anderen Mann. Sie lässt sich gegen den Baumstamm sinken.

Dann verabschiedet sich Abel Barrett und kommt in ihre Richtung. Sie strafft den Rücken, zieht den Mantel um sich und wartet, bis er mit ihr auf einer Höhe ist.

»Mr. Barrett«, ruft sie leise.

Er bleibt stehen, dreht sich um und späht in die Dunkelheit. »Wer ist da?«

Sie tritt ein wenig aus dem Schatten des Baumes. »Reden Sie mit mir.«

»Mary Harrow? Warum sollte ich? Was machst du überhaupt noch in der Stadt?«

»Reden Sie mit mir«, wiederholt sie, »denn ich weiß Dinge über Sie, die Ihre Frau nicht weiß.«

Er eilt zu ihr, der Zorn steht ihm ins Gesicht geschrieben. Sie wappnet sich. Er könnte gewalttätig werden. Er ist ein reicher, arroganter Mann, der es gewohnt ist, seinen Willen durchzusetzen. Aber er schlägt sie nicht. Immerhin ist er auch ein Mann, dessen Frau seinen Reichtum sichert. »Jetzt hör mal zu«, zischt er. »Du bist nichts. Gar nichts. Niemand wird dir glauben, wenn du so etwas sagst ...«

»Sie hören mir zu.«

Er steckt sich die Zigarre in den Mund, verschränkt die Arme und funkelt sie an. Der üppige Rauch fängt sich in ihrer Kehle. Erinnert sie auf unerklärliche Weise an ihre Kindheit. Vielleicht hat ihr Vater Zigarren geraucht. Sie atmet den Geruch tief ein.

»Na los. Ich höre.«

»Ich brauche Ihre Hilfe.«

Er zieht eine Augenbraue hoch.

»Ich brauche Dinge aus Brisbane. Sie fahren ständig dorthin.«

Sein Gesicht verzieht sich zu einem Grinsen. »Du willst mich also erpressen? Ich habe kein eigenes Geld, wie du weißt. Sie achtet auf jeden Penny, der mein Konto verlässt.«

»Nein, ich will kein Geld von Ihnen. Ich brauche nur Ihre Zeit.« Sie holt die Brosche aus der Manteltasche. »Sehen Sie her.«

Er schaut auf ihre Hand, holt ein Streichholz aus der Westentasche und zündet es an. Es erwacht flackernd zum Leben, lässt den dunklen Saphir funkeln und ihre Handfläche bernsteinfarben erglühen.

»Sie ist einer der wenigen Wertgegenstände, die ich besitze. Ich möchte, dass Sie sie für mich verkaufen und mir dafür einige Dinge mitbringen.«

Er wirkt verwirrt und erleichtert.

»Das ist ganz und gar unkorrekt«, knurrt er.

»Ich verlange nicht viel. Und ich werde mit meinem Schweigen bezahlen.«

»Also doch Erpressung.«

»Bestechung. Das klingt hübscher.«

Er pafft seine Zigarre, die leuchtenden Augen auf ihr Gesicht gerichtet. Dann nimmt er ihr die Brosche aus der Hand. »Ich fahre am Freitag. In einer Woche bin ich zurück. Das wird das Einzige sein, was ich für dich tue. Keine weiteren ›Bestechungen‹.«

»Einverstanden.« Sie gibt ihm die Liste mit den Dingen, die sie braucht. »Ich hoffe, es bleibt Geld übrig. Das bringen Sie bitte in bar mit.«

Rasch überfliegt er die Liste und verkneift sich die Frage, wozu sie Silberdraht und eine Juwelierlupe braucht. Er will dieses Geschäft schnell und mit möglichst wenig Aufwand hinter sich bringen. Er schaut ihr ins Gesicht. »Wer bist du?«

»Mary Harrow« antwortet sie, ohne mit der Wimper zu zucken.

»Du bist mehr als das. Das hat Katarina immer geahnt.«

»Ich bin nur das, was Sie vor sich sehen.«

»Es ist dunkel. Du stehst im Schatten. Ich kann dich kaum erkennen.«

Isabella neigt den Kopf. »Wann können wir uns wieder treffen?«

»Freitag in einer Woche. Hier, zur selben Zeit. Dann werde ich deine Sachen haben. Damit ist jegliche Beziehung zwischen uns beendet.«

Sie hebt den Kopf. »Eins noch. Dürfte ich eine Zigarre haben?«

Er klopft auf seine Taschen, holt eine heraus und beugt sich vor, um ihr Feuer zu geben. Sie hustet und würgt, während er sie belustigt beobachtet.

»Du solltest wissen, dass Katarina herumerzählt, du hättest sie bestohlen.«

»Ach ja?«

»Es war die einzige Möglichkeit, dein plötzliches Verschwinden zu erklären. Ich an deiner Stelle wäre vorsichtig in der Stadt.«

»Das werde ich. Vielen Dank.«

Später sitzt Isabella am Strand und raucht die Zigarre zu Ende. Der Husten und das Würgen sind vorbei, Kehle und Lunge haben sich daran gewöhnt. Sie spürt ein warmes, angenehm distanziertes Gefühl im Kopf. Sie hofft, dass Matthew zu beschäftigt ist, um sich Sorgen zu machen. Sie genießt es, hier draußen zu sein, statt sich im Leuchtturm vor den Augen und Meinungen anderer zu verbergen. Sie raucht ihre Zigarre und schaut auf den Ozean und träumt von den Dingen, die vielleicht kommen werden.

Sie teilen ein Bett, schlafen aber nicht zur selben Zeit darin. Matthew schläft nachmittags, dann verbringen sie einige Stunden gemeinsam und essen zu Abend, danach geht sie schlafen. Sie arbeitet, während er schläft; er arbeitet, während sie schläft. Sie lieben sich nachmittags, wenn sie wach ist und er seine lange Schicht beendet hat und den Trost ihres Körpers braucht.

Sie macht sich allein im Leuchtturm zu schaffen, wenn er ruht, versucht, leise zu sein, langweilt sich, ist einsam und der Verzweiflung nahe. Nun, da sie nichts tun kann, außer abzuwarten, bis Abel Barrett mit ihrem Material zurückkommt, sind die Nachmittage lang und leer. Matthew hat ihr Bücher gegeben, aber sie war nie eine große Leserin. Stundenlanges Stillsitzen macht sie ungeduldig. Sie denkt zu viel nach; ausschweifende, entfesselte Phantasien darüber, wie das Leben jenseits des Ozeans sein mag. Manchmal sind die Phantasien angenehm, dann wieder machen sie ihr Angst. Die Winterbournes tauchen auf und werfen sie ins Gefängnis; sie wird gezwungen, Percy zu heiraten; Xavier stirbt während der langen Überfahrt am Fieber.

An diesem Nachmittag jedoch ist sie weder mit Lesen noch Nachdenken beschäftigt. Sie steht auf der oberen Plattform und betrachtet die Welt von hier oben: Meile um Meile weißer Sand, der grüne Küstenwald und der funkelnde, blaugrüne Ozean. Der Wind weht heftig, verknotet ihr Haar und raubt ihr den Atem, doch es ist so erhebend, hier zu stehen. Als wäre sie ein Teil der Natur, ein Vogel vielleicht. Sie breitet im warmen Sonnenschein die Arme aus und lässt den Wind über sich hinwegdonnern.

Irgendwann wird es zu viel, und sie sucht sich eine geschützte Stelle auf der anderen Seite des Leuchtturms. Jetzt schaut sie auf den Strand hinunter und bemerkt zwei Gestalten im Sand, eine große und eine kleine. Sie erinnert sich an ihre Strandbesuche mit Xavier, seine niedliche Hand in ihrer. Sie spürt, wie sich eine Falte zwischen ihre Augenbrauen gräbt. Vielleicht ist das da unten Xavier. Mit Katarina? Nein, Katarina würde sich dem Strand nie auch nur nähern.

Ein neues Kindermädchen? Schon?

Isabellas Herz wird heiß. Wenn das neue Kindermädchen nun freundlich und sanft ist? Wenn er sie bald genauso liebt, wie er Isabella geliebt hat? Sicher nicht. Sicher spürt er die besondere Verbindung, die zwischen ihnen besteht.

Sie läuft auf und ab. Bleibt stehen und hält sich am hölzernen Geländer fest, späht durch den feuchten Dunst zum Strand hinunter. Ein Erwachsener und ein

Kind, kein Zweifel. Natürlich gibt es noch andere Kinder in Lighthouse Bay, es muss ja nicht Xavier sein. Doch Isabella will es unbedingt erfahren.

Im Leuchtturm ist es still. Da Matthew nur wenige Stunden am Tag schläft, schläft er besonders tief. Sie schleicht auf Zehenspitzen die Treppe hinunter und zur Tür hinaus.

Der Wald zwischen Leuchtturm und Strand ist dicht und überwuchert, der Boden uneben unter ihren Füßen. Sie geht vorsichtig und gelangt schließlich auf eine Düne, die mit langem, stacheligem Gras bewachsen ist. Hier hält sie inne und schaut über den Strand. Da sind sie, vielleicht eine Viertelmeile entfernt, und es ist eindeutig Xavier. Er hat den Daumen im Mund, eine vertraute Haltung. Die Frau hat ihr den Rücken zugewandt, es ist nicht Katarina. Eine rundlichere Frau, die sich bückt, um eine Sandburg zu bauen, während Xavier zuschaut.

Isabella sehnt sich danach, ihn im Arm zu halten. Die andere Frau, das neue Kindermädchen, berührt ihn nicht. Sie zieht ihn nicht auf ihren Schoß und streichelt ihm nicht das Haar und flüstert ihm nichts ins Ohr. Gewiss braucht er all das, um glücklich zu sein.

Dann ein dunkler Gedanke: Vielleicht ist er glücklich. Vielleicht ist er *ohne Isabella* glücklich. Das neue Kindermädchen mag zwar nicht liebevoll sein, aber sie ist ruhig und praktisch und zuverlässig – all das ist Isabella nicht. Einerseits ist sie erleichtert, weil Xavier nicht zu leiden scheint. Andererseits betrübt sie der Gedanke. Wenn er nicht gerettet werden muss, welchen Sinn hat ihr Leben dann noch? Sie will nicht allein die lange Reise nach Amerika antreten, diese leeren Meilen hinter sich bringen. Bei dem Gedanken würde sie am liebsten schluchzen.

Isabella schleicht am Waldrand entlang und hofft, einen besseren Blick zu erhaschen. Etwas an den Schultern der Frau kommt ihr vertraut vor. Sie schaut näher hin und erkennt, dass es die Köchin ist. Die Köchin kümmert sich um Xavier. Natürlich. Katarina kann nicht so schnell ein neues Kindermädchen gefunden haben. Sie ist erleichtert, weil sie weiß, dass die Köchin freundlich zu ihm sein und trotzdem Distanz wahren wird. Die andere Frau konzentriert sich ganz auf die Sandburg. Xavier schaut zum Horizont.

Isabella verharrt still und wünscht sich, er möge herübersehen. Doch er tut es nicht.

Sie nähert sich im Schutz der Bäume. Die Köchin darf sie nicht bemerken. Wenn Abel Barrett die Wahrheit gesagt hat und man sie in der Stadt für eine Diebin hält, kann sie es nicht riskieren, mit jemandem zu sprechen.

Jetzt spielen die Köchin und Xavier Verstecken. Sie steht im Sand, den Blick aufs Meer gerichtet, und hält sich die Augen zu. Xavier läuft über den Strand und in den Wald. Weit wird er nicht gehen, er fürchtet sich vor Schlangen. Doch die Köchin dreht sich um und tut, als könnte sie ihn nicht finden, sucht ihn am Waldrand, bis sie ihn gefunden hat. Dann kehrt sie zum Strand zurück, und es geht von neuem los.

Isabellas Herz schlägt aufgeregt. Kann sie es wagen, ihn vor der Köchin zu finden?

Sie läuft zwischen den Bäumen hindurch, stolpert über Wurzeln, klettert durch eine Rinne. Ein tiefhängender Ast peitscht ihr ins Gesicht. Die Köchin hat Xavier wiedergefunden, vielleicht spielen sie noch eine Runde. *Bitte, spielt noch eine Runde.*

Diesmal trägt der Wind die Stimme der Köchin herbei. Sie zählt bis zwanzig.

»Eins … zwei … drei …«

Jetzt ist Isabella in Rufweite des Jungen. Aber sie wagt nicht, sich bemerkbar zu machen. Sie nähert sich ihm so rasch wie möglich. Er hört ihre Schritte und blickt auf.

Isabella legt den Finger auf den Mund, damit er schweigt. Sie ergreift seine Hand und drückt seine Finger so fest, dass sie sich um ihre biegen.

»Komm schnell mit«, flüstert sie und zieht ihn mit sich in den Wald hinein. Sie führt ihn zu der Rinne und duckt sich darin, setzt ihn auf ihren Schoß.

»Es tut mir leid«, sagt sie unter Tränen. »Es tut mir so leid. Aber du darfst niemandem sagen, dass du mich gesehen hast.«

Als Antwort schüttelt er den Kopf. Hat er wieder aufgehört zu sprechen?

Sie stellt ihn vor sich hin und betrachtet ihn, tastet seine Gliedmaßen ab, als könnte sie nicht glauben, dass er real ist. »Du fehlst mir so sehr. Bist du glücklich?«

Er neigt den Kopf, als horche er auf eine Antwort, und schüttelt ihn dann langsam.

»Ist die Köchin nett zu dir?«

Er nickt.

Sie nickt zurück. »Du musst jetzt gehen. Ich will nicht, dass du Ärger bekommst. Und du darfst nicht verraten, dass du mich gesehen hast. Aber ich passe auf dich auf, Xavier. Und ich liebe dich noch immer.«

Er nickt erneut. Die Stimme der Köchin im Wald: »Kind, wo bist du?«

Er berührt einmal Isabellas Gesicht, die Augen riesig und feucht, dann rennt er davon.

Isabella hockt zwischen dem Laub und atmet tief durch. Alles wird gut. Gewiss wird alles gut. Sobald sie Lighthouse Bay verlassen hat.

An dem Freitag, an dem sie sich mit Abel Barrett treffen soll, hat sie den ganzen Tag Magenschmerzen. Ihre Phantasie, die ihr schon immer gern Angst eingejagt hat, lässt Abel mit der Polizei auftauchen oder abstreiten, dass sie ihm jemals einen Saphir anvertraut hat, oder gar nicht erst erscheinen. Falls irgendetwas davon geschieht, würde sie dann wirklich zu seiner Frau gehen und ihr verraten, dass er eine Affäre hat? Und würde seine Frau ihr glauben?

Sie hätte sich keine Sorgen machen müssen. Abel erwartet sie nach Einbruch der Dämmerung unter dem Mangobaum. Es ist ein klarer, milder Abend, und seine Zigarre riecht stark und aromatisch. Er sieht sie kommen und tritt tiefer in den Schatten.

»Hier«, sagt er und hält ihr eine braune Papiertüte hin. »Da ist alles drin. Dein Material, das restliche Geld und die Adresse des Juweliers.«

»Die Adresse des Juweliers?«

»Aufgrund deines Einkaufs hat er vermutet, dass du die Brosche gemacht hast. Er möchte mehr davon sehen.« Er hält die Hände in die Höhe. »Ich will gar nichts darüber wissen.«

Isabella späht in die Tüte, kann in der Dunkelheit aber nichts erkennen.

»Bitte mich bloß nicht, noch etwas für dich zu erledigen. Das war's. Wir sind quitt.«

»Ja. Wir sind quitt.«

Er ist sichtlich erleichtert. »Ich kann nicht länger bleiben. Man darf mich nicht mit einer anderen Frau sehen.«

»Wie geht es Katarina? Und dem Jungen?«, fragt Isabella rasch. »Gibt es Neuigkeiten?«

»Das weiß ich nicht. Sie sind beide weg.«

»Weg?«

»Für zwei oder drei Monate in Sydney. Sie will mit dem Jungen zu einem Spezialisten, damit er ihn zum Sprechen bringt.« Er drückt seine Zigarre am Baumstamm aus.

Widerstreitende Gefühle machen sich in ihrem Herzen breit. Es wird lange dauern, bevor sie ihren Plan verwirklichen kann. Und Katarina ist mit ihm gefahren. Macht sie das zu einer liebenden Mutter, die nur das Beste für ihr Kind will? Oder will sie ihn einfach nur in Ordnung bringen lassen, weil ihr sein Anderssein peinlich ist? Vermutlich kann sich Isabella einreden, dass es Letzteres ist, aber die Zweifel haben ihre Phantasie beschmutzt.

Abel Barrett stößt die Hände in die Hosentaschen. »Also auf Wiedersehen. Ich kenne dich nicht mehr.«

»Keine Sorge, Sie haben mich nie gekannt.«

Sie schaut ihm nach, als er entschlossen zurück ins Hotel stapft. Sie umklammert die braune Papiertüte und kehrt zum Leuchtturm zurück. Ihr bleiben mindestens zwei Monate, also wird sie diesmal nicht nur ein Schmuckstück anfertigen und verkaufen. Sie wird ein halbes Dutzend machen oder noch mehr. Sie wird mit allem Komfort nach New York reisen und als reiche Frau dort eintreffen.

Einundzwanzig

Isabella hat den Leuchtturm seit drei Wochen nicht verlassen. Wozu auch? In der Stadt wäre sie nur in Gefahr; Xavier ist verreist und wird nicht an den Strand kommen; und außerdem hat sie so furchtbar viel damit zu tun, aus dem Schatz ihres toten Ehemannes Broschen und Armbänder zu fertigen. Sie arbeitet, um nicht über die Zukunft, die Vergangenheit oder die Gegenwart nachzudenken. Der gemeinsame Geburtstag von Daniel und Xavier kommt und geht, und sie ist viel zu weit von beiden entfernt. Sie arbeitet so angestrengt, dass selbst der Schlaf keine Ruhe bringt. Die Geister von Bändern, Muscheln und Edelsteinen fügen sich auf der Innenseite ihrer Augenlider zusammen. Ihre Hände tun jeden Abend so weh, dass sie sie in der Eiskiste kühlen muss.

Doch sie hat wunderschöne Dinge erschaffen. Sie schämt sich beinahe für die erste Brosche, die sie verkauft hat. Die neuen sind viel geschmackvoller und hübscher. Einzigartig, ohne sonderbar zu sein. Luxuriös, aber nicht aufdringlich. Matthew fragt seit Wochen, wie sie sie verkaufen will, und nun sagt sie ihm endlich, dass sie von der Anlegestelle am Noosa River aus mit dem Schaufelraddampfer nach Brisbane fahren will. Er wird blass.

»Allein?«

»Ja.«

Er hat Angst, lässt sie aber fahren.

Und so steht sie nun an der Anlegestelle in Tewantin, in der Hand die Fahrkarte, die ein Pfund gekostet hat, in einem selbstgenähten Kleid, das nicht besonders gelungen ist. Sie drückt einen kleinen Koffer an sich, der kostbare Schmuckstücke und ein Ersatzkleid enthält. Sie wartet darauf, an Bord der *Plover* zu gehen, eines Schaufelraddampfers von neunzig Fuß Länge. Die Dämmerung ist feucht und kühl. Es riecht nach Sägemehl und Dung. Pferdewagen und Männer transportieren Fässer hin und her. Sie versucht, nicht aufzufallen, ist aber als einzige Frau allein unterwegs. Sie hört Frauenstimmen aus dem Salon, der sich schon gefüllt hat, doch mit ihr warten nur Männer in verblichener Kleidung, die zwischen gescheiterten Träumen von den Goldfeldern und einer sicheren Anstellung in der Stadt ihren Weg suchen.

Sie müssen lange in der Spätnachmittagssonne warten, doch schließlich drängt man sie über den Landungssteg an Bord. Das Deck wird von einer großen, gestreiften Markise überspannt, doch die Seiten sind offen, und es ist ein kühler Tag. Manche Männer klappen Stühle aus und setzen sich hin, um beim letzten Tageslicht Zeitung zu lesen. Einige rauh aussehende Gestalten versammeln sich achtern, um Zigaretten zu rauchen. Isabella ist unschlüssig, was sie machen, wo sie sich hinsetzen oder hinstellen soll, und so sucht sie sich einen Platz an der Reling und schaut zu, wie der Fluss unter dem großen Schaufelrad, dem Geruch nach Kohle und dem Zischen des Dampfers verschwindet. Langsam entfernen sie sich von der Anlegestelle. Die Abendluft ist frisch, der Wind schmerzt in den Ohren.

Sie werden nicht vor morgen früh in Brisbane eintreffen. Isabella wird in einer Pension übernachten, das Zimmer hat Matthew telegrafisch gebucht. Er war besorgt um sie, als er sie am Morgen in den gemieteten Wagen gesetzt hat – er sagte, sie solle die Haube tief ins Gesicht ziehen und sich immer umschauen, ob auch niemand sie erkannt habe. Als er sich an der Anlegestelle von ihr verabschiedete, hat er gesagt, sie habe sicher Angst, allein zu reisen, doch das stimmt nicht. Sicher, sie spürt ein leises Kribbeln der Furcht, vor allem aber ist sie aufgeregt. Ihr Plan nimmt Gestalt an. Eine kleiner Funke Eitelkeit brennt in ihr, weil sie es genießt, Schmuck herzustellen und zu verkaufen. Sie kann das gut. Man hat ihr nie erlaubt, etwas gut zu können.

Die *Plover* bewegt sich langsam durch das ruhige Wasser des Flusses und durch die Mündung hinaus aufs Meer. Sie erinnert sich an den Tag, an dem sie England verlassen hat – es scheint eine Million Jahre her zu sein. Gewiss war sie damals ein anderer Mensch. Die Nacht bricht herein, und die Küste ist zu dunkel, um etwas zu erkennen. Sie nimmt sich einen Klappstuhl und lehnt sich zurück. Ein Steward bringt ihr das Abendessen in einer braunen Papiertüte: einen verschrumpelten Apfel, Brot und Käse. Sie legt es unter ihren Stuhl und zieht die Beine an sich.

Die rauchenden Arbeiter lassen Flachmänner kreisen und werden allmählich ungehobelt. Zuerst fällt es Isabella leicht, sie zu ignorieren, doch dann beginnen sie mit rauher Stimme zu singen. Schmutzige Lieder. Sie ist sich schmerzlich bewusst, dass sie die einzige Frau ohne Begleitung ist. Sie stellt die Füße wieder aufs Deck, den Koffer dazwischen.

Sie legt den Kopf zurück und schließt die Augen, will sich von dem ruhigen Wasser wiegen lassen, doch die Männerstimmen sind hart und laut, und sie begreift, dass es eine sehr lange Nacht werden wird.

Dann dringt eine Frauenstimme durch den Lärm. »Ihr erlaubt doch?«

Isabella öffnet die Augen und sieht eine wunderschön gekleidete Frau von Ende dreißig an der Treppe zwischen Deck und Salon stehen. Sie ist angenehm gerundet, wie es nur reiche, wohlgenährte Frauen sind, hat kastanienbraunes Haar und einen hübschen Mund. Sie trägt ein gut geschnittenes Blusenkleid mit großem Kragen und weiten Ärmeln und hält einen Stock mit silberner Spitze in der Hand. Die Autorität in ihrer Stimme reicht aus, dass sich die Männer mit offenem Mund zu ihr umdrehen.

»Ich kann jedes schmutzige Wort hören, das ihr hier singt, und bin davon *gar nicht* angetan«, sagt sie und deutet mit dem Stock auf die Männer. »Was würden eure Mütter denken, wenn sie euch so sehen könnten?«

Dümmliche Blicke, gemurmelte Entschuldigungen. Die Frau schaut sich an Deck um und entdeckt Isabella, worauf sie neugierig eine Augenbraue hochzieht und herüberkommt. »Warum sind Sie allein hier? Haben Sie keinen Vater oder Ehemann?«

Verblüfft sucht Isabella nach Worten. »Keins von beidem.«

»Warum sind Sie allein unterwegs?«

Sie will nicht verraten, dass sie einen Koffer voller Schmuck bei sich hat. »Ich reise nach Brisbane. Zu einer … geschäftlichen Verabredung.«

»Geschäft? Welches Geschäft?«

»Es ist privat … persönlich«, sagt Isabella rasch.

Trotz der knappen Antwort wird die Frau nachgiebiger. »Eine Geschäftsfrau, was? Und Sie können sich nur einen Platz an Deck bei diesen Grobianen leisten?«

Isabella nickt.

Die Frau streckt ihr eine weiche Hand entgegen, die sie neugierig ergreift. Dann wird sie auf die Füße gezogen.

»Kommen Sie. Sie können sich zu mir und meinen Freunden in den Salon setzen.«

»Dafür habe ich keine Fahrkarte.«

»Das ist nebensächlich. Ich kümmere mich darum. Ich bin Berenice. Eigentlich Lady McAuliffe, aber Sie können mich Berenice nennen.«

»Mary Harrow«, sagt sie und folgt ihr mitsamt dem Koffer.

»Mary Harrow, ich hoffe, Sie haben Ihre Lektion gelernt. Die fünfundzwanzig Shilling für eine Karte im Salon lohnen sich *immer.*«

Isabella wird die Treppe hinunter in den Salon geführt, der von Dutzenden Kerzen erleuchtet wird. An beiden Enden befindet sich eine halbrunde, mit Leder bezogene Sitzbank. Dazwischen steht ein großer Tisch, der mit Essen beladen ist: gebratener Truthahn und Kartoffeln, Porzellanschüsseln voller Erbsen und Soße. Gutgekleidete Menschen sitzen an kleinen, runden Tischen und spielen Karten. Die Atmosphäre ist ruhig und angenehm.

Der Steward stürzt sich auf sie, sowie sie den Fuß auf den Teppich setzt. »Sie dürfen hier nicht rein.«

Berenice winkt ihn mit einer Handbewegung weg. »Unsinn. Ich weiß, dass es noch eine freie Koje gibt, darin wird Miss Harrow schlafen. Sie wird essen, wofür meine Freunde und ich bezahlt haben, und Sie werden kein Wort darüber verlieren.«

»Aber sie hat eine Fahrkarte fürs Deck.«

Nun ist Berenice' Leichtigkeit verschwunden. Ihre Stimme klingt stählern. »Ja, und da oben ist ein Haufen monströser lärmender Männer, die ich schon zum

Schweigen bringen musste, weil Sie Ihre Arbeit nicht tun.«

Es sieht aus, als wolle er noch etwas sagen, doch Berenice drückt ihm entschlossen den Finger auf den Mund. »Diese junge Frau reist *allein* nach Brisbane. Ich werde nicht dulden, dass sie zwischen diesen Grobianen sitzen muss. Kein Wort mehr darüber, sonst betrachte ich Sie nicht mehr als Gentleman.«

Der Steward fügt sich wütend in sein Schicksal. Berenice lächelt Isabella augenzwinkernd zu. »Ich bekomme immer meinen Willen. Nun, möchten Sie etwas essen?«

Isabella füllt einen kleinen Teller, während Berenice sie mit ihren Freunden bekannt macht: zwei Frauen und ein stämmiger Mann mit einem schelmischen Grinsen. Sie begrüßen sie zwanglos und reden und lachen weiter, als wären sie schon ein Leben lang miteinander befreundet. Aus dem Gespräch schließt Isabella, dass Lady McAuliffe eine reiche Witwe ist, deren Mann, der Sohn eines Londoner Abgeordneten, einen lukrativen Goldclaim in Gympie besessen hat. Jetzt leitet Berenice die Geschäfte und führt in Brisbane ein Luxusleben. Sie ist eine ungewöhnliche Frau, energisch und strahlend wie die Sonne. Ihre Freunde hängen an ihren Lippen, wenn sie etwas sagt, philosophiert und Witze erzählt, die weitaus schmutziger sind als die Lieder der Männer an Deck. Isabella ist fasziniert.

Und Berenice ist fasziniert von Isabella. Isabella hat ein schlechtes Gewissen, weil sie ihr nicht die Wahrheit gesagt hat, und weicht daher den Fragen aus. Irgendwie aber entschlüpft ihr, dass ihr Mann tot ist, dass sie eine Schwester in New York hat, die sie bald zu besuchen hofft, und dass sie nur zwei Kleider besitzt, von denen sie eins gerade trägt.

»Wie lange bleiben Sie in Brisbane?«, fragt Berenice nachdenklich, nachdem sie sich von dem Schock erholt hat, dass ein Mensch nur zwei Kleider besitzen kann.

»Drei Tage.«

»Und wo werden Sie übernachten?«

»In einer Pension in New Farm. Man hat mir gesagt, sie sei sauber und nehme Frauen und Kinder auf.«

Doch Berenice macht schon eine wegwerfende Handbewegung. »New Farm ist *meilenweit* von der Eagle Street entfernt, wo der Dampfer anlegt. Da dürfen Sie nicht wohnen. Sie müssen zu mir kommen.«

»Wirklich? Das kann ich nicht annehmen.«

»Doch, doch, das müssen Sie. Dann können Sie in meiner Kutsche zu Ihrer geschäftlichen Verabredung fahren. Ein hübsches Mädchen aus gutem Hause sollte es nicht so schwer haben.«

Isabella begreift, dass sie nicht nein sagen kann. Zu einer Frau wie Berenice sagt man nicht nein. »Ich nehme Ihr Angebot mit der Übernachtung gerne an, aber Sie müssen mir die Freiheit gestatten, meinen Tagesablauf allein zu gestalten.«

Einen Moment lang verschwindet Berenice' zauberhaftes Lächeln. Ihre Freunde beobachten aufmerksam, wie sie auf diesen Widerstand reagieren wird – sie wirken geradezu ängstlich –, doch dann lächelt sie wieder und reibt Isabellas Handgelenk. »Sie erinnern mich an mich selbst in diesem Alter. Sie wissen, was Sie wollen. Ein unabhängiger Geist.«

Der Steward nähert sich und reicht Isabella ein Kissen und eine Decke. »Für die Koje. Es ist die letzte auf der Steuerbordseite.«

»Vielen Dank.«

Er schaut von Berenice zu Isabella. Nickt einmal und geht davon. Plötzlich ist sie sehr müde.

»Es tut mir leid, aber ich bin erschöpft.«

»Natürlich, Sie Ärmste. Wir sehen uns beim Frühstück.« Berenice küsst sie auf die Wange. »Träumen Sie schön.«

Isabella begibt sich in ihre Koje, ein Bett zum Herunterklappen in einer niedrigen Nische, die nur durch einen dünnen Vorhang abgetrennt wird. Sie legt sich hinein und rollt sich unter der Decke auf die Seite. *Träumen Sie schön.* Sie versucht es, versucht es wirklich, doch sowie sie allein ist, kehrt die Melancholie zurück, und ihre Träume sind nur ein wirres Durcheinander von Bildern: Wasser und Dampf, Kohle und Donner und ein kleiner Junge, der ihr in einem dunklen Wald für immer entgleitet.

Isabella hält die Adresse des Juweliers Maximillian Hardwick in der linken Hand und ihren kleinen Koffer in der rechten. Sie ist körperlich und geistig erschöpft. Beim Frühstück hat Berenice sie mit weiteren Fragen gelöchert. Je mehr Isabella ihr auswich, desto unbarmherziger fragte sie nach. Vielleicht wäre sie doch besser in der Pension abgestiegen. Nun aber hat sie an diesem Tag erst einmal Ruhe.

Ein gutgekleideter Mann fährt auf einem Fahrrad an ihr vorbei und reißt Isabella mit seiner warnenden Glocke aus ihren Gedanken. Brisbane ist eine geschäftige Stadt, mit breiten Straßen und neuen Gebäuden. Eine von Pferden gezogene Straßenbahn rattert mitten über die gepflasterte Straße. Sie bemerkt, dass alle Frauen Sonnenschirme bei sich tragen. Kein Wunder, selbst in dieser kühlen Jahreszeit scheint ihr die Sonne grell ins Gesicht. Sie versucht, im Schatten zu bleiben, während sie sich in die Queen Street begibt und nach dem Ladenschild des Juweliers Ausschau hält. Dann endlich entdeckt sie es in einem Fenster im oberen Stockwerk eines Hauses. Isabella klopft abergläubisch auf den kleinen Koffer und steigt eine steinerne Treppe hinauf, die sie ins Juweliergeschäft führt.

Es ist ein kleiner Laden, in dem es stark nach Wachs und Politur riecht. Das einzige Licht fällt durch ein schmales Fenster, auf dem der Name des Juweliers steht. Von innen liest sie ihn verkehrt herum. Es gibt Vitrinen mit Schmuck und den unterschiedlichsten Uhren. Ein älterer Mann mit dichtem Schnurrbart sitzt hinter der Theke an einem Tisch und reinigt Schmuck. Er blickt auf, als sie eintritt, und kneift beim Lächeln die Augen zu.

»Guten Morgen, Madam«, sagt er mit tiefer Stimme. »Womit kann ich dienen?«

»Ich bin Mary Harrow«, sagt sie und streckt ihm die Hand entgegen.

»Max Hardwick.« Er ergreift ihre Hand und drückt sie kurz. »Ich kenne Ihren Namen. Abel Barrett war vor einigen Wochen hier und hat mir eine Brosche verkauft, die Sie vermutlich angefertigt haben.«

»Sie haben ein gutes Gedächtnis, Sir.«

»Habe ich recht? Es war kein Familienerbstück. Viel zu modern.«

»Ja, ich habe es selbst gemacht. Und habe weitere Stücke mitgebracht, die Sie mir hoffentlich abnehmen.« Sie legt den Koffer auf die Theke. »Möchten Sie sie sehen?«

Er wischt sich die Hände an der Schürze ab. »Zeigen Sie mir, was Sie haben.«

Sie öffnet den Koffer und nimmt drei Broschen und drei Armbänder heraus. Es ist eine geschmackvolle Zusammenstellung atemberaubender Edelsteine und natürlicher Materialien, die durch lackierte Bänder und

Spitze weiblicher wirken. Er inspiziert sie mit seiner Juwelierlupe.

»Der gewickelte Draht ist sehr ungewöhnlich.«

»Mein Vater hat mir diese Technik beigebracht, als ich noch ein Kind war.«

»Woher haben Sie die Rubine und Saphire?«

Sie lässt sich nicht anmerken, dass ihr Puls schneller geht. »Ich habe sie von der kleinen Erbschaft gekauft, die mir mein verstorbener Mann hinterlassen hat.« Die Lüge geht ihr glatt über die Lippen. »Ich wollte immer Schmuck herstellen, und er hat mich dazu ermutigt. Ich denke an ihn, wenn ich diese Stücke fertige, und fühle mich ihm immer noch nahe.«

Der Juwelier nickt betrübt. Während er die Schmuckstücke betrachtet, schaut sich Isabella im Laden um. Sie bemerkt eine ganze Vitrine voller Winterbourne-Schmuck.

»Sie sind wunderbar, und ich möchte sie gerne nehmen«, sagt er schließlich. »Allerdings habe ich nicht genügend Geld für alle. Ich habe das erste Stück noch nicht verkauft. Aber wenn Sie sie hierlassen möchten, werde ich sie für Sie verkaufen und eine kleine Provision dafür nehmen.«

Isabellas Herz zieht sich enttäuscht zusammen. »Kein Geld?«

»Irgendwann wird es Geld geben, meine Liebe. Wo kann ich Sie erreichen, um Ihnen mitzuteilen, wenn etwas verkauft ist?«

So war es nicht geplant. Sie hat angenommen, dass er ihr alle abnehmen und in etwa so viel bezahlen würde wie für das erste Stück; dass sie Brisbane als reiche Frau verlassen kann und nur noch auf ihren Schützling warten muss, um nach New York aufzubrechen. Wer kann denn schon sagen, wann er den

Schmuck verkaufen wird? Kann sie es riskieren, ihm die Stücke zu überlassen? Wenn er nun unehrlich ist? Oder jemand die Edelsteine wiedererkennt?

Sie überlegt fieberhaft, kann sich nicht entscheiden. Die Niedergeschlagenheit, die unter einem dünnen Schleier verborgen war, kehrt zurück. Was soll nun aus ihr werden?

Sie stellt sich vor, Matthew wäre hier. Welchen Rat würde er ihr geben? Eine warme Ruhe überkommt sie.

»Ich überlasse Ihnen die Hälfte der Stücke«, sagt sie und schiebt ihm zwei Armbänder und eine Brosche hin. »Sie können mich über das Telegrafenbüro in Lighthouse Bay erreichen.«

Er zögert. Sie weiß, dass er sich fragt, was sie mit den anderen Stücken anfangen wird, doch dann entspannt er sich wieder. »Wie Sie wünschen. Darf ich sie unter Ihrem Namen verkaufen? Sie werden sicher besser gehen, wenn ich sie als exklusiv und handgefertigt präsentiere.«

»Ich vertraue auf Ihre Erfahrung«, sagt sie und genießt das leise Kribbeln, das sie überkommt, als sie sich vorstellt, wie ihr Schmuck mit dem der Winterbournes konkurriert.

Ihr Schmuck, gefertigt mit deren Edelsteinen, die sie gestohlen hat. Und sie bringt sie hier und jetzt unter die Leute.

Es gibt kein Zurück. Die Maschinerie hat sich in Gang gesetzt. Sie verabschiedet sich und tritt wieder auf die sonnige Straße. Jetzt ist sie aufgeregt und freut sich darauf, mehr Zeit mit Lady McAuliffe zu verbringen.

»Ich habe gedacht, Sie kommen gar nicht mehr zurück, meine Liebe«, ruft Berenice, ergreift Isabellas

Arm und zieht sie ins Wohnzimmer. »Ich habe eine Überraschung für Sie. Darf ich Ihnen Adelaide vorstellen? Meine Schneiderin.«

»Guten Tag«, sagt Isabella neugierig und streift die Handschuhe ab. Sie hat sich eine halbe Stunde lang in der Stadt verlaufen, weil sie nicht mit der hastig gezeichneten Wegbeschreibung zurechtkam, die Berenice ihr mitgegeben hatte. Sie bemerkt die vielen Kleider auf dem langen, straff gepolsterten Sofa.

»Das sind lauter alte Kleider von mir, die nicht mehr passen. Adelaide wird Ihre Maße nehmen und alle für Sie ändern.«

Isabella schüttelt den Kopf. »Das kann ich unmöglich …«

»Ach, Unsinn. Natürlich können Sie das. Ich werde sie nie wieder tragen, sie verstauben nur im Kleiderschrank.«

Isabella schaut sie verblüfft an. Es muss ein ganzes Dutzend Kleider sein. »Das kann ich nicht annehmen. Dann würde ich mich Ihnen zu sehr verpflichtet fühlen.« Aber sie möchte sie haben, unbedingt. Sie trägt seit Monaten dieselben alten Kleider, und das Stadtkleid fällt schon an den Nähten auseinander. Sie hat nie richtig Nähen gelernt. »Ich wäre allerdings sehr dankbar für ein neues Kleid.«

»Suchen Sie sich drei oder vier aus«, drängt Berenice. »Ich möchte nicht, dass Sie sich unwohl fühlen, aber eine schöne junge Frau braucht mehr als zwei schlechtsitzende Kleider.«

Isabella kann ein Lächeln nicht unterdrücken, als sie die Stücke betrachtet. Sie sieht sich schon in einigen davon auf dem Schiff nach Amerika: aufwendig verzierte Teekleider, Hemdblusenkleider mit langer Schleppe, hauchdünne weiße Sommerkleider mit fließenden Ärmeln und weißer Stickerei. Dann schließt Berenice die Tür ab, und Isabella zieht sich aus, damit Adelaide ihre Maße nehmen kann. Berenice plaudert drauflos, während Isabella nacheinander vier Kleider anprobiert, in denen sie sich drehen und wenden muss, während sie mit Nadeln abgesteckt werden. Dann zieht Adelaide mit einem Berg teurer Stoffe von dannen.

»Wir brauchen sie morgen früh«, sagt Berenice in warnendem Ton.

»Ja, Ma'am. Sie können sich auf mich verlassen.«

Berenice dreht sich zu Isabella. »Morgen trinken wir mit einigen Freundinnen Tee. Sie sind natürlich eingeladen. Ich möchte, dass Sie sie kennenlernen.«

»Es wäre mir ein Vergnügen.« Ein Plan keimt in ihr. Berenice' Freundinnen sind allesamt reich und tun, was sie sagt. Wenn sie ein Armband und eine Brosche von Mary Harrow trägt, könnte sie vielleicht jemanden überreden, eins der verbliebenen Stücke zu kaufen.

Berenice legt den Kopf schief und lächelt. »Sie haben so etwas Liebreizendes, Mary Harrow. Ich kann es gar nicht richtig erklären.«

Isabella lächelt.

»Kommen Sie. Ich zeige Ihnen das Haus.« Sie hakt Isabella unter und führt sie aus dem Wohnzimmer in den mit Parkett ausgelegten Flur. »Mein Mann hat Bilder gesammelt.« Sie deutet auf eine Reihe aufwendig gerahmter Porträts. »Ich selbst verstehe die Faszination nicht so ganz. Gemalte Leute sind nie so interessant wie echte.«

»Kennen Sie sie alle?«

»Es waren Freunde und Verwandte meines Mannes. Die meisten Namen habe ich vergessen. Aber kommen Sie mit, ich zeige Ihnen das Beste.« Sie führt Isabella durch eine zweiflügelige Tür in eine Bibliothek. Eine

Wand wird vom gewaltigen Porträt eines freundlich aussehenden Mannes beherrscht, um dessen Lippen ein Lächeln spielt. »Das ist er. Mein lieber verstorbener Ehemann.«

»Er sieht freundlich aus.«

»Oh, er war ein Schurke. Keine Spur von Freundlichkeit. Kinder hatten Angst vor ihm. Aber ich habe ihn geliebt und trauere noch immer um ihn. Wie ist es mit Ihnen? Trauern Sie noch um Ihren Ehemann?« Berenice fixiert Isabella. »Nein, sagen Sie nichts. Ich erkenne es auch so.«

Isabellas Gesicht brennt vor Scham. »Jeder trauert auf seine Weise«, murmelt sie.

»In der Tat. Ich vermisse meinen Mann jeden Tag, bin aber im Grunde ohne ihn besser dran. Er konnte überhaupt nicht mit Geld umgehen.« Berenice wird still, als sie das Porträt betrachtet. »Ich glaube nicht, dass ich noch einmal heirate. Allein geht es mir besser.«

»Sie sind doch nicht allein. Sie haben so viele Freunde.«

»Meinen Sie, Sie heiraten noch einmal?«

Isabella denkt an Matthew.

Ein Funkeln tritt in Berenice' Augen. »Es gibt jemanden, nicht wahr? Das sehe ich Ihnen an.«

»Ich bin mir nicht sicher, was die Zukunft bringt.«

»Wieder so eine rätselhafte Bemerkung.«

»Ich wollte nicht rätselhaft sein.«

»Wer immer er ist, er wird auch seine Fehler haben. Und Sie als Frau werden darüber hinwegsehen. Er wird zornig sein oder eitel oder Ihren Körper behandeln, als gehöre er ihm allein. Die Männer sind alle gleich, meine Liebe. Alle.«

Isabella denkt über die Worte nach und weiß, dass

Berenice unrecht hat. Matthew ist anders. Er ist gut, zu gut. Er ist so gut, dass sie ihn eines Tages heimlich verlassen muss, weil sie ihm ihren Plan nicht verraten kann. Die Vorstellung macht sie traurig, doch dann plaudert Berenice weiter, und Isabella ist so abgelenkt, dass sie die ganze Sache eine Zeitlang vergisst.

***

Der Leuchtturm ist leer ohne Isabella. Erst jetzt erkennt Matthew, wie leer er ist und wie einsam sein Leben war, bevor er ihr begegnet ist. Schlafen, arbeiten, essen. Einfach und behaglich, aber leer. Matthew bläst Trübsal, was er noch nie getan hat. Ihr Geruch auf dem Kopfkissen reicht aus – schon drückt er zehn Minuten lang sein Gesicht hinein und atmet tief durch.

Er sitzt auf der Terrasse, schaut zum Mond hinauf und raucht seine Pfeife. Er ist verliebt. Er gibt es zu und weiß, dass er ein Narr ist. Man kann Isabella nicht an einem Ort halten. Er hat vom ersten Augenblick an gewusst, dass sie ihn verlassen wird. Dennoch hat er sich in sie verliebt. Die Vorstellung, dass sie allein in Brisbane ist, tut ihm weh. Es ist so weit entfernt, eine so große Stadt. Sie kann dort nicht sicher sein.

Und doch tut sie, was ihr gefällt. Er versucht wohlweislich nicht, sie zu beherrschen. Damit würde er eine Katastrophe heraufbeschwören. Wie bei Clara. Er zieht an seiner Pfeife, als er sich erinnert, wie sie ihn angebrüllt hat und weggelaufen ist. Er weiß nicht einmal mehr genau, wie es zu dem Streit gekommen ist: Sie waren bei Nachbarn eingeladen, und er verlangte von Clara, sie solle ihre Verachtung nicht so offen zeigen. Daraufhin versteckte sie sich vier Tage lang im Wald draußen vor der Stadt und kehrte schmutzig und tropfnass zurück. Sie bekam einen Husten, der sich tiefer und tiefer in ihre Lungen grub, bis sie schließlich sechs Wochen später daran starb. Er hatte sich lange Zeit die Schuld an ihrem Tod gegeben. Den ersten Posten als Leuchtturmwärter hatte er angenommen, um sich selbst zu bestrafen. Er hatte keine menschliche Gesellschaft verdient. Aber die lange Einsamkeit erlaubte ihm auch, nachzudenken und mit seinen Schuldgefühlen fertig zu werden. Bevor sie starb, hatte Clara selbst gesagt, er solle nicht traurig sein. Traurigkeit sei sinnlos, solange die Sonne schien und der Himmel jeden Morgen hell wurde.

Matthew atmet geräuschvoll aus und lehnt den Kopf an die Außenmauer des Leuchtturms. Dort draußen, jenseits des Ozeans, wartet Isabellas neues Leben. Und er wird lange, nachdem sie dorthin aufgebrochen ist, noch hier sein, still und dauerhaft wie eine Statue, und sich wünschen, er hätte sie niemals gehen lassen.

Zweiundzwanzig

Percy steht am Strand und überlegt, ob sich seine Augen jemals an die Lichtverhältnisse an diesem gottverlassenen Ort gewöhnen werden. Das Licht wird vom Sand reflektiert und blendet ihn und beißt in seine lilienweiße Haut. Der Constable wartet in angemessener Entfernung. Er glaubt, Percy sei hergekommen, um seinen verstorbenen Bruder zu betrauern. Vielleicht stimmt das sogar. Doch nach fast drei Monaten verblasst der Schmerz über Arthurs Tod. Ihm liegt jetzt mehr daran, die Trümmer zu durchsuchen. Fässer und Bretter wurden angespült und sind bei Ebbe am Strand zurückgeblieben. Nichts Wertvolles, aber Percy interessiert sich für das umgedrehte Rettungsboot, das auf einem Felsen am Strand liegt.

Es wurde keineswegs angespült, wie ihm die unfähige Kolonialpolizei weismachen will, sondern absichtlich so hingelegt. Mit anderen Worten, die Polizei irrt sich, nicht alle sind gestorben.

Percy dreht das Boot um, kniet sich auf alle viere und tastet mit den Fingerspitzen im Sand. Hinter ihm hebt und senkt sich der Ozean in seinem steten Rhythmus. Zuerst entdeckt er einen Fetzen weißer Spitze, also muss die Person, die mit dem Rettungsboot entkommen ist, eine Frau sein. Entweder Meggy oder Isabella.

Sein Magen zieht sich zusammen. Meggy Whiteaway hatte Erfahrung mit dem Leben auf See. Hätte sie überlebt, hätte sie auch gewusst, wie sie danach vorgehen muss. Es war Isabella. Er weiß, dass es Isabella war, und der Gedanke erregt seinen Zorn. Er braucht einen Augenblick, bis er wieder atmen kann.

War Arthur bei ihr? Hat Arthur es auch geschafft? Falls ja, wo ist er jetzt?

Percy winkt den Constable zu sich. »Dieses Rettungsboot beweist, dass jemand überlebt hat«, sagt er. »Warum haben Ihre Leute mir das Gegenteil erzählt?«

»Weil sich keiner gemeldet hat. Gewiss, jemand mag es im Sturm bis an den Strand geschafft haben, doch zwischen hier und der Zivilisation gibt es Schlangen, wilde Hunde und tückische Eingeborene. Und Sonne, Erschöpfung und Durst, die noch viel gefährlicher sind.« Die Augen des Constable bewegen sich zum Buschland, das den Strand säumt. »Derjenige hätte ebenso gut in den Rachen eines Ungeheuers laufen können.«

Percy denkt darüber nach, noch immer auf allen vieren, die Finger noch immer im Sand. Er betrachtet das Stück Spitze, das er in der Hand hält, und malt sich aus, wie Isabella auf der Suche nach einer zivilisierten Siedlung in den Wald gewandert ist. Mit dem Pferdewagen sind sie stundenlang in der sengenden Sonne hergefahren. Hätte sie das überlebt?

Verdammt. Er *kann* es sich vorstellen. Da ist etwas in ihr – eine Art anmaßende Eigenliebe, die man mit einer edlen Natur verwechseln kann –, das ihr die nötige Stärke verleiht. Sie hat sich ihnen stets überlegen gefühlt; das reicht zum Überleben. Wie gern er ihr diese Arroganz austreiben würde.

»Haben Sie im Wald gesucht?«

»Ja.«

»Nichts?«

»Nichts. Es tut mir schrecklich leid, Sir.« Als der Constable aus dem hellen Sonnenlicht tritt, blitzt etwas unter einer dünnen Sandschicht auf. Im Nu hält Percy es in der Hand. Eine Messingschließe von der Kiste aus Walnussholz, die eigens für den Amtsstab angefertigt wurde.

Er spürt, wie er rot wird, und wendet sich ab, damit der Constable es nicht sieht. In seinem Kopf entsteht sofort ein Bild. Isabella ist mit dem Amtsstab geflohen. Vielleicht hat sie den Schiffsuntergang sogar verursacht. Vielleicht hat sie seinen Bruder über Bord gestoßen. Die Überzeugung setzt sich in seinen Eingeweiden fest. Und die Vorstellung, dass sie irgendwie entkommen ist, dass sie in diesem Land frei umherläuft und sich an unzähligen Orten verstecken kann, verursacht ihm körperlichen Schmerz.

»Tut mir leid«, sagt der Constable noch einmal. »Ich lasse Sie jetzt allein.« Percy schaut ihm nach, als er zum Strand zurückgeht. Was jetzt? Soll er im Wald nach ihr suchen? Nach Hause gehen und gar nichts tun? Sie hat den Amtsstab. Er will ihn zurück.

Percy weiß, dass er im Wald nicht überleben wird, aber er kann auch nicht aufgeben und mit leeren Händen zurückkehren. Nein, falls Isabella überlebt hat, dann ist sie *irgendwo* und hat *irgendjemanden* kennengelernt. Wenn er bekanntgibt, dass sie, die geliebte Schwiegertochter einer einflussreichen Familie, vermisst wird, wird sich jemand bei ihm melden. Es kann dauern, aber er wird sie irgendwann finden.

✳✳✳

Isabella steht vor dem Spiegel. Sie trägt ein blaues Blusenkleid, das genau zur Farbe ihrer Augen passt. Es ist so lange her, dass sie sich gut angezogen hat. Sie besitzt kein Korsett, doch ihre Taille ist von Natur aus sehr schmal. Sie hat das Haar im Nacken locker mit einem blauen Band zusammengebunden, einige Strähnen umrahmen ihr Gesicht. Am Kragen steckt eine selbstgefertigte Saphirbrosche.

Es klopft, Berenice tritt ein. Sie betrachtet Isabella, die endlich standesgemäß gekleidet ist, und hält inne. »Sie sehen wunderbar aus, meine Liebe. Soll ich Ihr altes Kleid verbrennen?«

Isabella lacht.

»Das ist kein Scherz. Ganz und gar nicht«, erwidert Berenice mit ernster Miene.

Isabella unterdrückt ihr Gelächter. »Nein. Ich nehme es besser wieder mit.«

Berenice entdeckt die Brosche und betastet sie vorsichtig. »Die ist wunderbar.«

»Ich habe sie selbst gemacht.«

Berenice' Augenbrauen schießen in die Höhe. »Tatsächlich? Sie stecken wirklich voller Überraschungen.«

»Ich habe von dem kleinen Erbe, das mein Mann mir hinterlassen hat, einige Edelsteine gekauft.« Sie erzählt die Lüge jetzt zum zweiten Mal und fragt sich, ob sie sie beim dritten Mal vielleicht selbst glaubt. »Ich wollte schon immer Schmuck herstellen.«

»Es ist nicht schlecht, wenn eine Frau eine Arbeit hat, die ihr gefällt«, sagt Berenice strahlend. »Und sie ist wirklich herrlich. Also ein echter Saphir?«

»Ja.«

»Aber er muss doch einiges wert sein. Warum haben Sie nur zwei Kleider?«

»Ich habe noch nichts verkauft.«

»Ich nehme ein Schmuckstück. Haben Sie sonst noch etwas da? Bringen Sie alles zum Morgentee mit. Meine Freundinnen werden begeistert sein. Handgemacht aus Dingen, die Sie am Strand gefunden haben: Ich bin entzückt!« Berenice's strahlendes Gesicht spricht Bände.

Isabella zeigt ihr die anderen Broschen und Armbänder. »Ich werde nur noch zehn Teile anfertigen«, sagt sie, nachdem sie im Kopf die Edelsteine gezählt hat.

»Aber Sie sind so wunderbar, meine Liebe. Sie müssen weitermachen. Sie könnten Ihre eigene Juwelierfirma gründen, so wie diese Winterbournes.«

Bei dem Namen zieht sich Isabellas Herz zusammen. Der Reiz, selbst eine Dynastie von Juwelieren zu begründen, verschwindet sofort, und sie sagt sich, dass sie die Edelsteine schnell verkaufen und nach Amerika gehen muss, bevor man sie findet. Xavier dürfte bald wieder zu Hause sein.

Berenice hat ein Armband um ihr rundliches Handgelenk gelegt und bewundert es im Licht, das durch das große Fenster fällt. »Einfach bezaubernd. Ich werde es kaufen. Wie viel kostet es?«

Isabella nennt den Preis, den der Juwelier für das erste Stück bezahlt hat, doch Berenice schüttelt den Kopf. »Das Doppelte, meine Liebe, das Doppelte. Die Leute werden es höher schätzen, wenn sie bei dem Preis zusammenzucken. Ich zeige alles meinen Freundinnen. Ich wäre überrascht, wenn nicht alle eins haben wollten. Dann können Sie wiederkommen, wenn Sie mehr gemacht haben.«

Isabella kann den Tee schon oben im Flur riechen. Diesmal ist nicht sie es, die ihn aufbrüht und die Scones und den Rahm auf Tellern anordnet oder den Teekuchen mit Rosinen in vollkommen gleichmäßige Scheiben schneidet. Sie hat wieder den Status einer Dame erlangt, die den Tee genießen kann, ihn aber nicht selbst servieren muss. Sie lächelt und nickt dem

Mädchen zu, als sie das Zimmer betritt, weil sie jetzt versteht, wie mühsam es ist, andere zu bedienen.

Berenice hat fünf Freundinnen zum Tee eingeladen, und Isabella kann sich nicht alle Namen merken. Es gibt eine Margaret und eine Margery, doch während sie noch versucht, die beiden zu unterscheiden, verpasst sie die nächsten beiden Namen und verliert alle Hoffnung, sie noch zu erfahren. Sie lächelt nur, nimmt eine Tasse Tee entgegen und bleibt still an Berenice' Seite. Diese sprüht wie immer vor Elan und Begeisterung, steht im Mittelpunkt aller Gespräche und bricht ohne jede Vorwarnung in klingendes Gelächter aus. Die anderen Frauen sehen neben ihr so unscheinbar wie Pfauenhennen aus. Isabella vermutet, dass sie selbst ebenso langweilig wirkt.

Dann aber fällt ihr wieder ein, wie es geht: wie man Konversation macht und lächelt, während andere zu lange oder zu laut reden. Sie trinkt ihren Tee und isst anmutig einen Scone und staunt, wie sehr sich diese Welt von Matthews Leuchtturm unterscheidet. Dort ist es dunkel und rauh, es riecht nach Holz und Öl und Meer, während dieses Haus hell und sauber poliert ist und nach Wachs und Zitrone und süßem Essen duftet.

Nach einer Stunde räuspert sich Berenice und klopft mit einem Löffel gegen ein Glas, bis alle Blicke auf sie gerichtet sind. Sie ergreift Isabellas Hand und tritt mit ihr vor die Gruppe.

»Nun, ihr alle habt die reizende Mary Harrow kennengelernt. Aber ich habe euch noch nicht verraten, dass sie auch Schmuck herstellt.« Sie hebt ihr Handgelenk. »Mary hat dieses wunderschöne Stück geschaffen und auch die hübsche Brosche, die sie trägt. Sie stellt sie aus kostbaren Edelsteinen und Dingen her, die sie zu Hause am Strand gefunden hat.« Berenice lächelt ihr ermutigend zu. »Heute Morgen hat sie mir erzählt, dass sie nur noch zehn weitere Stücke anfertigen wird. Ich habe versucht, es ihr auszureden, aber ich glaube, sie wird ihre Meinung nicht ändern.«

Anerkennendes Gemurmel und hochgezogene Augenbrauen. Isabella hält den Kopf erhoben und bemüht sich um ein strahlendes Lächeln.

»Ihr solltet also mit Mary sprechen, denn ich bin mir sicher, dass sie zum Frühlingsball im September wiederkommen wird. Wenn ihr also ein seltenes und besonderes Schmuckstück erwerben wollt, könnte sie sich vielleicht überreden lassen, eine Bestellung entgegenzunehmen.«

Nach und nach kommt jede Frau im Raum zu ihr und begeistert sich für die Brosche. Sie muss die letzte unverkaufte Brosche aus ihrem Zimmer holen, worauf Margaret oder Margery – sie kann sie noch immer nicht unterscheiden – sie auf der Stelle kauft. Das löst so viel Besorgnis unter den anderen Frauen aus, dass eine Kleine mit roten Locken anbietet, die Brosche zu nehmen, die Isabella am Kragen trägt. Jetzt hat sie alle drei Teile verkauft und wünscht sich, sie könnte die drei anderen Schmuckstücke von Hardwick zurückholen. Die Gelegenheit ist einmalig günstig.

Dann teilt Berenice die Gruppe, die rundlichen Arme ausgebreitet wie eine Heilige, und verspricht allen, dass Mary Harrow auf jeden Fall zum Frühlingsball kommen und ihren Schmuck zu einem Nachmittagstee mitbringen wird, bei dem jede Frau ein Stück erwerben kann. »Erzählt es überall herum.« Aufgeregtes Gemurmel. Isabella weiß, wenn sie bis dahin zehn Schmuckstücke anfertigen kann, wird sie alle verkaufen. Dann kann sie ihre Reise antreten.

Berenice dreht sich zu ihr und sagt leise: »Und natürlich müssen Sie auch Ihren Freund mitbringen.«

»Nein ... ich ... er ist nicht ...«, stottert Isabella.

Berenice zwinkert ihr zu. »Sie werden schon eine Möglichkeit finden. Nächstes Mal sollten Sie in Begleitung kommen. Sie sind jung. Suchen Sie sich eine neue Liebe.«

Dann entfernt sich Berenice, lacht und plaudert und lässt Isabella mit den Gedanken allein, wie sie in nur sechs Wochen zehn Schmuckstücke herstellen soll, die gut genug sind, um Berenice' Freundinnen und deren Freundinnen zufriedenzustellen.

Matthew erwartet sie im Morgensonnenschein an der Anlegestelle. Sie tritt leichtfüßig und hell wie eine Taube vom Landungssteg, gekleidet in ein duftiges weißes Kleid. Sein Herz macht einen Sprung. *Isabella.* Bei dem Gedanken an sie sprudelt seine Seele vor Glück. Sie sieht ihn und lächelt, kommt herüber und breitet die Arme aus, doch er weicht zurück, weil er das Gerede der Leute fürchtet.

Der unbehagliche Moment ärgert sie. Sofort geht das Temperament mit ihr durch. »Niemand beobachtet uns«, faucht sie. »Vor allem aber kümmert es niemanden auf der ganzen Welt.«

»Ich bin hier bekannt, Isabella.« Er umfasst ihr blasses Handgelenk, um sie zu beruhigen.

Sie seufzt. »Ich möchte dich so gerne im Arm halten.«

»Das wirst du, sobald wir zu Hause sind.«

Er hat Pferd und Wagen gemietet und ist vor Einbruch der Dämmerung aufgestanden, um zwei Stunden hierherzufahren. Sie stürzt sich sofort in die Erzählung, wie sie eine reiche Frau auf dem Dampfer kennengelernt hat, die sie unter ihre Fittiche genommen hat. Wie sie Schmuck verkauft und mehr Geld im Innenfutter ihres Koffers versteckt hat, als er in einem Vierteljahr verdient. Dass sie vorhat, Lady McAuliffe noch einmal zu besuchen. Während sie spricht, scheint er in sich zusammenzufallen. Sie hat andere Freunde gefunden, Menschen aus ihrer eigenen Schicht. Sie hat wieder von dem glitzernden Leben gekostet, der Welt vor dem Leuchtturm.

»Warum siehst du so traurig aus?«, fragt sie, als sie über einen Stein holpern.

»Ich bin nicht traurig.«

»Vor fünf Minuten hast du aufgehört, zu meinem Geplapper zu nicken und zu lächeln.«

»Es tut mir leid, Liebste. Ich denke nur daran, wie schlicht und karg dir der Leuchtturm vorkommen wird, nachdem du in Lady McAuliffes Haus gewesen bist.«

Isabella denkt kurz darüber nach, dann legt sie ihre weiche Hand um seinen Ellbogen und drückt sich eng an ihn. »Schlicht und karg ist nicht unbedingt schlecht, mein Liebster.«

Sein Körper reagiert sofort auf ihre Nähe, ihren sinnlichen Tonfall, vor allem aber auf ihre Worte. *Mein Liebster.* Sonst nennt sie ihn Matthew oder Schatz, aber sie hat ihn noch nie als ihren Liebsten bezeichnet. Sie benutzen das Wort nicht. Sie reden darum herum, obwohl ihre Lippen und ihre Körper sich bei jeder Begegnung ihre Liebe gestehen.

Doch nun hat etwas zwischen ihnen Funken geschlagen. Sie hat eine Mauer niedergerissen, von der er nichts wusste. Die Heimfahrt kann gar nicht schnell genug gehen. Sie klammert sich an ihn, ihre Brüste drücken gegen seinen Oberarm, er spürt ihren warmen

Atem an Hals und Ohr. Sie lässt ihn erst los, als sie Lighthouse Bay erreichen, und sinkt tief in den Sitz, die Haube über Ohren und Augen gezogen. Vor dem Leuchtturm angekommen, lässt er das Pferd im Geschirr, weil der Drang zu stark ist. Er kann ihn keine Sekunde länger zurückhalten. Sie drückt ihn auf die Bettkante und kniet sich so vor ihn, dass er die lange Reihe von Knöpfen an ihrem Rücken öffnen kann. Dann steht sie auf und lässt das Kleid auf den Boden fallen. Sie zieht ihr Mieder aus und steht in Strümpfen da, unter der schmalen Taille wölben sich weiße Hüften und Pobacken. Sie dreht sich um und sinkt in seine Arme, das blonde Haar fällt über ihre weichen Brüste, die noch weiße Linien von der Schwangerschaft tragen. Er fängt sie auf und hört sie die Worte sagen, nach denen er sich gesehnt hat.

»Ich liebe dich, Matthew.«

»Ich liebe dich, mein hübscher Vogel«, sagt er durch ihre Haare. »Ich liebe dich mehr, als ich sagen kann.«

Und zum ersten Mal denkt er: *Vielleicht, vielleicht kann ich sie behalten.*

Isabella kann nicht schlafen. Eine seltsame, traurige Krankheit hat sie ergriffen. Sie döst nur ein bisschen, liegt die ganze Nacht wach, sehnt sich Matthew ins Bett, damit sie an seiner behaarten, muskulösen Brust Trost suchen kann. Wird sie krank, hat sie sich auf dem Dampfer oder in der Stadt irgendetwas eingefangen? Aber nein, sie spürt die Übelkeit eher auf der Haut als im Magen. Sie sehnt sich, weiß aber nicht, wonach. Sie versucht, sich mit vertrauten Phantasien zu beruhigen, doch die helfen nicht. Die Nacht dauert ewig. Schließlich schläft sie ein, als es gerade dämmert.

Ein paar Stunden später scheint die Sonne schon

hell, als sich knarrend die Schlafzimmertür öffnet und Matthew hereinschaut. Sie sieht ihn orientierungslos an.

»Geht es dir gut, Isabella? Du hast so lange geschlafen.«

»Wie spät ist es?«

»Zehn Uhr.«

Da ist es wieder, das Gefühl, dass ihre Haut schwer ist von ungeweinten Tränen. So sollte sie sich eigentlich nicht fühlen. Sie ist jung und hat sich erlaubt, wieder zu lieben. Eigentlich müsste sie Freudenglocken hören, statt eine widerliche, kalte Furcht in Händen und Füßen zu spüren.

»Es geht mir nicht gut. Aber ich weiß nicht …« Dann fällt es ihr ein. Sie weiß es, und der Schmerz ist so scharf und hart, dass sie keuchend Luft holt. Ihre Finger tasten nach dem schwarzen Band an ihrem Handgelenk.

Er setzt sich neben sie aufs Bett und legt den Arm um sie. »Meine Liebste?«

»Ist heute der 2. August?«

»Ja.«

»Heute vor drei Jahren ist mein Baby gestorben.« Ihre Stimme scheint von weit her zu kommen, ein rationaler Klang anstelle eines entsetzten Schluchzens.

»Ich verstehe«, sagt er und nimmt sie in die Arme.

Sie drückt sich an ihn. »Mein Körper hat sich noch vor meinem Verstand erinnert. Ist das nicht seltsam?«

»Ganz und gar nicht.«

»Arthur hätte gesagt, das sei Unsinn.«

»Arthur war ein grausamer Mann, und jetzt ist er tot. Mir kannst du immer sagen, was du fühlst.«

»Dann will ich dir sagen, dass ich mich niedergeschlagen und von mir selbst entfernt fühle. Dass ich an jenem Tag ebenso gut hätte sterben können und schon seit drei Jahren glücklich in meinem Grab liegen könnte.«

»Und ich wäre dir nie begegnet.«

»Vielleicht wäre das besser für dich gewesen.«

Er fragt nicht nach, lässt ihre Bemerkung einfach im Raum stehen und drückt sie an sich, und sie lässt die Tränen fließen. Er weicht nicht zurück, wird nicht ungeduldig oder ihrer Tränen überdrüssig. Doch sie fühlt sich heute nicht wohl in ihrer Haut und schiebt ihn irgendwann sanft weg. »Heute kann mich nichts trösten.«

»Das habe ich auch nicht erwartet.«

»Ich gehe am Strand spazieren, um einen klaren Kopf zu bekommen.«

»Möchtest du Gesellschaft?« Er klingt hoffnungsvoll, und ihr Herz zieht sich zusammen.

»Nein, ich muss allein sein.«

Sie zieht sich an und nimmt einen Apfel aus der Küche mit, bevor sie durch den Wald an den Strand hinuntergeht. Der Apfel ist hart und süß und füllt das nagende Loch in ihrem Magen, doch nicht das Loch in ihrer Seele. Drei Jahre, und es ist immer noch da.

Isabella begreift, dass sie hofft, Xavier hier zu sehen, dass er früher aus Sydney zurückgekommen ist. Vielleicht könnte sein warmer Blick die schleichende Traurigkeit vertreiben, die sie heute niederdrückt. Doch sie schaut über den verlassenen Sand, und er ist nicht da. Der Wind vom Meer ist kalt, und die Wellen sind flach wie silbergraue Seide. Eine Möwe gleitet über ihr auf einer Luftströmung dahin, die Schwingen ausgebreitet und gewölbt. Ein grauer Tag, so ganz anders als der, an dem Daniel starb. Es war im Sommer, ein langer Tag mit warmer Sonne und einem wolkenlosen blauen

Himmel und Bienen, die über das Gras flogen, als spürten sie seinen Verlust nicht. Was auch stimmte. Niemand spürte ihn. Niemand außer ihr, und das machte sie zur einsamsten Frau der Welt.

Sie dreht sich um und blickt zurück zum Wald. Dahinter steht das Haus der Fullbrights. Katarina ist noch in Sydney, Ernest vermutlich auf Geschäftsreise, die Köchin mit der Wäsche beschäftigt. Wenn sie sich durch die Hintertür ins Kinderzimmer schleicht, findet sie vielleicht etwas von ihm, das sie mitnehmen kann. Ein kleines Spielzeug, das sie heute an sich drücken kann, um sich ein wenig zu trösten. Sie geht über den unebenen Waldboden und schlägt jenseits der Anhöhe den Weg in die Stadt ein. Bewegt sich vorsichtig. Manche Leute hier halten sie für eine Diebin. Die Köchin wird sie nicht gerade herzlich begrüßen, falls sie sie entdeckt, doch sie wird einfach sagen: »Wie könnt ihr mir eine kleine Erinnerung an Daniel verwehren?«

Xavier. Sie meint Xavier, nicht Daniel. Xavier ist der lebende Junge. Daniel ist ihr Sohn, der keinen dritten Geburtstag feiern wird. Isabella bleibt abrupt stehen, ihr Herz hämmert. Die kurze Verwechslung der Namen hat sie beunruhigt, hat ihrem Herzen einen grellen, scharfen Schock versetzt. Es ist, als erwachte sie aus einem Traum, in dem sich ein anderer Traum verbirgt. Sie hat sich für rational gehalten, doch nun denkt sie vielleicht zum ersten Mal seit Monaten wirklich klar. Xavier ist nicht Daniel. Aber das hat sie gewusst. Oder nicht?

Sie schaut sich um, als sähe sie die Landschaft zum ersten Mal. Sie wird nicht zum Haus der Fullbrights gehen und sich heimlich ins Kinderzimmer schleichen. So etwas tun nur Verrückte. Aber ist es auch verrückt, davon zu träumen, den Jungen mit nach Amerika zu nehmen? Ihre Phantasien sind so weit gediehen, dass sie nicht weiß, ob es noch ein Zurück gibt.

Isabella macht kehrt und geht wieder zum Leuchtturm. Ihr bleibt ein Monat Zeit, um sich zu entscheiden. Sie liebt Xavier, und diese Liebe ist wirklich, und sie *muss* etwas tun. Sie kann einen kleinen Jungen, den sie liebt, nicht in einem Haus voller Grausamkeit und Zorn und erstickender Gleichgültigkeit lassen. Gewiss wird die Liebe einen Weg finden.

Dreiundzwanzig

Isabella entdeckt die Romantik harter Arbeit. Sie empfindet eine köstliche Freude, wenn sie schon vor Anbruch der Dämmerung fleißig ist. Das Licht der Lampe malt einen Teich auf ihre Hände und die Dielenbretter, auf denen sie ihr Material ausbreitet und mit geschickten Fingern zusammensetzt. Sie fügt es zusammen und nimmt es wieder auseinander und fügt es erneut zusammen, während Matthew einen weiten Bogen um sie macht, wenn er im Leuchtturm hinauf- und hinuntersteigt. Sie wird süchtig nach Arbeit. Sie vergisst dabei die unklugen Versprechen, die sie sich selbst gegeben hat; sie vergisst, dass sie Matthew liebt und ihn in einem Monat verlassen muss. Es gibt nur die filigrane, detaillierte Arbeit, die frühmorgendliche Stille und das beruhigende Licht der Lampe.

Wochen vergehen. Ihre Finger werden geschickter darin, die silbernen Drähte, die die Edelsteine halten, zu wickeln, die gleichmäßigen Kreise, aus denen sie Ketten und Schließen formt. Sie treibt sich an, will alles rechtzeitig für den Ball fertig haben. An manchen Tagen, wenn ihre Finger schmerzen und ihr Kopf vor lauter Konzentration dröhnt, fragt sie sich entsetzt, ob Lady McAuliffe sie vergessen hat. Sie hat noch immer nichts von ihr gehört. Eines Morgens bei der Arbeit bringt Matthew ihr ein Telegramm, und ihr Herz macht einen Sprung, denn sie weiß, dass Berenice ihr nun endlich das Datum und den Ort für den Ball nennen wird. Aber es ist nicht von Berenice, sondern von Max Hardwick, dem Juwelier.

Habe alle Stücke verkauft. Bitte kommen Sie bald nach Brisbane, um 120 £ abzuholen.

Matthew, der das Telegramm übertragen und den Betrag gelesen hat, schaut sie ernst an.

»Du hast jetzt genug. Mehr als genug. Wirst du bald aufbrechen?«

Isabella sieht, dass er sich ein Ja und ein Nein zugleich wünscht.

»Ich habe so viel Arbeit hineingesteckt«, sagt sie und deutet auf das Durcheinander aus Edelsteinen und Silberdraht. »Ich werde es zu Ende bringen.«

»Du könntest die Sachen mit nach Amerika nehmen.«

»Berenice verlässt sich auf mich.«

Matthew nickt, verbirgt sein Lächeln und lässt sie allein. Sie liest das Telegramm noch einmal und träumt ein bisschen. Sie könnte mit dem Geld weitere Edelsteine kaufen. Muscheln sammeln, vielleicht einmal mit Gold statt mit Silber arbeiten. Sie würde gerne einen Anhänger machen: Für die Kette würde sie Tage brauchen, aber er würde wunderschön aussehen. Sie malt sich aus, welche Dinge sie erschaffen, welche Preise sie dafür verlangen könnte. Ihr Name – oder besser gesagt, Mary Harrows Name – würde weltbekannt. Sie könnte ihr Leben damit verbringen, Schmuck herzustellen, und andere Frauen beschäftigen. Sie könnte sich ein Haus wie Lady McAuliffe leisten, wunderschöne Kleider, Einladungen zum Tee. Isabella lässt sich eine Weile vom Fluss der Phantasie tragen. Sie ist es gewohnt, in ihrer Vorstellung zu leben, auch wenn diese sie manchmal zu Tode ängstigt.

Dann fügt sie der Phantasie ein neues Element hinzu: Matthew. Matthew ist ihr Ehemann, und sie kuscheln sich jeden Abend aneinander und schlafen so die ganze Nacht. Er geht nicht zur Arbeit, während sie schläft. Sein Körper bleibt an ihrer Seite.

Isabella merkt, wie sie lächelt. Dann sagt sie sich, dass diese Ideen zu viel Energie beanspruchen, und macht sich wieder an die Arbeit.

Matthew hat einen kalten Tag draußen auf der windgepeitschten Plattform verbracht, weil er ein Fenster abdichten musste, durch das Wind und Regen eindrangen. Um drei Uhr verspürt er das Bedürfnis, einen Brandy zu trinken. Nur ein Glas, aber er hat keinen im Leuchtturm. Er hat ein schlechtes Gewissen dabei, Isabella allein zu lassen und im Exchange etwas zu trinken, doch sie scheint nicht eifersüchtig zu sein, wenn er ein bisschen Zeit ohne sie verbringt. Sie steht gerade in der Küche und rührt in einem Tropf Graupensuppe mit Schweinefleisch.

»Bist du zum Essen wieder da?«

»Natürlich. Zur Dämmerung bin ich wieder da, um das Licht anzuzünden.«

»Gut, ich möchte mir die ganze Mühe nicht umsonst machen.«

Er lächelt und berührt ihr Haar. Sie findet Kochen anstrengend und zeitraubend, kann aber jeden Tag Stunden mit ihrer Schmuckherstellung verbringen. »Es ist nicht umsonst, Liebste. Ich bin mir sicher, das wird die beste Suppe, die ich je gegessen habe.« Es ist eine Lüge. Ihre Mahlzeiten schmecken allesamt fade.

Sie küsst ihn auf die Wange, und er geht den Hügel hinunter, wobei ihm der Wind in den Ohren pfeift. Er spürt noch ihre warmen Lippen auf der Haut. Im Kamin des Exchange, der an dreihundertfünfzig Tagen im

Jahr kalt und unbenutzt ist, prasselt ein munteres Feuer. An der Theke grüßt man ihn, und wenn er an seinem Platz sitzt, fragen ihn die Leute im Vorbeigehen nach Schiffen und dem Wetter, während sie doch eigentlich nur wissen wollen, ob pikante Telegramme angekommen sind.

Er erzählt nie von seinen Telegrammen. Natürlich kennt er die Angelegenheiten der ganzen Stadt. Aber er ist nicht in der Stimmung, sie mit jemandem zu teilen. Manchmal denkt er, er sei der geborene Telegrafenbeamte: Er hat nie Vergnügen an den Geheimnissen anderer Leute gefunden. Falls überhaupt, ist es ihm ein bisschen peinlich, als Erster zu erfahren, wer Großmutter geworden ist oder ein Vermögen verloren hat oder ungeliebte Verwandte zu Besuch erwartet. Er hat längst gelernt, diese Dinge rasch wieder zu vergessen.

Matthew setzt sich an einen Tisch am Fenster, wo ein anderer Gast eine Zeitung liegengelassen hat. Er blättert müßig im *Nambour Chronicle* und bemerkt, dass die Zeitung schon eine Woche alt ist.

Dann entdeckt er es. Zwischen den Kleinanzeigen, den Lokalnachrichten und dem Klatsch liest er die Überschrift: »Familie des Ehemannes sucht vermisste Frau.« Seine Ohren klingeln leise, während er weiterliest: *»Mrs. Georgiana Winterbourne, die Mutter des verstorbenen Juweliers Arthur Winterbourne aus Maystowe in Somerset, erbittet Nachricht über ihre Schwiegertochter Mrs. Isabella Winterbourne, die vermutlich im Küstengebiet zwischen Townsville und Brisbane lebt. Sie ist einen Meter siebzig groß, von schlanker Gestalt, mit blondem Haar und blauen Augen. Sie ist dreiundzwanzig Jahre alt und lebt vermutlich unter falschem Namen. Für Hinweise, die zu ihrer Entdeckung führen, wird eine Belohnung ausgesetzt.«* Dann folgt die Adresse von Percy Winterbourne in Maryborough, einer großen, weiter nördlich gelegenen Stadt im Landesinneren.

Sie suchen nach ihr. Gewiss haben sie kein Bild, nicht einmal eine nähere Beschreibung – wohl weil sie sich, wie Isabella so oft betont hat, nie sehr für sie interessiert haben –, aber sie suchen dennoch nach ihr. Er lässt seinen halb getrunkenen Brandy stehen, geht an die Theke und fragt Eunice Hand bemüht ruhig, ob sie den *Chronicle* von dieser Woche habe. Sie lächelt und wühlt unter der Theke danach.

»Danke schön«, sagt er und kehrt an seinen Tisch zurück, wo er die Zeitung rasch durchblättert. Sein Herz entspannt sich, als er nichts findet. Also war es nur eine einzige Anzeige. Eine bloße Erinnerung, ein Fidibus für den Kamin.

Dann entdeckt er sie doch. Percy Winterbourne schaltet sie jede Woche. Seit wie vielen Wochen schon? In wie vielen Zeitungen? In allen zwischen Townsville und Brisbane? Isabella hat gesagt, die Familie sei reich und rücksichtslos.

Er steht auf, kippt den Brandy in einem Zug hinunter und klemmt sich die Zeitung unter den Arm. Er winkt Eunice und allen anderen zum Abschied und eilt in der Kälte den Hügel zum Leuchtturm hinauf.

Isabella ist nicht mehr in der Küche. Er läuft die Treppe hinauf und findet sie auf dem Boden, wo sie ihr Material durchsieht. Sie blickt auf. »Ich glaube, ich habe eine Schließe verloren.«

Er reicht ihr die Zeitung, die so gefaltet ist, dass sie die Anzeige lesen kann. Sie ist nur zwei Zoll hoch, eine schmale Spalte breit. Doch sie entdeckt sie sofort, und ihre Pupillen werden klein wie Stecknadelköpfe.

»In einem Monat bin ich weg.«

»Du solltest heute gehen. Sofort.« Bei dem Gedanken regt sich heftiger Widerstand in seinem Herzen.

»Er wird mich nicht finden. Noch nicht. Die Beschreibung könnte auf jede Frau passen. Überleg doch mal, wie viele blonde Frauen es an diesem Teil der Küste geben muss. Es sind viele Meilen. Das weiß er genau. Er ist verzweifelt und befürchtet, mich nie zu finden. Angesichts der ganzen Häfen an der Küste weiß er, dass ich überall auf der Welt sein kann.«

»Und wenn Katherine Fullbright es liest? Oder Abel Barrett? Er ist dir gegenüber sicher misstrauisch.«

»Abel Barrett wird nichts sagen«, erklärt sie mit zuversichtlicher Stimme. »Katarina kann nicht gut lesen, und die Anzeigen wird sie gar nicht beachten.«

»Wenn er nun beim nächsten Mal ein Bild veröffentlicht?«

»Das einzige Foto, das es von mir gibt, ist mein Hochzeitsfoto, das in England auf dem Kaminsims unseres Hauses steht. Er wird kaum danach schicken und Monate auf seine Ankunft warten.« Sie klingt nicht mehr ganz so zuversichtlich und will seine Ängste vertreiben, um sich selbst zu überzeugen.

»Du könntest am Ende der Woche schon weg sein«, sagt er. »Du könntest unterwegs zu deiner Schwester sein, nach Amerika.«

»Ich habe mich verpflichtet, Berenice' Freundinnen diese Schmuckstücke zu liefern. Außerdem muss ich noch einmal nach Brisbane reisen, um mein Geld abzuholen.« Sie schaut ihm nicht in die Augen, und er spürt zum wiederholten Mal einen leisen Argwohn.

»Matthew, mein Liebster, selbst wenn Abel Barrett oder irgendjemand anders aus der Stadt Percy ein Telegramm schickt: Was sollte darin stehen? Dass ich hier war, aber etwas gestohlen habe und gezwungen war, die Stadt zu verlassen? Niemand weiß, dass ich noch hier wohne. Ich bin unsichtbar.«

Er lässt sich fürs Erste überzeugen. »Wir werden vorsichtig sein. Und du brichst auf, sobald du dein Geld hast.«

Sie schüttelt den Kopf. »Nach dem Ball. Ich habe so viel Arbeit hineingesteckt. In weniger als einem Monat reise ich ab. Du brauchst dir keine Sorgen zu machen. Wir werden vorsichtig sein, wie du sagst. *Ich* werde vorsichtig sein.« Sie betrachtet noch einmal die Anzeige, und er bemerkt einen Funken Angst in ihren Augen, bei dem sofort sein Beschützerinstinkt erwacht. Ja, selbst wenn Percy Winterbourne an der Tür des Leuchtturms auftauchte und fragte, ob Matthew sie gesehen habe, würde er alles in seiner Macht Stehende tun, um sie zu retten: lügen, kämpfen, ihn auf eine falsche Spur ans andere Ende des Landes schicken.

Tief in seinem Inneren weiß er, dass er nachgegeben hat, weil er diese letzten Wochen mit ihr verbringen will. Es passt nicht zu ihm, die praktischste Lösung zu ignorieren, aber er ist verliebt, das kann man ihm nicht vorwerfen. Er hofft, dass er es nicht bereuen wird.

***

Isabella fragt sich, wann Xavier zurückkommt. Sie wagt es nicht, jemanden in der Stadt zu fragen oder auch nur unter dem Mangobaum vor dem Exchange auf Abel Barrett zu warten. Er hat von zwei oder drei Monaten gesprochen, und das ist zwei Monate her, also kann es nicht mehr lange dauern. Sie steht oft auf der oberen Plattform des Leuchtturms und hält am Strand Ausschau nach Xavier und der Köchin. *Nur kein neues Kindermädchen.* Aber er ist nie da. Es ist ohnehin egal. Sie sagt sich, dass sie verpflichtet ist, den Schmuck zu verkaufen, sobald sie wieder in Brisbane ist. In Wahrheit aber will sie gar nicht weggehen, bevor Xavier zurück ist und sie entscheiden kann, was sie tun wird. Besser gesagt, wie sie es tun wird.

An einem strahlend hellen Morgen sitzt sie auf der Plattform, die Knie unters Kinn gezogen, die Füße nackt im Sonnenschein, als Matthew zu ihr tritt.

»Du hast ein Päckchen bekommen.« Er runzelt die Stirn.

»Was ist los?«

»Es ist an Mary Harrow im Leuchtturm adressiert. Du hättest niemandem deine Adresse geben dürfen, Isabella.«

Sie nimmt das Päckchen und dreht es um. Es ist von Berenice McAuliffe. »Sie wird mich nicht verraten«, sagt sie unsicher. Was hat Berenice ihr geschickt? Von der Größe her muss es mehr als eine Einladung sein, die sie auch ohne weiteres als Telegramm hätte senden können. Es ist in braunem Papier verpackt und mit einer Kordel verschnürt. Sie steht auf und geht an ihm vorbei, steigt die Treppe hinunter in den Wohnraum, wo sie am Nachmittag weiterarbeiten wird. Sie setzt sich auf den Boden in ihre übliche Position und löst die Kordel. Sie schlägt das Papier auseinander und entdeckt ein Kleid in einem dunklen Rosaton. Als sie es entfaltet, fällt eine Karte heraus.

Meine liebe Mary,

Sie sind natürlich zu meinem jährlichen Frühlingsball eingeladen, der am 15. September um sieben Uhr abends im Ballsaal des Bellevue Hotels in der George Street beginnt. Ich bestehe darauf, dass Sie Ihren Freund mitbringen. Ich habe ein Kleid beigefügt (eins von meinen, das Adelaide für Sie abgeändert hat), das Sie gerne tragen können, falls Sie nichts anderes besitzen.

Mary, ich habe für Sie und Ihren Freund eine Suite mit zwei Zimmern im Bellevue Hotel angemietet, dem besten Hotel in Brisbane. Wenn Sie so freundlich wären, mein Gast zu sein, werde ich dafür sorgen, dass man Ihnen um vier Uhr nachmittags am Tag vor dem Ball den Tee in Ihrem privaten Speisezimmer serviert. Bei dieser Gelegenheit werden mehr als ein Dutzend meiner Freundinnen nur zu gern Ihren Schmuck in Augenschein nehmen.

Mit den herzlichsten Grüßen,

Berenice

»Du fährst also wieder dorthin?«, fragt Matthew in leichtem Ton, obwohl Isabella weiß, dass er sich bei dem Gedanken alles andere als leicht fühlt.

»*Wir* fahren dorthin.« Sie zeigt ihm die Einladung.

Matthew schüttelt sofort den Kopf. »Nein, nein. Ich kann den Leuchtturm nicht verlassen.«

»Unsinn. Selbst Leuchtturmwärter haben mal Urlaub, oder? Kann nicht jemand anderes für ein paar Nächte das Licht bewachen?«

»Nein. Doch, schon. Wenn ich es bei der Regierung beantrage, schicken sie einen Vertreter, aber uns bleiben nur zwei Wochen und ... es ist zu gefährlich, Isabella. Ich eigne mich nicht für solche Gesellschaft. Wir als Paar eignen uns schon gar nicht.«

»In Brisbane kennt dich niemand«, sagt sie und versucht, nicht hitzig zu klingen.

»Aber wir sind nicht verheiratet. Wir sollten nicht zusammen reisen, als ob ...«

»Berenice hat mehrere Zimmer gemietet. Wir werden auf dem Dampfer getrennte Kojen haben. Menschen werben umeinander. Darauf folgt eine Verlobungszeit, und währenddessen dürfen sie einander treffen. Vergiss nicht, wir leben im 20. Jahrhundert. Frauen werden bald das Wahlrecht bekommen, und dann wagt es niemand mehr, eine Frau zu verurteilen, nur weil sie mit irgendjemandem zusammen reist. Außerdem«, sie senkt die Stimme, »leben wir hier ohnehin unverheiratet zusammen. Das weißt du doch. Weshalb befürchtest du, dass man dir genau das vorwerfen könnte?«

Sie ist zu weit gegangen, und Matthew errötet bis in die Haarwurzeln vor Scham und Zorn. Er wendet sich ab, knurrt etwas und steigt die Treppe hinunter. Dann schlägt er die Tür des Telegrafenraums zu. Ihr Herz hämmert, und sie holt tief Luft und versucht, sich zu beruhigen. Es ist nicht schlimm, wenn Matthew nicht mit ihr reisen will. Sie wird es überleben. Sie wird nach vorn blicken.

Doch irgendetwas in ihr sehnt sich so sehr nach seiner Gesellschaft, mit ihm zu tanzen, als wären sie ineinander verliebt und ein richtiges Paar. Sie möchte mit ihm vor Berenice angeben, der seine ruhige, praktische Art und vor allem seine attraktive Männlichkeit gefallen würden.

Nein, das ist eine alberne Phantasie. Er wird nicht mitkommen. Sie steht auf und schüttelt das Kleid auseinander, hält es vor sich und bewundert die Seide und die teure Spitze. Doch die Vorstellung, es auf dem Ball zu tragen, ist schal geworden. Sie möchte für Matthew schön aussehen, nicht für irgendwelche Fremden.

Sie zieht ihr Kleid aus, steigt in das Ballkleid und schnürt es fest zu. Dann löst sie die Haare, bis sie auf die Schultern fallen, dreht sich einmal um sich selbst und versucht, in der Vitrine ihr Spiegelbild zu sehen. Sie erhascht einen Blick auf ihre Taille, den Kontrast zwischen weißer Haut und der auffallenden Farbe des Stoffes. Dann geht sie nach unten zu Matthew.

Die Tür zum Telegrafenraum steht offen, aber er ist nicht da. Neugierig begibt sie sich ins Schlafzimmer. Er steht mit dem Rücken zu ihr vor der Kiste mit den alten Kleidern.

»Matthew?«

Er dreht sich zu ihr um und lächelt. »Du bist wunderschön.«

Sie bemerkt, dass er ein Jackett in Händen hält. »Was ist das?«

»Das Jackett, in dem ich geheiratet habe.«

Ihre Haut fühlt sich kühl und heiß zugleich an. »Du bist verheiratet?«

»Ich *war* verheiratet. Vor vielen Jahren. Meine Frau starb, als sie erst zwanzig war. Sie hieß …«

Isabella legt ihm rasch die Finger auf die Lippen. »Nein. Irgendwann sollst du mir von ihr erzählen, aber nicht heute. Sage mir nicht ihren Namen, ich könnte es dir sonst übelnehmen.« Sie hat natürlich geahnt, dass er schon einmal geliebt hat. Ein Mann wird nicht so alt wie er, ohne zu lieben. Dennoch ist sie überrascht, wie sehr die Eifersucht schmerzt.

Er presst die Lippen aufeinander, unglücklich, aber gehorsam.

Sie berührt den Ärmel seines Jacketts. »Passt es noch?«

»Ich denke schon. Ich habe keinen großen Appetit, daher hat sich mein Körper kaum verändert. Wenn es dir gefällt, kann ich es beim Ball tragen.«

Isabella lächelt. »Ja. Es würde mir sehr gefallen.«

Er schaut traurig auf das Jackett. »Es wäre Verschwendung, es nur einmal zu tragen.« Dann schaut er sie wieder an. »Ich habe schon das Telegrafenamt verständigt. Wir werden gemeinsam zu Lady McAuliffes Frühlingsball nach Brisbane fahren. Du kannst nicht ohne meinen Schutz reisen. Nur für den Fall …« Er verstummt und fasst sich wieder. »Isabella, ich weiß nicht, wie lange ich dich noch bei mir habe, und ich möchte eine Erinnerung, an der ich mich festhalten kann.«

Sie fällt ihm in die Arme, drückt ihr Gesicht an seine Schulter und atmet den vertrauten Geruch ein. »Ich bin so froh, mein Liebster.«

Sie halten einander fest, erfüllt von der schrecklichen Gewissheit, dass ihre Zeit fast abgelaufen ist.

Vierundzwanzig

Die klappernde, von Pferden gezogene Straßenbahn setzt Isabella und Matthew vor dem Bellevue Hotel in der George Street ab. Es steht am Rand eines weitläufigen Parks, genau gegenüber vom Parlament, und ist aus Ziegeln erbaut, mit breiten Veranden und schmiedeeisernen Verzierungen. Sie hält Matthews Hand fest umklammert, denn sie merkt, dass er überwältigt ist, es aber nicht zugeben will. Sie drückt seine Finger, doch er erwidert den Druck nicht; er fühlt sich noch immer nicht wohl dabei, seine Zuneigung so offen zu zeigen. Mehr noch, er hat keinen Spaß daran, sich in einer geschäftigen Stadt zu bewegen, in der Isabella von so vielen Augen gesehen werden kann. Der Geist von Percy Winterbourne ist allgegenwärtig. Gewiss denkt auch sie an ihn, will sich aber nicht einschüchtern lassen.

Sie muss den Schmuck verkaufen, wenn sie von hier wegwill.

Die Eingangshalle ist groß und belebt, an den Wänden reihen sich Podeste mit steinernen Urnen. Isabella kann in den baumbestandenen Innenhof blicken. Links von der Rezeption führt eine große Doppeltür in den Speisesaal, und sie fragt sich, ob dort Lady McAuliffes Frühlingsball stattfinden wird. Das weißgekleidete Personal eilt geschäftig um die Tische mit den gestärkten weißen Tischtüchern. Isabella und Matthew tragen sich an der Rezeption ein und lassen ihr Gepäck zum Aufzug bringen. Dann steigen sie die breite Treppe zu ihrer Suite hinauf.

Matthew entspannt sich sichtlich, als sich die Tür hinter ihnen geschlossen hat und sie allein sind. Er nimmt den Hut ab und hält ihn mit gekreuzten Armen vor der Brust. »Und deine Freundin Lady McAuliffe hat für all das hier bezahlt?«

»Sie ist sehr großzügig. Und auch sehr reich.« Isabella streift die Handschuhe ab und legt sie auf den Esstisch. Die Möbel sind aus dunkel gemasertem Zedernholz. Die Tür zur Veranda wird von zwei Polstersesseln ohne Armlehnen flankiert. An einer Wand mit Flocktapete steht eine Chaiselongue. Isabella öffnet eine Tür und entdeckt ein Himmelbett und einen Toilettentisch aus Zedernholz mit Klappspiegeln. Sie tritt in das Zimmer und öffnet die schweren Vorhänge, die den Blick über die Baumkronen freigeben. Sie kennt diese Art von Luxus, er ist ihr zur zweiten Natur geworden.

Matthew steht an der Tür. »Wir haben jeweils ein eigenes Zimmer. Ich habe meins gerade entdeckt.«

Sie umschlingt seine Taille. »Nichts wird mich daran hindern, die ganze Nacht bei dir zu schlafen, mein Liebster.«

Er lächelt schüchtern und sagt leise: »Ich bin so viele Menschen nicht gewohnt. Vielleicht sind Gäste im Nebenzimmer.«

»Die kennen uns nicht und werden sich auch nicht für das interessieren, was wir tun«, sagt sie beruhigend. »Komm mit.«

Sie führt ihn auf die Veranda, wo zwei Schaukelstühle aus Rohr mit Blick auf den breiten, trägen Fluss aufgestellt sind. Matthew fährt mit den Fingern über die schmiedeeisernen Verzierungen, während Isabella sich hinsetzt und schaukelt. »Ist das nicht herrlich?«, haucht sie.

»Zu herrlich für mich.«

Als es an die Tür klopft, zuckt er zusammen. Isabella lacht und berührt flüchtig seine Hand. »Du machst dir zu große Sorgen, Liebster. Das ist gewiss Berenice.« Sie geht hinein und öffnet die schwere Holztür. In der Tat steht Berenice in einem seidenen Teekleid davor. Sie umarmt Isabella herzlich, lässt sie dann los und tritt beiseite, um Matthew zu betrachten, der sich schüchtern im Hintergrund hält. Er ist nicht an Gesellschaft gewöhnt und schon gar nicht an den üppigen Komfort, der ihn hier umgibt. Er wirkt fehl am Platz. Zum ersten Mal bemerkt Isabella, dass sein Bart geschnitten werden muss. Sie spürt einen so scharfen, tiefen Schmerz, dass er ihr fast den Atem raubt.

»Berenice, ich möchte Ihnen gerne meinen Freund Mr. Matthew Seaward vorstellen.«

Falls Berenice sein Unbehagen bemerkt, ignoriert sie es und schüttelt ihm stattdessen herzlich die Hand. »Es ist mir eine Freude, Mr. Seaward.«

»Und es ist mir eine Freude, Sie kennenzulernen, Lady McAuliffe.«

Sie winkt den Titel mit ihrem Gehstock beiseite. »Ach was. Berenice reicht völlig. Und was ist Ihr Beruf, Mr. Seaward?«

»Ich bin Leuchtturmwärter und Telegrafenbeamter in Lighthouse Bay. Ich wohne seit sechs Jahren dort und diene dem Marineamt seit zwanzig Jahren.«

Sie neigt den Kopf. »Das nenne ich bewundernswerte Hingabe. Nun, ich bin mir sicher, dass Sie nicht hierbleiben und eine Stunde lang plappernde Frauen ertragen wollen, die sich Schmuckstücke anschauen. Darf ich Ihnen empfehlen, sich nach unten ins Lesezimmer zu begeben? Es ist ein sehr hübscher Raum mit Schreibtischen, und Sie können dort in aller Ruhe Zeitungen oder Journale studieren.«

Matthew lächelt, und Isabella wüsste gern, worüber er sich amüsiert. Vermutlich ist er selten in weiblicher Gesellschaft, und Berenice ist ein Original. Vielleicht jagt sie ihm auf angenehme Weise Angst ein. »Vielen Dank, Lady McAuliffe«, sagt er, fest entschlossen, den Klassenunterschied zu betonen. »Genau das werde ich tun.«

Als Matthew gegangen ist, drängt Berenice Isabella, ihr die neuen Schmuckstücke zu zeigen. Sie hat ihren kleinen Koffer während der ganzen Fahrt nicht aus den Augen gelassen. Jetzt legt sie ihn auf den Tisch und öffnet die Schließe. Berenice stößt einen Entzückensschrei aus. Sechs Broschen und drei Armbänder liegen darin. »Sie sind wunderschön, meine Liebe. Sie werden alle verkaufen. Ich habe meinen Freundinnen gesagt, sie sollen Geld mitbringen, damit sie nicht mit leeren Händen nach Hause gehen. Der Tee wird in zwanzig Minuten serviert. Sie können sich vorher frisch machen, und ich werde diese herrlichen Spielzeuge so ansprechend wie möglich herrichten.«

Isabella schlüpft mit klopfendem Herzen in ihr Schlafzimmer. Am Ende dieses Tages wird sie keinen einzigen Winterbourne-Edelstein mehr besitzen. Das kräftige Seil, das ihre Leben miteinander verbunden hat, zerfasert. Bald ist sie frei.

Sie gießt Wasser in die Schüssel auf dem Toilettentisch und spritzt es sich ins Gesicht. Es ist lange her, dass sie sich selbst im Spiegel gesehen hat, und sie ist überrascht, wie gut sie aussieht, wie rosig ihre Wangen und wie strahlend ihre Augen sind. Sie kann sich nicht daran erinnern, nach Daniels Tod jemals so gut ausgesehen zu haben. Sie war ein Schatten geworden, doch nun wächst sie wieder in alle drei Dimensionen hinein. Leise Panik: Heißt das, dass sie ihre Trauer überwunden hat? Bitte nicht. Nicht wenn es bedeutet, dass sie Daniel nicht mehr liebt.

Als es an die Tür klopft, erinnert sie sich an den Tee. Sie zupft rasch Haare und Bluse zurecht, glättet den Rock und kehrt ins Speisezimmer zurück.

Zwei junge Angestellte haben den Tee auf dem Esstisch serviert. Berenice hat einen Kartentisch auseinandergeklappt und die Broschen und Armbänder kunstvoll darauf arrangiert. Sie lächelt Isabella zu. »Sie sehen wunderschön aus, Mary.«

»Danke. Vielen Dank für Ihre Hilfe. Ich weiß nicht, wie ich Ihnen das je zurückgeben kann.«

Berenice nickt. »Vielleicht sind Sie eines Tages in der Position, jemand anderem zu helfen. Dann können Sie es auf diese Weise gutmachen.«

Isabella denkt an Xavier und seine lieblose Familie. Er braucht Hilfe.

Schon eilen die Serviererinnen zur Tür und lassen eine Prozession von Damen in duftigen Kleidern herein, die Berenice allesamt kennen und lieben – oder kennen und fürchten. Sie begrüßen Isabella überschwenglich und berichten, dass sie ihre Schmuckstücke kennen und einfach »eins haben müssen«, setzen ihre Worte aber nicht gleich in die Tat um. Sie essen und klatschen und trinken Tee, manche schlendern auf die Veranda hinaus, und Isabella befürchtet schon, sie könnten ihren Schmuck vergessen haben.

Dann endlich bemerkt sie zwei Frauen am Kartentisch, die sanft miteinander streiten, weil sie beide eine Rubinbrosche zuerst entdeckt haben wollen. Die höfliche Auseinandersetzung erregt allgemeine Aufmerksamkeit, und bald hat sich eine Menge um den Kartentisch versammelt. Berenice schiebt Isabella sanft hinüber.

»Wie viel kostet dieses Armband?«, erkundigt sich eine Matrone.

Isabella überlegt sich einen Betrag und verdoppelt ihn, wie Berenice es ihr geraten hat. »Siebzig Pfund.«

»Ich nehme es.«

Und so geht es weiter, bis alle Stücke verkauft sind und sie genügend Geld hat, um zwei- oder dreimal mit Xavier nach New York zu reisen. Ihr Herz flattert, doch ihr Gesicht ist warm vor Aufregung, nicht vor Sorge.

Als die letzten Gäste gegangen sind und die Mädchen den Tisch abräumen, taucht Matthew in der Tür auf. Er wirkt verlegen. »Soll ich später wiederkommen?«

Berenice ergreift seine Hand und zieht ihn herein. »Auf keinen Fall. Möchten Sie Kuchen? Wir haben eine Menge übrig. Alle waren mehr an Marys Schmuck interessiert.« Berenice stößt sie sanft an. »Sie müssen wirklich mehr machen. Sie könnten eine reiche Frau werden.«

Isabella spürt Matthews Blick. »Ich verspüre nicht den Wunsch, eine reiche Frau zu werden. Ich habe nur wenige, einfache Ziele. Ich danke Ihnen, dass Sie mir helfen, sie zu erreichen.«

Berenice kneift die Augen zusammen, lächelt aber weiter. »Sie sind geheimnisvoll, Mary Harrow. Ich weiß nie genau, ob ich Sie ernst nehmen soll. Trotzdem, Sie sind ein reizendes Mädchen und hübsch dazu. Ich freue mich darauf, Sie morgen Abend auf dem Ball zu sehen. Um sieben ertönt der Gong zum Abendessen.« Sie nickt Matthew zu. »Wir unterhalten uns noch.«

»Natürlich, Mylady.«

Berenice verdreht gutmütig die Augen. »Nun, ja. Wenn Sie mich unbedingt so nennen wollen.« Mit diesen Worten ist sie verschwunden.

Isabella und Matthew warten auf der Veranda, bis die Mädchen alles abgeräumt und sie die Suite wieder für sich allein haben.

»Hat es dir im Lesezimmer gefallen?« Sie schauen zu, wie der Himmel über dem Fluss dämmert.

»Ja. Und das Hotel hat auch einen elektrischen Telegrafen am Empfang.«

»Ich glaube, hier steigen viele Parlamentsabgeordnete ab.«

»Ich frage mich, wer sonst noch hier absteigt. Hoffentlich lauert Percy Winterbourne nicht irgendwo auf dich.«

»Ach was, Matthew. Du siehst Gespenster.«

»Trotzdem. Hier leben viele reiche Leute.« Er lächelt ihr zu. »Heißt das, dass du jetzt dazugehörst?«

Isabella nickt. »Ich habe alles verkauft. Ich habe mehr als genug, um in Amerika neu anzufangen.«

»Dann solltest du aufbrechen. Vielleicht schon morgen. Von hier aus gehen ständig Dampfer nach Sydney. Von dort könntest du eine Überfahrt nach San Francisco oder New York buchen.«

»Nicht morgen«, sagt sie vorsichtig. »Ich werde mir Berenice' Ball doch nicht entgehen lassen. Ich kann ebenso gut von Mooloolah Heads aus nach Sydney fahren.«

»Aber …«

Sie springt von ihrem Stuhl und legt ihm die Finger auf den Mund, beugt sich vor und ersetzt sie durch ihre Lippen. »Matthew«, murmelt sie, »vergiss das alles für ein paar Tage. Bitte.«

Er gehorcht, zumindest nach außen hin. Doch das schlechte Gewissen zieht ihr allmählich den Boden unter den Füßen weg.

Steife Hose, Hemd, seidene Weste, schweres Jackett, dunkle Krawatte: Nacheinander zieht Matthew die Kleidungsstücke an und fragt sich, warum er eigentlich hier ist. Er hätte zu Hause bleiben sollen. Im Leuchtturm, da weiß er jedenfalls, wer er ist. Aber hier …

Das Problem ist Isabella. Zu Hause spürt er nicht die Unterschiede. Dort ist er ein fähiger, unabhängiger Mann von guter Herkunft und klarem Verstand. Sie ist eine warme, kindliche, anmutige Frau, ebenfalls von guter Herkunft und klarem Verstand. Sie sind wie füreinander geschaffen. Erst hier in der feinen Gesellschaft erkennt er, was er zuvor verdrängt hat. Ihre Herkunft zeigt sich in ihrer Sprechweise, ihrer Haltung, wie sie eine Tasse Tee von dem Mädchen entgegennimmt. Sie verströmt eine Leichtigkeit, die er niemals haben wird, selbst wenn er hundert Jahre in diesem Hotel lebte.

Isabella ist anders als er. Und er erkennt trotz des sanften Hoffnungsschimmers, dass sie niemals hätten zusammenbleiben können. Früher oder später wird er sie enttäuschen. Es ist gut und richtig, dass sie weggeht. Es ist richtig, dass er wieder allein ist, obwohl es ihm nie wieder gutgehen wird.

Ein leises Klopfen an der Schlafzimmertür lässt ihn zusammenzucken. Dann fasst er sich wieder. Natürlich ist es nur Isabella, nicht die Polizei, die sie mitnehmen will; nicht Percy Winterbourne mit einer Pistole. Sie steht in einem dunkelrosa Ballkleid mit engem Mieder und Puffärmeln, die mit dunkelroten Bändern verziert sind, vor ihm. Sie trägt lange Handschuhe und hat die

Haare lose im Nacken zusammengesteckt. Er sollte ihr sagen, dass sie wunderbar aussieht: der Inbegriff weiblicher Schönheit. Aber so denkt er nicht. Er kann nur eines denken: *Sie sieht nicht aus wie Isabella. Sie sieht aus wie jemand anders.*

Falls Isabella die fehlenden Komplimente bemerkt, scheint es ihr nichts auszumachen. Stattdessen rückt sie seinen Kragen zurecht und wischt eine Fluse von seiner Schulter. »Geht es dir gut?«, fragt sie, ohne ihm in die Augen zu sehen.

»Mir geht es bestens«, sagt er und weiß, dass er schroff klingt, doch er kann nicht anders.

»Kannst du tanzen?«

»Nein.«

Isabella lacht und sieht wieder aus wie die Frau, die er kennt und liebt. Alles Künstliche ist wie weggeblasen. »Nun, dann sind wir ja ein schönes Paar.«

»Wir können uns hinsetzen und dem Orchester zuhören.«

Sie hakt ihn unter. »Mir ist egal, was wir tun. Solange wir es zusammen tun.«

Sie verlassen die Suite Arm in Arm und gehen die Treppe hinunter. Im Speisesaal stimmt ein kleines Orchester die Instrumente, und schön gekleidete Männer und Frauen gehen von Tisch zu Tisch auf der Suche nach ihren Platzkarten. Isabella findet ihre – *Mary Harrow und Freund* –, und Matthew setzt sich erleichtert hin. Schon jetzt hat sein Anzug einige missbilligende Blicke auf sich gezogen. Er ist alt und aus der Mode gekommen; er besitzt keinen eleganten Frack wie alle anderen Männer im Raum. Er fragt sich, ob Isabella seine enttäuschende Kleidung bemerkt und nur nichts gesagt hat oder ob es ihr wirklich egal ist.

Der Raum wird von gasbetriebenen Kronleuchtern

erhellt. Das Licht schimmert auf Gläsern und Tellern. Das Orchester spielt eine sanfte Bourrée, während die Gäste Platz nehmen und der erste Gang serviert wird. Das Tanzparkett ist noch verlassen. Ein sehr junger Mann setzt sich neben Matthew und begrüßt ihn vorsichtig. Matthew fragt sich, ob Lady McAuliffe das so arrangiert hat, weil sie mit einem jungen Mann gerechnet hat. Isabella ist erst dreiundzwanzig, er beinahe doppelt so alt.

Er fühlt sich zunehmend unglücklich und macht sich Vorwürfe, weil er ein Narr ist. Ein alter Narr. Ein alter, ungehobelter Narr.

Und dann dreht sie sich zu ihm um und lächelt, und die Liebe leuchtet aus ihren Augen, und er fragt sich, was sie in ihm sehen mag. Doch es ist klar, dass sie etwas sieht, und das rührt sein Herz. Wie soll er sie jemals gehen lassen?

Isabella braucht eine Atempause. Ihr Gesicht ist angespannt vom Lächeln. Den ganzen Abend über sind Frauen mit ihren Ehemännern zu ihr gekommen, haben sich nach ihrem Schmuck erkundigt und wann sie mehr davon machen wird, und haben enttäuscht den Kopf geschüttelt, als sie hörten, dass sie damit aufhört. Ein Herr erklärt, sein Cousin in Sydney sei Juwelier und exportiere in die ganze Welt, er werde sie nur zu gern mit ihm bekannt machen.

Nein danke. Sie kennt genügend Juweliere.

Sie ist froh, dass Matthew nicht tanzen kann oder will. Die französischen Ziegenlederschuhe mit dem Louis-XV-Absatz, die sie an diesem Morgen gekauft hat, drücken am Spann. Sie hatte längst vergessen, wie ermüdend es in guter Gesellschaft sein kann. Sie hat sich so lange im Leuchtturm verkrochen, wie sich ein

Meerestier in seine Schale zurückzieht, dass sie sich jetzt entblößt vorkommt und instinktiv nach Schutz sucht.

Sie lehnt sich an Matthew, um ihm zu sagen, wie erschöpft sie ist, doch als sie aufblickt, nähert sich eine wunderbar gekleidete, sehr dünne Frau. »Komm«, sagt Isabella, »lass uns in den Hof gehen. Ich kann einfach nicht mehr mit Leuten sprechen.«

Sie tut, als hätte sie die dünne Frau nicht gesehen, ergreift seine Hand und zieht ihn mit sich. Er steht auf, wirft die steife Serviette auf den Tisch und folgt ihr. Die Tische leeren sich, die Gäste begeben sich auf die Tanzfläche. Meist bleiben Männer sitzen und trinken, dazu einige ältere Frauen mit straff gelegten Locken und ebenso straffer Miene. Das Orchester spielt einen lebhaften Walzer, und die Damen und Herren in den schönen Kleidern bewegen sich in gemessenem Rhythmus über das Parkett. Isabella und Matthew gehen zu der großen Doppeltür, die in die Eingangshalle führt, und atmen tief durch, als sie zwischen den tropischen Pflanzen im Innenhof stehen.

»Oh Gott, ich bin erschöpft«, sagt Isabella.

Er nimmt sie in die Arme, und sie sucht im rauhen Stoff seiner Jacke Trost, horcht auf seinen Herzschlag. Er streicht ihr sanft über die Haare.

Sie tritt zurück und schaut ihn im Licht an, das sich an den Kronleuchtern in der Halle bricht. »Du musst noch erschöpfter sein als ich.«

»Das ist doch kein Wettbewerb«, sagt er ein wenig mürrisch, wie er es schon den ganzen Abend gewesen ist.

Isabella blickt über die Baumwipfel in den Himmel empor. Es ist ein wolkenloser Abend, und die Sterne sehen aus wie weißer Staub, den eine achtlose Hand über das Dunkelblau gestreut hat. Bald wird sie von irgendwo anders auf dieser Erde zu denselben Sternen aufblicken. Zum ersten Mal fragt sie sich, was Matthew ohne sie anfangen wird. Ob sie einander schreiben werden. Ob sie einander weiter unter demselben Himmelszelt lieben werden, selbst wenn sie voneinander getrennt sind. Sie hat diese Liebe immer nur als flüchtig betrachtet: ein kurzer Ausbruch voller Leidenschaft und Farbe, der aufblüht und ebenso schnell wieder erlischt. Doch es wird ein Danach geben, und sie fragt sich, wie sich dieses Danach wohl anfühlen mag.

Sie greift nach seinem Revers. »Erzähle mir, wann du dieses Jackett zum ersten Mal getragen hast.« Sie hat ihn noch nicht nach seiner Frau gefragt. Eine Mischung aus Eifersucht und Angst hat ihre Zunge gelähmt. Doch heute Abend möchte sie alles über ihn erfahren.

Er wird nachgiebiger, die Schroffheit löst sich auf. »Ich war vierundzwanzig, als ich Clara geheiratet habe. Sie war zwanzig. Die Tochter eines Teehändlers. Ich war Lehrer in der Dorfschule. Wir haben uns verliebt.« Ihm versagt die Stimme. Isabella fällt es schwer, sich das anzuhören, sehr schwer. Wenn sie über Arthur spricht, versagt ihr beim Wort »verliebt« nie die Stimme.

»Wir haben an einem Sommernachmittag in der Dorfkirche geheiratet«, fährt er fort. »Es war warm, und alle Fenster standen offen, und draußen vor dem Fenster blühte ein Frangipani. Irgendwann kam ein rauher Wind auf und wehte einige Blüten zwischen die Kirchenbänke. Ich werde den Duft von Frangipani für immer mit meiner Hochzeit verbinden. Wächsern und süß.« Er schließt flüchtig die Augen, als könne er ihn gerade jetzt riechen. Dann öffnet er sie wieder.

»Clara war nicht wie die anderen Mädchen. Sie hatte eine unbezähmbare Wildheit in sich. War selbstsüchtig. Obwohl sie den Körper einer Frau und die Intelligenz einer Erwachsenen besaß, war sie vom Willen und Temperament her wie ein Kind. Ich war verliebt, und meine Liebe war blind, und sie schüchterte mich rasch mit ihren Forderungen und ihrer scharfen Zunge ein. Wenn sie grausam gewesen war, verhielt sie sich am nächsten Tag wie der Sonnenschein, entschuldigte sich ständig und war ganz sanft. Wir gerieten in einen Kreislauf aus Verachtung und Vergebung, bis ich es eines Tages müde wurde und …« Er holt tief Luft und fährt sich mit der Hand über den Bart. »Eines Tages sagte ich: ›Es reicht, Clara.‹ Ich verlangte, dass sie dieses Mal, nur dieses eine Mal, das tun würde, was ich wollte. Sie verschwand. Tagelang. Sie kehrte zurück, weil sie krank wurde, und an dieser Krankheit ist sie kurz danach gestorben.«

»Es tut mir so leid«, sagt Isabella. Sie spricht nicht aus, was sie sonst noch denkt: Clara erscheint ihr wie ein Ungeheuer, das Matthews Geist irgendwann gebrochen hätte. Dann lässt die leise Angst, die die Eifersucht in ihr hervorruft, sie fragen: »Liebst du sie noch?«

Er runzelt die Stirn, als er über die Frage nachdenkt. »Es scheint ein ganzes Leben her zu sein. Es ist nicht, als würde ich sie *nicht* mehr lieben. Aber Liebe scheint mir etwas Helles und Gegenwärtiges zu sein, und das ist nicht das, was ich für Clara empfinde.«

Beide schweigen einen Moment. Grillen zirpen, und die Musik aus dem Ballsaal weht zu ihnen herüber. Dann lächelt Matthew unvermittelt und ergreift ihre Hand.

»So. Ich habe heute die Unwahrheit gesagt.« Er ergreift ihre andere Hand und tritt zurück, geht in Tanzposition.

»Du kannst tanzen?«

»Sehr schlecht. Aber es wird mich nicht umbringen, mit dir im Sternenlicht einen Walzer zu wagen.«

Isabella lächelt und streift die Schuhe ab. Sie beginnen zu tanzen. Zuerst ein wenig ungeschickt, doch dann finden sie einen gemeinsamen Rhythmus und schweben leise durch den Innenhof. Ihr Herz hämmert vor Aufregung und Liebe. Seine Augen sind auf sie gerichtet, und sie fühlt sich ihm näher als je zuvor. Diesen Walzer lang gehört er ihr, ihr geliebter Mann.

»Ach, da seid ihr ja!«

Sie bleiben stehen und drehen sich zu Berenice, die in den Hof getreten ist.

»Ich hatte mich schon gefragt, wo Sie geblieben sind, Mary. Lady Lamington, die Frau des Gouverneurs, möchte Sie kennenlernen. Kommen Sie.«

Sie lässt zögernd Matthews Hände los.

Er nickt ihr aufmunternd zu. »Ich bleibe noch ein bisschen draußen an der frischen Luft. Leider bin ich nicht für Menschenmengen geschaffen.«

Berenice wartet, bis Isabella wieder ihre Schuhe angezogen hat, und führt sie zurück in den Ballsaal.

»Wenn sie sagt, dass sie eine Brosche oder etwas anderes von Ihnen möchte, sollten Sie nicht einfach ablehnen. Sie ist eine sehr bedeutende Frau, wie Sie sich vorstellen können, und ich … Oh, wohin ist sie denn verschwunden?« Berenice sucht die Menge mit den Augen ab. »Egal, sie wird zurückkommen. Setzen Sie sich hier zu mir, während ich wieder zu Atem komme.«

Am Haupttisch sind zwei Plätze frei. Rechts von Isabella sitzt ein sehr betrunkener Mann mit dünnem weißem Haar. Er ist teuer gekleidet, hat aber Bratensoße am Kragen, und die Weste spannt über seinem Bauch, als wolle er jeden Augenblick die Knöpfe sprengen. Matthew mag billiger gekleidet sein, ist aber hundertmal mehr ein Gentleman. Isabella kehrt dem betrunkenen Mann den Rücken, damit er sie und Berenice nicht stört.

»Ihr junger Mann ist gar nicht mehr so jung«, sagt Berenice und zieht die Augenbrauen hoch.

»Ich habe nie behauptet, er sei jung. Sie haben es nur angenommen«, kontert Isabella leichthin.

»Ist er gut zu Ihnen? Freundlich?«

»Oh, ja«, erwidert sie leidenschaftlich.

Berenice mustert Isabella von oben bis unten. »Mary Harrow, ich habe Sie den ganzen Abend über beobachtet. Und ich habe Sie gestern beim Tee beobachtet, und ich habe Sie beobachtet, seit ich Sie das erste Mal mit geradem Rücken und zusammengedrückten Knien auf dem Oberdeck dieses Schaufelraddampfers gesehen habe.«

Isabellas Puls zuckt in der Kehle.

»Und Sie geben vor, etwas zu sein, das Sie nicht sind.«

Isabella atmet rasch durch. »Ich habe nie gesagt, was ich bin, falls Sie sich daran erinnern.«

Berenice bricht in lautes Gelächter aus, das die Spannung vertreibt. »In der Tat. Sie tanzen um jede Frage herum, die ich Ihnen stelle, und gerade das weckt meinen Argwohn. Was hat sie wohl zu verbergen?, frage ich mich. Zuerst habe ich Sie für die Tochter eines Bankiers oder so gehalten, die in Not geraten ist. Aber Ihre Bewegungen und wie Sie sprechen und Ihre Kenntnis der guten Gesellschaft verleitet mich zu der Annahme, dass Sie weit über der Mittelklasse geboren und aufgewachsen sind. Sie gehören eher meiner eigenen Klasse an, meine Liebe.«

»Sie schmeicheln mir, Berenice. Ich bin wirklich nicht besonders interessant.«

Berenice will etwas sagen, doch dann fällt ihr Blick auf jemanden am anderen Ende des Raumes. »Aha, da ist Lady Lamington. Warten Sie hier.« Sie erhebt sich elegant vom Tisch und durchquert den Ballsaal. Isabella schaut ihr nach, dann sieht sie aus dem Augenwinkel ein Licht aufblitzen. Sie dreht sich um. Zwei Tische weiter fotografiert ein Mann eine Gruppe Frauen.

Ihr Herz hämmert. Ein Fotograf. Und sie ist sich ziemlich sicher, dass auch sie auf dem Bild zu sehen ist. Er sagt zu der Gruppe: »Bitte stillhalten. Noch eine Aufnahme für den Gesellschaftsteil.« Sie weiß, sie muss gehen. Sofort.

Sie springt vom Stuhl auf und eilt wie Aschenputtel durch den Ballsaal. Berenice bemerkt sie und ruft ihr etwas nach, doch sie läuft mit gesenktem Kopf weiter. Matthew ist noch draußen im Hof. Sie ruft ihm zu: »Wir müssen gehen. Sofort.«

Er hört, wie drängend ihre Stimme klingt, und läuft zu ihr herüber. Sekunden später sind sie sicher in ihrer Suite.

»Was ist passiert?« Sie lässt sich auf einen Stuhl fallen und vergräbt den Kopf in den Händen.

»Ein Fotograf von der Zeitung.«

Sein missbilligendes Knurren verrät ihr, was er denkt. Er hat es gewusst, er hat gewusst, dass sie es nicht riskieren durfte, sich öffentlich zu zeigen, nicht wenn Percy nach ihr sucht. Und sie hat es auch gewusst. Und sie hat es trotzdem getan, weil sie Erster-Klasse-Fahrkarten nach Sydney und New York für sich und Xavier buchen will, weil sie ein schönes Haus mieten möchte, wenn sie dort angekommen ist. Sie will zu viel. Und diejenigen, die zu viel wollen, sind oft so töricht, alles zu riskieren.

Isabella steht in einem abgeänderten Kleid von Berenice vor deren Haustür. Auf der anderen Straßenseite wartet Matthew mit dem Gepäck. Ein Mädchen holt gerade die Dame des Hauses, und Isabella hat keine Ahnung, ob Berenice wütend reagieren wird, weil sie gestern Abend weggelaufen ist. Doch sie hat ein Geschenk mitgebracht, das sie Berenice um jeden Preis übergeben muss.

Die Tür öffnet sich wieder, und Berenice steht vor ihr, den hübschen Mund zu einer Linie zusammengepresst.

»Berenice, Lady McAuliffe. Ich möchte mich entschuldigen …«

»Weil Sie mich vor der Frau des Gouverneurs unmöglich gemacht haben? Nur zu. Entschuldigen Sie sich. Ich werde monatelang unter dieser Blamage zu leiden haben, aber es gibt keinen Grund, weshalb Sie sich nicht mit einem schlichten ›Es tut mir leid‹ Erleichterung verschaffen sollten.«

Isabella schluckt ihr schlechtes Gewissen hinunter. »Ich musste gehen, genau in diesem Augenblick, keine Sekunde später. Und es tut mir *tatsächlich* leid. Ich hätte Ihnen gern die Peinlichkeit erspart, aber … Meine Sicherheit stand auf dem Spiel.«

»Noch mehr Geheimnisse, Mary?«

»Leider ja. Sie waren so freundlich zu mir, freundlicher, als ich es verdient habe. Dürfte ich bitte kurz eintreten? Ich habe ein Geschenk für Sie.«

Berenice zögert, aber sie hat ein gutes Herz und ein

von Natur aus sonniges Gemüt. Daher lächelt sie und tritt beiseite, um Isabella hereinzulassen.

»Kommen Sie in den Salon, meine Liebe. Ich habe gerade Tee getrunken, aber es sind noch ein paar Teekuchen da, falls Sie einen möchten.«

»Nein, nein.« Isabella löst ihren Hut. »Ich habe Ihre Großzügigkeit schon viel zu oft in Anspruch genommen. Ich bin gekommen, um Ihnen etwas zu schenken.«

Berenice schließt die Salontür und bietet Isabella einen Platz auf der Chaiselongue an. Diese öffnet ihre seidene Tasche und holt einen Anhänger heraus: den einzigen, den sie gemacht hat. Sie hat beinahe ihre Finger dafür geopfert, so schwer war es, die Glieder miteinander zu verbinden. In der Mitte hängt ein einzelner Diamant, der einzige Diamant aus dem Amtsstab. Er wird umrahmt von zwei schimmernden schwarzen Steinen, die sie in Lighthouse Bay am Strand gefunden hat: Zwillinge, von genau der gleichen Größe und Form. Sie hat sie tagelang betrachtet und konnte nicht fassen, dass sie tatsächlich vollkommen gleich aussahen. Dann beschloss sie, diese besonderen Steine in ein besonderes Geschenk für Berenice einzufügen. Die Steine sind in schmale Bänder aus rosa Seide gewickelt. Der Diamant wird zierlich und doch fest von engen Spiralen aus Silberdraht gehalten.

Berenice starrt ihn an. »Den haben Sie für mich gemacht? Aber er ist ein kleines Vermögen wert.«

»Ich habe jetzt alles, was ich brauche«, antwortet Isabella.

»Ich doch auch, meine Liebe. Ich bin eine reiche Frau.«

»Dies ist kein materielles Geschenk. Es ist ein Zeichen meiner Dankbarkeit und Liebe. Alles Gute, das ich in letzter Zeit erfahren habe, verdanke ich Ihnen und Ihrem Tun.«

Berenice wendet sich ab. Ihre Augen sind feucht. »Sie faszinieren mich immer aufs Neue, Mary Harrow. Ich nehme an, dass es das zehnte Stück ist. Ich hatte mich schon gefragt, weshalb Sie nur neun zum Tee mitgebracht hatten.«

»Dies ist das zehnte und letzte Stück. Ich bin gekommen, um mich von Ihnen zu verabschieden, Berenice. Ich werde bald eine lange Reise antreten und kann Ihnen nicht verraten, wohin ich fahre. Also fragen Sie bitte nicht danach.«

»Geheimnisvoll bis zum Schluss, was? Nun, ich muss sagen, ich bin ein bisschen gekränkt. Ich hätte Ihre Geheimnisse bewahrt.« Sie schließt Isabella in die Arme und drückt sie fest an sich. »Passen Sie gut auf sich auf, meine Liebe. Und lassen Sie mich eines Tages wissen, ob Sie noch auf der Welt sind und wie es Ihnen ergangen ist.«

»Ich werde mein Bestes tun. Und glauben Sie mir, ich werde Sie nie vergessen.«

»Ich Sie auch nicht.«

Isabella verlässt das kühle Haus und kehrt zurück auf die schwüle Straße. Matthew kommt ihr entgegen, als sie den Hut wieder festbindet.

»Du siehst traurig aus.«

»Das bin ich auch. Ich mache mich bereit, das alles hinter mir zu lassen.«

Er wendet sich ab, und sie begreift, dass auch er traurig ist. Doch wenn er oder Berenice wüssten, was sie vorhat, wären sie froh über ihren Aufbruch. Sie wären wütend. Sie würden sie verurteilen. Dieser Gedanke macht sie noch trauriger, und sie geht schweren Herzens neben Matthew her zur Anlegestelle.

Fünfundzwanzig

Nach Isabellas Rückkehr in den Leuchtturm werden die Tage zunehmend warm und feucht. Matthew erklärt, so gehe es jedes Jahr: ein paar heiße Tage im Frühling, donnernde Gewitter am Abend, dann eine Abkühlung bis Weihnachten. Isabella findet die warme, feuchte Luft enervierend. Die Müdigkeit steckt ihr in den Knochen.

Jeden Nachmittag, während Matthew schläft, geht sie hinunter an den Strand, um sich vom Meereswind abkühlen zu lassen. Sie sammelt Muscheln und Steine und denkt müßig über Schmuckstücke nach, die sie daraus machen könnte, setzt ihre Vorstellungen aber nie in die Tat um. Matthew fragt sie täglich, wann sie aufbrechen will, doch sie sagt, sie wolle noch eine Woche abwarten, bis die Hitzeperiode vorbei sei, sie habe Angst, ein Gewitter auf See zu erleben. Vielleicht denkt er, ihr Zögern hänge mit dem Abschied von ihm zusammen, was zum Teil auch stimmt. Aber sie weiß, dass sie ihn verlassen kann und muss, wenn sie das Leben führen möchte, das sie sich vorstellt.

Bei dem Gedanken daran ist ihr oft übel, weil sich ihr schlechtes Gewissen regt.

Als sie an diesem Nachmittag die grasbewachsenen Dünen hinuntergeht und auf den festen Sand tritt, weiß sie, dass es ein kurzer Besuch wird. Schon ballen sich Wolken wie graue Ambosse am Horizont zusammen. Sie spielt mit dem Gedanken, sofort zum Leuchtturm zurückzukehren, doch dann erregt etwas in der Ferne ihre Aufmerksamkeit: ein dunkelhaariger Junge, begleitet von einer großen, dünnen Frau.

Ihr Herz macht einen Sprung. Kann er es sein? Ist Xavier zurückgekehrt? Und wer ist die Frau? Sie sieht weder wie die Köchin noch wie Katarina aus. Vielleicht hat sich Isabella auch geirrt. Vielleicht ist der Junge gar nicht Xavier.

Sie steigt wieder die Düne hinauf und nähert sich im Schatten der Bäume. Doch, es ist Xavier, und sie spürt, wie Wärme ihren Körper durchflutet, als ihr klarwird, dass ihr Augenblick bald gekommen ist. Nicht heute, denn er ist in Begleitung, und sie ist noch nicht bereit. Aber das wird sie bald sein und einen Weg finden.

Wie sehr hat sie sich danach gesehnt, ihn in den Armen zu halten.

Er sucht Muscheln, während sein Kindermädchen ein wachsames Auge auf die Gewitterwolken hat. Isabella schleicht sich näher und näher heran, weil sie fürchtet, dass sie davoneilen werden, bevor sie ihn richtig gesehen hat. Doch dann wird ihr klar, dass sie nichts zu befürchten hat. Dieses neue Kindermädchen kennt sie nicht. Und Xavier spricht nicht. Sie kann zu ihnen gehen und sie begrüßen und vielleicht herausfinden, seit wann sie wieder zu Hause sind und wie lange sie bleiben werden. Sie tritt aus dem Schutz der Bäume und geht über den Sand auf sie zu.

Das Kindermädchen blickt hoch. Eine junge Frau mit hartem Gesicht und großen, eckigen Händen. Sie schaut verwirrt, als ihr klarwird, dass Isabella mit ihr sprechen will.

Isabella lächelt. »Hallo!«

Das Kind blickt auf. Seine Stirn zuckt und entspannt

sich wieder. Er ergreift die Hand seines Kindermädchens und tritt hinter sie.

Isabellas Blut wird kalt. Hat er Angst vor ihr? Hat Katarina ihn gelehrt, sich vor ihr zu fürchten?

»Kann ich Ihnen helfen?«

Isabella bleibt vor ihnen stehen, die Augen auf Xaviers Gesicht gerichtet. Er weicht ihrem Blick aus. »Ich bin eine alte Freundin seiner Mutter«, lügt sie und kniet sich vor ihn hin. »Du hast doch keine Angst vor mir, Kleiner.«

Er schüttelt den Kopf und sagt klar und deutlich: »Ich kenne dich nicht.«

»Du kennst …?« Donnergrollen. Der Wind dreht plötzlich auf Süd, weht kalt, ist schwer vom Geruch des Regens.

»Sie müssen dem kleinen Master verzeihen, Ma'am«, sagt das Kindermädchen. »Wir sind gerade heute aus Sydney zurückgekehrt, wo er ständig in Gesellschaft war. Er musste sich viele Namen und Gesichter merken.«

Isabella kann nicht sprechen. Hat er sie vergessen? Nach nur drei Monaten? Sie hat jeden Tag an ihn gedacht, und er hat sie vergessen? Ein reißender Schmerz überfällt sie. Sie will ihn mit ihren Armen erdrücken. Sie sehnt sich nach den Nächten, in denen sie im schmalen Bett im Haus der Fullbrights seinen Duft eingeatmet hat.

Als sie so lange schweigt, wird das Kindermädchen misstrauisch. »Ma'am?«

»Ich …« Sie macht den Mund auf und schließt ihn wieder wie ein sterbender Fisch im Sand.

»Wie heißen Sie, Ma'am? Vielleicht erinnert er sich, wenn er Ihren Namen hört.«

Aber sie kann ihren Namen nicht nennen, keinen

von beiden. Sie dürfte eigentlich nicht einmal mit ihnen reden. Falls das Kindermädchen Katarina davon erzählt und diese die Verbindung herstellt, falls sie dazu noch die Anzeige in der Zeitung gelesen hat … Isabella erhebt sich. »Verzeihen Sie, dass ich Sie belästigt habe. Vielleicht ist es das falsche Kind.«

Das falsche Kind. Oh, ja. Er ist immer das falsche Kind gewesen.

»Sehr wohl, Ma'am. Ich muss den Kleinen jetzt vor dem Gewitter in Sicherheit bringen.« Das Kindermädchen zieht Xavier an sich, und er geht bereitwillig und glücklich mit ihr. Isabella schaut ihnen nach und versucht, den Strand hinaufzugehen. Ihre Knie sind wie Gummi. Ein Schritt. Noch einer. Dann kann sie nicht weiter und lässt sich fallen, sinkt seitlich in den Sand. Ihr Haar breitet sich um sie aus und fällt ihr ins Gesicht. Sie rollt sich zu einer Kugel ein und schluchzt, den Mund voller Sand und Haare. Die ersten kalten, dicken Regentropfen fallen auf ihren Handrücken. Sie rührt sich nicht. Die Bäume im Wald peitschen wild hin und her. Der Wind lässt Sandkörner auf sie niederprasseln. In der Ferne kracht der Donner. Sie rührt sich nicht. Der Regen geht nieder, schlägt runde Löcher in den Sand, durchweicht ihre Kleidung. Sie rührt sich nicht. Sie kann sich nicht bewegen. Ihr Traum ist zerbrochen, und darin findet sie nun den harten, schwärzesten Kern der Wahrheit: Daniel ist gestorben, und es gibt keinen Trost. Es wird niemals einen Trost geben. Sie liegt im peitschenden Regen und wünscht sich, der Ozean möge sich erheben und sie verschlingen, wie er es schon vor Monaten hätte tun sollen.

Matthew erwacht vom Krachen des Donners. Er dreht sich auf die Seite und fächelt sich mit der Bettdecke etwas Kühlung zu. Dann schließt er die Augen und versucht, den Schlaf zu vertreiben. Es regnet stark. Wieder öffnet er ein Auge. Es ist sehr dunkel. Das Meer ist stürmisch. Er muss das Signalfeuer anzünden.

Erschöpft steht er auf; vielleicht kann er nach dem Gewitter noch ein oder zwei Stunden schlafen. Er zieht Hemd und Schuhe an und steigt die Treppe hinauf. Er pumpt Luft in den Druckbehälter, zündet das Signalfeuer an, justiert die Gewichte und steigt wieder hinunter. Isabellas Schmuckutensilien sind alle verstaut, und er muss sich eingestehen, dass er es vermisst, sie bei der Arbeit zu sehen. Damals wirkte sie glücklich, beschäftigt und konzentriert.

Erst da wird ihm klar, dass er Isabella seit längerem nicht im Leuchtturm gehört hat. Stirnrunzelnd sucht er sie in der Küche und im Telegrafenraum, doch sie ist nirgendwo zu sehen.

Sie ist nicht hier. Also ist sie draußen. Im Gewitter.

Matthew will sich selbst beruhigen. Sie geht jeden Nachmittag an den Strand. Vielleicht wurde sie vom Gewitter überrascht und hat im Wald Schutz gesucht. Weiß sie, dass man sich bei einem Gewitter von hohen Bäumen fernhalten muss?

Ein heftiger Blitz zuckt über den Himmel, als wolle er diesen Gedanken unterstreichen, und gleichzeitig kracht der Donner, dass Matthew zusammenzuckt. Soll er nach ihr suchen? Isabella ist aus hartem Holz geschnitzt; sie hat einen Schiffbruch überlebt und ist meilenweit bis zu seinem Leuchtturm gewandert. Doch er hat auch dunklere Gedanken: Er hat immer befürchtet, dass die Familie ihres Ehemanns sie finden könnte, wenn er nicht da ist, um sie zu beschützen. Er geht zur Tür, zieht Regenmantel und Gummistiefel an und tritt hinaus ins Gewitter.

Der Wald steht unter Wasser, der Boden ist schlammig, Blätter und Äste wurden von den Bäumen gerissen. Der Regen geht als wahre Sintflut nieder und sickert in Kragen und Stiefel. Sein Bart tropft, bevor er auch nur den Strand erreicht hat. Er schaut in die graue Ferne und kann sie zuerst nicht sehen, aber er sucht ja auch nach jemandem, der aufrecht steht. Dabei liegt sie auf der Seite, zusammengerollt, in einem blassblauen Kleid. Was um Himmels willen macht sie da? Sein Herz verkrampft sich. Ist sie tot? Er rennt zu ihr, stolpert in seinen durchnässten Stiefeln über den Sand. »Isabella!« Sie hebt nicht den Kopf. Er fällt neben ihr auf die Knie. Sie hat die Augen geschlossen und nimmt ihn nicht zur Kenntnis. Er legt eine Hand auf ihren Brustkorb und hält sie so still wie möglich.

Sie atmet. Sie lebt.

»Was ist los, Isabella? Kannst du mich hören?«

Sie schüttelt den Kopf. »Lass mich«, sagt sie über den Wind und den Regen und den weiten Ozean hinweg. »Wenn die Flut kommt, nimmt sie mich mit.«

Doch er wird sie nicht hierlassen, was immer sie auch sagt. Er hebt sie hoch und geht zurück in Richtung Leuchtturm. Sie ist schlaff und hält noch immer die Augen geschlossen. Was ist geschehen, dass sie hier sterben möchte? In letzter Zeit wirkte sie doch glücklich, interessierte sich für die Welt um sie herum. Er trägt sie nach Hause und legt sie im Leuchtturm behutsam aufs Bett. Dann zieht er seine Sachen aus und kehrt zu ihr zurück. Sie zittert, ihre Lippen sind blau. Eine Erinnerung blitzt in ihm auf: Clara, wie sie aus dem Wald zurückkehrt, kalt und mit gehetztem Blick. Matthew knöpft Isabellas Bluse und Rock auf und lässt sie in einer Lache auf den Boden fallen. Er entkleidet sie völlig. Sie bewegt sich noch immer nicht. Hält die

Augen geschlossen. Es ist, als könnte sie sich aus ihrem Leben hinauszwingen, indem sie sich tot stellt. Er trocknet sie ab und breitet die Decke über ihren nackten Körper, dann setzt er sich neben sie und wartet. Sie kann sich nicht ewig tot stellen.

Nach der ersten Stunde, in der sie weder die Augen öffnet noch spricht, beschließt er, weiterzuarbeiten. Er sieht regelmäßig nach ihr, doch sie bewegt sich nicht. Abends bietet er ihr Essen an, sie reagiert nicht. Er verlangt von ihr, dass sie Wasser trinkt, doch sie tut, als hätte sie ihn nicht gehört. Dann und wann fragt er sich, ob sie schläft, doch ihr Atem bleibt flach, ihr Gesicht unruhig.

Dann, viel später, als er die Gewichte nach oben in den Turm kurbelt, hört er, wie sich unten die Tür öffnet. Er eilt die Leiter hinunter und entdeckt Isabella, die wieder ihre nassen Kleider angezogen hat und zur Tür hinauswill.

»Was hast du vor?«

»Ich gehe zurück an den Strand.«

»Wieso?« Aber die Frage ist sinnlos. Sie ist unfähig, rational zu denken. Ihre Pupillen verschlingen beinahe die Iris. Also vertritt er ihr den Weg, statt weiterzureden, schlägt die Tür zu und hält ihre Handgelenke fest. »Du wirst nicht hinausgehen. Du gehst nicht an den Strand, und du stürzt dich schon gar nicht in den Ozean.«

»Und warum nicht?«, faucht sie und wehrt sich. »Was gibt es denn auf dieser Welt außer Elend?«

Er greift fester zu, hat Angst, ihr weh zu tun, aber noch mehr, dass sie flieht und nie wieder zurückkommt. »Hör auf damit. Du musst mir sagen, was passiert ist, warum du dich so fühlst.«

»Mein Sohn ist gestorben. Reicht das nicht?«

»Dein Sohn ist vor drei Jahren gestorben. Du hast die ganze Zeit weitergelebt. Warum willst du es jetzt nicht mehr?«

Isabella hört auf, sich zu wehren. Sie fällt schwer in seine Hände. Er ist sich ihrer Weichheit, ihrer Zerbrechlichkeit unglaublich bewusst.

»Komm. Zieh die nassen Sachen aus und geh wieder ins Bett.«

Sie lässt sich zurück ins Schlafzimmer führen und die Kleider erneut in einem feuchten Haufen auf den Boden fallen. Er entzündet die Lampe und setzt sich aufs Bett, während sie sich auf die Seite dreht und die Decke über ihre Brüste zieht. Ihre Augen sind riesengroß im gelben Lampenschein. Das Gewitter draußen hat sich längst verzogen, doch der Regen trommelt noch gegen die Fenster und auf das Blechdach des Schuppens.

Ihre Hand stiehlt sich unter der Decke hervor und greift nach seiner. Er streichelt sie eine Weile mit dem Daumen. »Erzählst du mir, was passiert ist?«

»Ich habe Xavier am Strand gesehen«, platzt es aus ihr heraus. »Und er konnte sich nicht an mich erinnern.«

»Es ist lange her, und er ist noch klein. Warum verletzt dich das so?«

Sie zieht die Hand weg und legt sie auf ihre Stirn, dreht sich auf den Rücken. Er beobachtet sie eine Weile.

»Isabella?«

»Du wirst mich dafür hassen.«

»Es ist unmöglich, dich zu hassen.«

»Das sagst du jetzt.«

Erneutes Schweigen. Er spürt seinen Herzschlag, der das Blut durch die immer gleichen Bahnen pumpt.

Weshalb ist es ihr so wichtig, dass Xavier sich an sie erinnert, wenn sie ihn wahrscheinlich ohnehin nie wiedergesehen hätte? Dann dämmert es ihm. Er mahnt sich, nicht wie ein Leuchtturmwärter mittleren Alters zu denken, sondern wie eine junge Frau, die ihr Baby verloren hat, das heute so alt wäre wie Xavier.

»Isabella«, sagt er ganz leise und sanft, »hattest du vor, das Kind zu stehlen?«

»Nicht stehlen, nein«, sagt sie rasch. »Ich hatte daran gedacht … ihn zu überreden, mit mir zu kommen.«

Matthew beherrscht sich. Sie zu verurteilen, würde nicht helfen.

Sie schluchzt los. »Ich sehe jetzt ein, dass es sinnlos gewesen wäre. Ich sehe jetzt …«

»Du hattest gehofft, er könnte dir Daniel ersetzen.«

Sie setzt sich auf und schüttelt den Kopf. »Ich weiß nicht! Habe ich versucht, Daniel zu ersetzen? Wenn ich jetzt an Xavier denke, ist er nur ein kleiner Fremder, der Sohn einer anderen. Aber Daniel ist auch ein Fremder geworden. Ich habe ihn nie gut genug gekannt, um ihn zu vermissen, Matthew.« Ihre Stimme bricht, und sie braucht einen Augenblick, um sich zu fassen. »Aber ich vermisse ihn dennoch.« Sie ballt die Hand zur Faust und schlägt damit zwischen ihre Brüste. »Ich vermisse ihn.«

Matthew schließt Isabella in die Arme.

»Sie ist leer«, schreit sie. »Die Welt ist so leer.«

»Sch«, sagt er beruhigend.

Sie weint und weint und bebt in seinen Armen. Doch irgendwann ebbt ihr Weinen ab wie das Gewitter und vergeht, und er merkt, dass sie eingeschlafen ist.

Er bettet ihren Kopf aufs Kissen und deckt sie zu. Eine Weile bleibt er neben ihr sitzen und streichelt ihr leicht über Haar und Rücken. Was hat sie sich nur gedacht? Dass Xavier Daniel wäre, nur weil sie einander ein bisschen ähnlich sind?

Und dann ist es plötzlich, als würde das Licht im Zimmer heller scheinen. Denn er begreift, wie *er* gedacht hat, nur weil Clara und Isabella einander etwas ähnlich sind. Er schaut in Isabellas Gesicht. Es ist weicher als Claras. Alles an ihr ist weicher. Sie stellt keine Forderungen. Sie ist jung und verängstigt, aber nicht wild oder grausam; sie ist einfach nur verletzt worden. Denn obwohl Clara stets protestiert und dramatischen Widerstand geleistet hat, ist ihr nie etwas Schlimmes zugestoßen. Isabella hingegen hat ein Kind verloren und durfte nie darum trauern.

Als er darüber nachdenkt, wird ihm klar, dass sie einander überhaupt nicht ähnlich sind. Nicht im Geringsten.

Nach der Nachtschicht legt sich Matthew ins Bett. Isabella schläft noch. Er schmiegt sich an sie und hält sie fest, döst ein. Keine Stunde später wacht er auf und sieht, wie sie sich aus dem Fenster erbricht. Er steht auf und reibt ihren Rücken. Sie sagt, ihr sei schlecht, und er antwortet, sie solle zurück ins Bett kommen, er werde ihr Tee machen. Als er zurückkommt, zittert sie und hält sich den Magen. Die Angst durchzuckt ihn wie einen Stromstoß.

»Ruh dich aus, hübsches Vögelchen. Du musst dich ausruhen.«

»Du auch. Ich habe dich geweckt.«

»Es geht schon. Aber du bist krank.«

Sie trinkt ihren Tee und legt sich wieder hin. »Ich bin so müde, Matthew.«

Er schaut zu, wie sie einschlummert, und schläft dann neben ihr ein. Der Tag wird hell und warm.

Als er wieder aufwacht, liegt sie neben ihm und schaut an die Decke. Er dreht sich auf die Seite und streichelt ihr Haar. »Geht es dir besser?«

»Nein. Mein Körper fühlt sich an, als hätte man ihn in einem Schraubstock zerdrückt.«

Er befühlt ihre Stirn, doch sie ist nicht heiß. »Bleib im Bett, bis es dir bessergeht.«

Ein Tag vergeht, dann zwei, und es geht ihr nicht besser. Sie erbricht sich regelmäßig und klagt über extreme Müdigkeit. Die ganze Zeit über ist sie wie gelähmt vor schwerer Trauer. Er hilft ihr, so gut er kann, wenn er nicht gerade arbeiten muss, aber allmählich wird auch er müde. Müde, weil er ständig aus dem Schlaf gerissen wird und weil er die furchtbare Sorge nicht abschütteln kann. Er will nicht, dass sie noch kränker wird. Er will nicht, dass sie stirbt. Als er sich erkundigt, wie sie sich fühle, was ihr denn weh tue, sagt sie einfach nur, ihr Herz sei krank. Ihr Herz hat entschieden, dass sie nie mehr aufstehen wird. Er drängt sie nicht, erinnert sie nicht an New York oder die Bedrohung durch die Winterbournes. Er wartet und bringt ihr Essen und führt sein Leben fort, doch die Angst presst ihm die Luft ab.

Am dritten Tag wagt er, sie eine Stunde allein zu lassen, während er in die Stadt geht. Er fürchtet noch immer, sie könne sich von der oberen Plattform stürzen, wenn er nicht da ist, aber sie haben nichts mehr zu essen. Außerdem muss er die Post abholen.

Es ist ein kleines Bündel, das mit einer Kordel verschnürt ist, und erst zu Hause entdeckt er den Brief an Isabella. Abgesendet von einer Adresse in New York. Sein Herz schlägt schneller. Victoria. Sie haben Victoria endlich gefunden.

Er will ihn Isabella bringen, zögert aber. Wenn es

nun schlechte Neuigkeiten sind? Wenn sie nun schreibt: »Komm nicht her?« Eine solche Nachricht könnte Isabella endgültig zerbrechen.

Voller Angst und Schuldgefühl öffnet er den Umschlag, entfaltet den Brief und überfliegt ihn. Eine Mischung aus Furcht und Hoffnung. Was wird dieser Brief in Isabella auslösen? Kann er es wagen, ihn ihr zu zeigen?

Dann hört er, wie sie sich im Nebenzimmer erneut erbricht. Er schiebt den Brief unter einen Stapel Papier und sagt sich, dass er ihn ihr an einem anderen Tag geben wird, wenn sie sich kräftiger fühlt.

Isabella ist unter einer grauen Wolke versunken. Sie dringt in ihre Ohren und Augen und Lungen und Knochen, und sie empfindet eine müde Übelkeit, die nie verschwinden will. Sie bleibt im Bett und weint und schläft und weigert sich, an die Zukunft zu denken. Matthew kümmert sich um sie, und sie lässt es zu, obwohl sie weiß, dass sie ihm zur Last fällt. Sie gestattet sich, eine Last zu sein, und sinkt immer tiefer hinab. Doch wo sie einen festen Boden erwartet, gibt es nur weitere Wolken. Immer und immer tiefer.

Nach einer Woche fühlt sie sich gut genug, um sich aufzusetzen, Suppe zu essen und ihn zu bitten, den Vorhang zu öffnen, damit sie aus dem Fenster sehen kann. Der Himmel ist sehr blau, und die Seeluft scheint die Übelkeit ein wenig wegzuwaschen. Matthew stellt einen Hocker neben das Bett und schaut sie prüfend an, ohne etwas zu sagen.

Dann endlich fragt sie: »Was ist los?«

»Geht es dir besser?«

»Vielleicht.« Sie will nichts versprechen, das sie nicht halten kann.

Er nickt und scheint eine Entscheidung zu treffen. »Vor vier Tagen habe ich einen Brief von deiner Schwester Victoria abgeholt.«

Victoria. Als sie den Namen ihrer Schwester hört, wird es Isabella leichter ums Herz. Ihr fällt ein, was alles möglich ist. »Warum hast du mir das nicht gesagt?«

»Im Brief stehen auch schlechte Neuigkeiten.«

Sie beginnt wieder zu sinken. »Und sie will nicht, dass ich komme?«

»Das ist es nicht.«

»Warum hast du ihn gelesen?«

»Weil ich dich immer und überall beschützen will, Isabella.« Er reicht ihr den Brief. »Es tut mir leid, dass ich ihn schon gelesen habe. Aber wenn du ihn selbst liest, wirst du verstehen, weshalb ich es nicht bereue.«

Isabella merkt, dass ihre Hände zittern, als sie das Blatt entfaltet.

Meine liebe Isabella,
du kannst dir gar nicht vorstellen, wie willkommen mir deine Zeilen sind, obwohl sie durch so viele Hände gegangen sind, bis sie mich endlich erreicht haben. Wir sind im März umgezogen, und ich habe dir an deine alte Adresse in Somerset geschrieben, aber du warst natürlich schon auf Reisen. Schwester, ich habe geglaubt, du seist bei dem Schiffbruch ums Leben gekommen! Ein Freund meines Ehemannes hat es in der Zeitung gelesen. Die Winterbournes haben es nicht für nötig gehalten, mich selbst über dein Schicksal in Kenntnis zu setzen. Ich bin erstaunt und erleichtert, dass du am Leben bist, aber auch neugierig, wo du bist und was du machst. Ich werde, wie du mich in deinem ursprünglichen Telegramm dringend ersucht hast, dein Geheimnis bewahren und hoffe, dass du bald bei mir bist und mir alles erzählen kannst. Du bist willkommen, so

lange zu bleiben, wie du möchtest. Ich schreibe meine Adresse auf die Rückseite des Umschlags, und du kannst jederzeit, bei Tag oder Nacht, zu mir kommen. Ich vermute, du bist weit weg, aber ich werde warten und hoffen. Zu wissen, dass du am Leben bist, reicht mir.

Nun, Schwester, habe ich dir auch unglückliche Neuigkeiten mitzuteilen. Du wirst dich erinnern, dass ich bei unserem letzten Briefwechsel mein erstes Kind erwartete. Zweifellos hast du mich in Gedanken oft mit einem Säugling gesehen, aber dies ist leider nicht der Fall. Die Schwangerschaft verlief nicht gut, und nach wenigen Monaten wurde ich sehr krank und verlor das Kind. Noch trauriger, ich verlor auch das nächste Kind unter ähnlichen Umständen. Ein Arzt hat mir geraten, nicht mehr schwanger zu werden, weil mein Leben dann in Gefahr sei, und so werde ich kinderlos bleiben. Bitte sei nicht traurig wegen mir. Ich habe meinen Frieden damit geschlossen, und mein Mann hat mir zwei Zwergspitz-Welpen gekauft, die mir die Babys ersetzen werden. Sie sind wunderbar, und ich weiß, du wirst sie lieben und sie dich.

Nun rede ich über Babys, die nicht einmal geboren wurden, während du den Tod deines Daniels ertragen musstest und erst kürzlich den deines Ehemannes Arthur. Ich habe keine Vorstellung, was du durchgemacht hast, liebe Isabella, aber ich bitte dich, bald zu kommen, so dass wir gemeinsam weinen und einander trösten können.

Mit großer schwesterlicher Zuneigung,
Victoria

Isabella liest den Brief wieder und wieder. In ihren Augen brennen Tränen der Erleichterung und der Traurigkeit. Sie faltet ihn und legt ihn beiseite, und nun weiß sie auch, was sie tun muss. Es ist so klar wie der helle Tag. Es ist die einzige Möglichkeit, frei zu sein.

»Geht es dir gut, Isabella?«

Sie unterdrückt die Tränen, begegnet seinem Blick und hebt ihr Handgelenk. »Das haben meine Schwester und ich gemacht, als wir Mädchen waren«, sagt sie. »Die von uns als Erste ein Kind bekam, sollte es behalten. Das war ich. Ich hatte gehofft, es ihr für ihr eigenes Kind mitzunehmen. Doch es wird kein Kind geben. Es gibt keine Babys, die dieses Armband tragen können.«

Matthew schweigt. Sie kann sehen, dass er ihre Worte verstehen will.

»Ich habe Daniel nie begraben. Ich habe nie an einem Grab getrauert. Ich habe nie ein schwarzes Kleid getragen und mich von jemandem halten lassen, während ich eine Handvoll Erde auf seinen winzigen Sarg warf. Die Familie meines Mannes hat dafür gesorgt, dass ich nicht dabei war, weil ich zu wild getrauert habe und sie eine Blamage fürchteten.«

Er umfasst ihr Handgelenk und reibt es sanft. »Es tut mir leid.«

»Ich möchte es begraben, Matthew. Ich möchte *ihn* begraben. Ich möchte mich richtig verabschieden. Hilfst du mir dabei?«

Er nimmt sie in die Arme. Schon kommen ihr Zweifel. Schon hat sie Angst. Wie kann sie Daniels Armband in die kalte, lieblose Erde legen? Wenn er sich nun fürchtet? Wenn er sie vermisst? Doch diese irrationalen Gedanken blitzen nur flüchtig auf und verschwinden wieder. Daniel ist tot. Er ist seit drei Jahren tot. Er weiß und fühlt nichts mehr.

»Natürlich werde ich das, meine Liebste. Wenn du es wirklich möchtest.«

»Sicher bin ich mir nicht. Ich weiß nur, dass ich erst dann eine Zukunft habe, wenn ich es tue.«

Percy Winterbourne ist unglücklich mit der Zubereitung seines Tees, doch das Mädchen ist schon gegangen. Er kann sie nicht zurückrufen und ausschelten. Seit seiner Ankunft in Maryborough hat er schon ein Dutzend Mal das Hotel gewechselt, doch in keinem scheint man zu wissen, wie man den Tee richtig zubereitet. Er hat alle anständigen Unterkünfte in der Stadt durchprobiert, also muss er jetzt den Tee im Oxford Hotel ertragen. Er will sich nicht zu weit vom Wrack der *Aurora* entfernen, will aber auch nicht in einem winzigen Dorf bleiben, wo der knirschende Sand und die allgegenwärtigen Fliegen ihn verrückt machen. In dieser hektischen Kolonialstadt lässt es sich vorerst aushalten. Er nippt an der bitteren Flüssigkeit und überfliegt die Zeitungen, die gerade eingetroffen sind. Er verlangt, dass man ihm von jeder Zeitung, in der er eine Anzeige aufgegeben hat, eine Ausgabe schickt, damit er sieht, dass man ihn nicht betrogen hat. Dann geht er sie nacheinander durch.

Die Anzeige war bisher erfolglos. Ein paar Verrückte haben sich gemeldet, ohne Ergebnis. Er fragt sich oft, ob er seine Zeit verschwendet. Mutter hat ihm schon telegrafiert, er solle aufgeben und nach Hause kommen, weil seine Frau und seine Kinder ihn brauchen, aber da Arthur tot ist, zieht ihn nichts mehr nach Hause. Er kann seinen Bruder nicht ersetzen und will es auch nicht. Seine Frau und die Kinder vermisst er nicht sonderlich. Er kann es gar nicht abwarten, bis er mit seinem ältesten Sohn ein richtiges Gespräch führen kann, doch bis dahin ist es besser, wenn das Kindermädchen sie aufzieht. Er grinst, als ihm klarwird, dass er eigentlich auch mit seiner Frau kein richtiges Gespräch führen kann. Sie sind ihm alle ein Klotz am Bein, warum also sollte er nicht seine Zeit hier in Maryborough verbringen, ein Hotel nach dem anderen bewohnen und das Vergnügen und die Freiheiten genießen, die einem Mann von beträchtlichem Reichtum offenstehen?

Doch als er im *Queenslander* blättert, verändert sich mit einem Schlag die Lage. Eine auffällige Überschrift weckt seine Aufmerksamkeit: »Der Frauenteil«. Zunächst grinst er höhnisch. Frauen drängen heutzutage überall hinein. Sie wollen wählen und rennen herum wie wilde Katzen. Warum brauchen sie einen ganzen Teil in der Zeitung? Doch dann sieht er das Foto.

Oh, das Foto.

Nicht die Damen mit dem Doppelkinn im Vordergrund erregen seine Aufmerksamkeit, sondern das vertraute Profil dahinter. Sie ist es. Es ist Isabella. Er liest die Unterschrift. *Gäste von Lady McAuliffe bei ihrem jährlichen Frühlingsball im Bellevue Hotel.*

Er hat sie. Endlich hat er sie.

Sechsundzwanzig

2011

Schon bevor Libby aufwachte, spürte sie das warme Glück in ihrem Herzen. Dann öffnete sie die Augen. Was war los? Ach ja. Gestern mit Tristan. Sie drehte sich um und tastete nach der leeren Seite des Bettes. Er hatte sich gegen ein Uhr morgens davongestohlen, nachdem sie einen Tag und eine Nacht in einem zerwühlten Bett verbracht hatten. Sie hatten geredet, gegessen, eine Flasche Wein getrunken. Natürlich hatten sie sich auch geliebt, seine Hände hatten ständig die Kurven ihres Körpers abgetastet, ihre Finger wurden wieder und wieder von seinem stoppeligen Kinn angezogen. Er hatte seine Termine abgesagt und das Handy ausgeschaltet und auf dem Nachttisch liegen lassen, ein stummer Zeuge ihres Vergnügens. Sie hatte sich danach gesehnt, sich an ihn zu kuscheln und die ganze Nacht neben ihm zu schlafen. Sie hatte ihn gebeten, bei ihr zu bleiben, doch er hatte gesagt, er habe einen frühen Termin und wolle sie nicht stören, wenn er aufstand.

Libby schaute auf die Uhr, die auf dem Nachttisch stand. Halb zehn. Er dürfte jetzt schon bei seiner Besprechung sein. Ob er wohl das gleiche selige Grinsen im Gesicht hatte wie sie?

Sie drehte sich auf den Rücken und legte die Arme über die Augen. Ihr Herz war zum Zerreißen gespannt.

Wie wunderbar, wieder Leidenschaft für einen Mann zu empfinden. Bei der Vorstellung, Mark zu vergessen, spürte sie einen kleinen Stich im Herzen, aber sie hatte ihn ja nicht vergessen. Sie hatte nicht einmal aufgehört, ihn zu lieben. Vielleicht hatte sie nur endlich akzeptiert, dass er nie mehr wiederkommen würde.

Sie blieb lange so liegen, döste vor sich hin, erinnerte sich an die pure Freude von gestern und sagte sich schließlich, dass sie viel Arbeit am Katalog hatte und es sich nicht leisten konnte, noch länger im Bett zu bleiben. Die Mail mit den Fotos war vermutlich schon angekommen, und sie musste den letzten Entwurf überarbeiten. Sie stand auf, ging ins Bad und wollte gerade in die Dusche steigen, als es klopfte.

Tristan. Wer sonst? Seine Besprechung war erledigt, und er war zurückgekommen. Sie zog rasch ihren Bademantel über und lief zur Tür.

Nicht Tristan. Graeme Beers. Die Enttäuschung tat weh. Er hatte auf der Straße geparkt, sein Sohn saß am Steuer.

»Tut mir leid, dass ich nicht vorher angerufen habe. Aber ich hatte Ihre Nummer nicht, und es war … hm … dringend.«

»Dringend?« Sie zog den Bademantel enger um sich und war sich ihrer Nacktheit darunter nur zu bewusst.

Er hielt ihr einige Papiere hin. »Ja, es sieht aus, als … als hätte ich was übersehen. Sie müssen die hier unterzeichnen, bevor Sie tauchen.«

Libby nahm die Unterlagen stirnrunzelnd entgegen. Es war eine Art Vertrag, der Graeme und seine Firma vor möglichen Schadenersatzansprüchen schützte, falls seinen Tauchern etwas zustieß. Fast hätte sie gelacht. Er hatte Angst, sie könnte ihn wegen des Vorfalls verklagen.

»Kommen Sie herein. Ich suche nur einen Stift.«

»Ich begreife nicht, warum ich nicht daran gedacht habe, Ihnen die zu zeigen. Ich …«

»Schon gut. Ich werde Sie nicht verklagen. Oder anzeigen.« Sie fand einen Stift auf dem Schreibtisch, hakte die zutreffenden Kästchen ab und unterzeichnete. »Hier.«

»Danke. Es …«

Vielleicht wollte er sagen, es täte ihm leid, doch damit hätte er einen Fehler eingestanden. Sie machte eine wegwerfende Geste. »Alles in Ordnung. Mir geht es gut.«

Er nickte und ging rückwärts aus der Tür. Sie schloss sie hinter ihm und wandte sich zum Schreibtisch.

Dann hörte sie es.

Das Motorengeräusch. Dasselbe, das sie nachts vor dem Haus gehört hatte. Sie rannte zur Tür und sah gerade noch, wie Graeme und sein Sohn davonfuhren. Falls sie noch irgendeinen Zweifel gehabt hatte, verschwand er, als der Wagen am Fuß des Hügels eine Fehlzündung hatte.

Nein, es bestand kein Zweifel: Graeme Beers und sein Sohn waren nachts um ihr Haus geschlichen. Bei dem Gedanken bekam sie eine Gänsehaut. Was hatten sie vor?

Noch im Bademantel marschierte sie geradewegs zum Leuchtturm und hämmerte an die Tür. Niemand öffnete. »Damien!« Er war nicht da.

Sie kehrte zum Cottage zurück. Was sollte sie machen? Graeme anrufen und zur Rede stellen? Zur Polizei gehen und es Sergeant Lacey melden? Sie sah auf die Uhr. Ob Tristan mit seiner Besprechung fertig war und mit ihr darüber reden konnte?

Sie rief ihn auf dem Handy an, doch es meldete sich

nur die Mailbox. Sie notierte rasch seine Büro- und Privatnummer, die am Ende der Ansage genannt wurden, und rief im Büro an.

»Tut mir leid, Mr. Catherwood ist heute nicht da.«

»Nicht da?« Vielleicht hatte er die Besprechung irgendwo anders.

»Er hat den Rest der Woche Urlaub genommen.«

Sie legte auf und schaute lange auf die Privatnummer, die auf ihrem Zettel stand. Nach ihrem intimen Zusammensein wäre es sicherlich möglich, ihn zu Hause anzurufen.

Urlaub. Ein früher Termin. Libby durfte sich keinen Kopf deswegen machen. Tristan war ehrgeizig, durchaus denkbar, dass er auch im Urlaub einen Termin wahrnahm. Sie griff nach dem Telefon, bevor sie es sich anders überlegen konnte, und wählte die Privatnummer.

Es klingelte einmal. Zweimal. Ihr Herz schlug langsamer. Er war nicht da. Beim fünften Klingeln meldete sich eine Frauenstimme. »Hallo?«

Libby brauchte zwei Sekunden, bis sie sich gefasst hatte. »Hallo. Ich wollte mit Tristan sprechen.«

»Wer ist denn am Apparat?« Die Stimme klang hart.

»Elizabeth Slater.«

»Einen Moment.« Das Telefon wurde unsanft abgelegt. Kurz darauf meldete sich Tristan.

»Hi, Libby.«

»Ich brauche deine Hilfe, Tristan …«

»Kann ich dich gleich zurückrufen? In fünf … in fünf Minuten, okay?«

»Okay.«

Er legte auf. Libby schleuderte das Telefon quer durchs Zimmer. Es landete scheppernd neben dem

Sofa. Sie war nicht dumm. Sie kannte die Anzeichen. Er war verheiratet.

Genau wie Mark.

Sie ging unter die Dusche und stellte das Wasser so heiß wie möglich. Das Telefon klingelte, aber sie ignorierte es, setzte sich auf den Boden und ließ das Wasser durch ihre dunklen Haare und über ihren Rücken fließen. Sie atmete tief durch. Nach dem Hochgefühl vom Morgen, dem Glück und der Hoffnung, war dieser Absturz umso schmerzlicher.

Doch dann begriff sie, dass alles gut würde. Sie würde das verfluchte Haus verkaufen und nach Frankreich zurückkehren. All ihre Probleme wären damit gelöst: Tristan, Juliet, Graeme. Sie würde in eine luxuriöse Wohnung ziehen, die Türen abschließen und ihr Herz niemals wieder öffnen.

Irgendwann ging das heiße Wasser aus. Sie stieg aus der Dusche und wickelte sich in ein Handtuch. Das Telefon klingelte erneut. Diesmal meldete sie sich.

»Hier ist Tristan.«

»Bist du verheiratet?«

Pause. »Nein.«

»Wer war das vorhin am Telefon?«

»Können wir das persönlich besprechen? Bitte, sei nicht eifersüchtig. Eifersüchtige Frauen machen sich das Leben selbst schwer. Wir sind doch noch ganz am Anfang unserer Beziehung.«

Sein Tadel schmerzte, und sie wurde rot vor Scham. Welches Recht hatte sie, ihm diese Fragen zu stellen? Vermutlich hielt er sie jetzt für verrückt. »Tut mir leid«, seufzte sie. Dann kam ihr ein anderer Gedanken, verbunden mit einem Kribbeln. »Wie war deine Besprechung heute Morgen?«

»Gut. Es war nichts Berufliches. Eine juristische Sache. Ich habe einige Immobilienangelegenheiten zu regeln.«

Ja, sie benahm sich tatsächlich wie eine Verrückte. Machte sich Gedanken über seine Besprechung, zog irgendwelche Schlussfolgerungen wegen einer Frauenstimme am Telefon. Schwester, Mitbewohnerin, Putzfrau. Aber nicht seine Ehefrau. Das hatte er selbst gesagt. Nicht verheiratet. Das waren nur die Nachwirkungen ihrer Beziehung zu Mark.

»Lass uns Freitagabend essen gehen. Ich möchte dich so gerne wiedersehen. Ich habe diese Woche viel zu tun wegen dieser juristischen Sache, aber Freitagabend wäre ich bereit für ein schönes Glas Shiraz und ein gutes Essen.«

»Klingt wunderbar.« Es war ihr ernst damit.

»Du hast gesagt, du brauchst meine Hilfe. Ich habe mir Sorgen gemacht, als du nicht ans Telefon gegangen bist.«

»Ach so. Ich glaube, ein Problem hat sich gelöst. Ich weiß jetzt, wer sich nachts an meinem Haus herumgetrieben hat, aber wenn ich erst umgezogen bin, spielt das keine Rolle mehr.«

»Wer denn?« Sie hörte den Argwohn in seiner Stimme.

»Graeme Beers. Der Tauchlehrer aus Winterbourne Beach. Ich habe sein Motorengeräusch erkannt.«

»Warum sollte er sich an deinem Haus herumtreiben?«

»Keine Ahnung.«

Kurzes Schweigen. »Ich weiß nicht, Libby, das klingt ein bisschen … unwahrscheinlich. Sicher hören sich viele Autos gleich an.«

»Ich bin mir absolut sicher.«

»Na schön. Ich glaube dir. Und es gefällt mir nicht,

also ruf die Polizei an und sag Bescheid. Du solltest ihn nicht allein zur Rede stellen.«

Sein Beschützerinstinkt rührte sie, und sie hoffte schon, er werde anbieten, an diesem Abend vorbeizukommen, doch das erwies sich als Trugschluss.

»Tut mir leid, Libby, ich muss los. Ich habe heute noch ein paar Termine und bin spät dran.«

»Kein Problem. Bis Freitag.«

»Ich kann's kaum erwarten.«

Sie legte das Telefon weg, zog sich an und beschloss, Scott Lacey anzurufen. Ihr Magen knurrte, und ihr wurde klar, dass sie seit dem vergangenen Nachmittag nichts mehr gegessen hatte. Sie schaltete den Wasserkocher ein.

»Sergeant Lacey.«

»Scott, ich bin's, Libby Slater.«

»Ach, guten Morgen.« Ziemlich kühl.

Sie erklärte rasch die Situation, spürte aber seine Zweifel, noch bevor er ein Wort gesagt hatte.

»Tut mir leid, aber das reicht nicht aus, um etwas zu unternehmen.«

»Wirklich, ich habe dieses Motorengeräusch sofort wiedererkannt.«

»Vielleicht ist es das gleiche Modell, aber das ist noch lange kein Grund, bei ihm aufzutauchen und um eine Erklärung zu bitten.«

Libby schwieg einen Augenblick. »Liegt es daran, dass ich Juliet durcheinandergebracht habe?«

»Was? Nein. Das ist doch lächerlich. Ich bin durchaus in der Lage, meine Gefühle dir gegenüber und meine Arbeit auseinanderzuhalten.«

Libby unterdrückte eine scharfe Erwiderung. »Tut mir leid«, sagte sie gezwungen.

»Schon gut. Es geht ja um deine Sicherheit. Das

kann ich verstehen. Dein Haus steht immer noch auf der Liste für unsere Streife. Wir haben dich nicht vergessen.«

Libby bedankte sich und hängte ein. Das Wasser kochte, und sie schaltete es aus, stand aber lange da und sah hinaus aufs Meer, fühlte sich ängstlich und unzufrieden und wusste nicht, was sie als Nächstes tun sollte.

Damien arbeitete jeden Nachmittag zwischen dem Mittagessen und dem Tee in der Küche und verschwand zwischen drei und halb fünf. Wenn es in der Teestube wieder leer war, arbeitete er weiter. Manchmal blieb er bis sieben und achtete immer darauf, dass Juliets Geschäft nicht darunter litt. Statt die ganze Küche auf einmal auseinanderzunehmen, ging er schrittweise vor.

Die Schranktüren waren schlichte Eichenbretter, die er draußen neben dem Eimer mit dem Biomüll beizte. Als Juliet an diesem Nachmittag die Scones in den Ofen geschoben hatte, schaute sie aus dem Küchenfenster und erlaubte sich einen Blick auf den im Sonnenschein arbeitenden Damien: starke Arme, gebräunte Haut, schimmerndes Haar.

Cheryl trat neben sie. »Eine Augenweide, was?«

Sie fuhr zusammen. Wurde verlegen. »Oh. Nein, ich … ich wollte nur sehen, wie er mit dem Beizen vorankommt. Er hat einen hübschen Farbton ausgewählt, was?«

Cheryl krümmte sich vor Lachen, und Juliet wurde flammend rot.

»Schon gut, Juliet. Ich habe ihn auch angestarrt. Er sieht wirklich zum Anbeißen aus. Schade, dass er keinen Blick für alte Schachteln wie uns hat, was?«

Juliets Herz zog sich zusammen. *Alte Schachteln wie uns.* Sie war sieben Jahre jünger als Cheryl, aber immer noch zehn Jahre älter als Damien.

Cheryl schaute sie prüfend an und runzelte die Stirn. »Mach keine Witze. Du schwärmst doch nicht für ihn, oder?«

»Nein, nein. Natürlich nicht.«

Cheryl zog misstrauisch eine Augenbraue hoch. »Das möchte ich auch nicht hoffen. Du solltest dir einen wunderbaren, soliden Mann suchen, der dich auch noch liebt, wenn du alt und runzelig bist. Jemanden mit einem anständigen Bankkonto, das wäre ein guter Anfang.«

»Seine Ex hat die gemeinsamen Konten eingefroren.«

Sie tat die Bemerkung ab. »Vertrau ihm nicht zu sehr. Und verliere dein Herz nicht an einen jungen Hengst.« Dann verschwand Cheryl mit einer Flasche Desinfektionsspray und einem Lappen, um das Speisezimmer zu reinigen.

Juliet ließ sich mit dem Rücken zum Fenster gegen das Spülbecken sinken. Sie kam sich dumm vor. Natürlich fühlte sie sich von Damien angezogen, aber nicht weil er jung war und gut aussah. Er war freundlich. Sprach mit sanfter Stimme. Hatte starke moralische Grundsätze. Das alles waren wichtige Eigenschaften bei einem Mann.

Doch Cheryl hatte recht, auf ihn musste sie alt wirken. Sie war früher seine Babysitterin gewesen; vermutlich betrachtete er sie als Mutterfigur, höchstens als ältere Schwester. Bei der Vorstellung zog sich alles in ihr zusammen. Sie erinnerte sich, wie er ihre Hände gehalten hatte. Seine Hände waren jung und gebräunt, an ihren wurde die Haut dünn, und die Adern schimmerten durch. Ganz zu schweigen von den Falten um ihre Augen. Und sie hatte sich nicht vor der Sonne geschützt wie Libby, daher war ihre Haut an Armen und Dekolleté fleckig geworden. Plötzlich kam sie sich vor wie eine Hexe, eine Hexe mittleren Alters. Die Vorstellung, einen jüngeren Mann zu lieben und sich ein gemeinsames Leben aufzubauen und Babys zu bekommen, war lächerlich, ein idiotischer Traum. Dafür war es viel zu spät.

An diesem Abend suchte sie bei Datemate nach Profilen von Männern, die so alt waren wie Damien: Alle wünschten sich Frauen zwischen zwanzig und dreißig, keine, die sich der vierzig näherten. Halbherzig schaute sie sich nach Männern in ihrem Alter oder älter um, doch keiner weckte ihr Interesse. So war es immer, und sie hatte lange Zeit geglaubt, sie werde einfach keinen Mann mehr finden, der ihr so gut gefiel wie Andy.

Doch jetzt, nach zwanzig Jahren, hatte sie vielleicht einen gefunden. Und es bedrückte sie, dass er in ihr nicht das sehen konnte, was sie in ihm sah.

In den folgenden Tagen arbeitete Libby lange und konzentriert. Sie gewöhnte sich daran, gelegentlich mit Emily zu telefonieren. Sie wagte sogar zu fragen, ob diese irgendetwas über den Schiffbruch der *Aurora* wusste. Emily war begeistert, dass Libby zum Wrack getaucht war, und versprach, alles Wissenswerte für sie zusammenzutragen.

Die Fotos, die aus Paris zurückkamen, waren ausgezeichnet. Nur drei mussten neu gemacht werden, und sie wartete auf eine E-Mail ihres Fotografen Roman Deleuze, der ihr die Bilder schicken wollte. In der Zwischenzeit überarbeitete sie weiter die Katalogseiten, verschob Bilder und Texte. Obwohl sie den Winterbourne-Katalog seit Jahren gestaltete, war es diesmal besonders aufregend. In diesem Jahr wollte Emily etwas anderes, Moderneres. Libby genoss jeden Augenblick. Sie wünschte sich, Mark könnte das Ergebnis sehen, und überlegte, was er wohl davon halten und ob er seine Meinung über Emily ändern würde, wenn er sähe, wozu sie fähig war.

Als sie das Motorrad des Postboten hörte, stand sie auf, reckte und streckte sich. Zeit für eine Pause und eine Tasse Tee. Sie ging nach draußen zum Briefkasten. Zum ersten Mal spürte sie, dass der Herbst in der Luft lag. Es schien kaum möglich: Lighthouse Bay war ein Ort, an dem immer die Sommersonne schien und die warme Luft vom Meer aufstieg. Sie atmete tief die ungewohnte Frische ein und holte einen großen Umschlag von Ashley-Harris Holdings aus dem Briefkasten.

Sie riss ihn auf. Seitenweise juristisches Kleingedrucktes, das mussten die Verträge über den Verkauf des Hauses sein. Vermutlich war es ein Standardvertrag, doch es hätte ebenso gut eine fremde Sprache sein können.

Sie brauchte eine juristische Beratung.

Libby seufzte. Sie wollte die Sache schnell hinter sich bringen, doch einige tausend Dollar für einen Rechtsanwalt waren vermutlich gut angelegt, wenn es um ein derart großes Immobiliengeschäft ging. Sie kehrte ins Haus zurück und suchte das örtliche Telefonbuch heraus. Dann rief sie in der erstbesten Kanzlei an und vereinbarte für den nächsten Montag einen Termin.

Sie kochte Tee und kehrte an den Schreibtisch zurück, wo sie Bossy von ihrem Bürostuhl vertreiben musste. Die Mail von Roman Deleuze mit den neuen

Fotos war angekommen. Libby schickte rasch eine Antwort, in der sie sich bedankte und sagte, alles sei wunderbar.

Er antwortete sofort.

Mieses Wetter in Paris. Ich beneide Sie.

Sie scrollte hinunter und sah, dass er ein Foto angehängt hatte: Feierabendverkehr vor seinem Fenster. Regen. Leute mit gesenkten Köpfen unter Regenschirmen, Regenmantel an Regenmantel, dicht gedrängt. Es sah wirklich mies aus, und sie musste lachen. Aus einer Laune heraus griff sie nach ihrem Handy und ging nach draußen an den Strand: die unendliche Weite des Sandes, der tiefblaue Himmel, das türkisblaue Meer. Sie machte ein Foto, verband das Handy mit ihrem Computer und schickte es ihm.

So sieht es hier im Herbst aus.

Sie schrieben eine Weile hin und her, wobei sie ihn mit dem Stadtleben und dem schlechten Wetter aufzog und er sich darüber lustig machte, dass sie ihr ganzes Leben im Urlaub verbrachte. Zum ersten Mal wurde ihr bewusst, dass sie in einem Paradies lebte. Weil sie hier aufgewachsen war, hatte sie es immer als selbstverständlich betrachtet. Doch der Strand und der Himmel und die Sonne waren ein richtiges Wunder. Irgendwann wurde jeder frustriert, der inmitten stickiger Auspuffgase und feuchter Menschenmengen in Regenmänteln lebte, und begann vom warmen Ozean zu träumen.

Würde es ihr auch so gehen? Würde auch ihr die Luxuswohnung in Paris eines Tages nicht mehr reichen? Würde sich die Sehnsucht umkehren und die Küste von Queensland sie wieder zu sich locken? War es ihr bestimmt, immer und überall unzufrieden zu sein?

Roman ging offline, weil er eine Besprechung hatte, und Libby überlegte, ob sie vor ihrer Abendschicht etwas essen sollte. Sie wollte den Katalog unbedingt fertigstellen und sich mit der Arbeit von anderen Gedanken ablenken.

Als Libby zehn Minuten zu spät ins Azzurro kam und Tristan nicht sofort entdeckte, geriet sie einen Moment in Panik. Hatte er keine Lust mehr gehabt zu warten und war nach Hause gefahren? Oder schlimmer noch, hatte er sie einfach versetzt?

Der Oberkellner sah sie einsam und verloren dastehen und erkundigte sich, ob er helfen könne.

»Ich bin hier mit Tristan Catherwood verabredet. Ist er schon da?«

»Ja, er ist oben. Kommen Sie bitte mit.«

Libby folgte dem Oberkellner durchs Restaurant, an der Küche vorbei und eine Treppe hinauf. Sie gelangten auf einen gewaltigen Balkon mit Blick auf den Fluss. An einem einzelnen, mit Kerzen beleuchteten Tisch saß Tristan.

Sie lachte. »Du lieber Himmel.«

Der Oberkellner zwinkerte ihr zu. »Mr. Catherwood hat auf etwas Besonderem bestanden.«

Tristan stand auf, zog ihren Stuhl zurück und küsste sie leicht auf die Wange.

»Tut mir leid, dass ich zu spät komme.« Sie setzte sich.

»Kein Problem. Ich habe die Aussicht genossen.«

Libby schaute zum Fluss, auf dem sich die Yachten wiegten. »Das ist wirklich besonders.«

»Genau wie du.«

Sie drehte sich zu ihm um und konnte ihr Lächeln nicht verbergen. »Nun, jedenfalls hast du keine Kosten und Mühen gescheut. Weißt du denn nicht, dass du mich schon herumgekriegt hast?«

Er griff nach ihrer Hand und streichelte sie sanft. »Du bist wunderschön, Libby. Ich habe dich die ganze Woche vermisst.«

»Gleichfalls.«

»Sind die Verträge gekommen?«

Der plötzliche Themenwechsel überraschte sie. »Ja. Ich habe für nächste Woche einen Termin mit einem Anwalt vereinbart.«

»Kluges Mädchen.« Er goss ihr ein Glas Wein ein, und sie setzten ihre Unterhaltung fort, als wären sie nie getrennt gewesen. Ihr wurde erneut klar, was sie an ihm mochte. Er war interessant, hatte viel erlebt, wirkte aber nicht arrogant oder egoistisch. Er hatte etwas Frisches an sich, das sie förmlich berauschte. Sie lachten und redeten während des Hauptgangs, doch als er die Weinflasche hob, um ihr nachzuschenken, legte sie die Hand über ihr Glas.

»Ich muss noch fahren.« Sie hoffte, er werde sie einladen, die Nacht bei ihm zu verbringen.

»Ach so, stimmt.« Er sah auf die Uhr. »Ein halbes Glas? Wir können danach noch am Strand spazieren gehen.«

»Sicher.« Dann wagte sie sich vor. »Oder ich könnte mit zu dir kommen.«

Er lächelte. Schaute ihr in die Augen. Doch dann sagte er: »Nicht heute Abend.«

»In Ordnung.« Sie versuchte, ihre Enttäuschung zu verbergen. Ihr wurde klar, dass sie eine halbe Stunde lang miteinander gesprochen und er noch nicht einmal die Frau erwähnt hatte, die ans Telefon gegangen war. Sie öffnete den Mund, um etwas zu sagen, doch er hob sanft die Hand.

»Meine Mitbewohnerin. Sie steht auf mich. Es ist ein bisschen kompliziert. Am besten rufst du mich nicht an und kommst nicht vorbei, bis ich das geklärt habe.«

»In Ordnung«, wiederholte Libby und schaute in die Kerzenflamme. Doch sie wusste – wusste genau –, dass das gelogen war. Oder zumindest nur die halbe Wahrheit. Reiche Männer um die vierzig hatten nicht einfach weibliche Mitbewohnerinnen.

»Alles in Ordnung mit dir?«

Sie lächelte strahlend. »Natürlich. Warum nicht? Wolltest du mir nicht noch etwas Wein einschenken?«

Er füllte lachend ihr Glas nach. Sie bewahrte ihr Strahlen, doch ihr Verstand arbeitete fieberhaft. Tristan gehörte einer anderen. Der Gedanke war einerseits enttäuschend, doch suchte man nur dann etwas Neues, wenn die eigene Beziehung nicht mehr intakt war. Das hatte Mark immer gesagt.

Beim Gedanken an Mark wurde ihr klar, dass sie das alles kannte. Sie hatte schon einmal nach Entschuldigungen gesucht. Und aus diesem Grund war sie die Letzte, die Tristan verurteilen würde.

Siebenundzwanzig

Seit über einer Woche hatte Libby keine Lebenszeichen im Leuchtturm gesehen und war daher überrascht, als Damien am Samstagnachmittag im Cottage auftauchte.

»Hi«, sagte sie und trat beiseite, um ihn hereinzulassen. »Ich würde ja wirklich sagen, dass Bossy dich schrecklich vermisst, aber ich glaube, sie hat es nicht mal bemerkt.«

Er setzte sich neben die Katze aufs Sofa und begann sie unter dem Kinn zu kraulen. Sie reckte sich einmal und schlief weiter. »So sind Katzen. Freuen sich immer, einen zu sehen.«

»Wo bist du gewesen?«

»Im B & B. Ich wollte mich bei dir bedanken, weil du mir den Tipp mit Juliet gegeben hast. Ich baue ihr eine neue Küche und kann dafür jede Nacht in einem schönen, weichen Bett schlafen.« Dann stand er auf und warf ihr einen strafenden Blick zu, der nicht ganz ernst gemeint war. »Allerdings hattest du ihr nicht gesagt, dass ich komme.«

»Nein. Wir sind irgendwie …«

»Ja, ich weiß.«

»Hat Juliet dir alles erzählt?«

»Sie hat mir manches erzählt. Genau wie Cheryl. Aber dass du jetzt mit Tristan Catherwood zusammen bist, dem Feind der gesamten Stadt … das nenne ich Mumm«, neckte er sie.

»Hör auf.« Sie schlug spielerisch nach ihm. »Du hasst mich also nicht?«

»Ich hasse dich nicht.«

»Und du stehst nicht auf ihrer Seite?«

»Ich stehe auf eurer Seite. Ich finde, ihr solltet versuchen, euch auszusprechen. So etwas wirft man nicht einfach weg.«

Plötzlich wurde Libby unsicher und ging in die Küche, um den Wasserkocher einzuschalten, damit sie ihr Gesicht verbergen konnte. »Tee? Oder möchtest du zum Essen bleiben?«

»Tee wäre wunderbar. Heute Abend brauchst du mich allerdings nicht zu füttern. Juliet versorgt mich immer mit übriggebliebenen Quiches und Roastbeef-Sandwiches.«

Sie schaute ihn prüfend an. »Du siehst tatsächlich viel gesünder aus.«

»Eine Woche in Juliets Pflege.« Libby fand, dass er sich sehnsüchtig anhörte. Sie machte sich an der Teekanne zu schaffen und schob Bossy vom Sofa, damit sie sich zusammensetzen konnten. »Heißt das, du hast dir eine Auszeit von deinem Leuchtturm-Geheimnis genommen?«

»Ganz und gar nicht. Ich habe meine Sachen ausgeräumt und die Kiste mit den Papieren mit zu Juliet genommen. Ich habe sie chronologisch geordnet, aber es fehlen viele Daten. Daten, über die ich gern etwas wüsste.«

Sie goss Tee ein und lehnte sich mit ihrer Tasse zurück. »Erzähl weiter.«

»Ich habe noch einmal das Tagebuch gelesen, das ich dir geliehen hatte. Das, in dem Matthew Seaward die geheimnisvolle Frau namens ›I‹ immer öfter erwähnt. Er schreibt nie ausführlich über sie oder seine Gefühle, aber … Für mich hört es sich an, als wäre er in sie verliebt gewesen.«

»Ehrlich?«

»Vielleicht bin ich nur schmalzig.«

»Schmalzig. Schönes Wort.«

»Du weißt, was ich meine. Vielleicht deute ich Dinge hinein, die gar nicht da sind. Ab und zu erwähnt er sein ›hübsches Vögelchen‹, und ich frage mich, ob er sie meint oder ein echtes Haustier. Ein anderes Mal schreibt er, sie sei mit einem Dampfer nach Brisbane gefahren, und dieser eine Satz sagt alles. *›Der Leuchtturm scheint leerer als gewöhnlich.‹* Es klingt, als hätte er Liebeskummer.« Er trank von seinem Tee. »Ich frage mich, ob sie gewusst hat, was er für sie empfand.«

Ein Lächeln spielte um Libbys Lippen, als sie Damien anschaute. »Du klingst selbst ein bisschen … als hättest du Liebeskummer.«

Er schaute sie von der Seite an. »Deine Schwester ist schon etwas *Besonderes.*«

Die Antwort kam so unerwartet, dass ihr der Mund offen stand. »Juliet? Aber sie ist zehn Jahre älter als du. Sie war deine Babysitterin.«

»Ich weiß, also wird sie in mir immer nur ein Kind sehen, stimmt's? Aber wir sind jetzt beide erwachsen. Meinst du, ich habe eine Chance bei ihr?«

Sie wollte ihm so gern Mut machen, konnte es aber nicht. »Das kann ich dir ehrlich nicht sagen. Ist das nicht traurig? Ich kenne meine Schwester nicht gut genug, um diese Frage zu beantworten. Ich nehme an, sie ist eher konventionell, daher …« Dann lächelte sie, konnte einer kleinen Neckerei nicht widerstehen. »Soll ich mich vielleicht deshalb mit ihr versöhnen?«

Er lachte leicht. »Vergiss, dass ich gefragt habe.«

»Dein Geheimnis ist bei mir sicher. Außerdem weiß

ich nicht, ob Juliet jemals wieder mit mir sprechen wird. Vermutlich bekomme ich gar nicht die Gelegenheit, dich zu verraten.«

Sie schwiegen einen Moment. Bossy sprang auf Damiens Schoß, und das Geräusch des Meeres und das Summen des Ventilators lullten Libby ein wenig ein. Dann sagte er plötzlich: »Juliet hat mir erzählt, was an dem Abend passiert ist, an dem Andy starb.«

Das schlechte Gewissen und die Scham waren überwältigend. »Oh.« Mehr brachte sie nicht heraus.

Er sagte nichts weiter, kraulte nur Bossys Ohren.

»Ich weiß, dass ich das war«, sagte sie schließlich. »Aber es kommt mir vor, als wäre es ein anderer Mensch gewesen. Zwanzig Jahre. Mein halbes Leben. Damals kam ich mir erwachsen vor, aber heute weiß ich, dass ich praktisch noch ein Kind war.«

»Als Juliet mir davon erzählt hat, hatte ich schreckliches Mitgefühl mit ihr. Aber auch mit dir.«

Sie schaute ihn skeptisch an. »Tatsächlich?«

»Wir alle machen in unserer Jugend Fehler. Die meisten sind nicht tragisch. Du hast allerdings großes Pech gehabt. Das habe ich Juliet auch gesagt.«

Sie schaute in ihre Teetasse und bemerkte, dass ihre Hände zitterten. Die Erinnerungen an jene Nacht kamen wieder hoch. Das Salzwasser in der Kehle, der kalte Wind, die Sirenen, die wachsende Angst. Am schlimmsten aber waren Juliets Schreie, die wie die eines verwundeten Tieres klangen, nicht mehr menschlich. »Ich war ein Idiot«, stieß sie hervor. »Wenn ich nicht ins Wasser gegangen wäre, würde er noch leben. Er und Juliet wären verheiratet und hätten Kinder. Sie wäre glücklich geworden.« Sie kniff die Augen zu, um die Tränen zu unterdrücken.

»Das kannst du nicht wissen. Sie waren noch Kinder, als sie zusammenkamen; es hätte auch alles schiefgehen können. Das kann man nie mit Sicherheit sagen.«

»Nein. Aber ich habe ihnen die Möglichkeit genommen, diesen Traum zu leben. Ich habe ihr Leben zerstört.«

»Ihr Leben ist nicht zerstört.«

Sie blickte auf. »Genau das Gleiche hat sie auch gesagt. Genauso.«

»Dann muss es stimmen.« Er lächelte warmherzig und sanft. »Bist du wegen des Unfalls nach Paris geflohen?«

»Ja. Ich meine, ich wollte schon immer weg aus dieser Stadt. Doch als es passierte, wollte ich auch so weit wie möglich weg von Juliet. Die Schuld hat mich förmlich erdrückt. Es hat geholfen, dass sie mich nie wiedersehen wollte.« Libby hielt kurz inne. Juliets Worte klangen ihr in den Ohren und weckten die furchtbaren Schuldgefühle aufs Neue. Sie wollte die Augen schließen und im Boden versinken und nie wieder daran denken müssen, doch Damien wartete darauf, dass sie weiterredete. »Ich sprach gut Französisch, also habe ich keinen Rückflug gebucht. Ich bin weggelaufen. Im wahrsten Sinne des Wortes. Und irgendwie wurden aus einem Jahr zwei, dann vier, dann zehn, dann … Ich habe alles verpasst. Jeden Geburtstag, jedes Weihnachten, Dads Beerdigung. Ich habe keine Ahnung, was Juliet in der Zeit gemacht hat, weil ich sie nie danach gefragt habe. Vermutlich würde sie es mir erzählen, wenn sie geheiratet oder ein Kind bekommen hätte. Manchmal habe ich mich gefragt, wie ihr Leben aussehen mag, aber dann bekam ich ein so schlechtes Gewissen …« Ihre Stimme bebte, und sie musste tief Luft holen, um nicht zu weinen. »Ich habe mich gezwungen, sie zu vergessen.«

Damien schob Bossy auf seinem Schoß zurecht und legte sanft die Hand auf Libbys Arm. »Es ist alles gut.«

Etwas in seiner Berührung, seiner Stimme machte sie ungeheuer zornig. Warum sollte dieses Kind Mitleid mit ihr haben? Ihr Mut zusprechen? Sie zuckte zusammen und zog die Hand weg. »Ich weiß, dass es gut ist«, fauchte sie und schämte sich sofort. Sie stand auf und ging ans Fenster. Sie spürte ihn hinter sich im Zimmer, wo er geduldig wartete. Anscheinend hatte er ihr die hitzigen Worte nicht übelgenommen. »Könnten wir bitte das Thema wechseln?«

»Sicher. Tut mir leid, dass ich es erwähnt habe.«

»Nun, zu unserem liebeskranken Leuchtturmwärter ...«

»Mir fehlen einige Papiere von 1901. Sein Tagebuch bricht ab, als es gerade interessant wird und er ... ähm ... liebeskrank. Dann schreibt er nichts mehr. Das nächste Tagebuch stammt von seinem Nachfolger.«

Libby drehte sich zu ihm um, den Rücken an die Spüle gelehnt. Er wurde immer noch von Bossy auf dem Sofa gefangen gehalten. »Wo könnten diese Unterlagen sein?«

»Ich habe so eine Ahnung. Aber ich komme nicht heran.«

Sie neigte fragend den Kopf.

»Sie sind bei mir zu Hause. Mit all meinen anderen Sachen. In dem Haus, in das ich nicht hineinkomme. Als mein Großvater starb, hat er kistenweise Bücher und Papiere hinterlassen. Meine Mutter hat ein halbes Dutzend davon in mein altes Zimmer gestellt, weil sie sie irgendwann durchgehen wollte. Ich glaube, sie hat sie vergessen. Aber ich habe den Verdacht, dass auch einige alte Dokumente aus dem Leuchtturm dabei sein könnten, darunter das Tagebuch von Matthew Seaward.«

»Warum kannst du die Kisten nicht durchsuchen, wenn sie bei dir zu Hause sind?«

Er verzog das Gesicht. »Weil meine Ex da wohnt. Und sie ist auf hundertachtzig.«

Allmählich verstand sie sein Dilemma. »Was hast du ihr angetan?«

Nun war es an ihm, verlegen und verärgert zu sein. »Ich habe ihr gar nichts angetan.«

»Du hast gesagt, sie sei auf hundertachtzig.«

»Weil ich aufgehört habe, sie zu lieben«, platzte er heraus. »Sie ist wütend, weil ich sie nicht mehr liebe.«

Libby setzte sich neben ihn und rieb Bossys Ohren. »Also hat sie dich ausgesperrt?«

»Und sämtliche Passwörter unserer gemeinsamen Konten geändert. Aber sie wird sich schon wieder abregen.«

Libby schaut ihn prüfend an. »Du hast Angst vor ihr, was?«

»Sie ist jähzornig. Das schüchtert mich ein bisschen ein.«

»Du darfst dir das nicht gefallen lassen. Du brauchst deine Sachen. Du musst nach vorn blicken.«

»Ich weiß.«

Sie lächelte. »Ich brauche den letzten Teil von Seawards Tagebuch.«

Er lächelte und entspannte sich wieder. »Vielleicht kann ich sie noch einmal anrufen. Vielleicht hört sie mir ausnahmsweise zu, statt mich zu beschimpfen und aufzulegen.«

Libby konnte sich nicht vorstellen, dass jemand den sanften, freundlichen Damien so behandelte, und spürte plötzlich den Drang, ihn zu beschützen. »Würde es helfen, wenn ich sie anriefe? Oder mit dir hinfahren würde?«

Doch er schüttelte sofort den Kopf. »Nein, nein, nein. Ich muss das allein regeln.« Er holte tief Luft. »Danke für den Tipp. Ich bin im B & B, falls du mich brauchst.«

»Es fällt mir schwer, dorthin zu gehen. Aber du kannst jederzeit zu mir kommen.«

Erst als sie sich an der Tür von ihm verabschiedete, fiel ihr die Sache mit Graeme Beers ein. Sie erzählte ihm davon, und im Gegensatz zu Tristan und Scott glaubte Damien ihr sofort.

»Was meinst du, wonach er sucht?«

»Keine Ahnung.«

»Und er hat nie versucht, hier einzudringen?«

»Gott sei Dank nicht.«

»Es hat etwas mit deinem Haus zu tun. Vielleicht meint er, er hätte irgendeinen Anspruch darauf. Wohnen Verwandte von ihm in der Gegend? Geht es vielleicht um die Grundstücksgrenzen?«

»Oder er hat etwas verloren. Aber falls ja, was und wann?« Sie lehnte sich an den Türrahmen. »Soll ich ihn einfach darauf ansprechen?«

Damien schüttelte den Kopf. »Nein. Er könnte gefährlich sein. Man kann nie wissen.«

Ihre Haut fühlte sich plötzlich kalt an. »Sergeant Lacey glaubt mir nicht.«

»Sorge dafür, dass die Türen gut abgeschlossen sind und du dein Handy immer griffbereit hast. Ich wünschte, ich hätte eins, damit du mich anrufen kannst, aber das ist bei meinen anderen Sachen.«

Aus irgendeinem Grund fand Libby das lustig. Sie unterdrückte ein Lachen, doch Damien bemerkte ihr

Augenzwinkern und lachte ebenfalls. Es tat gut, wenn man seine eigene missliche Lage nicht so ernst nahm.

»Darf ich dir einen Rat geben?«, fragte sie.

»Sicher, nur zu.«

»Falls du dich ernsthaft für meine Schwester interessierst, solltest du dafür sorgen, dass du unter deine andere Beziehung einen Schlussstrich ziehst. Ich habe keine Ahnung, ob sie euren Altersunterschied problematisch findet, aber sie würde sich bestimmt nicht mit jemandem einlassen, der so viele alte Beziehungsprobleme mit sich herumschleppt. Du musst es jetzt regeln, nicht irgendwann.«

Er nickte. »Ein guter Rat. Ich lasse ihn mir durch den Kopf gehen. Und weißt du, was ich dir rate?«

Er merkte, wie sie sich innerlich sträubte, und lächelte. »Na los, du musst ihn dir anhören.«

»Schön, wie lautet er denn?«

»Vergiss, was du in der Vergangenheit getan hast. Denk lieber daran, was du jetzt, in der Gegenwart, tun kannst.«

»Danke«, sagte sie mit einem leichten Nicken. »Ich denke darüber nach.«

Am Montagmorgen kam Juliet nach unten und entdeckte Melody, die sich lachend und flirtend an Damiens Tisch herumdrückte.

Ihr Magen zog sich zusammen. Melody war gerade erst zwanzig geworden und ihm somit vom Alter her näher als Juliet. Außerdem hatte sie makellose Haut und lange, schlaksige Fohlenbeine. Sie spielte mit dem Gedanken, Melody in die Küche zu schicken, um die Lieferung der Bäckerei entgegenzunehmen – immerhin war das ihre Aufgabe –, ließ es aber sein. Cheryl hatte sie gewarnt. Datemate hatte es bestätigt. Sie würde Damien nicht daran hindern, woanders sein Glück zu finden.

»Guten Morgen«, sagte sie leise und ging in die Küche.

Kurz darauf traf die Lieferung von der Bäckerei ein, und Juliet lenkte sich damit ab, Waren und Rechnung zu prüfen. Der einzige Gast kam nicht zum Frühstück herunter, es wurde ein ruhiger Morgen. Sie bereitete den Teig für die Scones vor und schnitt sie gerade auf der bemehlten Arbeitsplatte, als Damien hinter sie trat.

»Juliet?«

Sie zuckte zusammen und legte die Hand aufs Herz.

»Entschuldigung.«

»Ich war im Geist kilometerweit entfernt. Wie war das Frühstück?«

»Super, wie immer.«

Sie schluckte schwer. »Melody macht das in der Woche wirklich wunderbar. Ohne sie wäre ich verloren.« Sie lächelte aufmunternd. »Ein tolles Mädchen.«

»Hm … ja.«

»Ihr beide scheint euch gut zu verstehen. Ihr solltet euch mal verabreden. Ich wette, sie weiß, wo man hier abends hingehen kann.« *Abends hingehen? Wirklich?* Was wusste sie denn schon darüber, wie junge Leute ihren Abend verbrachten?

Zwischen ihnen entstand ein verlegenes Schweigen. Dann sagte Damien: »Ich muss weg. Höchstens eine Woche. Vielleicht auch weniger. Ich … ich muss ein paar Sachen mit Rachel regeln. So kann es nicht weitergehen.«

Sie nickte vorsichtig.

»Ich verspreche, ich komme zurück und mache deine Küche fertig.«

»Keine Sorge, du hast schon so viel getan.«

»Nein, nein. Ich komme zurück. Versprochen.«

Doch sie spürte es. Er entfernte sich von ihr, zog sich aus ihrem Leben zurück. Es war vermutlich besser so. Ihre Schwärmerei war ohnehin albern. Verrückt. Sie schämte sich für sich selbst. »Viel Glück.«

Dann trat er näher und umarmte sie. Sie war so berauscht, dass die Umarmung vorbei war, bevor sie sie begreifen und richtig genießen konnte. Ein flüchtiger Eindruck von seiner Wärme, wie er sich anfühlte, wie sein Herz schlug, vor allem aber von seinem Geruch: würzig, frisch, wie das Meer. Er trat zurück und sagte leise etwas.

»Wie bitte?«

»Egal. Wir sehen uns, wenn ich zurück bin.«

»Ich halte dein Zimmer frei.«

Er lächelte und ging zur Tür hinaus.

Alle kannten Juliet. Das war der Vorteil, wenn man sein ganzes Leben in einer Kleinstadt verbracht hatte. Alle kannten sie, und die meisten meinten es gut mit ihr. Manche erzählten ihr gerne Klatsch, obwohl sie selbst wenig Spaß daran hatte. Und niemand klatschte lieber als Shelley Faber, die Sekretärin von Anderson und Wright, der Anwaltskanzlei in der Puffin Street.

Sie war in der kurzen Ruhepause zwischen Morgentee und Mittagessen zur Bank gegangen, um rasch etwas zu erledigen. Doch Shelley, mit der sie in der elften Klasse zusammen Englisch gehabt hatte, stand vor ihrem Büro und rauchte eine Zigarette.

»Juliet! Auf dich habe ich gewartet.«

»Auf mich? Wieso?«

Shelley blies einen dünnen Rauchstrahl aus und trat die Zigarette auf dem Gehweg aus. »Deine Schwester. Was hat sie zu verkaufen?«

Juliet stöhnte innerlich. Warum gingen nur alle davon aus, dass sie wusste, was ihre Schwester trieb? »Keine Ahnung, wovon du sprichst.«

»Bronwyn drüben bei Pariot's hat erzählt, Elizabeth Slater habe für diese Woche einen Termin mit einem Anwalt vereinbart. Wegen eines Immobilienverkaufs.«

Das brennende Gefühl begann tief in ihrem Bauch. »Ich weiß von gar nichts. Libby und ich stehen einander nicht sehr nahe.«

»Meinst du …?«

»Ich sagte doch, ich weiß von nichts«, fauchte Juliet. »Tut mir leid, ich muss los.«

Die Sache mit der Bank war vergessen. Juliet marschierte zum Strand hinunter, zog die Schuhe aus und watete ins Wasser. *Einatmen. Ausatmen.*

Libby. Tristan Catherwood. Immobilie. Alles passte zusammen. Seit Jahren kämpfte die Gemeinde gegen Ashley-Harris Holdings. Und am härtesten hatte Juliet gekämpft – nicht nur um die Zukunft ihrer Firma, sondern auch zum Wohl der Stadt, ihrer Bewohner und der Natur. Was wussten Libby und Tristan denn schon von Lighthouse Bay? Gar nichts. Was stand auf dem Spiel? Alles.

So trostlos hatte sich Juliet schon lange nicht mehr gefühlt. Der jahrelange Kampf hatte sie erschöpft. Sie hatte sich so sehr bemüht, ihre eigene Zukunft zu sichern, und musste nun feststellen, dass diese Zukunft leer war: keine Liebe, keine Familie und nun auch noch eine zum Tode verurteilte Existenz in einer Stadt, die sich unwiderruflich verändern würde. Und sie war nicht mehr jung; das hatte die Geschichte mit Damien ihr nur zu deutlich vor Augen geführt. Ganz plötzlich kam ihr das Leben kurz und vergänglich vor. Sie bohrte die Zehen in den Sand, doch die zurückweichenden

Wellen zogen ihr den Boden unter den Füßen weg. Sie schloss die Augen, ihr war einen Moment lang schwindlig.

Aber es war halb zwölf. Sie konnte nicht ewig hier stehen bleiben und sich bemitleiden. Melody und Cheryl warteten auf sie: auf ihre allzu ernste, verbrauchte Chefin. Heute würden sie jedenfalls noch Gäste haben. Was morgen oder übermorgen oder nächstes Jahr geschah, konnte niemand wissen. Schon gar nicht Juliet.

***

Libby wachte mitten in der Nacht auf. Sie hatte die Decke weggestrampelt, und ihre Haut kribbelte vor Kälte. Im Halbschlaf griff sie nach der Decke.

Dann hörte sie ihn. Den Wagen. Der Motor wurde abgestellt.

Sie setzte sich auf, schob den Vorhang beiseite und schaute hinaus. Die Scheinwerfer brannten noch. Das Nummernschild konnte sie nicht erkennen.

Sie hatte ihr Handy neben dem Bett liegen, wie Damien ihr geraten hatte, und wählte rasch die Nummer der Polizei. Ein junger Beamter meldete sich. Sie erzählte, was passiert war, und hängte ein.

Die Polizei würde ein paar Minuten brauchen. Sie schaute aus dem Fenster. Eine dunkle Gestalt – unverkennbar der Sohn von Graeme Beers – stieg aus dem Wagen und kam von Norden her auf das Haus zu.

Libby saß wie erstarrt da, unentschlossen. Sie konnte ihn zur Rede stellen. Sie konnte ihn fragen, was zum Teufel er hier trieb.

Er könnte gefährlich sein. Das kann man nie wissen. Gut, sie würde sich von ihm fernhalten. Aber sie konnte von der anderen Seite ums Haus schleichen und einen

Blick auf das Nummernschild riskieren. Dann müsste selbst Scott Lacey ihr glauben.

Sie stand auf und ging in ihrem kurzen Baumwollpyjama durchs Atelier, um die Taschenlampe zu holen. Durch die Haustür konnte sie nicht gehen; falls Graeme im Wagen saß, würde er sie entdecken. Also entfernte sie leise das Fliegengitter vom Fenster des Ateliers, stellte einen Stuhl davor und kletterte vorsichtig hinaus, um mit einem sanften Aufprall in dem zugewucherten Beet darunter zu landen. Sie blieb stehen und horchte. Ihr Herz hämmerte so laut, dass sie kaum die Meeresbrandung und das Zirpen der Grillen hören konnte. Keine Schritte. Nichts. Sie schlich um die Ecke des Hauses und wartete ab.

Der Wagen stand auf der Straße. Wenn sie aus dem Schatten des Hauses trat, würde er sie kommen sehen. Also kletterte sie über den Zaun, von dem Farbe blätterte, und schürfte sich das Knie dabei auf. Geduckt lief sie zur Straße, schaltete die Taschenlampe ein, leuchtete damit auf das Nummernschild und merkte sich die Zahlenkombination.

Jetzt kam jemand angelaufen: Graemes Sohn hatte sie entdeckt. Sie schaltete die Taschenlampe aus und wich mit pochendem Herzen zurück, stolperte über einen Stein und fiel der Länge nach hin. Der Motor erwachte donnernd zum Leben, die Reifen knirschten auf dem Schotter.

Dann waren sie verschwunden.

Doch diesmal hatte sie einen Beweis.

Sie wollte ins Haus gehen, doch ihr fiel ein, dass die Tür von innen abgeschlossen war, also musste sie wieder durchs Fenster des Ateliers steigen. Ihre Neugier erwachte. Wonach suchten sie bloß?

Libby leuchtete mit der Taschenlampe vor sich auf

den Boden. Seine Fußabdrücke waren deutlich im Schlamm neben dem tropfenden Gartenschlauch zu erkennen. Sie ging vorsichtig durch das hohe Gras, leuchtete hin und her, suchte nach einem Hinweis. Doch sie sah nur Steine und Pflanzen und Spinnweben. In der Nähe der Hausmauer war das Gras niedergedrückt, und sie richtete den Strahl der Taschenlampe auf die Stelle. Das Cottage stand auf Pfählen, die etwa einen halben Meter lang waren. Es sah aus, als hätte er sich auf den Bauch gelegt und dabei das Gras platt gedrückt. Sie kauerte sich hin, leuchtete unter das Haus, es roch nach kalter Erde. Ein Abdruck deutete darauf hin, dass er ein Stück unter das Haus gekrochen war … sie schob sich halb darunter … und entdeckte ein flaches Loch, das er mit einer Gartenschaufel ausgehoben hatte.

Ein Motorengeräusch ließ sie zusammenzucken, und sie stieß sich den Kopf an der Unterseite des Hauses. Sterne tanzten vor ihren Augen. Libby ließ die Taschenlampe fallen, um sich abzustützen, bevor sie hinfiel.

Diesmal war es nicht Graeme, sondern Scott Laceys Streifenwagen. Sie begegneten sich vor dem Haus.

»Sie waren wieder hier.« Libby rieb sich den Kopf. »Ich habe das Kennzeichen.«

»Alles in Ordnung?«

»Ich habe mir nur den Kopf gestoßen.«

»Und das Knie.«

Sie schaute an sich hinunter und sah, dass es mit Blut und Dreck verschmiert war. Sie seufzte.

»Gehen wir rein.«

»Ich habe mich ausgesperrt. Wir müssen durchs Fenster einsteigen.«

Er berührte sie leicht an der Schulter. »Warte hier. Ich gehe rein und mache dir die Tür auf.«

Sie nickte dankbar. Ein paar Minuten später schaltete sie im Wohnzimmer das Licht ein, während Scott sich hinsetzte und seinen Notizblock hervorzog.

»Tee?«

»Nein. Lass uns das erledigen.«

Sie drehte den Wasserhahn in der Küche auf und hob wenig elegant das Bein, um ihr Knie abzuwaschen. Sie nannte ihm das Kennzeichen sowie Fabrikat, Modell und Farbe des Wagens.

Sie drehte sich um und bemerkte, dass Scott offenbar ihre Beine in dem kurzen Pyjama bewunderte. Ihre Wangen wurden heiß. Er wandte sich rasch ab.

»Die suchen nach etwas«, sagte sie. »Die haben unter das Haus geschaut. Hast du irgendeine Ahnung, was es sein könnte? Kennst du dich mit Heimatkunde aus?«

»Ich weiß gar nichts.« Scott tippte mit dem Stift auf den Notizblock. »Aber wenn wir das Kennzeichen morgen früh identifiziert haben, fahre ich sofort hin.« Er lächelte. »Und du wirst es als Zweite erfahren.«

Sie betrachtete ihn nachdenklich. »Bist du noch sauer wegen Juliet?«

»Ich war nie sauer auf dich.« Er konnte ihr nicht in die Augen sehen.

»Keine Sorge. Ich bin bald weg.«

»Ach ja?«

»Ich war hier doch nie richtig willkommen, oder?«

»Du hast es auch nie richtig versucht.« Er stand auf.

Sie schaute ihm nach und schloss dann die Tür ab. Sie war viel zu aufgedreht, um weiterzuschlafen, und schaltete den Computer ein, um am Katalog zu arbeiten. Das Meer donnerte, die Sterne schimmerten, und der Wind fuhr leise durch die Bäume, die den Strand von der Stadt trennten. So war es auch vor zwanzig

Jahren gewesen, als sie hier gelebt hatte. Und so würde es auch lange, nachdem sie weggegangen war, bleiben.

***

Ein anderer Polizeibeamter kam am Nachmittag vorbei, um ihr zu sagen, dass der Wagen tatsächlich wie vermutet auf Graeme Beers zugelassen war, sie aber nicht mit ihm gesprochen hatten. Sein Haus war verschlossen, das Tauchboot verschwunden, Wagen und Anhänger parkten an der Bootsrampe. Sie hatten eine Karte für ihn hinterlassen, doch fürs Erste konnten sie nichts unternehmen. Libby fühlte sich leer und unbehaglich und war froh, dass sie bald von hier weggehen würde.

Achtundzwanzig

1901

An dem Tag, an dem Isabella Daniels Armband begraben will, scheint die Sonne. Der Himmel ist klar und blau. Sie trägt ein schwarzes Kleid. Matthew ist ins Dorf gegangen, um ein Stück schwarze Baumwolle zu kaufen, und sie hat zwei Tage lang von morgens bis abends daran genäht. Jetzt sitzt Isabella auf dem Bett und löst vorsichtig die Stiche, mit denen sie das Armband so lange an dem schwarzen Band befestigt hatte. Schließlich fällt die kleine Korallenkette aufs Bett. Isabella wickelt den schwarzen Stoffstreifen wieder um ihr Handgelenk, verknotet es mit der freien Hand und den Zähnen. Dann nimmt sie das Armband und betrachtet es im Morgenlicht, das durchs Fenster fällt.

Jede einzelne Korallenperle ist glatt. Jede silberne Verbindung zwischen ihnen glitzert. Es ist ein winziges Ding, gerade groß genug, um das Handgelenk eines Babys zu umfassen. Ehrfürchtig küsst sie jede einzelne Perle. Tränen laufen ihr über die Wangen und tropfen von ihrem Kinn, aber diese Tränen fühlen sich anders an als sonst. Sie fühlen sich richtig an, als würden sie sie reinigen.

Matthew kommt in seinem Hochzeitsanzug herein. Er hält ihr die Truhe aus Walnussholz hin, in der einmal der Amtsstab gelegen hat.

»Ja, die ist perfekt«, sagt sie. »Ich könnte es nicht ertragen, das Armband einfach in der Erde zu vergraben. Das hier sieht fast wie ein kleiner Sarg aus.«

Er stellt die Truhe auf das Bett und streichelt ihr übers Haar. Sie nimmt das Armband ein letztes Mal in die Hand. Es wiegt fast nichts. Dann lässt sie es auf das Samtfutter fallen und schließt feierlich den Deckel.

Matthew nimmt die Truhe, Isabella folgt ihm. Die Sonne scheint ihr warm ins Gesicht. Die Seeluft ist leicht und salzig. Dieser Ort, den sie einmal so hässlich und fremdartig gefunden hat, ist eine wunderschöne Ruhestätte für Daniel. Er wird jede Nacht im Traum die Meeresbrandung hören.

Isabella ergreift ihre eigenen Finger und zieht fest an ihnen. So darf sie nicht mehr denken. Daniels Geist ist ebenso wenig in diesem Armband wie in dem Familiengrab der Winterbournes in Somerset. Daniels Geist wurde schon vor langem von allen weltlichen Sorgen befreit. Sie ist sich nicht sicher, ob sie an den Himmel glaubt, doch falls sie es täte, würde sie sich vorstellen, wie Daniel jetzt von dort oben über sie wacht und sich fragt, weshalb sie an einem warmen Tag ein so dickes schwarzes Kleid trägt. Sie lächelt, lässt ihre Finger los und folgt Matthew in den Wald.

Er hat dasselbe Loch wieder ausgehoben, in dem sie ursprünglich den Amtsstab begraben hatten. Diesmal wird ein sehr viel wertvollerer Schatz hineingelegt. Matthew hat seine Bibel mitgebracht, und sie stehen neben dem kleinen Grab, während er den 23. Psalm liest. *Der Herr ist mein Hirte, mir wird es an nichts mangeln. Er weidet mich auf grüner Aue*. Ihr Herz schlägt so heftig, dass es weh tut. Sie lässt den Tränen freien Lauf, stöhnt ihren Kummer heraus, und Matthew schaut sie nicht strafend an oder sagt, sie solle aufhören. Sie fällt neben dem Grab auf die Knie, als Matthew die Truhe hineinsenkt, ergreift eine Handvoll Erde und küsst sie, bevor sie sie auf den Deckel der Truhe wirft. Als Matthew das Grab zuschaufelt, vergräbt sie das Gesicht in ihren schmutzigen Händen und weint. Matthew legt einen großen Stein an die Stelle.

Als sie aufblickt, scheint die Sonne immer noch. Auch Matthew ist immer noch da.

»Es ist vollbracht«, sagt sie.

»Du musst gehen.«

»Ich weiß.«

Spätnachts, als sie schläft, macht sich Matthew an die Arbeit. Das Letzte, was Isabella und ihn noch mit den Winterbournes verbindet, muss auch weg. Der Amtsstab. Ihn zu vergraben oder ins Meer zu werfen mag zwar der einfache Weg sein, lässt sich aber rückgängig machen. Außerdem ist das Gold eine Menge wert.

In der Mühle am Rande des Dorfes besorgt er sich einen alten steinernen Amboss, holt seine Zange und seinen steinernen Hammer und legt den Ersatz-Azetylenbehälter bereit. Hier, am Rande des Meeres hinter dem Leuchtturm, macht er sich ans Werk. Er weiß, dass er keine eleganten Barren herstellen kann, aber Gold ist formbar; es schmilzt so weit, dass man es hämmern und unter der Azetylenflamme schneiden kann. Jeden Abend arbeitet er, wenn er eigentlich anderes zu tun hätte. Er arbeitet einerseits, um sich von den Gedanken an den kommenden Abschied abzulenken, aber auch, um ihre Zukunft in Amerika zu sichern. Nacheinander wandern die unregelmäßigen Goldstücke in den Koffer, den er seit vielen Jahren nicht benutzt hat und den er ihr am Morgen ihrer Abreise übergeben will.

Am vierten Abend ist der Amtsstab verschwunden. Die Winterbournes können nichts mehr zurückfordern.

Isabella beschließt, das Material für die Schmuckherstellung mitzunehmen. Sie wird allein reisen und kann sich vielleicht damit ablenken, Armbänder und Broschen für ihre Schwester herzustellen. Sie fürchtet, sonst in ein tiefes Loch aus Kummer und Trauer zu fallen. Während Matthew unterwegs ist, um ihre Fahrkarte nach Sydney im Postamt abzuholen, geht sie ein letztes Mal an den Strand, um Steine und Muscheln zu sammeln. Sie packt alles fein säuberlich in eine Kiste und legt sie zu ihren gefalteten Kleidern. Am Morgen der Abreise wird sie sie in ihren Koffer packen.

Sie wartet jetzt nur noch ab. Sie fühlt sich losgelöst von den Tagen und Nächten; ihr wird übel, wenn sie daran denkt, wie die Zeit vergeht. Ihr Kummer mag jetzt ein ganz gewöhnlicher sein – nicht mehr die qualvolle Leidenschaft einer Frau, der man das Trauern verboten hat –, aber er ist dennoch wirklich und muss gefühlt und durchlebt werden.

Isabella schaut sich im Zimmer um. Sie fragt sich, ob es eine Erinnerung an Matthew gibt, die sie mitnehmen kann. Aber sie findet nichts. Kein Porträt oder Foto, keinen Manschettenknopf, keine Uhr. Seine Pfeife, aber die wird er brauchen. Sie lässt sich schwer aufs Bett fallen. Es gibt ohnehin keinen Gegenstand, der das lebendige Zusammensein mit ihm einfangen könnte. Seinen Geruch, seinen Körper, seine Wärme. Beim Gedanken, Matthew zurückzulassen, schluchzt sie in die Hände. Sie ist das Weinen so satt. Wann wird all der Schmerz endlich vorüber sein? Wird es anders, wenn sie erst in Amerika ist? Die lange Schiffsreise erfüllt sie mit Angst. Allein mit ihren Gedanken, allein auf See.

Die Tür fliegt auf, und sie ist froh über die Ablenkung. Sie wischt sich die Tränen von den Wangen und begrüßt Matthew glücklich in der Küche.

Er hält einen Umschlag hoch. »5. Oktober. In zwei Tagen. Der Dampfer legt abends um neun an der Anlegestelle von Mooloolah ab. Ich habe den Wagen bestellt und werde dich hinfahren.«

Beide verharren einen Augenblick, eingefangen in der schmerzlichen Vorstellung, sich an der Anlegestelle voneinander zu verabschieden. Dann erwachen sie wieder zum Leben. Isabella greift nach der Fahrkarte und schaut sie an. Matthew sagt, sie müsse die Karte nach New York in Sydney kaufen. »Wenn nötig, hast du genügend Geld für ein oder zwei Übernachtungen. Ich konnte von hier aus nicht viel herausfinden. Du möchtest dir das Schiff sicher genau ansehen und dich vergewissern, dass es bequem und richtig für dich ist.«

Isabella beißt sich auf die Lippe und schaut auf das Stück Papier. »Es ist ein so weiter Weg.«

Seine warmen, rauhen Finger berühren ihr Kinn. »Du hast es schon so weit geschafft.«

Sie sieht ihm in die Augen. »Aber es ist so ein weiter Weg von dir. Willst du nicht mitkommen?«

»Ich? In der New Yorker Gesellschaft?« Er schüttelt den Kopf. »Deine Schwester wird mich gar nicht dort haben wollen. Nein, Isabella, wir haben von Anfang an gewusst, dass es unsere Liebe nur im Leuchtturm gibt. Die Welt da draußen wird sich zwischen uns drängen. Sie wird unser Verhältnis missbilligen und Druck auf uns ausüben, dem wir nicht gewachsen sind. Du wirst immer fliegen, mein hübsches Vögelchen.«

»Und du wirst immer bleiben«, murmelt sie. Hat er recht? Wäre es unmöglich, gemeinsam zu fahren? Amerika ist das Land der unbegrenzten Möglichkeiten.

Gewiss würde sich niemand dafür interessieren, wer sie sind und was sie tun.

Aber sie weiß, dass Matthew nicht dazu zu bewegen ist. Er hat sich immer zu sehr um die Meinungen anderer gesorgt. Und sie kann nicht hierbleiben. Wenn sie das tut, werden die Winterbournes sie früher oder später finden.

Isabella möchte ihm in die Arme fallen und ihn an sich drücken, begreift aber, dass alle Leidenschaft der Welt nichts ändern wird. Nein, sie muss sich in den nächsten Tagen langsam von ihm entwöhnen. Also nimmt sie die Hand von seinem Kinn und tritt zurück. Sie sieht den Schmerz in seinen Augen und gibt beinahe nach, doch dann wendet auch er sich ab.

Die Trennung hat begonnen.

Brisbane ist eine heiße Stadt. Stinkend und heiß. Percy schwitzt stark unter seiner Weste. Er sehnt sich nach einer kühlen englischen Brise, aber es gibt nur eine heiße, drückende Wärme, die ihn an Körperstellen schwitzen lässt, von denen er noch gar nichts wusste. Er kann nur hoffen, dass es im Haus von Lady Berenice McAuliffe ein wenig kühler ist als unter dem von Säulen getragenen Portikus.

Schließlich öffnet ein älterer Diener die Tür. »Kann ich Ihnen helfen, Sir?«, fragt er in gedehntem Ton.

»Ich muss Lady McAuliffe sprechen. Es ist dringend. Mein Name ist Percy Winterbourne.«

Der Diener schaut ihn argwöhnisch an. »Sie erwartet keine Gäste.«

»Schnell. Ich schmelze hier draußen.«

Der Diener führt ihn in die Eingangshalle und lässt ihn dort stehen. Percy betrachtet die Einrichtung. Diese Lady McAuliffe muss eine Menge Geld haben. Er fragt sich, wie sie daran gekommen ist. Er hebt die Ecke eines Brokatvorhangs an und untersucht sorgfältig den Stoff. Sehr viel edler als das, was Mutter zu Hause hat. Die Leute in den Kolonien machen es schon richtig. Sie bezahlen kaum Miete, weil hier niemand wohnen will, und geben das, was sie haben, für wirklich wichtige Dinge aus.

»Ich wünsche Ihnen einen guten Tag, Sir.«

Er blickt auf und entdeckt eine attraktive Frau, die viel jünger ist, als er erwartet hat. Er lässt den Vorhang fallen und streckt die Hand aus. »Vielen Dank, dass Sie mich empfangen, Lady McAuliffe. Ich habe ein dringendes und, wie ich leider sagen muss, etwas beunruhigendes Anliegen.«

Sie ergreift seine Hand und schüttelt sie kräftig. »Beunruhigend? Nun, dann sollten wir uns wohl hinsetzen, während Sie mir davon erzählen. Kommen Sie herein.«

Lady McAuliffe führt ihn in den Salon und bietet ihm einen Platz in einem Lehnsessel an. Sie nimmt gegenüber auf einer samtbezogenen Chaiselongue Platz und ordert Tee.

»Nun, Mr. Winterbourne, wenn ich richtig gehört habe?«

»Ja, Percy Winterbourne, aus der Juweliersfamilie. Wir haben kürzlich meinen lieben Bruder bei einem Schiffbruch an der Nordküste verloren.«

Lady McAuliffes Augen weiten sich entsetzt. »Das ist ja schrecklich! Sie Ärmster. Was für eine furchtbare Tragödie. Wie kann ich Ihnen helfen?«

Percy holt den gefalteten Zeitungsausschnitt aus dem *Queenslander* aus der Tasche. »Ich habe dieses Foto von Ihrem Ball gesehen.«

Lady McAuliffe schaut es argwöhnisch an.

»Kennen Sie diese Frau?« Er deutet auf Isabella.

»Ja, das ist Mary Harrow.«

»Nein, es ist Isabella Winterbourne. Die Frau meines verstorbenen Bruders.«

Kurze Stille. Dann kommt ein Hausmädchen mit einem Teetablett herein, und sie betrachten einander, während sie es serviert.

»Es reicht«, sagt Lady McAuliffe schließlich. »Ich gieße ein. Und du sorgst dafür, dass die Tür fest geschlossen ist.«

Als das Mädchen gegangen ist, sagt Lady McAuliffe: »Was sagen Sie da? Wie meinen Sie das?«

»Sie hat sich nur als Mary Harrow ausgegeben. Sie ist eine Diebin. Sie hat meiner Familie etwas sehr Wertvolles gestohlen und ist damit entkommen. Verraten Sie mir bitte, wie eine so junge Frau als Einzige einen Schiffbruch überleben kann? Ich weiß, dass sie eine Diebin ist, vermute aber, dass sie auch eine Mörderin sein könnte.«

Lady McAuliffe gießt den Tee ein, lehnt sich zurück und trinkt einen Schluck. »Ich bin schockiert.«

»Ich muss sie finden.«

»Werden Sie die Polizei einschalten?«

»Nein. Ich möchte sie selbst finden.« Als ihm klarwird, dass es zu harsch klingt, fügt er hinzu: »Sie gehört immer noch zur Familie. Wir hoffen, sie zu … rehabilitieren. Es wird auf uns zurückfallen, wenn sie ins Gefängnis muss.« Er hofft, dass es überzeugend klingt. In Wahrheit hat er Mutter noch gar nicht geschrieben, dass er Isabella aufgespürt hat. Er will sie stellen und dann selbst über ihre Strafe entscheiden. Schweiß sammelt sich auf seiner Oberlippe.

Doch Lady McAuliffe schüttelt den Kopf. »Tut mir leid, aber ich kann Ihnen nicht helfen. Ich habe keine

Ahnung, wo sie sich befindet. Wir kennen uns nur sehr flüchtig. Sie war die Freundin einer Freundin und ist erst im letzten Augenblick auf dem Ball erschienen. Warum lassen Sie mir nicht Ihre Karte hier, dann höre ich mich um.«

Druck baut sich in Percys Kopf auf. Er hat den weiten Weg gemacht, und jetzt kennt sie Isabella angeblich kaum? Er muss sich sehr bemühen, in gemessenem Ton zu sprechen. »Ja, ich wäre Ihnen sehr dankbar für jegliche Hilfe.«

Sie deutet auf die Kanne. »Möchten Sie Tee?«

Er schüttelt den Kopf. »Nein, mir ist nicht danach.« Ihm ist eigentlich nur nach Rache. Und je länger er darauf warten muss, desto heftiger wird sie ausfallen.

Nur zufällig geht er bei Hardwick hinein. Er hat die Anzeige in der letzten Ausgabe des *Brisbane Courier* gesehen und bemerkt, dass sie eine große Kollektion an Winterbourne-Schmuck anbieten. Als er am Schaufenster vorbeikommt, erscheint es ihm angemessen, sich den Laden einmal anzusehen.

Von da an passiert nur noch Gutes. Ein schwer beeindruckter Max Hardwick zeigt ihm das Verkaufsregister, um zu beweisen, wie wichtig der Winterbourne-Schmuck für sein Geschäft ist. Dabei fällt Percys Blick auf den Namen »Mary Harrow«.

Er deutet auf die Seite. »Mary Harrow. Wer ist das?«

»Ach, eine junge Frau, die selbst Schmuck herstellt. Sehr hübsch. Wir hatten drei oder vier Stücke, die sich rasch verkauft haben, aber sie hat mir danach nichts mehr angeboten.«

In Percys Ohren dröhnt es so laut, dass er fast nichts mehr hören kann. »Verstehe. Wo kann ich sie erreichen?«

Und dann hat er die Antwort. Lighthouse Bay. Zu Händen des Telegrafenamtes, das sich Max Hardwick zufolge im Leuchtturm befindet.

Percy marschiert zur Tür hinaus.

Am Abend vor ihrer Abreise liegt Isabella in der warmen Badewanne. Das Wasser lindert die Schmerzen in Knochen und Rücken, und sie schließt die Augen und lässt sich einige Minuten lang einfach treiben. Sie und Matthew begegnen einander seit Tagen distanziert, teilen nicht mehr das Bett, schlafen nicht miteinander, vermeiden sogar, einander in der Küche zu berühren. Wann immer sie den schmerzlichen Drang spürt, sich an ihn zu schmiegen, unterdrückt sie ihn mit ihrer Vernunft. Sie können nicht zusammen sein, also hat es auch keinen Sinn, den Schmerz mit langen, traurigen Umarmungen zu vergrößern. Morgen um diese Zeit wird sie an der Anlegestelle auf die Überfahrt nach Sydney warten, und er wird unterwegs in sein billiges Zimmer über der Kneipe des örtlichen Hotels sein.

Dann ist es vorbei.

Isabella öffnet die Augen. Ihr Handtuch hängt neben der Wanne, und sie steht auf, wobei sie wieder das Gewicht ihres Körpers spürt.

Dann plötzlich, im Lampenlicht und aus diesem Blickwinkel, kann sie sie sehen: schwache blaue Linien auf ihren Brüsten. Rasch greift sie nach der Lampe statt nach dem Handtuch und hält sie so nahe an die nackte Haut, wie sie es wagt.

Blaue Linien auf den Brüsten, den Brüsten, die sich seit zwei Tagen so empfindlich anfühlen.

Isabella kennt diese Linien. Sie kennt auch die Empfindlichkeit. Sie hängt die Lampe wieder an den Haken, greift nach dem Handtuch und wickelt es um sich, bevor sie nach unten läuft. Sie öffnet die Tür zur Plattform, von der Matthew auf den Ozean blickt.

Er dreht sich zu ihr um, einen verwirrten Ausdruck im Gesicht. Immerhin trägt sie nur ein Handtuch.

»Isabella?«

Eine schwindelerregende Hoffnung hat sie erfasst. Die Sterne scheinen sehr nah. Sie lässt das Handtuch hinabgleiten, so dass die Abendluft über ihre nackten Brüste streicht, und sagt: »Matthew, ich bin schwanger.«

Neunundzwanzig

Isabella erwacht aus einem unruhigen Halbschlaf, das Bett ist zerwühlt. Heute ist der Tag. Sie und ihr Baby – ihr Baby – werden noch vor Jahresende in New York sein. Sie wird das alles hinter sich lassen. Doch am Horizont ziehen dunkle Wolken auf.

Sie hört Matthew im Nebenzimmer. Bei dem Gedanken, ihn zurückzulassen, verspürt sie einen bitteren Geschmack im Mund. Doch selbst die Aussicht, Vater zu werden, kann ihn nicht dazu bewegen, mit ihr zu fahren. Als sie ihn danach gefragt hat, als die Realität mit ihren Forderungen unerbittlich auf ihn eingedrungen ist, hat er ausgesehen, als würde ihm übel, als stünde er unter Schock.

»Bau dir ein Leben ohne mich auf«, hatte er gesagt. Die Distanz der letzten Zeit scheint tief in ihre Seelen gedrungen zu sein.

Isabella setzt sich auf. Schaut auf ihre nackten Brüste. Sie sind auch heute Morgen noch schwer und empfindlich, die Brustwarzen dunkler als sonst. Letzte Nacht hat die Reue sie überkommen, weil sie Daniels Armband begraben hat.

Zuerst war es nur ein Kribbeln, doch jetzt ist das Gefühl stärker geworden. Sie versucht, es im Kopf zu verarbeiten, kann ihre Gedanken aber nicht ordnen und fühlt sich von Uhrzeiten und Fahrplänen unter Druck gesetzt. Vielleicht wird ihr die Antwort klar, wenn sie in den Wald geht, wo das Armband begraben liegt. Sie steht auf, zieht Strümpfe und Unterkleid an. Da sie keinen richtigen Kleiderschrank hat, hängen ihre Kleider über einem Stuhl. Sie wählt eins für die Reise aus und faltet die übrigen zusammen, um sie in den Koffer zu legen. Sie klappt den Deckel auf und keucht.

Der Boden des Koffers ist voller Goldklumpen.

»Matthew?«, ruft sie.

Schon steht er mit finsterer Miene in der Tür, ein Telegramm in der Hand.

»Woher hast du das?«

»Das ist der Amtsstab«, erwidert er, als verstünde sich das von selbst. Sie hat keine Zeit zu antworten, da er das Telegramm schwenkt. »Für dich.«

Sie nimmt es mit gerunzelter Stirn entgegen.

Mary, Percy Winterbourne sucht nach Ihnen. Habe ihm nichts gesagt, aber passen Sie auf. Berenice.

Isabellas Kopf schießt in die Höhe. Ihr Herz ist kalt. »Wann hat sie das geschickt?«

»Gestern Morgen. Weiß sonst noch jemand, dass du hier bist?«

»Nein«, lügt sie. Der Juwelier weiß, wo sie zu finden ist, vielleicht auch ein oder zwei Freundinnen von Berenice. »Wann holst du den Wagen?«

»In etwa einer Stunde. Beeil dich. Pack den Koffer und halte dich bereit. Sobald du an der Anlegestelle bist, hast du nichts mehr zu befürchten.« Er sieht aus, als wolle er sie am liebsten erdrücken, um sie zu beschützen, doch er bleibt auf Distanz, wie sie es stillschweigend vereinbart haben.

»Ich bin bereit.« Ihr Puls flattert. »Ich will mich von Daniel verabschieden.«

Er runzelt die Stirn. »Du solltest im Leuchtturm bleiben.«

Sie senkt den Kopf. »Ja.« Doch sie meint in Wirklichkeit nein.

Dann klopft es an die Haustür. Beide zucken zusammen. Es ist nicht ungewöhnlich, dass Leute zum Telegrafenbüro kommen, aber Matthew legt dennoch den Finger an die Lippen und bedeutet ihr, im Schlafzimmer zu bleiben. Er schließt leise die Tür und geht nach vorn.

Isabella legt das Ohr an die Schlafzimmertür. Ihr Herz hämmert so sehr, dass sie kaum etwas hören kann. Männerstimmen.

»Nein, ich weiß nicht, von wem Sie sprechen.« Matthew. Die Angst steigt in ihr auf, prickelt in ihrem ganzen Körper.

Weiteres Gemurmel. Sie kann es nicht ertragen. Sie öffnet die Tür einen Spalt und horcht.

»Warum sollte mir ein angesehener Herr sagen, dass ich sie hier finden kann?«

»Ich habe nie von Isabella Winterbourne gehört.«

»Sie ist auch als Mary Harrow bekannt.«

»Ich kann Ihnen nicht helfen.«

Es ist Percy. Der fleischgewordene Alptraum. Sie schließt die Schlafzimmertür und unterdrückt ein entsetztes Schluchzen. Ihre Augen schießen wild umher. Das Fenster. Sie greift nach ihrem Koffer und hievt ihn hindurch, rafft ihre Röcke und klettert so rasch und leise hinaus, wie sie nur kann. Sie landet mit einem dumpfen Laut auf dem Boden und rennt in den Wald.

***

Matthew spricht mit ruhiger, kräftiger Stimme, während Percy Winterbourne – ein Bursche mit rundem Gesicht und mürrischem Mund – schnell die Beherrschung verliert.

»Man hat mir gesagt, dass diese Mary Harrow, die unter falschem Namen lebt, über ebendieses Telegrafenbüro erreichbar sei. Sie müssen doch wissen, wo sie wohnt.«

»Man hat Sie falsch informiert. Ich mag mit einer Mary Harrow zu tun gehabt haben, ich mag sogar Telegramme für sie empfangen haben, aber ich habe mit sehr vielen Leuten zu tun, Sir. Man kann nicht von mir erwarten, dass ich mich an jeden Einzelnen erinnere, und ich weiß ganz gewiss nicht, wo sie wohnt.« Sein Herz zieht sich zusammen. Er muss Isabella beschützen, doch dieser Gentleman ist äußerst beharrlich. Matthew ist sich ziemlich sicher, dass er Percy im Kampf überwältigen könnte, hofft aber weiterhin, dass sich der Mann überzeugen lässt und wieder verschwindet.

»Warum fragen Sie nicht im Dorf herum?« Matthew spielt auf Zeit, damit Isabella verschwinden kann. »Falls sie in Lighthouse Bay wohnt, wird sie irgendjemand kennen.«

Percy zögert.

»Ich habe furchtbar viel zu tun, Sir. Ich möchte nicht unhöflich sein, aber ich kann Ihnen wirklich nicht helfen.«

Percy kneift die Augen zusammen und verzieht die Lippen. »Ich bin ein reicher, mächtiger Mann. Ich hoffe um Ihretwillen, dass Sie mich nicht belügen.«

Matthew spreizt die Hände. »Weshalb sollte ich Sie belügen?«

Percy mustert ihn und seufzt resigniert.

»Guten Tag, Sir«, sagt Matthew und schließt die Tür.

Er wartet einen Augenblick, bis er hört, wie sich die Schritte entfernen. Seine Gedanken rasen. Ihr Plan ist in Gefahr. Er geht ins Schlafzimmer.

Isabella ist weg.

Er wagt es nicht, sie zu rufen. Er begibt sich in den Telegrafenraum und steigt dann die Treppe hinauf, doch sein Blut fließt plötzlich langsamer, denn er weiß, wo sie ist – und Percy muss durch ebendiesen Wald, um ins Dorf zu gelangen.

Er rennt los, klettert aus dem Fenster, um Percy nicht zu begegnen, und erreicht den nördlichen Saum des Waldes. Ihr blaues Kleid blitzt auf. Sie hat sich vorgebeugt, der Koffer steht neben ihr, sie gräbt mit bloßen Händen. Er eilt zu ihr und zieht sie hoch. Sie windet sich und protestiert, doch er legt ihr die Hand über den Mund. »Nein, Isabella«, zischt er. »Wir haben keine Zeit.«

Sie stößt seine Hand weg und flüstert mit rauher Stimme: »Wir haben noch eine Stunde.«

»Du darfst nicht hier draußen sein.«

Doch sie schaut schon wieder auf den Boden, auf den großen, vogelförmigen Stein, mit dem er die Stelle markiert hat, damit er herkommen und an sie denken kann, wenn sie nicht mehr da ist. Er weiß, dass ihr Instinkt sie zwingt, sich zu bücken und das Armband auszugraben.

Schritte. Sein Kopf schießt in die Höhe. Sie drückt sich an ihn. Percy Winterbourne stapft durchs Unterholz.

Matthews Griff wird fester, er dreht sie zu sich herum und führt sie rasch weg. Doch Percy hat sie schon gesehen.

»Isabella, du mörderische Hure!«, schreit er und stürzt los.

Matthew ergreift Isabellas kleinen, schweren Koffer, stößt sie vor sich her und läuft los, wobei ihm die Zweige ins Gesicht peitschen. Sie verlassen den Wald und laufen zum Leuchtturm. Sie müssen entweder über die

Felsen hinunter zum Strand oder ins Landesinnere, wo der Wald dichter wird. Der Strand ist zu offen, also zieht er Isabella mit sich in den Wald und weiter nach Süden. Es hat nachts geregnet, der Boden ist schlammig, die weiche Erde saugt an seinen Schuhen. Isabella stolpert, doch er fängt sie auf, und sie bewegen sich tiefer zwischen die Bäume, ohne zu wissen, ob Percy noch in der Nähe ist. Er wünscht sich, sie könnten leiser laufen. Gewiss kann Percy seinen donnernden Pulsschlag hören; er ist ohrenbetäubend, ebenso wie das Knacken der Äste, ihr heftiger Atem, ihre Schritte. Weiter geht es, sie beschreiben einen großen Halbkreis um das Dorf und lassen es hinter sich. Isabella keucht vor Anstrengung, und er wird langsamer, damit sie zu Atem kommen kann.

»Ich kann nicht mehr.«

Vor ihnen liegt ein ausgetrocknetes Bachbett. Er ergreift ihre Hand und zieht sie dorthin. Sie springen hinein. Er drückt sie zu Boden und legt sich neben sie auf den Bauch, verdeckt von dem verschlungenen, üppigen Unterholz, das die Ufer des Bachbettes bedeckt. Sie sind nicht zu sehen. Er horcht angestrengt.

In der Ferne ertönt ein Knall. Aber er hört keine Schritte mehr. Nur die Laute von Vögeln und anderen Tieren, der Wind in den Bäumen, der das trockene Laub herunterweht, das mit einem sanften Rascheln auf dem Boden landet.

Das Meer.

Ihr Atem.

»Sind wir ihn los?«, flüstert sie.

»Sieht so aus.«

Percy jagt ihnen eine Weile hinterher, stolpert dann über eine Wurzel und fällt geräuschvoll zu Boden. Er streckt die Hände aus, um den Sturz zu bremsen, worauf ein scharfer Schmerz durch sein Handgelenk schießt. Er ist wütend. So wütend, dass sein Inneres zu kochen scheint. Dieser Wald ist ein Alptraum, voller seltsamer, prähistorisch anmutender Pflanzen und bedrohlicher Kriechtiere im Unterholz. Er erinnert sich an die Worte des Polizisten, den er an der Stelle des Schiffsunglücks getroffen hat: Schlangen, Wildhunde, tückische Eingeborene; er läuft geradewegs in den Schlund eines Ungeheuers.

Percy setzt sich auf den Boden. Er ist müde, hat eine schreckliche Nachtfahrt von Brisbane in einer privaten Kutsche hinter sich. Er wollte nicht zwei Tage auf den Schaufelraddampfer warten, doch das ständige Rütteln und Schütteln und die Pferdewechsel haben ihn am Schlafen gehindert. Die Kutsche wartet noch vor dem Exchange Hotel auf ihn. Er hatte gehofft, um diese Zeit schon mit Isabella unterwegs nach Brisbane zu sein, zur Polizeiwache. Wie gern hätte er miterlebt, dass man sie an diesem widerlichen, feuchten Ort fern der Heimat in ein stinkendes Gefängnis wirft. Wie hätte er es genossen, sie auf der langen Kutschfahrt für sich allein zu haben, um auf eine unmittelbare, persönlichere Art Rache zu üben.

Seine Kehle brennt bei dem Gedanken, dass er diese Rache nicht bekommen wird, und er spuckt auf den Boden.

Doch er ist klüger als eine Frau und ein Leuchtturmwärter. Sie müssen irgendwann irgendwo auftauchen. Und wo immer das sein mag, er wird sie finden.

Percy steht auf und wischt sich den Schmutz von der Jacke. Schüttelt eine seltsame Verlegenheit ab. Niemand muss erfahren, dass er gestürzt ist. Hocherhobenen Hauptes kehrt er ins Dorf zurück und betritt den

Kolonialwarenladen. Die Frau hinter der Theke, ein Rotschopf mit schmalem Gesicht, lächelt herzlich.

Er erwidert das Lächeln nicht. »Sagen Sie mir, was Sie über Mary Harrow und Matthew Seaward wissen.«

Die Frau stottert, ist eingeschüchtert von seinem Auftreten. »Mary Harrow? Sie war eine Zeitlang Kindermädchen bei den Fullbrights, aber sie ist schon lange weg.«

»Nun, ich habe sie heute Morgen noch gesehen. Lügen hier eigentlich alle Leute?«

Ein gutgekleideter Mann, der rauchend neben dem Postkartenständer steht, meldet sich zu Wort: »Die Frau hier lügt nicht. Ich kenne Mary Harrow. Sie hat für die Fullbrights gearbeitet, ist aber vor vielen Monaten weggezogen. Ich habe sie allerdings im Winter gesehen.«

»Ihr Name?«

»Abel Barrett.«

Percy mustert ihn. Er sieht aus wie ein Gentleman und möchte offenbar nur allzu gern erzählen, was er über Mary Harrow weiß. »Sie hat Sie alle getäuscht«, sagt Percy. »Ihr Name ist nicht Mary Harrow, sondern Isabella Winterbourne. Sie ist eine Diebin. Möglicherweise eine Mörderin.«

»Sie hat Katherine Fullbright bestohlen«, sagt die Frau hinter der Theke.

Barrett hebt die Hand, um die Frau zum Schweigen zu bringen. »Wer sind Sie?«

»Ich bin Percy Winterbourne aus der Juweliersfamilie.«

Barrett runzelt die Stirn. »Sie hatte Schmuck. Sie hat ihn in Brisbane verkauft.«

Percy zuckt zusammen und denkt daran, wie viel von ihrem eigenen Schmuck, den seine Familie bezahlt hat, sie wohl verkauft haben mag. Und sie hat noch immer den Amtsstab. Warum sonst sollten sie und der Leuchtturmwärter weggelaufen sein? »Es war alles gestohlen«, verkündet Percy mit drohender Stimme. »Von meiner Familie gestohlen. Von meinem toten Bruder gestohlen. Ihrem verstorbenen Ehemann.«

Die Frau keucht auf. Abel Barrett kaut nachdenklich auf seiner Zigarre. »Was hat das mit Matthew Seaward zu tun?«

»Sie stecken unter einer Decke. Er hat sie bei sich wohnen lassen.«

Barrett schüttelt den Kopf. »Nein, das ist unmöglich. Matthew Seaward ist schüchtern wie ein Mäuschen. Hat noch nie etwas Schlechtes in seinem Leben getan.«

»Mein Mann verleiht auch Wagen, hinten im Laden«, sagt die Frau in dramatischem Ton. »Seaward hat einen bis morgen gemietet. Sagte, er wolle zur Anlegestelle von Mooloolah und zurück. Er will ihn um zehn Uhr abholen. Falls Sie also warten möchten.«

Percy erstarrt. »Zur Anlegestelle von Mooloolah?«

»Von dort aus fahren Schiffe nach Sydney.« Sie genießt offenkundig ihre Rolle in dem Drama.

Und von Sydney aus … in alle Welt. »Ja, ich werde warten.« Sie müssen kommen. Sie müssen von hier weg und brauchen dafür einen Wagen – und dann wird er zuschlagen.

***

Isabella rollt sich im Bachbett auf den Rücken und schließt die Augen. Ihr Gesicht ist blass und müde, und Matthew spürt einen Stich im Herzen. Während sie gerannt sind, hat er völlig vergessen, dass sie ein Kind erwartet. Sein Kind. Ihre Gliedmaßen scheinen bleischwer. Er kann die Distanz nicht mehr ertragen. Es ist ihm egal, wie schwer es den Abschied macht; er nimmt sie in die Arme und küsst ihr Gesicht, ihre Ohren, ihr Haar.

»Ich liebe dich, ich liebe dich. Du bist in Sicherheit«, sagt er wieder und wieder.

Sie klammert sich weinend an ihn.

»Sch, alles wird gut.«

»Aber wie? Wir können nicht zurück ins Dorf; er könnte noch dort sein. Wir können auch den Wagen nicht abholen, und zu Fuß kommen wir nicht nach Mooloolah, es sind vierzig Meilen.«

»Aber wir können bis Tewantin gehen. Die *Plover* fährt heute Abend nach Brisbane. Von dort aus kannst du eine andere Überfahrt nach Sydney oder Melbourne buchen und weiter nach New York reisen, wo Victoria dich erwartet. Ich weiß, dass du Angst hast, aber wenn du es erst aus Queensland hinausgeschafft hast, bist du sicher. Und eines Tages, es wird nicht mehr lange dauern, wirst du glücklich sein. Das verspreche ich dir.«

Sie schaut ihn aus großen Augen an, ohne zu blinzeln. Der Instinkt, sie zu beschützen, ist wie ein Muskel, der sich in seinen Eingeweiden zusammenzieht.

»Komm mit«, schluchzt sie. »Du musst mit mir nach New York kommen. Wir sind jetzt eine Familie. Lass mich das nicht allein durchstehen.«

Wir sind jetzt eine Familie. Es ist, als hätte man in seinem Inneren ein Licht entzündet. Warum wird ihm das erst jetzt klar? Eine Familie. Seine Ohren klingeln leise, als er den Gedanken dreht und wendet. Sie und sein Kind alleine übers Meer reisen zu lassen, würde ihn in der Tat zu einem schlechten Menschen machen. Auch er muss aufbrechen. Er muss sie beschützen. Seine Verantwortung gegenüber dem Signalfeuer, dem

Telegrafen, der Regierung, die seit zwanzig Jahren sein Gehalt bezahlt, ist nichts im Vergleich zu der Verantwortung, die er für Isabella und ihr Kind empfindet. Sein Kind. Etwas regt sich in ihm. Angst, vermischt mit Staunen. Ehrfurcht. Seine ganzen Zweifel über das, was gesellschaftlich korrekt ist, kommen ihm plötzlich klein und unwichtig vor, werden davongespült vom breiten Strom der Moral eines Mannes, der bald Vater werden wird.

»Ja, mein hübsches Vögelchen«, sagt er und streicht ihr übers Haar. »Ich komme mit.«

Dreißig

Isabella stolpert hinter Matthew durch den Busch. Sie erinnert sich voller Entsetzen an ihre letzte Wanderung durch die feindselige australische Landschaft. Seither hat sich vieles verändert, aber sie hat immer noch Angst. Sie folgen dem Meer zu ihrer Linken und lassen sich vom Geräusch des Ozeans nach Süden führen. In wenigen Stunden werden sie zum Fluss gelangen, dem sie ins Landesinnere bis zur Anlegestelle folgen können. Sie ist schon müde, kämpft sich aber weiter. Wenn sie das nächste Mal an einen Bach kommen, wird sie darauf bestehen, etwas zu trinken. Die Schwüle erschöpft sie. Der ohrenbetäubende Lärm der Zikaden hämmert in ihrem Kopf. Schweiß sammelt sich auf ihrer Stirn und unter den Brüsten.

»Geht es dir gut?«, ruft Matthew über die Schulter. Er bricht Zweige ab und schiebt Äste beiseite, um ihr den Weg zu bahnen.

»Ich bin müde.«

»Nur noch ein paar Stunden.«

»Es ist so heiß.«

»Komm, wir gehen ein bisschen näher ans Wasser.« Er ändert leicht die Richtung, und sie folgt ihm, bleibt aber im Schutz der Büsche. Das Geräusch des Meeres wird lauter, und der Wind trocknet den Schweiß auf ihrer Haut.

»Da vorn ist ein Bach«, ruft er. »Dort werden wir eine Pause machen.«

Dankbar lässt sie sich am Rand des Wassers zu Boden sinken und schöpft die kühle Flüssigkeit in ihren Mund. Sie schmeckt nach Erde und Gras, Isabella trinkt sie dennoch.

Matthew setzt sich neben sie und trinkt ebenfalls. Dann schaut er sie an. »Kannst du weitergehen?«

»Noch nicht.«

»Wenn wir erst in Tewantin sind, werde ich mich sicherer fühlen. Der Schaufelraddampfer könnte sogar schon vor Anker liegen. Wir können sofort in unsere Kojen gehen und uns dort ausruhen und verstecken.«

»Lass mich bitte noch ein bisschen rasten. Das Baby macht mich müde.«

Er nickt zustimmend, und sie sitzt zwischen den Büschen und holt tief Luft. Er geht um sie herum, ist unruhig, will wieder aufbrechen. Sie schließt die Augen und versucht, es zu verdrängen.

»Wirst du das Meer vermissen?«, fragt sie.

Er schweigt einen Moment und sagt dann: »Vermutlich schon. Daran habe ich noch gar nicht gedacht.« Sie hört, dass er endlich stehen geblieben ist. »Ich bin seit zwanzig Jahren mit dem Geräusch des Meeres in den Ohren eingeschlafen. Als wir in Brisbane waren, kam mir die Welt unnatürlich still vor. Ich nehme an, daran muss ich mich gewöhnen.«

Sie öffnet die Augen. Er steht da, seine Umrisse zeichnen sich vor der Sonne ab. Er hat sich von ihr abgewandt und schaut über den Bach zum Ozean.

»Tut mir leid, dass ich dich von hier weghole.«

Er dreht sich um und lächelt. »Du bringst mich an einen Ort, von dem ich nie geträumt habe. In ein Leben mit einer liebenden Frau und Kindern. Eine neue Stadt. Eine neue Welt …« Die Gefühle überwältigen ihn, er kann nicht weitersprechen.

Sie steht auf und geht zu ihm, legt den Arm um seine Taille. »Siehst du? Jetzt bin ich bereit, weiterzugehen. In diese glückliche neue Welt.«

Er hebt den Koffer auf, und sie waten gemeinsam durch den Bach. Ihre Schuhe sind ohnehin durchweicht, also ist es egal, und dann wandern sie weiter nach Süden.

Die Mittagszeit naht, die Sonne wird warm. Wann immer sie kann, huscht Isabella in den Schatten, aber ihre Haut brennt dennoch. Sie trägt einen Hut, um ihr Gesicht zu schützen, hat aber die Ärmel aufgerollt, um den Wind zu spüren, und sieht, dass ihre Hände und Unterarme sich rosa färben. Ihr Magen knurrt, und sie sammelt Beeren und andere essbare Pflanzen. Sie knabbern etwas, während sie langsamer weitergehen, und sie erzählt Matthew von ihrer Wanderung über den Strand nach dem Untergang des Schiffs. Es scheint ein ganzes Leben her zu sein, ein Trauma, das jemand anderem zugestoßen ist. Aber das ist es nicht, es ist ihr zugestoßen. Und wenn sie das überlebt hat, wird sie auch diese kurze Wanderung überleben. Der Gedanke verleiht ihr neue Kraft und Zuversicht, und sie beschleunigt ihre Schritte. Sie kommen schnell voran in Richtung Noosa River.

***

Als sie das nächste Mal stehen bleiben, muss Matthew sich ausruhen, weil er einen Stein im Stiefel hat. Er setzt sich auf den Boden und zieht beide Schuhe aus, um sie auszuschütteln, dann lehnt er sich kurz zurück, um Atem zu schöpfen. Isabella bleibt stehen und fächelt sich mit den nutzlos gewordenen Fahrkarten von

Mooloolah Heads nach Sydney Luft zu. Sie sind nicht mehr weit vom Ziel entfernt. Seit einer Stunde folgen sie dem Fluss ins Landesinnere. Die Vegetation verändert sich, wird dicht und dunkelgrün, sie müssen über Farnbüschel steigen, es riecht scharf nach Eukalyptus. Das andere Ufer, das für den Ackerbau gerodet wurde, backt in der heißen Sonne. Bald werden sie die Anlegestelle sehen. Sie fühlt sich plötzlich leicht und glücklich, als könne sie den Rest des Weges rennen.

Matthew steht auf und reckt sich, will sie umarmen, fährt dann aber mit einem Schmerzensschrei zusammen.

»Was ist los?« Die Angst schießt heiß unter ihre Rippen.

Er fällt auf den Boden und umklammert sein Bein. »Schlange«, stößt er keuchend hervor.

Sie kniet sich neben ihn und kann gerade noch sehen, wie ein dunkler Umriss ins Unterholz gleitet. »Was sollen wir machen? Ist sie giftig?«

»Keine Ahnung. Ich ...« Sein Gesicht ist weiß vor Angst.

»Lass mal sehen.«

Er nimmt die Hände weg, und sie kann zwei deutliche Bissspuren am Knöchel sehen, knapp über dem Knochen. »Oh Gott, Matthew. Was sollen wir tun? Was sollen wir tun?«

»Such ein paar lange Ranken oder Grashalme. Wir müssen es abbinden.«

Sie springt auf und läuft mit unsicheren Schritten am Flussufer entlang. Sie reißt zwei grüne Ranken von einem Baum und kommt zurück. Er hat sein Federmesser aus der Tasche geholt und bringt zwei Schnitte oberhalb der Bissspuren an. Blut quillt hervor. Auf seine Anweisung hin bindet sie eine Ranke knapp unter sein Knie und eine knapp darüber.

»Fester«, sagt er mit zusammengebissenen Zähnen.

Sie zieht fester. Sein Knie färbt sich dunkelrot.

»Isabella«, er legt ihr sanft, aber entschlossen die Hand auf den Hinterkopf, »du musst das Gift heraussaugen.«

»Das Gift …? Wie?«

»Mit dem Mund. Ich komme nicht an den Knöchel. Du musst es tun. Und zwar schnell.«

Ihr Herz hämmert. Sie ist sicher, dass sie etwas falsch machen wird und ihn nicht retten kann. Sie kauert sich neben ihn und legt ihren Mund über die Bissstelle. Seine Haut schmeckt nach Salz und Erde, aber der metallische Geschmack von Blut überlagert alles andere. Sie drückt die Lippen darauf und saugt, so fest sie kann. Ihr Mund füllt sich mit Blut, ihr Magen dreht sich um.

»Spuck es aus«, drängt er. »Nicht schlucken.«

Sie spuckt aus, legt den Mund wieder darüber und saugt weiter, spuckt erneut. Da sie nicht weiß, was sie als Nächstes machen soll, fährt sie damit fort, bis er ihr leicht auf den Kopf klopft. »Hör jetzt auf.«

»Kannst du laufen?«

»Es ist ja nicht weit. Verdammt. Im Leuchtturm habe ich eine Notfallausrüstung für Schlangenbisse. Warum habe ich die nicht mitgenommen?«

»Weil du nicht erwartet hast, dass wir in den Wald gehen.« Sie lässt den Kopf hängen und wird rot. »Es ist meine Schuld.«

Er greift mit kalten Fingern nach ihrem Handgelenk. »Nichts davon ist deine Schuld.«

»Musst du sterben?« Ihre Augen füllen sich mit Tränen.

Er schüttelt den Kopf. »Ich weigere mich zu sterben.« Er lächelt, aber sein Gesicht ist angespannt. »Doch ich werde vermutlich krank.«

»Kannst du noch gehen?«

Sein Blick wandert zur Seite. »Nein. Ich habe nicht gesehen, was für eine Schlange es war. Es gibt verschiedene hier in der Gegend. Manche sind giftiger als andere, ich muss mich jetzt ruhig verhalten. Du musst alleine nach Tewantin gehen und Hilfe holen. Karbolsäure. Ich muss sie in die Wunde gießen.«

Die Vorstellung, ihn allein und verletzt zurückzulassen, ist unerträglich. Der nächste Gedanke, nämlich den Dampfer zu verpassen oder ohne Matthew an Bord zu gehen, ist noch schlimmer.

»Ich gehe. Karbolsäure.«

»Frag im Royal Mail Hotel nach. Frag irgendjemanden. Es muss kein Arzt sein. In dieser Gegend dürften die meisten Leute für Schlangenbisse gerüstet sein.«

Sie steht auf. »Ich bin bald zurück, mein Liebster.« Dann läuft sie los.

Zum Glück ist es am Fluss schattiger. Sie läuft und geht im Wechsel. Ihr Herz ist im Bachbett bei Matthew, doch ihr Verstand bleibt klar und konzentriert. Hinter der nächsten Biegung kann sie Stimmen hören. Zwei Männer in Hemdsärmeln sitzen in einem flachen Fischerboot.

»Sie da! Sie da!« Sie winkt ihnen zu. Dann legt sie einen letzten verzweifelten Sprint hin und rennt zum Rand des Wassers hinunter. »Sie da!« Diesmal drehen sie sich um. »Ich brauche Hilfe. Mein Freund wurde von einer Schlange gebissen!«

Der Mann an den Rudern zögert nicht lange, wendet das Boot und steuert auf sie zu.

»Vielen Dank«, sagt Isabella, als sie näher kommen. Sie bemerkt, dass die beiden Männer Chinesen sind, vermutlich von den Goldfeldern. »Können Sie mich in die Stadt bringen? Ich brauche eine Ausrüstung, um einen Schlangenbiss zu behandeln. Bitte!«

»Nicht nötig«, sagt der erste Mann und packt seine Angelrute weg. »Wir helfen. Sie zeigen uns den Weg zu Ihrem Freund.« Er streckt die Hand aus, und sie greift danach und steigt ins Boot.

»Dort entlang«, sagt sie und deutet den Fluss hinunter. »Es ist nicht weit.«

Sie sprechen in ihrem fremdländischen, näselnden Singsang miteinander, und Isabella hält stetig Ausschau nach dem Baum, von dem sie die Ranken gerissen hat. Einige Minuten später entdeckt sie ihn. »Da drüben!« Die Männer rudern ans Ufer.

Während sie das Boot an Land ziehen, läuft Isabella so schnell wie möglich zu Matthew. Er hat die Augen geschlossen, öffnet sie aber, als er sie hört.

»Isabella? So schnell?«

»Ich habe Hilfe gefunden«, keucht sie. Die Chinesen nähern sich. Einer trägt einen kleinen Stoffbeutel über der Schulter, der andere einen Suppentopf.

»Karbolsäure?«, fragt Matthew mit flehendem Blick.

Der größere Mann schüttelt den Kopf und klopft auf seine Tasche, bevor er ein Wort auf Chinesisch sagt.

Matthew setzt sich mühsam auf. »Nein, nein. Ich brauche Karbolsäure. Ich brauche …«

Der andere Mann legt ihm die Hand auf die Schulter. »Das ist altes chinesisches Heilmittel. Wir haben es mit nach Australien gebracht. Sie vertrauen uns.«

Isabella schaut von Matthew zu den Männern, Zweifel stehlen sich in ihr Herz. Hat sie es falsch gemacht? Jetzt ist es zu spät. Sie sind hier. Sie machen Feuer und hängen den Suppentopf darüber, kochen Wasser und geben getrocknete Kräuter dazu, während Matthew mit geschlossenen Augen auf ihren Schoß gebettet daliegt.

»Wo gehen Sie hin?«, fragt der größere Mann und deutet auf den Koffer.

»Wir müssen heute Abend den Dampfer bekommen. Wird er gesund genug, um zu fahren?«

»Nein.«

»Wir müssen aber fahren. Wir müssen heute aufbrechen.«

»Dann, ja. Aber Sie halten ihn still und ruhig. Er wird einige Tage krank sein.«

Der andere Mann rührt im Topf. »Wir bringen Sie nach Tewantin. Nicht mehr laufen. Still und ruhig.«

Isabella nickt. Still und ruhig. Der Geruch der kochenden Kräuter ist prickelnd und moschusartig. Matthew ist sehr blass. Sie streichelt ihm übers Haar.

Schließlich gießen sie die Medizin in eine Tasse, lassen sie abkühlen und bieten sie Matthew an. Er setzt sich auf und trinkt langsam.

»Sie trinken alles«, sagt der kleinere Mann. »Dann bringen wir Sie zur Anlegestelle.«

Matthew schaut die beiden skeptisch an, holt tief Luft und trinkt die Tasse aus. Sie füllen sie nach, und er leert sie noch einmal. Er verzieht das Gesicht.

»So. Aufstehen«, sagt der größere Mann und hebt den Koffer hoch.

Isabella hilft Matthew auf die Füße. Sie spürt seine Größe, sein Gewicht. Dann richtet er sich schwankend auf und folgt den Männern zum Boot hinunter.

Der Fluss ist glatt und ruhig, er gleitet förmlich unter den rudernden Männern dahin. Was jetzt, denkt Isabella. Was jetzt?

Percy wartet. Er hat seine Taschenuhr nicht dabei, geht aber davon aus, dass es bereits nach zehn ist. Er sitzt auf einem Baumstamm, aus dem man eine Bank geschnitzt hat, und ärgert sich über die Hitze und die Warterei.

Der Mann, der den Wagen vermietet, schaut sich gereizt um. »Unpünktlichkeit passt gar nicht zu Seaward.«

Allmählich dämmert es Percy, dass sie nicht kommen werden. Sie vermuten, dass er auf sie wartet, und verstecken sich in dem alptraumhaften Wald. Er verflucht sie.

Er drehte sich zu dem Mann und fragt: »Wie weit ist es bis Mooloolah?«

»Etwa vierzig Meilen.«

»Gibt es irgendeinen anderen Weg dorthin?«

»Nein, Sir. Außer man geht zu Fuß.«

Würden sie vierzig Meilen laufen, um das Schiff nach Sydney zu erreichen? Vermutlich schon. Nach dem Schiffbruch muss Isabella sogar an die fünfzig Meilen gegangen sein.

»Er wird bald kommen, Sir, ganz sicher.«

Je länger er wartet, desto weiter werden sie sich entfernen. Doch wenn er jetzt aufbricht, kann er ihnen so oder so zuvorkommen. Er kann eine Suchmeldung herausgeben.

Percy erhebt sich und geht auf und ab. Seine Augen schmerzen vor Müdigkeit. Schließlich wendet er sich an den Mann. »Ich nehme meinen eigenen Wagen. Ich werde sie dort abpassen. Sagen Sie Seaward nichts davon. Erwähnen Sie mich gar nicht.«

»Auf keinen Fall, Sir.«

Percy hebt warnend den Finger, dreht sich um und läuft zurück zu seinem wartenden Wagen.

Ein Stück weiter südlich hält der Kutscher an, um die Pferde zu tränken. Percy vertritt sich die Beine, funkelt wütend die ungepflasterte Straße und die flache, gelbgrüne Landschaft an. Er hat nichts zu essen, will aber nicht an einem Hotel anhalten. Seaward und Isabella könnten ihn sonst doch noch mit ihrem gemieteten Wagen überholen.

»Haben Sie etwas zu essen dabei?«

Der Kutscher schüttelt den Kopf.

»Egal«, murmelt Percy. »Ich kann essen, wenn wir da sind.«

»Verabschieden Sie sich von jemandem an der Anlegestelle?« Der Kutscher hat Percy seit Brisbane auf seiner Reise begleitet und wird allmählich neugierig, weil sie ständig von einem Ort zum nächsten fahren.

»Ich hoffe, dort zwei Leute zu treffen. Sie sind zu Fuß unterwegs.«

Der Kutscher lacht. »Von Lighthouse Bay aus? Das ist unwahrscheinlich, Sir.«

»Sie sind verzweifelt. Sie wollen mir um jeden Preis aus dem Weg gehen. Das wird eine nette Überraschung.« Er lächelt, und der Kutscher zuckt kaum merklich zusammen.

»Der nächste Hafen für Lighthouse Bay ist Tewantin. Niemand, der noch bei Verstand ist, läuft zu Fuß nach Mooloolah. Der Dampfer nach Brisbane fährt heute Abend von Tewantin ab.«

Ein Stromstoß durchzuckt Percy. Was für ein Idiot er doch gewesen ist. Die Küstenstädte bilden eine Kette. Sie sind durch ihre Häfen und Telegrafenstationen miteinander verbunden und klammern sich an die feuchtheißen Ränder einer gewaltigen Wüste. Natürlich würden sich die beiden zum nächsten Hafen begeben. Hätte er nur schon früher gefragt, wo der sich befindet.

»Wie weit ist es nach Tewantin? Sind wir bald da?«

»Wir hätten vor einer Stunde abbiegen müssen.«

Percy tritt gegen das Rad der Kutsche, schreit wütend auf, als der Schmerz durch seinen Fuß zuckt. »Gut, gut. Wir haben keine Zeit zu verlieren. Zurück auf die Straße. Nach Tewantin, zum Hafen. So schnell Sie können.«

»Recht so, Sir.«

Percy steigt wieder ein, sein Bauch kribbelt. Zum ersten Mal fürchtet er, sie könnten ihm tatsächlich entwischen.

Die *Plover* liegt noch nicht an der Anlegestelle, daher setzen sich Isabella und Matthew auf eine geschnitzte Holzbank im Schatten einer alten, weißgetünchten Sägemühle. Der Koffer steht vor ihren Füßen. Matthew fühlt sich nicht wohl, aber es ist immerhin nicht schlimmer geworden, und Isabella erlaubt sich die Hoffnung, dass er sich wieder erholt. Wenn nur der Dampfer endlich käme. Sie hat im Ort die letzten beiden Fahrkarten für den Salon gekauft und dreht sie wieder und wieder in den Händen, als würde so die Zeit schneller vergehen. Sie spielt ein Spiel mit sich: Wenn sie zwei Minuten wegschaut, wird sie danach den Dampfer in der Ferne sehen, wie er sich flussaufwärts arbeitet. Doch das Spiel funktioniert nicht, weil sie unaufhörlich zum Horizont blickt.

Sie steht auf und geht auf und ab. Über die grob bearbeiteten Bretter bis an den Rand des Flusses. Zurück zu ihrer Bank. Sie berührt die Wand der Sägemühle. Geht wieder zum Wasser. Sie zählt ihre Schritte. Alle hundert Schritte bleibt sie stehen und schaut flussabwärts. Geht weiter. Ein starker Wind kommt auf und raschelt in den oberen Ästen der großen Eukalyptusbäume, die hinter der Anlegestelle wachsen. Krähen und Möwen flattern erschrocken auf.

Matthew beobachtet sie, wobei ein Lächeln um seine Lippen spielt. »Keine Sorge. Wenn die Schlange uns nicht abgehalten hat, wird uns auch nichts anderes abhalten.«

»Ich wäre nur froh, wenn wir schon unterwegs wären.«

»Ich weiß.« Er will aufstehen, doch sie eilt zu ihm und drückt ihn wieder hinunter.

»Still und ruhig.«

Sie kehrt wieder in die Mitte der Anlegestelle zurück. Drei Leute sind dazugekommen, Männer mit Karten fürs Deck. Sie fühlt sich ein bisschen sicherer. Sie dreht sich um und schaut zur Straße hinüber.

Dann erstarrt sie.

In Sekundenschnelle hat sie den Koffer in der Hand und zieht Matthew von der Bank.

»Was ist los?«, keucht er.

»Percy.« Sie ducken sich zwischen zwei hölzerne Gebäude. Das eine ist die Sägemühle, sie ist verlassen, die Tür hängt schief in den Angeln. Sie stößt sie auf und zieht Matthew hinein. Drinnen ist es kühl und dunkel, es riecht nach Sägemehl und Öl. In den Dachbalken, gleich neben den hohen, schmutzigen Fenstern, nisten Tauben.

»Bist du dir sicher?«

»Ich habe gesehen, wie er auf der Straße aus einer Kutsche gestiegen ist. Er hat mich nicht bemerkt. Oh Gott, wie hat er uns bloß so schnell gefunden?« Ihr Herz hämmert.

Matthew schüttelt den Kopf und stellt sich an die Tür, um sie zu bewachen. »Schlussfolgerung, nehme ich an. Der nächste Hafen. Es war das logische Ziel.«

»Warum sind wir dann hergekommen?« Sie sinkt auf die Knie und rauft sich die Haare. »Jetzt wird er draußen warten und hoffen, dass er uns erwischt. Und er wird uns erwischen, wenn wir an Bord gehen.«

Dann ist Matthew da und zieht sie auf die Füße. Ihr fällt ein, dass er krank ist, und sie schüttelt ihr Selbstmitleid ab.

»Lass uns hier warten. Der Dampfer fährt erst in zwei Stunden«, sagt er.

Sie sucht den Raum mit den Augen ab. Maschinen, verstaubt und für immer stehengeblieben. Räder mit Treibriemen, Pumpen, Seile und Ketten. Ihr Auge fällt auf eine hohe Plattform, und sie führt Matthew hin, damit er sich auf die unterste Treppenstufe setzen kann. Sie selbst steigt auf die Plattform, weil sie gesehen hat, dass ein Streifen Tageslicht durch einen Spalt zwischen den Brettern fällt.

Isabella kniet sich hin und drückt das linke Auge an den Spalt. So hat sie einen Blick auf die Anlegestelle. Sie hält die Luft an, als Percy vorbeigeht. Kurz darauf kommt er zurück und läuft auf und ab.

Sie setzt sich wieder zu Matthew. »Er wartet ganz sicher auf uns.«

»Lass mich überlegen.«

Sie kehrt wieder zu dem Spalt zurück. Da ist er, in seiner gelben Weste, geht langsam hin und her. Weitere Passagiere sammeln sich am Ufer. Sie weiß, dass Percy jedes einzelne Gesicht betrachten und nach ihr suchen wird. Und dann …

»Was kann er dir eigentlich tun?«, fragt Matthew, als hätte er ihre Gedanken gelesen.

Isabella steht auf und setzt sich zu ihm. »Er würde mich der Polizei übergeben.«

»Warum hat er sie dann noch nicht gerufen? Warum hat er keine Polizisten bei sich?«

»Weil er mich zuerst für sich allein haben will.« Sie sieht die hilflose Verzweiflung in Matthews Gesicht und lässt den Kopf sinken. Ihre Wangen färben sich flammend rot, als sie sich erinnert, welche Freiheiten er sich sogar in ihrem eigenen Haus herausgenommen hat. »Werde ich gehängt, weil ich den Amtsstab gestohlen habe?« Zum ersten Mal gesteht sie, dass es sich um Diebstahl handelt. Bis jetzt, bis zu diesem Augenblick der Abrechnung, war er für sie nur ein Gegenstand, den jemand verloren und den sie behalten hat.

Er antwortet nicht, und sie fragt sich, ob er es nicht weiß oder es ihr nicht sagen will.

Dann hören sie in der Ferne das Signal des Dampfers.

»Er kommt«, haucht Isabella.

Matthew stützt die Ellbogen auf die Knie und lässt den Kopf in die Hände sinken. Sie warten in der stillen Mühle, während das Geräusch des Dampfers sich nähert. Isabella kehrt zu ihrem Ausguck zurück und sieht zu, wie das Schiff anlegt, die Passagiere aussteigen, Vorräte ein- und ausgeladen werden. Die Menge zerstreut sich ein wenig; viele haben auf Freunde gewartet. Das Löschen der Fracht dauert ewig, und Percy läuft umher, die Augen auf die Straße gerichtet, er wartet auf sie.

***

Als der Nachmittag kühler wird und die Schatten länger werden, beginnt er an sich zu zweifeln. Er hat Stunde um Stunde gewartet. Er könnte schon viel weiter sein, unterwegs nach Mooloolah. Sind sie vielleicht dort? Oder immer noch draußen im Busch? Vielleicht sind sie von der Hand Eingeborener oder an den Bissen wilder Hunde gestorben. Der Gedanke bereitet ihm keine Freude. Er will sie mit seinen eigenen Händen in Stücke reißen. Ein stiller Tod in der Wildnis ist keine Rache. Und er will den Amtsstab zurück. Wenn er irgendwo im Busch verlorengegangen ist, wird er ihn nie wiederfinden.

Ein Schmerz durchzuckt seinen Kopf. Noch nie war er so unsicher, und das macht ihn wütend. Warum musste Arthur auch sterben? Er läuft weiter auf und ab, ballt die Fäuste und löst sie wieder, hält Ausschau nach Isabellas blondem Haar.

Als es dämmert, gehen die Passagiere an Bord. Zuerst die mit Salonfahrkarten, vor allem Herren in gut geschnittenen Anzügen, aber auch die ein oder andere Ehefrau oder Tochter mit breitkrempigem Hut und maßgeschneidertem Mantel. Isabella läuft in der Sägemühle hin und her, während Matthew still und ruhig und sehr blass auf seiner Stufe sitzt.

»Uns rennt die Zeit davon«, sagt sie. »Wann geht der nächste Dampfer nach Brisbane?«

»In einer Woche.«

Matthew steht auf.

»Was machst du da?«

»Ich werde das jetzt beenden.«

Ihr Magen zieht sich zusammen. »Wie meinst du das?«

Das Signal ertönt. Ein Bootsmann läuft an der Anlegestelle auf und ab und läutet eine Glocke. »Alle an Bord, die an Bord wollen!«

Panik ergreift sie. »Das ist es. Der letzte Aufruf.«

Er hebt den Koffer auf. Sie eilt die Stufen hinunter. »Was hast du vor? Du gehst jetzt nicht da raus.«

Er reicht ihr den Koffer. »Nein. Aber du.«

»Was?«

»Geh an Bord. Ich werde versuchen, zu dir zu kommen, aber warte nicht auf mich. Geh in deine Koje, bleib für dich und pass auf unser Baby auf.« Er schluckt mühsam. »Ich werde Percy lange genug ablenken.«

Ihr Herz fühlt sich an, als müsse es bersten. »Nein, Matthew, bitte nicht. Bring dich nicht in Gefahr.«

»Ich habe immer noch die Hoffnung, zu dir zu kommen.«

»Aber wie?«

Er umfasst sanft ihr Kinn, seine Finger liegen fest und warm auf ihrem Gesicht. »Was du auch hörst, geh an Bord. Verstehst du mich? Egal, was du hörst.«

Sein Blick hält sie gefangen. Ihr Mund zittert. Sie schluchzt einmal auf.

»Verstehst du mich?«, fragt er noch einmal.

»Ja. Ja, Matthew.«

Er deutet zur Tür, bevor er kurz nickt. Dann begibt er sich zur Hintertür der Sägemühle. Sie ist abgeschlossen. Er nimmt ein Metallstück vom Boden und hebelt sie damit auf. Sie gibt nach.

Matthew dreht sich um und zeigt noch einmal auf die Tür. Sie prägt sich sein Gesicht ein und wendet sich ab.

Sie bleibt in dem dunklen Durchgang zwischen Sägemühle und Lagerhaus stehen und schaut um die Ecke. Die Gaslaternen an der Anlegestelle brennen inzwischen. Nur zwei Leute eilen zum Landungssteg. Percy in seiner gelben Weste steht genau davor, die Augen auf die Straße gerichtet.

Dann hört sie, wie jemand ihren Namen ruft.

»Isabella! Komm schon, Isabella! Der Dampfer legt gleich ab!«

Zuerst ist sie verwirrt, weil es Matthews Stimme ist. Er ruft sie von der Straße aus, hat ihr den Rücken zugewandt, als wäre sie irgendwo da draußen. Blitzartig kommt ihr der Gedanke, dass das Schlangengift seinen Verstand angegriffen hat, doch dann erwacht sie zum Leben und rennt in Richtung Straße. Sie weiß, was sie zu tun hat.

Sie berührt einmal ihren Bauch. »Komm, Kleines.« Sie eilt über den Laufsteg und hält ihre Fahrkarte hoch.

»Nach unten in den Salon, Ma'am«, sagt der Bootsmann.

»Es kommt noch ein Herr. Ein großer Herr mit einem Bart. Hier ist seine Fahrkarte.« Sie zeigt sie vor. »Er wird kommen. Ich weiß …« Die Hoffnungslosigkeit schnürt ihr die Kehle zu.

»Ich halte Ausschau nach ihm, Ma'am. Machen Sie es sich bequem.«

Sie kann nicht hier draußen auf ihn warten, Percy könnte sie entdecken. Sie geht mit ihrem Koffer die Treppe hinunter zu den Kojen. Dort verstaut sie ihn an einem Ende, setzt sich aufs Bett und wartet mit offenen Augen, hofft das Beste, fürchtet aber das Schlimmste.

***

Isabella kann ihr Herz klopfen hören. Poch, poch, poch. Es ist sehr still in der Koje. Die Geräusche des Dampfers, die Stimmen aus dem Salon, alles gedämpft durch Bettzeug und Vorhänge.

Poch, poch, poch.

Hat er es geschafft? Falls ja, müsste er doch schon hier sein.

Poch, poch, poch.

Tief in ihrem Inneren erklingt ein anderer Herzschlag. Matthews Kind. Wenn es aufwächst, wird es alles über seinen Vater erfahren, sie wird es die Werte lehren, die Matthew so wichtig sind: Treue, Geduld, Weisheit. Sie unterdrückt die Tränen. Sie hat immer gewusst, dass sie ihn verlieren wird.

Mit einem Ruck setzt sich der Dampfer in Bewegung. Sie keucht und schließt die Augen. Sie ist unterwegs. Nach Brisbane und von dort aus nach Sydney. Von Sydney nach New York. Die langen, offenen Meilen. Allein.

Dann hört sie Schritte. Sie spannt alle Muskeln an. Matthew? Percy? Sie drängt sich in die Ecke ihrer Koje.

Dann eine leise Stimme: »Isabella?«

Sie setzt sich auf und stößt sich den Kopf. »Matthew?« Sie schiebt den Vorhang beiseite, und da ist er, hinkend, aber greifbar und wirklich.

Sie streckt die Arme aus und zieht ihn fest an sich.

»Ich muss mich hinlegen«, keucht er.

»Natürlich, natürlich. Hier ist deine Koje.«

Er legt sich hin, während sie sich um ihn herum zu schaffen macht. Vor Erleichterung hat sie weiche Knie. Er schließt die Augen.

»Was ist passiert?«

»Ich habe einen Baumstamm nach ihm geworfen. Als ich an Bord rannte, lag Percy noch hinter einem der Lagerhäuser auf dem Boden.« Er stöhnt leise. »Ich muss mich ausruhen. Die Wunde tut weh.«

»Ich hole den Schiffsarzt.«

Doch er ergreift sanft ihr Handgelenk und zieht sie zu sich. »Nicht jetzt. Bald. Halte mich noch einen Augenblick fest.«

Also beugt sie sich über ihn, versinkt in ihm, drückt

ihr Gesicht an seinen Hals. Sie kann seinen Herzschlag hören.

Seinen und ihren Herzschlag und den winzigen, unhörbaren, der sie bis zu ihrem Tod verbinden wird.

Der Fluss gleitet unter ihnen dahin und trägt sie in die Zukunft.

Als Percy schließlich auf die Füße kommt, tut sein Kopf weh. Furchtbar weh. Sein Gehirn fühlt sich an, als würde es sich heiß gegen seinen zu engen Schädel pressen. Sind sie auf dem Boot? Oder in die Stadt gelaufen? Er versucht, dem Dampfer hinterherzuschauen, doch ihm verschwimmt alles vor den Augen, er sieht doppelt. Er kann nicht klar denken. Der Schmerz brennt in allen Gehirnwindungen. Er muss sich hinlegen, damit er nachdenken und die nächsten Schritte planen kann. Er stolpert von der Anlegestelle weg, umklammert seinen Schädel. Sein Körper schmerzt und ist bleischwer, als laste das Jüngste Gericht auf ihm.

Einunddreißig

2011

Libby hatte den Vertrag immer noch nicht unterzeichnet. Der Anwalt hatte ihr versichert, dass alles in Ordnung sei, aber sie hatte noch immer nicht den Stift in die Hand genommen. Warum, wusste sie selbst nicht genau. In ihrer Phantasie hatte sie das Geld bereits ausgegeben. Sie war absolut bereit, Lighthouse Bay zu verlassen und ihrem Leben eine neue Richtung zu geben. Doch den Vertrag hatte sie nicht unterzeichnet.

»Sie haben ihn vor einer Woche rausgeschickt«, sagte Tristan, als sie auf der kleinen gepflasterten Terrasse hinter dem Haus saßen. Die Luft hatte nach dem Sonnenuntergang einen zarten Blauton angenommen. Es roch verlockend nach dem Lamm, das im Ofen schmorte, und der Brandy schmeckte süß auf ihrer Zunge.

»Ich dachte, du wolltest nichts mit dem Geschäft zu tun haben?«, erwiderte sie lächelnd.

»Das will ich auch nicht. Aber ich habe gehört, wie Yann darüber sprach. Ist alles in Ordnung?«

»Ja, alles klar. Ich warte nur darauf, dass sich der Anwalt bei mir meldet. Er hat zu tun.«

»So ist das in Kleinstädten. Ich kann dir die Nummer einer guten Kanzlei in Brisbane geben.«

»Kein Problem. Mach dir keine Sorgen. Ich mache

mir auch keine.« Sie lächelte knapp. »Und jetzt bitte ein anderes Thema.«

Tristan lehnte sich auf dem Stuhl nach hinten und streckte die Beine aus. »Hast du dir schon überlegt, was du machen willst, wenn du hier ausziehst?«

»Ich habe daran gedacht, nach Paris zurückzukehren.« Sie beobachtete ihn genau.

»Für immer?«

»Das weiß ich nicht. Kommt drauf an.«

»Worauf?«

»Auf viele Dinge.« Diesmal schaute sie ihn unmittelbar an und hob eine Augenbraue.

Er lächelte langsam. »Nun, falls du dich entscheidest, zu bleiben, würde ich mich gerne weiter mit dir treffen.« Er ergriff ihre Hand und strich sanft über ihre Finger. »Ich finde, du bist sehr schön.«

Sie saßen eine Weile schweigend da. Libby trank von ihrem Brandy und versuchte, die Nackenmuskeln zu entspannen. Den Entwurf für den Katalog hatte sie verschickt. Sie hatte nichts mehr zu tun. Das war jetzt die Atempause, die Zeit zwischen zwei Aufträgen. Sie versuchte, sie zu genießen, konnte aber das unbehagliche Gefühl im Bauch nicht vertreiben und war beschwipst genug, um es anzusprechen. Tristan hatte den ganzen Tag mit ihr verbracht und auch den Vorabend, und sie hatten immer noch nicht über seine »Mitbewohnerin« gesprochen. Also sagte sie unbekümmerter, als sie sich in Wirklichkeit fühlte: »Und, wie geht es deiner Mitbewohnerin?«

Ihre Blicke trafen sich. Er schaute sie lange an, und sie erkannte, dass er ihren Gesichtsausdruck deuten und herausfinden wollte, was sie vermutete und wie sie sich dabei fühlte.

»Schon gut. Ich weiß, dass sie nicht deine Mitbewohnerin ist. Ich habe dir nie von Mark erzählt, oder? Wir waren zwölf Jahre zusammen. Die ganze Zeit über war er mit einer anderen Frau verheiratet.«

Tristan nickte. »Ich habe nicht gelogen, als ich sagte, ich sei nicht verheiratet. Das bin ich auch nicht. Aber wir haben vier Jahre zusammengelebt. Es funktioniert nicht. Wir schlafen in getrennten Betten. Aber sie hat Probleme mit dem Loslassen. Also ist sie im Grunde genommen nicht mehr als eine Mitbewohnerin. Ich versuche, ihr vor Augen zu führen, dass sie sich eine andere Unterkunft suchen muss.«

Wir schlafen in getrennten Betten. Das hatte Mark auch gesagt. Vielleicht sagte das jeder untreue Ehemann.

»Und was glaubt sie, wo du jetzt bist? Was hat sie letzte Nacht geglaubt?«

»Dass ich in Perth bin«, gestand er.

Libby fiel ein, dass er auch ihr vorgegaukelt hatte, er sei in Perth. War Perth einfach nur ein Deckname für »bei einer anderen Frau«?

»Hasst du mich jetzt?« Er klang verletzlich wie ein kleiner Junge.

»Nein. Ich kann schlecht über dich urteilen. Wenn du sagst, es ist vorbei …«

»Definitiv. Ich nehme an, sie wird bis Ende nächsten Monats ausgezogen sein.«

Libby dachte darüber nach. Sie hatte nicht den Wunsch, weitere zwölf Jahre als Geliebte zu verbringen, aber sie konnte Tristan bis Ende nächsten Monats Zeit geben. Wenn er dann immer noch Ausreden vorschob, würde sie den Flug nach Paris buchen. Dann wäre sie schon eine reiche Frau. Bei dem Gedanken musste sie lächeln.

»Du bist ein gutes Mädchen, Libby.« Er trank sein

Glas aus. »Manche Frauen … setzen sich etwas in den Kopf und machen sich das Leben richtig schwer. Beziehungen sind kompliziert. Chaotisch und nicht ideal. Aber mit dir macht es Spaß.«

»Ja, mir macht es auch Spaß.« Sie sprang auf. »Ich sollte mal nach dem Braten sehen.«

Sie ging in die Küche. Durchs Fenster konnte sie seine hinter dem Kopf verschränkten Hände sehen, seine breiten Schultern in der gutsitzenden Kleidung. Er war in vieler Hinsicht genau richtig für sie: intelligent, ausgeglichen, stark, gutaussehend. Aber er hatte sie belogen. Indirekt, indem er gesagt hatte, er sei nicht verheiratet, statt seine Situation zu erklären. Und direkt, indem er seine Freundin als Mitbewohnerin bezeichnet hatte. Er hatte sich schützen wollen. Das konnte sie verstehen. Jeder wollte sich instinktiv selbst schützen oder im besten Licht darstellen oder seine Interessen wahren.

Aber er hatte gelogen. Einfach so. Ohne mit der Wimper zu zucken.

Libby erinnerte sich an ihr erstes Gespräch. Seine Pläne für eine Öko-Ferienanlage, die Zusicherung, dass sich in Lighthouse Bay nichts verändern würde. Zum ersten Mal zweifelte sie an ihm. Er hatte sie bezüglich seiner Beziehung belogen. Was sollte ihn daran hindern, auch bei anderen Dingen zu lügen?

Das Telefon klingelte um vier Uhr morgens. Libby brauchte einen Augenblick, um wach zu werden. Tristan schlief ruhig neben ihr auf dem Bauch, die frühe Morgenluft strich über seinen glatten, muskulösen Rücken.

Er regte sich und murmelte: »Telefon?«

»Ja«, sagte sie leise. »Schlaf weiter.« Sie schlug die

Decke zurück und stolperte ins Wohnzimmer. Griff nach dem Hörer. »Hallo«, meldete sie sich mit heiserer Stimme.

»Du lieber Himmel«, sagte die energische Frauenstimme am anderen Ende. »Da habe ich wohl die Zeitverschiebung nicht bedacht.«

»Emily?«

»Ja. Tut mir leid, dass ich Sie geweckt habe.«

Libby setzte sich auf den Bürostuhl und schaltete die Lampe ein. »Schon gut. Ich wollte ohnehin gleich aufstehen.« Das stimmte nicht. Sie und Tristan waren erst nach ein Uhr eingeschlafen. Sie räusperte sich und versuchte, geschäftsmäßig zu klingen. »Ich nehme an, Sie haben sich den Katalog inzwischen angeschaut.«

»Ja, und ich bin begeistert, Libby, ich kann gar nicht sagen, wie sehr. Ich hatte gewisse Bedenken, weil ich befürchtet habe, dass Ihnen die neue Richtung nicht gefallen könnte. Sie haben den Katalog so lange auf die traditionelle Weise gestaltet. Aber jetzt habe ich gesehen, dass Sie nicht nur meiner Meinung sind, sondern meine Ideen wirklich verstanden haben. Sie haben verstanden, was ich empfunden habe.«

Libby lächelte. »Ganz sicher.«

»Mark hätte ihn gehasst.«

»Ich weiß.«

Emily ahmte auf geradezu unheimliche Weise seine tiefe Stimme und den typischen Tonfall nach. »Winterbourne steht für Tradition. Unsere Kunden wollen Tradition und verlangen sie auch.« Sie lachte und sprach mit ihrer eigenen Stimme weiter: »Er konnte manchmal furchtbar altmodisch sein.«

Libby lachte mit ihr. »Ich weiß, was Sie meinen.« Dann fragte sie sich sofort, ob sie zu weit gegangen war, ob Emily den liebevollen Ton und das selbstverständliche Wissen bemerken würde.

»Ich habe mich übrigens für Sie umgehört. Wegen der *Aurora.*«

»Und?«

»Wie es scheint, wollte Arthur Winterbourne den Amtsstab persönlich überbringen, weil er krankhafte Angst vor Dieben hatte. Er wollte ihn nicht aus den Augen lassen. Auch war nicht klar, wann die Firma das Geld erhalten würde. Als er verlorenging, war sich niemand sicher, ob er noch den Winterbournes, der Königin oder dem australischen Parlament gehörte. Sollte man ihn jemals entdecken, könnte das zu einem ziemlichen Durcheinander führen.«

»Verstehe.«

»Außerdem habe ich herausgefunden, dass Arthurs Frau Isabella mit an Bord war.«

»Isabella?« Das geheimnisvolle »I«.

»Ja, die Ärmste. Sie war halb so alt wie er. Sie hatten ein Kind, das sehr jung gestorben ist. In den Familienunterlagen ist kaum etwas über sie zu finden. Vermutlich ist sie zusammen mit ihrem Ehemann ertrunken.«

Libbys Herz machte einen Sprung. Nein, sie war nicht mit ihrem Ehemann ertrunken. Sie wollte es Emily schon erzählen, besann sich aber. Im Augenblick war alles noch reine Spekulation. »Vielen Dank«, sagte sie stattdessen. »Das verleiht einer alten Legende eine neue Dimension.«

»Ich frage mich, ob Mark sich jemals das Wrack angesehen hat.«

»Er hat mir davon erzählt.«

»Tatsächlich? Mir gegenüber hat er es nicht erwähnt. Aber er hat mir wohl ohnehin nicht alles erzählt. Jedenfalls nicht, wenn es um Geschäftsreisen ging.«

»Ich vermute, er hat es nur erwähnt, weil ich in der Gegend aufgewachsen bin.«

»Ja, das kann gut sein. Es tut gut, mit Ihnen über ihn zu sprechen. Sie scheinen ihn gut gekannt zu haben«, sagte Emily.

Libby war auf der Hut. »Ich habe gern mit ihm zusammengearbeitet.«

»Ich habe mich oft gefragt …« Emilys Stimme verklang. Die Stille zwischen ihnen dehnte sich aus. Libby konnte ihren eigenen Pulsschlag hören.

»Verstehen Sie mich bitte nicht falsch, aber Mark hat so liebevoll von Ihnen gesprochen. Wenn er Ihren Namen erwähnte, wurde seine Stimme immer ganz weich. Ich habe mich oft gefragt, ob Sie beide … zusammen waren.«

Das war ihre Chance. Sie konnte reinen Tisch machen. Alles gestehen. Gestern Abend war sie wütend gewesen, weil Tristan sie belogen hatte. Warum es nicht einfach aussprechen? Ja. Wir waren verliebt. Ich habe Mark geliebt. Ich habe Ihren Ehemann geliebt. Ihr Herz hämmerte. Der Gedanke, dass Marks Stimme weich geklungen hatte, wenn er ihren Namen ausgesprochen hatte. Es rührte Gefühle tief in ihrem Inneren auf. Sie war nicht über ihn hinweg. Vielleicht würde sie nie über ihn hinwegkommen. Aber er hatte ihr nie gehört.

Sie erinnerte sich an Damiens Rat. Vergiss, was du in der Vergangenheit getan hast. Denk lieber daran, was du jetzt, in der Gegenwart, tun kannst. Tristan hatte gelogen, um sich selbst zu schützen. Libby musste sich nicht mehr schützen. Sondern Emily.

»Ich habe Sie gekränkt, was?«, fragte sie schließlich.

»Nein, das haben Sie nicht. Ich habe nur überlegt, was ich Ihnen antworten soll. Mark und ich waren gute Freunde. Er hat mich oft in Paris besucht. Aber sein Herz gehörte nur Ihnen, Emily.« Und als sie es sagte, erkannte sie, dass es die Wahrheit war. Er war bei Emily geblieben. Er hatte sie beschützt. »Er hat Sie so sehr geliebt. Quälen Sie sich nicht mit der Angst, er hätte eine andere Frau geliebt. Er hätte Sie nie verlassen.« Niemals.

Sie konnte Emily leise weinen hören. Irgendwann beruhigte sie sich und putzte sich die Nase. »Sie sind so lieb. Und ich freue mich sehr, mit Ihnen zusammenzuarbeiten. Ich werde Ihnen auf jeden Fall weitere Aufträge geben. Vielen Dank, Libby, ich danke Ihnen so sehr.«

»Ich freue mich mehr, als ich sagen kann.«

Sie kehrte ins Schlafzimmer zurück. Tristan war wieder eingeschlafen. Sie legte sich neben ihn und strich ihm sanft mit den Fingern über den Rücken. Er regte sich, wurde aber nicht wach. Sie würde es ihm sagen, wenn die Sonne aufging.

Sie hatte ihre Meinung geändert. Über alles.

Als Juliet aus der Dusche kam, hörte sie die Türklingel.

»Ich komme!«, rief sie, trocknete sich rasch ab und zog ein rotes Baumwollkleid über. Die Spätnachmittagssonne fiel schräg durch die Fenster auf der Westseite. Konnte das Damien sein? Er war seit einer Woche weg, und sie hoffte jeden Tag, von ihm zu hören. Gewiss konnte sie nach diesem Tag ein bisschen Aufmunterung gebrauchen. Sie hatte eine unerwartete Steuerforderung vom Finanzamt erhalten, und dann hatte Cheryl gekündigt, weil sie sich verliebt hatte und nach Neuseeland ziehen wollte.

Aber es war nicht Damien, wie sie gehofft hatte, nein, sie stand ihrer unwillkommenen Schwester gegenüber.

»Kann ich reinkommen?«

Juliet trat wortlos beiseite und schloss die Tür hinter Libby.

Libby hatte einen großen Umschlag unter dem Arm. Sie legte ihn behutsam auf den Couchtisch und setzte sich. »Wir müssen uns unterhalten.«

»Ach ja?«

Und dann lächelte sie auch noch, verflucht noch mal. Ein breites, wunderschönes, aufrichtiges Lächeln. Die Zeit wurde zu einem Teleskop, und sie erinnerte sich, wie Libby als Kind gelächelt hatte. Wenn sie im B & B Ritterburg gespielt oder Muscheln am Strand gesammelt oder einfach nur spätabends im Bett gelegen und über Jungs geredet hatten. Juliet spürte, wie sich die Zärtlichkeit in ihr Herz stahl.

Sie setzte sich. »Was ist los?«, fragte sie schon nachgiebiger.

Libby klopfte auf den Umschlag. »Sieh es dir an.«

Juliet nahm die Unterlagen heraus, las die Worte »Vertrag zwischen Ashley-Harris Holdings und Elizabeth Leigh Slater« und schob sie wieder hinein. »Ich will das gar nicht wissen.«

Libby nahm den Umschlag, zog die Papiere wieder heraus und suchte nach einer bestimmten Seite. »Keine Sorge, Juliet. Die Geschichte hat ein Happy End. Dafür werde ich sorgen. Schau mal.« Sie hielt ihrer Schwester die Dokumente unter die Nase und deutete mit ihrem leuchtend roten Fingernagel auf eine Zahl mit vielen Nullen.

Juliet wurde übel.

»Ich habe abgelehnt.«

Ihrer Schwester blieb die Luft weg. »Du hast ...?«

»Ja, ich habe zweieinhalb Millionen Dollar abgelehnt. Sie sagten, sie wollen eine Öko-Ferienanlage bauen, aber … ich weiß nicht recht. Klingt ein bisschen verdächtig. Tristan Catherwood könnte nicht einmal dann die ganze Wahrheit sagen, wenn sein Leben davon abhinge. Also habe ich abgelehnt. Ich verkaufe nicht.«

Licht und Luft kehrten in Juliets Welt zurück. »Du wärst reich geworden.«

»Ich bin reich. Mir gehört das Haus ohnehin. Es liegt an einem der schönsten Strände der Welt. Sicher, ich habe noch keine richtige Arbeit, aber ich werde zurechtkommen.« Sie beugte sich vor und legte ihre Hand auf Juliets. »Es tut mir so leid. Wegen allem. Ich liebe dich, Juliet. Ich weiß, du glaubst mir nicht, aber es ist die Wahrheit.«

Die Erleichterung machte sie verletzlich. Und die aufrichtigen Worte brachten Juliet endgültig zum Weinen. Zuerst waren es lautlose Tränen, doch dann schluchzte sie einmal auf, und Libby kniete sich hin und nahm sie in die Arme. Juliet drückte ihr Gesicht an die Schulter ihrer Schwester und schluchzte, als könne sie gar nicht mehr aufhören. Dann endlich lehnte sie sich zurück und wischte sich die Tränen an ihrem Kleid ab. »Entschuldigung. Ich habe heute ein bisschen nah am Wasser gebaut. Ich liebe dich auch, Libby. Ich hoffe, wir bringen das alles wieder in Ordnung.«

»Lass uns damit anfangen, dass wir den Vertrag feierlich verbrennen.«

Sie verließen die Pension und gingen den Sandweg zum Strand hinunter. Juliet streifte die Schuhe ab. Der Sand war kühl und weich. Sie gingen nebeneinander über die grasbewachsenen Dünen und suchten nach kleinen Stöcken für ein Feuer. An einer geschützten Stelle häuften sie alles auf. Der gewaltige

Ozean dröhnte, während sich der Himmel allmählich blass und rosa färbte. Sie entzündeten ein Feuer, kauerten sich daneben, und der Wind fing ihre lachenden Stimmen auf.

»Wenn Scott Lacey uns erwischt, müssen wir ein Bußgeld bezahlen.« Der Wind wehte Juliet die Haare in den Mund, und sie zog eine Strähne nach der anderen heraus.

»Ich muss ein Bußgeld bezahlen. Er hasst mich.«

»Nein, tut er nicht. Ich glaube, er steht sogar auf dich.«

Libby tat es lachend ab. »Nun, ich hoffe, man wird mich hier irgendwann akzeptieren. Scott Lacey und alle anderen auch. Vor allem aber du.«

»Natürlich. Keine Frage.«

»Das mit Andy tut mir so ... leid. Es war meine Schuld.«

Juliet war einen Moment lang sprachlos. Wusste nicht, wie sie reagieren sollte. Ja, es war Libbys Schuld. Aber es war ein Unfall gewesen. Nun, zwanzig Jahre später, erschien die Vorstellung, ihren Groll noch weitere zwanzig Jahre zu hegen, wenig einladend. »Ich verzeihe dir. Andy hätte dir schon vor einer Ewigkeit verziehen.«

Libby versuchte zu lächeln und hielt Juliet den Umschlag hin. »Du hast die Ehre.«

»Nein, ich finde, du solltest das machen.«

Libby nickte. Ihre Haut war warm vom Feuer. Sie hielt den Vertrag darüber. Die Flammen schossen so rasch hoch, dass sie den Umschlag mit einem leisen Aufschrei fallen ließ. Beide sahen kichernd zu, wie sich das Papier schwarz färbte, aufrollte und dann zu Asche wurde. Es brannte nieder, und sie saßen eine Zeitlang in freundschaftlichem Schweigen barfuß am Strand.

Irgendwann meinte Libby: »Ich will ehrlich mit dir sein. Ich habe zuerst ja gesagt. Darum gab es überhaupt einen Vertrag, den wir verbrennen konnten.«

Juliets Magen zog sich zusammen, doch dann wurde ihr klar, dass der Vertrag nur noch ein Häufchen Asche war. »Warum hast du deine Meinung geändert?«

»Das habe ich Damien Allbright zu verdanken. Für einen so jungen Kerl ist er ganz schön weise.«

Einen so jungen Kerl. Juliet presste die Lippen aufeinander und fühlte sich plötzlich alt und unattraktiv. »Damien ist toll.«

Libby lachte. »Du also auch. Oh Gott.«

»Wie meinst du das?«

Sie schaute ihre Schwester im erlöschenden Licht des Feuers an, während der warme Nachtwind die Asche aufwirbelte.

»Genauso hat Damien ausgesehen, als er über dich sprach.«

Die Hoffnung flackerte in Juliets Herz auf. Sie wartete auf eine Erklärung.

»Weißt du, ich sollte es eigentlich nicht erwähnen, aber ich bin vierzig und keine fünfzehn mehr. Geheimnisse sind etwas für Teenager. Er ist in dich verliebt, Jules.«

»Ehrlich?«

»Und wie.«

»Du meinst nicht, es wäre zu seltsam? Der Altersunterschied, meine ich.«

»Mein letzter Partner war achtzehn Jahre älter als ich, und wir waren zwölf Jahre zusammen. Es gab Probleme, aber nicht wegen des Altersunterschieds.«

Libby hatte nie einen Partner erwähnt. Ihre Stimme klang melancholisch.

»Was ist aus euch geworden?«

»Er ist gestorben. Er hat mir das Cottage hinterlassen.«

»Aha. Mark Winterbourne.«

»Er war verheiratet. Die ganze Zeit.« Libby lächelte bitter. »Ich muss dir meine dunkelsten Geheimnisse enthüllen, Jules. Meinst du, du liebst mich danach noch immer?«

Sie ergriff Libbys Hand. »Da bin ich mir sicher.«

Das Wochenende wurde warm. Alle sagten, es sei die letzte Wärmeperiode vor dem Winter, also nutzte Libby die Gelegenheit, um ein letztes Mal im Meer zu schwimmen. Das Wasser war schon frisch, aber sie gewöhnte sich daran und schwamm durch die Brecher, bevor sie sich weiter hinauswagte und auf den Wellen dahintrieb. Der Himmel war tiefblau. Wunderschön. Zu Hause.

Dann kehrte sie an den Strand zurück, wickelte sich in ihr Handtuch und spülte die Füße neben dem Haus ab. Als sie einen Blick zum Leuchtturm warf, sah sie, wie Damien gerade herauskam und die Tür hinter sich schloss.

Sie rief ihn und winkte mit beiden Händen.

Er kam zum Strand herunter. »Ich habe geklopft, aber du warst nicht zu Hause.«

»Ich war schwimmen. Weißt du was? Ich habe beschlossen, in Lighthouse Bay zu bleiben.« Sie staunte selbst, wie glücklich die Worte sie machten.

»Ich wusste gar nicht, dass du weggehen wolltest.«

»Doch. Aber jetzt bleibe ich hier.«

»Das sind ja tolle Neuigkeiten. Willst du noch mehr hören?« Er schwenkte eine Mappe voller Papiere. »Fotokopien von Matthew Seawards Tagebuch. Sie waren in den Kartons bei mir zu Hause.«

»Auch die fehlenden Daten?«

Er nickte. »Du wirst begeistert sein, Libby.«

»Und du auch: Ich habe nämlich herausgefunden, wer sie war. Isabella, die Frau von Arthur Winterbourne. Sie war an Bord der *Aurora*, als das Schiff unterging.«

Er grinste. »Aha, allmählich kommt Licht in die mysteriöse Vergangenheit. Lass uns reingehen.«

Er wartete im Wohnzimmer, während sie sich etwas überzog. Als sie zurückkam, hatte er die fotokopierten Seiten auf dem Tisch ausgebreitet.

»Ich nehme an, du hast Rachel davon überzeugt, dich ins Haus zu lassen?«

»Ja, und an meine Bankkonten. Sie regt sich allmählich ab. Es war nicht einfach, aber ich glaube, wir können uns wenigstens gütlich trennen.« Er klopfte auf die Dokumente. »Mein Großvater hat alle Tagebuchseiten kopiert, bevor er starb. Es gibt einen vergrabenen Schatz, Libby.«

»Was?«

Er suchte die Seite heraus und las vor: »Heute Morgen haben wir Is Schatz vergraben. Er liegt hundert Schritte von der Haustür des Leuchtturms entfernt, und ich werde ihn für sie bewachen, wenn sie weg ist.«

»Hundert Schritte von … das ist ja mitten auf meinem Grundstück.«

»Ich weiß.«

»Graeme Beers …«

»Muss das Original haben. Darum waren die Tagebücher auch so durcheinander, als ich zum ersten Mal in den Leuchtturm kam. Er hatte sie durchsucht.«

Libby ging ein Licht auf. »Natürlich. Etwas in den Papieren von Percy Winterbourne muss darauf hingedeutet haben, dass sich der Amtsstab im Leuchtturm befand. Er kam hierher und fand den Teil des Tagebuchs, in dem der vergrabene Schatz erwähnt wurde …«

»Und ist immer wieder gekommen, um danach zu suchen.«

»Vergrabener Schatz«, murmelte Libby und drehte und wendete diesen Gedanken. »Genau unter meinen Füßen. Was glaubst du, was es ist?«

Er nickte lächelnd. »Der Amtsstab.«

Sie sog scharf die Luft ein. »Wann fangen wir an zu graben?«

Er hob die Hände. »Immer mit der Ruhe. Hundert Schritte, aber in welche Richtung? Darum hat sich Graeme hier herumgetrieben, aber noch nichts ausgegraben. Er versucht, die genaue Stelle zu berechnen. Sie könnte sich sogar unter dem Haus befinden.«

»Aber wir schauen uns um, oder?«

»Natürlich.«

Binnen Minuten waren sie draußen und maßen in verschiedene Richtungen eine Strecke von hundert Schritten ab. Wenn sie von der Tür des Leuchtturms geradeaus gingen, landeten sie genau dort, wo Graeme und sein Sohn gesucht hatten.

»Was jetzt?«, fragte Libby.

»Das hat sich Graeme Beers wohl auch gefragt.«

»Büsche, Steine. Aber kein großes X, das die Stelle markiert.«

Damien schaute konzentriert zu Boden. »Oder vielleicht doch.«

Libby folgte seinem Blick. »Das ist ein Stein. Davon gibt es hier jede Menge.«

»Stell dich mal zu mir.«

Sie kam herüber.

»Kennst du das, wenn man versucht, Dinge in Wolken zu erkennen?«

»Ja, aber Juliet konnte das immer besser als ich.«

»Und ich erst. Woran erinnert dich dieser Felsen?«

Sie blinzelte und lächelte dann schelmisch. »An einen Vogel.«

»›Mein hübsches Vögelchen.‹ Graeme hat es nur nicht erkannt, weil er lediglich die letzten Seiten des Tagebuchs besaß. Er hatte nicht wie wir die ganze Liebesgeschichte verfolgt.«

»Meinst du, Matthew Seaward hat den Schatz mit diesem Felsbrocken markiert?«

»Hast du einen Spaten?«

✳✳✳

Eine Stunde später stießen sie auf die hölzerne Kiste. Als sie sie von Erde befreit hatten, entdeckten sie die Messingplakette auf dem Deckel, die das Wappen der Winterbournes trug. Libby dachte an Mark und schluckte schwer.

»Ich kann es nicht glauben. Der Amtsstab war die ganze Zeit hier. Wem gehört er denn? Den Winterbournes? Oder der australischen Regierung?« Dann kam ihr plötzlich ein Gedanke. »Er gehört doch nicht etwa mir, oder?«

»Ich habe keine Ahnung. Wir brauchen ein Seil oder so, um die Kiste heraufzuziehen. Er hat sie ziemlich tief vergraben.«

Sie ging ins Haus und knotete ein blaues Seil an einen Kleiderbügel, den sie in das Loch hinabließen und um den Griff der Kiste hakten. Langsam zogen sie sie nach oben. Die Kiste war schwer, aber nicht schwer genug für den Schatz.

Damien grinste sie an. »Was werden wir wohl darin finden?«

»Käfer? Diamanten?«

»Mal sehen.« Er klappte den Deckel auf. Die Kiste war leer.

Damien lehnte sich zurück und lachte. »Kein Schatz. Vielleicht ist uns jemand zuvorgekommen. Graeme Beers?«

»Aber weshalb sollte derjenige die Kiste wieder vergraben?« Sie griff hinein und tastete alles ab. Dabei strichen ihre Finger über einen kleinen, harten Klumpen, und sie zog ein winziges Armband hervor. Kein Schatz: Es waren Korallenperlen, und die silberne Schließe hatte sich schwarz verfärbt. Libby betrachtete das Armband in der Nachmittagssonne. »Das ist für Babys.«

»Warum hat Seaward es als Schatz bezeichnet?«

Libby fiel ein, was Emily erzählt hatte: Isabella Winterbourne hatte ihr Baby verloren. »Dinge müssen nicht viel wert sein, um als Schatz zu gelten.« Sie strich sanft über die Perlen.

Sie spürte, wie sich Vergangenheit und Gegenwart überlagerten. Ihr Herz zog sich zusammen, sie war überwältigt. Hatte Tränen in den Augen und musste sich verlegen abwenden.

»Schon gut, ich spüre es auch«, sagte Damien.

Ein Augenblick verging, als die Vergangenheit wieder Geschichte wurde. »Schau uns nur an, wir sind total schmutzig. Möchtest du reinkommen und bei mir duschen?«

Er schüttelte den Kopf. »Ich fahre jetzt zu Juliet. Ich hoffe, sie lässt mich noch ein bisschen bei sich wohnen, wenn ich weiter an der Küche arbeite.«

»Oh, das wird sie nur zu gerne tun«, sagte Libby mit einem unübersehbaren Augenzwinkern.

Damien schaute sie verwirrt und hoffnungsvoll zugleich an. »Hast du mit ihr über mich gesprochen?«

»Na los, sie wartet auf dich.«

Libby schaute ihm nach und kehrte dann ins Haus zurück. Die fotokopierten Tagebücher lagen noch auf ihrem Schreibtisch. Sie raffte die Seiten zusammen und fächelte sich damit nachdenklich Luft zu. Dann schob sie sie behutsam in einen Umschlag und schaltete ihren Computer ein.

Liebe Emily, begann sie, *ich glaube, ich habe ein Familiengeheimnis der Winterbournes gelüftet …*

***

Juliet reinigte die Tische auf der Terrasse, als sie sich plötzlich beobachtet fühlte. *Bitte keine Gäste mehr.* Sie musste viel mehr arbeiten, seit Cheryl gekündigt hatte. Bisher hatte sie keinen passenden Ersatz gefunden. Melody half, soweit sie konnte, aber letztlich blieb das meiste an ihr selbst hängen. Sie fragte sich, ob sie vielleicht Libby um Hilfe bitten könnte, bezweifelte aber, dass es ihrer Schwester lag, Frühstück zu machen und Gäste nett zu bedienen.

Sie drehte sich um. Es war Damien. Ihr Herz flatterte.

»Du bist schmutzig.«

»Ich habe einen Schatz ausgegraben«, meinte er lachend.

Sie lächelte verwundert. »Wie das denn?«

»Es war ein bisschen enttäuschend. Hör mal, Juliet, du hast sicher viel zu tun, aber …«

Sie warf den Lappen weg, machte zwei Schritte auf ihn zu und nahm ihn in die Arme. Er hielt die Luft an, dann drückte er sich fest an sie. Sie spürte seinen Herzschlag. Er nahm ihr Kinn sanft in die Finger, drehte ihr Gesicht nach oben und strich mit den Lippen über ihre. Zwanzig Jahre, sie hatte seit zwanzig Jahren keinen Menschen mehr geküsst. Zuerst fürchtete sie, sie könnte es verlernt haben, doch seine Lippen waren warm und weich und schmiegten sich an ihre, so dass ihr ganzer Körper zu singen begann.

»Ich habe nichts zu tun«, murmelte sie und löste sich von ihm. »Ich nehme mir den Nachmittag frei.«

Zweiunddreißig

2012

Libby war froh, dass Juliet wieder in die vordere Wohnung gezogen war; sie hatte ein Wohnzimmer mit Meerblick verdient.

Sie öffnete die Tür mit dem Ersatzschlüssel. Die gewöhnlich so ordentliche Wohnung war voller ungefalteter Wäsche und leerer Teetassen. Alles war ruhig, und sie wollte niemanden stören, doch dann ertönte Juliets Stimme. »Bist du das, Damien?«

»Nein, ich bin's. Ich habe für dich eingekauft.« Sie stellte die Tüten auf die Küchenbank.

Juliet tauchte aus dem Schlafzimmer auf, die Haare zerzaust, um elf Uhr morgens noch im Pyjama, aber mit einem breiten Grinsen auf dem Gesicht. »Du bist ein Schatz. Sie schläft noch.«

»Darf ich sie anschauen? Ich bin auch ganz leise.«

Juliet nickte. Libby ging ins Schlafzimmer und blickte sehnsüchtig, wie es nur eine stolze Tante sein kann, in das Kinderbettchen. »Sie ist wunderschön. Und sie ist gewachsen, seit ihr aus dem Krankenhaus gekommen seid.«

»Ich weiß. Dabei ist es erst zwei Tage her.«

»Drei.«

»Da habe ich mich wohl verzählt.«

Libby griff in ihre Handtasche. »Ich habe was für dich.«

»Ein Kindermädchen, das rund um die Uhr kommt? Falls nicht, habe ich kein Interesse.«

Libby lachte. »Sieh selbst.« Sie holte das Schmuckkästchen heraus und reichte es Juliet, die es neugierig aufklappte.

»Oh!«, stieß sie hervor.

»Ich habe es reinigen und reparieren lassen. Ist es nicht wunderschön?«

Juliet brach in Tränen aus. Das war zurzeit nicht ungewöhnlich. Seit der Geburt ihrer Tochter lächelte sie entweder oder schluchzte vor Glück. Sie beugte sich über das Päckchen und legte das Armband um das winzige Handgelenk des Babys. Es rührte sich, wachte aber nicht auf.

»Es ist ein bisschen groß.«

»Sie wird schon hineinwachsen«, sagte Juliet. »Ich danke dir so sehr. Möchtest du es wirklich verschenken?«

»Ja. Außerdem hat Damien es gefunden.« Sie berührte Juliets Schulter.

»Er wird begeistert sein.«

»So, ich gehe jetzt, ich muss mich auf den Mittagsansturm vorbereiten.«

»Ich frage mich, ob Scott Lacey auch heute wieder auftaucht«, neckte Juliet ihre Schwester.

»Er kann mich so oft fragen, wie er möchte, ich werde nicht mit ihm ausgehen.«

»Du wirst deine Meinung noch ändern. Ich habe gesehen, wie ihr euch anschaut.«

Libby umarmte sie. »Ich liebe dich, Schwesterherz.«

»Dito.«

Dreiunddreißig

1902

Isabella und Matthew stehen im Sonnenschein an der Anlegestelle, während Isabella sich in der Menge nach ihrer Schwester umschaut. Die Stadt um sie herum entfaltet sich, ist laut und vibriert förmlich vor Verheißung.

»Wo ist sie?«

»Keine Sorge, mein hübsches Vögelchen. Falls sie das Telegramm nicht erhalten hat, werden wir den Weg selbst finden.«

Isabella dreht sich lächelnd zu ihm. Ihr Bauch ist rund geworden, und ihre Wangen sind rosig. Er lächelt auf sie hinunter, seine neue Frau. Der Kapitän hat sie vor der Küste von Hawaii getraut, und sie hat ihren neuen Namen glücklich angenommen und beim Verlassen des Schiffes triumphierend mit *Isabella Seaward* unterschrieben. »Das beruhigt mich sehr, Liebster.«

»Wir haben nichts zu befürchten, mein hübsches Vögelchen. Jetzt nicht mehr.«

Dann sieht Isabella, wie Victoria sich in einer Jacke mit weiten Ärmeln und blauem Rock durch die Menge drängt. »Isabella!«, ruft sie, die Wintersonne schimmert auf ihrem braunen Haar. »Isabella!«

Isabella stürzt nach vorn, drängt sich durch die Menschenmenge. Das Herz schlägt ihr bis zum Hals. Trotz der kühlen Luft sind ihr Gesicht und ihr ganzer Körper warm vor Freude. »Victoria!«, ruft sie, und die Menge teilt sich, als wolle sie Platz für das glückliche Wiedersehen machen.

Und dann liegen sie einander in den Armen und weinen vor Freude.

Danksagung

Für Mary-Rose MacColl, deren Humor, Wärme und Großzügigkeit mich beschämen.

Selwa Anthony, die, wie ich nur zu gern zugebe, die besten Ideen zu diesem Buch beigesteuert hat.

Meine »Schwestern« Bek, Char, Fi, Meg, Nic und Sal, die mit mir auf diese Reise gegangen sind, ob sie es wollten oder nicht.

Ollie, Mish und Chad, die meiner Phantasie die Sunshine Coast erschlossen und mir bei der Ankunft ihr Herz geöffnet haben.

Angela Hannan, die meine Internetseite und die Online-Community so wunderbar betreut.

Nadene Holm, die dafür sorgt, dass ich am Schreibtisch bleibe, und Shar Edmunds, die dafür sorgt, dass ich mit dem Kopf bei der Sache bleibe.

Ein besonderer Dank gilt den Mitarbeitern der John Oxley Library für ihr Wissen und ihre Unterstützung und Katie Roberts, Laurie Johnson, Ian Wilkins, Michael Berganin, Brian Kennedy und Susan Bush, die alle etwas zu meinen Recherchen beigesteuert haben.

Vanessa und Roberta für ihre Begeisterung und geschicktes Lektorat.

Kimberley Wilkins

Der Wind der Erinnerung

Roman

Als Emma das Haus ihrer verstorbenen Großmutter Beattie erbt, hat sie wenig Lust, sich mit Kisten voller Erinnerungsstücke herumzuschlagen. Doch ein mysteriöses Foto lässt sie nicht mehr los. Es zeigt Beattie als junge Frau neben einem Mann, der besitzergreifend die Arme um sie legt. Zwischen den beiden: ein kleines rothaariges Mädchen. Der Mann ist nicht Emmas Großvater – und wer ist das Kind? Schon bald vermag sich Emma den Geheimnissen von Beatties Vergangenheit nicht mehr zu entziehen …

»Eine mitreißende Geschichte über eine Familie und ihre Geheimnisse und die erlösende Kraft der Liebe.«
Bestsellerautorin Kate Morton

KNAUR

Rae Meadows

Violets Vermächtnis

Roman

Anfang des 20. Jahrhunderts wird die elfjährige Violet mit anderen Kindern aus den Armenvierteln New Yorks aufs Land geschickt. Angeblich warten dort christliche Familien, um sie aufzunehmen. Voller Hoffnung, die Liebe zu finden, die ihre labile leibliche Mutter ihr nicht geben kann, macht sich Violet auf den Weg.

Einhundert Jahre später erhält die junge Künstlerin Samantha eine Kiste mit Erinnerungsstücken ihrer Mutter Iris und ihrer Großmutter Violet. In den Fotos, Rezepten und Briefen verbirgt sich der Schlüssel zu jenen Geheimnissen, die die Frauen ihrer Familie über die Generationen hinweg gehütet haben.

KNAUR

Annette Dutton

Die verbotene Geschichte

Roman

Sie hat keine Ahnung, wer jene »Miti« war oder wie die traditionelle Beerdigungszeremonie aussehen mag, zu der man sie nach Papua-Neuguinea eingeladen hat. Doch die deutsche Ärztin Katja ist froh, eine Ausrede gefunden zu haben, um nicht zur Geburtstagsfeier ihres Großvaters zu müssen. Seit vor drei Jahren ihr Mann auf der Fahrt dorthin tödlich verunglückte, meidet Katja das Fest und vergräbt sich ganz in ihre Arbeit. Sie kann nicht ahnen, dass ihre Reise in die Tropen nicht nur Licht in die dunkelsten Geheimnisse ihrer Familie bringen, sondern ihr eigenes Leben für immer verändern wird …

KNAUR